WER HAT HEIDI GETÖTET?

AF164361

Dieses Buch ist ein Roman. Handlungen und Personen sind frei erfunden. Ähnlichkeiten mit lebenden oder toten Personen sind nicht gewollt und rein zufällig.

MARC VOLTENAUER

WER HAT HEIDI GETÖTET?

KRIMINALROMAN

*Aus dem Französischen
übersetzt von Franziska Weyer*

emons:

Bibliografische Information der Deutschen Nationalbibliothek
Die Deutsche Nationalbibliothek verzeichnet diese Publikation in der Deutschen Nationalbibliografie; detaillierte bibliografische Daten sind im Internet über http://dnb.d-nb.de abrufbar.

Die Originalausgabe erschien 2017 unter dem Titel »Qui a tué Heidi?« bei Slatkine & Cie.

© Marc Voltenauer
© 2017 Slatkine & Cie
© der deutschsprachigen Ausgabe: Emons Verlag GmbH
Alle Rechte vorbehalten
Umschlagmotiv: LAURA/stock.adobe.com, Pexels/Pixabay.com
Umschlaggestaltung: Nina Schäfer
Gestaltung Innenteil: DÜDE Satz und Grafik, Odenthal
Druck und Bindung: CPI – Clausen & Bosse, Leck
Printed in Germany 2022
ISBN 978-3-7408-1536-3

Unser Newsletter informiert Sie
regelmäßig über Neues von emons:
Kostenlos bestellen unter
www.emons-verlag.de

Für meinen Lebensgefährten Benjamin,
der mir stets zur Seite steht

Wo der Fußweg anfängt, beginnt bald Heideland mit dem kurzen Gras und den kräftigen Bergkräutern dem Kommenden entgegenzuduften, denn der Fußweg geht steil und direkt zu den Alpen hinauf.

Heidi, Johanna Spyri

PROLOG

Freitag, 5. April

Am Steuer seines alten BMW jagte Andreas die kurvenreiche Strecke von Gryon nach Bex entlang und reizte dabei das Tempolimit aus, das ihm die Bergstraße auferlegte. Am Ende einer scharfen Kurve kam er mit dem Hinterrad seines Wagens beinahe von der Straße ab, an deren Rand sich der Abgrund der Schlucht auftat. Es war ihm vollkommen egal, dass er geblitzt werden könnte, aber ein Unfall würde die Lage jetzt nicht verbessern. Er beschloss, langsamer zu fahren. Aus dem Autoradio ertönte ein Lied von Mylène Farmer, »À quoi je sers«. Der quälend traurige Refrain hallte wie ein Echo seines Seelenzustands in ihm wider.

Aber mein Gott, warum scheine ich
zu nichts gut zu sein?
Und wer vermag in dieser Hölle zu sagen,
was von uns erwartet wird?
Ich gestehe, nicht mehr zu wissen, wozu ich tauge,
zweifellos bin ich zu überhaupt nichts gut.

Zu überhaupt nichts gut. Ganz offensichtlich taugte Andreas zu überhaupt nichts. Gerade hatte ihn das Krankenhaus angerufen. Aus Furcht vor dem Gespräch hatte er es ein paarmal klingeln lassen. Er befürchtete das Schlimmste. Am Telefon hatte man ihm jedoch keine Auskunft geben wollen. Er sollte unverzüglich kommen.

Mein Gott, warum scheine ich ...

... solch ein Idiot zu sein? Ein Idiot, der weder hatte das Drama voraussehen noch es aufhalten können. Und schon gar nicht die Kette von Ereignissen, die ihn jetzt diese Straße hinabrasen und jede Kurve schneiden ließ, ohne sich um den Gegenverkehr zu scheren.

Und wer vermag in dieser Hölle zu sagen, was von uns erwartet wird?

Die Hölle, die Ereignisse der vergangenen Tage, die vertrackte Ermittlung, die vielen Fallstricke, die er zu spät gelöst hatte, die sinnlosen Morde – und seine eigene Verantwortung bei alldem.

Was geschehen war, ließ sich nicht rückgängig machen. Unmöglich, die Zeit zurückzudrehen. Das alles würde ihn bis in alle Ewigkeit verfolgen. Doch jetzt musste er sich auf das Fahren konzentrieren. Diese unglückselige Musik ausschalten, unversehrt im Krankenhaus ankommen. Und sich der Realität stellen, egal, wie diese aussehen mochte.

Dabei hatte alles mit einem wunderbaren Tag begonnen ...

1

Samstag, 23. Februar

Andreas war bei Sonnenaufgang aufgestanden, hatte Minus, den Bernhardiner, hinaus in den Garten gelassen und sich danach sein morgendliches Getränk aus zwei Dritteln Milch und einem Drittel Kaffee in seiner mit einem Elch verzierten Lieblingstasse zubereitet, die er aus Schweden mitgebracht hatte. Die Tasse erinnerte ihn an seine Wurzeln, an das Land, mit dem er sich zutiefst verbunden fühlte.

Ein Anflug von Melancholie überkam ihn, ein ambivalentes Gefühl. Er hasste es, sich von den verpassten Chancen der Vergangenheit und der Unzufriedenheit der Gegenwart runterziehen zu lassen, dennoch blätterte er im Geiste seine Erinnerungen durch, um in diesen sanften Schmerzen zu schwelgen.

Andreas trat hinaus auf die Terrasse seines Chalets und ließ sich auf dem Sofa nieder. Ein frischer Wind fuhr ihm unter die Kleidung, gleichzeitig wärmten die ersten schüchternen Sonnenstrahlen sein Gesicht. Der Schnee glitzerte und kitzelte ihm in der Nase. Er roch Tannenduft. Spürte die Feuchtigkeit der Luft, die gerade eine Temperatur um den Gefrierpunkt erreicht hatte.

Minus bahnte sich einen Weg durch den frischen Schnee, der in der Nacht gefallen war. Er hatte im Vogelhäuschen in der Eberesche zwei Kohlmeisen gesichtet, die dort nach Körnern suchten. Als eine Alpendohle auf einem Ast landete und dabei frischen Schnee auf Minus herunterrieseln ließ, bis dieser sich schüttelte, flogen sie auf. Die Dohle hüpfte mit ausgebreiteten Flügeln auf das Vogelhäuschen. Die Spannweite ihrer Flügel machte einen solchen Eindruck auf die beiden Meisen, dass diese sich auf einem anderen Baum niederließen und von dort misstrauisch das metallisch schwarze Gefieder und den schwefelgelben Schnabel beäugten, der sie ihrer Kost beraubte.

Trotz dieses idyllischen Spektakels, von dem eine gewisse Ruhe ausging, wuchs sich Andreas' melancholische Stimmung in ein regelrechtes Unwohlsein aus. Warum weckte der pechschwarze Vogel ein solch ungutes Gefühl in ihm?

In seinen düsteren Gedanken verloren, hörte Andreas nicht, dass sich Mikaël von hinten näherte und sich über ihn beugte. Die Umarmung ließ ihn die Gründe für seine Irritation vergessen.

2

Der deutsche Zöllner hob den Kopf und betrachtete den vor ihm stehenden Mann, dessen Haltung rein gar nichts Sympathisches oder Entspanntes ausstrahlte. Laut seines Reisepasses war er ein Meter fünfundsiebzig groß. Er war schmal, doch sein schwarzer perfekt sitzender Anzug ließ eine kompakte, stählerne Muskelmasse erahnen, die er zweifellos einem intensiven sportlichen Training verdankte. Er hatte kurz geschorene blonde Haare, eiskalte blaue Augen und ein so ausdrucksloses Gesicht, dass ihn nur das Beben seiner Nasenflügel beim Einatmen als Lebewesen verriet.

Dreißig Jahre hatte der Zollbeamte hinter dem Schalter auf dem Flughafen Berlin-Schönefeld Reisende kontrolliert, nun würde er in den Ruhestand gehen. Wie viele Personen hatte er vorbeiziehen sehen? Unzählige. Um die Monotonie seines Arbeitsalltags zu durchbrechen, hatte er sich Ratespiele ausgedacht. Manchmal hatte er Spaß daran, die Nationalität der Reisenden zu erraten, ihr Gewicht zu schätzen oder ihre Größe. Diese Woche hatte er es sich mit seinem ausgeklügelten System zur Aufgabe gemacht, ihr Alter zu raten. Bevor er den Pass aufklappte, musste er das Alter seines Gegenübers schätzen. Lag er richtig, machte er zwei Haken in einer Kladde, die neben seiner Tastatur lag. Verschätzte er sich um ein bis drei Jahre, machte er nur einen Haken. Alles, was darüber hinausging, erhielt ein Kreuzchen, was allerdings fast nie vorkam. Am Ende des Tages zählte er seine Punkte zusammen. Er war mit der Zeit immer besser geworden, aber der Mann, der vor ihm stand, blieb ihm ein Rätsel. Erneut schaute er in den Pass und rechnete im Kopf nach: sechsundfünfzig Jahre. Er hatte ihn zehn Jahre jünger geschätzt. Er malte ein Kreuzchen.

»*What is the purpose of your visit, Mister Artomonov?*«, fragte er auf Englisch mit einem leichten deutschen Akzent.

»*Business*«, erwiderte der Mann mit einem deutlich russischen Akzent.

Der Mann nahm seinen Pass und ging zum Gepäckband Nummer vier, dessen Anzeigetafel auf die Ankunft eines Fluges aus Moskau hinwies. Während er auf seinen Koffer wartete, holte er sein Smartphone hervor und schaltete es ein. Ein

Klingelton signalisierte ihm, dass er eine Nachricht empfangen hatte. Er öffnete sie und las die Adresse des Ortes, an den er sich begeben musste.

Der Mann verließ den Flughafen, zog seinen Rollkoffer hinter sich her, auf den er seinen Aktenkoffer gestellt hatte, und begab sich zum Taxistand. Dort wartete bereits ein knappes Dutzend Leute, aber er hatte es nicht eilig. Das Flugzeug war pünktlich gelandet. Er schaute auf seine Uhr: fünfzehn Uhr dreißig. Ein Fahrer kam ihm entgegen, nahm seinen Koffer und verstaute ihn im Kofferraum seines Wagens, einem beigen Mercedes, dem üblichen Taximodell in Deutschland. Der Mann nahm auf der Rückbank Platz und drückte den Aktenkoffer an sich.

»Guten Tag, *Mister, welcome to Berlin. Where* ...«

»Hotel Adlon Kempinski«, unterbrach ihn der Mann und nahm dem Taxifahrer damit jede Möglichkeit, etwas Freundlichkeit an den Tag zu legen.

Die Stille, die sich daraufhin im Wagen ausbreitete, bereitete dem Fahrer Unbehagen. Er hatte zwar schon viele schweigsame Kunden kennengelernt, aber dieser hier wirkte geradezu frostig. Verstohlen schaute er in den Rückspiegel. Sein Fahrgast zeigte keinerlei Regung.

»Sind Sie das erste Mal in Berlin?«

»Nein«, sagte der Mann. Niemals auch nur ein Wort zu viel sagen. Sich eine Aura des Geheimnisvollen zu geben und eine perfekte Selbstbeherrschung waren seine Markenzeichen. Sie hatten ihm beim russischen Auslandsnachrichtendienst SWR, der 1991 aus der Auflösung des KGB hervorgegangen war, seinen Spitznamen Litso Ice eingebracht. »Gesicht aus Eis« – eine Mischung aus einem russischen und einem englischen Wort. Litso Ice war einer jener hoch spezialisierten Agenten gewesen, die der Staat für geheime Spionageeinsätze im Ausland nutzte. Vor zehn Jahren hatte er dort seinen offiziellen Posten an den Nagel gehängt, um privat eine weitaus lukrativere Karriere zu starten.

Das Taxi bog nach links ab. In der Ferne sah Litso Ice die Siegessäule, jene monumentale Säule, die zu Ehren der Preußischen Armee errichtet worden war. Am Kreisverkehr angelangt, erkannte er die riesige vergoldete Statue darauf – Viktoria, das römische Äquivalent der griechischen Siegesgöttin Nike, die durch eine bekannte Sportschuhmarke auf dem Altar des Kapitalismus geopfert worden war. Das Taxi nahm die erste Ausfahrt und fädelte sich in die Straße des 17. Juni ein, die am Großen Tiergarten vorbeiführte. Sofort erblickte Litso Ice zu seiner Linken das Sowjetische Ehrenmal, das zu Ehren der Soldaten der Roten Armee errichtet worden war, die in der Schlacht um Berlin im Jahr 1945 gefallen waren. Nostalgische Rückblicke erschienen ihm als vertane Zeit, ein überflüssiges Gefühl, dennoch erinnerte ihn der riesige helle Betonbogen an seine Anfänge in der Armee. Mitten im Kalten Krieg war er zur Bewachung dieses Denkmals für zwei Jahre in den Sowjetischen Sektor nach Berlin abgesandt worden.

Vor ihnen erhob sich das Brandenburger Tor. Der dichte Verkehr zwang das Taxi zum Anhalten. Litso Ice sah, dass das Taxameter etwas mehr als dreißig Euro anzeigte. Er holte zwei Zwanzigerscheine aus seiner Brieftasche, warf sie auf den Beifahrersitz, öffnete die Wagentür und verließ unter dem verdutzten Blick des Fahrers wortlos das Taxi. Er holte seinen Koffer aus dem Kofferraum, überquerte die Straße bis zum Platz des 18. März, schritt unter dem Brandenburger Tor hindurch, um zu seinem in der berühmten Prachtstraße Unter den Linden gelegenen Hotel zu gelangen.

Litso Ice betrat die Lobby, ging auf die Rezeption zu und hielt inne. In der Mitte des Atriums befand sich ein mit Elefanten geschmückter Brunnen. Ein Pianist spielte Mozart. Er erkannte den dritten Satz der Sonate Nr. 11, Alla Turca.

Er hatte schon häufiger in luxuriösen Hotels gewohnt, doch die Atmosphäre im Adlon übertraf alles, was er bisher kennengelernt hatte. Es war wie eine zugleich klassische und zeitgenössische Musik, ein historisches Denkmal mit modernstem Komfort. Der Boden und die Säulen waren aus Marmor. Die Wände cremefarben und die Decken mit goldenem Stuck verziert. Und in der Mitte über dem Brunnen ein Lichtschacht und eine Glaskuppel mit blau-goldenen Mosaikarbeiten. Litso Ice atmete ein, um dies alles in sich aufzusaugen. Irgendwo hatte er gelesen, dass Greta Garbo hier regelmäßig abgestiegen war und sogar eine eigene Suite gehabt hatte. Auch Chaplin, Einstein, Roosevelt hatten hier gewohnt. Und hier wandelte nun er, Litso Ice, auf den Spuren dieser illustren Persönlichkeiten. Allerdings wusste er, dass sich niemals jemand an Litso Ice erinnern würde, und das war auch gut so.

Nachdem er in seinem Zimmer im obersten Stockwerk eingecheckt und in einem Sessel neben dem Fenster, Berlin zu seinen Füßen, Platz genommen hatte, überlegte er, ob sich sein Auftraggeber nicht etwa über ihn lustig machte. Er öffnete den Briefumschlag, den man ihm übergeben hatte. Er enthielt eine Eintrittskarte für eine Aufführung der Oper »Die Walküre« an diesem Abend um zwanzig Uhr.

Litso Ice legte seinen Koffer auf das Bett, öffnete das Schloss und klappte ihn auf. Er holte einen Anzug heraus, strich ihn glatt und hängte ihn in den Schrank. Anschließend räumte er den Rest aus. Kleidung, einen Kulturbeutel, einen Rasierer, Schuhe und weitere Accessoires, die er für seine Mission vorgesehen hatte. Dem Kulturbeutel entnahm er eine elektrische Zahnbürste, in der er den Lauf seiner Waffe versteckt hatte. Den Griff mit dem sowjetischen Stern holte er unter seinen Socken hervor. Er löste den Stoff, mit dem der Schalenkoffer ausgeschlagen war, ließ eines der biegsamen Kunststoffrohre herausgleiten, die der Verstärkung dienten, und zog aus ihm die Schlagfeder und den Schalldämpfer heraus. Nachdem er sämtliche Akten beiseitegelegt hatte, löste er in seinem Aktenkoffer eine Platte, die als doppelter Boden diente, unter dem sich in Schaumstoff eingebettet das Gehäuse einer halb automatischen Pistole und ein mit Munition gefülltes Magazin befanden.

Ein paar Minuten später lagen sämtliche Bauteile einer Makarow auf dem Tisch. Trotz der immer strengeren Kontrollen hatte er nie auch nur das geringste Problem gehabt, seine Waffe mit über die Grenze zu nehmen. Die Sicherheitsbeamten achteten auf Plastikteile und Flüssigkeiten, die verdächtig nach Sprengstoff aussahen, aber nie waren sein Koffer und sein Aktenkoffer einer gesonderten Kontrolle unterzogen worden. Mit einem Freund, der auf dem internationalen Flughafen Scheremetjewo in Moskau arbeitete, hatte er alles getestet. Sämtliche Bauteile waren so platziert, dass sie für den Scanner nicht erkennbar waren.

Die Makarow, eine in Russland produzierte halb automatische Pistole, war während seiner Spionagetätigkeit fürs Vaterland seine Dienstwaffe gewesen, und für nichts in der Welt hätte er sie gegen eine andere Pistole getauscht. Diese Waffe besaß viele Vorteile: geringe Größe, wenig mobile Bauteile – zumindest weniger als andere Waffen dieser Kategorie –, einfach zu zerlegen und wieder zusammenzubauen. Ihre einzigen Makel waren ihre geringe Präzision und Reichweite. Litso Ice hatte dies zu seinem Vorteil umgemünzt: Er liebte es, im Moment des Abdrückens ganz nahe an seine Opfer heranzukommen.

Die Zeiger seiner schlichten, eleganten Schweizer Uhr, einer schiefergrauen Royal Oak Offshore, die er bei seinem letzten Auftrag als Prämie bekommen hatte, zeigten sechzehn Uhr dreißig an. Noch mehr als drei Stunden bis zur Aufführung. Litso Ice war noch nie in der Staatsoper gewesen und freute sich schon darauf, Wagners »Walküre« in einem der ältesten Opernhäuser Deutschlands zu hören, das von den Stalinorgeln zerstört und 1952 vollständig wieder aufgebaut worden war.

Er liebte die Oper und hatte sich sogar ein Abonnement für das Bolschoi-Theater gegönnt. Diese Vorliebe kam aus der Zeit, in der er im Sicherheitsdienst für Boris Jelzin gearbeitet hatte. Damals hatte er den russischen Präsidenten zu Aufführungen begleitet und in der Loge mit perfektem Blick auf die Bühne direkt hinter ihm gestanden. Als das Orchester die ersten Töne der berühmten Arie »E lucevan le stelle« aus Puccinis Oper Tosca angestimmt hatte, hatte Litso Ice eine gewaltige Leere in seinem Innern verspürt, einen Riss, so als würde die Musik die in seiner Seele versteckten Gefühle aus dunkelster Tiefe an die Oberfläche holen. An jenem Abend hatte er den Eindruck gehabt, als würde etwas in ihm aufreißen. Sein ganzes Leben und seine gesamte berufliche Karriere über hatte nur eine einzige Sache gezählt: die Beherrschung. Seine Gefühle und sein Handeln zu beherrschen war zum Credo seines Alltags geworden. Zu einer tödlichen Waffe, die sich durch nichts aufhalten ließ. Brachte er jemanden um, verspürte er nichts, außer vielleicht etwas Erleichterung, eine Aufgabe erledigt zu haben. Bei einer Frau verspürte er allerhöchstens Lust. Liebe war für ihn nur ein Wort. Sein brutaler, alkoholabhängiger Vater und seine psychisch kranke Mutter, die unfähig gewesen war, ihren Kindern Zuneigung zu schenken, hatten ganze Arbeit geleistet. Doch an jenem Abend in der Oper hatte er sich zum ersten Mal lebendig gefühlt. Ein merkwürdiges Gefühl, eine Mischung aus Freude und Angst: eine unkontrollierbare Freude zu existieren vermischt mit der irrationalen Angst, schwach zu werden. Noch heute, auch wenn er es sich eigentlich nicht eingestehen wollte, konnte er die sanfte Wärme der Tränen spüren, die ihm damals den Blick verschwimmen lassen hatten.

Litso Ice entschied sich, ein Bad zu nehmen. Das Badezimmer aus weißem Marmor mit dem ovalen Whirlpool für mindestens zwei Personen stand in krassem Gegensatz zu der Realität seiner Kindheit. Er drehte den Wasserhahn auf und leerte den Inhalt des großen Flakons mit dem Badezusatz ins Wasser. Dann kehrte er in den Salon zurück, hob sein Mobiltelefon vom Couchtisch auf und betrachtete das Foto, das ihm zugeschickt worden war. Es handelte sich um einen Plan des Opernhauses. Ein Kreuz markierte den Ort, wo er während der Aufführung sitzen würde, ein Kreis die Loge, in der sich sein Opfer befinden würde. Ein Viereck zeigte den Notausgang an, den er zu Beginn des dritten Aktes benutzen musste. Der einzige Wermutstropfen: Er würde den Schlussakt verpassen. Er legte ein Kleidungsstück nach dem anderen ab, strich sie einzeln glatt und verstaute sie im Kleiderschrank. Kurz betrachtete er seinen nackten athletischen Körper im Spiegel, ließ sich dann ins Badewasser gleiten und verschwand unter einer dicken Schaumschicht.

3

Der Mann, der sich an dem Parfüm seiner Mutter betörte, hatte eine Stunde Zeit. Sein Vater war beschäftigt und würde ihn nicht stören. Er ging in die Küche, nahm den Zinnkrug von der Anrichte und fischte einen Schlüssel heraus. Dann begab er sich in den ersten Stock. In seinem Zimmer holte er einen Rucksack aus dem Schrank, danach zog er sich aus und ging unter die Dusche. Für sein Vorhaben musste er sauber sein, sich von jeglicher Schande reinwaschen. Drei Minuten, mit der Uhr in der Hand.

Nachdem er sich abgetrocknet hatte, nahm er den Schlüssel, den er auf dem Klodeckel abgelegt hatte, und lief nackt, mit dem Rucksack über der Schulter, über den Flur bis zu der Tür am anderen Ende des Ganges. Er steckte den Schlüssel ins Schloss, drehte ihn herum, hielt kurz inne. Er schloss die Augen. Quälende Gedanken marterten ihn. Er hatte das Gefühl, etwas Verbotenes zu tun, ein Tabu zu verletzen. In dieses Zimmer einzudringen bedeutete, eine Grenze zu überschreiten. Tief in seinem Innern wusste er, dass es böse war. Doch immer wieder siegte das Begehren über den Verstand. Er drückte die Klinke hinunter, öffnete langsam die Tür und trat ein.

Auf der anderen Seite des Zimmers befand sich rechts der Frisiertisch. Das weiße Möbel mit dem von einem Lichtkranz

gerahmten ovalen Spiegel zog seinen Blick an wie ein Magnet. Es war die Art von Möbel, von der sich seine Mutter vorgestellt hatte, dass sie in den fünfziger Jahren in den Umkleiden der Hollywoodsternchen gestanden hatte. Sie hatte den Tisch extra aus Amerika kommen lassen. Direkt unter dem Fenster stand eine Kommode. Er konnte seinen nackten Körper in der Fensterscheibe sehen. Ohne zu zögern, öffnete er eine Schublade, holte einen rosafarbenen Seidenslip mit Spitzen hervor und zog ihn vorsichtig an. Dann griff er nach einem schwarzen Strumpfhalter und legte ihn um seine Taille. Er streifte Seidenstrümpfe über, rollte sie nach oben und befestigte sie an den Strapsen.
 Er ging zum Schrank und begutachtete die Kleidersammlung seiner Mutter. Die meisten Kleider stammten aus den 1950er Jahren. Seine Mutter liebte diese Art Vintagegarderobe, wie sie Grace Kelly, Audrey Hepburn und Joanne Woodward einst getragen hatten. Sie hätte gern dieser Generation von Frauen angehört und so ausgesehen wie sie. Sie war einfach zur falschen Zeit geboren worden.
 Selten hatte seine Mutter diese Kleider außerhalb der eigenen vier Wände getragen, außer an den wenigen Abenden, an denen sie tanzen gegangen war. Überwiegend schienen sie für die Intimität ihres Zimmers bestimmt gewesen zu sein. Sie verriegelte ihre Tür stets doppelt. Er beobachtete sie durch das Schlüsselloch, während sie in eines dieser Kleider schlüpfte und sich vor ihrem Spiegel schminkte.
 Schließlich wählte er ein mit Frühlingsblumen bedrucktes Kleid. Aus einem Regal nahm er die Schuhe mit den schwarzen Absätzen und zwängte seine Füße hinein. Er betrachtete sich im Standspiegel in der Ecke. Das Wichtigste fehlte noch.
 Er setzte sich auf den Stuhl vor dem Frisiertisch und musterte sich im Spiegel. Was er sah, gefiel ihm nicht.
 Ein junger Mann.
 Das Gesicht eines Engels.
 Androgyne Gesichtszüge.

Weniger weiblich als seine Mutter, auch wenn er ihre Kleider trug.
Weniger männlich als sein Vater in seiner Alltagskleidung.
Halb Mann, halb Frau. Weder Mann noch Frau.
Aus der Schublade des Frisiertisches holte er einen Lippenstift, Make-up und Mascara hervor und schminkte sich sorgfältig. Er hatte diese Handgriffe so oft wiederholt, dass er sich ein gewisses Geschick angeeignet hatte. Er öffnete eine Schmuckschatulle und nahm ein Paar Ohrringe heraus. Um sein Profil im Spiegel zu sehen, wandte er leicht den Kopf. Er zog den einen Ohrring an. Dann den zweiten. Danach legte er sich eine Perlenkette um. Zum Schluss setzte er sich eine Perücke mit hellbraunem Haar auf, die er seinem Rucksack entnommen hatte.

Vor ihm stand der Glasflakon mit dem dunkelblauen Verschluss, der die goldene Farbe der kostbaren Flüssigkeit besonders gut zur Geltung brachte. Er bewunderte ihn wie einen Schatz. Auf dem Kristallglas stand in Goldbuchstaben *Shalimar*.

Solange er sich erinnern konnte, hatte seine Mutter stets dieses Parfüm benutzt. Als Kind hatte er sich einmal damit besprüht. Als er hinunter in die Küche gekommen war, hatte sie es sofort bemerkt: Er stank. Sie hatte ihn heftig geohrfeigt. Er erinnerte sich sehr gut daran, wie sie geschrien hatte: »*Verdammter Rotzbengel, was hast du dir dabei gedacht! Vermutlich nichts, bei deinem Spatzenhirn! Weißt du, wie teuer das ist? Bei besonderen Gelegenheiten verwende ich ein, zwei Tropfen, und du, du verschwendest es einfach so aus Spaß?*«

Wenn sie ihn mit Beschimpfungen überschüttete, ging sie oft sehr weit und setzte meist noch einen drauf: »*Und auch noch den Duft einer Frau ... Du bist ein Mann, oder nicht? Du wirst doch hoffentlich nicht schwul sein?*« Sie hatte ihn an den Ohren in sein Zimmer gezogen, abgeschlossen und wieder und wieder geschrien: »*Dein Vater würde das nicht ertragen. Und ich ... und ich ... verdammte Scheiße!*« Beim Weggehen hatte sie gebrüllt: »*Bis morgen bleibst du hier und bekommst nichts zu essen!*«

Sein Vater hatte weiter am Küchentisch gesessen und keinen Ton dazu gesagt.

Der Mann, der sich am Parfüm seiner Mutter betörte, nahm den Flakon in die leicht zitternde Hand. Die Angst. Allgegenwärtig. Auch wenn er nichts mehr zu fürchten hatte, war die Wirkung seiner Mutter immer noch sehr präsent.

Er öffnete vorsichtig den Verschluss und gab ein paar Tropfen der wertvollen Flüssigkeit auf sein Handgelenk. Anschließend strich er sich damit erst über die rechte und dann über die linke Halsseite. Der sanfte, frische Bergamottduft erinnerte ihn an seine Mutter. Eine tröstliche und gleichzeitig unerträgliche Erinnerung. Unerträglich, da sie einen tief sitzenden Hass in ihm nährte. Tröstlich, da ihn dieser exotische Geruch an Sonnenschein und Blumen denken ließ. Er schloss die Augen und stellte sich vor, er befinde sich in einem dieser luxuriösen Gärten mit sprudelnden Springbrunnen und duftenden Blumen. Rosen, Iris, Jasmin. Und dann, ganz hinten, der samtige Duft der Vanille, der mehrere Tage anhielt. Er stellte sich vor, wie er sich inmitten dieses verlorenen Paradieses mit einer reinen, perfekten Frau aufhielt. Einer Mutter. Die, die er begehrte. Der er mit bitterer Inbrunst hinterherjagte. In seinen Träumen ebenso wie in der Realität. Es gelang ihm nicht, die Erinnerung an diese lieblose, monströse Mutter mit der Subtilität und der Sinnlichkeit des Parfüms in Einklang zu bringen. Im Sanskrit bedeutete »Shalimar« »Tempel der Liebe«. Das hatte er im Internet gelesen. Er war im Tempel des Hasses groß geworden.

Er bewunderte die Frauen. Er verehrte sie. In Wirklichkeit war jedoch alles viel komplizierter. Er hatte es versucht. Hatte versucht, sie mit seinem Engelsgesicht zu verführen. Doch das hatte immer böse geendet. Er war unfähig, ein Mann zu sein, ein richtiger, wenn es darauf ankam. Er trieb auf der Welle der Enttäuschung bis hin zur Desillusion. Er hasste die Frauen. Ein innerer Kampf ohne Ausweg.

Der Mann, der sich am Parfüm seiner Mutter betörte, hätte sich niemals vorstellen können, wie nah Liebe und Hass beieinanderliegen konnten. Wie untrennbar sie miteinander verbunden waren. Wie Licht und Schatten. Die zwei Seiten einer Medaille. Er war bereit, sich im Spiegel zu betrachten. Lange und aufmerksam. Ohne zu zwinkern. Sein Spiegelbild zeigte ihm ein maskenhaftes Gesicht. Doch irgendetwas stimmte nicht. Seine Mutter hatte blaue Augen gehabt, die seinen waren dunkelbraun. Sein Blick gefiel ihm nicht, er fand ihn ausdruckslos. Der seiner Mutter war durchdringend gewesen, distanziert und eisig. Der Blick einer Göttin und gleichzeitig so eisig, dass er sich davon wie mit einer Klinge durchbohrt fühlte. Er dachte häufig darüber nach und hatte schließlich sogar blaue Kontaktlinsen im Internet bestellt. Er wollte ihr ähnlich sehen. *Perfekt sein.*

Als er das Päckchen aufgemacht hatte, war er enttäuscht gewesen. Die Linsen hatten überhaupt nicht den gewünschten Farbton. Das Foto auf der Internetseite hatte etwas anderes versprochen. Er hatte keine Ahnung, wie er die richtigen Kontaktlinsen auftreiben konnte. Linsen, die ihm den Blick seiner Mutter in Erinnerung rufen würden, wenn er sich im Spiegel betrachtete.

Zwischenfälle wie diese irritierten ihn. Er spürte, wie seine Atmung schneller wurde. Wie sein Puls raste. Seine Zeit war begrenzt. Er hatte nur eine Stunde. Die wollte er nutzen. Die Schlagader an seinem Hals pochte. Zunächst musste er wieder ruhig werden. Ja, wieder ruhig werden.

Erneut konzentrierte er sich auf den Spiegel, öffnete den Shalimar-Flakon und hielt ihn sich unter die Nase. Er schloss die Augen. Er inhalierte den Duft. Seine Atmung verlangsamte sich, und sein Puls schlug weniger heftig. Seine Seele schwebte mit den Molekülen des Parfüms durch die Luft. Plötzlich konnte er sich selbst von außen sehen. Hatte seine Mutter diesen Trick benutzt, um ihrer düsteren Realität zu entfliehen? Dessen war er sich sicher.

Er fokussierte sich wieder, als er hörte, wie sich ein Auto näherte. Er horchte, verharrte reglos und hielt die Luft an. Der Wagen hatte angehalten. Er lauschte dem laufenden Motor. Hörte das Klappern des Briefkastens. Die Briefträgerin! Er schaute auf die Uhr. Sie war früher als gewöhnlich vorbeigekommen. Er hörte, wie das Auto losfuhr und sich wieder entfernte. Er stieß einen tiefen Seufzer aus.

Er hatte das Zeitgefühl verloren. Zum ersten Mal. Er blickte zur Wanduhr. Es blieben ihm noch zehn Minuten, bevor er kam. Er zog die Perücke aus und verstaute sie im Rucksack. Dann beeilte er sich, den Schmuck abzulegen und ihn wieder in der Schatulle zu deponieren. Er legte die Schminkutensilien nebeneinander in die oberste Schublade des Frisiertisches. Danach zog er sich aus und hängte die Kleidungsstücke zurück in den Schrank. Wieder war er splitternackt. Er blickte sich um. Alles war an seinem gewohnten Platz. Er verließ mit dem Rucksack über der Schulter das Zimmer und verschloss die Tür. Er würde eine Dusche nehmen und anschließend seine Arbeitskleidung anziehen.

Nachdem er sich wieder angezogen hatte, ging er die Treppe hinunter, um das Haus zu verlassen. Dann besann er sich und kehrte in die Küche zurück, um den Schlüssel wieder in die Zinnkanne zu legen. Anschließend trat er zur Haustür hinaus. Die Nachbarin beobachtete ihn von ihrem Fenster aus, schaute zu, wie er ins Auto stieg und mit quietschenden Reifen davonfuhr.

4

Der Wintertag begann unter besten Vorzeichen. Andreas und Mikaël waren von Cergnement aus zu einer Schneeschuhwanderung nach Solalex aufgebrochen, einer umringt von gewaltigen Felswänden gelegenen Alp. Minus war mit von der Partie und sprang fröhlich im pulvrigen Schnee herum. Dieser sonnige Tag versöhnte Andreas mit dem Winter, der ihn für gewöhnlich eher trübsinnig werden ließ. Jeden Morgen spürte er seine Last, wenn er sich durch die nebelverhangene Rhôneebene auf den Weg zur Arbeit nach Lausanne machte.

Die fehlende Sonne schlug Andreas aufs Gemüt. Zumindest behauptete er das, auch wenn ihm Mikaël kein Wort glaubte. Seit dem Ende der Ermittlungen im Fall eines kaltblütigen Serienmörders im vergangenen Herbst hatte Andreas Mühe, sich wieder im Arbeitsalltag zurechtzufinden. Vor allem, da sich seitdem nichts Aufregendes mehr zugetragen hatte. Nichts als Banalitäten. Es hatte ein einziges Tötungsdelikt gegeben, das sich innerhalb von wenigen Stunden hatte aufklären lassen. Ein Mann hatte seine Frau und seine beiden Kinder umgebracht, bevor er sich selbst das Leben genommen hatte. Ein schreckliches Drama, aber eine Ermittlung, die ihn unterfordert hatte. Nichts, was seine Kompetenz verlangt hätte. Auf Adrenalin war Langeweile gefolgt.

Mikaël hatte dem Leiden seines Freundes einen Namen gegeben: der Crime-Blues. Er hatte versucht, mit Andreas darüber zu reden, der ihm jedoch systematisch ausgewichen war: »Mach dir keine Sorgen. Das wird besser, sobald der Winter vorbei ist.«

Mikaël hatte das Gefühl, dass sich Andreas beinah einen Mord herbeisehnte, um wieder besserer Laune zu sein. Andreas wiederum fiel es schwer, seine eigenen Schwächen in Worte zu fassen, und verzichtete bereitwillig darauf, sich zu ihnen zu bekennen. In Wirklichkeit fühlte er sich wie ein verwundeter Sportler auf der Ersatzbank. Wie ein Pokerspieler mit Casinoverbot. Wie ein Drogenabhängiger während einer Entgiftungskur. Er war auf Entzug.

Während sie mit ihren Schneeschuhen bergauf wanderten, hatte die Sonne die Luft erwärmt, und auch Andreas' Stimmungsbarometer hellte sich wieder auf. In Solalex angekommen, setzten sich Andreas und Mikaël auf die Terrasse des kleinen Restaurants am Fuße der Diablerets und des Miroir d'Argentine, dieser glatten, bei Alpinisten sehr beliebten Felswand, deren Anblick man nie müde wurde. Der Kellner brachte ihnen zwei *Cafés Solalex*, die Gourmetvariante eines Espresso mit unanständig viel Sahne und einem großzügigen Schuss Pflaumenschnaps. Zwei Stücke hausgemachte Pflaumentarte machten den kleinen Imbiss perfekt. Ohne dass sie danach fragen mussten, stellte der Kellner einen Wassernapf auf den Boden, denn auch Minus galt hier als Stammgast.

Als Andreas' Telefon vibrierte, wusste Mikaël, dass der Tag gelaufen war. Doch nachdem Andreas die SMS gelesen hatte, zeigte er ihm lächelnd die Nachricht auf dem Display: *Yodi hat das Fruchtwasser verloren. Es geht gleich los. Antoine.*

Andreas hatte schon immer mal beim Kalben dabei sein wollen. Als er den Bauern Antoine aus Gryon auf einem Fest des Fremdenverkehrsamts anlässlich des letzten Alpauftriebs kennengelernt hatte, hatte er mit ihm darüber gesprochen.

Sie bezahlten und zogen die Schneeschuhe wieder an.

5

Der Bauernhof, vor dem Andreas und Mikaël parkten, lag mitten in Gryon. Um ihn herum waren immer mehr Chalets gebaut worden, bei denen es sich zum größten Teil um leer stehende Zweitwohnsitze handelte. Die Zahl der noch aktiven Landwirte der Gemeinde ließ sich an einer Hand abzählen, doch Antoine war einer von ihnen. Er hatte den Hof von seinem Vater geerbt und würde ihn demnächst an seinen Sohn Vincent weitergeben. Letzterer begnügte sich bislang damit, ihm ab und zu zur Hand zu gehen und seinen Lebensunterhalt mit Gelegenheitsjobs in der Region zu verdienen. Im Winter arbeitete er am Skilift, überwachte dort die Funktion der Anlagen oder fuhr nachts mit der Schneeraupe über die Pisten. Je nach Bedarf wurde er auch von der Gemeinde Gryon engagiert.

Andreas und Mikaël betraten den Stall. Zur Linken standen zehn Kühe in einer Reihe, hinten rechts vier *Modzons*. Antoine hatte ihnen erklärt, dass dies im waadtländischen Dialekt die Bezeichnung für junge Färsen war. In einem Pferch käuten zwei Kälber wieder.

Antoine drehte sich zu ihnen um, kam auf sie zu und schüttelte ihnen die Hand.

»Yodi hat noch nicht gekalbt. Ihr seid noch rechtzeitig gekommen.«

Ein Geräusch entweichender Luft ließ sie aufschauen. Vincent hatte gerade eine der Kühe gemolken und auf einen Knopf gedrückt, damit sich die Zitzenbecher vom Euter lösten. Er begrüßte die Besucher.

»Welche von den Kühen ist Yodi?«, fragte Andreas.

»Die da drüben.« Antoine zeigte auf die fünfte Kuh in der linken Reihe. »Wir nennen sie Yodi, aber eigentlich heißt sie Yodeleuse.«

Er ging zu ihr hinüber, legte eine Hand auf ihren Rücken und streichelte sie.

»Sie ist die sanfteste meiner Kühe.«

Yodeleuse besaß ein champagnerfarbenes Fell mit vereinzelten weißen Flecken. Zwei helle Ringe um die Augen ließen sie freundlich und intelligent aussehen. Sie hatte einen hübschen Kopf, musste Andreas zugeben.

»Wie lange dauert es denn noch, bis sie kalbt?«, fragte Mikaël.

»Ich glaube, es geht gleich los. Sie wird schon etwas unruhig. Und die Wehen haben bereits eingesetzt.«

Sie nahmen an einem Tisch in einer Ecke des Raumes Platz, der wie ein Carnotzet, ein Waadtländer Weinstübchen, eingerichtet war. Antoine öffnete eine Flasche Weißwein und füllte vier kleine Gläser.

»Prost«, rief Antoine.

»Prost«, antworteten die anderen drei einstimmig.
»Wie nennt man die Rasse dieser Kühe?«, fragte Andreas, dessen Wissen über Rinder sich auf die morgendliche Milch in seinem Kaffee und auf das Steak tatare, das er gelegentlich zubereitete, beschränkte.
»Das sind Simmis«, erklärte Vincent.
»Das sind was?«
»Simmentaler Fleckvieh«, präzisierte Antoine.
»Sie stammen ursprünglich aus dem Berner Oberland und sind eine Zweinutzungsrasse«, fügte Vincent hinzu.
»Zweinutzung?«, fragte Mikaël erstaunt.
»Ja, sie sind gute Milchkühe und außerdem exzellente Fleischlieferanten.«
»Hauptsächlich findet man sie auf den Alpwiesen.«
»Und sie sind viel hübscher als die Holsteiner!«
Vincent und Antoine überboten sich gegenseitig in ihrem leidenschaftlichen Stolz.

Antoine fuhr voller Elan fort: »Unten in der Rhôneebene haben die Bauern fast nur noch Holsteiner. Das sind zwar bessere Milchkühe, aber sie sind auch mager und knochig. Außerdem sind sie dort meist enthornt, aber für mich ist eine Kuh ohne Hörner keine Kuh mehr. Obendrein sind die Simmentaler viel muskulöser. Das sind Kühe mit Charakter. Und ihre Milch ist perfekt für die Herstellung von Bergkäse.«

»Produziert ihr auch Käse?«, fragte Mikaël.

»Nein, meine Eltern haben noch Käse gemacht. Ich liefere meine Milch bei der Molkerei ab. Aber ich hoffe, dass Vincent entsprechende Schulungen besucht, und ermutige ihn, diese Tradition wiederaufleben zu lassen.«

Yodeleuse ließ ein lang gezogenes Muhen vernehmen. Antoine ging zu ihr hinüber. Sie hatte sich gerade hingelegt. Er beugte sich zu ihr hinunter und streichelte ihren Kopf. Die anderen kamen näher.

»Alles gut, Yodeleuse? Wirst du uns einen kleinen Bullen oder ein Mädchen schenken?«

Ihr Blick war nach innen gekehrt. Sie atmete heftig, die Stärke der Wehen schien zuzunehmen. Nach einigen erfolglosen Versuchen kam plötzlich ein Beinchen des Kalbes zum Vorschein.

»Ah, da ist es ja.«

Antoine schob das Bein vorsichtig zurück, um nach dem anderen zu tasten und das Kalb an beiden Beinen herausziehen zu können. Dabei sprach er beruhigend auf seine Kuh ein. Doch das Kälbchen kam noch nicht zum Vorschein. Yodeleuse legte ihren Kopf ins Stroh, als wolle sie zeigen, dass sie die Kraft verließ.

»Komm schon, meine Große. Du musst jetzt noch mal kräftig drücken.«

Antoine wischte sich den Schweiß von der Stirn, zog etwas kräftiger und ließ nicht mehr locker. Die Schnauze kam zum Vorschein, gefolgt vom ganzen Kopf. Nach weiteren erfolglosen Wehen atmete Yodeleuse tief ein und drückte, bis das ganze Kälbchen auf einen Schlag hinausglitt.

»Ein Mädchen«, sagte Antoine lächelnd.

Vincent und sein Vater ergriffen jeder ein Bein und zogen das Kälbchen auf ein vorbereitetes Strohlager. Vincent kniete sich hin und begann das Fell mit einem Strohbündel abzureiben.

»Antoine!«, rief Andreas, tief bewegt von dem, was er sah. »Komm her! Da kommt noch ein Zweites.«

Antoine, der in den Nachbarstall gegangen war, kam wie der Blitz angelaufen.

»Na so was! Du bescherst uns ja eine schöne Überraschung, Yodi.«

»Ich hab dir doch gesagt, dass sie auffällig dick war«, meinte Vincent.

»Andreas, hilfst du mir mal?«

Andreas und Antoine zogen das zweite Kalb auf das Strohlager nebenan. Andreas nahm etwas Stroh und machte sich daran, das Kälbchen trocken zu reiben, so, wie er es bei Vincent gesehen hatte. Er fühlte sich nützlich. Ein Gefühl, das er beinah vergessen hatte.

Ein paar Minuten später stand Yodeleuse bereits wieder und fraß ihr Heu.

6

Touristen flanierten über den Pariser Platz. In Berlin hatte es angefangen zu schneien, und einzelne Schneeflocken blieben auf dem Pflaster liegen. Das Brandenburger Tor, Denkmal der Wiedervereinigung und Mahnmal der Trennung, war erleuchtet. Litso Ice betrat den Mittelstreifen der Prachtstraße Unter den Linden, um den einen Kilometer bis zur Oper zu Fuß zu gehen.

Er erkannte die im Stil eines korinthischen Tempels gestaltete Fassade des Gebäudes sofort und eilte die Treppenstufen der Staatsoper empor. Die riesige Eingangshalle war schwarz vor Menschen, und ein eindringliches Klingeln ertönte: In sieben Minuten würde die Vorstellung beginnen. Ein Platzanweiser wies ihm den Weg zum ersten Rang und zu seinem Sitz in der ersten Reihe direkt hinter dem Geländer. Litso Ice setzte sich und legte sich seinen gefalteten Mantel über die Knie. Ihm gegenüber saß ein etwa fünfzigjähriges Paar in einer Loge, die eigens für die Ehrengäste hergerichtet worden war. Er holte sein Smartphone hervor und überprüfte, ob die Zielperson mit dem Foto übereinstimmte, das er erhalten hatte.

Der Dirigent betrat die Bühne, das Gemurmel verstummte, und das Licht wurde gedimmt. Der Vorhang öffnete sich und gab den Blick frei auf einen majestätischen Baum, der inmitten einer Behausung stand. Hinten konnte man eine Eingangstür sehen, rechts einen Wohnraum mit einem großen Kamin und in der Mitte, vor dem Baum, einen Tisch, an dem Sieglinde saß. Ihr Ehegatte Hunding schlief friedlich. Draußen tobte ein Unwetter. Die Streichinstrumente intonierten mit einem ungezügelten, abgehackten Rhythmus den Regen. Die Holzbläser unterstrichen den Tumult, der Rhythmus nahm Fahrt auf, Posaunen, Tuba, Becken, Pauken. Schon anhand dieser ersten Takte ließ sich das dramatische Schicksal der Helden erahnen. Dann stimmten die Fagotte, Klarinetten, Hörner und Trompeten in das Geschrei ein, und der Rhythmus steigerte sich weiter. Die Holzinstrumente hielten inne und überließen den Posaunen, Tuben, Becken und Pauken das Spiel, die alles hinwegzufegen schienen.

Litso Ice wurde heiß unter der Silikonmaske, die er trug, um nicht wiedererkannt werden zu können. Trotz dieser Unannehmlichkeit in die Musik versunken, schloss er die Augen. Er dachte an den Mann und an dessen Frau in der Loge. In der Oper zu sterben und von den Walküren nach Walhall gebracht zu werden, das Drama bis zu seinem Höhepunkt zu leben – ein schönes Ende. Die Musik wurde langsamer. Das Gewitter hatte sich gelegt. Er öffnete die Augen.

Siegmund war es gelungen, seinen Feinden zu entkommen. Gerade betrat er erschöpft die Behausung, in der er Unterschlupf gefunden hatte. Er blickte sich um und ließ sich dann auf dem Bärenfell vor dem Kamin nieder.

Am Vorabend hatte Litso Ice das ganze Libretto der Oper noch einmal gelesen. Er kannte jede Szene, jede Anspielung und konzentrierte sich ganz auf seinen Genuss. Am Ende des zweiten Aktes würde er selbst einen Auftritt haben und den dritten Akt verpassen. Das war schade, aber die Arbeit kam eben vor dem Vergnügen.

Während der nächsten zwei Stunden stellte sich Litso Ice vor, er sei in die Haut des unglücklichen Helden Siegmund geschlüpft: Er machte sich auf die Suche nach dem verzauberten Ring, der von einem furchteinflößenden Drachen bewacht wurde, durchlebte die glühende Liebe zu Sieglinde, bekam die Wut Frickas zu spüren, forderte Hunding, den eifersüchtigen Ehemann, heraus, bevor ihn Wotans Zorn niederstreckte und der Göttervater Blitz und Donner heraufbeschwor, um zu verschwinden.

Die Musik verklang.
Der Vorhang fiel.
Das Licht ging an.
Pause.

Um zweiundzwanzig Uhr vierzig begab sich Litso Ice zu dem auf seinem Plan markierten Notausgang, drückte die Klinke hinunter, um sicherzustellen, dass die Tür unverriegelt war, und suchte anschließend die Toiletten auf. Er schloss sich in einer der Kabinen ein, holte die Pistole aus der Tasche, versicherte sich, dass sie geladen war, schraubte den Schalldämpfer auf und versteckte sie in einer der Außentaschen seines Mantels. Mittlerweile schwitzte er stark unter der Silikonmaske und hatte es eilig, sich ihrer zu entledigen. Er betrachtete sich im Spiegel. Alles war in Ordnung. Er ging auf den Flur zurück, hörte das Klingeln, das das Ende der Pause ankündigte, und sah, dass die Zuschauer wieder ihre Plätze einnahmen.

Litso Ice hatte sehr wenig Zeit und durfte sich absolut keinen Fehler erlauben. Er wusste, dass die Zielperson immer von zwei Leibwächtern begleitet wurde, hatte sie jedoch im Saal noch nicht gesehen. Er stieg die Treppen hinauf und bemerkte zwei Männer in dunklen Anzügen, die vor der Tür zur Loge standen. Er ging auf sie zu.

Das Orchester spielte wieder, der dritte Akt hatte gerade begonnen. Als Litso Ice die ersten Takte hörte, erkannte er den berühmten »Ritt der Walküren«, den man in »Apocalypse Now« für die Szene aufgegriffen hatte, in der mit Helikoptern Jagd auf die feindlichen Vietnamesen gemacht wurde. Und gleichzeitig musste er an die Filmmusik zu »Der Krieg der Sterne« denken. Die Ähnlichkeit war frappierend. Wäre Wagner noch am Leben, hätte er den Prozess um einen Plagiatsvorwurf mit Sicherheit gewonnen. Litso Ice fühlte sich wie Luke Skywalker, der auf zwei Soldaten der Imperialen Armee zuschritt. Mangels Laserschwerts umfasste er den Griff seiner Waffe in der Manteltasche. Als er auf ihrer Höhe war, wandten ihm beide Leibwächter die Köpfe zu, sodass sich ihre Blicke trafen.

»Entschuldigung, wo sind die Toiletten?«
Als einer der Handlanger daraufhin den Arm hob, um ihm die Richtung zu weisen, richtete Litso Ice die Pistole, die er immer noch in seiner Manteltasche versteckt hielt, auf den anderen Mann, der etwas weiter hinten stand.

Er betätigte den Abzug. Außer dem Klicken des Hammers auf den Schlagbolzen und der Bewegung des Verschlusses, gefolgt von einem kurzen dumpfen Ton, war nichts zu hören. Die Kugel hatte diesen Zerberus mitten ins Herz getroffen. Auf seinem schwarzen Anzug zeichneten sich ein paar rote Spritzer ab, bevor er zusammenbrach. Dem vorderen Leibwächter blieb keine Zeit zum Nachdenken. Litso Ice hatte bereits seinen Schusswinkel angepasst und ein zweites Mal mit gleicher Präzision den Abzug betätigt.

Beide Männer lagen auf dem Boden. Die Musik brandete auf.

Litso Ice öffnete sacht die Tür. Das Paar saß mit dem Rücken zu ihm. Gerade als Gerhildes durchdringende Rufe zu hören waren, die als eine der acht Walküren die Leichen der Gefallenen nach Walhall brachte, drückte er das erste Mal den Abzug. Die Frau wurde im Nacken getroffen und sank auf ihrem Sessel zusammen. Der Mann wandte sich um und sprang auf. Ihm blieb gerade noch genug Zeit, seinen Angreifer verblüfft anzuschauen, bevor ihn die Kugel mitten in die Stirn traf. Er kippte über das Geländer. Sein lebloser Körper stürzte hinab in den Orchestergraben.

Die Musik verstummte. Schreie, die nicht aus den Mündern der Walküren kamen, ertönten.

Litso Ice würde zwar nicht das Ende des dritten Aktes verfolgen können, aber er kannte den Epilog: Wotan beraubt seine Tochter Brünnhilde ihres göttlichen Status und versetzt sie in einen tiefen Schlaf ... Heute Abend würde es keinen dritten Akt mehr geben. Der Tod seiner Zielperson hatte die Vorstellung beendet.

Litso Ice steckte die Waffe wieder in seine Tasche und verließ die Loge. Der Fluchtweg war nur ein paar Meter entfernt. Da er ahnte, dass das Publikum von Panik ergriffen völlig aufgescheucht umherlaufen würde, wählte er die Treppe nach unten und trat durch den Notausgang hinaus auf die Straße, um in der Berliner Nacht zu verschwinden.

7

Nachdem Vincent den ganzen Tag oben auf den Pisten die Ankunft der Sessellifte überwacht hatte, war er seinem Vater noch wie immer beim Melken zur Hand gegangen. Nach einer gründlichen Dusche hatte er sich auf das traditionelle Treffen am Samstagabend vorbereitet. Bevor er sich auf den Weg zu seinen Freunden machte, betrachtete er sich im Spiegel und zupfte an ein paar rebellischen Haarsträhnen. Der Anblick seines Spiegelbilds ließ ihn erstarren. Er war kein Jugendlicher mehr, kam sich aber auch noch nicht richtig wie ein Mann vor. Lag das an seinen jungenhaften Gesichtszügen?

Bis jetzt hatte er bei den Frauen trotz seines wohlproportionierten Körpers und den von der Arbeit auf dem Hof geformten Muskeln keinen wirklichen Erfolg gehabt. Sein Körper war ihm zu einer regelrechten Obsession geworden. Auf der Suche nach Inspiration klickte er sich regelmäßig durchs Internet und verwendete einige sündhaft teure Cremes und Pflegeprodukte, die er vor den Blicken seines Vaters in seinem Zimmer versteckte, denn dieser hätte dafür kein Verständnis gehabt. Dennoch fühlte er sich immer noch wie ein kleiner Junge im Körper eines Mannes.

Vincent betrat das Harambee Café am Platz der Barboleuse in Gryon, ein Treffpunkt der Jungen und weniger Jungen, zu denen er sich nichtsdestotrotz zählte. Seine Kumpel waren alle genau wie er zwischen fünfundzwanzig und dreißig. Sie hatten ein paar schöne Jahre zusammen im Jugendring der Gemeinde verbracht, hatten im vergangenen Jahr allerdings beschlossen, ihren Platz dort nun den Jüngeren zu überlassen. Dennoch hatten sie ein paar für Junggesellen typische Angewohnheiten beibehalten, da sie auch tatsächlich alle unverheiratet waren.

Vincent hatte Gryon immer sehr gemocht, aber in letzter Zeit belastete ihn sein Umfeld. Die Erwartungen seines Vaters wurden immer fordernder. Er hatte das Gefühl, immer die gleichen Rituale auszuführen und dieselben Leute an den immer gleichen Orten zu treffen. All das deprimierte ihn. Er konnte sich einfach nicht vorstellen, sein ganzes Leben in dieser Enge zu verbringen, die keinerlei Überraschungen zuließ. Er hatte Pläne, die er auf jeden Fall umsetzen wollte.

Der Abend war in vollem Gange. Vincent erblickte seine drei Kumpel an der Bar, gesellte sich zu ihnen und klopfte Jérôme auf die Schulter.

»Hallo, wie geht's?«

»Gut. Ich hatte heute frei und hab das ausgenutzt. Ein höllischer Pulverschnee.«

»Ich hab mich heute den ganzen Tag nicht aus dem Lifthäuschen wegbewegt ... aber dich habe ich da nicht gesehen.«

Jérôme gab dem Kellner ein Zeichen und bestellte eine Runde Bier.

»Ich war mit meinen Tourenskiern in Anzeindaz. Am Wochenende ist mir auf den Pisten zu viel los, dazu das lästige Anstehen und die dämlichen Horden von Städtern.«

»Und ich«, fiel ihm Cédric ins Wort, »hab den ganzen Tag auf dem Parkplatz verbracht, um für diese idiotischen Touristen den Verkehr zu regeln.«

Romain hob sein Bierglas – Vincent war sich ziemlich sicher, dass es nicht sein erstes war –, prostete seinen Freunden zu und stimmte den gemeinsamen Schlachtruf an. Keiner der anderen Anwesenden konnte dieses Freudengeschrei überhören, das den

Lärmpegel, den die ohrenbetäubend laute Musik verursachte, noch um einiges erhöhte.
Vincent nahm nicht am Gespräch teil und fragte sich, was er dort überhaupt machte. Immer die gleiche Leier, die gleichen öden Unterhaltungen. War es überhaupt ein Zufall, dass sie alle vier Junggesellen waren? Romain hatte letztes Jahr geheiratet, aber die Verbindung hatte nicht mal ein Jahr gehalten. Seine Frau hatte ihm vorgeworfen, ein zurückgebliebener Teenie zu sein, unfähig, sich der Verantwortung eines Erwachsenenlebens zu stellen. Vincent kannte die genauen Umstände ihrer Ehekrise nicht, war sich jedoch sicher, dass Romains exzessiver Alkoholkonsum das Ende ihres kurzen Glücks, das mit einer Scheidung endete, eingeläutet hatte.
Cédric, der schüchtern und zurückhaltend war, erzählte wenig von seinen Eroberungen. Wenn er von der Arbeit kam, musste er sich um seinen behinderten Vater kümmern, was ihm wenig Zeit für amouröse Bekanntschaften ließ. Seine freie Zeit verbrachte er mit seinen Freunden. Außerdem half er Vincent und Antoine auf dem Hof, wann immer es ihm möglich war. Cédric war sein bester Freund, doch mit der Zeit hatte Vincent einsehen müssen, dass sie nicht mehr die gleichen Interessen teilten. Dennoch schätzte er seine Gegenwart und seine Hilfe. Allerdings bedankte er sich viel zu selten dafür bei ihm. Er würde versuchen, öfter daran zu denken. Momentan hatte er jedoch andere Sorgen.
Jérôme hingegen war ganz klar auf der Suche nach einer Frau. Er schämte sich nicht, offen zuzugeben, dass er sich auf den entsprechenden Internetseiten angemeldet hatte, im Gegensatz zu Vincent, der sich nicht zu seiner eigenen Suche im Netz bekannte. Er sollte bald den Hof übernehmen, und das vertrug sich nicht unbedingt mit seiner Sehnsucht, eine Frau zu finden. Zumindest würde es schwierig werden, eine zu finden, von der er träumte. Ein paar kleinere Abenteuer hatte er für sich verbuchen können, aber nie war etwas Ernstes daraus geworden. Vor allem hatte er das Gefühl, dass der Beruf des Landwirtes

die Damenwelt eher abstieß. Sobald er davon erzählte, sahen sie sich schon Ställe misten und heuchelten Entschuldigungen, um das nächste Rendezvous zu umgehen.

Vincent hatte daher schließlich einen Account bei einer Dating-App angelegt. Beim Erstellen seines Profils hatte er etwas gemogelt. Eine Lüge, die vielleicht zur Wahrheit würde, aber er konnte es sich nicht erlauben, darüber zu sprechen. Noch nicht.

8

Sonntag, 24. Februar

Das Glockengeläut hallte im historischen Dorfkern Gryons wider. Entgegen ihren üblichen Gewohnheiten hatten Andreas und Mikaël bis in die Puppen geschlafen und sich dann hastig fertig machen müssen. Sie waren von der Pfarrerin Erica Ferraud und ihrem Mann Gérard zum Mittagessen eingeladen worden. Obwohl sie keine regelmäßigen Kirchgänger waren, erschien es ihnen unhöflich, vor dem Essen nicht am Gottesdienst teilzunehmen.

Die Gemeinde saß bereits, als sie die Kirche betraten. Die Orgel spielte, hörte aber genau in dem Moment auf, als die beiden Nachzügler erschienen. Erica stand vor dem Altar und wollte gerade die Gemeinde begrüßen, als sie sie sah und die Hand hob, um sie von Weitem heranzuwinken.

»Herzlich willkommen, hier vorne ist noch Platz. Kommt und setzt euch.«

Alle drehten sich zu ihnen um. Sie hatten keine andere Wahl, als den Mittelgang entlangzugehen und sich in die erste Bank direkt unter der Kanzel zu setzen. Diskretion sah anders aus.

Erinnerungen, begleitet von starken Gefühlen, stiegen in Andreas auf. Er hatte die Kirche seit dem 21. September nicht mehr betreten. Damals hatte er auf just dieser Bank gesessen und alles verstanden. Die Schuldige war Erica Ferraud – die Frau, die gerade vor den versammelten Gläubigen Gott anrief. Er hatte mit seiner Seele und seinem Gewissen vereinbart zu schweigen. Niemandem etwas davon zu erzählen. Noch nicht einmal Mikaël. Ein Berufsvergehen, aber er hatte geglaubt, damit zurechtzukommen. Was das Gewissen Ericas betraf, so war dies nicht sein Problem. Sie musste diese Sache von Angesicht zu Angesicht mit Gott ausmachen.

»Lasset uns beten.« Erica verstummte für einen kurzen Moment, um sich vor dem Gebet zu sammeln. »Herr, inmitten unserer Not, unserer Irrwege und all der Dunkelheit, die uns umgibt, schenke Du uns neuen Atem. Gib uns Mut, wenn wir versucht sind, die Arme hängen zu lassen, und Erlösung, wenn uns die Fehler der Vergangenheit zu erdrücken drohen. Herr, wir gestehen dir unsere Angst vor dem Bösen und bitten dich um Vergebung und um Erlösung von all unseren Sünden. Bedenke uns mit deiner Güte und der Versicherung deiner Liebe.«

Ericas Worte hallten in Andreas' Kopf nach: »*Wenn uns die Fehler der Vergangenheit zu erdrücken drohen* ...« Waren diese Worte für die Gemeinde oder in erster Linie für Erica selbst bestimmt? Fühlte sie sich schuldig, einen Menschen getötet zu haben? Wie schaffte sie es, vor der Gemeinde zu stehen und Gott zu repräsentieren, wenn sie ihren eigenen Dämonen erlegen war? Auch als Pfarrerin war sie eben doch menschlich und fehlbar.

Auf die Bitte der Pfarrerin hin erhoben sich die Gläubigen und stimmten ein Kirchenlied an. Nach einigen von der Orgel begleiteten Strophen ergriff Erica wieder das Wort.

»Hören wir nun das Wort Gottes. Ich möchte Sie einladen, Ihre Jacken anzuziehen und mir auf den Platz vor der Kirche zu folgen.«

Die Gemeindemitglieder tauschten verwunderte Blicke aus, doch als Erica den Mittelgang in Richtung Ausgang entlangschritt, folgten ihr alle.

Während Andreas ihr hinterherging, dachte er über ihre Entscheidung nach, ihr Amt weiter auszuüben, und musste sich eingestehen, dass er sich damit ein wenig schwertat. Er konnte nachvollziehen, warum sie so gehandelt hatte, und hatte sich eingeredet, dass es Ericas Opfer nicht anders verdient hatte. Doch tief in seinem Inneren wusste er, dass er sie hätte festnehmen müssen. Sie war schuldig. Schließlich durfte niemand, und schon gar keine Pfarrerin, die Justiz oder gar Gott ersetzen.

Die Sonne strahlte von einem makellos blauen Himmel herab. Als sich alle vor der Kirche versammelt hatten, erhob Erica wieder die Stimme. »Ich hebe meine Augen auf zu den Bergen«, begann sie und betrachtete dabei ehrfürchtig den Grand Muveran.

Alle folgten ihrem Blick und bewunderten das Bergpanorama, außer Andreas, der Mikaël aus dem Augenwinkel musterte und dabei in dessen tiefgründigen dunklen Augen versank. Selbst nach zehn gemeinsamen Jahren machte es ihm immer wieder Freude, seinen Partner anzuschauen. Sein dichtes, wuscheliges braunes Haar, sein Bartansatz, seine buschigen Augenbrauen, seine Stupsnase und sein Muttermal auf der linken Wange hatten auf ihn immer noch die gleiche Wirkung wie früher. Er war seinem Charme verfallen, aber vor allem liebte er seine Persönlichkeit. Er verspürte plötzlich große Lust, Mikaëls Körper an seinem zu fühlen, das irrationale Bedürfnis nach einer leidenschaftlichen Umarmung.

Erica fuhr mit der Lesung des Psalms 121 fort, und Andreas wurde rot. Das hier war weder der Ort noch der richtige Zeitpunkt, sich sexuellen Phantasien hinzugeben. Er versuchte, sich auf die Worte der Pfarrerin zu konzentrieren.

Als alle wieder in den Kirchenbänken Platz genommen hatten, stieg Erica auf die Kanzel. Ihr Blick schweifte über die Anwesenden, bevor er sich an Andreas in der ersten Reihe heftete. Sie wurde von seinen blauen Augen aus dem Konzept gebracht. Es war, als könnte sie durch sie in ihn hineinschauen und seine

Gedanken lesen. Ein Gefühl, das Erica bei jedem ihrer Treffen überkommen hatte, seit sie sich im Zuge der Ereignisse des letzten Herbsts kennengelernt hatten.

Sie fragte sich, warum sie ihn und seinen Freund eingeladen hatte? Verspürte sie gegen ihren eigenen Willen das Bedürfnis, ihr Geheimnis zu teilen? Und obwohl Andreas Polizist war, war er der Einzige, bei dem sie sich vorstellen konnte, mit ihm darüber zu sprechen, denn zwischen ihnen war eine ganz besondere Beziehung entstanden, eine Verbindung an der Grenze zwischen Licht und Finsternis.

Während sie mit ihrer Predigt begann, behielt sie Andreas aufmerksam im Blick. Er stach aus der Gruppe der Gemeindemitglieder heraus. Seine silbergrauen sehr kurz geschnittenen Haare, sein Dreitagebart und seine markanten Gesichtszüge betonten seinen intensiven Blick. Sorgfältig kultivierte er den Look eines »bad boys«: abgewetzte Jeans, Cowboystiefel und ein weißes T-Shirt unter einer Lederjacke, dennoch spürte sie hinter diesem äußeren Erscheinungsbild einen hohen Grad an Empfindsamkeit. Seine Anziehungskraft auf sie hatte keinerlei sexuelle Komponente. Sie wollte herausfinden, wer er wirklich war, und ihn verstehen. Vor allem aber hoffte sie, dass er ihrem Dilemma ein Ende setzen würde. Ja, aus diesem Grund hatte sie ihn eingeladen: ein erster intimerer Kontakt mit Andreas, um sicherzustellen, dass er es wusste. Um sich ihm zu nähern. Einschätzen zu können, ob er ihr Vertrauter sein konnte. Oder ihr Beichtvater? Welche Ironie für eine Protestantin. Doch genau darum ging es eben auch. Sie hatte das Bedürfnis zu beichten. Bis jetzt hatte sie niemandem ihre Tat gestanden. Noch nicht einmal ihrem Ehemann. Dabei lastete dieses Geheimnis schwer auf ihrem Gewissen.

»In der Bibel ist ein Berg der Ort, an dem Gott sich zeigt. Er ist eine Verbindung zwischen Himmel und Erde. Ein Ort, an dem sich Gott und die Menschen begegnen. In dem Moment, da der Verfasser des Psalms seinen Blick zu den Bergen hebt, streckt er ihnen seine Seele entgegen, um sich Gott zu öffnen.

Denn dort findet er Hilfe.« Erica sah zur Decke hinauf und ließ ihren Blick auf dem Gewölbe aus Tannenholz ruhen. »Wer hat sich noch nie die Frage gestellt, warum Gott unsere Gebete mit offensichtlichem Schweigen beantwortet? Ob Gott schläft, statt zu handeln, während sich das Schicksal gegen uns verschworen hat? ›Woher wird mir Hilfe kommen?‹, fragt sich der Autor des Psalms. Und die Antwort lässt nicht auf sich warten: ›Meine Hilfe kommt vom Herrn!‹ Denn selbst wenn wir meinen, unserem Unglück allein gegenüberzustehen, ist Gott gegenwärtig. Er ist da, um uns zu beschützen und uns auf unserem Lebensweg zu begleiten. Um uns aufzurichten, uns voranzubringen und um uns die Last zu nehmen, die uns in die Tiefe zieht. Lasset uns beten und um Vergebung bitten. Um Vergebung zu bitten ist nicht immer einfach. Selbst zu vergeben ist häufig noch viel schwieriger. Und um das Gefühl zu haben, dass mir vergeben wird, muss ich mich von allem befreien, was mich innerlich zerstört. Von der Schuld und dem Hass, die mich daran hindern, nach vorne zu schauen. Doch wo fängt man an?«

Erica ließ die Frage unbeantwortet, damit jeder für sich darüber nachdenken konnte. Nach einer kurzen Pause ergriff sie wieder das Wort.

»Im Markusevangelium finden wir eine erste Antwort darauf: ›Und wenn ihr dasteht und betet, so vergebt, wenn ihr etwas gegen jemanden habt, damit auch euer Vater im Himmel euch eure Verfehlungen vergibt.‹ Ich muss demjenigen vergeben, der mir Böses getan hat, und ich muss akzeptieren, mir selbst zu vergeben. Indem ich mich selbst von diesem Gewicht befreie, kann mir die Vergebung Gottes zuteilwerden, damit ich meinen Blick heben und nach vorne schauen kann. Amen.«

Andreas hatte das Gefühl, dass Erica die Predigt für ihn geschrieben hatte. Dass sie von sich selbst sprach und die Botschaft an ihn richtete. Er war sich sicher: Die Schuld zerfraß sie, und sie wurde den Hass nicht los, der in ihr wohnte. Doch von welchem Hass genau sprach sie? Dem Hass gegen jene, die den Freund ihrer Kindheit zu dem gemacht hatten, was er geworden war? Gegen diesen Freund, der sie zweimal im Stich gelassen hatte? Gegen sich selbst? Oder gar gegen Gott, der all dies zugelassen hatte?

Vor der Kirche warteten Andreas und Mikaël auf Erica und Gérard. Sie begrüßten sich und tauschten die üblichen Höflichkeiten aus, wenngleich Erica dabei Andreas' Blick mied.

Während des Essens drehten sich die Gespräche um relativ neutrale Themen. Die zwei Gläser Aprikosenschnaps als Digestif lösten allerdings Gérards Zunge.

»Hatte deine Predigt etwas mit all diesen Morden und deinem Jugendfreund zu tun?«, fragte er plötzlich.

Erica hatte nicht mit einem derartigen Einwurf ihres Ehemanns gerechnet. Ihr fehlten die Worte. Andreas' Blick und ihrer kreuzten sich, und plötzlich war sie sich sicher, dass er wusste, was sich in Wahrheit an jenem Tag zugetragen hatte.

»Nein, nein«, antwortete sie dann. »Es war eher allgemein gemeint. Na ja, doch, es hatte natürlich schon auch damit zu tun.« Sie schwieg einen Moment, um eine angemessene Antwort zu formulieren. »Diese Geschichte hat jeden hier in Gryon berührt. Vor allem unsere Gemeindemitglieder. Und selbst wenn wir nie vergessen werden, was geschehen ist, müssen wir nach vorne schauen.«

Doch Gérard fuhr fort: »Warum dann die Erwähnung, dass man vergeben müsse, damit einem selbst vergeben werde? Man hätte meinen können, dass es sich um eine persönliche Botschaft deinerseits handelt …«

»Entschuldige, aber ich denke nicht, dass das der richtige Moment ist, uns hier die Stimmung zu verderben!«

»Aber du musst doch zugeben, dass es dir seit dieser Geschichte nicht gut geht. Und du willst nie darüber sprechen. Das beschäftigt mich. Ich mache mir Sorgen um dich, Erica.«

»Das reicht, Gérard«, stieß Erica aus, weil sie spürte, dass ihre Augen feucht wurden.

Andreas und Mikaël hatten dieser Szene regungslos beigewohnt. Die Pfarrerin hatte Schiffbruch auf einer einsamen Insel erlitten, und jemand musste ihr zu Hilfe kommen. Andreas erkannte, dass er damit gemeint war. Ericas Hilferuf war nicht an Gott auf dem Berg gerichtet gewesen, sondern an ihn.

Erica verweilte auf der Türschwelle und sah den Gästen nach, nachdem sich diese verabschiedet hatten. Ihr Mann hatte recht. Es ging ihr nicht gut. Sie hatte ihren Blick zum Himmel erhoben und um Hilfe gerufen, aber offenbar weigerte sich Gott, ihren Schrei der Verzweiflung zu erhören.

9

Am Abend zuvor war Litso Ice über eine Parallelstraße, die etwas weniger frequentiert und diskreter als Unter den Linden war, in sein Berliner Hotel zurückgekehrt. Zehn Minuten nachdem er seinen Auftrag in der Staatsoper ausgeführt hatte, war er wieder auf seinem Zimmer gewesen. Im Badezimmer hatte er aus seinem Kulturbeutel ein Tuch und einen Flakon gefischt, um die Fingerabdrücke von seiner Waffe abzuwischen und den Kolben mit Reinigungsmittel zu säubern. Anschließend hatte er geduscht, sich umgezogen und war am Flussufer entlangspaziert. Als er sicher war, dass er von niemandem beobachtet wurde, hatte er die Waffe in die dunklen Wasser der Spree geworfen. Danach war er ins Hotel zurückgekehrt und hatte sich vor dem Zubettgehen noch ein Glas Champagner eingeschenkt und den Blick auf das erleuchtete Brandenburger Tor genossen.

Alles war nach Plan gelaufen. Er war zufrieden. Zurück in Moskau, würde er einen Umschlag mit der zweiten Hälfte der Gage erhalten. Ein Auftrag brachte ihm zwischen dreißig- und fünfzigtausend Dollar ein. Dieser hier war komplexer und daher deutlich besser bezahlt. Eine Zielperson samt Ehefrau, zwei Bodyguards. Sein guter Ruf erlaubte es Litso Ice, seine Tarife im Allgemeinen selbst festzulegen. Die Konkurrenz war in den letzten Jahren stark geworden, und einige seiner Nebenbuhler zögerten nicht, die Tarife kaputt zu machen, doch er hatte nichts zu fürchten, denn seine Auftraggeber verfügten über genügend Mittel und wollten den Besten haben: ihn. Er hatte ein hübsches Sümmchen angehäuft und es auf einem Konto in einem Steuerparadies geparkt. Noch ein oder zwei Aufträge und er konnte seinen Traum in die Tat umsetzen: die Stadt verlassen und sich auf dem Land ein Gestüt aufbauen.

Litso Ice packte rasch seinen Koffer, fuhr hinab in die Empfangshalle, gab seinen Schlüssel ab und bezahlte, was er der Minibar entnommen hatte. Die Dame an der Rezeption fragte ihn, ob er sich am gestrigen Abend nicht durch den Krach der Krankenwagen und Polizeifahrzeuge gestört gefühlt habe. Ohne seine Antwort abzuwarten, fügte sie in vertraulichem Tonfall hinzu, dass ein russischer Politiker und seine Frau mitten in einer Opernaufführung ermordet worden seien. Er ging nicht darauf ein und bestellte ein Taxi zum Flughafen.

Auf der Fahrt dachte er darüber nach, was er eben gehört hatte. Er hatte den Auftrag angenommen, ohne die Identität seiner Zielperson zu kennen, was ihn nicht weiter störte, denn häufig war es besser so. Es verhinderte, dass er sich das Opfer als eine bestimmte Person vorstellte. Es war lediglich ein bewegliches Objekt, das es zu eliminieren galt. So einfach, wie den Müll hinunterzutragen. Ein russischer Politiker? Als ihm wenige Minuten vor der Opernaufführung das Foto auf sein Smartphone geschickt worden war, war ihm das Gesicht bekannt vorgekommen, doch letztlich hatte er es nicht wiedererkannt. Noch nicht einmal, als er mit seiner Waffe genau auf die Stirn gezielt hatte.

Am Flughafen angekommen, gab Litso Ice sein Gepäck auf und passierte rasch die Sicherheitskontrollen. Der Mord vom Vortag hatte es auf die Titelseiten geschafft. Auf einer der Zeitungen war das Phantombild eines Mannes zu sehen. Litso Ice kaufte die Ausgabe und setzte sich damit in ein Café. Das Phantombild ähnelte tatsächlich seiner Maske. Die Polizei hatte effizient gearbeitet. Wer hatte ihn gesehen? Einer der Platzanweiser, denen er auf dem Flur begegnet war? Ein Zuschauer, der gemerkt hatte, dass er nach dem zweiten Akt nicht wieder zu seinem Sitzplatz zurückgekehrt war? Eine Überwachungskamera? Er öffnete die Zeitung und las den Artikel. Das Opfer war ein Regimegegner, der bei der Bevölkerung recht beliebt gewesen war. Wer hatte seinen Tod gewollt? Der Befehl war vielleicht von ganz hoch oben gekommen, und er selbst war wie so oft nur von einem Mittelsmann kontaktiert worden. Der Mann hatte ihm gleich zu Beginn zweihundertfünfzigtausend Dollar geboten, damit er keine Fragen stellte, weit mehr, als er normalerweise für einen derartigen Auftrag verlangte. Jetzt verstand er, warum.

Litso Ice hörte, dass sein Flug aufgerufen wurde. Er bewegte sich in Richtung Ausgang und kam dabei am Gate für einen Flug nach Moskau vorbei, vor dem sich eine Schlange gebildet hatte. Zwei uniformierte Polizisten kontrollierten sämtliche Passagiere. In der Hand des einen sah er eine Kopie des Phantombilds. Hatten sie bereits kapiert, dass die Kugeln aus einer russischen Waffe stammten? Möglich. Umgekehrt ließ ihre Präsenz hier darauf schließen, dass sie vermuteten, der Mörder würde zurück nach Moskau fliegen. Doch er hatte nichts zu befürchten. Seine Verkleidung, die er in der Oper getragen hatte, erwies sich als äußerst nützlich.

Am Schalter angekommen, zeigte er sein Flugticket und seinen Pass vor.

»*I wish you a good flight to Helsinki, Mister Anderson.*«

10

Montag, 25. Februar

Die Wolken am düsteren Himmel warfen beunruhigende Schatten. Über ihm zogen Raubvögel ihre Kreise. Zweifelsohne Adler. Am Rand einer Klippe über dem Meer starrte Andreas suchend zum Horizont. Plötzlich fiel sein Blick ins Leere genau vor seinen Füßen. Die Wellen schlugen schäumend auf die Felsen. Er hatte auf einmal das Gefühl, vom Abgrund angezogen zu werden, und seine Beine versagten. Er wollte einen Schritt zurücktreten, doch sein Körper gehorchte ihm nicht mehr. Eine innere Kraft zog ihn zum Abgrund hin. Er versuchte, dem Drang zu widerstehen. Doch anstatt zurückzuweichen, machte er einen Schritt nach vorn. Ließ sich fallen. Er wollte fliegen und durch die Lüfte gleiten wie die Möwen, doch sein schwerer Körper zog ihn unaufhaltsam hinab, sodass das Wasser und die Felsen rasend schnell auf ihn zukamen. Kurz vor dem Aufprall wurde alles um ihn herum schwarz.

Andreas schreckte schweißbedeckt aus dem Schlaf auf und blickte auf seine Uhr, die auf dem Nachttisch lag. Die fluoreszierenden Zeiger zeigten fünf Uhr morgens an. Er drehte sich um. Mikaël schlief. Er hatte einen Alptraum gehabt, an den er sich nur noch bruchstückhaft erinnern konnte. Auch im wachen Zustand hallte das beklemmende Gefühl der Angst noch in ihm nach. Er beschloss, aufzustehen und kalt zu duschen.

Nachdem er sich angezogen hatte, schrieb er einen Zettel, für den Fall, dass Mikaël früh aufwachen sollte, und brach mit Minus zu einem Spaziergang entlang des Ufers des Avançon auf. Trotz der Kälte genoss er die Ruhe dieses nächtlichen Schneespaziergangs im hellen Mondschein.

Als er eine Stunde später belebt zurückkehrte, hatte er das Gefühl, von den Ängsten, die ihn beim Aufwachen umgeben hatten, befreit zu sein. Mikaël war bereits auf den Beinen und bereitete das Frühstück zu. Normalerweise begnügte sich Andreas mit einem Milchkaffee, doch er war nicht unglücklich darüber, dass Mikaël sich die Zeit genommen hatte, ihm einen Brunch zuzubereiten, der eines Fünf-Sterne-Hotels würdig war. An diesem Morgen hatte er Rührei mit Speck gemacht und dazu ein paar Toastbrotscheiben mit Cenovis-Gewürzpaste bestrichen. Außerdem stand für jeden eine Schale mit Birchermüsli bereit, das mit einigen Heidelbeeren garniert war, die sie letzten Sommer im Garten geerntet hatten. Ein Glas Aprikosenmarmelade mit Mandeln und zwei Gläser mit frisch gepresstem Orangensaft, dekoriert mit Gojibeeren, machten das morgendliche Mahl perfekt.

Minus schien sich zu freuen, nicht vergessen worden zu sein, zumindest ließen die Geräusche, die er beim Fressen seines Trockenfutters machte, darauf schließen. Die Schnauze tief in den Napf getaucht, landete wie immer die Hälfte des Futters auf den Fliesen, doch sobald die Futterschüssel leer war, leckte er so lange den Boden ab, bis kein Krümelchen mehr übrig war.

Andreas würde nach einer Woche Zwangsurlaub heute seine Arbeit wiederaufnehmen. Viviane, seine Vorgesetzte, hatte ihm mehr oder weniger befohlen, sich nach dem heftigen Vorfall in der Kantine des Polizeipräsidiums ein paar freie Tage zu genehmigen. Einer seiner Kollegen hatte einen rassistischen Witz über einen neuen, aus Afrika stammenden Kollegen gemacht, der gerade nicht anwesend war. Und nicht nur sein Humor hatte von sehr schlechtem Geschmack gezeugt, sondern er hatte dazu auch noch ziemlich primitiv einen Affen nachgeahmt. Andreas, der die Szene beobachtet hatte, war aufgestanden, hatte seinem Kollegen auf die Schulter getippt und als Antwort auf den Witz den berühmten Inspector Harry nachgeahmt – *»Hör zu, du Würstchen! Für mich bist du bloß Hundescheiße, und mit Hundescheiße kann 'ne Menge passieren«* –, bevor er ihm seine Faust ins Gesicht geschlagen hatte.

Er hatte also Urlaub genommen, dabei hasste er es freizuhaben, weil er dann immer das Gefühl hatte, etwas zu verpassen. Freigestellt zu sein, sich aufs Abstellgleis geschoben zu fühlen, von den Fällen ausgeschlossen zu sein, all das war für ihn unerträglich. Er war der Chef seines Teams und fühlte sich unersetzlich. Er hatte Karine, die ihn während seines Urlaubs vertrat, um regelmäßige Berichterstattung gebeten. Zwei Tage waren vergangen, ohne dass sie sich bei ihm gemeldet hatte. Schließlich hatte Andreas sie angerufen: »*Alles läuft gut, mach dir keine Sorgen. Und Viviane hat mir verboten, dich während deiner freien Tage anzurufen.*« Andreas hatte ein Lachen auf der anderen Seite der Leitung gehört. Seitdem hatten sie sich nicht mehr gesprochen, und Andreas musste zugeben, dass die Woche ganz angenehm gewesen war. Sogar so angenehm, dass er es gar nicht eilig hatte, nach Lausanne in die dunklen Büros der Kriminalpolizei zurückzukehren.

Andreas schnallte sich sein Holster um die Schulter. Wie oft hatte Viviane ihn ermahnt, dass eine Waffe am Gürtel getragen werden sollte? Er war jedoch nicht bereit, seine Gewohnheiten aufgrund einer internen Anweisung zu ändern, die er für blödsinnig erachtete. Er schloss die Kommodenschublade auf und holte seine Glock 19 hervor, die neue Dienstwaffe, die seine gute alte SIG Sauer ersetzte. Er überprüfte, ob das Magazin voll war, und steckte sie ins Holster. Diese einfachen Gesten, diese morgendliche Routine, hatten ihm gefehlt. Zum Schluss zog er seine Lederjacke über.

Minus wusste instinktiv, dass sein Herrchen weggehen würde, und strich ihm um die Beine. Andreas bückte sich und streichelte ihn. Danach umarmte er Mikaël und verließ das Haus.

11

Am Steuer seines alten BMW 635 CSi, dessen Motor nach dreißig Jahren professioneller und zuverlässiger Wartung immer noch schnurrte wie eine junge Katze, fuhr Andres durch Gryon. Als er in Höhe des Café Pomme Antoines Jeep entdeckte, bremste er. Warum nicht noch schnell in guter Gesellschaft einen Kaffee trinken, bevor er sich auf den Weg machte? Die Teambesprechung mit seinen Kollegen war jedenfalls erst für zehn Uhr angesetzt.

Andreas ging auf Antoine zu, der am Tresen lehnte, und schüttelte ihm die Hand.

»Einen Café renversé?«, fragte ihn der Inhaber, nachdem er ihn begrüßt hatte.

»Ja, gern.«

»Und wie geht es deinen beiden Kälbern?«, fragte Andreas Antoine.

»Die sind total fit. Ich habe sie Marius und Marisa genannt.«

Andreas sah auf dem Tresen einen Flyer liegen, mit dem eine Zuchtschau für Milchkühe angekündigt wurde. »Nimmst du an dem Wettbewerb teil?«

»Ja, schon. Ich bin zwar nicht so sehr darauf versessen wie manch anderer, aber die Zuchtschau in Aigle findet nur alle zehn Jahre statt. Und schließlich machen alle Landwirte aus der Region mit.«

Andreas meinte einen gewissen Sarkasmus in seiner Stimme zu hören. »Mit wie vielen Kühen nimmst du teil?«

»Ich werde Alouette mitnehmen. Ich denke, dass sie die größten Chancen hat, auch wenn ich mir keine großen Illusionen mache. Und Yodeleuse, auch wenn sie sicherlich nicht gewinnt.«

»Warum nicht?«

»Ich finde ihr Euter nicht eindrucksvoll genug, außerdem ist ihr Rücken nicht ganz gerade, und die Hörner sind ein wenig krumm. Dafür ist sie meine freundlichste Kuh und verdient es einfach, mitgenommen zu werden. Das ist doch das Wichtigste, oder? Dass man dabei ist. Auf jeden Fall weiß ich jetzt schon, dass keine der beiden gewinnt.«

Andreas dachte über Antoines ästhetische Überlegungen nach. »Was sind denn die Auswahlkriterien?«

»Das Wichtigste ist die Gesamterscheinung des Tiers. Der Richter bewertet, ob die Kuh gut bemuskelt und proportioniert ist und ob die Rückenlinie gerade verläuft. Außerdem bewertet er die Winkelung und Größe des Beckens, die Stellung der Gelenke und der Extremitäten. Und natürlich das Euter und die Zitzen, was bei der Bewertung von Milchkühen besonders wichtig ist. Schließlich benotet er während des Vorführens auch die Bewegung und das Gesamtbild.«

»Das scheint mir ganz schön technisch und wenig glamourös zu sein!«

»Eine Zuchtschau ist ja auch keine Wahl zur Miss Universum. Das ist kein Schönheitswettbewerb im eigentlichen Sinne.«

»Und warum meinst du, dass du nicht gewinnen kannst?«

»Die Konkurrenz ist hart«, erklärte Antoine lachend. »Begeisterst du dich für Fußball, Andreas?«

»Ja, als Jugendlicher habe ich sogar selbst mal Fußball gespielt. Ich war ein ganz guter Stürmer, allerdings kann ich nicht behaupten, für die gegnerische Verteidigungslinie eine wirkliche Bedrohung gewesen zu sein. Inzwischen schaue ich mir Fußballspiele lieber vom Sofa aus an.«

»Aber dann verstehst du ja, dass es mit den Landwirten und den Kühen ein bisschen so wie mit den Vereinen ist. Manche kaufen Spieler auf dem Gipfel ihrer Karriere, und andere bilden die Spieler lieber selbst aus.«

»Gibt es denn einen Markt für Kühe, die auf Zuchtschauen erfolgreich sind?«

»Auf jeden Fall. Einige Bauern nehmen die Zuchtschauen sehr ernst und reisen kreuz und quer durchs Land, um die schönsten Tiere zu kaufen.«

»Also diejenigen, die den Zuchtschaukriterien am ehesten entsprechen?«

»Richtig. Yodeleuse und Alouette sind auf meinem Hof geboren. Sie sind hübsche und freundliche Kühe, aber in den Augen der Experten eben keine Mannequins mit perfektem Exterieur. Außerdem ist Yodeleuse ja nicht mehr blutjung. Das ist in etwa so, als würde Cindy Crawford eine Modeschau laufen. Sie haben halt ihre kleinen Mängel, aber mir gefallen sie so, wie sie sind.«

»Stapelst du da nicht etwas tief?«, fragte Andreas ironisch.

»Vielleicht. Ich bin sicher, dass ich keinen Championatstitel oder Siegertitel für das beste Euter gewinnen werde, aber natürlich würde ich gern in einer der Kategorien erfolgreich sein. Das wäre vor meinem Ruhestand schon schön.«

»Das musst du mir schon ein wenig genauer erklären. Ich bin gerade etwas verwirrt, was den Fachjargon rund um die Miss Kuh angeht.«

»Also, erstens hat jede Rasse ihre eigene Zuchtschau, und man vergleicht sie nicht miteinander. Die Holsteiner, das Fleckvieh und die Simmentaler. Dann gibt es verschiedene Altersklassen. Das ist so eine Art Qualifikation, denn die Siegerinnen jeder Sektion konkurrieren am Ende um den Championatstitel der Zuchtschau.«

»Und die Euterkönigin?«

»Du meinst die Siegerin in der Klasse ›bestes Euter‹? In dieser Kategorie wird die Euterqualität beurteilt, und die Kuh mit dem schönsten Euter gewinnt«, antwortete Antoine lächelnd.

»Wie viel ist denn so eine Kuh wert?«, fuhr Andreas fort, den das Thema immer mehr fesselte.

»Im Schnitt zwischen dreitausend und fünftausend Franken, aber Ausnahmekühe erzielen durchaus aberwitzige Preise. Manchmal bekommst du für eine prämierte Kuh sogar den zehnfachen Preis.«

»Von alldem hatte ich ja bislang keine Ahnung. Und wenn du nicht sicher bist, dass du gewinnst, musst du ja nur einen der Juroren bestechen, oder? Das kommt beim Fußball doch auch vor!«

»Darauf bin ich noch gar nicht gekommen«, sagte Antoine lachend. »Du und Mikaël, ihr solltet nach Aigle kommen. Dann seht ihr es mit eigenen Augen. Das ist beileibe kein wüstes Ge-

rangel. Vielleicht habe ich ein bisschen übertrieben. Eigentlich ist es eine wirklich nette Veranstaltung.«
»Ja, das würde ich mir gern ansehen. Ich spreche mit ihm.«
»Aber Vorsicht, nur unter einer Bedingung.«
»Und die wäre?«
»Du müsstest eine Kuh vorführen.«
»Ich? Nein, vergiss es!«
»Du kannst es vorher üben und wirst schon sehen – es ist ganz einfach.«
Nachdem Andreas die Herausforderung angenommen und mit einem Handschlag besiegelt hatte, zahlte er die beiden Kaffees und verließ das Café. Jetzt musste er wirklich los, er wurde in Lausanne erwartet. Er stieg in sein Auto, fuhr hinab in die Rhôneebene und fragte sich, worauf er sich da wohl eingelassen hatte.

12

Andreas zögerte den Moment hinaus, an dem er seinen Verpflichtungen nachgehen musste, und fragte sich, was für langweilige Fälle wohl bereits auf seinem Schreibtisch auf ihn warteten. Schon vor ein paar Minuten hatte er den Parkplatz der Zweigstelle der Kriminalpolizei in Lausanne erreicht und saß nun gedankenverloren hinter seinem Lenkrad, um Zeit zu schinden. Schließlich atmete er tief ein und beschloss, sich der Situation zu stellen.
Er betrat das Gebäude durch den Lieferanteneingang und ging auf das Empfangspult zu, an dem ihn Charlène, eine echte Institution hier im Hause, mit einem verführerischen Lächeln begrüßte.
»Und? Hattest du einen schönen Urlaub, Monsieur le Commissaire?«

»Ja, schon. Wir haben nichts Besonderes gemacht, sondern sind in Gryon geblieben und haben den Schnee genossen. Ein paar Schneeschuhwanderungen mit Minus. Ein bisschen Ski fahren. Und gemütliche Abende vor dem Fernseher.«

Charlène drückte auf einen Knopf unter der Theke, und Andreas vernahm ein Klicken, das ihm die Entriegelung der Tür signalisierte, die zu dem Trakt mit den Büros der Kriminalpolizei führte.

Er betrat das riesige Großraumbüro, in dem ein kontinuierliches Stimmengewirr herrschte. Christophe sah von seinem Computer auf, erblickte ihn als Erster und grüßte ihn kurz.

Nicolas' Schreibtisch war unbesetzt. Er schien noch nicht eingetroffen zu sein. Wahrscheinlich fühlte er sich aufgrund seines bevorstehenden Ruhestandes befugt, seine Arbeitszeiten selbst einzuteilen. Andreas hatte für sich entschieden, sich nicht über ihn aufzuregen, obwohl seine letzten Bemühungen, ihn zu motivieren, alle fehlgeschlagen waren. Er hatte Viviane gebeten, ihn einem anderen Team zuzuteilen, doch niemand hatte ihn haben wollen. In zwei Jahren würde Nicolas seinen Dienst quittieren, um in See zu stechen – ein Projekt, auf das er sich aktiv vorbereitete. Selbst im Büro verbrachte er mehr Zeit damit, für seinen Sportbootführerschein See zu lernen oder Kleinanzeigen nach gebrauchten Segelschiffen zu durchforsten, als die laufenden Ermittlungen voranzutreiben. Andreas würde ihn durch einen jungen Kollegen ersetzen können, der aus dem gleichen Holz geschnitzt war wie Christophe. Mit einem Master in Forensik in der Tasche bereicherte dieser nämlich zu Andreas' vollster Zufriedenheit seit Kurzem sein Team. Auch wenn sein Stil – eine Mischung aus Rock bohème und Grunge – gewöhnungsbedürftig war, hatte sich Christophe bereits als wertvoller, scharfsinniger und, vor allem, was die Informatik betraf, sehr talentierter Kollege erwiesen. Gelegentlich erlaubte er es sich sogar, Andreas' Überzeugungen in Frage zu stellen oder die Ermittlungen aus einem neuen Blickwinkel zu sehen.

Andreas' Partnerin Karine erhob sich und begrüßte ihn mit

einem Küsschen auf beide Wangen.»Ich hoffe, du bist nicht allzu sauer auf mich? Aber ich dachte, du hättest es verdient, mal eine Woche lang eine ruhige Kugel zu schieben.«
»Für mich kommt das einer Nichtbefolgung einer Anordnung gleich«, erwiderte er lachend.

Viviane öffnete ihre Tür und machte Andreas ein Zeichen, zu ihr ins »Aquarium« zu kommen – so nannten sie ihr rundherum verglastes Büro, dessen schlechte Schallisolierung gelegentlich den Geräuschpegel ihrer schlechten Laune bis nach außen dringen ließ.

Heute schien Viviane jedoch gnädig gestimmt. Ihre Gesichtszüge waren entspannt. Als Andreas eintrat, veränderte sich dieser Ausdruck unmerklich, doch das reichte aus, um ihn argwöhnisch zu stimmen.

»Und, hat dir dein Urlaub gutgetan?«
»Ja, wenn man so will, schon.«
»Das klingt nicht überzeugend. Was habt ihr denn gemacht?«
»Das habe ich schon brav Charlène berichtet, und ich habe keine Lust, den ganzen Tag damit zu verbringen, von meinem Urlaub zu erzählen, der mit Sicherheit niemanden interessiert. Komm schon, sag mir, was du mir zu sagen hast. Deswegen bin ich doch hier, oder?«

Viviane schien ein wenig verdutzt über seine Antwort, reagierte jedoch nicht darauf. Sie kannte Andreas, seine Reaktionen, die manchmal rüde ausfallen konnten, und seine gelegentlich einsilbige Art inzwischen nur allzu gut.

»Ich wollte dich vor der Teamsitzung sprechen.«
»Ich höre.«

Viviane machte sich auf eine scharfe Erwiderung gefasst. Sie hätte es vorgezogen, weiter Small Talk zu betreiben, um das Unangenehme hinauszuzögern, aber sie musste ihn davon in Kenntnis setzen. »Der Polizeidirektor hat beschlossen, eine Rüge gegen dich auszusprechen und ein Monatsgehalt einzubehalten«, erklärte sie in einem so monotonen Tonfall, als würde sie einen Psalm runterbeten.

»Ohne mir zuvor Gelegenheit zur Verteidigung gegeben zu haben?«

»Die Faktenlage war eindeutig genug, Andreas.«

»Und du? Hast du dich für mich eingesetzt?«

»Ich habe getan, was ich tun konnte.«

»Ich schätze, der andere Idiot wurde nicht sanktioniert?«

»Diese Frage kann ich dir nicht beantworten.«

»Ist auch nicht nötig, die Antwort kenne ich ja bereits.«

Viviane hörte eine gewisse Verbitterung aus Andreas' Tonfall heraus. Sie wusste, dass er zutiefst verärgert war. Ihm diese Rüge auszusprechen war nicht ihre Entscheidung gewesen, aber sie war nun einmal seine Vorgesetzte, und sie musste die Verantwortung für ihre Mitarbeiter übernehmen – Andreas eingeschlossen. Der Beste und der Schlimmste. Der Schlimmste und der Beste. Damit musste sie zurechtkommen.

»Darum geht es nicht, Andreas. Du hast ihn geschlagen, und er ist mit einer gebrochenen Nase im Krankenhaus gelandet. Du hast Glück, dass wir ihn überreden konnten, dich nicht anzuzeigen, denn das hätte deutlich schlimmere Konsequenzen gehabt. Du kannst dich glücklich schätzen!«

»Er hatte es verdient.«

»Würde es dich trösten, wenn ich dir sage, dass ich deiner Meinung bin?«

»Es würde mich trösten, wenn die Polizei keine Rassisten, Schwulenhasser und sonstigen Arschlöcher in ihren Reihen akzeptieren würde.«

»Du bist aber auch ein bisschen empfindlich, oder? Du weißt, wie das läuft. Anstößige Bemerkungen gehören nun mal zur Unternehmenskultur dazu.«

»Na und, mir gefällt das nicht. Und Jacquier ist ein hirnloser Affe. Das ist nicht seine Schuld, einverstanden! Aber sich einem Kollegen gegenüber so respektlos zu verhalten ist einfach unakzeptabel.«

»Harry Callahan, der einsame Rächer, der seine eigenen Gesetze schafft ...«

»Und für den sich doch immer noch einige Überstunden angehäuft haben müssten, oder?«
»Für wen?«
»Für Dirty Harry, für wen sonst? Wenn es dich nicht stört, werde ich meinen Urlaub verlängern. Und wenn es dich stört, ist es mir auch egal.« Andreas stand auf und ging zur Tür.
»Nein, Andreas. Das ist keine gute Idee.« Er drehte sich um und schaute Viviane in die Augen. »Doch, und zwar sogar eine ganz exzellente. Ich verfolge gerade einige Projekte, und vor allem tut es mir wahnsinnig gut, nicht innerhalb dieser vier Wände eingesperrt zu sein. Und mein Team kommt wunderbar ohne mich zurecht.«
»Einverstanden. Ich gebe dir zwei Wochen, nicht mehr.«
»Du hast mir immer gesagt, dass ich nicht genug Urlaub nehme. Also komme ich erst wieder, wenn ich alle meine Überstunden abgefeiert habe.«
»Aber das wären ja mindestens sechs Wochen!«
»Sechs Wochen ... perfekt!«

13

André Jaccard begab sich bereits das zweite Mal – und vermutlich das letzte Mal in seinem Leben – in sein Chalet auf der Alp von Frience. Er hatte sein Auto auf dem Parkplatz abstellen und den Rest der Strecke zu Fuß gehen müssen. Er trug seine dicken Wanderschuhe, doch nach zweihundert Metern bedauerte er es, nicht die Schneeschuhe angezogen zu haben, mit denen er im Neuschnee, der an diesem Wochenende gefallen war, besser vorangekommen wäre. Die Sonnenstrahlen wurden so stark vom Schnee reflektiert, dass sie ihn blendeten. Er hätte eine Sonnenbrille anziehen sollen.
Kinder fuhren mit dem Schlitten oder auf Skiern den Hang

hinab. Er konnte ihre Freudenschreie hören. Die Terrasse des nahe gelegenen Restaurants Refuge de Frience war brechend voll. Er verabscheute die Winterferienzeit, in der sich die Bevölkerung von Gryon stets vervierfachte.

Sein Chalet lag etwas abgelegen. Als er es erreichte, war er zwar außer Atem, zog aber nicht gleich seine Jacke aus. Die Luft im Raum war kalt und roch abgestanden. Er schaltete den Herd ein, setzte Wasser auf und öffnete zum Lüften die Fenster.

Als der Kessel pfiff, bereitete er sich einen Kaffee zu und setzte sich in den Sessel gegenüber dem Kamin. Seine Frau Michèle war im Herbst an Herzversagen gestorben. Er spürte weder Schmerz noch Trauer, jedoch eine merkwürdige Mischung aus Einsamkeit und Erleichterung.

André hatte sie einst geliebt. Doch die schlechten Zeiten hatten sich immer mehr gehäuft und schließlich die guten Zeiten verblassen lassen. Heute fühlte er sich beinah befreit, auch wenn er Angst vor dem Alleinsein hatte.

Sein Sohn Jérôme wohnte im Gegensatz zu seiner Tochter Céline, die das Nest der Familie schon vor langer Zeit verlassen hatte, mit seinen sechsundzwanzig Jahren immer noch bei ihm in Gryon. Er arbeitete als Krankenpfleger im Krankenhaus von Monthey. Sie lebten unter demselben Dach, aber das war auch schon die einzige Gemeinsamkeit. André wusste kaum etwas über diesen Jungen, der genau so verschlossen war wie er selbst. Einmal hatte er es gewagt, ihn zu fragen, ob er eine Freundin hätte. Die Antwort war harsch gewesen: *»Was mischst du dich ein, ich stelle dir ja schließlich auch keine Fragen, oder?«*

War Jérôme daheim, schloss er sich immer häufiger in seinem Keller ein, um Schlagzeug zu spielen oder Musik zu hören. Sie lebten zwar zusammen, beschränkten aber ihre Berührungspunkte auf ein Minimum.

Das Alpchalet hatte er von seiner Frau geerbt. Es zu verkaufen war vermutlich die beste Entscheidung gewesen, die er in letzter Zeit getroffen hatte.

Monatelang hatte er diese Idee mit sich herumgetragen und sich schuldig gefühlt. Seine Frau hatte sehr an diesem Chalet gehangen, das bereits seit Generationen im Besitz ihrer Familie war. Vor ein paar Jahren hatte sich eine Immobilienagentur interessiert an diesem Objekt gezeigt und einen Preis geboten, der weit über dem Marktwert gelegen hatte. Seine Frau hatte den aufdringlichen Makler aus dem Haus gejagt. André hatte ihre Stimme noch im Ohr: »*Niemals. Hören Sie, niemals werde ich dieses Chalet verkaufen. Nur über meine Leiche!*«
Auch wenn sie körperlich nicht mehr anwesend war, spürte er ihre Gegenwart. Um einen neuen Lebensabschnitt beginnen zu können, hatte es einer einschneidenden Geste bedurft. Vor ein paar Wochen hatte er in einer der Kommodenschubladen eine Visitenkarte der Immobilienagentur gefunden. Er hatte sie angerufen und ihnen mitgeteilt, dass er nun bereit sei, das Chalet zu veräußern. Der Verkauf würde in den kommenden Wochen stattfinden, aber ihm graute davor, mit Jérôme darüber zu sprechen, denn dieser würde die Neuigkeit sicherlich nicht gut aufnehmen. Auch wenn es unvermeidlich war, scheute er das Gespräch mit seinem Sohn.

14

»Schon zurück?«
Zu Mikaëls Überraschung war Andreas, begleitet von Minus' Gebell, schon mittags zurückgekehrt.
»Wie du siehst, ja«, antwortete Andreas mit einem verlegenen Lachen. »Ich habe beschlossen, sechs weitere Wochen Urlaub zu nehmen.«
»Und ich habe gedacht, du hättest dich mit deiner Chefin gestritten und man hätte dich vor die Tür gesetzt.«
»Die Wahrheit liegt irgendwo dazwischen.«

»Du wirst mir also den ganzen Tag auf der Pelle hocken«, stellte Mikaël herzlich lachend fest.

»Nein, ich habe mir einige Projekte vorgenommen.«

»Interessant ... Projekte, die nichts mit deiner Arbeit zu tun haben? Das wäre ja mal eine Premiere!«

Andreas nahm Mikaëls ironischen Tonfall zur Kenntnis, ohne mit der Wimper zu zucken. Mikaël hatte wie so häufig recht, denn Andreas hatte sich zu einem Experten in Sachen Ausreden gemausert und als häufigste Ausrede stets seine Arbeit benutzt.

»Ich werde mir Zeit für mich, meine Freunde und meine Familie nehmen.«

Mikaël zeigte keinerlei Reaktion, sondern wartete ab, was noch kommen würde.

»Als Erstes habe ich Jessica und die Kinder am Freitagabend zum Essen eingeladen.«

»Ich verstehe. Und du zählst dabei auf mich, dass ich ko–«

»Nein, eben nicht! Ich werde mich dieses Mal darum kümmern. In den kommenden Wochen werde ich hier der Chefkoch im Hause sein.«

»Da freue ich mich ja jetzt schon drauf.«

»Und außerdem werde ich mir Zeit für meine Schwester, meine Nichte und meinen Neffen nehmen.«

»Einverstanden. Sehr gut. Aber das solltest du ja eigentlich immer machen, oder? Du hast da von Projekten gesprochen ... Hast du vor, den großen Frühjahrsputz zu veranstalten? Das Balkongeländer neu zu streichen?«

»Daran habe ich zwar nicht gedacht, aber auch dafür werde ich mir Zeit nehmen.«

»Nur, dass du nicht gerade der begnadete Heimwerker bist. Also, was für ein Projekt schwebt dir vor? Ich spüre, dass du vor Ungeduld geradezu brennst, mir davon zu berichten.«

»Ich werde Antoine zur Hand gehen und lernen, wie man sich um die Kühe kümmert.«

Mikaël brach in hysterisches Gelächter aus und brauchte anschließend einen Moment, um sich wieder zu fangen. »Tut mir leid. Ich bin nur so überrascht. Ich hatte ja alles erwartet, nur nicht das. Ich sehe dich schon vor mir, wie du eine Kuh melkst …«

»Und was ist daran so komisch?«

»Na ja, alles. Ein Städter in Markenklamotten, der sich als Bauer verkleidet. Aber solange du mir nicht ständig im Weg stehst und mich arbeiten lässt, finde ich das wunderbar. Im Übrigen muss ich nämlich meinen Artikel fertig schreiben.«

Andreas öffnete seinen Humidor und holte eine Robusto von Cohiba heraus, besann sich und tauschte sie gegen die Montecristo Edmundo mit dem schönen glänzenden Deckblatt aus und schnupperte daran. Der Zigarre entströmte ein wunderbar holziges und würziges Aroma. Perfekt. Er schloss den Humidor und ging in den Wintergarten, den sie gerade gebaut hatten. Der gläserne Pavillon mit dem Holzdach befand sich am Ende des Grundstücks. Eine Insel der Ruhe mitten im Grünen und Andreas' bevorzugter Ort, um seine Zigarren zu genießen, wenn die Außentemperatur es nicht zuließ, dass er sich an der frischen Luft entspannte. Er holte eine Flasche Rum aus dem schwedischen Schrankkoffer, den sie während ihres letzten Urlaubs auf Gotland bei einer Auktion ersteigert hatten.

Den Don Papa hatte er erst kürzlich zu seinem großen Vergnügen entdeckt. Er kam von der Insel Negros auf den Philippinen und nicht wie die meisten Rumsorten aus Martinique, Guadeloupe, Jamaika oder Kuba. Das Besondere war natürlich nicht nur seine Herkunft, der Rum entfaltete im Mund auch ein einzigartiges Bouquet. Andreas goss sich ein Glas ein und trank einen Schluck. Die delikat fruchtige Note am Gaumen entwickelte sich in der Mundhöhle zu einer Aromenfülle mit einem angenehm langen Abgang. Er entdeckte zunächst Anklänge von Zitrusfrüchten, Mandarine und Orangenschale, dahinter den subtilen Geschmack von Aprikose und grüner Banane und schließlich, zum Finale, Vanille und Zimt mit einem Hauch von kandiertem Ingwer.

Er legte sein Smartphone auf den tragbaren Lautsprecher, setzte sich und zündete seine Zigarre an. Er hatte beschlossen, »Peer Gynt« zu hören, das von Edvard Grieg vertonte philosophische dramatische Gedicht des norwegischen Autors Henrik Ibsen. Die elegische Eröffnung entsprach seiner Stimmung. Ein nebelverhangener Sonnenaufgang über einem Fjord. Er dachte darüber nach, dass Peer Gynt genau wie er selbst das perfekte Beispiel eines Antihelden darstellte, der für sich, unzufrieden mit seinem Leben, Traumwelten und verschiedene Identitäten entwirft.

Andreas lauschte dem Lebenswandel Peers, der sich nach dem Verlassen seines Heimatdorfes in einer Welt von Trollen und Dämonen wiederfindet, in Gefahr gerät und fliehen muss. Er gelangt ins Refugium des Bergkönigs. Die Musik begleitet sanft seine vorsichtigen Schritte. Dann nimmt sie an Fahrt auf. Er wird verfolgt. Für die atemlose Flucht des jungen Mannes aus der Höhle steigert sich die Intensität der Musik dann in einem Crescendo.

Der Realität zu entfliehen und seinem Schicksal entgegenzugehen, um seine wahre Identität zu entdecken, kam Andreas vertraut vor. Genau wie Peer verspürte er den Drang, seinem Alltag zu entkommen, sich im Studium der Psyche der Mörder, die ihn faszinierten, zu verlieren, in all diesen verdammten Seelen, diesen Trollen und Dämonen.

Doch wohin würde ihn diese Flucht nach vorn führen?

15

Dienstag, 26. Februar

Nachdem er eine Dusche genommen hatte, öffnete Andreas seinen Kleiderschrank. Er hatte sich vorgenommen, Antoine für die kommenden Wochen seine Hilfe anzubieten. Was sollte er dafür anziehen? Seine üblichen T-Shirts und Markenjeans kamen nicht in Frage. Er erinnerte sich, auf dem Speicher eine alte, mit Farbe vollgekleckste Jeans aufbewahrt zu haben, aus der Zeit, da er noch Anwandlungen verspürt hatte, das Haus renovieren zu wollen. Ganz unten in der Schublade fand er ein abgewetztes T-Shirt.

Als er die Küche betrat, bereitete Mikaël gerade das Frühstück vor.

»Ich weiß nicht, was für Schuhe ich anziehen soll. Und was soll ich überziehen?«

»Schau mal in der Gartenhütte nach. Da findest du Stiefel und die Jacke, die ich immer draußen zum Arbeiten anziehe.«

Als Andreas zurückkam, lachte Mikaël.

»Was hast du?«

»So sieht also der neue Kommissar Auer aus. Der moderne Landwirtsanwärter. Richtig schick! Du wirst Furore machen.«

»Spar dir deinen Sarkasmus!«

»Ich kann mir dich nur einfach nicht in dieser völlig neuen Rolle vorstellen.«

Andreas nahm sich noch nicht einmal die Zeit, sich hinzusetzen, und kippte hastig seinen Kaffee runter.

»Willst du nichts essen?«

»Nein, ich muss los.«

»Kann ich mit dir zum Mittagessen rechnen?«

»Weiß ich noch nicht. Das wird sich zeigen. Küsschen. Bis später.«

Andreas fuhr bis zum unteren Ende des Fuhrweges, der zum Hof führte. Er hielt an, betrachtete die ausgefahrene, holprige Schotterstraße, auf der er unmöglich bis hinauf zum Hof fahren konnte. Es fiel ihm wie Schuppen von den Augen, dass sein Auto genauso ungeeignet für das ländliche Leben war wie er selbst. Doch das würde sich ändern. Er machte sich zu Fuß auf den Weg.

Als Andreas den Stall betrat, musterte ihn Antoine erstaunt.
»Hallo, Antoine, ich habe über dein Angebot nachgedacht. Hier bin ich. Ich möchte dir helfen, die Kühe auf die Zuchtschau vorzubereiten. Und ich hoffe, dass du mir alles über die Tiere beibringst.«
»Ein neues Bübli. Perfekt!«
Vincent, der gerade den Kuhmist zusammenkratzte, wandte sich um und musterte den Neuling misstrauisch. Er hielt ihm den Rechen hin. »Hier, damit fängt man an!«

16

Mittwoch, 27. Februar

Litso Ice schlenderte abwesend über den Roten Platz in Moskau. Zu seiner Rechten die Kathedrale des seligen Basilius mit ihren bunten Kuppeln und zu seiner Linken die ockerrote Mauer, die den Kreml umgibt. Er kannte diesen Ort in- und auswendig. Zweihundert Meter weiter ging er, als gerade die Sonne unterging, am Lenin-Mausoleum vorbei. Er beobachtete die Touristen, die davor Schlange standen, um einen Blick auf die Mumie werfen zu können, und die Wachen, die die Besucher unmissverständlich zurückdrängten, da das Mausoleum jetzt schließen würde.

Am Morgen hatte er eine Nachricht erhalten. Eine neue Mission. In der SMS hatten nur der Treffpunkt und die Uhrzeit gestanden: *Nowodewitschi-Kloster, 18.30*. Litso Ice hob die Hand und winkte einen Taxifahrer heran.

Bevor er das Gebäude betrat, bewunderte er die mit Zinnen gekrönten weißen Mauern und die prachtvollen roten Wachtürme. Das Kloster wirkte wie eine Festung. In der Mitte der

Anlage erhob sich die Smolensk-Kathedrale mit ihren vergoldeten und versilberten Zwiebeltürmen. Auch wenn sich noch zahlreiche Touristen um das Gebäude herum aufhielten, war der übliche Treffpunkt hinter der Umfriedung des Friedhofs menschenleer. Der Grabstein, der Nikita Chruschtschows Grab zierte und der aus schwarzen und weißen ineinandergefügten Marmorblöcken bestand, wirkte ein wenig wie ein riesiges Tetris-Spiel, in das man eine Büste des Staatsoberhaupts gestellt hatte.

Die ersten Male hatte sich Litso Ice gefragt, warum sein Auftraggeber ausgerechnet die Grabstätte des einzigen sowjetischen Führers ausgewählt hatte, der nicht im Kreml bestattet worden war. Benutzte er absichtlich das Grab eines gestürzten Machthabers, der einsam und vergessen gestorben war, oder war es purer Zufall? War er ein Anhänger der Entstalinisierung Chruschtschows? Oder war es reiner Sarkasmus? Der Grabstein war von einem Bildhauer geschaffen worden, den Chruschtschow selbst für einen entarteten Künstler gehalten hatte und den er einmal gefragt hatte, warum er die Gesichter der Menschen des sowjetischen Volkes derart verunstaltete.

Doch dieser Ort wurde nicht nur weniger frequentiert, sondern war vermutlich einfach praktisch: Zwischen einem der Marmorblöcke und dem Antlitz Chruschtschows befand sich ein Spalt, der wie dafür gemacht schien, einen Umschlag darin zu verstecken. Litso Ice blickte sich um, setzte sich auf eine Bank und öffnete das Kuvert, das ein für den kommenden Tag ausgestelltes Flugticket nach Genf und einen Beleg über eine einmonatige Mietwagenreservierung enthielt.

Litso Ice stieg aus dem Taxi und kehrte in seine Wohnung zurück, packte schnell seinen Koffer und schaute auf die Uhr. In einer halben Stunde hatte er eine Verabredung. Er verließ das Haus, beschleunigte seine Schritte, ging am im Stil des russischen Barock gebauten Staatlichen Historischen Museum und an der charmanten Kasaner Kathedrale vorbei, um die U-Bahn-

Haltestelle Teatralnaya zu betreten. Über die endlos langen Rolltreppen gelangte er in die Tiefen der Stadt. Er lief einen mit hellen Marmorsäulen gesäumten Gang entlang, den man mit Reliefs aus der ehemaligen, unter Lenin zerstörten Christ-Erlöser-Kathedrale geschmückt hatte. Er betrat den beinah verlassenen Bahnsteig. Die nächste Metro war für neunzehn Uhr sechsunddreißig angekündigt. Er war fünf Minuten zu früh. Als die Bahn eintraf, wimmelte es am Bahnsteig plötzlich vor Menschen. Der Wagen war rappelvoll, und er blieb stehen. Um neunzehn Uhr dreiundfünfzig traf er in Sokolniki ein.

Litso Ice ging eine baumbestandene Allee entlang, durchschritt das Tor zum Gorki-Park und lief weiter bis zu dem großen Platz mit dem Springbrunnen. Dort bog er ab nach links, bis er am Restaurant Fialka ankam und die Tür des blauen, mitten im Grünen gelegenen Pavillons aufstoßen konnte. Früher war dies der Treffpunkt der inzwischen enttarnten Verbrecherorganisation Sokolnitscheskaja gewesen, deren Mitglieder sämtlich entweder inhaftiert oder liquidiert worden waren.

Trotz der trüben Beleuchtung entdeckte Litso Ice seine Kontaktperson sofort. Er setzte sich auf einen der Barhocker neben ihn, bestellte sich ein Bier und schob ihm diskret und ohne ihm seinen Blick zuzuwenden, einen Umschlag hin. Der Mann übergab ihm daraufhin unter der Theke eine Waffe und verließ das Lokal. Litso Ice trank sein Bier aus und ging ebenfalls.

17

Donnerstag, 28. Februar

Unter den amüsierten Blicken von Antoine und Vincent führte Andreas Yodeleuse vor dem Stall am Halfter auf und ab. Er machte seine Sache recht gut, musste aber auch zugeben, dass

Yodeleuse nicht sonderlich störrisch war, sondern eher widerstandslos und träge neben ihm hertrottete.

»Versuche dich zu entspannen. Die Kuh spürt deinen Stress. Ihr solltet ein harmonisches Bild abgeben, ansonsten bemängeln die Richter das. Der Schritt sollte langsam, aber fließend sein, mit erhobenem Kopf. Und das gilt auch für dich«, erklärte Antoine grinsend.

»Und man muss dir ansehen, dass du stolz auf deine Kuh bist«, fügte Vincent hinzu.

»Los, Andreas, führ Yodi zum Behandlungskäfig.«

»Zum Behandlungskäfig?«

»Zu dem Metallgatter dort. Das ist ein Klauenpflegestand. Wir werden ihr die Hufe machen.«

»Was bedeutet das?«

»Wir schneiden und raspeln die Klauen, damit sie wieder gerade sind und das Gangbild so elegant wie möglich wird. Außerdem nehmen wir an den Spitzen etwas Horn weg, damit das Gewicht besser auf den Sohlen verteilt wird.«

Andreas probierte es, aber Antoine musste Yodeleuse übernehmen, da diese sich weigerte.

»Ich kann sie verstehen, dein Metallgatter sieht ja auch aus wie ein Folterinstrument.«

Antoine führte Yodeleuse, und Vincent schob sie von hinten. Nachdem sie die Bauchgurte fixiert und die Kuh festgebunden hatten, holte Vincent eine Hufraspel, eine Klauenschere und ein Hufmesser. Antoine machte sich an die Arbeit. Als er das Horn mit der Fräse bearbeitete, roch es stark verbrannt.

»Ich hatte recht. Das ist Folter.«

Antoine fuhr mit der Arbeit fort, ohne auf Andreas' Bemerkung einzugehen. Anschließend wurde Yodeleuse wieder zurück in den Stall gebracht, um die nächste Stufe ihrer Verwandlung zur zukünftigen Schönheitskönigin in Angriff zu nehmen.

Das Scheren spielte eine große Rolle. Nachdem der Körper und die Beine der Kuh gleichmäßig geschoren worden waren, nahm Antoine eine viel kleinere Schermaschine und rasierte damit die besonders empfindlichen Partien am Kopf, an den Ohren und am Euter. »Das Euter ist unser Kapital. Größe und die für die Durchblutung wichtigen Adern müssen gut sichtbar sein, denn das beweist, dass die Kuh aktiv Milch gibt.«

»Warum lässt du das Fell auf dem Rücken etwas länger stehen?«

»Die Rückenlinie ist nicht ganz gerade. In der Mitte gibt es eine Delle, doch wir scheren die Partie so, dass die Oberlinie perfekt wirkt.«

»Aha, es wird also mit allen Tricks gearbeitet.«

»Ja, das ist so ähnlich wie bei Frauen, die sich schminken. Man überdeckt einfach kleinere Mängel. Manche Landwirte verwenden sogar Haargel, Haarspray und Brillantine.«

»Da bin ich ja mal gespannt.«

Heimlich fragte Andreas sich, was wohl in ihn gefahren war, sich in eine solche Situation zu bringen. Zu lernen, eine Kuh zu führen. Er bereitete sich auf die Zuchtschau vor und hatte das Gefühl, als würde er selbst im Ring vorgeführt und von den Richtern bewertet werden. Allerdings merkte er auch, dass ihm das alles guttat. Er fühlte sich besser. Weit weg von der Stadt und vom Polizeipräsidium. Weit weg von seinen Kollegen.

Und auch weit weg von den Ermittlungen, die meist alle seine Gedanken bestimmten. Sein Geist erholte sich. Immer öfter stiegen alte Erinnerungen in ihm hoch.

Ein Bild. Das eines Kindes. Im Dunkeln. Verängstigt. War er das? Schreie.

Unverständliche Stimmen.

Danach Stille.

Antoine holte ihn in die Realität zurück. »Hey, ihr Jungs, habt ihr Durst?«

»Komm, Andreas«, meinte Vincent. »Das gehört zu den Traditionen dazu.«

Antoine holte eine Flasche Weißwein und ein Glas hervor. Ein einziges. Er reichte es Andreas.

»Jeder trinkt der Reihe nach«, erklärte Antoine, der Andreas' zweifelnden Blick bemerkt hatte.

Nachdem sie die erste Flasche geleert hatten, entkorkte Antoine, ohne zu fragen, eine zweite.

»Die müsst ihr ohne mich trinken«, sagte Vincent. »Da du ja jetzt Hilfe beim Melken hast, werde ich nach Hause fahren. Ich hab noch ein paar Sachen zu erledigen.«

Nachdem Vincent gegangen war, wandte sich Andreas an Antoine. »Du hast wirklich Glück mit deinem Sohn. Das ist ja doch selten, dass Jungs in seinem Alter ihre Väter derart unterstützen.«

»Ja, er ist ein guter Kerl.«

»Und deine Frau, hilft sie dir auch auf dem Hof?«

»Nein.«

Statt einer Erklärung trank Antoine sein Glas in einem Zug aus, füllte es erneut und reichte es seinem Freund.

»Sie hat uns verlassen, als Vincent siebzehn Jahre alt war«, sagte er schließlich. »Seitdem arrangieren wir uns hier zu zweit. So ist das Leben …«

Sein Ton besagte Andreas, dass er hier nicht weiter nachbohren sollte. Außerdem hatte er nicht heraushören können, ob Antoine deswegen wehmütig oder traurig war oder ob die Erwähnung seiner Frau in ihm unliebsame Erinnerungen hervorrief. Andreas brachte daher die Unterhaltung über die Landwirtschaftsschau wieder in Gang.

Nachdem sie die zweite Flasche geleert und Prognosen über die Zuchtschau erstellt hatten, war es Zeit, die Kühe zu melken. Antoine reichte Andreas den Melkschemel.

»Hier, heute Abend bist du dran.«

Gegen neunzehn Uhr kehrte er nach Hause zurück. Erschöpft und leicht betrunken.

18

Während Litso Ice am Genfer Flughafen auf sein Gepäck wartete, sah er sich um. Werbeplakate lenkten die Blicke der Reisenden auf sich. Die meisten von ihnen priesen Luxusgüter an, vorzugsweise Schweizer Uhren. Ein Plakat, auf dem vor schneebedeckten Bergen aus einem Wasserbecken Dampf aufstieg, erweckte seine Aufmerksamkeit, doch er war ja nicht in die Schweiz gekommen, um sich hier eine schöne Zeit zu machen.

Problemlos passierte Litso Ice den Zoll und die Passkontrolle und ging auf direktem Wege zur Autovermietung. Der Mann hinter dem Schalter händigte ihm die Schlüssel aus.

Er fuhr Richtung Stadtzentrum. Auch wenn er die Geburtsstadt Calvins schon mehrfach besucht hatte, fand er sich hier immer noch nicht ohne Navi zurecht. Mitten am Vormittag floss der Verkehr recht ruhig. Er hatte gehört, dass die Genfer sehr früh am Morgen zur Arbeit fuhren, um Staus zu vermeiden.

Litso Ice beschloss, sein Auto aus Gründen der Diskretion im Parkhaus Mont-Blanc abzustellen, das unter dem See gebaut worden war. Beim Verlassen des Parkhauses erblickte er am gegenüberliegenden Ufer das Hôtel des Bergues, in dem ihm sein Auftraggeber eine Suite reserviert hatte. Die Lage der Unterkunft war ideal. Eine *conditio sine qua non*, von der er niemals abwich. Wer seine Dienste in Anspruch nehmen wollte, musste den entsprechenden Preis zahlen. Er überquerte die Bergues-Brücke. Zur Rechten erblickte er die Rousseau-Insel, eine grüne Idylle im Herzen der Stadt und gleichzeitig am Knotenpunkt der Banken und Hotels.

Im Hotel angekommen, ging er zur Rezeption. Der Mann hinter der Theke begrüßte ihn.

»Ja, ich werde zwei Nächte bleiben.«

Der Hotelangestellte reichte ihm die elektronische Schlüsselkarte und einen an ihn adressierten Umschlag.

Litso Ice bekam die Suite Mont-Blanc. Im Zimmer öffnete er wie gewöhnlich als Erstes seinen Koffer und räumte seine Sachen sorgfältig in den Schrank ein. Dann packte er die einzelnen Teile seiner Waffe aus und baute sie zusammen. Er würde sie im Moment zwar nicht brauchen, fühlte sich aber wohler, wenn er sie bei sich trug. Er setzte sich auf das rote Samtsofa, öffnete den dicken Briefumschlag und breitete den Inhalt auf dem Tisch aus: ein weiterer Umschlag, ein Foto einer Villa, eine Liste mit Namen und Adressen und ein Dokument, das ein Vertrag zu sein schien. Er betrachtete einen Moment lang das Foto, das ein modernes, aus Holz und Natursteinen im Kubusstil gebautes Haus und einen Infinity-Pool zeigte. Der zweite Umschlag enthielt mehrere Abzüge. Fotos, die in Restaurants und Hotellobbys aufgenommen worden waren. Er erkannte sehr schnell, worum es sich bei dem Material handelte – um das perfekte Instrumentarium eines Erpressers.

Litso Ice schrieb eine Nachricht auf seinem Smartphone. Ein paar Sekunden später erhielt er eine Antwort. Er nahm den ihm anvertrauten Auftrag zur Kenntnis und löschte anschließend die Nachricht.

Litso Ice verließ das Hotel, stieg in seinen Wagen und gab die Koordinaten ins Navi ein, um zur angegebenen Adresse zu fahren. Sechs Kilometer. Beim Verlassen des Parkhauses erblickte er zur Linken eines der Wahrzeichen der Stadt – eine aus siebentausend Pflanzen gestaltete Blumenuhr. Die Zeitanzeige wurde per Funk übertragen, sodass der Sekundenzeiger mit der berühmten Schweizer Genauigkeit weiterwanderte. Litso Ice mochte natürlich die Schweizer Schokolade und Käsefondue, doch was ihm an diesem Land am meisten gefiel, waren die legendäre Präzision und die Akribie als Lebensweise. Er fuhr am Englischen Garten vorbei und bog in den Quai Gustave-Ador ein. Auf der linken Seite erblickte er jetzt den Jet d'eau, die berühmte hundertvierzig Meter hohe Wasserfontäne, und setzte seinen Weg in Richtung Cologny fort. Angekommen im höher gelegenen Teil dieser Gemeinde mit ihren opulenten

Villen, parkte er genau gegenüber dem Haus und zückte seinen Fotoapparat, der mit einem Telezoom ausgestattet war, das eines Paparazzi würdig war.

Eine halbe Stunde später zeigte sich ein Auto vor dem Portal und fuhr hindurch aufs Grundstück. Litso Ice stieg aus, überprüfte, dass niemand in der Nähe war, und legte die Kamera auf das Autodach, um mehr Stabilität zu haben. Sein Blick auf den Garten und den Hauseingang war unverstellt. Als er eine Frau und zwei Mädchen erblickte, drückte er mehrmals kurz hintereinander auf den Auslöser.

Nachdem er geprüft hatte, dass er zumindest ein scharfes Bild besaß, machte er sich wieder davon. Jetzt musste er das Foto nur noch in der Stadt ausdrucken lassen, um für seine Verabredung am nächsten Morgen gerüstet zu sein.

19

Zum Frühstück hatte er sich einen großen Becher Incarom zubereitet, dem typisch Schweizer Instantkaffee mit gerösteter Zichorie, der ihn an seine Kindheit erinnerte. Auf dem Tisch lagen ein frischer Laib Brot, eine Salami, ein angebrochenes Stück Alpkäse und natürlich seine Zeitung.

Seine Frau fehlte ihm. Sie war ihm und seinem Sohn gegenüber streng, autoritär und unausstehlich gewesen, aber sie fehlte ihm. Es war weniger ihre Gesellschaft, die er vermisste, denn sie hatten schon jahrelang getrennte Zimmer gehabt, sondern eher die Art, mit der sie dem Haushalt vorgestanden hatte. Wie ein Unternehmen hatte sie die Haushaltsangelegenheiten verwaltet und gelenkt. Nie hatte er sich irgendwelche Gedanken machen müssen, denn sie hatte alles minutiös geregelt und organisiert. Seit sie weg war, hatte sich alles geändert.

Er mochte jedoch auch diese Momente, in denen er für sich

allein war. Die Stille. Niemand, der ihm Befehle erteilte. Manchmal wurde diese scheinbare Ruhe jedoch von der Erinnerung an die Stimme seiner Frau gestört, deren unmelodisches Timbre immer noch in seinem Kopf widerhallte. Er schaffte es nicht, sich von der Erinnerung an ihr mürrisches Gerede zu lösen.
Er blickte aus dem Fenster. Über Nacht war Schnee gefallen. Ihn beschlich das Gefühl, seine schroffere Hälfte – wie er sie aus Spaß gern genannt hatte – überwache ihn. Er meinte sogar, ihre Litanei zu hören. Lag es daran, dass sie ihr Zimmer nicht verändert hatten? War es seine Schuld? Nichts war berührt worden. Alles war im ursprünglichen Zustand belassen worden. Er hatte das Zimmer nie mehr betreten. Der Schlüssel befand sich in einer Zinnkanne auf der Anrichte.
Ein Tabuthema. Sein Sohn und er hatten nie mehr darüber gesprochen. Ihre Gegenwart war jedoch immer noch spürbar. Fast real. Zu real.
Er hörte Schritte im Treppenhaus. Sein Sohn kam, um mit ihm zu frühstücken.

20

Freitag, 1. März

Nachdem Litso Ice das hervorragende Frühstücksbuffet in seinem Genfer Hotel genossen hatte, war er zurück auf sein Zimmer gegangen und hatte sich einen eleganten dunklen Anzug angezogen. Er betrachtete sich im Spiegel, um sicherzustellen, dass alles saß. Tief in seiner Seele war er Perfektionist und davon überzeugt, dass es stets auf die Details und eine seriöse Vorbereitung ankam. Er zog eine Silikonmaske über, die er für diesen Anlass ausgewählt hatte und die sich von der unterschied, die er in Berlin genutzt hatte. Er trug nun das Antlitz eines alten glatzköpfigen Mannes mit Falten im Gesicht. Er öffnete den Aktenkoffer, überprüfte, ob er alle notwendigen Dokumente dabeihatte, und verließ das Hotel. Linker Hand bewunderte er wieder den berühmten Jet d'eau. Gegenüber sah er den Schriftzug der Bank, bei der er eine Unterredung haben würde. Er ging den Quai des Berges entlang und überquerte die Pont de la Machine.

Litso Ice stellte sich beim Empfang vor und erklärte, dass Alexis Grandjean ihn erwartete. Nachdem der Mitarbeiter dies auf seinem Bildschirm verifiziert hatte, wies er ihm den Weg zum Aufzug am Ende der Eingangshalle. Die Fahrstuhltür öffnete sich auf der fünften Etage, wo Litso Ice von einem äußerst distinguierten Herren mittleren Alters erwartet wurde. Er verstand schnell, dass es sich dabei nicht um seinen Gesprächspartner, sondern um einen Angestellten handelte.

»Guten Tag, Monsieur Andropov. Folgen Sie mir bitte.«

Europäische oder amerikanische Kunden führten aufgrund von Steuerabkommen längst nicht mehr die Listen potenzieller Anleger an. Litso Ice hatte sich daher mit einem russischen Namen angekündigt, der für die Vermögensverwalter den sanften Klang einer Gelddruckmaschine hatte. Der Angestellte führte ihn in einen eleganten Salon, der dem Ruf der Schweizer Banken alle Ehre machte.

»Monsieur Grandjean wird sofort bei Ihnen sein. Darf ich Ihnen einen Kaffee anbieten?«

»Sehr gern.«

Litso Ice trat an die verglaste Fensterfront heran. Der unverstellte Blick auf die Bucht und den Jet d'eau war phantastisch. Er nahm in einem der Ledersessel Platz. Der Angestellte kehrte mit einer Tasse Kaffee und einem Glas Wasser zurück.

Die Tür öffnete sich, und Litso Ice erkannte anhand der Fotos, die er erhalten hatte, Alexis Grandjean sofort. Er musste um die fünfundvierzig sein. Seine zu einer Seite hin gegelten Haare ließen ihn wie einen Jungen aus guter Familie wirken.

Er trug einen dunkelgrauen Anzug, ein weißes Hemd, eine hellblaue Krawatte und glänzende schwarze Schuhe. Dunkel und edel wie alle Geschäftsmänner, die etwas auf sich hielten.

»Guten Tag, Monsieur Andropov. Sehr erfreut und herzlich willkommen«, sagte er in einem viel zu beschwingten Ton, der auf Litso Ice hochnäsig, wenn nicht sogar arrogant wirkte. Grandjean schritt seinem potenziellen Kunden entgegen und schüttelte ihm entschlossen die Hand.

»*Da*«, antwortete Litso Ice, indem er die lakonischste Floskel seines Repertoires wählte und sich ein gequältes Lächeln abrang, das sein Gegenüber zu verunsichern schien.

Sie setzten sich einander gegenüber. Grandjean betrachtete seinen Besucher von Kopf bis Fuß und verlor weiter an Selbstsicherheit, als er dessen ausdruckslosen Blick bemerkte.

»Monsieur Andropov.«

Er wiederholte seinen Namen, was Litso Ice einen kurzen Augenblick bot, um sich zu fangen.

»Am Telefon sagten Sie mir, dass Sie auf Anraten eines meiner Kunden in unserem Hause ein Konto eröffnen möchten.«

»Das ist ein Fehler«, erwiderte Litso Ice mit starkem russischen Akzent. »Ich bin hier wegen Geschäften, aber nicht Bankgeschäften.«

Eine Schweißperle hatte sich auf der Stirn des Bankiers gebildet. Noch nie hatte er sich einem Kunden gegenüber so unwohl gefühlt. Unzählige Gedanken schossen ihm durch den Kopf. Was wollte dieser Mann von ihm?

Litso Ice beherrschte die französische Sprache perfekt. Während seiner Zeit beim russischen Geheimdienst hatte er mehrere Sprachen gelernt, die er wenn nötig akzentfrei sprechen konnte, um keinen Verdacht zu erregen. An diesem Vormittag hatte er sich jedoch entschieden, seine Wurzeln durchscheinen zu lassen.

Er holte eine Dokumentenmappe aus seinem Aktenkoffer und legte sie auf den Couchtisch.

Alexis Grandjean betrachtete das helle Lederetui. Was steckte wohl darin? Seine Hand wollte danach greifen und den Inhalt herausziehen, doch etwas hielt ihn davon ab. Es war Angst. Er hatte keinerlei Vorstellung davon, was ihn erwarten würde. Er bemerkte, dass ihn sein Gegenüber mit einer Kopfbewegung aufforderte, die Mappe zu öffnen. Er gehorchte.

Das Etui enthielt Schwarz-Weiß-Fotos, auf denen er sich wiedererkannte. Die Aufnahmen stammten aus Restaurants und Hotellobbys. Er erkannte die Personen, mit denen er darauf zu sehen war: amerikanische Kunden. Mit wachsendem Entsetzen betrachtete er ein Bild nach dem anderen. Dann entdeckte er eine Liste mit verschiedenen Daten und Informationen über Flüge in die USA, Hoteladressen und Namen. Auf der zweiten Seite waren die kompletten Vermögensverhältnisse seiner ehemaligen Kunden von der anderen Seite des Großen Teichs aufgelistet. Wie war der Mann, der ihm gegenübersaß, nur an all diese Informationen gekommen? Er war ausspioniert und verfolgt worden, außerdem musste sein Computer gehackt worden sein. Ihm lief es eiskalt den Rücken hinunter. Vor ihm lag der eindeutige Beweis, dass er seine Kunden im Rahmen seiner letzten Tätigkeit aktiv beim Steuerbetrug unterstützt hatte. Als einer seiner Ex-Kollegen in den USA verhaftet worden und ins Gefängnis gewandert war, hatte er es mit der Angst zu tun bekommen und beschlossen, die Bank zu wechseln, noch einmal bei null anzufangen und vor allem diese amerikanische Klientel nicht mehr zu betreuen. Heute holte ihn diese Vergangenheit jedoch wieder ein.

Alexis Grandjean lehnte sich im Sessel zurück, legte den Kopf in den Nacken und schloss die Augen.

Litso Ice zog ein weiteres Foto aus der Innentasche seines Jacketts hervor und legte es auf die Dokumente, die bereits auf dem Tisch verstreut lagen.

Grandjean nahm es und betrachtete es. Der Schweiß rann ihm mittlerweile über die Stirn, und sein Puls beschleunigte sich. Sein Gegenüber hatte die Schrauben noch weiter angezogen. Die Aufnahme zeigte seine Frau und seine beiden Töchter vor ihrer Villa. Er erkannte darauf die Kleidung, die sie am gestrigen Tag getragen hatten.

Litso Ice wusste, dass der Bankier ihm bereits ausgeliefert war, entschied sich jedoch, den Druck noch weiter zu erhöhen. Er holte seine Makarow aus seinem Jackett und legte sie sanft auf den Tisch.

»Was wollen Sie von mir?«, stammelte Alexis Grandjean schließlich. Sollten diese Fotos an das Finanzministerium der Vereinigten Staaten geschickt worden sein, dann war er am Ende. Ganz zu schweigen von der offensichtlichen Drohgebärde seines Gegenübers, die nichts Gutes zu verheißen schien. Der Mann war entschlossen. Sein durchdringender Blick jagte ihm Angst ein.

Litso Ice zog ein Blatt Papier hervor und legte es vor ihn hin. »Unterschreiben Sie!«

Alexis Grandjean betrachtete das Dokument und verstand nun auch den Hintergrund dieser ganzen Inszenierung. Er hatte keine Wahl. Wie sollte er das nur seiner Frau erklären? Sie würde ihn dafür hassen, aber angesichts der Alternative war es das geringere Übel. Er holte seinen Füllfederhalter heraus und unterschrieb unten auf der Seite.

Litso Ice erkannte das Modell des Füllfederhalters, denn er hatte es am Vortag im Schaufenster einer Edelboutique bewundert. Der Metallschaft ließ an manchen Stellen die blau schimmernde Tinte im Kolben durchscheinen. Der stilisierte weiße Stern auf der Kappe ließ keinen Zweifel aufkommen. Ein Schreibgerät, das guten Geschmack und westliche Eleganz ausdrückte.

»Ein sehr hübsches Objekt«, sagte er mit einem Blick, den der Bankier sofort richtig deutete, denn er legte seinen Füllfederhalter auf das Schriftstück.

Litso Ice ergriff ihn – ein Geschenk sollte man nie ablehnen – und packte den unterschriebenen Vertrag mit den Fotos und den anderen Dokumenten zurück in den Aktenkoffer. Anschließend erhob er sich und blickte Grandjean an. Der finale Todesstoß.

»Unnötig, erwähnen zu müssen, Monsieur«, erklärte Litso Ice in akzentfreiem Französisch, »dass wir uns nie begegnet sind. Sollten Sie auch nur irgendein Detail unserer kleinen Unterhaltung irgendwem gegenüber erwähnen, werde ich davon Kenntnis erhalten. Und seien Sie versichert, dass ich stets in Ihrer Nähe sein werde. Ich denke nicht, dass sie den Rest Ihres Lebens damit verbringen möchten, sich zu fragen, wann ich sie besuchen komme. Es wäre doch bedauerlich, wenn Ihnen oder Ihrer Familie etwas zustoßen sollte ... Ihre Mädchen sind hinreißend.«

21

Der angehende Landwirt Andreas hatte sich einen Tag freigenommen. Er hatte seine Schwester Jessica und ihre beiden Kinder Adam und Mélissa zum Essen eingeladen und geplant, sich an die Vorbereitungen eines Feinschmeckermenüs zu machen.

Nach dem Frühstück zog sich Mikaël seine Jacke an und verabschiedete sich.

»Wohin gehst du?«, fragte Andreas.

»Ich treffe mich in Lausanne mit jemanden, der mir einen Vorschlag für einen neuen Artikel unterbreiten will. Und vor allem möchte ich nicht hier sein, wenn du dein Kochprojekt startest.«

»Und warum nicht?«

Mikaël war schon auf dem Weg zur Tür. »Weil du mich dann nicht in Ruhe arbeiten lässt. Du wirst mich alle fünf Minuten stören. Das kenne ich schon, vielen Dank. Und der einzige Rat, den ich dir geben kann, ist, schon während des Kochens alles, was du nicht mehr brauchst, zu spülen und wegzuräumen. Denn ich werde das nicht machen, wenn ich heimkomme.«

Dann verließ Mikaël das Haus, ohne Andreas Zeit für eine Antwort zu geben.

Andreas hatte sich einen Plan für den Tag gemacht, der mit einem Hundespaziergang begann. Minus hatte gerade den Fressnapf geleert und wartete an der Tür. Sie gingen in Richtung des Wildbachs Avançon, um ihre übliche Morgenrunde zu absolvieren.

Während des Spaziergangs dachte er wieder an den Alptraum, den er zu Wochenbeginn gehabt hatte.

In dem er am Abgrund gestanden hatte.

Von der Tiefe angezogen worden war.

Und sich hinabgestürzt hatte.

In seinem Traum war es gar nicht der freie Fall gewesen, der ihn beunruhigt hatte. Sein Psychiater hatte ihm erklärt, dass man diesen als Akzeptanz einer Veränderung und als Loslassen interpretieren könnte. Was ihn in Wahrheit viel mehr beunruhigte, waren die Adler, die über seinem Kopf gekreist waren.

In seiner Jugend hatte es schon einmal eine Zeit gegeben, in der die düsteren Vögel regelmäßig in seinen Träumen aufgetaucht waren.

Andreas hatte eine zweijährige Psychoanalyse nach C. G. Jung hinter sich, dennoch wurde er das Gefühl nicht los, dass es tief in ihm immer noch eine dunkle Stelle gab. Am Ende seiner Therapie hatte er sich gut gefühlt. Entweder hatten ihn seitdem keine merkwürdigen Träume mehr heimgesucht, oder er konnte sich zumindest beim Aufwachen nicht mehr daran erinnern. Die einzigen Träume, die ihm im Gedächtnis geblieben waren, hatten mit seinem Beruf zu tun. Seit seinen letzten Ermittlungen, in denen er einen Serienmörder verfolgt hatte, hatte er mit Alpträumen anderer Art zu kämpfen.

Blutige Augen.

Brandstiftungen.

Sehr viel Blut.

Aber dieses Mal war es anders. Diese Bilder aus der Vergangenheit, die wiederauferstanden, lösten in ihm eine tief sitzende Beklemmung aus. Diese Träume waren wie ein dichter Nebel, der ihn kaum den Horizont erahnen ließ. Er wollte diesen Nebel auflösen und den Traum verstehen. Warum tauchten diese flüchtigen Bilder wieder an der Oberfläche auf? Warum jetzt? *Kein Licht ohne Schatten.* Wieder sah er das Buntglasfenster der Kirche in Gryon vor sich, auf dem Jesus dargestellt war. Die dunkle Seite der Mörder faszinierte ihn. Genau wie seine eigene dunkle Seite.

Die obskuren kriminellen Gedanken, mit denen er konfrontiert wurde, hinterließen ihre Spuren, und eine Frage tauchte dabei immer wieder auf: Warum überschritt ein menschliches Wesen die unsichtbare Grenze zum Töten? Jeder hatte eine dunkle Seite, das war die Realität. Er dachte wieder an den Mörder aus seinem letzten Fall, dessen innere Schatten die Überhand gewonnen hatten.

Andreas fiel es schwer zu akzeptieren, dass die Schatten ein manchmal unabhängiges Eigenleben führten. Dass es unmöglich war, sie zu lenken und vollständig zu beherrschen. Sofern man nicht versuchte, sie zu verstehen und zu zähmen, bestand das Risiko, dass sie sich heimlich im Unterbewusstsein einnisteten.

Als Andreas von seinem Spaziergang zurückgekehrt war, studierte er die Menüfolge, die er sich notiert hatte. Er hatte beschlossen, ein schwedisches Essen namens Smörgåsbord zuzubereiten, was wortwörtlich übersetzt »Tisch mit Butterbrot« bedeutete, aber eigentlich ein Buffet aus verschiedenen warmen und kalten Platten darstellte. Er wollte seine Schwester beeindrucken und ihr natürlich auch eine Freude bereiten.

Jedes Jahr besuchte er im Dezember den schwedischen Weihnachtsmarkt in Lausanne, um Produkte zu erstehen, die man normalerweise in der Schweiz nicht kaufen konnte: verschieden eingelegte Heringe, Rentierfleisch, typische Wurstwaren, geräucherten Fisch und natürlich eine Flasche des unverzichtbaren Aquavits.

Er musste nur noch alles auspacken und auf den Tisch stellen. Allerdings wollte er auch noch verschiedene kleine Gerichte zubereiten. Das einfachste und typischste waren natürlich die *Köttbullar*, kleine Fleischbällchen mit Preiselbeeren. Außerdem ein *Janssons Frestelse*, ein Kartoffelgratin mit Zwiebeln und Anchovis. Und *Aladåb*, verschiedene Terrinen mit Gelee, eine mit Fleisch und Gemüse und eine weitere mit Fisch. Als Nachtisch hatte er sich ein *Saffranspannkaka* vorgenommen, die Spezialität der Insel Gotland: Reisküchlein mit Safran, die mit Schlagsahne und einer *Salmbär*-Marmelade serviert wurden, einer auf der Insel vorkommenden Brombeerart.

Mit einer Liste der noch fehlenden Zutaten fuhr er ins Dorf, um sie dort in dem kleinen Supermarkt zu erstehen. Anschließend machte er sich ans Werk.

Gegen halb sechs war alles fertig. Er hatte sich sogar eine Pause gegönnt und im Wintergarten eine Zigarre geraucht. Minus bellte, als er Mikaëls Auto hörte und dieser mit zwei riesigen Plastiktüten in den Händen hereinkam.

Ohne Fragen zu stellen, half Andreas seinem Freund beim Auspacken der Einkäufe: ein viel zu kleiner Korb für Minus und ein kleiner Fressnapf, der wohl kaum das Kilo Fleisch fassen konnte, das ihr Freund auf vier Pfoten täglich verschlang. Anschließend öffnete Mikaël die zweite Tüte, die Trockenfutter für … eine Katze enthielt.

»Du hast mir doch vor einiger Zeit eine Frage gestellt, oder?« Andreas lächelte. Nachdem sein letzter Fall, der ihn an den Rand seiner Kräfte gebracht hatte, mit einem Paukenschlag geendet war, hatte er Mikaël vorgeschlagen, eine Katze bei ihnen aufzunehmen.

Just in diesem Moment kamen Jessica und die Kinder herein. Mélissa trug eine Transportbox, stellte sie auf den Boden, holte ein kleines schwarzes Kätzchen mit vier weißen Pfoten heraus und legte es Andreas auf den Arm.

22

Nach seinem Gespräch in der Bank hatte Litso Ice einen Schaufensterbummel gemacht und die Auslagen der luxuriösen Genfer Uhrengeschäfte und Edelboutiquen betrachtet, die sich hier aneinanderreihten. Da er nicht vorhatte, irgendetwas zu kaufen oder auch nur einen der Läden zu betreten, war er schnell gelangweilt und beschloss, in Richtung Altstadt zu gehen. Er hatte keine Ahnung, wie sein Auftrag weitergehen würde, denn er würde erst am Abend neue Instruktionen erhalten. Ihm blieb also viel Zeit, herumzuschlendern und Tourist zu spielen, und er bedauerte, dass ihm seine beruflichen Aktivitäten viel zu selten Raum dafür ließen.

Er spazierte durch die engen gepflasterten Gassen und kam schließlich zur Kathedrale Sankt Peter, die mit ihrem der Hauptfassade vorgelagerten Säulenportikus an das Pantheon in Rom erinnerte. Sie wirkte so anders als eine typische mit bunten Zwiebeltürmen und Ornamenten verzierte russische Basilika, was ihn darüber nachdenken ließ, wieso Bibelinterpretationen derart unterschiedliche Ergebnisse hervorzubringen vermocht hatten.

Als er das Gotteshaus betrat, war er ergriffen von der strengen und nüchternen Architektur. Er setzte sich auf eine der Kirchenbänke und nahm sich Zeit, die Atmosphäre auf sich wirken und seinen Gedanken freien Lauf zu lassen. Er war kein gläubiger Mensch. Schließlich hatte ihn ein glühender Stalin-Anhänger erzogen. Für ihn war der Kommunismus das Höchste gewesen. Und heute? War er zum Atheisten geworden? Nein, eher zum Agnostiker. Seine Weigerung, an die Existenz Gottes zu glauben, hatte sich mit der Zeit in Skeptizismus verwandelt. Er konnte sich mit keiner Religion identifizieren und sich auch kein präzises Bild eines Gottes machen, hatte aber dennoch das Gefühl, dass es eine höhere Macht gab. Dass eine Art Schutzengel über ihn wachte.

Litso Ice machte sich daran, einen der beiden Kirchtürme

zu besteigen, und zählte die Treppenstufen: insgesamt einhundertsiebenundfünfzig. Seine Mühe wurde belohnt. Der Dreihundertsechzig-Grad-Blick über die Stadt war spektakulär, und dank der klaren Sicht konnte man in der Ferne sogar das Mont-Blanc-Massiv erkennen.

Als er die Kathedrale verließ, ging er in Richtung der Promenade de la Treille, lief ein paar Schritte die Allee de Marronniers entlang, um über die große Treppe hinab in den Parc des Bastions zu gelangen.

Er setzte sich auf eine Stufe und betrachtete die gegenüberliegende »Mauer der Reformatoren«, vor der vier überlebensgroße Statuen standen. Er schätzte, dass sie etwa fünf Meter groß waren. Eine davon stellte Johannes Calvin dar, dem Genf den Beinamen »das protestantische Rom« verdankte. Litso Ice verstand, warum die Kathedrale so streng wirkte. Aus den Gesichtszügen der vier Männer sprach nichts als Ernst, Strenge und Trauer. Arme Calvinisten, dachte er. Weiter oben waren die lateinischen Worte *post tenebras lux* eingraviert. Er war des Lateinischen zwar nicht mächtig, hatte die Übersetzung jedoch in einem Reiseführer gelesen: *nach der Dunkelheit das Licht*. Drehte man die Satzteile um, konnte man die Zeile als seine persönliche Devise lesen. War es nicht sein Beruf, Leben auszulöschen? Seine Opfer vom Leben in den Tod zu schicken, also vom Licht in die Dunkelheit?

Gegen Abend kehrte er ins Hotel zurück und fuhr mit dem Aufzug auf die Dachterrasse. Er betrat das japanische Restaurant Izumi, das Fusionküche anbot. Zumindest hatte er das auf einem Plakat in der Hotellobby gelesen und fühlte sich davon angesprochen.

Er setzte sich ans Panoramafenster. Ein Kellner brachte ihm die Speisekarte, und Litso Ice nutzte die Gelegenheit, um einige Erläuterungen zu erbitten.

»Unter der Bezeichnung ›Fusionküche‹ versteht man ungewöhnliche, von unterschiedlichen Zutaten und Esskulturen inspirierte Gerichte. Wir bieten eine Nikkei-Küche an, die eine Verbindung japanischer und peruanischer Einflüsse darstellt.« Litso Ice öffnete die Speisekarte, blieb aber aufgrund der Namen der Gerichte ein wenig skeptisch. Schließlich bestellte er als Vorspeise ein Sashimi von der japanischen Bernsteinmakrele mit Jalapeños und als Hauptgericht Hummer und Kadaifs von der Foie gras an einer Teriyakisoße mit Trüffeln. Die Hälfte der Zutaten sagte ihm nichts, und die Kadaifs erinnerten ihn an den Namen eines libyschen Diktators, aber ihm gefiel der Klang der Gerichte.

Litso Ice blickte aus dem Panoramafenster. Unter ihm lag die beleuchtete Bucht des Genfer Sees. Die Leuchtreklamen der Banken und Uhrengeschäfte strahlten um die Wette, bekamen allerdings Konkurrenz von der Kathedrale und dem phantastisch illuminierten Jet d'eau.

Nach der köstlichen, aber recht schlichten Vorspeise brachte ihm der Kellner das Hauptgericht. Optisch glich es einem Kunstwerk, allerdings fragte sich Litso Ice, ob »Fusion« nicht nur ein Synonym für »Diät« darstellte.

Als er gerade das Dessert zu sich nehmen wollte, vibrierte sein Handy. Er öffnete die Nachricht, die ein Foto eines Bergdorfes mit einem steinernen Glockenturm zeigte. Darunter ein Name: Gryon.

23

Mittwoch, 6. März

Nach der Probe leisteten Vincent und Jérôme ihren Freunden Romain und Cédric im Restaurant L'Escale am Platz der Barboleuse Gesellschaft. Seit Jahren waren sie Mitglieder im Spielmannszug und feilten gerade an ihren neuen Stücken für die bevorstehenden traditionellen Sommerveranstaltungen. Vincent spielte Sousaphon, eine Art Tuba, die über der Schulter getragen wird. Die Größe des Instruments und die tiefe Stimmlage machten bei ihren Umzügen Eindruck. Jérôme hatte sich als Schlagzeugfan wenig überraschend für die Paradetrommel entschieden.

Das Kartenspiel lag bereits auf dem grünen Jassteppich auf dem Tisch. Die Kellnerin brachte vier Bierkrüge. Cédric verteilte die Karten und legte sie mit den Rückseiten nach oben aus. Jeder Spieler zog eine Karte. Auf Grundlage der beiden niedrigsten und der beiden höchsten Karten wurde jeweils eine Mannschaft gebildet, sodass Cédric und Jérôme gegen Vincent und Romain spielen würden. Anschließend mischte Cédric die Karten und verteilte sie. Neun pro Person. Vincent wählte die Trumpffarbe.

»Ich *chibre*.«

Er reichte seinem Partner das Blatt. Der Schieber, die bekannteste Jassvariante in der französischen Schweiz, drohte aus den Bars und Kneipen zu verschwinden. Die Jugend interessierte sich immer weniger für dieses typische Schweizer Kartenspiel und vertrieb sich die Zeit lieber mit virtuellen Spielen. Doch die vier jungen Männer trafen sich gern weiterhin ab und zu zum Jassen.

»Herz ist Trumpf«, erklärte Romain.

Die Partie konnte beginnen.

»Und, wie geht es mit eurem Projekt voran?«, fragte Romain.

»Während der Partie wird nicht geredet«, gab Vincent zurück.

»*Schtöckr*«, erklärte Jérôme, nachdem er die Herzdame abgelegt hatte. Den Trumpfkönig und die Trumpfdame zu haben brachte der jeweiligen Mannschaft zwanzig Zusatzpunkte ein.

Nachdem alle Karten abgelegt worden waren, zählte jedes Team seine Punkte, die Cédric mit Kreide auf einer Schiefertafel notierte.

»Ja, es geht gut voran, aber wir haben noch nicht genug Geld zusammen.«

Man hatte Jérôme die Planung einer Reise aufgetragen, die den Austausch mit einem anderen Spielmannszug zum Ziel hatte. Im nächsten Jahr sollten sie nach Schottland fahren, wo sie im Kontakt mit einer lokalen Musikgruppe standen. Es waren bereits zwei Konzerte geplant, und sie warteten schon ungeduldig darauf, ihre Instrumente zusammen mit Dudelsäcken erklingen zu lassen.

»Ihr werdet viel Spaß haben«, meinte Cédric.

»Wo du gerade von Austausch sprichst … Ich weiß ja nicht, ob ihr bei dem guten Bier, das sie da haben, die Töne noch richtig treffen werdet«, sagte Romain.

Weder Cédric noch Romain waren je Mitglieder im Spielmannszug gewesen. Schon der Musikschulunterricht hatte sie abgeschreckt, genau wie die Vorstellung, Mitglied in einem lokalen Verein zu sein. Unter dem Druck seiner Freunde war Romain dennoch dem Jugendring beigetreten. Nachdem er jedoch seine zukünftige Frau – die inzwischen seine Ex-Frau war – bei einer Fasnachtsveranstaltung kennengelernt hatte, war er aus Gryon weggezogen, um mit ihr in Martigny zu leben. Im Wallis hatte er als Zimmermann einen Job in einem Dachdecker-Meisterbetrieb gefunden. Dann hatte er geheiratet. Vincent, Jérôme und Cédric waren zur Hochzeit eingeladen gewesen und hatten feststellen müssen, dass ihr Freund neue Bekannte und Freunde gefunden hatte, mit denen er nun ausging. Seit seinem Umzug war er nur selten nach Gryon zurückgekehrt, um dann und wann seine Eltern zu besuchen. In wenigen Monaten hatte er sein ganzes Leben verändert. Doch die Rückkehr in den Schoß der Familie war schnell erfolgt. Erst war er wegen ständigen Zuspätkommens bei der Arbeit gefeuert worden, dann wurde er von seiner Frau hinauskomplimentiert, weil er immer wieder nachts betrunken heimgekommen war und ganz offensichtlich kein Interesse am Eheleben gezeigt hatte. Sie hatte ihm die Koffer ins Treppenhaus gestellt, das Türschloss austauschen lassen und die Scheidung eingereicht.

Romain lebte seit einigen Wochen wieder bei seinen Eltern

in Gryon und hatte schnell wieder angefangen, sich mit seinen alten Freunden zu treffen. Alles war wieder wie früher beziehungsweise fast, da er immer noch arbeitslos war. Unten in der Rhôneebene hatte man in den Betrieben sicherlich Wind von seinem Verhalten bekommen und hielt ihn sich daher vom Leib, und sein alter Arbeitgeber in Gryon hatte behauptet, nicht genug Aufträge zu haben, um ihn wieder einstellen zu können.

Vincent verteilte die Karten.

Jérôme spürte, dass sein Handy vibrierte, und holte es aus der Tasche. Er hatte eine neue Nachricht in der App der Partnerbörse Meetic empfangen.

»Zweihundert, ein Viererblatt«, sagte Romain, der die vier Buben in der Hand hielt und damit die wichtigste Ansage des Spiels machen konnte. »Und Pik ist Trumpf.«

»Der Teufel scheißt auch immer auf den größten Haufen«, blaffte Cédric und machte zwei Haken auf der Schiefertafel.

Romain legte als Erstes den Pikbuben ab, die höchste Spielkarte.

Cédric warf eine niedrige Karte ab, da er überhaupt kein Pik in der Hand hielt, und Vincent legte die Pikzehn ab, um für sein Team Punkte zu sammeln. Alle drei hoben die Köpfe und fixierten Jérôme, der vor sich hin grinste. Er hatte die Nachricht geöffnet. Eine Frau aus der Gegend hatte angebissen … Sie wohnte in Ollon, in der Ebene.

»Du bist dran, Jérôme!«

»Äh, ja, was ist noch mal Trumpf?«

»Pik.«

Jérôme legte sein Mobiltelefon auf den Tisch, um die Nachricht weiterlesen zu können, und warf die in der Trumpffarbe »*Nell*« genannte Pikneun auf den Tisch. Geistesabwesend hatte er ohne Grund eine hohe Karte geopfert. Eine hübsche Frau und obendrein sexy, sofern das Bild nicht schon zehn Jahre alt oder zu sehr mit Photoshop manipuliert worden war.

»Hattest du kein anderes Pik auf der Hand?«, fragte ihn Cédric.

»Ach ja, tut mir leid. Ich hab nicht aufgepasst.«
»Versuch dich zu konzentrieren! Wegen dir verlieren wir Punkte«, schimpfte Cédric.
»Willst du nicht dein Handy wieder wegpacken? Wir spielen doch gerade ...«, sagte Vincent.
»Genau, wenn man spielt, spielt man!«, fügte Romain hinzu.
»Ihr geht mir ganz schön auf den Geist!«
Jérôme warf sein Blatt auf den Teppich, erhob sich und verließ die Runde. Seine Freunde tauschten verwirrte Blicke aus und legten ihre Karten auf den Tisch.

24

Freitag, 8. März

Mit Jeans und blauem Hemd mit Edelweißaufdruck bekleidet, scherte Serge Hugon gerade seine Lieblingskuh, als seine Tante Isabelle in den Stall kam.
»Ah, du bereitest Blümchen für morgen vor.«
»Ja, sie muss perfekt aussehen, schließlich habe ich vor, die Zuchtschau zu gewinnen.«
»An Bescheidenheit fehlt es dir jedenfalls nicht.«
Serge Hugon hatte den Hof in Huémoz von seinem Vater übernommen. Er war stolz darauf und drückte seine Heimatverbundenheit aus, indem er das traditionelle Edelweißhemd trug. Inzwischen waren seine Eltern gestorben, und er lebte allein. Er hatte nie geheiratet und sein ganzes Leben seinem Betrieb gewidmet. Vor ein paar Jahren hätte er beinah alles hingeschmissen, um mit einer Frau ins Ausland zu gehen. Doch das Schicksal hatte anders entschieden.
Seitdem widmete er seine Arbeit und sein Herz seinen Kühen, und die Zuchtschauen waren sein liebster Zeitvertreib.

Die Rinderzucht war immer das Kernstück der Familie Hugon gewesen. Sein Vater hatte ihm diese Leidenschaft eingeimpft. Der Viehbestand ging auf zwei Linien zurück, die er bis in die fünfziger Jahre zurückverfolgen konnte. Doch sein Interesse für die Zucht hatte sich in den Wunsch verwandelt, um jeden Preis zu gewinnen. Sein Vater war stolz auf seine Kühe gewesen, weil er viele Jahre hart dafür gearbeitet hatte, hatte durchdachte Anpaarungen durchgeführt und ihnen viel Aufmerksamkeit geschenkt. Hugon hingegen lebte für die Preise, die er auf den verschiedenen Zuchtschauen einheimste. Inzwischen fuhr er kreuz und quer durchs Land, nur um die besten Tiere zu kaufen. Vor vier Jahren hatte er Blümchen bei einem Bauern im Emmental entdeckt. Eine beinah perfekte Kuh. Es war eine Gelegenheit gewesen, die er sich nicht hatte entgehen lassen wollen, und daher hatte er hart dafür gekämpft, ihren Besitzer zu überzeugen, sich von ihr zu trennen. Auch bei der Bezahlung hatte er nicht gegeizt. Blümchen hatte schon mehrere Preise errungen, doch den Titel »Miss Swiss Expo« hatte Serge Hugon trotz mehrerer Versuche noch nicht mit ihr erringen können. Dieses Jahr aber würde es klappen. Blümchen war im besten Alter und bereit dafür. Doch zuerst musste er die regionale Zuchtschau in Aigle gewinnen. Wie sonst sollte er Anspruch auf den höchsten Sieg haben?

Blümchen hatte allerdings einen Mangel: Eine ihrer Zitzen war nicht so gerade wie die anderen. Es gab Mittel, das zu kaschieren. Doch er wollte kein Risiko eingehen und musste damit leben. Schließlich musste der Ehrenkodex gewahrt werden, und zudem waren die Kotrollen in den letzten Jahren immer strenger geworden. Beim Schummeln erwischt zu werden würde seinen Ruf ruinieren und seine Teilnahme an zukünftigen Wettbewerben unmöglich machen.

25

Samstag, 9. März

Die Menschenmenge, die sich bei der Zuchtschau in Aigle versammelt hatte, war riesig. Alle Teilnehmer beeilten sich, rechtzeitig fertig zu werden. Manch einer säuberte seine Kuh sogar mit dem Kärcher, andere schnitten noch eine paar Haare auf dem Rücken mit der Schere nach, damit die Oberlinie möglichst perfekt aussah. Alle wuselten geschäftig umher. Jeder Züchter hatte einen Eimer Wasser und einen Schwamm griffbereit für den Fall, dass die Kuh sich noch einmal schmutzig machte. Manche schleppten Heu herbei, um ihre Tiere bei Laune zu halten.

Antoine holte Alouette aus dem Viehtransporter, während sich Vincent um Yodeleuse kümmerte. Beide Kühe wurden an den für sie reservierten Ständern festgebunden. Ein Mann band seine Kuh neben Yodeleuse an. Antoine begrüßte ihn herzlich.

»Hallo«, erwiderte dieser knapp, ohne überhaupt aufzublicken, bevor er davonging, um das nächste Rind zu holen.

»Siehst du, das ist Blümchen. Die Favoritin. Die, von der ich dir erzählt habe. Und ihr Besitzer ist Serge Hugon.«

»Ach ja. Das ist doch die Kuh, die für einen horrenden Preis aus der Deutschschweiz eingekauft wurde.«

Andreas betrachtete sie und verglich sie anschließend mit Yodeleuse. »Stimmt, sie präsentiert sich gut, aber Yodi gefällt mir besser.«

»Leider bist du kein Richter.«

Vincent rieb Alouette noch einmal sauber, während Antoine letzte Kleinigkeiten mit der Schermaschine ausbesserte. Andreas bemerkte, dass das Euter von Yodeleuse sehr prall war. Man konnte sogar die Venen hervorstehen sehen.

»Willst du sie nicht noch melken?«

»Nein, während des Wettkampfes müssen die Zitzen voll

sein, um mehr Volumen zu haben. Aber direkt im Anschluss werden wir sie melken.«

Andreas beschloss, sich auf dem Gelände ein wenig umzuschauen, und spazierte in Richtung des umzäunten Vorführrings. Dort auf dem Sand würde er Yodeleuse dem ungeduldig wartenden Publikum präsentieren. Er atmete tief ein. Fühlte er sich gestresst? Sein Einsatz war zwar nicht von entscheidender Bedeutung, dennoch wuchs seine Anspannung. Er ging weiter. Neben der Bar stand ein Ochsenkarren, auf dem an einem Holzgestell etwa dreißig Kuhglocken hingen, die die Sieger der einzelnen Klassen erhalten würden. Andreas betrat die Halle und betrachtete jede Kuh einzeln, wobei er ein besonderes Augenmerk auf die Simmentaler legte. Er wollte ermessen, ob Yodeleuse trotz der Vorbehalte Antoines eine Chance hatte. Obwohl ihm dieser immer wieder die Kriterien erläutert hatte, konnte sich Andreas zu keiner Prognose durchringen.

Als er zu Antoine und Vincent zurückkehrte, drückte ihm Letzterer sofort einen Eimer Wasser und einen Schwamm in die Hand.

»Hier, deine Kuh hat ihr Geschäft erledigt. Ihr Schwanz ist ganz verkrustet.«

Andreas war gerade dabei, Yodeleuse sorgfältig zu säubern, da hörte er eine aufgeregte Stimme hinter sich.

»Hallo, Onkel!«

Er drehte sich um. Da stand Adam, gefolgt von Mélissa, dahinter Jessica und Mikaël, die sich vor Lachen bogen.

»Warte, beweg dich nicht. Das muss ich doch für die Ewigkeit festhalten«, sagte Jessica.

Über Lautsprecher erschallte eine Stimme, die den Beginn der Zuchtschau verkündete.

»Wir sind noch nicht an der Reihe. Erst kommen die Roten Holsteiner und dann das Schweizer Fleckvieh.«

Trotz der vielen Menschen ergatterten sie einen Platz direkt hinter der Umzäunung. Andreas spürte eine wachsende Nervosität in sich aufsteigen und beobachtete den Ablauf des

Spektakels genau. Antoine gefiel es, die Rinder, die an ihnen vorbeigeführt wurden, zu kommentieren. Andreas und die anderen hörten seinen Erklärungen aufmerksam zu.

Vincent schien von allen am wenigsten an der Zuchtschau interessiert zu sein. Er kannte den Ablauf und hatte andere Dinge im Kopf. Er stand neben Andreas' Schwester Jessica und interessierte sich durchaus für ihre Reize. Sie trug eine hautenge Jeans, die ihre langen, schlanken Beine in Szene setzte. Er malte sich ihre festen Brüste unter ihrem Pullover aus. Als ihm jemand auf die Schulter klopfte, wurde er aus seinen Träumen gerissen.

Seine Freunde Jérôme, Cédric und Romain waren eingetroffen. Romain und Jérôme – der sich per SMS dafür entschuldigt hatte, sich neulich Abend mitten beim Kartenspiel wie ein Dieb davongeschlichen zu haben – besuchten zum ersten Mal eine Zuchtschau, wohingegen Cédric sich damit gut auskannte. Seit seiner Kindheit half er auf Antoines Hof und hätte selbst gern einmal eine Kuh vorgestellt. Jetzt musste er sich jedoch um seinen Vater kümmern. Er hatte ihn bei ein paar Bekannten stehen lassen und beobachtete ihn aus dem Augenwinkel, um auf das kleinste Zeichen hin eingreifen zu können.

Jetzt waren Antoine und Alouette an der Reihe. Als sie den Ring betraten, wurden sie von der ganzen Mannschaft mit Applaus begrüßt. Romain und Jérôme skandierten »Alouette! Alouette!«. Peinlich berührt erklärte Vincent ihnen, dass es auf Landwirtschaftsmessen für gewöhnlich anders vor sich ging als im Fußballstadion und eine Rinderzuchtschau eine eher ruhige Angelegenheit sei.

Antoine wurde mit Alouette Dritter.

Als Antoine anschließend Yodeleuse losband und Andreas den Strick in die Hand drückte, muhte die Kuh und versuchte eine andere Richtung einzuschlagen. Antoine musste sie zurückholen.

»Entspann dich, Andreas, sonst klappt das nicht.«
»Ich bin entspannt!«

»Es reicht nicht, es nur zu sagen. Die Kuh muss es auch spüren. Ab jetzt bildet ihr eine Einheit.«
Andreas atmete tief durch, streichelte Yodeleuse am Kopf und flüsterte ihr etwas ins Ohr. Sie schienen sich gegenseitig zu beruhigen und nun bereit zu sein, den Ring zu betreten.
»Auf geht's, Andreas«, sagte Antoine.

Romain tat so, als würde er das Spektakel genießen, doch in Wirklichkeit fragte er sich, was er dort machte. Es wollte ihm nicht einleuchten, warum man diese Viecher durch die Gegend führte. Er hatte Lust auf ein Bier, vielleicht, um den Nebel in seinem Gehirn zu lichten, der sich dort nach den Ausschweifungen des gestrigen Abends gesammelt hatte. Allerdings war es dafür eigentlich noch zu früh, und er hatte außerdem keine Lust, sich die fortwährenden Bemerkungen seiner Freunde anzuhören, die ihm rieten, sich wieder besser in den Griff zu kriegen und auf sich achtzugeben. Er hasste dieses Sicheinmischen, auch wenn seine Freunde vielleicht recht hatten: Vermutlich war er ein Alkoholiker, wie es schon sein Vater gewesen war. Ab neun Uhr morgens betrunken und aggressiv.
Er hatte sich geschworen, es ihm nicht gleichzutun. Sein Vater war seit ein paar Jahren trocken, warum sollte ihm das nicht auch gelingen? Dessen Lebertransplantation und der lange Krankenhausaufenthalt hatten sicher einiges bewirkt. Er selbst hoffte, es gar nicht erst so weit kommen zu lassen, denn es reichte ihm schon, morgens verkatert aufzuwachen und Kopfschmerzen zu haben, die manchmal den ganzen Tag anhielten. Anfangs trank er mittags ein Glas Rotwein mit seinen Arbeitskollegen und am Wochenende, wenn er unterwegs war. Danach war es zur Routine geworden, jeden Tag nach der Arbeit mit ihnen einen Aperitif zu trinken und die gemeinsamen Abende immer weiter auszudehnen.
Seit er seine Arbeit und seine Frau verloren hatte, redete er sich ein, dass sich nun alles ändern würde. Er war nach Gryon zurückgekehrt und hatte die Brücken zu seinen alten Zechkum-

panen hinter sich abgerissen. Doch heimlich trank er weiter, manchmal sogar schon in der Frühe. Nicht viel, nur um das Gefühl der Leere zu unterdrücken, seine Ängste zu beruhigen. Seine Stimmung verdüsterte sich immer mehr, war manchmal fast depressiv. Er hatte auf nichts mehr Lust, außer darauf, seine Libido zu befriedigen. Doch keine Frau wollte etwas mit ihm anfangen. Um sich bei Laune zu halten, schaute er sich Pornos im Internet an. Meist hatte er dabei ein Bier in der Hand und sagte sich, dass er im Hinblick auf seine Zukunft dieser täglichen Sauferei ein Ende setzen müsse.

Andreas betrat den Schauring. Yodeleuse folgte ihm anstandslos. Ein anderer Landwirt hatte Mühe, seine Kuh zurückzuhalten, die offensichtlich glaubte, an einem Rodeo teilzunehmen. Andreas schritt an seiner Familie vorbei. Jessica verfolgte jede seiner Bewegungen mit ihrem Fotoapparat. Mikaël lächelte amüsiert, und Adam und Mélissa klatschten fröhlich Beifall.

Nach drei Runden machte der Richter Andreas ein Zeichen, das dieser nicht verstand. Er wies ihn an, mit seiner Kuh in der Mitte des Rings Aufstellung zu beziehen. Andreas gehorchte und warf dem erstaunt wirkenden Antoine einen kurzen Blick zu.

Vom Rand aus beobachtete Litso Ice das Geschehen mit einer Mischung aus Interesse und Neugier. Zu Hause in Russland hatte er einem solchen Ereignis nie beigewohnt und fand es daher erstaunlich amüsant, sich jetzt hier inmitten dieser auf die Spitze getriebenen Schweizer Folklore zu befinden. Dies war eine andere Schweiz als die, in der er sich bis jetzt bewegt hatte. Er kannte ausschließlich das Land der Banken, Luxusboutiquen und der Pharmaindustrie. Doch diese einfache und ursprüngliche Welt gefiel ihm. Die Atmosphäre war entspannt und fröhlich. Er schaute zu, wie einer der Männer seine Kuh im Ring präsentierte, und hörte dabei, wie ein Paar neben ihm darüber lästerte. Der Mann sei ein Kriminalkommissar aus Gryon. Was machte der hier? Dem Geschwätz nach war er wohl suspendiert worden. Litso Ice hatte jedenfalls genug gesehen und gehört und bahnte sich seinen Weg durch die Menge.

Andreas hatte sich wie befohlen in der Mitte des Rings aufgestellt. Er schaute zu, wie sich die Konkurrenten mit ihren Kühen nacheinander neben ihn stellten. Hatte der Richter dieses Mal von hinten rangiert? Würde sie auf dem letzten Platz landen? Nachdem alle Tiere in einer Reihe in der Mitte des Rings standen, kam der Richter zu Yodeleuse und legte ihr die Hand auf den Rücken. Erst jetzt kapierte er es.

Der Richter erklärte: »Dieses Tier verkörpert das von uns gewünschte Zuchtziel. Eine robuste Kuh mit gutem Knochenbau, gerader Oberlinie, stabilem Fundament und einem sehr schönen Euter.«

Andreas streichelte Yodeleuse. Ein stolzes Grinsen breitete sich über sein ganzes Gesicht aus wie bei einem Kind, das gerade vor der ganzen Klasse gelobt wird.

Yodeleuse hatte den ersten Platz in ihrer Klasse gewonnen. Als er den Vorführring verließ, spürte Andreas den eisigen Blick des Landwirts, der Blümchen vorgestellt hatte – die Favoritin des heutigen Tages. Dann tauchten all die anderen auf, um die Kuh zu beglückwünschen. Andreas wusste nicht, wie ihm geschah. Antoine streichelte Yodeleuse. Er lachte. Zum ersten Mal hatte er in dieser Sektion gesiegt.

»Das hätte ich nie für möglich gehalten. Du bist die freundlichste, aber auch die schönste Kuh«, flüsterte er ihr ins Ohr.

Verstohlen musterte Jérôme die Frauen um sich herum. Einige waren gut gebaut. Er hätte sie gern auf seinem Datingportal gefunden. Doch Fotos konnten täuschen. Diese bittere Erfahrung hatte er bereits gemacht. Die Letzte, für die er das Kartenspiel so brüsk abgebrochen hatte, wollte zunächst mit ihm chatten und nichts überstürzen. Außerdem schrieb sie ihm lange und

sentimentale E-Mails und stellte ihm sehr direkte Fragen, auf die er nicht antworten wollte. Das war nur vergeudete Zeit.
Auf einmal fühlte er sich schlecht. Die Wärme in der Halle war unerträglich, sein Hemd nass geschwitzt, und Schweiß rann ihm von der Stirn herunter. Ihm wurde so übel, dass er dringend an die Luft musste. Auf dem Weg ins Freie hielt er sich die Hand vor den Mund und rempelte, ohne sich dafür zu entschuldigen, mehrere Leute an. Draußen atmete er erst einmal tief durch, bis der Brechreiz wieder verflog.
Plötzlich ertönten Schreie aus Richtung des Rings.

26

Antoine und Andreas eilten los, um nachzuschauen, was passiert war. Als sie ankamen, lag dort eine Kuh im Sand. Serge Hugon beugte sich über sie.
»Das ist Blümchen«, sagte einer der Bauern. »Sie hatte Krämpfe, und dann ist sie zusammengebrochen.«
»Wo bleibt der Tierarzt?«, schrie Hugon.
»Serge, sie ist tot. Da ist nichts mehr zu machen«, sagte der Richter.
»Aber, das kann nicht sein. Verdammter Mist!«, brüllte Hugon und hieb mit den Fäusten auf den mit Sand bedeckten Boden.
Einer der Organisatoren stellte sich mit einem Mikrofon in den Ring, erklärte, dass der Wettbewerb unterbrochen werden müsse, und bat die Zuschauer, sich an der Bar zu stärken.
Die Stehplätze um den Vorführring leerten sich, und die Organisatoren steckten ihre Köpfe zusammen. Die Diskussionen waren hitzig. Sollte man die Veranstaltung abbrechen oder fortsetzen? Nach einem heftigen Für und Wider entschied man sich dafür, die Zuchtschau fortzusetzen.

Serge Hugon, der die Unterhaltung mitgehört hatte, trat zu der Gruppe. »Was? Ihr wollt weitermachen? Meine Kuh ist tot, und ihr beendet den Wettkampf nicht? Das darf doch nicht wahr sein. Sie hätte gewinnen müssen, und nun ist sie tot.«
»Hör zu, Serge. Es tut uns leid ...«
»Ich hab's kapiert. Was seid ihr doch für Idioten.«
Nach seinen unmissverständlichen Worten verließ Serge Hugon den Ring. Gleichzeitig fuhr ein Frontlader herein, um den sicherlich achthundert Kilo schweren Kadaver abzutransportieren.
Andreas, der alles mitverfolgt hatte, trat zu den anderen an die Bar.
»Für die Kuh tut es mir leid«, sagte Antoine. »Ich frage mich, was sie wohl gehabt haben könnte. Das alles ist schon sehr merkwürdig.«
Einer der Organisatoren winkte Antoine zu sich heran. Sie tauschten sich kurz aus, und Antoine kam mit erfreuter Miene zurück.
»Yodeleuse hat sich für das Finale qualifiziert.«

Nach der Mittagspause versammelten sich alle wieder um den Vorführring, um den Fortgang der Zuchtschau mitzuerleben. Von der euphorischen Stimmung des Vormittags war nichts mehr zu spüren, denn Blümchens Tod war allgegenwärtig. Soweit man sich erinnern konnte, hatte es noch nie einen vergleichbaren Vorfall gegeben.

Kuhglockengeläut erklang. Die Glockenspielgruppe von Ormonts marschierte im Gänsemarsch ein. Sie trugen die traditionellen blauen Trachtenblusen und schwarzen Hüte und schwenkten jeder mit beiden Händen eine Kuhglocke, die sie rhythmisch auf ihren Oberschenkeln anschlugen.

Nach diesem folkloristischen Zwischenspiel wurde es wieder ernst: Die Wahl der Gesamtsiegerin der Zuchtschau stand an.

Antoine entging nicht, dass Andreas zugleich begeistert und nervös schien. »Andreas, du weißt, dass die Konkurrenz auch ohne Blümchen immer noch hart ist. Ich glaube nicht, dass wir gewinnen werden.«

»Willst du nicht mit ihr in den Ring gehen? Schließlich ist das jetzt hier das Finale, und Yodi ist deine Kuh.«

»Nein, ihr seid ein Gewinnerteam. Du hast ihr Glück gebracht. Und ich bin etwas zu angespannt, deswegen möchte ich euch lieber nur zusehen.«

Andreas band Yodeleuse los und drehte seine erste Runde im Ring. Die Gelassenheit der Kuh übertrug sich auf ihn, und alle Nervosität fiel von ihm ab. Zweite Runde. Der Richter war auf sie zugekommen und wies fünf der zwölf Konkurrenten an, sich in der Mitte des Rings aufzustellen. Die anderen mussten den Ring verlassen.

Die rhythmische Musik aus den Lautsprechern heizte die gespannte Atmosphäre an. Der Richter eilte von Kuh zu Kuh, umrundete die Tiere und klopfte einer von ihnen auf den Rücken. Fünfter Platz. Beifall. Der Richter musterte die verbliebenen Kühe. Er ging auf Yodeleuse zu, legte seine Hand aber schließlich auf die Nachbarkuh. Vierter Platz. Dann der dritte Platz. Jetzt blieben nur noch Yodeleuse und eine weitere Kuh namens Immergrün übrig.

»Ich werde jetzt die *Grande Championne* der Zuchtschau küren«, kündigte der Richter an.

Die Musik spielte immer noch, doch ansonsten herrschte eine angespannte Stille. Alle warteten auf den Schiedsspruch. Die beiden Kühe standen nebeneinander. Der Richter ging auf Immergrün zu und hob unter Andreas' ungläubigem Blick die Hand. Dann drehte er sich um und tätschelte den Rücken von Yodeleuse.

Andreas umfasste Yodeleuses Kopf, umarmte die Kuh und nahm dabei den Applaus der Zuschauer nur ganz entfernt wahr.

27

Nachdem er letzten Samstag in Gryon angekommen war, hatte Litso Ice erst einmal einen Kaffee in der Bäckerei Charlet getrunken, um sich, während er auf neue Anweisung wartete, mit der Atmosphäre des Dorfes vertraut zu machen. Dabei hatte er auch die köstlichen, mit einer Prise Fleur de Sel bestäubten Karamellriegel gekostet. Schließlich hatte er eine SMS erhalten: Ein Umschlag war für ihn in der Kirche unter einer der Bänke abgelegt worden.

Den Mietwagen hatte er in der Rue du Village geparkt, um zu Fuß hinunter zur Kirche zu gehen. Der kleine Platz vor der Kirche, der Fond-de-Ville genannt wurde, wirkte sehr charmant. Umgeben von alten Chalets, stand in seiner Mitte ein Brunnen mit einem riesigen Steinbecken, darüber ein Holzdach, unter dem eine Bank zum Verweilen einlud. Gegenüber befand sich die Kirche. Litso Ice öffnete das Gittertor zu seiner Rechten, das zum Hof des Pfarrhauses führte, und entdeckte eine Scheune, an deren Wand ein großes Holzkreuz mit der Inschrift *Dein Wort ist die Wahrheit* hing. Er musste dabei an die Prawda denken, die offizielle Zeitung der Kommunistischen Partei, die auch von sich behauptete, nichts als die Wahrheit zu verbreiten. Litso Ice neigte dazu, all jene zu meiden, die sie für sich beanspruchten. Aus seiner Sicht waren Worte eher ein Manipulationswerkzeug und mitnichten ein Garant für die Wahrheit, die sich ohnehin änderte, je nachdem, wer sie sich gerade auf die Fahne schrieb.

Der Eingang der Kirche befand sich unter einem Vordach. Als er den Blick hob, entdeckte er dort einen Wasserspeier in Form eines Drachenkopfes. Er öffnete die massive knarzende Holztür und betrat das leere Gotteshaus. Zu behaupten, es wirke im Vergleich zu den russischen Kirchen nüchtern, wäre ein Euphemismus gewesen, dennoch gefiel ihm dieser Ort. Er ging zu der ihm genannten Bank. Dort fand er einen beigefarbenen Umschlag, holte ihn hervor und setzte sich.

Bevor er das Kuvert öffnete, nahm er sich die Zeit, das

Buntglasfenster vor sich und die Wandmalereien mit den Darstellungen geflügelter Tiere zu betrachten. Er hielt sich gern in Gotteshäusern auf. Kirche, Kathedrale oder Moschee: Die Namen, die man ihnen gegeben hatte, interessierten ihn nicht. Genau in diesem Moment wurde die Kirchentür geöffnet. Eine Frau schritt den Mittelgang entlang. Er erhob sich, um zu gehen.

»Guten Tag, bitte gehen Sie nicht meinetwegen.«
Sie streckte ihm die Hand entgegen. »Darf ich mich vorstellen? Erica Ferraud. Ich bin die Pfarrerin«, sagte sie lächelnd.

Er hielt inne. Noch nie hatte ihn jemand gestört, wenn er eine Kirche besucht hatte. Er zog es vor, anonym zu bleiben, dennoch schüttelte er die ausgestreckte Hand.

»Ich bin nur auf der Durchreise hier. Ich muss jetzt gehen.« Nachdem er ein paar Schritte Richtung Ausgang gemacht hatte, drehte er sich um. »Auf Wiedersehen.«

»Kommen Sie wieder, wann immer Sie möchten. Bleiben Sie länger in Gryon?«, fragte die Pfarrerin.

Ohne ihr zu antworten, verließ Litso Ice die Kirche und kehrte zu seinem Auto zurück. Er öffnete den Umschlag und fand darin einen Schlüssel und einen Stadtplan von Gryon, auf dem ein Haus mit Kugelschreiber umkringelt worden war.

Das aus Rundhölzern gebaute Chalet, das ihm zur Verfügung gestellt worden war, war imposant. Durch die zwei gleich großen Fensterfronten im Erdgeschoss und im ersten Stock wirkten die Räume modern und luxuriös. Auf der Terrasse stand ein Jacuzzi. Im Hausinneren führte eine Treppe direkt in die Garage hinab, in der mehrere Fahrzeuge standen. Die massiven Holzmöbel und die braunen Ledersofas im Wohnraum verliehen ihm eine sehr gemütliche Atmosphäre. An den Wänden hingen zeitgenössische Werke, die einen Kontrast zum Mobiliar bildeten. Neben dem Kamin stand eine aus altem Werkzeug gefertigte Vogelskulptur. An einer der Wände hing eine etwa ein mal zwei Meter große Leinwand mit bunten Farbspritzern. Der

Eigentümer des Chalets hatte bestimmt ein Vermögen dafür gezahlt, was jedoch keine Garantie für Schönheit oder Ästhetik sein musste. Litso Ice zog eine etwas klassischere Kunstrichtung vor. Auf einer Holzkommode entdeckte er drei Fabergé-Eier, deren Edelsteine von Spots beleuchtet funkelten. Genau wie in »Octopussy« dachte er. Wobei es sich bei diesen hier zweifelsohne um Repliken handelte, denn echte Fabergé-Eier waren oft mehrere Millionen wert. Auf dem Regal standen zahlreiche in Leder gebundene Bücher mit Goldprägung. Darunter waren hauptsächlich russische Autoren: Tolstoi, Dostojewski, Nabokov und sogar Gorki. Offenbar stammte der Hauseigentümer nicht hier aus der Gegend. Vielmehr handelte es sich vermutlich um einen Landsmann von ihm, der offensichtlich keine finanziellen Probleme hatte.

Bei seiner Ankunft hatte er in den Kühlschrank und die Küchenschränke geschaut, in denen sich jede Menge Lebensmittel befanden. Sein Auftraggeber hatte an alles gedacht. Er würde sich nicht öfter als unbedingt nötig im Ort sehen lassen müssen.

Im Laufe der Woche hatte er Zeit genug, sich mit seinem Auftrag vertraut zu machen und einen machiavellistischen Plan auszuarbeiten, der seine Handschrift trug.

28

Sonntag, 10. März

Antoines und Vincents Freunde hatten sich auf dem Hof versammelt, um Yodeleuses Sieg zu feiern. Der Tod der Favoritin Blümchen hatte ihr diese Ehrung sicherlich leichter eingebracht, aber Yodeleuse hatte sich auch gegen die zahlreichen anderen Konkurrentinnen durchsetzen können. Antoine war mehr als stolz. Schon die Sektion zu gewinnen war eine unglaubliche Überraschung gewesen, aber die gesamte Zuchtschau zu gewinnen grenzte an ein Wunder. Yodeleuse war die Königin der Alpweiden! Nach all den Jahren, in denen er nur an Zuchtschauen teilgenommen hatte, um sich einen schönen Tag zu machen, war Antoine nun derjenige, über den man in der Welt der Landwirte sprach. Als er am Vorabend unter dem Applaus der Menge seinen Ehrenpreis in Form einer imposanten Kuhglocke entgegengenommen hatte, war ihm beinah etwas unwohl gewesen. Schließlich gebührte Yodeleuse der Sieg und nicht ihm. Antoine war ein zurückhaltender Mensch. Immer bereit, anderen zu helfen, ohne sich selbst in den Vordergrund zu drängen. Alle mochten ihn, diesen freundlichen und unauffälligen Bauern aus Gryon.

Auf einem Tisch vor der Scheune hatte Antoine verschiedene Alpkäse und Wurstwaren angerichtet. Es war immer noch frostig kalt, aber Sonnenstrahlen und Wein wärmten die Freunde. Vincent hatte Champagner kaufen wollen, aber Antoine hatte auf einen Weißwein aus der Region bestanden – auf den Sire de Duin aus Bex, seinen Lieblingswein. »Nur weil Champagner teuer ist, muss er ja nicht besser sein«, hatte er erklärt.

Nachdem sie angestoßen hatten, ergriff Antoine das Wort: »Danke, dass ihr gekommen seid. Ich erhebe mein Glas auf Yodi und auf Andreas.«

Yodeleuse trug bereits die Siegesglocke um den Hals. Antoine nahm die Plakette, die er am Vortag bei der Siegerehrung erhalten hatte und auf der in Großbuchstaben »Championne 2013« stand, trat zu Andreas und reichte sie ihm.

»Und hier, das ist für dich.«

Andreas beobachtete Vincent. Er nahm gern wahr, was in der weiteren Umgebung vor sich ging, wenn sich alles auf eine Sache oder eine Person konzentrierte, in diesem Fall auf ihn selbst. Er hatte sich dies von Darbietungen verschiedener Magier abgeschaut: Lärm und Rauch dienten stets dazu, das Publikum vom Ort des Hauptgeschehens abzulenken. Aus dem Augenwinkel bemerkte er Vincents verdrossene Haltung und dessen abwesenden Blick. War er eifersüchtig? Glaubte er, dass ihm Andreas seinen großen Auftritt gestohlen hatte? Schließlich bemerkte er den Anflug eines Lächelns auf Vincents Gesicht – und dass er seine Schwester Jessica anschaute.

Andreas räusperte sich. »Antoine, das ist sehr lieb gemeint, doch das kann ich nicht annehmen. Die Plakette muss hier auf dem Hof bleiben.«

Just in diesem Moment war ein Allradfahrzeug zu hören, das schnell die Straße hinauffuhr. Der Wagen kam direkt vor der Scheune zum Stehen. Serge Hugon stieg aus, knallte die Tür zu und kam auf die Freunde zu. Er wirkte völlig außer sich. Nicht sonderlich groß, doch mit seinen kräftigen Muskelpaketen und seinem wütenden Blick schüchterte er die Umstehenden derart ein, dass sie unwillkürlich einen Schritt zurückwichen und ihm den Weg frei machten. Er stürzte auf den einen Kopf größeren Antoine zu, packte ihn am Kragen und stieß ihn gegen die Mauer. Antoine war derart überrumpelt, dass er sich nicht wehrte.

»Sie ist vergiftet worden! Meine Blümchen. Und ihr trinkt hier zusammen. Ich werde …« Serge Hugon hob drohend die Faust.

Andreas stellte sich zwischen die beiden Männer, packte Hugon am Hemd und stieß ihn zurück. Dieser taumelte nach hinten, woraufhin sein Hemd zerriss. Doch er fing sich und starrte Antoine hasserfüllt an.

»Ich bin sicher, dass du das getan hast, du armselige Kreatur. Ich werde mich rächen. Und dein Polizistenfreund wird mich nicht daran hindern können!«, schrie er und strafte Andreas mit einem zornigen Blick. Dann drehte er sich um, stieg in seinen Wagen, wendete und brauste davon.

29

Montag, 11. März

Am Vortag hatte Andreas eine Nachricht von der Pfarrerin Erica erhalten. Sie bat darum, ihn zu treffen. In einer wichtigen Angelegenheit, hatte sie hinzugefügt. Sie hatte einen ruhigen Ort außerhalb des Dorfes vorgeschlagen, und sie waren übereingekommen, sich in Ernets zu treffen und in Richtung der Alp La Poreyre zu wandern. Im Winter waren die Weiden mit dem Auto nicht zu erreichen, doch der Schnee beziehungsweise das, was von ihm noch übrig war, war immerhin planiert worden, um Wanderern den Zugang zur Alp zu ermöglichen.

Während ihres Aufstiegs sprachen sie über allerhand Nichtigkeiten, und der Gesprächsstoff schien schnell erschöpft. An Ericas angespanntem Gesichtsausdruck konnte er ihre Nervosität ablesen. Beide fühlten sich offensichtlich ein wenig unwohl, woraufhin Andreas seine Erlebnisse des vergangenen Wochenendes schilderte, um das Schweigen zu brechen.

In La Poreyre angekommen, setzten sie sich auf eine Bank in der Nähe des Alpchalets. Inmitten des Nebelschleiers, der über dem Tal hing, zeichnete sich Gryon ab. Auf der anderen Talseite ragten die Dents du Midi vor einem makellos blauen Himmel empor. Zu ihrer Linken, etwas von der Bergflanke Miroir d'Argentine verdeckt, erhob sich der gut dreitausend Meter hohe Grand Muveran. Andreas musste an die kühnen Skifahrer denken, die dort im kommenden Monat um die »Trophäe des Muveran« – die Auszeichnung des ältesten Schweizer Skiwettbewerbs – konkurrieren würden und dafür die schroffen Steilwände des mythischen Berges bis zum Gipfel emporklettern würden.

Andreas konnte sich an dieser Umgebung nie sattsehen. Mit Mikaël und Minus war er schon häufig und zu jeder Jahreszeit auf diese Alp hinaufgewandert. Im Frühjahr und im Sommer weidete hier das Vieh, während im Winter Wanderer zu

Fuß oder mit Schneeschuhen hier oben unterwegs waren. Der Herbst war die ruhigste Jahreszeit. Nach dem Alpabtrieb der Kühe kamen auch keine Touristen mehr hinauf. Mehr als alles andere schätzte er beim Wandern die Ruhe dieser Umgebung. Hier hatten sie im vergangenen Sommer auch Antoine kennengelernt, der die Alp La Poreyre gepachtet hatte. Nachdem sie sich mehrfach begegnet waren und sich gegrüßt hatten, hatte er sie auf ein Glas Wein in sein Chalet eingeladen. Ein wirklich netter Typ.

Erica bewunderte erneut diese Landschaft, die sie wohl viele Jahre nicht mehr zu Gesicht bekommen würde. Sie versuchte sich die Details einzuprägen. Ein schönes Bild, das ihr in den kommenden schweren Zeiten Halt geben würde.

»Danke, dass Sie dem Treffen zugestimmt haben. Ich würde Ihnen gern … Sollen wir uns duzen?« Sie wartete Andreas' Antwort nicht ab. »Ich würde gern mit dir über jenen schicksalhaften Tag sprechen.«

»Ich weiß«, antwortete Andreas.

Erica schien nicht überrascht, und die Anspannung, die während ihrer Wanderung so sichtbar gewesen war, wich aus ihrem Gesicht.

»Seit diesem Tag habe ich mich gefragt, ob du es weißt. Ich hatte meine Zweifel. Aber neulich beim Abendessen ist es mir klar geworden. Doch wie hast du die Wahrheit herausgefunden?«

»Als ich damals in der Kirche eintraf, lebte dein Schulfreund noch.«

Damit hatte Erica nicht gerechnet. Obwohl sie sich im Geiste immer wieder diese Frage gestellt hatte, war ihr nie eine rationale Erklärung in den Sinn gekommen. »In der Zeitung stand, du hättest ihn tot auf der Kirchenbank aufgefunden.«

»So stand es auch im Polizeibericht. Doch wir haben noch ein paar Worte austauschen können. Er war erschüttert von dem Gedanken, dass er seine Rachepläne nicht hatte vollenden können. Doch dann habe ich ein Lächeln wahrgenommen. Wir haben beide begriffen, was du getan hast. Und ich kann mich an deinen Blick erinnern. Damals habe ich ihn nicht interpretieren können, denn ich war so auf das Geschehen fokussiert. Auf den Mörder. Aber dein Blick in jenem Moment – so etwas hatte ich noch nie gesehen. Deine Augen waren so voller Zorn.«

»Warum hast du gelogen und vorgegeben, er sei bei deiner Ankunft schon tot gewesen?«

»Er war noch nicht tot, das stimmt. Doch er hatte sich eine tödliche Dosis Kaliumchlorid gespritzt. Selbst wenn ich einen Krankenwagen gerufen hätte, wären die Sanitäter nicht mehr rechtzeitig vor Ort gewesen. Technisch gesehen war er noch nicht tot, aber so gut wie.«

»Und warum hast du mich nicht verraten?«

»Ich habe mir eingeredet, dass er es verdient hatte und du diese Angelegenheit im Zwiegespräch mit Gott für dich klären müsstest.«

»Genau das ist das Problem. Ich weiß nicht, ob ich meine Tat bereue. Allerdings weiß ich auch, dass ich nicht einfach so weiterleben kann, als ob nichts geschehen wäre. Nach dem, was ich getan habe, geziemt es sich für mich nicht, weiter als Pfarrerin zu arbeiten. Ich habe das Gefühl, alle Welt zu täuschen. Wie soll ich der Gemeinde sagen, sie solle ihre Nächsten lieben und ihnen vergeben, wenn ich selbst vom Hass verleitet wurde? Als ich ihn damals auf dem Stuhl gefesselt vor mir sah, habe ich keinen Zweifel daran gehabt, dass dies die Gelegenheit sei, meiner Wut ihm gegenüber ein Ende zu setzen. Ich habe mechanisch gehandelt ... ohne nachzudenken. Als ob ich ferngesteuert gewesen sei. Er hat das Leben meiner Jugendliebe zerstört. Und ich habe das seinige beendet. Doch mein Hass ist nicht verflogen. Er ist immer noch da. Ich bete jeden Tag, dass Gott mir helfen möge, doch ich erhalte keine Antwort. Daher sehe ich nur einen Ausweg: Verantwortung für meine Tat zu übernehmen. Vielleicht gelingt es mir dann, meinen inneren Frieden wiederzufinden.«

»Willst du von deinem Amt zurücktreten?«
»Nein. Ich werde tun, was du von Anfang an hättest tun müssen.«

30

Dienstag, 12. März

Der Mann, der sich am Parfüm seiner Mutter betörte, saß erneut vor seinem Spiegel. Sein Spiegelbild gefiel ihm nicht mehr. Er hatte sich so viel Mühe gegeben, ihr zu ähneln, aber es funktionierte nicht. Nichts reichte aus, seine Phantasien zu stillen, die jeden Tag ein wenig mehr Besitz von ihm ergriffen. Seit Monaten war der Plan in ihm herangereift. Jetzt fühlte er sich bereit, ihn in die Tat umzusetzen. Der Moment war gekommen. Zuvor musste er jedoch noch eine alte Sache aus der Welt räumen. Das hatte er sich geschworen. Den Kreis schließen. Einen Schlussstrich unter diese allzu schmerzhaften Erinnerungen ziehen. Und sich danach nur noch seinem Projekt widmen.

Er hörte die Stimme seiner Mutter: *»Du wirst nie ein Mann werden.«* Sätze dieser Art waren herabsetzend, demütigend und vernichtend. Er würde das Gegenteil beweisen und zeigen, dass er ein echter Mann war. Seine Mutter hatte ihn immer mit anderen verglichen. Der tat dieses. Ein anderer jenes. Der ist besser. Der ist stärker. Der zumindest sportlich. Er – und die anderen! Er ertrug die Vergleiche nicht mehr. Den anderen gelang immer alles. Dem Vernehmen nach waren sie echte Lichtwesen. Sterne am Firmament, während er im Schatten lebte und jeden Tag mehr in der Dunkelheit versank.

Er war tödlich eifersüchtig auf seine Freunde gewesen. Und wenn er das Leben betrachtete, das sie heute führten, konnte er nur lachen. Seine Mutter war sicher gewesen, dass sie einmal

Großes leisten würden, dabei hockten sie immer noch in Gryon und vegetierten jedes Wochenende im Harambee vor sich hin. Genau wie die anderen, genau wie er. Was würde seine Mutter dazu sagen? Wie würde sie über diese Bande von Versagern urteilen? Die falsche Rivalität, die sie zwischen ihm und ihnen geschürt hatte, war die Hölle gewesen. Er hatte das Gefühl gehabt, nicht am richtigen Platz und nicht gewünscht zu sein. Hätte sie lieber ein Mädchen gehabt? Oder einen Jungen, der seinen Freunden ähnlicher war? Und er, wie hätte er selbst sein wollen? Er wusste es nicht. Er litt nur unter den Konsequenzen. Sie herrschte ihn an, beschimpfte ihn, erniedrigte ihn. Er ging nie aus und ging keinerlei körperlicher Aktivität nach. Mannschaftssportarten interessierten ihn nicht. Eine Einzelsportart wie Kampfsport fand er zu brutal. Am wohlsten fühlte er sich im häuslichen Kokon. Sein Alltag beschränkte sich auf Schule, seine Familie und seine Freunde.

Auf seinen Vater konnte er nicht zählen, denn der spielte keine große Rolle. Und seine Mutter? Das war schon komplizierter. Trotz ihrer Gehässigkeit übte sie auf ihn eine gewisse Faszination aus. Wenn er aufbegehrte, schloss sie ihn im Kleiderschrank in seinem Zimmer ein. Manchmal eine Stunde lang. Manchmal zwei Stunden. Was sie nie erfuhr, war, dass er dort am Ende ganz gern seine Zeit verbrachte. Man ließ ihn dort in Ruhe. Vor allem aber lag sein Zimmer genau neben dem Zimmer seiner Mutter. Er lauschte angestrengt, um nebenan etwas hören zu können, und ärgerte sich, nichts sehen zu können. Obwohl seine handwerklichen Fähigkeiten wenig ausgeprägt waren, bohrte er ein Loch durch die Wand hinter seinem Kleiderschrank und kaschierte es so gut wie möglich. Von jenem Tag an hatte er gar nicht mehr von seiner Mutter im Schrank eingesperrt werden müssen, um dort seine Zeit zu verbringen. Er konnte sie jetzt in seiner Freizeit in ihrem Zimmer beobachten.

Am besten gefiel ihm, wenn sie sich an ihren Frisiertisch setzte und sich schminkte. Betrachtete sie sich dann im Spiegel, war sie ein ganz anderer Mensch. Aller Zorn schien von ihr gewichen zu sein. Ihre Augen waren, als blicke er auf die glatte Oberfläche eines kristallklaren Sees. In diesen Momenten ließ sie ihr schönes kastanienbraunes Haar, das sie meist zu einem strengen Knoten hochgebunden trug, offen über ihre Schultern fallen. Er liebte das Schwingen der Haare, wenn sie ihren Kopf drehte.

Eines Tages erzählte er seiner Mutter, dass er seine Haare wachsen lassen wolle. Als Antwort erhielt er eine Ohrfeige und bekam den Satz zu hören: »*Nur Schwuchteln haben lange Haare!*«, den er nie mehr vergaß. Wenn das der Fall war, dann wollte er eine Schwuchtel sein.

Doch was genau war das? Als er bei Tisch diese Frage stellte, hatte ihm sein Vater sofort mit versteinerter Miene geantwortet: »*Das ist ein Homosexueller, ein Schwuler, so ein Zeug. Bist du auch einer? Ist es das?*« Er hatte die Frage natürlich verneint und die Feindseligkeit angesichts dieses Themas gespürt, doch tief in seinem Innern hatte er keine Ahnung, wer er war. Er wusste einzig und allein, dass ihn seine Mutter faszinierte.

Als er einmal allein zu Hause war, hatte er Lust verspürt, sich wie sie zu kleiden. Allerdings konnte er ihr Zimmer nicht betreten, da sie es immer zuschloss. Er fing an, auf dem Speicher herumzustöbern, in der vergeblichen Hoffnung, dort alte Kleider zu finden, die sie womöglich in Kartons aufbewahrte. So war er auf die Puppen gestoßen und neugierig geworden. Er hatte sie eine nach der anderen hervorgeholt und sie so lange aus- und wieder angezogen, dass er seine Mutter gar nicht hatte kommen hören. Bis zu seinem Zimmer hatte sie ihn am Ohr hinter sich hergezogen und wieder in den Kleiderschrank gesperrt. »*Du hältst dich wohl für ein Mädchen? Du bist eine Schwuchtel, oder etwa nicht? Ich werde dir deine perversen Ideen schon noch austreiben!*«

Ihre Beziehung hatte eine neue Wendung genommen. Er war vierzehn. Als er seine Mutter eines Tages wieder durch das Loch in der Wand beobachtete, war sie aufgestanden und hatte sich ausgezogen. Sie hatte sich nackt vor den Frisiertisch gesetzt und sich im Spiegel betrachtet. Dann hatte sie mit einer unverfänglichen Geste begonnen, ihre Brüste zu streicheln. Plötzlich hatte er das Gefühl, dass sie in seine Richtung schaute. Sah sie ihn? Aus Angst, ihre Blicke könnten sich kreuzen, senkte er den Kopf und verließ leise sein Versteck. Anschließend verharrte er reglos mitten im Zimmer und wartete darauf, dass die Tür aufginge und er eine Ohrfeige bekäme. Doch nichts geschah. Hatte sie ihn doch nicht bemerkt? Oder war sie sich seiner Gegenwart bewusst? Er fühlte sich erleichtert. Gleichzeitig aber auch verwirrt. Mehrere Tage lang verbot er sich, in den Schrank zurückzukehren. Doch wie einen Liebhaber zog es ihn zu ihr.

Indem er sich selbst einredete, dass sie es für *ihn* getan hatte, hatte er eine Entscheidung getroffen. Er wollte sie sehen. Er musste das Risiko eingehen. Ab jenem Tag beobachtete er sie regelmäßig. Er war wie verhext. Wenn er sie nackt sah, wusste er nicht, was er fühlte. Spürte er ein Verlangen? Nachts träumte er von ihr. Er sah sie wieder vor sich, wie sie sich streichelte. Jeden Morgen und jeden Abend versteckte er sich im Schrank, um sie zu betrachten. Seine Eltern schliefen schon lange getrennt. Nie hatte er seine Mutter dabei beobachtet, dass sie ihr Zimmer verließ, um zu seinem Vater zu gehen. Und sein Vater war nie zu ihr ins Zimmer gekommen. Nie hatte er gehört, dass sie Liebe machten, und das, obwohl er sie überwachte. Schließlich war er zu dem Schluss gekommen, dass er es war, den sie liebte. Vor seinen Freunden und seinem Vater herrschte sie ihn an, damit diese keinen Verdacht schöpften. Doch sie liebte ihn. Eine andere Erklärung gab es nicht.

Häufig wachte er mitten in der Nacht auf. Nass geschwitzt und mit erigiertem Penis. Seine erotischen Träume vermittelten ihm ein angenehmes Gefühl. Er sah in ihnen nackte männliche Körper. Doch immer wurden diese Träume von seiner Mutter unterbrochen. Er hörte ihre Stimme. Sie schrie. Sie brüllte ihn im Traum genauso an wie in der Realität. War sie eifersüchtig,

dass er diese muskulösen Körper streichelte? Wurde er wach, versuchte er in die erotische Atmosphäre seiner Träume zurückzugleiten und seine Mutter daraus zu verdammen. Er wollte sich in ihnen als Mann zeigen und die Konturen bestimmen. Er begann, Lust zu empfinden, doch dann geschah immer das Gleiche: Seine Mutter tauchte in seinen geistigen Projektionen auf. Er sah ihr Gesicht anstelle desjenigen, den er sich vorzustellen versuchte. Ihre Brüste anstelle eines männlichen Torsos. Er verstand es nicht. Oder wollte es nicht verstehen. Dabei lag die Erklärung auf der Hand: Er konnte ausschließlich seine Mutter lieben. Jedwede andere Form der Liebe war ihm untersagt.
Nein, er war keine Schwuchtel. Seine Mutter wollte nicht, dass er eine war. Ihr diesen Gefallen zu tun und ihre Erwartungen zu erfüllen waren die einzigen Dinge, die er tun konnte.
Also würde er die Frauen lieben.
Er würde diese Frau lieben.
Er würde seine Mutter lieben.
Von diesem Moment an hatte er beschlossen, Sport zu treiben. Seine Freunde zu treffen, also jene, mit denen seine Mutter ihn seine ganze Kindheit über verglichen hatte. Eines Tages würde er bekommen, wonach er sich sehnte. Seine Mutter. Nur für sich.
Die darauffolgenden Monate waren die schönsten seines Lebens. Er war dabei, zu dem Mann zu werden, den seine Mutter in ihm sehen wollte. Sie hatte diese Veränderung bemerkt und ermutigte ihn, diesen Weg weiterzuverfolgen.

Doch dann kam das Jahr, das alles veränderte. Der Alptraum. Schrittweise und ohne dass er den Grund dafür verstand, verlor seine Mutter erneut das Interesse an ihm. Bis zu dem Tag, an dem ihm der Grund für diese Veränderung auf brutale Weise ins Auge sprang.
Es war mitten am Nachmittag. Er war früher als angekündigt aus der Schule nach Hause gekommen. Er ging auf sein Zimmer und hörte Geräusche. Heftiges Atmen. Er schaute durch

das Loch. Was er sah, schockierte ihn nachhaltig. Seine Mutter hockte auf allen vieren auf dem Bett wie eine ordinäre Hündin und wurde von einem Mann penetriert. Der Mann war nicht sein Vater.

Von diesem Tag an waren die Gefühle, die er für seine Mutter gehegt hatte, wie ausgetauscht. Er begann, sie zu hassen, und bewunderte sie gleichzeitig.

Die Frau, die er hatte lieben wollen.
Die Frau, von der er hatte geliebt werden wollen.
Die Frau, die er gern geworden wäre.

31

Mittwoch, 13. März

Erica starrte auf den fließenden Verkehr vor ihnen auf der Autobahn, während Gérard das Fahrzeug lenkte. In ihrem Kopf spulte sich der Film über ihr Leben ab bis zu der Szene, die dazu geführt hatte, dass sie nun in diesem Auto saß mit einem Ziel vor Augen, das sie sich niemals hätte vorstellen können.

Als Gérard am Vorabend von einem Skiausflug mit Freunden zurückgekehrt war, hatte sie ihn mit einer besonderen Inszenierung überrascht. Der Tisch war mit dem Porzellan seiner Großmutter gedeckt, und sie hatte sogar die Kristallgläser hervorgeholt. Es duftete nach indischen Gewürzen. Erica hatte seine Leibspeise gekocht: Ein *Palak paneer*, ein vegetarisches Gericht aus dem Punjab, das sie auf ihrer Hochzeitsreise entdeckt hatten. Sie hatte sogar die indische Tischdecke aus gelber, roter und orangefarbener Seide mit Goldstickereien verwendet, die sie bei einem Künstler in der Nähe von Jodhpur gekauft hatten. Auf dem Tisch brannte ein Räucherkegel, der einen harzigen Duft verströmte. Das Licht war ausgeschaltet. Kerzen

erhellten den Raum und sorgten für eine warme, gemütliche Atmosphäre.
»Was feiern wir denn? Ich habe doch nicht wieder unseren Hochzeitstag vergessen, oder?«
»Ich muss mit dir reden. Aber erst essen wir mal. Setz dich.«
Erica hatte ihre Teller gefüllt und einen Chasse-Spleen 2005 eingeschenkt. Diesen teuren Bordeauxwein hatte sie selbst aus dem Keller eines Verstorbenen ausgewählt, dessen Beerdigung sie vor einigen Jahren zelebriert hatte. Beim Dekantieren hatte sie zu ihrer eigenen Überraschung das Gedicht »Spleen« von Baudelaire rezitiert und damit das Gefühl hervorgerufen, das dieser Wein eigentlich verscheuchen sollte:

Wenn wie ein feucht Verlies das Erdall auf uns lastet,
darin die Hoffnung gleich geschreckter Fledermaus
mit angstbeschwingtem Flug längs dunkler Mauer hastet
und sich den Kopf stößt am Gewölb des dumpfen Baus.

Ein passendes Gedicht, dessen Ironie sie gleichzeitig mit dem ersten Schluck Wein schmeckte.
»Willst du mir nicht sagen, warum es geht?«
»Später. Lass uns erst mal zu Abend essen.«
Gérard drängte sie nicht weiter. Schweigen breitete sich aus. Er konnte sich nur mühsam auf die köstlichen Speisen konzentrieren. Er beobachtete seine Frau, die am Essen Freude zu finden schien und gleichzeitig gelöst und besonnen wirkte, was ihn noch mehr verunsicherte.
Nach dem Essen hatte Erica den Tisch abgeräumt und sich wieder gesetzt. Schließlich hatte sie Gérard alles erzählt und ihm am Ende ihre unumstößliche Entscheidung mitgeteilt. Ihre Enthüllungen hatten ihren Mann schockiert.
»Hast du darüber nachgedacht, was aus uns werden soll?«
»Es geht nicht um uns, Gérard. Es geht um die Wahrheit. Es geht um mein Seelenheil. Es ist das einzig Richtige.«
Daraufhin hatte er gebrüllt. Nicht Erica angebrüllt, die er

mehr als alles andere liebte, sondern seinen Schmerz hinausgebrüllt angesichts ihrer Welt, die gerade auseinanderbrach.

Während der ganzen Fahrt nach Lausanne sprach keiner von ihnen ein Wort. Das war auch nicht nötig, denn ihre Verbindung war stärker als Sprache. Gérard hatte die Entscheidung seiner Frau verstanden, auch wenn er sie nicht akzeptieren konnte. Die Fahrt war eine Reise ins Unbekannte. Eine Reise ohne Rückfahrtschein. Erica würde das Gebäude an der Rue Saint-Martin, in dem sich das Polizeipräsidium befand, allein betreten. Und er würde ohne sie zurückfahren.

Als sie angekommen waren, küsste Erica ihren Mann auf die Wange und stieg aus dem Auto. Die wenigen Meter bis zum Haupteingang erschienen ihr endlos. Sie stieß die Tür auf, ging zum Empfang und sprach eine junge Frau hinter dem Pult an.

»Könnte ich bitte Kriminalkommissarin Karine Joubert sprechen?«

32

Freitag, 15. März

Der Verkauf des Chalets auf der Alp, das der Familie seiner Mutter seit Generationen gehört hatte, war der Tropfen, der das Fass zum Überlaufen brachte. Jérôme Jaccard war stinksauer auf seinen Vater, denn dieser hatte ihn vor seiner Entscheidung noch nicht einmal nach seiner Meinung gefragt.

Es war nicht so, dass er bleibende Erinnerungen an das Chalet gehabt hätte und deshalb sonderlich an ihm hing – sie waren höchstens im Sommer zum Grillen hinaufgefahren oder wenn sie an der Reihe gewesen waren, irgendwelche hochheiligen

Familientreffen zu organisieren –, und auch als Erwachsener verbrachte er seine Zeit lieber woanders. Dennoch empfand er diesen Akt seines Vaters als einen Verrat.

Im Keller ihres Hauses in Gryon hatte er sich einen schallgedämpften Raum für sein Schlagzeug eingerichtet, an dem er sich jeden Tag austobte. Das war seine Höhle, sein privates Reich, der Ort, an dem er sich in seinem Element fühlte.

Für Jérôme war die Abwesenheit seiner Mutter ein Verlust, der ihn bis ins Mark erschütterte. Von einem auf den anderen Tag war sie verschwunden. Er hatte viel Zeit gebraucht, ihren Tod zu akzeptieren. Er erinnerte sich noch an das letzte Mal, an dem er sie lebend gesehen hatte. An jenem Morgen wollte er gerade zur Arbeit aufbrechen, als sie ihm vorgeworfen hatte, sich mit einem Job als Krankenpfleger zufriedenzugeben. Sie hätte es lieber gesehen, wenn er sein Studium wiederaufgenommen hätte, um Chirurg oder Kardiologe oder zumindest Notfallmediziner zu werden. »*Die haben mehr Klasse als ein Krankenpfleger.*« Er jedoch mochte seine Arbeit und hatte nicht die Absicht, ihr zuliebe etwas anderes zu machen. Er hatte das Haus verlassen, ohne sein Frühstück zu beenden, und hatte die Tür hinter sich zugeknallt.

Abends war er als Erster heimgekommen. Im Haus herrschte Totenstille. Im Flur hatte er zunächst die Füße seiner Mutter gesehen, die durch den Rahmen der Küchentür herausragten. Er war wie erstarrt stehen geblieben. Schließlich hatte er sich wie in Zeitlupe vorwärtsbewegt und ihre Leiche auf dem beigefarbenen Fliesenboden liegen sehen. Er hatte nicht geweint, hatte nicht gewusst, wie er reagieren sollte. Er hatte sich auf einen Stuhl gesetzt und lange Zeit auf sie hinabgestarrt. Sie wirkte, als sei sie eingeschlafen.

Jérôme war immer noch wie in Trance gewesen, als sein Vater heimgekommen war. Er hatte zugesehen, wie dieser sich auf den Boden geworfen und seine Frau heftig geschüttelt hatte, um sie aufzuwecken, bevor er realisierte, dass sie für immer von ihnen gegangen war.

Auch bei der Beerdigung hatte Jérôme keine Träne vergossen. Doch die Abwesenheit seiner Mutter hinterließ einen Verlust, den er kompensieren musste. Das spürte er geradezu körperlich. Daraufhin hatte er sich einen Weg gesucht – als provisorische Fluchtmöglichkeit.

Seit dem Tod seiner Mutter zwang sich Jérôme, eine Art Tagebuch zu führen, dem er alles anvertraute, was ihm durch den Kopf ging. Die Wörter zu Papier zu bringen half ihm, sich vorübergehend zu befreien. In letzter Zeit plagten ihn dennoch Migräneanfälle. Jedes Mal, nachdem er einen ersten Satz niedergeschrieben hatte, setzte eine Blockade ein. Er hatte Mühe, seine Gefühle auszudrücken. Er konnte sich nicht konzentrieren und grübelte unentwegt.

Er hatte sich außerdem auf mehreren Datingplattformen angemeldet. Um den gewünschten Erfolg zu haben, musste er attraktiv wirken. Sein Foto war nicht das Problem, denn er wusste, dass sein Äußeres den Frauen gefiel. Das Schwierigste war, sich zu beschreiben und seine Erwartungen in der Rubrik »Ich suche« anzugeben. Jérôme hatte sich mehrere Profile durchgelesen und eine Liste der Frauen erstellt, die dem entsprachen, was er begehrte. In einem nächsten Schritt musste er sie kontaktieren, sie verführen und ihnen Lust darauf machen zu antworten, immer und immer wieder. Sich in diesem Kontext, wenn auch nur schriftlich, auszudrücken fiel ihm schwer. Vor Kurzem hatte er jedoch den ersten Schritt gewagt ...

Sein Computer gab einen Ton von sich, der besagte, dass er eine Nachricht bekommen hatte. Er öffnete ein neues Fenster im Browser, um eine der Datingseiten aufzurufen. Eine Frau, die sich »Cannelle« nannte und mit der er seit einigen Tagen chattete, hatte ihm gerade geschrieben. Sie war bereit, sich mit ihm zu treffen. Er lächelte zufrieden.

33

Sonntag, 17. März

Antoine und Vincent waren nicht in Plauderstimmung. Der Nachmittag ging zur Neige, und sie bereiteten schweigend die Melkmaschine vor. Beide wussten, was sie zu tun hatten. Als Vincent aus der Scheune trat, fuhr ein Nutzfahrzeug vor. Cédric saß am Steuer. Sooft er konnte, kam er vorbei, um ein bisschen auf dem Hof zu helfen, und das trotz seines Zeitarbeitsjobs und der Behinderung seines Vaters, die viel von seiner Zeit in Anspruch nahm. Cédric und er hatten ihre gesamte Schulzeit gemeinsam absolviert. Im Gegensatz zu vielen ihrer Bekannten hatten sie beide Gryon nie verlassen. Cédric gehörte zu Vincents engstem Freundeskreis. Ihr Zusammenhalt basierte auf ihren vielen gemeinsamen Unternehmungen, dennoch erzählten sie einander wenig über sich oder ihr Privatleben. Ihre Gespräche blieben oberflächlich. Sie verkehrten schon ewig miteinander, ohne sich wirklich zu kennen. Längst hatte Vincent den Eindruck gewonnen, dass sie sich nur noch aus Gewohnheit trafen.

Cédric war zurückhaltend. Er auch. Warum war es so schwierig, über sich selbst zu reden? Manchmal wünschte sich Vincent, jemanden zu haben, dem er sich anvertrauen konnte. Allerdings waren weder Romain noch Jérôme diese Person. Der eine versank im Alkohol, der andere wurde immer einsilbiger und jähzorniger. Tatsächlich blieb ihm keine andere Wahl, als mit seinen Problemen selbst fertigzuwerden, was ja vielleicht auch besser war.

Vincent und Cédric liefen los, um die Kühe reinzuholen. Flicka, die Border-Collie-Hündin, begleitete sie. Sie kannte ihre Rolle in- und auswendig. Das Wetter war milder geworden, der Schnee war geschmolzen, doch auf der in sechshundert Metern Höhe gelegenen Alp hielt er sich immer noch hartnäckig. Für die Jahreszeit war der Tag außergewöhnlich warm gewesen, aber jetzt verdüsterten große dunkle Wolken den Himmel.

Antoine erwartete sie im Stall, um die Tiere anzubinden, die immer nacheinander eintrafen. Immer in der gleichen Reihenfolge. Kühe sind Gewohnheitstiere. In einem vorherigen Leben musste Antoine wohl auch ein Rind gewesen sein, denn er brauchte seine Rituale und einen ewig gleichen Tagesablauf.

Als er nach fünf Minuten immer noch keine Kuh erblickte, ging er ihnen entgegen, um nachzuschauen, was vorgefallen war.

Just in diesem Moment hörte er den Hund. Ein ungewöhnliches, ängstliches Bellen. Antoine rannte los und sah von einer Anhöhe aus die durcheinanderlaufenden Kühe. Vincent bemühte sich, sie zusammenzutreiben, während Cédric versuchte, die hysterisch kläffende Flicka zu beruhigen. Er näherte sich in großen Schritten, bis er das Ausmaß der Katastrophe erkannte.

Heidi lag mit durchgeschnittener Kehle in einer riesigen Blutlache.

Antoine fiel auf die Knie, tätschelte den Bauch des Tieres und versuchte es zu umarmen. Seit Jahren hatte er nicht mehr geweint, doch nun konnte er seine Tränen nicht zurückhalten.

Vincent und Cédric beobachteten ungläubig und mit gebührendem Abstand die Szene. Aus Südwesten war Wind aufgekommen, und die schwarzen Wolken wirkten immer bedrohlicher. Es kam durchaus häufiger vor, dass Gewitter mitten im Winter über die Waadtländischen Alpen fegten. Große Schneeflocken in Form von Katzenpfoten zeigten sich am Himmel.

Antoine erhob sich, wischte sich mit seinem Ärmel die Tränen weg und starrte dabei auf den leblosen Körper seiner Kuh.

»Adieu, Heidi«, stammelte er.

Plötzlich spaltete ein greller Lichtstrahl eine der Gewitterwolken, und ein Blitz schlug in den Gipfel des Dent Favre ein. Einige Sekunden später hallte ein ohrenbetäubender Donnerschlag als Echo auf Antoines Schmerz wider. Wut überkam ihn. Entschlossenen Schrittes lief er zurück zum Hof.

»Wo gehst du hin?«, fragte Vincent, der seinem Vater folgte.
»Das geht auf Hugons Konto. Da bin ich mir sicher!«
Antoine öffnete die Tür seines Geländefahrzeugs und setzte sich hinters Steuer.
»Papa, warte. Was hast du vor?«
»Das werde ich ihm heimzahlen.«
Antoine knallte die Wagentür zu. Vincent öffnete sie wieder und versuchte ihn aufzuhalten, doch Antoine fuhr los, ohne auf ihn zu reagieren.
Vincent und Cédric konnten nur zusehen, wie das Auto hinter der Kurve verschwand.

34

Antoine versuchte, die Ereignisse in einen Zusammenhang zu bringen. Er war sicher, dass Serge Hugon aus Rache seine Kuh getötet hatte. Nur, dass er gar nichts dafür konnte, dass Hugons Kuh gestorben war. Niemals würde er einem Tier etwas antun. Warum auch? Um einen blöden Wettbewerb zu gewinnen? Doch wer sonst hätte Interesse daran gehabt haben können, Blümchen zu vergiften?
Als er in Huémoz eintraf, hing diese Frage immer noch in der Luft.
Antoine parkte seinen Wagen mitten auf dem Hof von Serge Hugon, der sicherlich gerade mit dem Melken beschäftigt war. Er lief zum Stall, stieß die Tür auf und schrie: »Hugon, verdammter Mistkerl!«
Serge Hugon drehte sich um und schien erstaunt, Antoine zu sehen, der geradewegs auf ihn zukam. Beide Männer hatten in etwa dieselbe Statur, nur dass Antoine einen Kopf größer war. Seine äußere Erscheinung passte nicht zu seiner Persönlichkeit, denn er war ein zurückhaltender Mensch, der keiner

Fliege etwas zuleide tun konnte. Nun aber war er außer sich, seine Muskeln waren angespannt, bereit zu explodieren.

Einen Meter vor Hugon blieb er stehen. Sie starrten sich an. Man hätte sich in einem Western wähnen können, die Colts im Anschlag. Dazu die entsprechende Musik: Statt des Klangs der Mundharmonika, die das letzte Duell ankündigte, ertönte hier jedoch eine von einem Akkordeon gespielte Schweizer Volksmelodie aus dem Radio.

»Was willst du von mir?«, fragte Hugon mit nervöser Stimme.

Im Gegensatz zu seiner üblichen Sanftheit strahlte Antoine jetzt Entschlossenheit aus. Und großen Zorn.

»Du hast Heidi getötet!«

Aus Serge Hugons Blick war seine Überraschung abzulesen, doch ihm blieb keine Zeit zu reagieren. Er sah Antoines Faust eine Zehntelsekunde, bevor sie ihn traf.

35

Seit zwei Wochen beobachtete Litso Ice das Kommen und Gehen seines nächsten Opfers. Dieser Auftrag war anders als sonst. Normalerweise kam er an, eliminierte die Zielperson und verschwand wieder unerkannt. Dieses Mal waren Vorbereitungen notwendig gewesen. Er hatte einen Plan ausarbeiten müssen, um ihn dann in die Tat umzusetzen. Alles lief so, wie er es gehofft hatte.

Die Zielperson lebte allein außerhalb des Dorfes Huémoz. Aus Gründen der Diskretion suchte er sie zu Fuß auf. In der Nähe des Bauernhofes verbarg er sich hinter einer kleinen Mauer, von wo aus er die Küche einsehen konnte. Er verharrte einige Minuten in seinem Versteck, doch nichts rührte sich. Dabei stand der Wagen im Hof.

Nachdem er immer noch kein Lebenszeichen ausmachen konnte, entschied er sich, das Wohnhaus durch die Hintertür zu betreten. Zuvor streifte er sich eine Sturmhaube und Handschuhe über. Behutsam drückte er die Klinke nach unten. Die Tür war, genau wie beim ersten Auskundschaften, unverschlossen. Hier in der Gegend war man nicht misstrauisch. Er betrat einen Raum, der als Abstellkammer diente, und näherte sich einer weiteren Tür, die zum Flur führte. Litso Ice öffnete sie behutsam und schlich in Richtung Küche. Niemand. Auf dem Tisch stand eine Tasse Kaffee, daneben lagen ein Stück Brot, ein angeschnittenes Stück Käse und eine Salami.

Er ging zurück in den Flur und die Treppe hinauf, kontrollierte die Zimmer und das Bad im ersten Stock und kam wieder zurück. Als er den unteren Treppenabsatz erreicht hatte, hörte er, dass die Eingangstür geöffnet wurde. Er besann sich und eilte wieder ein paar Treppenstufen nach oben, um nicht entdeckt zu werden. Die Schritte kamen näher, er hielt den Atem an, zückte seine Waffe und umfasste den Lauf, um damit zuschlagen zu können. Eine Silhouette tauchte auf und huschte geradewegs an ihm vorbei, sodass er nur das Profil einer Person sehen konnte. Geräuschlos kam Litso Ice die Treppe hinunter und schlich Richtung Küche. Er erblickte einen Mann von hinten, der sich über den Tisch beugte und etwas aufschrieb. Das war nicht Serge Hugon.

So geräuschlos wie möglich machte er kehrt. Zum Glück übertönte die Alphornmusik aus dem Radio seine Schritte. Erneut stieg er die Treppe empor und positionierte sich in einem der Zimmer am Fenster. Er hörte, wie der Mann das Haus verließ und ein paar Minuten später mit dem Auto wegfuhr.

Doch wo steckte Hugon?

Zuletzt schaute Litso Ice im Stall nach. Die Kühe waren angebunden und kauten friedlich ihr Heu. Dennoch hatte er das Gefühl, dass hier irgendetwas nicht stimmte. Er ging weiter und blieb dann wie angewurzelt stehen.

In der etwa einen Meter breiten Flucht direkt hinter einem der Tiere lag ein lebloser Körper. Er erkannte Serge Hugon, der in einer Mischung aus Blut und Kuhmist lag und dessen Schädel eine klaffende Wunde aufwies. Litso Ice starrte ungläubig auf die Szene, die sich ihm bot. War sein Plan sogar über seine Erwartungen hinaus aufgegangen? Er würde für einen Job bezahlt werden, für den er sich nicht einmal die Hände schmutzig gemacht hatte. Er entdeckte etwas weiter entfernt eine blutverschmierte Schaufel und brauchte ein paar Sekunden, um die Situation zu interpretieren. Dann handelte er. Aus einer Plastiktüte zog er ein Messer und legte es Serge Hugon in die Hand. Es gelang ihm ohne große Mühe, die Finger des Toten um den Griff zu schließen. Offensichtlich war er erst kürzlich gestorben, denn die Leichenstarre war noch kaum ausgeprägt.

Er legte das Messer mit den Fingerabdrücken des Opfers auf eine Werkbank zwischen eine Reihe anderer Werkzeuge und verließ in aller Ruhe auf demselben Weg, auf dem er gekommen war, den Hof.

36

Montag, 18. März

Isabelle Hugon kam schon früh am Morgen auf dem Hof an. Sie lebte in einem nur ein paar hundert Meter entfernt stehenden Haus ohne direkte Nachbarn. Serge war ihre einzige Familie. Ihre mürrischen Launen hatten ihr die letzten ihrer noch lebenden Freunde vertrieben. Sie kam häufig nach Huémoz. Nicht, weil sie ihren Neffen sonderlich schätzte, sondern weil sie nichts Besseres zu tun hatte. Sie war zu alt, um Heu zu machen, Ställe zu misten oder Kühe zu melken, aber nicht so alt, dass sie nicht die Mahlzeiten zubereiten und den Hof einigermaßen in Ordnung halten konnte. Beim Betreten der Küche ärgerte sie sich, dass Serge sich gestern nicht einmal das Abendessen warm gemacht hatte. Wie würde er nach ihrem Tod zurechtkommen? Er konnte weder mit dem Staubsauger umgehen noch sich ein Steak braten. Sie hingegen konnte jederzeit sterben. Der Arzt hatte ihr ein langes Leben vorausgesagt, doch sie würde vor ihrem Neffen gehen, denn so war der Lauf der Dinge. Am Abend zuvor hatte sie sich fiebrig gefühlt und war deswegen nicht gekommen. Und das war das Ergebnis …

Sie legte einen Butterzopf und die Tageszeitung auf den Tisch, begann, das schmutzige Geschirr wegzuräumen, und wischte mit einem Schwamm die Krümel vom Tisch. Danach stellte sie den löslichen Kaffee, Butter und ein Glas Zuckerrübensirup raus und setzte Wasser auf.

Während sie darauf wartete, dass Serge vom Melken reinkam, trank sie einen Kaffee und las die Zeitung. Von ihrem Platz aus konnte sie den Hof überblicken. Serges Geländefahrzeug stand noch dort. Hätte er um diese Zeit nicht schon längst die Milch zur Molkerei gebracht haben müssen? Sie fuhr mit ihrer Zeitungslektüre fort. Dann suchte sie den Notizblock, den Serge als eine Art Milchtagebuch benutzte, und las einen in Großbuchstaben geschriebenen Satz, der nicht in der Handschrift ihres Neffen verfasst war: *Der Usurpator ist in der Hölle!*

Trotz ihres fortgeschrittenen Alters und ihres Rheumas sprang sie auf und humpelte auf ihren Stock gestützt über den Hof. In der Scheune erblickte sie ein Kalb, das bei der Mutter trank. Merkwürdig. Normalerweise wurden die Kälber sofort nach der Geburt von den Müttern getrennt und in einen kleinen Pferch gesperrt.

Dann entdeckte sie die von Blut und Kuhmist bedeckte Leiche. Sie trat näher heran und betrachtete emotionslos den toten Körper ihres Neffen. Sie hatte ihn nie besonders gemocht. Das einzig Verbindende war ihrer beider Einsamkeit gewesen. Die offene Wunde am Schädel und eine neben der Leiche liegende blutverschmierte Schaufel ließen keinen Zweifel an der Art seines Ablebens aufkommen.

Wer hatte ihm diesen verhängnisvollen Schlag verpasst? Die Liste seiner Freunde war im Laufe der Zeit sehr geschrumpft. Die seiner Feinde hingegen länger geworden. Falls Serge ein wirkliches Talent besessen hatte, dann das, sich unbeliebt zu machen.

37

Zwei Polizisten waren vor dem Stall postiert worden, und der Tatort war bereits komplett abgesperrt, als Karine auf den Hof fuhr. Christophe und seine Kollegen von der Spurensicherung waren schon vor Ort. Vor dem Betreten des Stalls zog sie sich einen weißen Einwegoverall, Handschuhe, Überzieher für die Schuhe und eine Haube an. Ein Polizist vermaß den Fundort, ein anderer nahm Abstriche. Christophe machte Fotos.

Karine trat näher, um die Leiche zu begutachten. Zum ersten Mal war sie ohne Andreas an einem Tatort. Heute würde sie die Ermittlungen allein leiten. Seine Gegenwart hätte ihr Sicherheit gegeben, allerdings war sie auch nicht unglücklich über die Gelegenheit, ihre Fähigkeiten unter Beweis stellen zu können.

Die Leiche lag ausgestreckt auf dem Bauch. Der Kopf war zur Seite gewandt und ließ die erstarrten Gesichtszüge erkennen, die von geronnenem Blut überzogen waren. Auf der Vorderseite des Schädels klaffte eine riesige Wunde.

»Offenbar hat der Täter sein Opfer angeschaut, als er ihm den tödlichen Schlag versetzt hat«, sagte Karine.

»Wieso *der* Täter? Das kann genauso gut eine Frau gewesen sein. Schau mal. Hierbei handelt es sich wohl um die Tatwaffe«, erwiderte Christophe und hielt ihr die blutverschmierte Schaufel hin, die ein Stück weit entfernt auf dem Boden gelegen hatte.

Christophe hatte recht. Sie durfte keine voreiligen Schlüsse ziehen.

»Hätte ihm der Mörder – oder die Mörderin – gegenübergestanden, hätte Hugon den Schlag doch wohl kommen sehen, oder nicht? Dann hätte er sich mit seinen Armen geschützt.« Christophe beugte sich über das Opfer. »Vermutlich kam der Mörder von hinten, und das Opfer hat sich erst im letzten Moment umgedreht, denn das würde den Schlag auf die Stirn erklären.«

»Das ist in der Tat möglich.«

»Wie hatte er sich dem Opfer nähern können, ohne bemerkt zu werden?«, wunderte sich Christophe.

»Das Radio«, sagte Karine.

Christophe ging zu dem kleinen Radioempfänger, streifte sich Handschuhe über, um keine Fingerabdrücke zu verwischen, und schaltete ihn ein.

»Die Musik könnte das Geräusch der Schritte übertönt haben«, überlegte Karine.

»Offensichtlich wurde er beim Melken einer Kuh überrascht. Neben dem Opfer liegt ein umgekippter Melkeimer, und auf dem Boden ist eine Milchlache. Außerdem trägt er noch den Melkschemel um die Hüfte.«

»Dank des Radios und dem Krach der Melkmaschine hat sich der Täter vermutlich unbemerkt heranschleichen können«, meinte Karine.

»Aber die Melkmaschine ist nicht eingeschaltet.«

»Wahrscheinlich hat sie jemand nach der Tat ausgeschaltet.«

»Ich kümmere mich um Fingerabdrücke«, sagte Christophe.

»Ein weiterer Tathergang wäre ebenfalls möglich: Der Mörder kannte sein Opfer. Er ist gekommen und hat mit ihm gesprochen. Er gibt vor, ihm zur Hand gehen zu wollen, und nimmt die Schaufel, um den Mist zu entfernen. Hugon wendet sich ab, um die Kuh zu melken. Er spürt etwas in seinem Rücken, dreht sich um und bekommt die Schaufel über den Kopf gezogen.«

»Ja, das klingt auch plausibel.«
»Mit was für einem Motiv könnten wir es hier zu tun haben?«, fragte sich Karine laut.
»Rache? Ein Streit mit einem anderen Bauern? Um Landbesitz? Eifersucht innerhalb der Familie?«
»Oder ein eifersüchtiger Ehemann, der den Liebhaber seiner Frau umbringt. Ich habe gerade von den Kollegen Informationen zu seiner Person auf mein Smartphone geschickt bekommen. Hugon ist nicht verheiratet. Er lebt allein. Offensichtlich ist seine Tante Isabelle Hugon seine einzige Angehörige. Wer hat die Leiche entdeckt?«
»Das war sie. Sie ist in der Küche, falls du sie sprechen willst.«
»Sobald wir hier fertig sind.«
Genau in diesem Moment betrat Doc mit seinem Strubbelkopf und seinem ewig verwirrten Gesichtsausdruck den Stall.
»Seid mir gegrüßt. Gibt es hier etwa irgendwo eine nette Leiche?«
Karine nahm keinen Anstoß an seiner Ausdrucksweise. Sie hatte sich längst an den schwarzen Humor des Gerichtsmediziners gewöhnt, der sie eher erheiterte als störte. Dennoch war sie nicht gern zugegen, wenn sich der Doc an einer Leiche zu schaffen machte, denn die Mischung aus dem Anblick und den Ausdünstungen des Leichnams und seinen Witzen verursachten ihr Übelkeit.
»Also gut, ich lasse euch Jungs jetzt mal in Ruhe arbeiten.«

Isabelle Hugon beobachtete von der Küchenbank aus durch das Fenster das Geschehen im Hof. Das Blaulicht der beiden Polizeifahrzeuge spiegelte sich in der Scheibe. Gerade war ein Leichenwagen vorgefahren. Sie würden Serges sterbliche Überreste mitnehmen. Hätte der Lauf der Welt seinen normalen Gang genommen, wäre sie vor ihrem Neffen in einem solchen Gefährt abtransportiert worden. Dennoch hatte er seinen Tod zweifelsohne verdient.

Sie sah eine mit Jeans und schwarzer Jacke bekleidete Person von der Scheune auf das Haus zugehen. Der Gang wirkte männlich, doch der gesamten Erscheinung nach handelte es sich um eine Frau. War das eine Polizistin? Als die Person beinah die Haustür erreicht hatte, konnte sie sie aus nächster Nähe sehen. Sie hatte kurze braune Haare und grüne Augen. Die Zeiten hatten sich ganz offensichtlich geändert. Zu ihrer Zeit waren die Frauen noch zu Hause geblieben.
Vermutlich nahm man an, dass es für eine Frau leichter war, Zugang zu ihr zu finden. Doch da hatten sie nicht mit ihr gerechnet.

Karine betrat die Küche und bat den dorthin abkommandierten Polizisten mit einem Handzeichen, sie allein zu lassen. Isabelle Hugon, die Tante des Opfers, war mindestens achtzig Jahre alt und hatte immer noch eine stolze Haltung. Auf den ersten Blick war Karine überrascht von ihrer Aufmachung, die so gar nicht ihrem Bild von einer alten Dame entsprach. Isabelle trug Jeans, einen löchrigen Wollpullover und hatte kurze braun gefärbte Haare.

Karine stellte sich höflich vor – taktvoll wie aus dem Handbuch für perfekte Polizisten – und fragte, ob sie sich ihr gegenübersetzen dürfe.

»Mein Fräulein, es ist völlig überflüssig, mich mit Samthandschuhen anzufassen. Setzen Sie sich einfach. Wollen Sie einen Kaffee?« Ohne eine Antwort abzuwarten, erhob sie sich, nahm eine Tasse aus dem Wandschrank und stellte sie vor Karine auf den Tisch. »Bedienen Sie sich. Im Kessel ist noch heißes Wasser.«

Karine dachte kurz über die fragwürdige Sauberkeit des Geschirrs nach, nahm sich dann aber einen Löffel löslichen Kaffee, goss heißes Wasser darüber und fügte einen winzigen Schluck Milch hinzu, während sie die alte Dame im Auge behielt. In ihrem Beruf setzte man sich eben manchmal gewissen Gefahren aus.

»Man hat mir gesagt, dass Sie heute Morgen den Leichnam

Ihres Neffen entdeckt haben. Darf ich Ihnen mein tiefes Mitgefühl aussprechen?«
»Madame, wie war noch mal Ihr Name?«
»Karine Joubert.«
»Also Karine, ich spreche Sie mit Vornamen an, denn Sie könnten ja schließlich meine Enkelin sein. Das ist sehr freundlich, aber ich bin nicht traurig. Serge ist tot. Punkt. Was mich am meisten beschäftigt, ist die Frage, was ich mit dem Hof und den Tieren machen soll. Ich werde sie verkaufen oder zum Schlachter schicken müssen. Ich habe nicht mehr die Kraft, mich um sie zu kümmern.«
»Hatten Sie kein gutes Verhältnis zu Ihrem Neffen?«
»Ach, wissen Sie, Karine, ich hatte niemanden außer ihm. Mein Mann ist tot, und wir hatten keine Kinder. Auch mein Bruder und meine Schwester sind schon längst auf den Friedhof umgezogen.«
»Und Ihr Neffe?«
»Serge? Ein ziemlicher Idiot. Von seinen Kühen einmal abgesehen, hat er nichts auf die Reihe gekriegt. Aber gut, er gehörte halt zur Familie. Ich hab ihm ein wenig geholfen und ihm jeden Tag sein Essen gemacht. Das hat meine Tage ausgefüllt, und ich hatte etwas Gesellschaft. Es ist aber nicht schlimm, dass das nun wegfällt. Ich werde auch bald krepieren, und zu Hause habe ich ja noch meine Katze.«
»Leiden Sie an einer Krankheit?«
»Diese geschliffene Sprache passt nicht zu Ihnen, kleines Fräulein, wenn ich das so sagen darf. Nein, mir fehlt nichts. Ich bin einfach alt. Also werde ich sicher bald abkratzen. Gibt ja auch keinen Grund, die Sache hinauszuzögern.«
»Hatte Serge auch keine Familie?«
»Mein Brüderchen, sein Vater, ist schon seit vielen Jahren tot. Seine Frau hat uns verlassen, da war Serge gerade drei Jahre alt. Sie ist bei der Geburt ihres zweiten Kindes gestorben. Auch das Kind konnte man nicht retten. Eine düstere Geschichte. Mit anderen Worten, danach habe ich mich um meinen Bruder und

seinen Knirps gekümmert. Serge habe ich erzogen. Zumindest habe ich es versucht, auch wenn er ganz nach seinem Alten geraten ist. Ich hatte keinen großen Einfluss auf ihn. Ich war mehr so das Dienstmädchen des Hauses.«
»Hat er nie geheiratet?«
»Keine Frau, die einigermaßen bei Verstand ist, hätte sich mit ihm eingelassen, das können Sie mir glauben.«
»Haben Sie eine Ahnung, wer ihn getötet haben könnte?«
»Oh, mehr als das. Ich *weiß*, wer es war.«

38

Die Flure der Rechtsmedizin in Lausanne waren verlassen. Karine und Christophe gingen die Treppe zur Leichenhalle hinunter. Die Räumlichkeiten waren modern und hell. Der erste Raum war den imposanten Kühlzellen vorbehalten. Bevor sie das Allerheiligste betraten, streiften sie weiße Einwegoveralls und Schuhüberzieher über. Auf der Tür prangte ein Schild mit dem Hinweis: *Achtung, beim Betreten könnten Sie mit Leichen konfrontiert werden.*

Sie traten in Docs Refugium ein und gingen den Flur entlang. Zur Rechten konnte man durch die Glaswände in die Obduktionssäle blicken. Der erste war leer. Im zweiten lag eine rötlich violett verfärbte Leiche ausgestreckt auf einem Edelstahltisch. Im nächsten beugten sich die Pathologen gerade über eine tote junge Frau. Einer wandte sich mit einem Organ in der Hand um. Eine Niere? Der Leichnam war geöffnet worden, die Rippen waren auf beiden Seiten des Brustbeins durchtrennt und auseinandergebogen worden. Karine wandte den Blick ab. Im vierten Saal erblickten sie endlich Doc, der sich über Serge Hugons Leichnam beugte. Er richtete sich auf, bemerkte seine Besucher und winkte sie herein.

»Hallo, Freunde, tretet näher. Kommet herbei, denn es ist alles bereitet«, forderte er sie auf wie ein Pfarrer, der seine Schäflein zum Abendmahl einlädt.

Doc zog seine blutverschmierten Latexhandschuhe aus und reichte Karine eine Maske. Er wusste, dass sie den Gestank der mit Chemikalien behandelten Leichen nicht gut vertrug. Im Gegensatz zu Parfümherstellern, Önologen oder Fleuristen, die ein umfangreiches Fachvokabular für Düfte und Aromen besaßen, wurden Gerichtsmediziner mit einzigartigen Ausdünstungen konfrontiert, für die es jedoch keine Namen gab. Sie werden als typisch oder stechend bezeichnet. Gerüche, die man mit entsprechender Erfahrung identifizieren kann, doch benannt werden sie nicht. Doc nannte sie alle einfach »den Geruch des Todes«. Dabei variierten sie je nach Fall, nach Alter des Opfers und dem Stadium der Zersetzung. Die Ausdünstungen unterschieden sich, je nachdem ob die Person krank oder gesund gewesen war, ob sie in ihrem eigenen Blut gelegen oder man ihr Eingeweide entnommen hatte, ob sie vergiftet oder erhängt worden war, ob sie noch Zeit gehabt hatte, vor Angst zu zittern, oder ob sie vom Tod überrascht worden war.

Doc hatte gelernt, die Gerüche zu identifizieren und mit ihnen umzugehen, dennoch blieben sie für ihn Tabus, für die es keine Namen gab. Präsent, real und doch unaussprechlich. Nicht so sehr der Gestank an sich, sondern vielmehr die emotionale Belastung, die durch den Verwesungsgeruch ausgelöst wurde, verursachte bei den Besuchern Übelkeit. Ein Problem, mit dem auch Doc zu Beginn seiner Karriere zu kämpfen gehabt hatte.

»Ich bin noch nicht ganz fertig, aber ich habe interessante Informationen für euch«, sagte er.

Christophe betrachtete den Leichnam Serge Hugons. Die Wunde auf der Stirn war gesäubert worden, sodass man das Ausmaß der Beschädigung durch den Schlag mit der Schaufel erkennen konnte. Als er sich den Oberkörper anschaute, überkam ihn Brechreiz.

»Tut mir leid, aber ich hatte noch keine Zeit, ihn wieder zuzunähen«, erklärte Doc und lächelte dabei amüsiert über die Reaktion des mit ihm befreundeten Polizisten. Dabei war er keineswegs unsensibel und schon gar nicht respektlos. Es war einfach seine Art, eine gewisse Distanz zum Tod und den Absurditäten des menschlichen Daseins zu wahren. »Der Schlag mit einem stumpfen Gegenstand beziehungsweise mit der Schaufel wurde ausreichend heftig ausgeführt und verursachte eine Wunde auf der Kopfhaut, einen Bruch der darunterliegenden Schädeldecke und eine Verletzung des Gehirns.«

»Wie wurde der Schlag ausgeführt?«

»Schräg von oben nach unten.« Ernst und gewissenhaft imitierte Doc die Bewegung.

»Der Angreifer stand, und das Opfer saß?«, fragte Karine.

»Oder das Opfer stand, und der Angreifer hat sich auf einen Stuhl gestellt«, meinte Doc lachend.

»Sehr scharfsinnig, Doc.«

»Nein, du hast recht, Karine. Der Angreifer stand aufrecht, während Hugon vermutlich auf seinem Melkschemel saß und eine Kuh molk. Er hat sich umgedreht, und in diesem Moment traf ihn der Schlag.«

»Und das ist die Todesursache?«

»Der Tod ist vermutlich sehr schnell eingetreten, nicht so sehr aufgrund des Schlags, sondern aufgrund der Schädel-Hirn-Verletzungen. Doch um das zu verifizieren, muss ich mittels CT-Aufnahmen den Grad der Verletzungen im Detail untersuchen. So kann ich das Ausmaß und die Schwere der Schädigung genau bestimmen.«

»Er ist also durch den Schlag auf den Kopf gestorben?«

»Genau das wollte ich damit sagen. Allerdings ist das noch nicht alles. Der Körper weist an den Armen und Händen Abwehrspuren auf. Blutergüsse im Gesicht. Der Augenbrauenbogen ist aufgeplatzt. Und auf den Armen gibt es Abschürfungen.«

»Dann hat es vorher einen Kampf gegeben?«

»Das ist nur eine Vermutung. Und ich habe eine gute und eine schlechte Nachricht. Die schlechte ist, dass ich keine Hautpartikel unter seinen Fingernägeln ausfindig machen konnte. Es ist übrigens sehr selten, dass man welche findet. Aber das heißt nicht, dass es keine gibt. Hautmaterial ist häufig in so geringen Mengen vorhanden, dass es sich nicht lokalisieren lässt. Und damit kommen wir zur guten Nachricht: Mittels verschiedener Analysen konnte ich unter den Fingernägeln eine DNA-Spur sicherstellen, die nicht mit der DNA des Opfers übereinstimmt.«

»Hervorragend!«, sagte Karine.

»Und ich möchte euch eine Rätselaufgabe stellen.«

»Ein Rätsel?«

»Ja. Die Wunde an der Augenbraue wurde gesäubert. Ich habe Spuren einer orangefarbenen Betadinelösung sichtbar machen können. Auf den ersten Blick war dieses Desinfektionsmittel kaum wahrnehmbar, denn das Blut von der Kopfwunde hatte einen Großteil der Augenbraue verdeckt. Doch eine Gewebeprobe am Rand der Wunde hat mir meine Vermutung bestätigt. Jetzt stellt sich noch die Frage nach dem Ablauf der Ereignisse.«

»Es hat ein Kampf stattgefunden. Hugon hat seine Wunde versorgt. Anschließend ist er umgebracht worden ...«, mutmaßte Karine.

»Da kann ich euch nicht helfen, denn hier hört meine Arbeit auf, und euer Job fängt an.«

»Konntest du den Todeszeitpunkt ermitteln?«, fragte Christophe.

»Als wir den Leichnam in Augenschein genommen haben, war er bereits von Kopf bis Fuß steif wie ein Brett. Kopf und Hals waren nach hinten überstreckt, der Kiefer angespannt. Die Hände wiesen Zeichen der Verspannung auf, die Beine waren ausgestreckt. Mit anderen Worten, der *Rigor mortis* war maximal ausgeprägt. Der Tod trat also sechs bis acht Stunden vor Auffinden der Leiche ein. Allerdings könnte die körperliche

Anstrengung des Opfers während des Kampfes die Totenstarre ein wenig beschleunigt haben.«
»Isabelle Hugon hat uns heute Morgen alarmiert. Er muss also in der vergangenen Nacht von Sonntag auf Montag oder am Sonntagabend umgebracht worden sein?«
»Die Totenflecken, diese lila Flecken, die ihr hier seht, manifestieren sich auf dem Bauch, den Oberschenkeln und im Gesicht. Daher vermute ich, dass das Opfer aufgrund des Schlags auf den Kopf vornüber auf den Boden fiel und dass sich seine Position anschließend nicht mehr verändert hat. Die Totenflecken konnte ich teilweise mit dem Finger wegdrücken, da ein Teil des Blutes noch nicht geronnen war. Achtzehn Stunden nach Eintritt des Todes ist das Blut so eingedickt, dass man die Livores nicht mehr wegdrücken kann.«
»Der Todeszeitpunkt liegt also weiter zurück. Später Nachmittag oder früher Abend?«, fragte Karine.
»Das scheint auch der *Algor mortis* zu bestätigen. Die Körpertemperatur der Leiche betrug bei ihrem Auffinden siebenundzwanzig Grad. Man geht davon aus, dass die Körpertemperatur zwei Stunden nach Eintritt des Todes jeweils ein Grad pro Stunde sinkt und ab der zehnten Stunde nur noch ein halbes Grad pro Stunde.«
Karine versuchte angestrengt, die Zeitspanne im Kopf auszurechnen.
»Ich möchte dich davor bewahren, deine Gehirnzellen umsonst zu überhitzen. Ansonsten bekommst du noch Fieber, meine Liebe. Das Opfer muss mindestens zwölf Stunden und höchstens fünfzehn Stunden vor dem Auffinden getötet worden sein. Die Temperatur in der Scheune beeinflusst den Prozess. Aufgrund der Kälte, die zu dieser Jahreszeit nachts vorherrscht, verlangsamt sich die Bildung der Livores und der Totenstarre. Im Gegenzug beschleunigt sie die Absenkung der Körpertemperatur, in unserem Fall also die Leichenkälte. Wenn man alle Fakten zusammen betrachtet – Körpertemperatur, Totenflecken und Totenstarre –, glaube ich, dass wir davon ausgehen kön-

nen, dass das Verbrechen Sonntagabend, oder noch genauer am frühen Sonntagabend, stattgefunden haben muss.«
»Danke, Doc.«
»Gern geschehen. Ich schicke euch meinen Bericht, sobald er fertig ist.«
Karine und Christophe verließen, die Köpfe voller Fragen, die Rechtsmedizin.

39

Der Mann, der sich am Parfüm seiner Mutter betörte, betrat das Buffet de la Gare in Gryon. Am späten Nachmittag waren hier, wie immer zur Aperitifzeit, lebhafte Gespräche im Gange. Sein Lieblingstisch stand in der Nähe des Fensters. Er war unbesetzt und schien auf ihn zu warten. Jeder hatte hier so seine Gewohnheiten. Um diese Stunde fiel die Sonne so durch die Scheibe, dass die eine Hälfte seines Gesichts beleuchtet wurde, während die andere Hälfte im Schatten blieb. Doch niemand nahm ihn wirklich zur Kenntnis. Er gehörte quasi zum Inventar.

Ohne dass er darum gebeten hatte, brachte ihm der Wirt ein Bier und erblickte dabei seine verbundene Hand.
»Zum Wohl! Alles klar bei dir? Was hast du denn gemacht?«
»Danke. Nichts Schlimmes. Ich habe mich beim Arbeiten geschnitten.«

Er trank einen Schluck. Er liebte es, die Leute zu beobachten und ihren Gesprächen zu lauschen. Heute war er jedoch mit seinen Gedanken woanders.

Ihm war bewusst geworden, dass er handeln musste. Der Spiegel reichte nicht mehr aus. Er hasste das Bild, das er darin sah, ohne sich davon lösen zu können. Ein Spalt ging durch seine Persönlichkeit und trennte den Teil, den er gern nach außen hin darstellen wollte, von dem, den er in seinem Inneren heranwachsen spürte. Die Spannung stieg und drohte ihn zu zerreißen. Dieses Gefühl war so real, dass der Punkt, an dem es kein Zurück mehr gab, immer näher kam. Bis jetzt war es ihm irgendwie gelungen, diese unbezwingbaren Energien im Zaum zu halten – aber wie lange würde das noch funktionieren? Die jüngsten Ereignisse hatten auf ihn einen zugleich befreienden und impulsgebenden Effekt gehabt. Endlich hatte er seinen Erzfeind kennengelernt. Seinen Rivalen. Bislang hatte er seine Identität nicht gekannt. Er verabscheute ihn über die Maßen. Die alten Dämonen waren wiederaufgetaucht.

Er erinnerte sich an ein Telefongespräch, dessen unfreiwilliger Zeuge er vor Jahren geworden war. Aufgrund der Dinge, die er damals mitangehört hatte, waren seine letzten Hoffnungen zerstört worden. Alles war immer in diesem Zimmer vonstattengegangen. Der Ort, an dem er dieser andere und er selbst war. Der Raum, in dem er sie wurde: seine Mutter. Doch jetzt schienen sich die Wände zusammenzuschieben und seinen Lebensraum zu verkleinern. Dies alles vermittelte ihm ein ungutes Gefühl.

Gestern war er wie jede Woche in dieses Zimmer gegangen. Die Tür war mit einem Schlüssel zugeschlossen gewesen, den nur er benutzte. Als er sich die Perücke aufgesetzt hatte, begann sein Herz heftig zu schlagen, und seine Handflächen waren feucht geworden. Er hatte gemeint zu ersticken. Dann hatte er am ganzen Körper gezittert und war schließlich zu Stein erstarrt. Er hatte in den Spiegel geblickt ...

Und es hatte klick gemacht.

Er war aufgesprungen und hatte mit der Faust in den Spiegel gehauen, der in tausend Scherben zersprungen war. Zwischen seinen Fingern war Blut hervorgequollen. Er hatte sein Abbild in den Scherben des Spiegels betrachtet. Vervielfacht. Die Illusion, seine Mutter zu sein, war zerstört. Sein derart verstümmeltes Bild erschien ihm grotesk. Es reichte nicht mehr aus. Er musste eine andere Art finden, sie lebendig werden zu lassen. Ihr eine Existenz zu schenken und sie endlich zu besitzen. Anstatt zu versuchen, sie zu sein. Doch dafür musste er sich dem Tageslicht aussetzen und aus dem Schatten treten.

40

Dienstag, 19. März

Isabelle Hugon hatte einen Schuldigen benannt. Karine, die das Gespräch am Vortag mit ihrem Mobiltelefon mitgeschnitten hatte, hatte den Beschuldigten identifizieren lassen. Auf dieser Grundlage hatte der Staatsanwalt einen Haftbefehl erlassen und eine Hausdurchsuchung angeordnet.

Karine ging in Begleitung von Christophe auf das Chalet zu. Sie erblickte über der Tür bunt bemalte Schnitzereien und eine religiöse Inschrift, wie man sie hier in der Region an vielen Fassaden fand. Durch das Küchenfenster konnte sie zwei Männer am Tisch sitzen und frühstücken sehen. Derjenige, den sie als Antoine Paget identifizierte, öffnete die Tür.

»Kommissare Joly und Joubert von der Kriminalpolizei. Wir möchten Ihnen einige Fragen stellen. Dürfen wir reinkommen?«

Antoine Paget starrte auf den Dienstausweis, den sie ihm unter die Nase gehalten hatte. Mit diesem unangekündigten Besuch hatte er offenbar nicht gerechnet, dennoch war er sich sicher, den Grund dafür zu kennen.

»Natürlich, folgen Sie mir«, erwiderte er mit zittriger Stimme.

Er ging ihnen in die Küche voraus und stellte ihnen seinen Sohn Vincent vor, der am Tisch saß und ihnen knapp zunickte.

»Wenn es möglich ist, würden wir Sie gern allein sprechen, Monsieur Paget.«

»Ich muss sowieso zum Hof. Ich hab noch zu arbeiten«, erklärte Vincent.

Flüchtig erwiderte Karine den durchdringenden, kühlen Blick des jungen Mannes, der sich gerade erhob. Sie wusste nicht, wie sie ihn einordnen sollte. War er misstrauisch? Ihr Besuch schien ihn zumindest nicht im Geringsten zu überraschen. Er verließ den Raum.

»Setzen Sie sich. Möchten Sie einen Kaffee?«

Im Gegensatz zum Eindruck, den sein Sohn hinterlassen hatte, schienen die Augen des Vaters Besorgnis auszudrücken, in seiner Stimme klang Befangenheit mit.

»Nein, danke. Das ist sehr freundlich von Ihnen«, erwiderte Christophe.

»Monsieur Paget, wissen Sie, warum wir hier sind?«, fragte Karine.

»Ich schätze, es geht um Hugon«, erwiderte Antoine Paget stockend und mit gesenktem Blick.

Die Antwort überraschte Karine. Sie hatte nicht mit einem so schnellen Geständnis gerechnet. Christophe übernahm das Gespräch.

»Erzählen Sie uns, was geschehen ist.«

»Ich bereue meine Tat. Ich verstehe es nicht. Ich bin kein gewalttätiger Mensch. Aber Sonntag, am frühen Abend, habe ich kurz vor dem Melken eine meiner Kühe tot auf der Weide aufgefunden. Man hatte ihr die Kehle durchgeschnitten. Das ist Hugon gewesen. Und dann ist es mit mir durchgegangen. Das hätte ich nicht tun dürfen.«

»Warum sollte er eines Ihrer Rinder getötet haben?«

»Er war eifersüchtig. Er wollte bei der Zuchtschau unbedingt den Preis der Championne gewinnen. Und seine Kuh ist mitten während der Veranstaltung gestorben. Am Tag danach ist er völlig außer sich auf meinen Hof gekommen und hat mich beschuldigt, sie vergiftet zu haben. Und er hat mir gedroht. Aber ich hätte nicht gedacht, dass er es tatsächlich tun würde.«

»Und dann sind Sie zu ihm gegangen?«

»Ja.«
»Was ist dann passiert?«
Antoine Paget antwortete nicht sofort. Er schwieg und schloss die Augen.
»Monsieur Paget!«
»Entschuldigen Sie. Ich nehme es mir selbst übel. Wirklich.«
»Es ist wohl etwas spät für Schuldgefühle«, meinte Karine.
»Warum sagen Sie das?«
»Ihre Gewissensbisse machen ihn jetzt auch nicht mehr lebendig.«
»Ich verstehe nicht …«
Karine verstand es ebenfalls nicht. Was für ein Spiel spielte er?
»Sie werden uns auf das Polizeipräsidium begleiten müssen.«
»Deswegen nehmen Sie mich jetzt fest?«
»Ja, Mörder werden bei uns hinter Gitter gebracht.«
»Mörder?«
»Tun Sie nicht so unschuldig. Sie sind zu Hugon gefahren. Es hat eine Schlägerei gegeben. Und danach haben Sie ihn umgebracht.«
»Er ist tot?«
Karine sah den verblüfften Blick ihres Gegenübers. Sie wusste nicht, was sie davon halten sollte. Täuschte sie sich? Sie dachte noch einmal an den Beginn des Gesprächs. Er hat nicht gesagt, worin genau sein Verbrechen bestand. Er war sich nur sicher gewesen, dass sie wegen Hugon gekommen waren.
»Wir haben ihn gestern Morgen gefunden. Tot.«
»Aber … Ich habe ihn nicht getötet. Das verstehe ich nicht, das ist unmöglich. Wir haben uns geprügelt, ja. Aber als ich den Hof verlassen habe, lebte er noch. Ich bin kein Mörder! Das müssen Sie mir glauben.«
Karine dachte an die Unterhaltung mit Doc. Serge Hugon war erst ermordet worden, nachdem seine Wunde desinfiziert und gesäubert worden war. Vielleicht war die Antwort doch nicht so einfach?

»Was hatten Sie am Sonntag an?
»Meine Arbeitsklamotten. Sie liegen im Badezimmer, warum?«
»Könnten wir sie sehen?«
»Ja, ja. Natürlich.«
Christophe folgte Antoine. In der Ecke des Badezimmers standen eine Waschmaschine und ein Trockner. Er schaute hinein, doch die Maschinen waren leer. Die schmutzige Kleidung lag in einem Wäschekorb. Christophe fand, wonach er suchte.
»Ich werde die hier mitnehmen müssen, um sie zu untersuchen.«
»Warum das?«, fragte Antoine.
»Um zu ermitteln, woher das Blut stammt, das an Ihrer Kleidung klebt.«
Sie kehrten in die Küche zurück. Karine verhinderte, dass sie sich erneut setzten.
»Monsieur Paget. Ich muss Sie bitten, uns auf die Dienststelle zu begleiten.«

41

Ein Landwirt hatte die Kuh eines Berufsgenossen vergiftet. Zumindest war dieser davon überzeugt und hatte sich gerächt, indem er die Kehle einer Kuh des anderen durchschnitten hatte. In einer Spirale der Gewalt hatte der Besitzer des abgestochenen Rinds den Besitzer des vergifteten Tiers ermordet. Das Mordmotiv schien eindeutig: eine Rivalität zwischen zwei Landwirten. Der Fall würde zweifelsohne schnell abgeschlossen werden, vor allem dank der Hilfe des Tierarztes, den Karine und Christophe gleich konsultieren würden.
Doch Karine konnte nicht umhin, an Andreas zu denken.

Würde er sich mit so einfachen Rückschlüssen zufriedengeben? Andreas bestand immer darauf, sämtliche Möglichkeiten in Betracht zu ziehen. Und er misstraute voreiligen Verurteilungen, vor allem, wenn alles so offensichtlich schien. Karin spürte, wie sehr er ihr fehlte und wie gut sie sich ergänzten. Oder war es nur sie, die ihn brauchte? Mit Andreas an ihrer Seite hatte sie genügend Selbstvertrauen. Doch jetzt war sie bei den Ermittlungen und den damit einhergehenden Entscheidungen, die sie treffen musste, auf sich allein gestellt. Sie hatte sich eine Meinung gebildet, es war fast schon eine Überzeugung.

Sie dachte daran, dass Doc ihnen gegenüber von einer »Rätselaufgabe« gesprochen hatte. Im ersten Moment hatte sie das überhört. Sie hatte keinen Raum für Zweifel gelassen. Doch war der Fall tatsächlich so eindeutig, wie einen die Fakten glauben ließen? Jetzt mussten sie erst einmal die Untersuchungsergebnisse abwarten. Die Fingerabdrücke und die DNA-Spuren würden ihnen sagen, ob Antoine Paget unschuldig oder schuldig war.

Als Karine und Christophe die Tierarztpraxis in Aigle betraten, wurden sie vom Gebell zweier aufgeregter kleiner Hunde begrüßt. Eine Tierarzthelferin bat sie, kurz im Wartezimmer Platz zu nehmen. Kurz darauf erschien der Tierarzt und lud sie ein, ihm zu folgen, was ihnen böse Blicke derjenigen einbrachte, die sich dort schon länger gedulden mussten.

»Tut mir leid, aber ich habe nicht genug Stühle«, sagte der Tierarzt, als sie im Behandlungszimmer angekommen waren.

»Kein Problem, das geht auch im Stehen. Am Telefon hatten Sie gesagt, dass Sie wichtige Informationen für uns hätten.«

»Ja, in der Tat. Es ist das erste Mal, dass ich so etwas erlebe. Zwei Kühe ermordet! Wo soll das hinführen?«

»Die erste Kuh ist also auch getötet worden?«

»Ich habe in ihrem Blut deutliche Spuren von Strychnin gefunden.«

»Dann ist sie also tatsächlich vergiftet worden?«

»Exakt. Strychnin ist ein starkes Gift, das Krämpfe hervorruft und zum Tod führt.«
»Haben Sie eine Idee, wie die Substanz verabreicht wurde?«
»Als Injektion, nehme ich an.«
»Wie lange dauert es, bis die Giftwirkung einsetzt?«, fragte Christophe.
»Mit der Spritze injiziert wirkt Strychnin sehr schnell. Höchstens ein paar Minuten also.«
»Das erscheint eher unwahrscheinlich, denn die Kuh ist im Vorführring gestorben. Und Zeugen haben bestätigt, dass Hugon sie vorbereitet und dass er sie vor dem Betreten des Rings nicht mehr aus den Augen gelassen hat«, erklärte Karine. »Wie könnte das Gift noch verabreicht worden sein?«
»Oral. Die Substanz könnte dem Wasser zugefügt worden sein. Der Wirkungseintritt ist dann deutlich verzögert und setzt erst nach gut zehn Minuten ein. Länger dauert es aber auch nicht.«
»Welche Menge wäre in diesem Fall notwendig?«
»Schon ein paar hundert Milligramm sind ausreichend.«
»Und was ist mit der zweiten Kuh?«
»Keinerlei Spuren eines Toxins. Ihr wurde die Kehle durchgeschnitten, und sie ist verblutet.«

42

Etwas früher am Vormittag hatte Karine Antoine Paget auf der Polizeiwache in Bex im Beisein eines Pflichtverteidigers verhört. Paget hatte alles bis ins kleinste Detail dargelegt, ließ sich jedoch nicht davon abbringen, dass Serge Hugon noch gelebt habe, als er den Hof verlassen hatte. Trotz der schweren Verdachtsmomente, die auf ihm lasteten, entschied der Staatsanwalt, dass sie noch nicht genügend Beweise hätten, um beim

Zwangsmaßnahmengericht eine Untersuchungshaft zu beantragen. Antoine wurde gegen Mittag entlassen, nachdem man noch einen DNA-Abstrich gemacht hatte. Nach ihrem Besuch beim Tierarzt hatten Karine und Christophe beschlossen, einen Kaffee zu trinken und eine Zwischenbilanz zu ziehen, bevor sie auf die Polizeiwache zurückkehren würden. Sie betraten das Restaurant Grotto 04 im Dorfzentrum, neben dem sich die Buchhandlung »Das Perfekte Verbrechen« befand. Was für ein passender Name, dachte Karine, auch wenn es sich in ihrem Fall um einen perfekten Amateur handelte, der im Affekt gehandelt hatte. Das perfekte Verbrechen existierte wohl nur in Büchern.

Sie setzten sich an die Bar und bestellten zwei Espressos.

»Was denkst du?«, fragte Karine.

»In Anbetracht aller uns vorliegenden Indizien erscheint es logisch, dass Antoine Paget die Kuh von Hugon vergiftet hat und dass dieser daraufhin Pagets Kuh abgestochen hat. Anschließend ist Paget zu Hugon gefahren. Es gab eine Prügelei, in deren Verlauf Paget seinen Kontrahenten aus Wut *ad patres* geschickt hat.«

»Du fängst jetzt nicht etwa auch noch an, deine Lateinkenntnisse auszubreiten!«

Christophe grinste, bemerkte aber im Spiegel hinter der Bar den wenig amüsierten Blick seiner Kollegin und wurde daraufhin schnell wieder ernst. »Daher glaube ich, dass Antoine der Täter ist«, bekräftigte er.

»Das scheint in der Tat eindeutig, aber es gibt ein paar Dinge, die mir Bauchschmerzen bereiten.«

»Spuck sie aus, meine Liebe.«

»Konnte Antoine vor aller Augen das Gift in den Wassereimer geben? Es waren doch viele Leute zugegen, und Hugon war die ganze Zeit bei seiner Kuh.«

»Dem Polizeibericht zufolge standen die Rinder von Paget und Hugon nebeneinander. Vielleicht hat Paget seine Kuh getränkt und die Gelegenheit genutzt, heimlich, still und leise eine Giftampulle in den Eimer nebenan zu leeren. Der Trubel drum herum war kein Hindernis. Im Gegenteil. Alle waren beschäftigt, und niemand hat auf Paget geachtet. Er brauchte ja auch nur ein paar Sekunden dafür.«

»Ja, du hast recht.«

»Und was noch?«

»Die vom Doc erwähnte Rätselaufgabe. Die Desinfektionslösung auf der Wunde in Höhe der Augenbraue. Das ist schon merkwürdig, oder? Zwischen zwei Männern bricht ein Streit aus und endet damit, dass Hugon getötet wird. Der Angreifer wird ja wohl kaum die Leiche desinfiziert haben, oder?«

»Das erscheint in der Tat unwahrscheinlich«, gab Christophe lachend zu.

Vielleicht hat jemand anders Hugon nach dem Faustschlag getötet. In diesem Fall gäbe es keine Verbindung zwischen dem Streit und dem Mord.«

»Eine interessante Theorie. Das würde die Vermutung bestätigen, dass er überrascht wurde.«

»Genau. Nach der Schlägerei ist Paget weggefahren. Hugon blutet und versorgt seine Wunde. Danach macht er sich wieder ans Melken. Eine andere Person nähert sich ihm von hinten. Hugon spürt die Gegenwart des Eindringlings. Er dreht sich um – und bekommt mit der Schaufel einen Schlag auf den Kopf.«

»Warum sollte es unbedingt eine weitere Person gegeben haben? Paget könnte weggegangen und dann zurückgekehrt sein, um sein Werk zu vollenden.«

»Das stimmt, aber dann sind wir immer noch nicht viel weiter.«

»Doch, denn wir haben schon zwei Theorien. Allerdings treibt mich noch eine weitere Sache um. Isabelle Hugon hat die Leiche Montagmorgen entdeckt. Warum ist sie am Sonntagabend nicht zu ihrem Neffen gegangen? Sie hat uns schließlich erzählt, dass sie jeden Mittag und jeden Abend seine Mahlzeiten vorbereiten würde. Und auf dem Schalter der Melkmaschine

haben wir neben Serge Hugons Fingerabdrücken auch die seiner Tante Isabelle gefunden. Sie entdeckt seine Leiche und denkt daran, die Melkmaschine auszuschalten? Vielleicht hat sie sein Tod doch nicht so überrascht?«
Karine dachte einen Moment schweigend nach und fuhr dann fort. »Sie hat mir sogar gesagt, dass sie ihren Neffen für einen ›ziemlichen Idioten‹ hielt, um mit ihren Worten zu sprechen. Und sie war es auch, die uns auf Pagets Fährte geführt hat.«

43

»Na endlich. Wir werden zu spät kommen. Beeil dich.«
Es war achtzehn Uhr, und Andreas war gerade zur Tür hereingekommen.
»Zu spät für was?«
»Das ist unglaublich. Du hast es vergessen. Für die Theatervorstellung in Yverdon«, sagte Mikaël.
»Oh, verdammt. Dein Freund, äh, deine Freundin, die Travestiekünstlerin, das war es doch, oder?«
»Ja, genau. Sie heißt Catherine d'Oex. Aber wenn es dich nicht interessiert, kannst du ja zu Hause bleiben.«
»Nein, nein, ich beeile mich.«

Sie erreichten das Échandole-Theater ein paar Minuten bevor die Vorstellung begann. Andreas betrachtete das Plakat, das die Show ankündigte: Eine Travestiekünstlerin saß auf einem Thron und las im People Magazine. Das war so gar nicht sein Ding.
Das Theater befand sich im Kellergewölbe des Schlosses. Am Eingang gab es eine Bar und ein paar Tische. Eine einladende Kabarettatmosphäre. Der Platzanweiser bat sie in den Thea-

tersaal. Offensichtlich waren sie die Letzten, und die einzigen beiden freien Plätze befanden sich in der ersten Reihe.

Als die Vorführung begann, war Andreas mit seinen Gedanken noch woanders. Sein neuer Freund Antoine saß ganz schön in der Patsche. Er wurde des Mordes an Serge Hugon verdächtigt. Als seine Kollegen ihn heute Morgen aufgesucht hatten, war Andreas nicht da gewesen. Stattdessen hatte er mit Antoines Sohn Vincent auf den Weiden Zaunpfähle ersetzt, die unter der Schneelast zerbrochen waren. Was für eine Geschichte ... Antoine konnte nicht schuldig sein. Seine Kollegen würden sicherlich zu dem gleichen Schluss kommen, doch er hatte beschlossen, am nächsten Morgen nach Lausanne zu fahren, um die Sache klarzustellen.

Um auf andere Gedanken zu kommen, begann er sich für das Geschehen auf der Bühne zu interessieren und ließ sich, fasziniert von der Darbietung und der Präsenz der Künstlerin, die ihr Publikum förmlich mitriss, keine Sekunde der Vorführung mehr entgehen. Er konnte sich nicht daran erinnern, wann er das letzte Mal so gelacht hatte. Ein spitzer Humor, der mit sexistischen Klischeevorstellungen aufräumte. Eine unwiderstehliche Mimik. Großartige Chansons.

Nach der Vorstellung bestellten sie ein Bier an der Bar.

»Deinem Lachen nach zu urteilen, hast du es offensichtlich nicht bereut, mitgekommen zu sein.«

»Das stimmt. Danke, dass du mich ein wenig dazu genötigt hast. Es war super.«

Auf der Theke lag ein Stapel CDs. Andreas las die Namen der Alben. Alles gecoverte französische Chansons.

»Da du ja jetzt ein Fan bist, schenke ich dir eine«, sagte Mikaël lächelnd.

Auf der gesamten Heimfahrt lauschten sie schweigend der Aufnahme, die sie gerade gekauft hatten. Andreas war fasziniert, wie gefühlvoll und melancholisch die Stimme von Catherine d'Oex klang. Das Display zeigte den Titel »Mistral gagnant«

an. Er mochte die Musik und den Text, allerdings nicht die Stimme des Sängers Renaud, der die Originalversion gesungen hatte. Als die ersten Klavierklänge ertönten, stimmte Andreas leise in die Melodie ein.

*Und dein Lachen hören,
das die Wände durchdringt
und vor allem meine Wunden heilen kann.*

Andreas spürte, wie es ihm die Kehle zuschnürte und ihn eine Welle des Trübsinns überkam. Seine Wunden. Sie waren immer noch da. Dicht unter der Oberfläche. Sie tauchten bruchstückhaft auf, doch das Gesamtbild blieb verschwommen. Vergrabene Geheimnisse traten in seinem Unterbewusstsein wieder zutage. Stückchen für Stückchen. Er wollte sie aufdecken, aber es gelang ihm nicht. Ihre Schatten schützten sie. Als sei das Licht zu grell. Die Wahrheit konnte nicht mit einem Schlag zum Vorschein kommen. Sie musste sich Stück für Stück ihren Platz erobern.
 Aus der Dunkelheit heraustreten.
 Zunächst im Schatten.
 Sich ans Licht gewöhnen.

*Dir schließlich sagen,
dass man das Leben lieben muss,
und sogar selbst dann,
wenn der Zahn der Zeit daran nagt.*

Ja, er liebte das Leben. Aber die Zeit. Die Zeit, die verging. Die Angst vor der Zukunft. Vor dem Tod. Sie legte sich wie ein grauer Schleier über seine Existenz. Er versuchte, ihn zur Seite zu schieben. Nicht zu sehr daran zu denken. Immer wieder sagte er sich: *Carpe diem.* Im Jetzt leben und sich nicht um das Morgen sorgen. Er war doch ein Epikureer, oder etwa nicht? Ein Lebewesen, das vor allem nach der Lust strebte. Doch was er für eine Suche nach der Lust hielt, war im Grunde nichts anderes als eine Flucht nach vorn. Nach der Lehre Epikurs ist es das höchste Ziel, einen Zustand seelischer Ruhe zu erlangen. Das Streben nach der Lust nicht um der Lust willen, sondern als Mittel zur Erlangung von Weisheit. Er selbst war weit davon entfernt, seinen Seelenfrieden zu finden …

Die Worte des nächsten Liedes bewegten ihn so sehr, dass er den Kopf abwandte, damit Mikaël nicht sehen konnte, dass ihm eine Träne die Wange hinunterrann. Es war eine Coverversion von Dalidas »Mourir sur scène«.

Komm, aber komm nicht, wenn ich allein bin.
Wenn der Vorhang eines Tages fällt,
will ich, dass er hinter mir fällt.
Komm, aber komm nicht, wenn ich allein bin.
Ich habe im Leben immer meinen Kopf durchgesetzt,
und jetzt möchte ich auch entscheiden, wie ich sterbe.

Wie Dalida hatte er das Gefühl, alles in seinem Leben selbst entschieden zu haben. Doch auch die Umstände seines eigenen Todes zu wählen? Alles bis zum Ende unter Kontrolle zu haben? Ja, diese Idee gefiel ihm. Das einzige Problem: Er wollte nicht sterben …

Es war ihm unmöglich, sich vorzustellen, nicht mehr zu existieren. Ein ewiges Leben im Jenseits? Dummes Zeug. Nur das Hier und Jetzt zählte. Doch wie sollte man es genießen, wenn einen die Angst vor dem Tod umtrieb? In Gedanken stellte er eine Rechnung auf. Er schätzte, dass er noch etwa dreißig Jahre zu leben hatte, bestenfalls vielleicht vierzig, wer konnte das schon wissen? Dreißig mal zwölf Monate ergaben dreihundertsechzig Monate. Mehr als zehntausendachthundert Tage … Das erschien ihm unheimlich wenig. Wenn er jedoch an die vergangenen zehn Jahre zurückdachte, kamen sie ihm schon sehr weit entfernt vor.

Die Zeit war ein launenhaftes Wesen. Diese Rechnung aufzustellen und sein Leben in Abschnitte zu unterteilen machte ihn schwindelig. Doch er würde nichts daran ändern können. Er konnte sich den Tag seines Hinscheidens nicht aussuchen. Und da waren die Berufsrisiken noch nicht einmal mit eingerechnet. Die Möglichkeit eines vorzeitigen Todes. Eine Kugel im Herzen, ein Messerstich. Und doch würde dieser Tag kommen. Je später, desto besser.

Und in der Zwischenzeit galt es zu leben! Zu leben und zu lieben. Um den Tod auf Abstand zu halten. Intensiv lieben. Er legte Mikaël seine Hand auf den Oberschenkel und hoffte, dass dieser in der gleichen Stimmung war, was den Ausklang des Abends betraf. Mikaëls Hand berührte die seine. Er spürte einen sanften Druck und fühlte, wie ihre Finger ineinandergriffen, bevor er plötzlich wieder mit beiden Händen das Lenkrad umfassen musste, damit sie nicht aus der Kurve flogen. Jetzt hatte er es nur noch eilig, nach Hause zu kommen. Zumindest für den heutigen Abend waren alle Gedanken an den Tod verflogen.

44

Mittwoch, 20. März

Die ausstehenden Ergebnisse der DNA-Analyse trafen am frühen Vormittag ein und führten alle zu folgendem Schluss: Antoine Paget war schuldig.

Bevor Karine und Christophe nach Gryon fuhren, hielten sie bei Isabelle Hugon an, um noch einige Punkte zu klären. Sie hatte ihnen bestätigt, Sonntagabend zu Hause geblieben zu sein. Ihrer Aussage nach hatte sie den Anflug einer Grippe verspürt. Nachdem sie die Leiche entdeckt hatte, war sie ins Haus gegangen, um die Polizei zu rufen, und war danach in den Stall zurückgekehrt. Sie war es auch gewesen, die die Melkmaschine ausgeschaltet hatte. Um Energie zu sparen, hatte sie hinzugefügt. Der Tod ihres Neffen hatte ihr nicht den Sinn für Umweltschutz genommen.

In Rabou nahmen sie die Straße Richtung Pars. Ein paar Kilometer weiter bogen sie in einen Feldweg ein, der zum Bauernhof führte, vor dem ein silbergrauer BMW stand.

»Ist das nicht Andreas' Auto?«, fragte Christophe.

»Ja, sieht so aus. Was macht der denn hier?«

Sie parkten neben der Scheune und sahen Andreas und Antoine mit einem Glas in der Hand jeder auf einem Heuballen sitzen. Vor ihnen stand eine Flasche Weißwein auf dem Boden.

Angesichts der Gegenwart ihres Vorgesetzten, der mit dem Mörder Wein trank, fühlte sich Karine äußerst unwohl. Sie ging auf die beiden zu.

»Was macht ihr denn hier?«, blaffte Andreas sie an.

»Das sollten wir besser dich fragen«, erwiderte Christophe.

»Monsieur Paget, ich muss Sie bitten, uns zu folgen. Wir müssen Sie verhaften wegen des dringenden Verdachts, Serge Hugon ermordet zu haben«, sagte Karine.

Andreas sprang auf und legte Antoine eine Hand auf die Schulter, damit dieser auf seinem Heuballen sitzen blieb. Dann stellte er sich zwischen ihn und Karine, als ob er Antoine beschützen wolle. »Was? Ihr wollt Antoine verhaften? Er ist unschuldig!«

»Misch dich da nicht ein, Andreas.«

»Antoine ist kein Mörder.«

»Andreas, wir haben Beweise. Es besteht nicht der geringste Zweifel.«

»Was für Beweise?«

»Das geht dich nichts an. Ich muss dich daran erinnern, dass du Urlaub hast. Lass uns unsere Arbeit machen. Du weißt, wie das läuft«, fügte Christophe hinzu.

»Geh bitte aus dem Weg, Andreas«, drohte Karine.

Antoine stand auf und stieß Andreas zur Seite. »Ich stehe zu Ihrer Verfügung.«

Karine zog ein Paar Handschellen aus ihrer Tasche. »Drehen Sie sich um, Monsieur Paget.«

Antoine gehorchte. Karine legte ihm die Schellen an und führte ihn zum Auto. Christophe setzte sich neben den Verdächtigen auf die Rückbank, und Karine ließ den Wagen an. Andreas sah ihnen hinterher, als sie davonfuhren.

45

Litso Ice hatte seinen Auftrag erfüllt. Genau genommen hatte ein anderer für ihn die Arbeit erledigt. Sein machiavellistischer Plan war über seine Erwartungen hinaus aufgegangen. Sein Auftraggeber hatte ihn gebeten, Gryon zu verlassen, sich aber noch einige Zeit in der Schweiz zur Verfügung zu halten. Vielleicht würde man ihn noch brauchen. Natürlich würde er dafür bezahlt werden. Das passierte ihm zum ersten Mal: bezahlt zu werden, um sich zu erholen und Urlaub zu machen.

Am Vortag hatte er im Internet nach einem Ort gesucht, wo er diesen unverhofften Glücksfall so richtig ausnutzen konnte. Er hatte sich für die Thermen von Vals entschieden, die sich in einem Dorf am Ende eines Tals mit gleichem Namen befanden. Die Fotos des modernen Gebäudes, dessen Architektur sich perfekt in seine Umgebung einbettete, hatten ihn überzeugt. Das Gebäude war aus grauem einheimischem Quarzit gebaut und hatte ein begrüntes Dach. Die Steinplatten aus Valser Gneis verliehen der aschgrauen Fassade Lebendigkeit und Tiefe. Schon seit Jahrhunderten nutzten die Bewohner des Tals die umliegenden Steinbrüche, um Baummaterial zu generieren, daher waren auch zahlreiche Häuser des Dorfes aus dem gleichen Stein gebaut.

Die Mischung aus Tradition und Moderne schien sich wunderbar in die Bergwelt einzufügen. Ihm gefiel das. Er selbst empfand sich ebenfalls als eine Mischung aus Tradition und Moderne. Auch wenn er einigen Werten vergangener Zeiten nachhing, gefiel ihm doch alles, was ihm die heutige Gesellschaft zu bieten hatte. Das betraf vor allem den Luxus. 1957 geboren, war er mitten im Kalten Krieg aufgewachsen. Er hatte die Glorifizierung der Sowjetunion und die Verteufelung des Westens miterlebt. Er war zu jung, um sich an die Eroberung des Weltalls durch die Sputniksatelliten zu erinnern, aber seine Kindheit war von den Geschichten darüber geprägt gewesen. Yuri Gagarin war der Held seiner ersten Lebensjahre. Zu seinem zehnten Geburtstag hatte er eine Raketa-Uhr bekommen, die zu Ehren des Astronauten entworfen worden war. Bis heute verwahrte er sie in der Originalschachtel. Doch diese Zeichen nationalen Ruhms hatten die Realität seiner Alltagswelt nicht verschleiern können.

Sein Vater war ein einfacher Arbeiter und kein Apparatschik der Regierung gewesen, und so war Litso Ice in einer winzigen Wohnung in einem der tristen Vororte Moskaus aufgewachsen. Hässlich und funktional. Zu sechst hatten sie dort gewohnt. Er hatte unter der Beengtheit und der Armut gelitten. Seit seiner Kindheit hatte man ihm eingetrichtert, dass alles, was aus dem Westen kam, verpönt war. Dennoch hatte er in seiner Jugend heimlich die Erzählungen Ian Flemings gelesen, die ihm ein Schulfreund unter der Bank zugesteckt hatte, und vom Westen geträumt. Eine verbotenes Vergnügen. Er hatte mehr Schuldgefühle gehabt, als wenn er ein Pornoheftchen durchgeblättert hätte. Für diesen Verstoß konnte er im Gulag landen, auch wenn dieser von Chruschtschow sehr euphemistisch als Kolonien zur Umerziehung durch Arbeit bezeichnet worden waren.

Ja, er hatte viel aufs Spiel gesetzt: Sein Land, das er hätte über alles ehren müssen, war in Flemings Büchern der Feind. Die Russen waren die Bösen. 007 schaltete sie aus, ohne mit der Wimper zu zucken. Die Welt des Litso Ice stand kopf. Anfangs hatte ihn das schockiert. Er hatte sich bemüht, James Bond zu hassen. Doch das war ihm nicht gelungen. Er spürte, dass er dessen Geschmack für Cocktails, Luxushotels, tolle Autos und vor allem für hübsche Frauen teilte. Er war regelrecht zerrissen zwischen den Werten seines Landes, die er verteidigte, und der Faszination für den Geheimagenten 007, zu dem er sich nie, nicht einmal unter Folter bekannt hätte. Im Übrigen fragte er sich, welchen Einfluss seine Lektüre auf den von ihm gewählten beruflichen Werdegang gehabt hatte.

In diesem kubusartigen Gebäude, in dem er sich erholen wollte, schienen Sonnenstrahlen durch die riesigen rechteckigen und quadratischen Fenster herein. Sie erlaubten dem Blick, sich in der umgebenden Natur zu verlieren. Durch das Fenster schaute er auf Tannen und eine dahinterliegende, friedlich von Schnee bedeckte Alp.

Litso Ice lag auf einer Chaiselongue in einem Raum, den er ganz für sich allein hatte. Das gedämpfte Licht verbreitete eine angenehme Atmosphäre. Ein Ort, der zum Wohlfühlen animierte. Er wartete darauf, zur Massage abgeholt zu werden. Er hatte die schwedische Variante ausgewählt, die ihn laut der Broschüre von Muskelkater, Stress und Verspannungen befreien würde. Genau das, was er brauchte. Er hoffte, dass die Masseurin eine hübsche, gut gebaute blonde Schwedin mit blauen Augen und großem Busen wäre, den er spüren würde, wenn sie sich über ihn beugte. Er sah sich bereits in der Rolle des 007, der sich von diesen erfahrenen Händen verwöhnen ließ.

Kaum hatte man ihn aus dem Entspannungsraum abgeholt, erlebte er die erste Enttäuschung. Die Masseurin war ein Masseur. Ein etwa dreißigjähriger weiß gekleideter Typ mit halblangen Haaren, einem Bartansatz, einer großen Nase und einem so furchteinflößenden Gesichtsausdruck, dass er auch als albanischer Mafioso hätte durchgehen können. Litso Ice wusste, wovon er sprach, denn im vergangenen Jahr hatte ihn ein Auftrag nach Pristina geführt. Dort hatte er einen Drogenboss umlegen müssen, der einem russischen Betrüger in die

Quere gekommen war. Der Sohn des ermordeten Albaners hatte geschworen, seinen Vater zu rächen. War das hier der fragliche Sohn? Auf jeden Fall würde er sich jetzt nicht entspannen können.

Dennoch legte er sich auf den Bauch. Ein Handtuch bedeckte seine Beine. Der Typ gab etwas Öl auf seinen Rücken. Ein angenehmer Duft zog ihm in die Nase: Sandelholz. Der Mann begann, ihn kräftig zu massieren, und forderte ihn auf, sich zu entspannen. Litso Ice fühlte sich nicht dazu in der Lage, seine Muskeln verkrampften sich regelrecht. Sollte der Typ ihn töten wollen, wäre er in der jetzigen Position völlig wehrlos. Plötzlich hörte der Masseur auf, ihn zu kneten, und drehte sich um, um eine Schublade zu öffnen. Was würde er dort herausholen? Eine Waffe mit Schalldämpfer? Das war zu viel ...

Mit einem Satz sprang Litso Ice von der Massageliege, stellte den Mann von hinten und fixierte ihn, indem er ihn gegen das Möbel drückte. Er hielt ihn in Schach und kontrollierte die Schublade. Nichts außer einigen Fläschchen mit essenziellen Ölen. Der Mann schrie, weil Litso Ice ihm den Arm verdrehte. Zwei weitere Angestellte stürzten verwirrt herbei. Er lockerte seinen Griff. Wohl doch kein albanischer Mafioso. Nur ein armer Kerl, der sein Geld damit verdiente, andere Menschen zu massieren.

Der Zwischenfall bedeutete das Ende seines Entspannungsurlaubs. Ein echtes Fiasko. Er hatte sich entschuldigt und erklärt, er hätte in der Armee gedient und würde an einer posttraumatischen Belastungsstörung leiden. Aber warum hatte er die Nerven verloren? Das passte überhaupt nicht zu ihm. Auf dieser Massageliege hatte er sich plötzlich verwundbar gefühlt, obwohl er überhaupt nichts zu befürchten hatte. Ein Anflug von Paranoia hat ihn überkommen. Und auch das war völlig untypisch für ihn. Litso Ice, Eisgesicht. Undurchschaubar und stets kontrolliert. Eine echte Maschine. Auch wenn er es nicht zugeben wollte, so begann er doch einen hohen Preis für den von ihm gewählten Beruf zu zahlen. Der Stress war enorm und

ließ nie nach. Ein hinterlistiger Feind, der nicht lockerließ. Bald würde er immerhin genug Geld haben, um sein Traumhaus zu erstehen und in Ruhestand zu gehen. Ja, das war es, worauf er sich freute. Noch ein paar Verträge, die er erfüllen musste. Danach würde er aufhören.
Immerhin erstattete das Thermalbad keine Anzeige. Ihm blieb nur, seine Sachen zu packen und abzutauchen.

46

Ohne anzuklopfen, betrat Andreas das Büro seiner Vorgesetzten im Polizeipräsidium in Lausanne und setzte sich ihr gegenüber auf einen Stuhl. Sie warf ihm vernichtende Blicke zu, während sie ihr Telefongespräch fortsetzte. Als sie auflegte, blieb ihr nicht einmal Zeit, den Mund zu öffnen, denn Andreas kam ihr zuvor.
»Ich übernehme die Ermittlungen.«
»Warum überrascht mich das nicht?«, murrte Viviane verärgert.
»Antoine ist unschuldig. Ihr seid auf der falschen Fährte.«
»Misch dich da nicht ein. Das ist nicht dein Fall.« Ihre Stimme klang jetzt noch gereizter. »Vor allem nicht, da ihr ja wohl befreundet seid, oder nicht?«
»Ja, wir sind Freunde. Genau deshalb –«
»Dir ist schon bewusst, dass wir im Fall einer Verbindung zum Beschuldigten gezwungen sind, dich für befangen zu erklären?«, unterbrach ihn Viviane.
»Ich bin sicher, dass er diese Tat gar nicht begehen konnte.«
»Aber da täuschst du dich eben. Die Beweise haben ihn überführt.«
»Beweise? Was denn für Beweise?«
»Andreas, ich wiederhole mich jetzt zum letzten Mal. Es

ist nicht dein Fall. Und ich gebe dir einen Rat unter Freunden: Misch dich nicht in diese Angelegenheit ein.«
»Aber ich möchte wissen, was gegen ihn vorliegt.«
»Wenn ich es dir sage, versprichst du mir dann, dich aus allem rauszuhalten?«
»Großes Indianerehrenwort.«
»Mach dich nicht über mich lustig, Andreas. Okay, ich sage es dir. Und weißt du, warum? Nur damit du verstehst, dass er schuldig ist, und du mich danach in Ruhe lässt und deinen Urlaub fortsetzt.«
Viviane wartete auf Andreas' Bestätigung, doch dieser blickte sie an, ohne zu reagieren.
»Wir haben DNA-Spuren unter Antoine Pagets Fingernägeln sicherstellen können, die zu Serge Hugons DNA-Profil passen.«
»Das beweist lediglich, dass ein Kampf stattgefunden hat.«
»Auf Kleidungsstücken von Paget haben wir Blutspuren von Hugon gefunden.«
»Wenn sie sich geprügelt haben, sind Blutspritzer ja wohl nichts Ungewöhnliches.«
»Lass mich ausreden! Die im Stall aufgefundene Schaufel ist die Tatwaffe gewesen. Auf dem Metall wurden Blut und Hirnmasse von Hugon sichergestellt, auf dem Holzstiel DNA-Spuren, die auf Antoine Paget verweisen.«
»Aber ...«
»Und das ist noch nicht alles. In der Scheune von Hugon haben wir das Messer gefunden, mit dem er die Kuh von Paget abgestochen hat. Und bei Antoine Paget ein Fläschchen mit Strychnin, dem Gift, mit dem Hugons Kuh getötet wurde. Kannst du mir folgen?«
»Ja«, räumte Andreas ein und senkte den Blick.
»Eine einfache von Ehrgeiz und Eifersucht gestrickte Geschichte. Zwei Männer. Zwei Kühe. Ein Wettkampf. Und nur ein Gewinner.«
»Irgendetwas ist da faul. Davon bin ich überzeugt.«

»Du bist unglaublich. Die Beweise liegen auf der Hand. Das Motiv ebenfalls.«

Viviane verschwieg, dass die Botschaft, die sie auf dem Schreibblock auf dem Küchentisch gefunden hatten, ihnen Kopfzerbrechen bereitete: *Der Usurpator ist in der Hölle!* Bei der Handschrift schien es sich nicht um die von Antoine Paget zu handeln. Und in dem Kontext ergab der Satz überhaupt keinen Sinn. Schließlich ging es nicht um die widerrechtliche Erlangung von Herrschaftsgewalt, sondern um Rache. Und wenn es nicht Paget gewesen war, wer hatte dann diese Worte geschrieben? Und warum? Außerdem erwähnte Viviane Serge Hugons desinfizierte Wunde über der Augenbraue nicht, da dies den tödlichen Ausgang des Kampfes hätte in Frage stellen können. Allerdings war es durchaus möglich, dass Paget zunächst weggegangen und später zurückgekehrt war, um sein Werk zu vollenden ...

Letztendlich reichten die anderen Beweise für eine Beschuldigung aus.

»Ihr seid dabei, einen Fehler zu begehen. Ich habe Karine beigebracht, ihr Sichtfeld auszudehnen. Und nicht sofort den Fakten zu vertrauen.«

»Es geht gar nicht um Karine. Ich selbst habe den Staatsanwalt aufgrund der Sachlage um Pagets Festnahme gebeten.«

»Ich werde das alles noch mal durchleuchten. Und dann wirst du sehen, dass ich recht habe!« Andreas erhob sich und wollte das Aquarium verlassen.

»Andreas!«

Er drehte sich um.

»Gib mir deinen Dienstausweis.«

»Du suspendierst mich?«

»Der Polizeidirektor hat entschieden, ein internes Ermittlungsverfahren gegen dich zu eröffnen und dich zu suspendieren. Er hat genug von deinen Eskapaden. Wenn ich dir einen Rat geben darf: Vergiss diesen Fall. Solltest du dich in die Ermittlungen einmischen, riskierst du es, degradiert oder sogar ganz entlassen zu werden.«

Andreas holte seinen Dienstausweis aus der Jackentasche und warf ihn auf Vivianes Schreibtisch.
»Und auch deine Waffe.«

47

Wie jeden Mittag kehrte Cédric Brunet heim, um mit seinem Vater zu essen. Er war zwanzig Minuten zu spät dran. Normalerweise bereitete Cédric die Speisen am Vorabend zu und wärmte sie dann auf, wenn er nach Hause kam, denn er hatte nur eine Stunde Mittagspause. Diese Routine pflegte er nun schon seit fünf Jahren.
Sein Vater Lucien saß wie immer im Wohnzimmer vor dem Fernseher. Sein Leben war auf die Minute genau geregelt. Cédric weckte ihn morgens um sechs Uhr und half ihm beim Duschen und Anziehen. Danach bereitete er für ihn das Frühstück zu und fuhr zur Arbeit. Lucien las dann eine Stunde lang die Zeitung. Anschließend wurde er von einem Fahrer zur Physiotherapie abgeholt. Wenn er um zehn Uhr wieder daheim war, wartete er im Wohnzimmer vor dem Fernseher auf seinen Sohn. Nach dem Mittagessen kehrte er vor den kleinen Bildschirm zurück, um sich das dämliche Nachmittagsprogramm einzuverleiben, Talkshows oder langweilige Serien, während deren er meistens einschlief. Ab und zu besuchte ihn ein Freund, trank einen Kaffee mit ihm und versorgte ihn mit dem neuesten Klatsch.
»Ah, da bist du ja endlich. Wo warst du denn? Ich habe Hunger.«
»Ein Kanalanschluss im Dorf ist kaputtgegangen. Ich habe den ganzen Vormittag der Feuerwehr geholfen«, rechtfertigte sich Cédric, ohne sich für die Verspätung zu entschuldigen.
»Du hättest mir Bescheid sagen können.«

Sich jeden Tag um seinen Vater zu kümmern war eine Verpflichtung, der er sich nicht entziehen konnte. Meist ertrug er die schlechten Stimmungen und die Launen seines Vaters freimütig. Er schob ihn an den Tisch in der Küche, holte eine Schüssel mit Spaghetti bolognese aus dem Kühlschrank und erwärmte zwei Portionen davon in der Mikrowelle.

»Angeblich ist Antoine von der Polizei verhaftet worden«, sagte sein Vater.

»Du bist schon auf dem Laufenden?«

»Dédé hat mich angerufen und es mir erzählt. Antoine soll Hugon getötet haben? Das wundert mich. Antoine ist ein feiner Kerl.«

»Das ist schon unglaublich, wie schnell in diesem Dorf alles die Runde macht. In Gryon verbreiten sich Gerüchte schneller als Daten über Glasfaserkabel.« Cédric stellte die Teller auf den Tisch und setzte sich seinem Vater gegenüber.

»Der arme Vincent, mitanzusehen, wie der eigene Vater von der Polizei abgeführt wird ... Du hast das Wasser vergessen!«

Cédric stand ohne zu murren auf, holte die Karaffe aus dem Küchenschrank und füllte sie am Wasserhahn.

»Ich werde ihn auf dem Hof besuchen. Ich bin hier fertig. Den Abwasch mache ich später.«

»Er wird doch nicht etwa schuldig sein, oder?«, hakte Lucien nach.

»Woher soll ich das wissen? Sie haben ihn sicherlich nicht einfach so festgenommen, oder? Das Einzige, was ich weiß, ist, dass Vincent mich braucht«, sagte Cédric und stand auf.

»Cédric, könntest du Schokolade für mich kaufen? Aber nimm dieses Mal die von Cailler.«

Anstatt einer Antwort hörte Lucien Brunet lediglich, wie die Tür ins Schloss fiel.

48

Andreas fuhr auf das Metalltor der Tiefgarage zu, das sich automatisch öffnete. Viviane hatte ihm seinen Dienstausweis abgenommen, aber weder die Fernbedienung für das Tor noch den Ausweis, den man brauchte, um das Dienstgebäude der Kantonspolizei zu betreten. Die neuen, modernen Räumlichkeiten im Centre de la Blécherette – CB für die Eingeweihten – beherbergten den Führungsstab der Polizei, die allgemeine Dienstbehörde und die verschiedenen Abteilungen der Kriminalpolizei. Auch Andreas' Abteilung würde aus dem Zentrum von Lausanne hierher umziehen, was ihn nicht gerade glücklich stimmte. Hier waren die einzelnen Abteilungen in getrennten Büros untergebracht, die sich auf mehrere Etagen verteilten. Der Vorteil war, dass hier alle Abteilungen sowie die Verwaltung und die Kriminaltechnik unter einem Dach vereint waren.

Andreas betrat das Gebäude über das Treppenhaus der Tiefgarage und begab sich direkt in den Zellentrakt, in dem sämtliche in Gewahrsam genommene Personen zunächst untergebracht wurden. Bevor sie ins Gefängnis überführt wurden, mussten sie erst dem Staatsanwalt vorgestellt werden, der dann einen Haftantrag beim Zwangsmaßnahmengericht stellte, um eine Genehmigung für die Untersuchungshaft zu erhalten. Normalerweise blieben die Verhafteten maximal achtundvierzig Stunden hier, doch aufgrund der Überbelegung der Gefängnisse verlängerte sich diese Zeit häufig. Eine Situation, die derzeit in den Medien heftig diskutiert wurde, da sie gegen das Gesetz verstieß.

Die Zellen verfügten über keinerlei Mobiliar, das Licht brannte vierundzwanzig Stunden, Besuche waren untersagt, und tägliche Hofgänge wurden auf ein Minimum beschränkt.

Bevor man den Zellentrakt betrat, musste man als Polizist seine Waffe in eine dafür vorgesehene Kiste legen. Andreas griff aus Gewohnheit unter seine Jacke, um seine Pistole aus dem Holster zu ziehen, bevor ihm wieder einfiel, dass Viviane sie bei seiner Suspendierung einbehalten hatte. Er hielt seine elektronische Zugangskarte vor das Lesegerät. Ob sie die Karte wohl gesperrt hatte? Das Klicken der sich öffnenden Tür bewies das Gegenteil. Er wandte sich an den Wärter. Es kam ihm zupass, dass er beim Gefängnispersonal bekannt war. Der Wärter nahm an, dass Andreas mit den Ermittlungen betraut sei, und führte ihn zu Antoine.

Andreas konnte Antoine durch das vergitterte Fenster der Zellentür auf dem Bett sitzen sehen.

»Dir ist schon bewusst, dass Verhöre normalerweise in den dafür vorgesehenen Räumen geführt werden?«, fragte der Wärter.

»Ja, natürlich weiß ich das. Danke. Es dauert nicht lange.«

Der Wärter öffnete ihm die Tür und ließ ihn eintreten. »Ich komme in zehn Minuten wieder.«

Antoine wirkte niedergeschlagen, doch beim Anblick seines Freundes huschte der Anflug eines Lächelns über sein Gesicht.

»Hallo, Andreas.«

»Hallo, Antoine, wie geht es dir?«, rutschte es ihm, ohne nachzudenken, heraus. »Tut mir leid, das war wohl die falsche Frage.«

»Ich fühle mich hier sehr unwohl. Also in dieser Zelle. Und ich habe nichts verbrochen. Ich bin unschuldig.«

»Ich weiß, Antoine. Ich werde alles tun, um dich hier rauszuholen.«

»Dann glaubst du mir also?«

»Ja, ich habe daran überhaupt keinen Zweifel. Ich kenne dich noch nicht so lange, aber ich weiß, dass du zu so einer Tat nicht fähig wärst.«

»Danke. Ich fühle mich gedemütigt. Sie haben mich in Handschellen abgeführt. Ich musste mich ausziehen. Sie haben mich auf eine Waage gestellt, Fotos von mir gemacht und meine Fingerabdrücke genommen. Danach haben sie mich mindestens vier Stunden lang verhört. Sie wollten, dass ich gestehe.«

»Und?«

»Ich kann nichts zugeben, was ich nicht getan habe!«
Auf Andreas' Aufforderung hin erzählte Antoine ihm erneut und detailliert den Ablauf des Geschehens. Wie er seine tote Kuh entdeckt hatte. Wie er ausgerastet war. Wie er und Hugon sich geprügelt hatten.
Andreas hatte ihm im Vorfeld nicht gesagt, welche Beweise man gegen ihn in der Hand hatte. Und sein Freund lieferte ihm eine der Erklärungen, die er brauchte. Antoine hatte Serge Hugon einen Fausthieb ins Gesicht verpasst, der sich daraufhin auf seinen Angreifer gestürzt hatte. Antoine hatte Hugon zurückdrängen können und ihm einen zweiten rechten Haken verpasst, worauf dieser zu Boden gegangen war. Doch Hugon hatte sich wieder aufgerappelt, allerdings hatte seine Augenbraue heftig geblutet. Hugon hatte einen Schraubenzieher aus seiner Tasche gezogen und wollte gerade einen weiteren Angriff starten, als Antoine die Schaufel ergriffen hatte, die an der Mauer lehnte, und damit seinem Gegner drohte. In Anbetracht des Ungleichgewichts der Waffen hatte Hugon innegehalten und Antoine wüst beschimpft. Als Antoine verstand, dass sie sich völlig in die Sache verrannt hatten, hatte er noch die Schaufel in Hugons Richtung geworfen und war abgehauen.
»Es tut mir leid, dass ich so reagiert habe. Ich war nicht mehr ich selbst. Aber beim Anblick meiner toten Heidi war ich einfach außer mir. Ich verstehe das nicht. Wie konnte es so weit kommen? Wegen eines dämlichen Wettbewerbs?«
»Antoine, wer hätte die Kuh von Hugon vergiften können?«
»Keine Ahnung.«
»Hatte jemand anderes ein Interesse daran, ihm zu schaden?«
»Hugon hatte nicht nur Freunde. Ich frage mich, ob er überhaupt welche hatte. Er war nicht sehr gut gelitten. Irgendwie wirkte er immer arrogant.«
Als Andreas aufstand, um sich zu verabschieden, rief Antoine ihn zurück.
»Ich hatte keine Zeit mit Vincent zu reden. Wegen der Kühe …«

»Ich habe mit ihm telefoniert. Mach dir keine Sorgen. Er kümmert sich um alles. Alles ist gut.«

Nachdem er Antoine noch einmal versichert hatte, dass er alles tun würde, um dessen Unschuld zu beweisen, verließ Andreas die Zelle.

Der Staatsanwalt hatte die Anklageschrift noch nicht redigiert und beschieden, allerdings hatte er den Pflichtverteidiger darüber informiert, dass er eine Anklage wegen Mordes in Betracht ziehen werde. Die Beweislast sprach nicht für Antoine, und die Geschichte wirkte plausibel, aber Andreas' Ansicht nach stellten zahlreiche Punkte die Theorie eines Racheakts in Frage. Da Andreas keinen Zugang mehr zum Autopsiebericht hatte, hatte er dem Doc die relevanten Informationen aus der Nase gezogen. Dieser hatte ihm einen wichtigen Aspekt enthüllt, den Viviane ihm verschwiegen hatte: Die Wunde auf dem Brauenbogen des Opfers war desinfiziert worden. Dieser Fakt bestätigte die Version seines Freundes. Sie hatten sich geprügelt, und danach war Antoine gefahren. Serge Hugon hatte seine Wunde versorgt und war erst danach getötet worden. Dass Antoine zurückgekommen war, um Hugon den Rest zu geben, daran glaubte Andreas nicht eine Sekunde.

Doch wer hatte ihn dann umgebracht? Das Fläschchen mit dem Strychnin war bei Antoine gefunden worden, jemand konnte es allerdings dort deponiert haben. Das Gleiche galt für das Messer, das man bei Hugon gefunden hatte und mit dem Antoines Kuh die Kehle durchgeschnitten worden war. Je mehr Andreas darüber nachdachte, desto mehr erschien das Ganze wie ein abgekartetes Spiel. Jemand hatte Hugon töten wollen. Diese Person hatte alles so inszeniert, dass es nach einem von Eifersucht und Rache angefachten Streit aussah. Und wenn dies tatsächlich der Fall sein sollte, dann hatte der Mörder seine List wohldurchdacht.

In Andreas' Kopf nahm eine Theorie immer mehr Gestalt an: Jemand, und zwar ein und dieselbe Person, hatte Serge Hugons Kuh vergiftet und Antoines Tier die Kehle durchgeschnitten.

Hätte Hugon ein Rind von Antoine getötet, um sich zu rächen, dann hätte er Yodeleuse genommen, die seinem Blümchen den Thron geraubt hatte. Und doch war eine andere Kuh abgestochen worden.

Der Mörder hatte sich vertan. Ein Bauer, der sich in seinem Beruf und mit dem Vieh auskannte, würde niemals ein Tier mit dem anderen verwechseln und schon gar nicht so eine stolze Zuchtschausiegerin, die all die Preise eingeheimst hatte, die er als die seinen ansah.

Andreas verließ mit seinem alten BMW 635 CSi die Tiefgarage des Polizeipräsidiums. Das Schnurren des Sechszylinder-Reihenmotors bereitete ihm wie immer Vergnügen. Noch völlig in Gedanken versunken, musste er voll auf die Bremse treten, um einen Zusammenprall mit einer Frau zu verhindern, die, ohne auf den Verkehr zu achten, die Straße überquerte. Zum Glück hatte sie ihr Begleiter am Arm zurückgehalten, um den Unfall zu verhindern.

Obwohl sie ganz klar im Unrecht war, beschimpfte sie Andreas. Als er das Fenster hinunterließ, um ihr die Meinung zu geigen, kreuzten sich ihre Blicke, und sie erkannten sich wieder.

»Verdammt, Andreas!«, rief sie überrascht und so erfreut, wie man einen alten Freund begrüßt, den man seit zehn Jahren nicht gesehen hat.

»Hallo, Lara«, erwiderte Andreas. »Was machst du denn hier?«

»Das musst du meinen Kollegen fragen.« Sie wies mit dem Kinn auf den Mann neben ihr und fügte hinzu: »Darf ich dir den Nachwuchs aus Neuenburg vorstellen – meinen Teampartner Michaël Donner.«

»Kriminalpolizei?«

Der dunkelhäutige Mann mit dem athletischen Körper nickte. »Drogenfahndung«, sagte Michaël und streckte Andreas die Hand entgegen. »Alle nennen mich Mike.«

»Andreas Auer. Es freut mich, deine Bekanntschaft zu machen, Mike. Das erste Mal in der Blécherette?«

»Ja. Wir haben uns gerade mit Martin Rochat getroffen.«
Der Name seines Kollegen ließ Andreas mitfühlend lächeln.
»Ich verstehe. Viel Glück! Mit den Opfern von Payerne und Les Diablerets geht es in den Büros der Kriminalpolizei sicher ganz schön hektisch zu.«
»Bist du auch an der Sache dran?«, fragte Lara.
»Nein, momentan bin ich ...« Spontan hatte er »suspendiert« sagen wollen, konnte sich aber noch zurückhalten. Schließlich mussten sie nicht wissen, dass er hier eigentlich nichts zu suchen hatte. »Ich ermittle in einem Mordfall in Gryon.« Andreas schaute auf die Uhr. »Also, Kollegen, ich muss dann mal los. Man erwartet mich. Schön, dich wiedergesehen zu haben, Lara. Und willkommen im großen Haus, Mike!«
Lara Pittet war eine ausgezeichnete Beamtin. Sie gehörte als einzige Frau zum *Cougar*-Team, einer Interventionseinheit der Neuenburger Polizei. Er hatte von ihr gehört und war bei gemeinsamen Fortbildungen mit ihr in Kontakt gekommen. Hätte er nicht Karine an seiner Seite gehabt, hätte er sich gut vorstellen können, mit ihr zusammenzuarbeiten.
Und jetzt ging es in Richtung des Gefängnisses La Tuilière. Er musste noch jemand anderen sehen. Offenbar wurde das heute für ihn der Tag der Gefangenenbesuche.

49

Noch vor ein paar Tagen waren Antoine und Erica freie Menschen gewesen, und jetzt waren sie beide in engen Zellen eingesperrt. Andreas dachte daran, wie schnell sich alles ändern und einem manchmal auch entgleiten konnte. An einem Tag frei, am nächsten Tag in Gefangenschaft. Oder in anderen Fällen: heute reich, morgen arm. Oder: an einem Tag lebendig, am Tag danach tot. *Sic transit gloria mundi* – so vergeht der Ruhm

der Welt. Der erste Satz, der ihm auf Latein in den Sinn kam. Andreas musste an eine Bibelpassage denken, die Mikaël kürzlich während eines Gesprächs beiläufig erwähnt hatte: *Tretet ein durch das enge Tor! Denn weit ist das Tor und breit der Weg, der ins Verderben führt, und viele sind es, die da hineingehen. Wie eng ist das Tor und wie schmal der Weg, der ins Leben führt, und wenige sind es, die ihn finden!*
Er dachte an Erica und an ihre Entscheidung, freiwillig die Schwelle zum Gefängnis zu überschreiten. Sie hatte gewiss das enge Tor gewählt.

Das Gefängnis La Tuilière war ein moderner Gebäudekomplex mit zwei Abteilungen. Eine Untersuchungshaftanstalt für etwa dreißig Männer und eine zweite Abteilung, in der rund sechzig Frauen ihre Untersuchungshaft verbrachten, die zugleich ein Frauengefängnis war. Dort würde Erica die nächsten Jahre ihres Lebens verbringen.

Die Tür des Besucherraums öffnete sich, und Erica kam herein und setzte sich ihm gegenüber. Nach ihrer Anhörung beim Staatsanwalt war sie nun schon seit einer Woche hier eingesperrt. In diesem Gebäude würde sie bis zu ihrer Verurteilung bleiben und anschließend wahrscheinlich hier auch ihre Haftstrafe absitzen. Der Staatsanwalt zog sicherlich eine Anklage wegen Mordes in Betracht, daher drohte ihr unter Umständen ein Freiheitsentzug von mindestens zehn Jahren. Ihr Anwalt würde auf eine Tat im Affekt plädieren, wofür das Strafgesetzbuch etwas mildere Strafen vorsah. Hatte sie ihn kaltblütig ermordet und war sich ihrer Tat bewusst gewesen? Oder war sie dermaßen von ihrer Wut gesteuert gewesen, dass sie sich selbst nicht mehr unter Kontrolle gehabt hatte?

Der Mord war nicht vorsätzlich begangen worden. Sie hatte sich nicht ins Chalet begeben, um dem Leben des Menschen ein Ende zu setzen, der schuld an dem ganzen Unglück gewesen war, sondern vielmehr, um ihren Freund davon zu überzeugen, seinen Racheakt zu stoppen. Als sie ihm dann unerwartet gegenübergestanden hatte, war sie umgeschwenkt und zur Mörderin geworden.

Seit die Nachricht von ihrer Verhaftung die Runde machte, hatte die Presse dies für sich ausgeschlachtet und sie zur kurz entschlossenen Komplizin des berühmten Serienmörders von Gryon stilisiert. Auf der Seite des Onlineartikels war eine heftige Debatte ausgebrochen zwischen jenen, die sie ganz klar verurteilten und sich dabei auf das sechste Gebot beriefen, und jenen, die sie amnestieren wollten und ihre Tat als menschlich und heldenhaft einstuften.

Für Erica selbst stellte sich die Frage auf zwei Ebenen: Was die juristische Bewertung anging, würde ihr das Gericht eine Antwort geben. Auf persönlicher Ebene kämpfte Erica mit ihren inneren Dämonen. Was sie getan hatte, war sträflich, und die Schuld lastete schwer auf ihr. Trotz der zarten Stimme in ihrem Hinterkopf, die ihr eingeflüstert hatte, richtig gehandelt zu haben, hatte sie sich entschieden, die erste Etappe auf dem Pfad der Erlösung hinter sich zu bringen. Sie hatte sich selbst angezeigt und ihre Taten gestanden.

Ericas Körperhaltung war aufrecht. Sie trug einen grauen Trainingsanzug. Andreas sah sie vor seinem inneren Auge noch im schwarzen Talar auf der Kanzel stehen. Das strahlende Lächeln, das sie auszeichnete, war jetzt verschwunden. Ihr freundlicher, einfühlsamer Blick war einem düsteren, ernsteren Gesichtsausdruck gewichen.

»Hallo, Andreas, ich bin gerührt, dass du mich besuchst. Danke.«

»Dafür musst du dich nicht bedanken. Für mich ist es wichtig, dich hier zu sehen. Wie geht es dir?«

»Sie haben mir eine Einzelzelle im Frauentrakt gegeben. Die anderen Insassinnen haben mich freundlich aufgenommen. Seit sie wissen, dass ich Pfarrerin bin, wollen sie mir alle von ihrem Seelenzustand erzählen, von dem Gefühl, das Leben vergeudet zu haben, wollen mir ihre Taten beichten oder mir von ihren Träumen für die Zukunft nach ihrer Entlassung berichten. Früher hatte ich mal überlegt, Gefangenenseelsorgerin zu werden, und genau das mache ich jetzt auch ein bisschen, nur von innen heraus. Ich bin eine von ihnen. Auch ich kann hier nicht rausgehen.«

Ericas Bedürfnis zu reden war groß. Andreas spürte, wie viel auf ihrer Seele lastete.

»Ich fühle mich nützlich, aber es verlangt mir auch viel ab, dabei habe ich ja auch sehr viel mit mir selbst zu tun. Daher verbringe ich so viel Zeit wie möglich in meiner Zelle, um in der Bibel zu lesen, zu beten, nachzudenken. Im Gefängnis zu sein bedeutet auch, ein geordnetes und geregeltes Leben zu haben. Ich finde, dass es viel mit dem Kloster gemeinsam hat, nur dass die Andachten hier durch die Hofgänge ersetzt werden, die unsere Tage strukturieren. Jeder Tag folgt dem gleichen Rhythmus. Wecken, Duschen, Frühstück, die Arbeit in der Nähstube, der Hofgang ... Das ist eine neue Situation, und ich brauche wohl noch etwas Zeit, um mich daran zu gewöhnen.«

»Vielleicht wirst du gar nicht so lange hierbleiben. Ich habe mit deinem Anwalt gesprochen. Er wird auf Tötung im Affekt plädieren.«

Erica unterbrach ihn. »Andreas, stopp. Ich werde hier so lange bleiben, wie es nötig ist. Ich werde das Urteil akzeptieren. Ich habe ein unentschuldbares Verbrechen begangen und muss die Konsequenzen tragen. Und vielleicht gestattet mir der Tagesablauf hinter Gittern, mir selbst zu vergeben und meinen inneren Frieden zu finden.«

»Aber –«

»Du weißt, Andreas, dass ich nach außen hin eine Pfarrerin war, die stets lächelte und freundlich war. Aber in meinem Inneren gab es immer diese Zerrissenheit. Ein Schmerz, der nie geheilt wurde. Dieses Mal habe ich keine andere Wahl. Ich muss mich dem Schmerz stellen. Ich kann nicht mehr fliehen, und ich sehe das als Chance an.«

»Jeder leidet an irgendetwas oder hat in seinem Leben Wunden davongetragen. Das ist doch kein Grund, hier in diesem

Loch zu verschimmeln. Du musst doch nicht im Gefängnis sein, damit du dich um dich kümmern kannst.«

»Ja, Andreas. Das weiß ich. Doch dies hier wird mein Kreuzweg sein. Hier, hinter diesen Mauern. Und du? Was sind deine Wunden?«

»Meine?«

»Ja, deine.«

Ericas plötzliche Frage überraschte Andreas.

»Ich weiß nicht ... Das ist schwer zu erklären.«

»Versuch es.«

Andreas verharrte in Schweigen. Normalerweise wäre er einer solchen Frage ausgewichen, doch Erica besaß eine besondere Gabe, die es ihren Gesprächspartnern ermöglichte, sich wohlzufühlen und über sich selbst zu sprechen. Nicht umsonst war sie Pfarrerin geworden, dachte er. Er wagte es nicht, ihr in die Augen zu schauen. Sie öffnete ihm eine Tür. Er mochte es nicht, über das zu sprechen, was ihn innerlich umtrieb. Selbst seinem Psychologen hatte er damals nicht alles erzählt. Lange Sekunden verstrichen, während er darüber nachdachte, doch dann entschied er sich zu erzählen.

»Tief in meinem Inneren fühle ich mich verwundet, aber es gelingt mir nicht herauszufinden, warum. Ab und zu tauchen verschwommene Bilder auf, die irgendetwas mit meiner Vergangenheit zu tun haben. Dessen bin ich mir sicher. Das alles lag tief begraben, doch die Ermittlungsarbeit meines letzten Falls hat einen diffusen Schmerz wiederaufleben lassen. Und das beschäftigt mich. Ich würde es gern verstehen, aber die Bilder in meinem Kopf werden einfach nicht klarer. Sie quälen mich. Manchmal sogar in meinen Träumen.«

Erica wartete, doch Andreas wollte dem nichts mehr hinzufügen. Sie dachte nach und ergriff dann das Wort. »Hast du schon mal diese Blumen gesehen, die sich durch den Asphalt bohren?«

»Ja, natürlich. Warum?«

»Das ist ein unglaublicher Vorgang. Unter dem Teer gibt es

ein Samenkorn. In sich trägt es alles, um zu wachsen. Und ein bisschen Wasser reicht aus, um es zum Keimen zu bringen. In diesem Stadium braucht es noch kein Licht. Erst, wenn die Nahrungsreserven des Samenkorns aufgebraucht sind, benötigt die Pflanze das Sonnenlicht. Indem sie wächst und sich entwickelt, übt sie Druck auf den Teer über ihr aus. Diese Kraftentfaltung ist so ungeheuerlich, dass der Asphalt einen Riss bekommt. Auch wenn wir noch so viel zubetonieren, besitzt unser Unterbewusstsein ungeahnte Ressourcen ...«

»Ja, alles Vergrabene tendiert dazu, sich aus den Tiefen des Innern emporzukämpfen. Ich habe übrigens sehr lange darüber nachgedacht, was du getan hast. Was mich beschäftigt, ist, dass ich auch wütend auf ihn war. Und ich glaube, dass ich in der Lage gewesen wäre, es dir gleichzutun. Auch deswegen habe ich dich nicht verraten.«

»Hast du das Gleiche erlebt wie mein Schulfreund?«

»Nein, nein! Das ist es nicht. Es ist anders.«

»Ich habe diesen perversen Sadisten zahlreiche Male im Geiste getötet und mich für diese Phantasien gehasst. Sie waren einfach unvereinbar mit meiner Person, und dennoch habe ich ... Ich habe versucht, die Bilder zu verjagen, doch sie drängen immer wieder an die Oberfläche. Als er dann auf dem Stuhl gefesselt vor mir saß, bin ich zur Tat geschritten. Niemals hätte ich geglaubt, dazu in der Lage zu sein. Warum habe ich es getan? In jenem Moment habe ich nur gehandelt. Ohne nachzudenken. Ich weiß, dass ich ihn umgebracht habe, aber das war ein anderes Ich. Das vom Leben verwundete Ich. Das zerrissene Ich. Die kleine eingeschlossene Blume, die in diesem Moment den Asphalt in mir durchbrochen hat. All die verdrängte Wut ist ans Tageslicht gekommen. Es war, als sei ich eine andere Person. Und doch war ich es selbst.«

50

Donnerstag, 21. März

Der Mann, der sich am Parfüm seiner Mutter betörte, war aufgewühlt, denn er bereitete sich auf ein ganz neues Ritual vor. Genau wie vor dem Betreten des Zimmers seiner Mutter ging er auch jetzt zunächst unter die Dusche. Um sich zu reinigen. Um die Schandmale abzuwaschen. Doch danach würde er nicht den Schlüssel aus dem Zinnkrug angeln. Er würde nicht das Zimmer seiner Mutter betreten, das für ihn zum Allerheiligsten geworden war. Er würde sich nicht schminken, um ihr zu ähneln. Er würde nicht versuchen, wie sie zu sein. Er hatte diese Maskerade aufgegeben. Das Szenario hatte ihn jedes Mal stärker enttäuscht.

Was ihn jetzt im Keller erwartete, war anders ... Eine weitere Etappe auf dem Weg zur Erfüllung seiner Phantasien. Frisch gewaschen kleidete er sich nicht wieder an. Er stellte sich aufrecht vor den Spiegel. Er nahm einen Topf weiße Schminke und trug eine dicke Schicht auf Gesicht und Hals auf. Anschließend schwärzte er die Konturen seiner Augen: die oberen Lider bis zu den Augenbrauen und dann die unteren Lider bis zum inneren Augenwinkel. Sorgfältig trug er danach einen Lippenstift so auf, dass die Farbe etwas über die Konturen seines Mundes hinausging und die Lippen dadurch größer und voller wirkten. Schließlich setzte er sich die Kontaktlinsen Geo SF-16 ein, die auch sein Idol, der Schock-Rocker Marilyn Manson, trug. Zum Abschluss legte er sich ein mit Spikenieten beschlagenes Halsband um. Dann betrachtete er sich im Spiegel. Sein leichenhafter Teint gefiel ihm. Er sah sich als jemand anderen. Er fühlte sich anders. Er hatte sich nicht wie gewöhnlich als Frau geschminkt, denn für sein Vorhaben musste er jemand anderes sein. Die Vorstellung von der Tat, auf die er sich vorbereitete, verursachte bei ihm eine leichte Erektion. Er ging die Treppe hinunter in den vorderen Teil des Kellers, in dem die Weinflaschen, ein paar alte, überflüssig gewordene Möbel und Konservendosen gelagert wurden. Doch ihn interessierte der Raum, der dahinterlag. Sein Reich der Liebe.

Er öffnete die Tür zu seinem Refugium, in dem er exotische Reptilien züchtete: Schlangen, Skorpione, Vogel- und andere Giftspinnen. Er hielt sie in Terrarien, deren mittels Schaltuhren regulierte Beleuchtung den Bedürfnissen der Tiere angepasst war. All das hatte er im Internet gekauft, was ihn ein kleines Vermögen gekostet hatte. Sein Vater grauste es vor diesen Tieren. Er konnte die Leidenschaft seines Sohnes für die Reptilien nicht nachvollziehen, aber er respektierte sie. Seine Mutter hatte regelrecht Horror davor gehabt. Seine ganze Jugend über hatte er darum gekämpft, eine Ratte besitzen zu dürfen, aber sie hatte das nie gewollt und geschrien, dass ihr, solange sie lebe, keines dieser widerlichen Viecher ins Haus käme. Warum konnte er nicht einen normalen Geschmack wie die anderen haben? Hunde oder Katzen lieben? Reichte es nicht, dass er eine Schwuchtel war? Musste er auch noch auf diese kriechenden und wimmelnden Kreaturen stehen? Es hatte sie vor Ekel geschüttelt. Und damit war das Thema beendet gewesen. Er würde weder eine Ratte noch eine Spinne noch eine Schlange haben. Nur über ihre Leiche – doch jetzt war sie tot.

Er betrat das Zimmer, das ausschließlich von der Beleuchtung der Terrarien erhellt wurde. Er blickte auf Rosita, seine Riesentarantel aus Sri Lanka, eine charmante braun, grau und schwarz gezeichnete Spinne, deren Flecken am Vorderlcib und auf dem Bauch an einen Rorschachtest erinnerten. Sie bewegte ihre langen behaarten, gestreiften Beine.

»Guten Morgen, meine Schöne«, sagte er und strich mit dem Finger an der Scheibe des Terrariums entlang.

Dann hörte er ein Wimmern. Er durfte den Grund, weswegen er hier war, nicht aus den Augen verlieren. Er schaltete die Glühbirne ein, die nackt von der Decke hing. Der Rest des feuchten, komplett aus Betonwänden bestehenden Raumes wurde sichtbar. Einige mit CDs gefüllte Regale standen herum.

An den Wänden Poster von Marilyn Manson, Kiss und Black Sabbath. Musik, die er gern spielte und hörte. Das war ein guter Vorwand für eine Schallisolierung des Kellers gewesen. In der Ecke eine alte, fleckige Matratze, auf der eine Frau lag.
Gefesselt.
Geknebelt.
Mit verbundenen Augen.
Als sie seine Gegenwart spürte, wimmerte sie immer lauter. Doch dank der Schallisolierung bestand keinerlei Risiko, dass ihre Schreie nach außen dringen würden. Ihn jedoch störte es. Es war essenziell, dass sie kooperierte. Und nicht jammerte. Seine Mutter hatte nie gejammert. Er beschloss, Musik anzustellen, bis sie sich beruhigt hatte. Die ersten Töne von »Sweet Dreams« in der Version von Marilyn Manson erklangen im Keller und übertönten die Stimme, die nicht die seiner Mutter war. Perfekt. Er sang in Begleitung ihrer Stimme aus dem Jenseits.

Sweet dreams are made of this
Who am I to disagree?
I travel the world
And the seven seas,
Everybody's looking for something.

Er ging zu einem der Terrarien und öffnete die Abdeckung. Er hob Caresse, eine schwarze Königspython mit hellbraunen Flecken an den Seiten und auf dem Rücken, heraus und ließ sie über seinen angewinkelten Arm gleiten. Er bewegte sich im Rhythmus der eindringlichen Musik, wiegte sich, krümmte sich und drehte sich um die eigene Achse. Die Schlange nahm an dem Tanz teil. Er ließ sie durch die Hände gleiten, starrte in ihre ebenholzfarbenen Augen und streckte ihr die Zunge raus, als sie züngelte. Beinah hätte seine Zunge ihre gespaltene Zunge berührt, so nah war sein weißes Gesicht dem schwarzen Rachen. Er spürte, dass er in eine Art Trance geriet, genau wie diese verrückten amerikanischen Schlangenprediger, die

glaubten, indem sie sich auf die Verse des Markusevangeliums beriefen, könnten sie Giftschlangen berühren, ohne gebissen zu werden, oder Kranke durch Handauflegen heilen. *Denen aber, die zum Glauben kommen, werden diese Zeichen folgen: In meinem Namen werden sie Dämonen austreiben, in neuen Sprachen werden sie reden, Schlangen werden sie mit bloßen Händen aufheben, und tödliches Gift, das sie trinken, wird ihnen nicht schaden, Kranke, denen sie die Hände auflegen, werden gesund werden.*
Er jedoch musste niemanden heilen außer sich selbst. Und dies war seine ureigene Therapie.

Am Ende des Songs beendete er seinen Tanz, auch wenn die Musik, die er in Endlosschleife abspielte, erneut einsetzte. Er blieb aufrecht stehen und verschlang die Kreatur, die ausgestreckt rücklings auf der Matratze lag, mit seinen Blicken. Er setzte Caresse zurück in ihr Terrarium und trat an die Matratze heran.

Er nahm der Frau den Knebel und die Augenbinde ab. Sie versuchte zu schreien, brachte jedoch nur ein heiseres Krächzen heraus. Er studierte sie aufmerksam. Sie hatte kastanienbraunes Haar, blaue Augen und eine ziemlich große Nase. Sie sah dem Foto ähnlich, das er von ihr gesehen hatte. Er hatte sie ausgewählt, weil ihn ihr Gesicht an das seiner Mutter erinnerte. Als sie leibhaftig vor ihm gestanden hatte, war er jedoch verärgert gewesen. Er hätte sie nach einem Foto, auf dem sie ganz zu sehen war, fragen müssen, bevor er ihr ein Treffen vorgeschlagen hatte. Sie war deutlich dicker als seine Mutter, und das ärgerte ihn. Es verstörte ihn sogar. Sie hatte sich heftig gewehrt, als er sie entführt hatte, und ihn sogar beim Knebeln gebissen. Die Schlampe. Sie war nicht so schön wie die Frau, die er sich am Tag der Rinderzuchtschau in Aigle ausgeguckt hatte. Er erschauderte in einer Mischung aus Verlangen und Hass. Sie war die beinah perfekte Doppelgängerin seiner Mutter gewesen. Und genauso schlank wie sie. Er würde keine Bessere finden. Doch er wusste nicht, wie er an sie herankommen und sie isolieren sollte. Zumindest noch nicht. Er würde einen Weg finden, mit der anderen in Kontakt zu treten. Die hier war seine Generalprobe. Sein Versuchskaninchen. Die Frau von der Zuchtschau würde sein Meisterstück werden.

Ungeduldig trat er von einem Fuß auf den anderen. Er konnte es nicht erwarten loszulegen. Er musste sie trotz ihrer Makel, die er festgestellt hatte, vorbereiten. Er beugte sich herab und begann, sie auszuziehen, was ihm ganz gut gelang, obwohl sie Widerstand leistete. Das Ankleiden gestaltete sich komplizierter. Sie wehrte sich wie verrückt. Sie schaffte es, ihm einen Fußtritt zu verpassen. Als Revanche schlug er sie mit voller Wucht ins Gesicht. Dann schrie er: »Halt still! Ich will dir nicht wehtun. Ich will nur Liebe mit dir machen. Verstehst du das nicht?«

Parallel sang Marilyn Manson weiter:

Some of them want to use you
Some of them want to get used by you
Some of them want to abuse you
Some of them want to be abused.

Die Frau fing an zu weinen und wimmerte immer lauter.

Er mühte sich weiter ab und schaffte es, sie anzuziehen, doch als er das Kleid schließen wollte, riss es im Rücken auf Höhe des Reißverschlusses. Sehr ärgerlich. Anschließend machte er sich daran, sie zu schminken, doch sie widersetzte sich weiter und warf den Kopf hin und her. Es gelang ihm nicht, sie zu bezwingen, sodass das Make-up eher wie ein Geschmiere wirkte. Schließlich tupfte er noch ein paar Tropfen Shalimar hinter ihre Ohren und auf ihr Dekolleté. Er hoffte, so die Illusion zu erzeugen, dass diese fette Furie seine Mutter sei. Indem er die Augen schloss und den Duft in sich einsog, hatte er für ein paar Sekunden das Gefühl, seine Erzeugerin vor sich zu haben. Endlich bereit, sich ihm hinzugeben.

Er stand auf, um sein Werk zu betrachten. Die Illusion wurde augenblicklich zerstört. Er war nicht stolz. Der Lippenstift war verschmiert und unregelmäßig aufgetragen. Der Lidschatten eine Katastrophe. Man hätte sie für einen Clown halten können. Kein Vergleich zu seiner schönen Mutter. Das Bild zeigte sofort Wirkung. Von seiner Erektion keine Spur mehr. Dennoch musste er es durchziehen. Seine Mutter besitzen. Er kniete sich über sie und schob das Kleid hoch. Er drückte sie auf den Boden. Er bewegte seine Hand hin und her, damit sein Glied steif würde, doch ohne Erfolg. Dann sprang er plötzlich auf und schlug mit der Faust mit aller Kraft gegen die Wandisolierung. Schließlich drehte er sich um und brüllte seinen ganzen Frust heraus: »Das ist deine Schuld, Mama! Warum willst du es dir nicht besorgen lassen? Ich habe dich immer geliebt. Und du? Warum erwiderst du meine Liebe nicht? Du siehst doch, was dabei herauskommt. Du hast mich wie eine Schwuchtel behandelt. Und jetzt kriege ich keinen hoch. Ich hasse dich!«

Er hatte eine Idee. Er holte eine Zeitschrift hervor, die er in einer Schublade versteckt hatte, und begann, die nackten männlichen Körper anzuschmachten. Er streichelte sein Glied, und die Wirkung blieb nicht aus. Jetzt konnte er zur Tat schreiten. Endlich. Doch noch bevor er die Zeitschrift weggelegt hatte, musste er auf die aufgeschlagene Seite ejakulieren.

Was war er für ein Trottel! Was für eine Schwuchtel! Seine Mutter hatte recht gehabt.

Er stürzte die Treppe hinauf und schlug die Kellertür zu.

51

Andreas schreckte aus dem Schlaf auf. Er war schweißgebadet. Die Alpträume suchten ihn immer häufiger heim. Sein Unterbewusstsein schien etwas an die Oberfläche holen zu wollen. Mikaël schlief tief und fest.

Er schloss die Augen, um sich auf die Bilder aus seinem Traum zu konzentrieren. Um sie nicht zu verlieren. Dann stand er auf, um sein Heft aus einer der Schreibtischschubladen zu holen. Wie damals während der Psychoanalyse hatte er jetzt wieder damit begonnen, die Träume zu notieren, an die er sich nach dem Aufwachen noch erinnern konnte. Er schrieb die Bilder des heutigen Morgens nieder.

21. März
Ich sehe einen dunklen Raum. Bin ich in diesem Raum? Oder betrachte ich ihn von außen? Ich weiß es nicht. Doch ich spüre die Atmosphäre dieses Ortes. Schwer. Drückend. Still. Ich schwitze. Aber ich habe keine Angst mehr. Warum hatte ich Angst? Dann erkenne ich zwei riesige Vögel mit ausgebreiteten Flügeln auf dem Boden. Ich sehe sie trotz der Dunkelheit, denn sie sind weiß. Sie haben gebogene Schnäbel. Adler? Ich sehe, wie sie mit den Flügeln schlagen, aber sie schaffen es nicht abzuheben. Das Geräusch des Flügelschlagens wird leiser. Sie sind erschöpft. Schließlich geben sie auf. Ich höre sie seufzen. Auf einmal bin ich dort, mitten im Raum. Ein Lichtstrahl erhellt die beiden Vögel. Sie baden in einer Blutlache. Da verstehe ich, warum sie nicht fliegen können. Ihre Flügel sind im Verhältnis zu ihren Körpern viel zu klein.

Andreas las sich noch einmal durch, was er aufgeschrieben hatte. Es gelang ihm nicht, den Text zu interpretieren oder einen Sinn darin zu entdecken, der seine Ängste besänftigt hätte. Im Gegenteil. Doch er würde den Schlüssel zu seinem Traum nicht sofort finden. Er musste sich damit abfinden. Außerdem hatte er noch andere Katzen im Sack. Unwillkürlich musste er dabei an ihr neues Haustier denken und lächelte. Er klappte das Heft zu und legte es sorgfältig zurück in die Schublade.

Anschließend ging er hinunter in die Küche. Lillan kam maunzend an und rieb sich an seinen Beinen. Er hob sie hoch und nahm sie auf den Arm. Minus trottete ohne Eile in seinem ihm eigenen Rhythmus ebenfalls herbei. Der Bernhardiner hatte zunächst mit Argwohn auf die Gegenwart dieses kleinen Fellknäuels reagiert, aber das Kätzchen dann sehr schnell adoptiert. Er hatte allerdings auch keine Wahl gehabt, denn Lillan machte es sich nur zu gern in der Kuhle zwischen seinen Pfoten gemütlich. Andreas setzte die Katze wieder auf den Boden, die sofort einer ihrer Lieblingsbeschäftigungen nachging und dem Schwanz des Hundes nachjagte. Ein äußerst komischer Anblick. Minus, der trotz einer strengen Diät, bei der er einige Kilos abgenommen hatte, immer noch an die achtzig Kilo wog, und Lillan, die schwarze Fellkugel mit den weißen Pfoten, die nicht mal zwei Pfund auf die Waage brachte. Andreas hatte den Namen für sie ausgesucht, da dieser auf Schwedisch »die Kleine« bedeutete.

Die Futternäpfe der beiden auf den Boden zu stellen war keine Option. Andreas hatte es bereits ausprobiert, doch Minus hatte nur einmal mit der Zunge durch den Katzennapf schlecken müssen, um diesen zu leeren. Andreas füllte das kleine Schälchen mit dem besten und teuersten Trockenfutter für junge Katzen und stellte ihn auf die Arbeitsplatte neben das Spülbecken. Lillan hatte schon einen Weg gefunden, dort ohne Hilfe hinaufzuklettern, und dabei ihre Beweglichkeit unter Beweis gestellt. Anschließend füllte er Minus' Futternapf und stellte ihn auf den Boden.

Während er seinen Kaffee trank, beobachtete Andreas gedankenverloren, wie die Tiere über ihr Futter herfielen.

Sein Praktikum als angehender Landwirt war zwangsläufig unterbrochen worden. Antoine versauerte im Gefängnis. Auch wenn ihn seine Vorgesetzte Viviane formell suspendiert hatte, musste er alles daransetzen, Antoines Unschuld zu beweisen.

Andreas blickte durch das Fenster auf die von der Sonne beschienenen kahlen Bäume. Bald würden sie zu neuem Leben erwachen. Ungeachtet seiner Ängste, Zweifel und Probleme begann der Lebenszyklus der Natur Jahr für Jahr von Neuem.

Zumindest diese einfache Gewissheit war tröstlich. Ganz im Gegensatz zu seinen Alpträumen.

Warum Vögel? Normalerweise sah er Personen, auch wenn er diese nicht identifizieren konnte. Früher hatte er eine Verbindung zwischen dem, was er erlebt hatte, und seinen morbiden Träumen herstellen können, doch nicht in diesem Fall. Es ließ ihm keine Ruhe. Er musste diese Träume verstehen.

52

Kaum zur Tür hereingekommen, hörte André Jaccard ohrenbetäubend laute Musik durch das Haus schallen. Die Bässe ließen die Wände erzittern. Er ging die Treppe nach oben und klopfte an die Zimmertür seines Sohnes.

»Stell diese verfluchte Musik ab!«

Er öffnete die Tür. Niemand da. Er konnte nicht verstehen, wie man diese Art von Musik hören konnte. Musik war seiner Meinung nach sowieso nicht das passende Wort für das, was er als Durcheinander dissonanter Laute und einer jaulenden Stimme empfand. André schaltete die Stereoanlage ab und ging wieder nach unten. Just in diesem Moment hörte er seinen Sohn aus dem Keller kommen und die Tür hinter sich schließen.

»Ich habe dir schon mehrfach gesagt, dass du die Musik nicht so laut stellen sollst. Wie oft muss ich dir das denn noch sagen?«

»Wie sollte dich das denn stören? Du warst ja nicht mal da.«

»Man kann sie schon von draußen hören. Und ich habe keine Lust, mich schon wieder mit den Beschwerden der Nachbarn herumzuschlagen. Warum hörst du sie nicht unten in deinem schallisolierten Raum?«

André legte seine Hand auf die Klinke.

»Nein«, schrie Jérôme und zog sie schnell zu. »Das ist mein Reich!« Er schloss die Tür ab.

»Keine Sorge. Ich werde schon nicht in dein Königreich hinabgehen. Kein Grund, sich so aufzuregen.«
Jérôme verließ das Haus und schmiss die Tür hinter sich zu.
André machte sich einen Kaffee, dann setzte er sich an den Küchentisch. Seit er ihm seinen Beschluss mitgeteilt hatte, ihr Chalet auf der Alp zu verkaufen, war sein Sohn wütend auf ihn. Ihre ohnehin schon von Konflikten geprägte Beziehung hatte sich weiter verschlechtert, und er wusste nicht, wie er sich Jérôme gegenüber verhalten sollte. Hätte er vor dem Verkauf mit ihm darüber reden müssen? Nein, er hatte sich bewusst und mit seinem Herzen dafür entschieden. Und es war das einzig Richtige gewesen. Irgendwann würde Jérôme das verstehen.

53

Mikaël hatte eine Verabredung mit einem Mann, der sich intensiv mit der Herkunft und der Geschichte der Bürgerfamilien von Gryon befasst hatte. Er selbst hatte im vergangenen Jahr angefangen, seine eigene Familiengeschichte zu recherchieren, und bereits einige Kapitel zu diesem Thema verfasst. Er hatte vor, ein Buch darüber zu schreiben, auch wenn er dies in erster Linie für sich selbst und nicht für eine größere Leserschaft tat.

Beim Betreten des Buffet de la Gare in Gryon erkannte Mikaël seinen Gesprächspartner sofort, der in der gegenüberliegenden Ecke des Raumes saß. Sie begrüßten sich. Am Nachbartisch tranken zwei ältere Frauen Tee.

Kaum hatte Mikaël sich gesetzt, holte der Mann aus seiner Tasche ein Fotoalbum hervor und legte es vor ihn hin.

»Ich habe alte Fotos und Postkarten gesammelt.« Er öffnete das Album und zeigte ihm eine Reihe Bilder aus den fünfziger

Jahren. »Das hier ist Bartholomé Achard, Ihr Großvater«, sagte er und zeigte auf das Foto eines Bauern mit einer Heugabel in der Hand auf dem Feld.

Mikaëls Großvater und sein Urgroßvater waren Landwirte gewesen und der Urgroßvater mütterlicherseits der Dorfschmied. Er hörte aufmerksam zu, während sein Gegenüber vom Dorfleben zu Beginn des vorigen Jahrhunderts erzählte, dennoch nahm er das recht laute Gespräch der beiden Damen am Nachbartisch wahr.

»Stell dir vor, mein Neffe wurde ermordet und ist noch nicht einmal unter der Erde, da bietet mir diese Immobilienmaklerin an, mir den Alphof abzukaufen. Was für eine Frechheit!«

»Oh ja, heutzutage hat niemand mehr Respekt.«

Mikaël beobachtete die alte Dame aus dem Augenwinkel. Ihren Gesichtszügen nach zu urteilen, musste sie über achtzig Jahre alt sein. Sie schien jedoch eine sehr energische und entschlossene Person zu sein. Sie war sorgfältig frisiert und gekleidet. Er war sich sicher, dass es sich um Isabell Hugon, die Tante des vor ein paar Tagen getöteten Bauern, handelte. Jedermann im Dorf sprach darüber. Über den Mann, den Antoine, Andreas' neuer Freund, um die Ecke gebracht haben soll.

»Und was wirst du machen?«

»Ich werde morgen den Kaufvertrag unterschreiben.«

»Wie bitte?«

»Was soll ich denn deiner Meinung nach mit dem Hof in Huémoz und dem Alphof in Frience anfangen? Und bei dem Preis, der mir angeboten wurde, wäre ich blöd, es nicht zu tun. Auf diese Weise ziehe ich wenigstens ein wenig Gewinn aus der jahrelangen Arbeit, mit der ich mich für Serge, diesen Idioten, aufgeopfert habe.«

54

Seit der Inhaftierung seines Vaters hatte Vincent alle anderen Aktivitäten streichen müssen, um sich ganztags um den Hof zu kümmern. Die Skisaison neigte sich dem Ende zu, und sein Arbeitgeber, die Skiliftbetreibergesellschaft, hatte ihn etwas früher gehen lassen. Andreas hatte versprochen, ihm zu helfen, und molk deswegen gerade die Kühe, aber eigentlich war er mit den Gedanken woanders. Er musste einen Weg finden, die Vorwürfe gegen Antoine zu entkräften.

Vincent betrachtete Yodeleuse. Eigentlich hätte es sie erwischen sollen. Hugon hatte sich vertan. Zum Glück ... Doch auch Heidis Tod ließ ihn nicht gleichgültig. Als Kind hatte er geweint, wenn er zusehen musste, wie die Kühe zum Schlachthof gefahren wurden. Als Zwölfjähriger war er einmal regelrecht traumatisiert worden. Er war bei der Geburt eines Kalbes dabei gewesen und hatte ihm einen Namen gegeben. Er hatte es Charmeuse genannt. Sie war seine Lieblingskuh geworden, allerdings wuchs sie mit einer Missbildung am Euter auf. Er hatte versucht, seinen Vater zu überreden, sie dennoch zu behalten. Doch eines Tages war er aus der Schule heimgekommen und hatte feststellen müssen, dass sie nicht mehr da war. Er hatte seinen Vater angebrüllt. Er erinnerte sich noch an den Zorn, den er damals bei der Vorstellung verspürt hatte, dass seine Lieblingskuh in Stücke zerlegt in der Auslage eines Metzgers enden würde. Vielleicht war ihm in jenem Moment bewusst geworden, dass er nicht dafür gemacht war, sich wie sein Vater um die Kühe zu kümmern.

»Heute in etwa anderthalb Monaten zieht die neue Königin zur Alp rauf ... ohne meinen Vater. Er wäre so stolz gewesen.«
»Er wird dabei sein.«
»Wie kannst du dir da so sicher sein?«
»Er ist unschuldig.«
»Ja, ich weiß.«

Reglos beobachtete Vincent die Kühe.
»Was ist los?«, fragte Andreas.
»Nichts. Es ist nichts.«

55

Freitag, 22. März

In der Immobilienagentur Immogryon wurde Andreas von Julie Berthoud empfangen, einer charmanten jungen Frau, die er bei seinen letzten Ermittlungen kennengelernt hatte. Sie war die Assistentin von Alain Gautier gewesen – dem ersten Opfer des Mörders, der im vergangenen Herbst in Gryon sein Unwesen getrieben hatte – und von Marie Pitou, der Mitgeschäftsführerin. Diese war gerade im Gespräch. Andreas beschloss zu warten.

Andreas erkannte den Mann, der gut zehn Minuten später Marie Pitous Büro verließ: André Jaccard. Vor seiner Rente hatte er bei der Gemeinde gearbeitet und war daher aus dem gesellschaftlichen Leben des Orts nicht wegzudenken. Allgegenwärtig auf sämtlichen kommunalen Veranstaltungen der Gemeinde, hatte man sich stets auf ihn verlassen können, denn er hatte sich immer für alles und jeden engagiert. Andreas grüßte ihn, doch Jaccard nickte ihm nur flüchtig zu, bevor er die Agentur verließ.

Marie Pitou musterte Andreas, der im Wartebereich in einem Sessel saß.

»Guten Tag, meine Assistentin hat mir gesagt, dass Sie mich sprechen wollen. Ich habe allerdings nicht viel Zeit für Sie. Gleich kommt der nächste Kunde.«

»Ein paar Minuten reichen mir schon.«

»Ich höre.«

»Lieber in Ihrem Büro, falls es Ihnen nichts ausmacht.«
»Folgen Sie mir.«
Andreas erhob sich und beobachtete, wie Marie Pitou auf ihren hochhackigen Pumps mit übertriebenem Hüftschwung energisch voranschritt, bis in das Büro, das zuvor ihrem Partner Alain Gautier gehört hatte. Sie setzte sich in ihren luxuriösen ledernen Sessel, schlug die Beine übereinander und ließ die Arme auf den Armlehnen ruhen, ohne ihrem Besucher überhaupt angeboten zu haben, Platz zu nehmen.
»Was kann ich für Sie tun, Monsieur le Commissaire?«
»Darf ich mich setzen?«
»Ja, von mir aus. Wie ich Ihnen bereits sagte, bin ich in Eile.«
Andreas nahm Platz und sah sich in dem komplett renovierten und neu eingerichteten Zimmer um. Die vormals weißen Wände waren aufwendig mit einer beige und schokoladenbraun gestreiften Tapete dekoriert worden. Die wenigen Reproduktionen, die in Gautiers Büro gehangen hatten – Andreas erinnerte sich vor allem an die weichen Uhren von Dalí –, waren durch einige von lokalen Künstlern gemalte Originale ersetzt worden, die Berge und Alphütten zeigten. Anstelle von Gautiers Schreibtisch, der mit einer rechteckigen Glasplatte abschloss, stand hier nun ein dunkler, mit Leder bespannter Holztisch.
»Wir hatten sehr unterschiedliche Geschmäcker, Alain und ich«, sagte Marie Pitou spontan.
»Gehört Ihnen die Agentur jetzt zu hundert Prozent?«
»Nein, noch nicht. Die alte Hexe weigert sich, mir die Anteile, die sie von ihrem Sohn geerbt hat, zu einem vernünftigen Preis zu verkaufen. Aber was geht Sie das an?«
»Ich informiere mich, das ist alles. Offensichtlich interessieren Sie sich ja für das Alpchalet von Serge Hugon in Frience? Und für seinen Hof in Huémoz?«
Marie Pitou zuckte in ihrem Sessel leicht zurück und schaute Andreas fragend an. »Ich interessiere mich für alles, was hier zu verkaufen oder zu kaufen ist.«
Marie Pitou hatte sich die Agentur unter den Nagel gerissen,

aber einige Dinge hatten sich nicht geändert: ihre Arroganz und das Fehlen jeglicher Form von Empathie.

»Ohne wenigstens abzuwarten, dass die Angehörigen trauern können?«

»Monsieur le Commissaire, ich verbiete Ihnen, so –«

»Ein Verbrechen wurde begangen. Und die Ermittlung ist noch nicht abgeschlossen. Und Sie rufen die trauernde Tante zwei Tage nach –«

»Das mag unmoralisch sein, ist aber nicht illegal. Ich mache nur meine Arbeit, das ist alles.«

»Und was genau ist Ihre Arbeit in diesem Fall?«

»Ich muss Abschlüsse machen, damit meine Agentur läuft. Ich hätte natürlich ein paar Tage warten können. Doch mein Käufer –«

»Ihr Käufer?«

»Darüber kann ich keine Auskunft geben, Monsieur le Commissaire.«

»Warum nicht?«

»Mein Kunde bat um Verschwiegenheit.«

»Ich wiederhole: Warum nicht?«

»Ich weiß es nicht. Er möchte anonym bleiben. Und das ist doch sein gutes Recht, oder etwa nicht?«

»Madame Pitou, Serge Hugon wurde ermordet, und zwei Tage später unterbreiten Sie der Tante des Opfers ein Kaufangebot für einen anonymen Kunden. Wie lange glauben Sie, mir diese Information noch vorenthalten zu können?«

Andreas war überzeugt, sie mit etwas Druck zum Reden zu bringen. Er hatte keinerlei Beweise, dass es eine Verbindung zwischen dieser Immobiliensache und dem Mord an Hugon gab, aber er brauchte Gewissheit. Das Gespräch, das Mikaël im Buffet de la Gare mitangehört hatte, deutete auf eine unverhoffte Spur.

»Madame Pitou, sollte sich herausstellen, dass Sie auch nur im Entferntesten in die Mordsache verwickelt sind, lasse ich Sie nicht mehr in Ruhe. Beihilfe zum Mord, darauf stehen etwa fünfzehn bis zwanzig Jahre.«

»Aber –«
»Kein Aber. Ich werde Sie nicht mehr in Ruhe lassen.«
Angesichts dieser Drohung gab Marie Pitou klein bei. »Ich arbeite im Auftrag eines Anwalts.«
»Sein Name?«
»Adrian. Adrian ... Schuller.«
»Und wie kann ich diesen Anwalt kontaktieren?«
»Seine Kanzlei ist in Zürich. Sie finden seine Adresse im Internet. Schuller, Schmitt & Strasser.«
Marie Pitou begleitete Andreas zur Tür und sah ihm nach. Anschließend kehrte sie in ihr Büro zurück und tippte eine Nummer in ihr Smartphone ein.

56

Nachdem Mikaël von Andreas eine SMS mit dem Namen des Anwalts erhalten hatte, machte er sich sofort an die Recherche. Herumzuschnüffeln gehörte zu seinen Lieblingstätigkeiten als Journalist, besonders, wenn es dabei um eine Ermittlung ging. Ein Anwalt, der sich für den Kauf des Alphofs einer Person interessierte, die zwei Tage zuvor ermordet worden war? Das war befremdlich. Ein einfacher Geschäftsmann, der wenig Skrupel hatte, wenn er eine gute Gelegenheit witterte? Doch vielleicht steckte auch eine dunklere Machenschaft dahinter.
Er gab den Namen des Anwalts in eine Suchmaschine ein. Der erst Link führte wenig überraschend zur Kanzlei, für die dieser arbeitete. Mikaël notierte sich die Telefonnummer auf seinem Notizblock. Das Anwaltsbüro hatte sich auf Wirtschaftsrecht spezialisiert. Er würde den Anwalt anrufen, um mit ihm auf Tuchfühlung zu gehen, aber erst einmal wollte er mehr über die Sache herausfinden.
Ein weiterer Link verwies auf eine Verbindung, die zwischen

Adrian Schuller und einer Holding mit Sitz auf Zypern bestand: Swiss Global Services Limited. Er versuchte, mehr darüber herauszufinden, doch nach einer einstündigen Suche im Netz gab er auf und tippte dafür lieber eine Nummer in sein Telefon ein.

Die Telefonansage bat ihn um Geduld und zwang ihn dazu, sich mehrere Minuten lang die melancholische, düstere Melodie von Tschaikowskys »Schwanensee« anzuhören, bevor einer seiner Jugendfreunde das Gespräch annahm.

»Hallo, Daniel, wie geht's?«

»Mikaël? Das ist ja ewig her. Unverändert. Immer noch bei der Bank, wie du merkst. Rufst du an, weil du bei mir ein Konto eröffnen willst?«

Trotz Daniels hartnäckiger Versuche hatte sich Mikaël geweigert, Kunde des renommierten internationalen Bankhauses zu werden, bei dem sein Freund arbeitete. Er zog die Filiale einer lokalen Bank in Bex vor, von der er Genossenschaftsanteile erworben hatte.

»Ich bräuchte eine Information.«

»Dann ruft mich also der investigative Journalist an und nicht der Freund?«

»Der Freund ruft dich noch mal an, um dich zum Essen einzuladen. Könntest du mir in der Zwischenzeit etwas über eine Holding auf Zypern sagen?«

»An welcher Sache bist du denn gerade dran? Du weißt, wenn ich mich erwischen lasse, dann steht einiges für mich auf dem Spiel.«

»Ich verrate niemals meine Quellen. Das weißt du. Und außerdem geht es nicht um einen Artikel, sondern um …«

Mikaël erzählte ihm von seinem Anliegen.

Die Swiss Global Services Limited hatte tatsächlich einige Bankkonten eröffnet. »Adrian Schuller ist ihr Verwalter«, beendete Daniel seine Ausführungen.

»Was ist das Betätigungsfeld der Holding?«

»Finanzgeschäfte und Immobilien.«

»Ist das nur eine Briefkastenfirma?«

»Nein, außer ihren Konten bei uns besitzt die Holding mehrere Gesellschaften in Russland, aber auch in anderen Ländern.«
»Und in der Schweiz?«
»Moment, ich schaue mal nach … Nein, nichts.«
»Und trotzdem darf sie in der Schweiz Besitztümer erwerben?«
»Ja, aber nur, wenn der Unterzeichner eine Aufenthaltsbewilligung besitzt, die man nicht mehr so ohne Weiteres bekommt, seit die Lex Koller in Kraft getreten ist. Das Bundesgesetz über den Erwerb von Grundstücken durch Personen im Ausland ist eigens dafür gemacht, Ausländern den Kauf von Wohneigentum auf Schweizer Territorium zu verwehren.«
»Danke. Das hätte ich fast vergessen: Der Anwalt ist der Treuhänder der Holding, aber wer ist wirtschaftlich gesehen der Anspruchsberechtigte?«
»Mikaël … ehrlich. Ich kann doch nicht …«
»Nur noch diese Info und ich lass dich in Ruhe.«
Am anderen Ende der Leitung erklang ein Seufzer. »Ein gewisser Andreï Klitschko.«

Mikaël hatte es geschafft, im Nullkommanichts das Wollknäuel zu entwirren. Von der Agentur Immogryon aus hatte er den Faden bis zu einem russischen Geschäftsmann zurückverfolgt.

Er beschloss, Adrian Schuller, den Treuhänder von Swiss Global Services Limited, zu kontaktieren, und gab die Nummer in sein Telefon ein, nachdem er sich zuvor versichert hatte, dass seine eigene Nummer nicht angezeigt würde. Eine Sekretärin nahm das Gespräch auf Deutsch entgegen, wechselte jedoch sofort ins Französische, als sie Mikaëls Zögern bemerkte.

»Monsieur Schuller ist nicht im Hause. Er ist im Urlaub und erst in zwei Wochen wieder zurück an seinem Arbeitsplatz. Möchten Sie mit einem seiner Kollegen sprechen?«
»Nein, aber könnten Sie mir stattdessen seine Mobilnummer geben?«
»Nein, er ist derzeit nicht zu erreichen.«

»Hält er sich in der Schweiz oder im Ausland auf?«
»Darüber darf ich Ihnen keine Auskunft geben, Monsieur. Wie war noch gleich Ihr Name?«
Mikaël beendete das Gespräch, ohne weitere Fragen zu stellen.

57

Mikaël war es gelungen, Adrian Schullers Nummer über einen Bekannten herauszufinden, der bei einem Mobilfunkanbieter arbeitete. Um das Telefon zu orten, musste man ein kompliziertes Prozedere durchlaufen, an dem mehrere Abteilungen beteiligt waren. Da Andreas suspendiert war, hatte er nicht das Recht, eine solche Nachverfolgung zu beantragen. Daher hatte er als schnelle Lösung einen Freund bei der Spezialeinheit für Observation und Zugriffe bemüht, der die Sache in fünf Minuten geregelt hatte. Nicht ganz legal, aber effizient.

Das Telefon wurde im Chalet RoyAlp, einem der luxuriösesten Hotels der Gegend, geortet. Andreas musste nicht einmal die Rezeption bemühen, denn Schuller saß auf einem der Canapés in der Loungebar. Er erkannte ihn sofort anhand des Fotos, das ihm Mikaël geschickt hatte. Er ging zu ihm hinüber und nahm im Sessel gegenüber Platz, ohne Schuller vorher um sein Einverständnis gebeten zu haben. Dieser hob den Kopf, blickte über den Rand seiner Zeitung, öffnete den Mund und schien etwas sagen zu wollen. Offensichtlich verschlug es ihm jedoch angesichts Andreas' forscher Art die Sprache.

»Monsieur Schuller, Sie interessieren sich für Immobilien in dieser Gegend?«
»Wer sind Sie?«
»Auer, Andreas Auer. Ich bin Polizist. Kriminalkommissar«, fügte er hinzu.

»Und was kann ich für Sie tun?«

Adrian Schuller ließ sich nicht aus der Ruhe bringen. Er war nicht überrascht, denn seine Immobilienmaklerin hatte ihm gesagt, ein Bulle habe ihr Fragen gestellt und sie habe ihm seinen Namen nennen müssen. Doch wie hatte er ihn hier gefunden? Egal, denn die entscheidende Frage lautete: Was wollte dieser Typ? Die Polizei ermittelte wegen des Todes eines Bauern, aber warum interessierte sie sich für ihn? Vielleicht wollte der Bulle nur ein paar Informationen. Sie waren dabei, wenige Tage nach dem Tod des Eigentümers dessen Liegenschaften zu erwerben. Moralisch vielleicht ein wenig verwerflich, aber keinesfalls illegal. Er hatte seine Auftraggeber gebeten, nichts zu überstürzen, aber diese hatten keine Zeit verlieren wollen. Und Widerspruch war in diesem Falle fehl am Platze.

»Wer ist Andreï Klitschko?«, fragte Andreas unvermittelt. Schuller wurde blass. Sein Gegenüber hatte einen Namen ausgesprochen, den er selbst lieber nicht hören wollte. Offensichtlich wusste der Typ mehr, als er sich selbst ausgemalt hatte. Und das war schon zu viel. Wie sollte er aus dieser Falle wieder rauskommen? Er hatte eine Erleuchtung. »Sie behaupten, ein Kriminalkommissar zu sein, allerdings haben Sie mir noch gar nicht Ihren Dienstausweis gezeigt.«

Andreas' Ausweis lag in der Schublade seiner Vorgesetzten. Er saß in der Klemme. Er erhob sich aus seinem Sessel. »Seien Sie versichert, dass ich wiederkomme.«

Andreas verließ das Hotel. Er hatte sich von diesem Gespräch sowieso nichts erhofft – und dennoch sein Ziel erreicht. Er hatte dem Anwalt zu verstehen gegeben, dass er im Besitz vertraulicher Informationen war. Und wenn an dieser Geschichte auch nur eine Kleinigkeit faul war, würde sein Eingreifen mit Sicherheit etwas in Bewegung setzen. Seine Theorie vom Zweig im Ameisenhaufen hatte sich schon oft bewährt. Bohrt man ein Stück Holz in die Behausung der Ameisen, laufen diese aufgeregt hin und her. Und bevor wieder Ruhe einkehrt, macht irgendwer mit Sicherheit einen falschen Schritt. Einen

Fehler, durch den er herausfinden könnte, was hier ausgeheckt wurde. Zu diesem Zeitpunkt konnte er sich nicht sicher sein, was hier gespielt wurde. Vielleicht handelte es sich nur um Immobilienhaie, die wenig Skrupel hatten. Doch er hatte den Gesichtsausdruck des Anwalts gesehen. Als er den russischen Namen ausgesprochen hatte, hatte Schuller gewirkt, als hätte er ein Gespenst gesehen.

Schuller war inzwischen auf sein Zimmer gegangen, griff zum Telefon und wählte eine Nummer. Eine Frau mit russischem Akzent nahm das Gespräch entgegen.

58

Litso Ice hatte die Thermen von Vals nach nur einem Tag verlassen und dachte an diesen mit gemischten Gefühlen zurück. Natürlich hatte er die wohltuenden Badeanwendungen genossen, aber Entspannung und Abschalten schienen nicht das richtige Konzept für ihn zu sein. Er war immer ein Mann der Tat gewesen. War er in Aktion, dachte er nicht nach, sondern konzentrierte sich voll und ganz auf seine Mission. In Vals hatte er jedoch Zeit gehabt, sein Leben wie einen Film zu betrachten. Eine Verfilmung, bei der man vergessen hatte, die schlechten Szenen herauszuschneiden.

Er war seinem Vaterland ein guter Soldat gewesen und ein Kämpfer, der die schwierigsten Aufträge erledigte, ohne mit der Wimper zu zucken. Eines Tages jedoch hatte man ihm gedankt und ihn gleichzeitig abdanken lassen. Man hatte ihm eine Medaille verliehen, und seine Vorgesetzten hatten ihn mit Blumen überschüttet und ihm im gleichen Atemzug zu verstehen gegeben, dass er ein Auslaufmodell sei, ein Relikt des Kalten Krieges, und dass er nicht fähig sei, sich den Veränderungen anzupassen. Man hatte ihn durch jüngere Spione ersetzt, die, geschult im Umgang mit neuen Technologien, besser auf die aktuellen Herausforderungen vorbereitet waren. Also hatte er begonnen, auf eigene Rechnung zu arbeiten. Während seines kurzen Kuraufenthalts hatte er Bilanz gezogen, was seinen Karriereweg als Selbstständiger betraf. Er hatte Gesichter vorbeiziehen sehen. Die überraschten Blicke all derer, die er eiskalt getötet hatte. In der Lethargie der Wärme, während seine Muskeln entspannten, hatte er in den Dampfschwaden des Hammams losgelöste Seelen gesehen, die gen Himmel in die Ewigkeit entschwanden. Da war ihm aufgefallen, dass es viele Menschen gab, die ihn hassten. Die Familien derjenigen, die er liquidiert hatte. Trauernde Witwen. Von Rache getriebene Väter. Söhne, die die Familienehre wiederherstellen wollten. Er war stets effizient und diskret gewesen. Sein Markenzeichen. Sein Verkaufsargument. Doch konnte er sicher sein, dass er niemals von einem Zeugen identifiziert worden war? Während der Massage hatte er eine Panikattacke erlitten und war von einer akuten Paranoia heimgesucht worden. Er musste weiter wachsam bleiben. Niemals nachlässig werden. Zum ersten Mal wurde ihm bewusst, dass sein Traum von einem verdienten und friedlichen Ruhestand vielleicht für immer ein Traum bleiben würde. Ein schöner, jedoch unerreichbarer Traum. Selbst auf einer einsamen Insel würden ihn seine inneren Dämonen heimsuchen …

Als er Vals verließ, wusste er nicht, wo er hingehen sollte, um auf seinen neuen Auftrag zu warten. Sein Arbeitgeber hatte ihn gebeten, in der Schweiz zu bleiben. Er fuhr aufs Geratewohl durch das Land, betrachtete die vorbeiziehenden Dörfer und Landschaften und hielt ab und zu an, um die Aussicht zu genießen oder einen Happen zu essen, in der Hoffnung, dass ihn irgendein Ort zum längeren Verweilen inspirieren würde. Er überquerte den Oberalppass, fuhr den Vierwaldstättersee entlang und passierte den Brünigpass. In Brienz angekommen, erblickte er ein Werbeplakat für das Grandhotel Giessbach, ein majestätisches historisches Gebäude aus dem 19. Jahrhundert. Er bekam eine Suite mit Seeblick und verbrachte dort eine erholsame Nacht. Morgens spazierte er an dem monumentalen Wasserfall entlang, der den Berg in mehreren Stufen hinunterrauschte.

Als sein Mobiltelefon klingelte, trank er gerade an der Bar genüsslich einen Mojito. Das Gespräch war kurz.

»Ja, natürlich. Einverstanden.«

Litso Ice legte auf. Er musste nicht länger über sein nächstes Ziel nachdenken. Er trank den Cocktail aus, packte seine Sachen, bezahlte das Zimmer und gab auf dem Parkplatz die GPS-Koordinaten in sein Navigationssystem ein, die ihm sein Auftraggeber übermittelt hatte.

Die Geschäfte gingen weiter ...

59

Samstag, 23. März

Sie lag ausgestreckt auf dem Bauch. Die Augen verbunden. Die Hände auf dem Rücken gefesselt. Seit wann? Sie wusste es nicht mehr. Zwei oder drei Tage. Die Zeit erschien ihr lang, jede einzelne Minute unendlich. Durch die ständige Dunkelheit konnte sie Tag und Nacht nicht mehr unterscheiden. Doch sie lauschte auf das geringste Geräusch. Sie hatte sich immer gefragt, wie es wohl wäre, blind zu sein. Jetzt machte sie die bittere Erfahrung am eigenen Leib. Jedes Mal, wenn der Mann, der sie gefangen hielt, nach ihr sah, konnte sie ihn schon von Weitem hören. Sie erkannte das Geräusch der sich nähernden Schritte. Treppenstufen. Ja, das war es. Er stieg eine Treppe hinab. Dann das Klicken des Schlosses. Bis jetzt hatte er ihr nicht allzu wehgetan. Hatte sie nur grob behandelt. Einmal hatte er sie geschlagen, als sie sich eingenässt hatte. Sie hatte vergeblich versucht, es aufzuhalten. Danach hatte er ihr die Unterhose ausgezogen und einen Eimer neben sie gestellt, damit sie ihre Bedürfnisse verrichten konnte. Allerdings regte er sich jedes Mal über den Gestank auf. Also besprühte er sie mit Parfüm. Er hatte sie ausgezogen und dann wieder angezogen. Sie hatte Angst gehabt. Große Angst. Aber er hatte sie nicht vergewaltigt. Zumindest bis jetzt noch nicht.

Der Geruch des Parfüms, der sich mit den Ausdünstungen des Eimers vermischte, ekelte sie über die Maßen. Sie kannte diesen sehr prägnanten Duft gut, denn eine ehemalige Nachbarin, die auf derselben Etage wohnte wie sie, hatte dieses Parfüm auch benutzt. Eine aufdringliche Frau, sowohl aufgrund ihrer bohrenden Neugier als auch aufgrund dieses Duftes, der noch lange, nachdem sie vorbeigegangen war, in den Fluren und im Aufzug hängen blieb. Ein Geruch, den ihr olfaktorisches Gedächtnis für immer abgespeichert hatte. Vermischt mit dem Geruch von Ausscheidungen, verursachte er ihr Übelkeit. Sie hatte sich bereits so lange übergeben müssen, bis sie nur noch Galle gespuckt hatte.

Der Mann war deswegen sauer auf sie, aber auch auf sich selbst. Er schien nicht zufrieden. Er hatte sogar laut seine Mutter beschimpft. Hielt er sie für seine Mutter?

Als er ihr die Augenbinde abgenommen hatte, hatte sie ihre Umgebung sehen können. Ihre Augen hatten einige Zeit gebraucht, sich wieder an das Licht zu gewöhnen. Sie vermutete, dass sie sich in einem Keller befand. Und dieses Individuum ihr gegenüber ... Die reinste Horrorgestalt.

Die Augen waren ihr unmenschlich erschienen, bis sie kapiert hatte, dass es sich um Kontaktlinsen handelte, wie sie dieser satanische Sänger trug, dessen Namen sie vergessen hatte. Plötzlich wurde ihr ihre schreckliche Lage bewusst. Wenn er sein Verlangen nicht an ihr befriedigen konnte – würde sie sterben. Und wenn es ihm gelang? Keine der Alternativen wirkte beruhigend. Sollte dieses abscheuliche Individuum in sie eindringen, um seine krankhaften Gelüste zu befriedigen ... Sie wollte es sich gar nicht ausmalen. Der Wille, dem Unvermeidlichen zu entkommen, ließ sie im Kopf noch einmal wie in Zeitlupe die Geräusche durchgehen, die sie jedes Mal hörte, wenn er zu ihr kam. Eines fehlte: das Klicken.

Hatte er nach seinem letzten Besuch vergessen, die Tür abzuschließen? Sie spürte, wie ihr das Adrenalin durch die Venen schoss. Sie musste sich vergewissern. Nein, sie war sich sicher. Hatte er das Haus verlassen? Sie meinte das Zufallen einer Tür gehört zu haben. Sie konzentrierte sich. Sie lauschte, um etwaige Geräusche von oben zu hören. Nichts. Alles schien ruhig. Vielleicht war das Individuum trotz allem da und lauerte in der Stille darauf, dass sie einen Fehler machte. Um sie zu bestrafen. Doch sie musste ihre Chance nutzen. Jetzt oder nie. Sie musste versuchen zu fliehen, bevor er zurückkam.

Mühevoll richtete sie sich von der feuchten Matratze auf, auf der sie gelegen hatte. Sie spürte die Verspannungen ihrer eingeschlafenen Muskeln. Vorsichtig und bemüht, nirgends anzustoßen, machte sie ein paar Schritte nach vorn. Erschrocken, aber auch fasziniert vom Anblick der Horrorgestalt hatte sie in den wenigen Minuten ohne Augenbinde es nicht geschafft, sich ihre Umgebung einzuprägen. Sie hatte weder sehen können, wie das Zimmer eingerichtet war, noch, wo sich der Ausgang befand. Nach ein paar weiteren Schritten stieß sie gegen eine Glasscheibe. Merkwürdig. Ein Geräusch, als würde Laub rascheln. Plötzlich meinte sie zu spüren, dass etwas Lebendiges sich bewegte. Sie drehte sich um und ging in die andere Richtung. Eine Mauer. Sie folgte ihr. Eine Tür. Endlich: ein Türgriff. Regungslos lauschte sie. Immer noch nichts zu hören.

Behutsam drückte sie die Klinke mit ihrem Ellbogen hinunter und stieß die Tür auf. Ihr Gefühl hatte sie nicht getäuscht! Sie war tatsächlich unverschlossen. Sie ging geradeaus, bis sie mit dem Fuß gegen eine Stufe stieß. Sie drehte sich mit dem Rücken zur Wand und stieg Stufe für Stufe die Treppe hinauf. Oben angekommen, eine weitere Tür. Sie fand den Griff. Ihr

Herz klopfte bis zum Hals. Auch unverschlossen. Aber wie sollte sie jetzt den Ausgang finden? Sie bewegte sich wieder nach vorn, stieß gegen einen Türrahmen. Es roch nach Essen. Die Küche. Es gelang ihr, sich so zu positionieren, dass der Griff der Tür zwischen Augenbinde und Kopf passte. Dann bewegte sie sich zur Seite, bis die Augenbinde ihren Hals hinunterglitt und sie ihre Umgebung sehen konnte.

Sie eilte den Flur entlang bis zu einer Tür. Nachdem sie sie geöffnet hatte, strich ihr kalte Luft übers Gesicht. Als sei die Freiheit zum Greifen nah. Sie lief hinaus in die dunkle Nacht.

60

Den ganzen Abend hatte er mit seinen Freunden im Harambee an der Barboleuse ein Glas nach dem anderen runtergekippt. Er hatte jede Menge Bier getrunken und hätte die Abschlussrunde Tequilashots besser ablehnen sollen, mit der ihr fröhliches Treffen ausklang. Jetzt erleichterte er sich mitten auf dem Parkplatz direkt hinter seinem Auto. Ein Shot wäre ja okay gewesen. Aber anschließend hatte jeder von ihnen noch eine Runde geschmissen. Wie viele waren es am Ende gewesen? Vier Runden und seine eigene. Ach ja, und dann noch eine ... Der sympathische, wenn auch etwas schwerfällige Typ, den sie dort kennengelernt hatten. Seinen Namen kannte er nicht. Also sechs Shots. Ihm war schwindelig geworden. Er hatte seine Freunde allein weitermachen lassen. Keine schlechte Idee, vor der Heimfahrt ein kurzes Nickerchen im Auto zu machen, aber dafür war es einfach zu kalt. Bis zu ihm waren es nur ein paar Minuten. Bald würde er in seinem Bett liegen. Im Warmen. Er öffnete die Wagentür und setzte sich hinters Steuer.

Es war nicht das erste Mal. Er kannte den Weg in- und auswendig. Er beschloss, ganz langsam zu fahren, zumal ihm der

Nebel einen Großteil der Sicht raubte. Er sah die weiße Linie doppelt, schloss ein Auge und konzentrierte sich auf diese Linie auf der Straßenmitte, die er nur mit Mühe erkennen konnte. Es lief gar nicht so schlecht. Er bog in eine kleine Straße ein. Nur noch zwei Kilometer und er hatte es geschafft. Nach der Kurve beschleunigte er. Hier gab es keine weiße Linie, an der er sich orientieren konnte, aber auch kaum Verkehr. Plötzlich schien etwas direkt vor ihm aufzutauchen. Er drückte auf die Bremse. Ein Aufprall begleitet von einem dumpfen Geräusch. Scheiße!

Sein Auto war mit irgendetwas zusammengestoßen. Vermutlich ein Reh. Er stieg aus, taumelte und näherte sich dem Haufen, der von den Scheinwerfern angestrahlt wurde. Größe und Form passten nicht zu einem Reh. Verdammte Scheiße!

Ein Körper.

Eine Frau.

Sie schien am Leben zu sein. Aber er konnte nicht hierbleiben und die Polizei verständigen. Dafür würde er ins Gefängnis wandern. Und er war bereits arbeitslos. In letzter Zeit hatte sein Leben eine ziemlich miese Wendung genommen. Und jetzt das. Dieser Unfall würde seinen Absturz weiter beschleunigen. Vorsichtig zog er den Körper an den Straßenrand, um ihn vor weiteren Autos zu schützen. Irgendjemand würde sie bestimmt finden, beruhigte er sich. Er setzte sich wieder in seinen Wagen und fuhr weiter. Hoffentlich hatte niemand etwas gesehen oder gehört ...

61

Sonntag, 24. März

Jérôme Jaccard hatte die ganze Nacht in der Notaufnahme im Krankenhaus in Monthey gearbeitet und beendete gerade seine

Schicht. Gegen zwei Uhr morgens war ein Krankenwagen mit Blaulicht und Sirene eingetroffen. Eine bewusstlose Frau, die man am Rand einer Straße in Gryon gefunden hatte. Ein Dorfbewohner hatte sie entdeckt, als er von einem Abend bei Freunden zurückgekehrt war. Jérôme wäre bei ihrem Eintreffen gern zugegen gewesen, doch er war schon mit einem anderen Fall beschäftigt. Ein alter Mann mit einem Riss eines Aneurysmas. Jérôme hatte sich bei seinen Kollegen erkundigt. Die Frau hatte aufgrund eines heftigen Aufpralls zahlreiche Traumata sowie eine Kopfverletzung erlitten. Die Ärzte hatten sie in letzter Sekunde retten können, aber sie lag im Koma. Offensichtlich war sie noch nicht identifiziert worden.

Er schritt den Krankenhausflur entlang, bis er die Glaswand sah, hinter der sie lag. Ein Polizist bewachte das Zimmer. Merkwürdig. Die Polizei hatte den Krankenwagen eskortiert, um sie so schnell wie möglich nach Monthey zu schaffen. In ihrem Zustand hätte sie mit dem Hubschrauber transportiert werden müssen, aber angesichts der Dunkelheit und der dicken Nebelwand wäre das zu riskant gewesen. Warum wurde diese Person bewacht? Beim Vorbeigehen nickte er dem Polizisten zu und versuchte einen Blick ins Zimmer zu erhaschen. Er sah die liegende Frau, konnte sie aber aufgrund des Kopfverbandes nicht erkennen.

Jérôme beeilte sich, um schnellstmöglich nach Hause zu kommen. Zuvor musste er sich aber ein Mittel besorgen, das in einem verschlossenen Schrank im Zimmer des Pflegedienstes aufbewahrt wurde. Jetzt war dafür die beste Gelegenheit. Das Team der Nachtschicht machte sich gerade bereit zu gehen, während die Pflegekräfte der nächsten Schicht langsam eintrafen. Er stieß die Tür auf. Niemand. Er öffnete den Schrank und suchte, was er brauchte. Als er Schritte auf dem Flur hörte, verharrte er regungslos und hielt die Luft an. Er erkannte ihre Stimmen. Zwei Ärzte. Er atmete aus. Sie gingen vorbei. Schließlich fand er das gesuchte Mittel. Er zog die Ampulle aus der Verpackung und steckte sie in die Außentasche seines Kittels.

Dann faltete er die Verpackung zusammen und steckte sie in die andere Tasche. Er musste noch zur Umkleide, um sich umzuziehen. Würde jemand seinen Diebstahl bemerken, dann wäre es das hier für ihn gewesen.

Eine Viertelstunde später hatte er den Parkplatz erreicht. Die morgendliche Luft war kalt. Er setzte sich in seinen Wagen und fuhr ohne Umschweife los in Richtung Gryon.

Karine parkte ihr Auto vor dem Krankenhaus. Sie war von Viviane herzitiert worden, die am Telefon nicht mehr hatte sagen wollen. Karine hatte natürlich versucht, aus der Nummer rauszukommen. Schließlich war sie mit einem Mordfall beschäftigt, und plötzlich bat ihre Vorgesetzte sie, sich mit einem Verkehrsunfall zu befassen. Eine Frau, die von einem Fahrzeug erfasst worden war. Warum sie? Jeder x-beliebige Polizist hätte sich darum kümmern können. Viviane hatte sogar den Staatsanwalt benachrichtigt, und dieser hatte entschieden, sich selbst ins Krankenhaus zu begeben. Das entsprach nicht dem üblichen Prozedere. Verbarg sich etwas anderes hinter dieser Angelegenheit? Sie würde es bald erfahren.

Ein Polizist stand sich vor dem Eingang des Gebäudes die Beine in den Bauch. Er begleitete Karine zu einem Zimmer, in dem Charles Badoux sie erwartete.

»Ah, da sind Sie ja endlich, Madame Joubert. Setzen Sie sich.«
»Guten Tag.«
»… Herr Staatsanwalt«, fügte er hinzu.

Karine hatte sich nicht die Mühe gemacht, Höflichkeitsfloskeln zu verwenden. Sie wusste ganz genau, dass er Wert darauf legte. Er liebte es, wenn man vor ihm katzbuckelte. Er wollte mit »Herr Staatsanwalt« angesprochen werden. Warum nicht gleich ein Handkuss? Sie konnte ihn nicht leiden. Der Mann verursachte ihr einen Ausschlag.

»Ihre Vorgesetzte hat sich mit mir in Verbindung gesetzt, nachdem sie von der Verkehrspolizei informiert worden ist. Eine Frau wurde in Gryon von einem Auto angefahren und

auf der Straße liegen gelassen. Die Polizei sucht gerade nach dem Schuldigen. Und –«
»Und was hat das mit uns zu tun?«
»Madame Joubert, wenn Sie mich ausreden lassen. Wenn ich richtig verstanden habe, befindet sich Ihr Kollege Auer in einer misslichen Lage. Und es wäre schade, wenn Sie sich an ihm ein Beispiel nehmen würden ... Die junge Frau wurde mit auf dem Rücken gefesselten Händen und einer Binde, die ihr um den Hals hing, aufgefunden. Vermutlich diente diese dazu, ihr die Augen zu verbinden, und sie hat es irgendwie geschafft, sich davon zu befreien.«
Karines Neugier war geweckt.
»Wir konnten sie identifizieren: Séverine Pellet, siebenundvierzig Jahre alt, wohnhaft in Ollon. Ihr Ehemann, Raphaël Pellet, hat sie vor vier Tagen als vermisst gemeldet. Er ist gerade in ihrem Krankenzimmer.«
»Wurde sie entführt?«
»Ja, das vermute ich. Offensichtlich konnte sie fliehen. Besonders interessant ist, dass ihr Mann uns bestätigt hat, dass die Kleidung, die sie trug, nicht die ihre ist.«
»Welche Art Kleidung ist es?«
»Ich habe sie nach Lausanne zur Analyse geschickt.«
Der Staatsanwalt reichte ihr einige Fotos. Karine betrachtete sie aufmerksam. Der Stil der Kleidung, die das Opfer trug, wirkte ein wenig retro. Ein Vintagekleid wie aus den fünfziger Jahren – blau mit weißen Tupfen und ausgestelltem Rock –, ein Rockabillykleid à la Audrey Hepburn. Das Make-up der Frau war total daneben. Sicher hatte sie es nicht selbst aufgetragen. Lippenstift und Lidschatten liefen weit über die Konturen hinaus. Karine legte die Fotos vor sich auf den Tisch. Diese Frau war von ihrem Entführer gekidnappt und verkleidet worden.
Charles Badoux verließ das Zimmer und kam ein paar Minuten später in Begleitung eines Mannes im weißen Kittel zurück. Ein charmanter Arzt: groß, braunes Haar und dunkle Augen. Er sah aus, als sei er geradewegs der Serie »Grey's Anatomy«

entsprungen. Eine Art Doktor McDreamy mit dunklen Augen. Genau mein Typ, dachte Karine. Sie könnte ihn auf einen Drink einladen. Doch jetzt war nicht der richtige Zeitpunkt für einen Flirt, schon gar nicht in Anwesenheit des Staatsanwalts.

Die beiden Männer setzten sich. Aus dem Augenwinkel beobachtete Karine den Arzt und spürte, wie sie errötete. Der Mediziner schien dies bemerkt zu haben, zumindest deutete das leichte Zucken seiner Mundwinkel darauf hin.

Er reichte Karine die Hand und stellte sich vor. »Luca Ruggieri. Ich bin Chirurg und habe Séverine Pellet operiert.«

»Sehr erfreut. Wie geht es ihr?«, fragte Karine und konnte dabei ihren Blick nicht von seinen dunklen Augen wenden.

Bevor er antwortete, erklärte Ruggieri, man habe ihn aufgrund der Schwere der Situation von der ärztlichen Schweigepflicht entbunden und ihm erlaubt, Auskunft über den Gesundheitszustand des Opfers zu geben. »Sie hat multiple Traumata erlitten. Sie wurde von dem Auto auf der Höhe ihrer Beine erfasst. Ein Kniegelenk ist gebrochen. Verletzungen finden sich auch in Höhe des Brustkorbs, des Rückens und des Unterleibs. Am schlimmsten ist jedoch das Gehirn geschädigt. Sie hat einen Schädelbruch mit einem starken Schädel-Hirn-Trauma und Verletzungen des Gehirns erlitten. Nach dem Zusammenstoß wurde das Opfer mit großer Wahrscheinlichkeit über die Motorhaube geschleudert, dann ist ihr Schädel gegen die Windschutzscheibe geprallt. Danach wurde sie zu Boden katapultiert. Sie ist jedoch nicht von dem Fahrzeug überrollt worden. Wir wissen nicht, wie lange sie am Straßenrand gelegen hat, ich vermute jedoch, dass sie über eine Stunde lang bewusstlos war. Der Aufprall hat zudem ein Epiduralhämatom zwischen Schädelknochen und Hirnhaut verursacht sowie – einige hämorrhagische Quetschungen. Da sie sehr lange ohne ärztliche Versorgung war, hat der Druck im Hirn zu einem Sauerstoffmangel geführt. Wir haben eine Notoperation vorgenommen und die Hämatome absaugen können, mussten sie jedoch anschließend in ein künstliches Koma versetzen.«

»Wird sie wieder aufwachen?«, fragte Karine.
»Das kann ich Ihnen in diesem Stadium noch nicht sagen. Ihre Prognose ist noch sehr unsicher. Wir konnten mittels einer Kraniotomie das Hämatom drainieren, doch die weitere Entwicklung der Blutergüsse lässt sich nur schwer prognostizieren. Ihr Zustand kann sich verbessern, aber auch verschlechtern. Die ersten Tage sind die kritischsten. Wir werden sie mindestens zweiundsiebzig Stunden im Koma lassen, aber es kann auch Wochen andauern. Dauert ein Koma länger als zehn Tage, ist es kritisch. Und wir können das Risiko eines Hirntods nicht ausschließen. Wir führen regelmäßig Scans durch, um die Entwicklung der Blutergüsse zu kontrollieren und Anzeichen neurologischer Aktivität sofort zu erkennen.«

»Sollte sie wieder erwachen, welche Spätfolgen wären dann zu erwarten?«

»Das hängt von der Dauer des Komas ab. Und der Schwere der Folgeschäden. Irreversible Schäden sind nicht auszuschließen. Das Risiko bleibender kognitiver Einschränkungen sowie neurologische Störungen und verminderte Reflexe treten nach einem längeren Koma sehr häufig auf. Dennoch ist eine partielle oder gar komplette Heilung immer noch möglich.«

»Und Ihre persönliche Prognose, Herr Doktor? Glauben Sie, dass wir bald mit ihr sprechen können?«

»Schwer zu sagen.«

»Aber Sie verfügen doch über eine langjährige Erfahrung.«

»Das hilft uns in diesem Fall kaum weiter. Leider bin ich jedoch nicht sehr optimistisch.«

62

Das Haus lag in Aigle, inmitten der Weinberge. Der Blick auf das mittelalterliche Schloss und seine Mauern, Türme und Donjons war phantastisch. Jessica war mit Mélissa und Adam vor ungefähr sechs Monaten hier eingezogen, und es gefiel ihnen gut. Zudem wohnten sie jetzt näher an Andreas und Mikaël und weiter entfernt vom Ex-Ehemann und von dem Vater der Kinder. Vorletzte Woche waren sie endlich geschieden worden. Mit seinem gewalttätigen Verhalten hatte sich ihr Ex keinen Gefallen getan, das alleinige Sorgerecht war Jessica zugesprochen worden. Und so verspürte sie an diesem Sonntag, dem 24. März, ihrem Geburtstag, zum ersten Mal wieder so etwas wie Freiheit.

Die Türklingel schellte. Strahlend betrat Adam in Begleitung seiner Großeltern Viktor und Kajsa das Wohnzimmer und ging mit ihnen auf die Veranda, wo sie der Aperitif erwartete. Andreas und Mikaël waren bereits da.

Jessica machte sich in der Küche zu schaffen, während die Gäste ein Glas Champagner tranken. Sie hatte darauf bestanden, die ganze Familie einzuladen und das Geburtstagsessen selbst zu kochen. Seit ihrer Trennung hatte sie wieder Spaß am Leben und liebte es vor allem, kleine Gerichte mit regionalen und saisonalen Zutaten aus biologischem Anbau zuzubereiten. Aus Prinzip und weil es einfach gut schmeckte.

Nach der Vorspeise, einem Salat von Linsen und Kichererbsen, stellte sie nun das Hauptgericht auf den Tisch.

»Das sieht ja köstlich aus!«, rief Viktor gut gelaunt, der sich für alles begeisterte, was seine Tochter betraf.

»Was sind denn das für Küchlein?«, fragte Kajsa.

»Das sieht nicht nach Fleisch aus«, meinte Andreas.

»Hör auf, deine Schwester zu ärgern!«, sagte Viktor.

»Keine Sorge, Papa. Ich kann mich gut selbst verteidigen. Sie sind mit Tofu, Möhren, Sellerie und Ingwer gefüllt.«

»Auch wenn du glaubst, dass dieses Gemüsezeugs Fleisch ersetzen kann, mir gefällt ein gutes Stück Rindfleisch, blutig gebraten, von Zeit zu Zeit schon ganz gut.«

»Mir auch, das weißt du doch. Ich versuche nur etwas Abwechslung auf den Tisch zu bringen«, antwortete Jessica augenzwinkernd.

Mikaël hatte sich an diesem Schlagabtausch nicht beteiligt, sondern stattdessen das verführerisch aussehende Püree probiert. »Phantastisch! Das ist aus Pastinaken, oder? Dieser zarte süßliche Geschmack kommt mir auf jeden Fall bekannt vor.« Jessica lächelte ihm zu und nickte.

»Alles schmeckt wunderbar«, sagte Kajsa abschließend. Die Unterhaltung bei Tisch verlief munter, die Atmosphäre war entspannt und familiär. Doch dann schnitt Kajsa ein weniger schönes Thema an.

»Auf der Fahrt hierher haben wir im Radio gehört, dass eine Frau in Gryon vom Auto überfahren wurde. Offensichtlich ist sie schwer verletzt. Das ist schrecklich. Bist du darüber auf dem Laufenden, Andreas?«

»Ja, aber genau wie du weiß ich es aus den Nachrichten. Ich habe gerade Urlaub.«

Andreas vermied es, ihr den wahren Grund für seine Freistellung zu nennen. Wie jede Mutter, die etwas auf sich hielt, hätte sie ihm die Leviten gelesen. Egal, wie alt das Kind war.

»Ja, Mama, das ist schrecklich. Aber heute ist mein Geburtstag. Da muss man doch nicht unbedingt solche Themen anschneiden, oder?«

»Natürlich, mein Schatz, aber es ist doch in Gryon passiert.«

»Hör auf, Mama.«

Andreas war derart in Gedanken versunken, dass er überhaupt nicht mehr zuhörte. Nacheinander betrachte er jeden, der am Tisch saß. Eine kleine Familie. Die fest zusammenhielt. Trotz der schwierigen Zeit, in der Jessicas homophober Ex-Mann versucht hatte, ihn und seine Schwester auseinanderzubringen und den Auer-Klan zu spalten. Zum Glück war jetzt alles wieder in Ordnung. Trotzdem hatte er ein merkwürdiges Gefühl. Seine Träume waren in letzter Zeit wieder an die Oberfläche gekommen. Irgendeine Verbindung bestand zwischen diesen Alpträumen und seiner Kindheit, dessen war er sich sicher. Doch auf welche verborgene Wahrheit spielten sie an? Er hatte keine Ahnung. Seine Eltern sprachen nicht gern über die Vergangenheit. Er hatte vor ein paar Jahren versucht, dieses Thema anzusprechen, doch sie waren ihm ausgewichen.

63

Montag, 25. März

Als Mikaël noch einige weitere Details über Klitschko recherchiert hatte, war ihm eine Sache ins Auge gefallen, die seine Neugier geweckt hatte. Andreï Klitschko war ein reicher russischer Geschäftsmann, dessen Name mehrere Male im Zusammenhang mit einer anderen Person genannt wurde: Natalia Tchourilova, der Direktorin einer Immobiliengesellschaft mit Sitz in der Schweiz, die sich Swiss Quality In Real Estate SA nannte.

Er war außerdem auf einen Artikel gestoßen, der ein wichtiges Projekt in Gryon erwähnte, das sich Frience Luxury Estate nannte und über das vor fünf Jahren viel geschrieben worden war. Trotz zahlreicher Gegenstimmen hatte die Gemeinde eine riesige Alpwiesenfläche für dreißig Millionen Franken verkauft. Ein willkommener Geldsegen, für den man bereit war, einen hohen Preis zu zahlen, denn auf einer der schönsten Hochweiden würde ein fürchterlicher architektonischer Schandfleck erblühen. Glücklicherweise war das Projekt jedoch noch vor dem ersten Spatenstich aufgegeben worden.

Die Gemeindesekretärin, eine Jugendfreundin von ihm, lud Mikaël ein, in einem der Konferenzräume Platz zu nehmen, legte eine Akte vor ihn hin und faltete außerdem einen Bauplan auf.

»Hier, das sind die Pläne für ein riesiges Hotel mit zweihundert Zimmern. Die drei vor dem Gebäude stehenden Chalets, die du hier siehst, sollten in eine Luxuslodge umgebaut wer-

den. Und hier das Restaurant Refuge de Frience, aus dem ein Gastronomietempel hätte werden sollen.«
»Warum ist dieses Projekt nicht verwirklicht worden?«
»Den Besitzern war ein sehr guter Preis geboten worden, weit über dem Marktwert. Alle hatten sich bereit erklärt zu verkaufen. Dann hat Serge Hugon einen Rückzieher gemacht. Keiner wusste, warum. Doch er war eines der wichtigsten Teile in diesem Puzzle, denn die Zufahrtsstraßen hätten über sein Grundstück geführt. Ohne ihn wäre niemals eine Baugenehmigung erteilt worden. Und es gab damals einen gehörigen Krach zwischen den ganzen Beteiligten, aber ich kann dir nicht genau sagen, warum.«
»Sehr interessant«, murmelte Mikaël.
»Warum interessiert dich dieses Projekt eigentlich?«
»Es gab in letzter Zeit einiges an Bewegung. Als stünde das Projekt plötzlich wieder auf der Tagesordnung.«

64

Als der Mann, der sich am Parfüm seiner Mutter betörte, am Vortag mitten in der Nacht heimgekommen war, hatte die Haustür offen gestanden. Es war ihm eiskalt den Rücken hinuntergelaufen. Er hatte das Haus betreten und war den Flur bis zur Kellertür entlanggegangen, die ebenfalls weit offen stand. Mit wachsenden Befürchtungen war er die Stufen hinabgestiegen, hatte sein Refugium betreten und dabei vor Zorn und vor Angst gebebt. Der Raum war leer gewesen. Es war ihr gelungen zu fliehen ...

Er hatte nur noch einen einzigen Gedanken: sie zu ersetzen. Vielleicht hatte die Sache ja auch ihr Gutes. Er würde eine finden, die seinen Erwartungen besser entsprach. Eine, die seiner Mutter wirklich ähnelte. Und vor allem eine, die gefügiger war.

Dennoch gab es da noch ein Problem. Was war aus seiner Gefangenen geworden? Handelte es sich um die Frau, die gestern, wie er es befürchtet hatte, in Gryon gefunden worden war? Vermutlich. Sie lag anscheinend im Koma, was ihm fürs Erste gelegen kam. Doch wenn sie erwachte, würde sie helfen, ihn zu identifizieren. Und das Haus? Sie könnte die Polizei auf die richtige Spur bringen. Er würde etwas unternehmen müssen. Er durfte das Risiko nicht eingehen, dass sie wieder aufwachte. Aber wie sollte er das verhindern? Er musste um jeden Preis eine Lösung finden, doch zunächst hatte er ein amouröses Rendezvous, dass er auf keinen Fall verpassen wollte.

Seit einigen Wochen kommunizierte er mit einer Annabelle via Internet. Sie hatte einem Treffen zugestimmt, was ihn sehr gefreut hatte. Sie war fünfundvierzig Jahre alt und ähnelte optisch seiner Mutter. Und sie war nicht so dick wie die andere. Sie lebte allein. Zumindest gab sie das vor. Die Erste hatte das auch behauptet, aber sie hatte ihn angelogen. Dieses Mal hatte er es überprüft. Sie hatten sich um neunzehn Uhr in einem Café mitten in Monthey verabredet. Doch er konnte es sich nicht erlauben, mit ihr in der Öffentlichkeit gesehen zu werden. Sie hatte ihm letzte Woche schon ihren Namen und ihre Telefonnummer verraten, daher hatte er bereits ihre Adresse ausfindig gemacht.

Er parkte seinen Wagen auf einem Parkplatz im Industriegebiet, zwei Kilometer von ihrem Wohnhaus entfernt. Den Rest des Weges legte er zu Fuß zurück. Um neunzehn Uhr war er dort und musste jetzt nur noch warten. Eine Mischung aus Erregung und Nervosität erfasste ihn. Er spürte, wie sein Puls schneller wurde, und zwang sich, ruhig zu atmen, um wieder Kontrolle über sich zu erlangen. Er stellte sich vor, er sei ein Raubtier auf der Jagd. Sobald sie feststellen würde, dass ihre Verabredung sie versetzt hatte, würde sie sicherlich schnell wieder nach Hause kommen.

Er sah, wie seine Beute um neunzehn Uhr dreißig mit dem Auto in die Tiefgarage fuhr. Sie verharrte regungslos im Wagen, bis sich das automatische Garagentor öffnete. Er wartete, bis sie wieder anfuhr, um eiligen Schrittes die Rampe hinunterzulaufen.

Er nutzte die fünfzehn Sekunden, die das Tor offen blieb, um ins Gebäude zu gelangen. Als er das Untergeschoss betrat, konnte er zunächst ihren Wagen nicht mehr sehen. Er lief ein paar Schritte weiter und hörte, wie eine Autotür geschlossen wurde. Annabelle ging in seine Richtung. Er war ergriffen von ihrer Schönheit. Außer ihnen beiden war niemand in der Garage. Sie ging an ihm vorbei, schien aber nicht beunruhigt. Er hatte ihr kein Foto von sich geschickt, sondern das eines maskulin und verführerisch aussehenden Mannes, das er zufällig im Internet gefunden hatte. Sie konnte ihn also nicht erkennen. Er drehte sich um, zog ein Messer aus der Tasche, drückte ihr mit einer raschen Bewegung die Klinge gegen den Rücken und hielt ihr mit der anderen Hand den Mund zu. Er befahl ihr, ihm bis zu ihrem Auto zu folgen und ihm die Schlüssel auszuhändigen, was sie zitternd tat. Mit einem Strick, den er mitgebracht hatte, fesselte er ihr die Hände auf dem Rücken und knebelte sie. Anschließend öffnete er den Kofferraum und befahl ihr hineinzuklettern. Als er sie nicht mehr mit dem Messer in Schach hielt, versuchte sie vergeblich, sich zu wehren. Er band ihre Beine mit einem Gurt zusammen und verknüpfte diesen mit der Handfessel. Auf diese Weise würde sie sich nicht mehr bewegen können. Gerade als sich das Garagentor wieder öffnete, schloss er den Kofferraum. Er versteckte sich hinter dem Wagen und wartete ruhig ab, bis die andere Person ihr Auto geparkt und die Garage verlassen hatte. Danach setzte er sich ans Steuer und ließ den Motor an.

Ein paar Minuten später parkte er das Auto neben seinem Fahrzeug, das er im Industriegebiet abgestellt hatte. Bevor er seine Fracht umpackte, versicherte er sich, dass niemand in der Nähe war, der ihn beobachten konnte.

Mission erfüllt. Jetzt konnte er ganz ruhig nach Gryon zurückfahren.

65

Dienstag, 26. März

Andreas und Mikaël waren zeitig aufgestanden und hatten sogar das Frühstück ausgelassen, um sich direkt an die Arbeit zu machen. Die Auskünfte, die Mikaël am Vortag eingeholt hatte, hatten sie neugierig gemacht. Sie konnten nicht sicher sein, dass es eine Verbindung zwischen dieser Immobiliengeschichte und dem Mord an Serge Hugon gab, Andreas glaubte allerdings nicht an einen Zufall. Doch er wollte Gewissheit haben.

Sie hatten beschlossen, das Wohnzimmer in ihr Stabsbüro umzuwandeln. Mikaël hatte die Wände mit Plänen und Informationen plakatiert. Auf einem großen Blatt stand: *Projekt Frience.*

Mikaël erklärte Andreas die Karte, auf der er die verschiedenen Liegenschaften, die Teil des Projekts waren, und die Namen der ursprünglichen Eigentümer eingetragen hatte:

1. *Weideland Frience: gehört Swiss Quality In Real Estate SA (SQIRE), vor fünf Jahren für 30 Millionen von der Gemeinde Gryon erworben.*
2. *Alphof und Grund von Serge Hugon (kürzlich ermordet): hat jetzt seine Tante Isabelle geerbt. Sie hat beschlossen zu verkaufen.*
3. *Restaurant Refuge de Frience: gehört Nathalie Vernet. Sie ist zugleich die Wirtin.*
4. *Alpchalet Le Bouquetin: gehört der SQIRE. Es wurde vor fünf Jahren von Lucien Brunet verkauft.*
5. *Alpchalet Le Mazot: gehörte André Jaccard, der es von seiner Frau Michèle geerbt hat. Es wurde an die Holding Swiss Global Services Limited (SGS) verkauft. Der Kaufvertrag wurde am 22. März dieses Jahres unterschrieben.*
6. *Alpchalet Argentine: gehörte Alexis Grandjean, einem*

Genfer Bankier. Das Chalet wurde am 1. März dieses Jahres an die Holding Swiss Global Services Limited verkauft.

Beim Betrachten der Karte musste Andreas unwillkürlich an die Ereignisse des letzten Herbstes denken, die deutliche Spuren bei ihm hinterlassen hatten. Doch nun musste er sich auf die Gegenwart konzentrieren.

»Also, wenn ich es richtig verstehe, muss die Swiss Quality In Real Estate SA die unterschiedlichen Parzellen und Liegenschaften aufkaufen, um eine Luxushotelanlage bauen zu können?«, fragte Andreas.

»Stimmt genau.«

»Und was hältst du von alldem hier?«

»Der Tod von Serge Hugon scheint jemandem gut in den Kram zu passen. Das Immobilienprojekt kann wie durch ein Wunder in die Tat umgesetzt werden. Vielleicht geht es hier eben doch nicht nur um Kühe und Eifersucht.«

»Da stimme ich dir zu. Das ist sehr merkwürdig. Hugon wurde am 17. März getötet. Ein Alpchalet wurde kurz vor seinem Tod veräußert, ein anderes kurz danach. Warum gerade jetzt? Fünf Jahre nach der Lancierung des Projekts.«

»Gibt es dafür einen Auslöser?«

»Auf jeden Fall müssen wir diese Spur intensiv weiterverfolgen. Also, von den sechs Immobilien gehören zwei einer Schweizer Gesellschaft – der SQIRE –, zwei wurden von einer zypriotischen Holding – der SGS – gekauft, und zwei sind noch im Besitz der aktuellen Eigentümer?«

»Genau. Ich habe heute Morgen Isabelle Hugon angerufen. Sie ist bereit, den Kaufvertrag zu unterzeichnen, sobald sämtliche Erbfragen geregelt sind.«

»Dann müssen sie also nur noch die Refuge de Frience erstehen, um anfangen zu können. Aber warum übernimmt jetzt diese Holding den Erwerb der Liegenschaften und nicht die Schweizer Gesellschaft, die das Projekt realisieren möchte?«

»Vermutlich, um keinen Verdacht zu erwecken. Es gibt keinerlei offizielle oder juristische Verbindung zwischen dem Unternehmen Swiss Quality In Real Estate SA und der Holding Swiss Global Services Limited. Die Holding kauft die Besitzungen und kann sie anschließend an die Schweizer Immobiliengesellschaft veräußern. Damit ist die Sache geritzt, ohne dass irgendein Verdacht erweckt wurde. Und das Projekt kann starten. Das ist zwar nur eine Theorie, aber ...«

»Wenn sie nichts zu verbergen hätten, wäre das nicht nötig.«

»In der Tat. Hast du es geschafft, eine Verbindung zwischen Klitschko und Tchourilova zu finden?«

»Nein, aber ich bemühe mich. Es muss eine geben, so viel ist sicher. Das kann kein Zufall sein.«

»Jetzt wissen sie, dass wir ihnen auf der Spur sind. Vor allem, da wir über die Existenz eines Klitschko auf dem Laufenden sind. Sie fragen sich sicherlich, über welche Informationen wir genau verfügen und ob wir die Verbindung zwischen den beiden Firmen entdeckt haben.«

»Wir müssen unbedingt Natalia Tchourilova, die Direktorin des Schweizer Unternehmens, kennenlernen.«

»Ja, ich glaube, das ist eine gute Idee. Aber nicht sofort. Und wir müssen die ehemaligen Besitzer der drei Chalets und die Geschäftsführerin des Restaurants treffen.«

66

Karine, Christophe und Nicolas hatten eine Besprechung mit ihrer Vorgesetzten im Polizeipräsidium in Lausanne. Inzwischen waren sie mit einem neuen Fall beschäftigt: dem Geheimnis der entführten Frau, die in einem Vintagekleid in Gryon überfahren worden war.

»Was wissen wir über diese Geschichte?«, fragte Viviane, um das Meeting in Schwung zu bringen.

»Nicht sehr viel. Séverine Pellet, siebenundvierzig Jahre. Sie lebt in Ollon. Sie wurde am 20. März entführt und ist drei Tage später, am 23. März, wiederaufgetaucht. Sie arbeitet in einer Buchhandlung in Aigle. Sie ist verheiratet. Ein Anwohner hat sie in Gryon auf der Route des Renards gefunden, als dieser von einem Abendessen bei Freunden heimgekehrt ist. Ihre Hände waren auf dem Rücken gefesselt, und sie trug eine Binde um den Hals, mit der ihr vermutlich die Augen verbunden worden waren«, erklärte Karine.

»Wir gehen davon aus, dass sie an einem Ort ganz in der Nähe ihres Fundortes festgehalten wurde, bis ihr die Flucht gelang. Vermutlich ist sie herumgeirrt oder weggerannt, bevor sie mit dem Auto zusammenstieß«, fügte Christophe hinzu.

»Wird sie als Zeugin befragt werden können?«

»Momentan befindet sie sich im Koma, und der behandelnde Mediziner wagt noch keine Prognose. Christophe und ich müssen andere Hinweise finden, um die Ermittlung voranzutreiben.«

»Und der Unfallfahrer? Könnte es sich bei ihm um den Entführer handeln?«

Karine hatte diese Möglichkeit auch schon in Erwägung gezogen. Doch das wäre sicher nicht die beste Methode gewesen, sich ihrer zu entledigen.

»Aber der Entführer hätte sie nach ihrer Flucht gesucht und sie absichtlich überfahren haben können, oder nicht?«

»Ja, das ist eine Möglichkeit. Wir werden alles in Bewegung setzen, um ihn zu finden. Das ist unsere vorrangige Aufgabe. Um herauszufinden, ob es sich bei dem mutmaßlichen Kidnapper und dem Unfallverursacher um ein und dieselbe Person handelt, müssen wir ihn kriegen. Es ist durchaus plausibel, dass der Unfallfahrer irgendwo in der Nachbarschaft wohnt. In der Ecke gibt es zahlreiche Chalets, dennoch verfolgen wir momentan eine vielversprechende Spur: Eine Anwohnerin, die am

Beginn der Route des Renards in der Nähe des Fußballplatzes wohnt, hat gegen Mitternacht auf ihrem Balkon eine Zigarette geraucht und beobachtet, wie ein Fahrzeug dort Schlangenlinien fuhr. Es war dunkel, aber sie hat Christophe gegenüber ausgesagt, dass es sich um ein helles Auto gehandelt habe. Grau oder weiß. Sie hat das Fabrikat nicht erkannt, jedoch angegeben, dass es ein Kleinwagen war. Typ Golf.«

»Die Route des Renards schlängelt sich auf zwei Kilometern vom Platz der Barboleuse ausgehend aus Gryon hinaus. Das Opfer wurde ungefähr auf halber Strecke gefunden. Wir vermuten, dass die Person, die sie überfahren hat, zwischen dieser Stelle und dem Ende der Route des Renards wohnt. Also in einem der Chalets auf diesem einen Kilometer langen Abschnitt«, ergänzte Christophe.

»Es sei denn, das Fahrzeug wäre in die andere Richtung gefahren«, gab Viviane zu bedenken.

»Ja, natürlich. Das ist eine Möglichkeit, aber wir müssen ja irgendwo anfangen, oder?«, mischte sich Nicolas ein, der bis jetzt geschwiegen hatte.

»Dem Arzt zufolge ist der Kopf des Opfers gegen die Windschutzscheibe geprallt. Wir haben am Unfallort keine Glassplitter gefunden, aber es ist wahrscheinlich, dass die Scheibe zumindest beschädigt wurde. Der Raser wird sie sicherlich austauschen müssen. Nicolas ist bereits dabei, alle Autowerkstätten in der Region zu kontaktieren. Doch momentan wird das Auto vermutlich in einer privaten Garage versteckt. Der Fahrer wird es nicht wagen, das Fahrzeug jetzt reparieren zu lassen, aber man weiß ja nie. Christophe und ich werden die Häuser abklappern und sämtliche Garagen inspizieren, um es zu finden.«

Karine holte die Fotos von der Frau hervor, die bei ihrer Ankunft im Krankenhaus gemacht worden waren, und legte sie auf den Tisch. »Sie ist wahrscheinlich unter Zwang verkleidet und geschminkt worden.«

»Wie kommt ihr darauf?«, fragte Viviane.

»Meiner Meinung nach handelt es sich nicht um eine Entführung, die den Zweck hatte, Lösegeld zu erpressen. Es könnte sein, dass wir es hier mit einem Psychopaten zu tun haben …«
»… der eventuell rückfällig wird«, beendete Viviane den Satz.
»Andreas könnte uns helfen, hier klarer zu sehen und ein Persönlichkeitsprofil zu erstellen«, schlug Christophe vor.
»Er ist beurlaubt. Ihr müsst ohne ihn auskommen«, brummte Viviane.
»Ganz genau, wir kommen auch ohne ihn klar«, fügte Karine hinzu.
Andreas fehlte ihr, und sie wusste, dass er sie unterstützen könnte, aber sie wollte den anderen beweisen, dass sie fähig war, auch ohne ihn zu ermitteln. Außerdem hatte sie ja schon den Mord an dem Bauern aufgeklärt. Sie war auf einem guten Weg, ihre Unabhängigkeit als Ermittlerin zu erlangen und ein Stück aus dem Schatten ihres Kollegen und Freundes, der sehr viel Platz einnahm und stets im Rampenlicht stand, herauszutreten.
Ein Polizeiinspektor klopfte an die Glastür und signalisierte Karine, dass sie kommen möge. Sie schüttelte den Kopf, um ihm zu zeigen, dass sie beschäftigt war, resignierte jedoch angesichts seiner Hartnäckigkeit, stand auf und verließ das Büro.
»Ein Anruf für dich. Ein Polizist aus Monthey.«
»Dafür habe ich jetzt keine Zeit. Notier seinen Namen, dann rufe ich ihn zurück.«
»Er sagt, dass es wichtig sei.«
Karine murrte, ging zu ihrem Schreibtisch, setzte sich auf die Tischkante und nahm das Gespräch entgegen.
»Ja, hallo.«
»Guten Tag, Madame la Commissaire Joubert, man hat mir gesagt, dass Sie mit dem Fall der entführten Frau betraut sind.«
»Das stimmt.«
»Ich habe eine Information, die Sie interessieren könnte. Eine Frau aus Monthey ist als vermisst gemeldet worden. Es

handelt sich um Annabelle Champion. Seit gestern gibt es kein Lebenszeichen mehr von ihr. Ihre beste Freundin, die auch ihre Kollegin ist, hat mich von ihrem Verschwinden unterrichtet. Sie ist heute Morgen nicht zur Arbeit erschienen und geht nicht ans Telefon. Ihre Kollegin ist daraufhin zu ihrer Wohnung gefahren. Sie hat einen Schlüssel. Annabelle war nicht da, und es schien ihr, als hätte sie auch nicht dort geschlafen. Außerdem hat sie mir gesagt, dass Annabelle gestern Abend ein Date hatte. Sie hatte ihr davon erzählt. Annabelle hat das wohl nicht sehr oft gemacht. Letztes Jahr hat sie ihren Mann bei einem Verkehrsunfall verloren und konnte sich seitdem nicht auf eine neue Beziehung einlassen. Ihre Freundin hat sie ein wenig gedrängt, neue Männer kennenzulernen. Jetzt hat sie Angst, dass ihr etwas passiert ist, und macht sich Vorwürfe.«

»Vielleicht hat dieses amouröse Rendezvous in einer Nacht bei ihrem neuen Liebhaber gegipfelt. Sie wird sicherlich im Laufe des Tages wiederauftauchen.«

»Was mich beunruhigt ist, dass sie mir ein Foto von Annabelle Champion gezeigt hat, die der entführten Frau sehr ähnlich sieht. Und die fast genauso alt ist wie sie ...«

67

Nachdem Mikaël gegangen war, betrachtete Andreas erneut die verschiedenen Blätter, die an die Wand geheftet waren. Eine Verbindung zwischen dem Tod von Serge Hugon und diesem Immobilienprojekt war vielleicht nur sein Hirngespinst, aber er wollte auf Nummer sicher gehen. Sein Instinkt sagte ihm, dass er tiefer nach den geheimen Machenschaften dieser Immobiliengesellschaft graben sollte, die offenbar ihre jüngsten Tätigkeiten verschleiern wollte.

Einen Augenblick später wählte er die Nummer des Bankiers

Alexis Grandjean. Eine Telefonistin informierte ihn darüber, dass Monsieur Grandjean beschäftigt sei. Auch nachdem Andreas sich als Polizist zu erkennen gegeben hatte, weigerte sie sich, ihn durchzustellen. Er hinterließ seine Nummer und legte auf.

Andreas holte ein Zigarre mit dem Namen the five.sixty der Marke El Sueño aus seinem Humidor, die ihm sein Tabakhändler empfohlen hatte. Obwohl er sich in den Kopf gesetzt hatte, ausschließlich Havannas zu rauchen, hatte er sich dazu überreden lassen. Der Zigarrenverkäufer hatte ihm erklärt, dass die Tabakblätter aus den entlegensten Gebieten der Dominikanischen Republik und Nicaraguas kämen, wo der Tabak noch nach althergebrachten traditionellen Methoden angebaut würde. Letzteres war natürlich eine Anspielung auf Kuba. Die 5.60er gehörte zu den kompakten Robustos, und die Zahl bedeutete, dass die Zigarre fünf Zoll, also zwölf Komma sieben Zentimeter, lang war und ihr *cepo*, ihre Ringstärke, sechzig, also zwei Komma drei vier Zentimeter, betrug.

Andreas schob diese technische Betrachtung beiseite, betrachtete die Vitola und schnitt sie an. Am meisten erstaunte ihn der ungewöhnlich große Zigarrenring, den unterhalb des Logos und des Namens ein schwarz-weißes Schachbrettmuster zierte. Auf jeden Fall eine Zigarre, die aus dem Rahmen fiel.

Er trat auf die Terrasse hinaus. Trotz der Kühle der Luft hatten die wenigen Sonnenstrahlen die Fliesen bereits etwas erwärmt. Er machte es sich in einem Gartenstuhl bequem und schaute sich erneut die Vitola an. Das Deckblatt hatte die braunrötliche Colorado-Färbung. Beim Betasten erwies sie sich als so füllig, wie er es gern mochte. Er zündete sie an und hoffte, dass sie sich, wie es der Name der Marke El Sueño verhieß, als ein Traum und nicht als Chimäre erweisen würde. Die Zigarre zog gut und bildete einen angenehmen Rauch. Nach und nach entfalteten sich ihre subtilen Aromen von getrockneten Früchten und einer leichten Holznote. Zeder. Im zweiten Drittel wurde die Aromenpalette etwas komplexer. Holzig mit Erde am Gaumen. Animalisch-ledrige Noten entfalteten sich perfekt ausbalanciert zu einem würzigen Finale, ohne dass die Harmonie auf der Strecke blieb. Er war begeistert.

Beim Rauchen rief sich Andreas die Bilder seines letzten Traumes in Erinnerung, die in seinem Kopf herumspukten. Zwei riesige Vögel mit ausgebreiteten Flügeln, die auf dem Boden saßen. Weiß. Mit gebogenem Schnabel. Adler! Sie schlugen mit den Flügeln, ohne vom Boden wegzukommen. Das Geräusch des Flügelschlagens verlangsamte sich. Sie waren erschöpft. Sie gaben auf. Er hörte sie seufzen. Er sah sich selbst mitten in dem Zimmer stehen. Die beiden Vögel badeten in einer riesigen Blutlache. Jetzt verstand er es. Ihre Flügel waren im Verhältnis zu ihren Körpern viel zu klein. Das zunächst verschwommene Traumbild wurde schärfer. Das waren keine Flügel, sondern Rippen, die aus einem offenen Skelett herausstanden. Und das waren keine Vögel, sondern die sterblichen Überreste von Menschen. Wie die Gerippe, die er nach den Autopsien in der Leichenhalle gesehen hatte. Und wenn es kein Alptraum war, sondern eine Erinnerung?

Das Klingeln seines Telefons ließ ihn aus seinen Traumbildern in die Realität zurückkehren. Es war Alexis Grandjean, der Bankier. Seine Stimme klang neugierig und beunruhigt zugleich. Sie verabredeten sich für den folgenden Tag in Genf.

68

Der Mann, der sie entführt hatte, hatte ihr die Augenbinde abgenommen. Sie hatte zum ersten Mal sein Gesicht gesehen. Er hatte sie neugierig angestarrt. Dann hatte sie im Dämmerlicht des feuchten Raums die Terrarien ausmachen können. Der Anblick dieses Typen mit weiß geschminktem Gesicht und mit schwarzem Lidschatten umrandeten Augen hatte bei ihr eine längst vergessene Erinnerung wachgerufen. Als Jugendliche war sie ein Fan der britischen Rockgruppe The Cure gewesen, die ihren Höhepunkt in den achtziger Jahren gehabt hatte. Der Mann hatte sich vor ihr zum Rhythmus der repetitiven, penetranten Musik der Band ausgezogen. Sie war zu Tode geängstigt gewesen.

Sie war in diesem Raum gefangen, das war ihr einziger Anhaltspunkt. Ihr Entführer hatte sie in den Kofferraum ihres eigenen Autos eingesperrt, bevor er sie in ein anderes Fahrzeug verfrachtet hatte. Wahrscheinlich ein Kleintransporter, denn sie hatte auf dem Fußboden gelegen. Sie war sich sicher, dass sie nicht mehr unten in der Rhôneebene war. In den zahlreichen Kurven während der Fahrt war sie hin und her geschleudert worden. Eine Bergstraße … Doch wo genau befand sie sich nun? Sie hatte nicht die geringste Ahnung. Und auch niemand sonst wusste es …

Der Mann hatte sie entkleidet und sie mit Gewalt in ein Kleid gezwängt. Und er hatte dieses Parfüm versprüht, dessen Duft sich in ihrer Nase festgesetzt hatte. Ein Parfüm, das sie schon einmal in einer Parfümerie ausprobiert hatte. Sie konnte es jedoch nicht mehr genau benennen. Der Name Guerlain kam ihr in den Sinn. Sie hatte es gemocht, für sich selbst jedoch einen etwas diskreteren Duft bevorzugt. Doch jetzt empfand sie diesen sanften Geruch als ekelerregend. Er verursachte ihr Übelkeit.

Sie saß in der Falle. Und sie fühlte tiefe Abscheu gegenüber diesem Mann. Und Entsetzen.

Was wollte er von ihr? Was würde er mit ihr anstellen?

Sie hatte gesehen, wie er masturbierte, aber er schien keine echte Erektion gehabt zu haben. Anfangs hatte sie das Gefühl, seine Handlungen und Gesten von außen zu beobachten, so, als sei sie nicht das Opfer, sondern eine Zuschauerin. Sie war nicht in der Lage, wirklich zu erfassen, was mit ihr geschah. Wahrscheinlich ein Schutzmechanismus. Dann hatte er versucht, sie zu vergewaltigen, obwohl er keinen hochbekam. Erst in diesem Moment war ihr ihre Situation bewusst geworden. Sie hatte sich mit ihren Füßen, die nicht mehr gefesselt waren, gewehrt und ihn sogar an der Augenbraue verletzt. Er hatte hinausgehen müssen, um seine Wunde zu versorgen. Als er mit einem Pflaster im Gesicht zurückgekehrt war, hatte er vor Wut getobt. Dann hatte er eines seiner Terrarien geöffnet und eine riesige pelzige Spinne hervorgeholt, eine Vogelspinne. Er hatte die Spinne mit zwei Fingern festgehalten, sich ihr genähert und sie ihr auf den Bauch gesetzt: »*So hältst du wenigstens still*«, hatte er ihr mit eisiger Stimme ins Ohr gezischt.

Die Macht, die er über sie ausübte, lähmte sie. Sie wollte vor Wut und vor Entsetzen schreien. Oder weinen? Vielleicht würde er sie angesichts ihrer Tränen verschonen? Aber sie konnte es einfach nicht. Die pelzigen Beinchen bewegten sich über ihren Körper. Sie traute sich nicht mehr, sich zu rühren. Nicht einmal mehr zu atmen. Nach einem Moment, der ihr wie eine Ewigkeit erschien, setzte er das Monster wieder in seinen Käfig und verließ den Raum.

Bevor er ging, streifte er ihr die Augenbinde wieder über und fesselte ihre Hände. Sie lag auf einer Matratze in völliger Dunkelheit und hörte ab und zu Geräusche, die aus den Terrarien kamen. Ihr fielen Bilder eines Videoclips von The Cure ein. Eine schwarze haarige Spinne wie die, die ihr über den Bauch spaziert war. »Lullaby«, einer der bekanntesten Songs der Band, dessen hypnotischen Text sie in der Disco mitgesummt hatte:

A movement in the corner of the room!
And there is nothing I can do
When I realize with fright
That the spiderman is having me for dinner tonight!

Dieser Typ – dieses Monster – mit dem weiß angemalten Gesicht und Augen, als habe er sie mit Kohle geschwärzt, erinnerte sie ein wenig an den Sänger Robert Smith, aber vor allem war er der Spinnenmann des Songs, »Spiderman«, und sie dachte zitternd daran, dass er sie vielleicht zu seinem Mahl auserkoren hatte.

Der Mann, der sich am Parfüm seiner Mutter betörte, war allein im Haus. Sein Vater war wie jeden Dienstag zum Mittagessen bei einem seiner Cousins und würde erst am frühen Nachmittag zurückkommen. Momentan war er also entspannt. Kein Geräusch im Haus. Keine Musik. Er musste nachdenken. Was sollte er mit ihr machen? Sie war seit gestern die Seine. Seit weniger als vierundzwanzig Stunden. Und bereits jetzt war er ihrer überdrüssig.

Sie wollte ihm nicht gehorchen. Vielleicht war er zu ungeduldig. Vielleicht musste er ihr mehr Zeit geben, sich an ihn zu gewöhnen. Wie sollte er sie erobern? Verführung war sicherlich keine Option. Zwang brachte auch nie den gewünschten Effekt. Er musste sie anders gefügig machen. Aber wie? Er musste noch einmal von vorn beginnen. Denn durch ihre zunächst rebellische, dann unterwürfige Art ekelte ihn seine neueste Eroberung schon jetzt an. Er konnte nichts dagegen machen. Das wusste er. Er hatte bereits die Nächste im Kopf. Er war sich sicher, dass sie perfekt sein würde. Eine Frau, die ihm Wonneschauer verursachte. Die Augen von einem Blau, das ihn an seine Mutter erinnerte. Eine makellose Haut und ein heller Teint. Eine Kreatur, die er zu der seinen machen musste.

Blieb noch das Problem der Sauberkeit. Er hatte nicht darüber nachgedacht, dass sie pinkeln und sogar ihre Notdurft verrichten mussten. Nie hätte er sich ausgemalt, dass auch seine Mutter solch niedere körperliche Tätigkeiten ausgeführt hatte. Seine Opfer hinterher sauber zu machen widerte ihn an und raubte ihm jegliche Lust.

Allerdings musste er noch ein viel dringenderes Problem lösen. Er hatte die ersten beiden Frauen über ein Datingportal kontaktiert. Er mochte weder diese belanglosen Unterhaltungen im Netz noch, sich für jemand anderen auszugeben, nur um seine Beute anzulocken. Er hatte einen regelrechten Horror davor. Und erst recht vor dem Moment der realen Begegnung in seinem Reich, seinem Liebesnest, wenn er nicht mehr der fiktive Don Juan war, der ihnen entgegentrat, sondern er selbst, der androgyne Mann, mit dem sie sich nicht wohlfühlten.

Die ersten beiden Frauen waren enttäuscht gewesen. So viel war sicher. Dieses Mal würde er zum Frontalangriff übergehen. Er würde sie entführen, ohne mit ihr vorher im Internet zu flirten oder mit ihr vorab ein Rendezvous auszumachen. Er kannte ihren Namen und hatte sie kürzlich in Gryon im Café Pomme gesehen. Ihre Adresse rauszukriegen war reine Formsache gewesen. Doch erst musste er einen Weg finden, sie gefügig zu machen. Er wusste, dass er bei ihr mit seinem Charme nichts ausrichten würde. Sie musste einfach gehorchen, das war alles. Er könnte ihr ein Nervengift verabreichen, wie es der Serienmörder von Gryon letzten Herbst getan hatte. Sie hatten darüber in der Zeitung berichtet. Auf diese Weise wäre sie in ihrem eigenen Körper gefangen.

Aber zuvor musste er sich der Aktuellen entledigen.

69

Mikaël stellte seinen Wagen an der Route des Renards ab. Die beiden Leute, die er treffen wollte – André Jaccard und Lucien Brunet – wohnten einander gegenüber in zwei alten, für die Region typischen Dorfchalets. Während er Brunets Garten durchschritt, betrachtete er das wunderschöne Gebäude. Ein sehr altes Haus, geschmückt mit repräsentativen Wandmalereien und Verzierungen im Stil des Alpenbarocks, die jedoch nicht nur aus Liebe zur Dekoration und aus Gründen der Ästhetik angebracht worden waren – denn der Besitz eines großen und schönen Chalets legte Zeugnis ab vom Reichtum und vom gesellschaftlichen Einfluss seiner Bewohner. Dieses hier war sicherlich von einem der örtlichen Honoratioren im 18. Jahrhundert erbaut worden. Das Baujahr war sogar über die Tür gemalt worden: 1728. Darüber stand der Name des damaligen Eigentümers, ein gewisser Arthur Brunet. Die Brunets gehörten zu den angesehenen Bürgerfamilien in Gryon, deren Stand sich über Generationen etabliert hatte. Auch die Initialen des für das Bauwerk verantwortlichen Zimmermeisters waren auf der Fassade zu lesen: *DHD*. David-Henri Dumayne, einer der einst renommiertesten Zimmerer der Region. Er war es gewesen, der nach der verheerenden Feuersbrunst in Gryon zahlreiche Chalets wiederaufgebaut und die Kirche renoviert hatte. Im Rahmen seiner Recherchen über die Ursprünge seiner eigenen Familie, die Geschichte des Dorfes und der großbürgerlichen Familien, die das lokale Leben bestimmt hatten und zu denen die Brunets zweifellos gehörten, war Mikaël auch auf Informationen über den Zimmermeister gestoßen.

Mangels Klingel klopfte er an der Haustür. Er lauschte eine Weile und klopfte erneut. Wieder wartete er. Als er sich gerade umdrehen wollte, um zu gehen, hörte er eine Stimme aus dem Inneren des Hauses.

»Ich komme.«

Die Tür ging auf.

»Guten Tag, Monsieur Brunet.«

Ein Mann fuhr im Rollstuhl auf ihn zu.

»Ah! Aber ich kenne Sie doch. Sie sind doch der Sohn von Achard, oder? Sie sind Journalist, nicht wahr?«

»Ja, der bin ich.«

»Was verschafft mir die Ehre Ihres Besuches?«

»Darf ich hereinkommen?«

Lucien Brunet wendete seinen Rollstuhl, fuhr voran in die Küche und bot Mikaël dort einen Stuhl an.

»Wie geht es Ihrem Vater? Ich denke, ich darf dich noch duzen. Ich habe dich schon als kleinen Jungen gekannt. Dein Vater war einer meiner besten Freunde, bevor er beschlossen hat, nach Leysin abzuhauen.«

»Meinem letzten Stand nach geht es ihm gut. Er wohnt immer noch in Leysin.«

»Grüße ihn bei Gelegenheit schön von mir. Aber weswegen willst du mich sehen?«

Mikaël war verwirrt über diesen unerwarteten Gesprächsbeginn. Er war davon ausgegangen, dass sein Vater Brunet genau wie die Mehrzahl der anderen Einwohner von Gryon kannte, aber nicht, dass sie Freunde gewesen waren.

»Ich werde direkt zur Sache kommen, Monsieur Brunet.«

»Nenn mich Lucien.«

»Lucien, ich würde gern über das Immobilienprojekt von Frience sprechen.«

Luciens heiteres Gesicht verdüsterte sich. »Über diese alte Geschichte? Daraus ist doch letztendlich nichts geworden. Warum interessierst du dich dafür?«

»Weil es den Anschein hat, dass dieses Projekt wieder auf der Tagesordnung steht. Ich muss wissen, was damals passiert ist.«

»Ich habe keine große Lust, darüber zu sprechen. Für mich ist diese alte Geschichte begraben und meine Frau mit ihr.«

»Es tut mir leid, dich damit zu belästigen, aber aktuell geschehen hier fragwürdige Dinge. Und es ist auch nicht auszuschließen, dass es eine Verbindung zum Mord an Serge Hugon gibt.«

»Hugon ... Hat den nicht Antoine getötet?«

»Es ist ein wenig komplizierter, als es scheint, aber ich kann dir wirklich nicht mehr darüber sagen.«

»Ich verstehe. Aber warum mischst du dich da ein? Wegen deiner Zeitung?«

»Ja«, log Mikaël.

Lucien schien neugierig zu werden und beschlossen zu haben, sich doch auf das Gespräch einzulassen.

»Was möchtest du wissen?«

»Vor fünf Jahren hast du dein Alpchalet an eine Immobiliengesellschaft veräußert. Kannst du mir etwas über die Umstände erzählen?«

»Wir hatten ein sehr interessantes Angebot bekommen. Alle waren bereit zu verkaufen. Doch dann ist die Geschichte ins Trudeln geraten …« Lucien seufzte, bevor er fortfuhr. »Zunächst ist Germaine Grandjean gestorben, die Arme. Sie war immer bester Gesundheit gewesen. Ich glaube, sie hatte ein Aneurysma. Ihr Sohn, ein Bankier aus Genf, erbte das Chalet und wollte es nicht mehr verkaufen. Dann hatten wir diesen Unfall, bei dem meine Frau Marlène starb.«

»Was ist passiert? Das war ein Verkehrsunfall, oder? Ich glaube, davon habe ich schon gehört.«

»Ja, wir sind nach Bex runtergefahren, als die Bremsen unseres Wagens versagten. Sie saß am Steuer. Wir sind geradeaus in die Schlucht gesaust. Ich war nicht angeschnallt und bin aus dem Auto geschleudert worden. Marlène wurde eingeklemmt, und das Fahrzeug ging in Flammen auf. Seit jenem Tag sitze ich in diesem verdammten Rollstuhl.«

»Das tut mir leid. Mein aufrichtiges Mitgefühl.«

»Danke. Und danach, um meine Geschichte zu Ende zu bringen, hat Hugon seine Meinung geändert, Gott weiß, warum, und das Projekt wurde eingestellt.«

»Aber schlussendlich hast du dein Chalet verkauft?«

»Ja. Ich habe mich mit denen in Verbindung gesetzt. Ich wusste, dass ich im Rollstuhl nie mehr da raufkommen würde. Sie haben es trotzdem gekauft, wenn auch nicht zu dem anfangs gebotenen Preis. Aber das war mir gleich. Mit dem Geld konnte ich das Haus umbauen und der neuen Situation anpassen. Und außerdem hatte ich keine besondere Bindung zu dem Ort.«

»Warum nicht?«

»Meine Frau hatte auf dem Kauf bestanden. Wir besaßen kein Alpchalet, und meine Frau war eifersüchtig auf unsere Nachbarn, die Jaccards. Besonders auf Michèle, die sie deswegen quasi verhöhnt hatte. Als das Alpchalet neben den Jaccards nach einem Todesfall zum Verkauf stand, hat Marlène Himmel und Hölle in Bewegung gesetzt, es zu erstehen. Ich fand das

keine gute Idee, aber sie war eine Person, der man nicht widersprach.«
»Lucien, ich danke dir sehr, dass du mit mir gesprochen hast.«
»Gern geschehen. Ich weiß nicht, ob dir das weiterhilft, aber ich hoffe es.«

70

Auch das Dorfchalet von André Jaccard war mit seinen vielen Schnitzereien das reinste Kunstwerk. Im Gegensatz zum Chalet der Brunets waren hier die Malereien mit der Zeit verblichen. Nur einige religiöse Inschriften waren noch sichtbar. Eines der Fresken erweckte seine Aufmerksamkeit. Eine kreisförmige Blumengirlande umgab den Text: *Gesegnet sei der Herr an jedem Tag*. Dieses Chalet gehörte zu den wenigen, die beim Brand im Jahr 1719 verschont worden waren. Erbaut 1662, war es eines der ältesten Häuser Gryons, wie man auf einer Schautafel des didaktischen Rundwegs Parcours Juste Olivier nachlesen konnte, der einen zu den pittoresksten und typischsten Orten des Dorfes führte. Das Chalet war bemerkenswert gut erhalten und stand unter Denkmalschutz.

Mikaël klingelte. Kurz darauf öffnete ein junger, etwa dreißigjähriger Mann die Tür, bei dem es sich um einen der Freunde von Vincent handelte.

»Salut, Jérôme. Ist dein Vater zu Hause?«
»Ah, hallo, Mikaël, stimmt doch, oder? Einen Moment, ich rufe ihn.«

Er drehte sich um und verschwand im Haus, ohne nach dem Grund für den Besuch gefragt zu haben.

»Papa, da ist jemand für dich.«
Mikaël hörte Schritte auf der Treppe, und kurz darauf stand

ein schlanker Mann mit markantem Gesicht vor ihm und begrüßte ihn.
»Guten Tag, Mikaël Achard. Ich bin Journalist.«
»Ja, ich weiß, wer Sie sind. Sie sind der Freund dieses Kriminalkommissars, nicht wahr? Der, der vor einigen Monaten diesen Mörder erwischt hat. Was kann ich für Sie tun?«
»Ich würde gern kurz mit Ihnen über Ihr Alpchalet sprechen.«
»Das gehört mir nicht mehr. Ich habe es vor ein paar Tagen verkauft.«
»Ja, das weiß ich. Im Grunde interessiere ich mich für das Immobilienprojekt von Frience. Darf ich hereinkommen?«
Mikaël machte einen Schritt nach vorn, als wolle er eintreten. André Jaccard legte seine Hand auf den Türrahmen, um ihn daran zu hindern.
»Falls es um einen Artikel geht, dann bin ich nicht daran interessiert. Ich habe nichts dazu zu sagen. Ich habe einfach mein Alpchalet verkauft. Das ist alles.«
Mikaël hatte nicht damit gerechnet, dass Jaccard ein Gespräch ablehnen würde. Er hatte sich keine Argumente zurechtgelegt. Wie sollte er ihn überzeugen? Plötzlich hatte er eine Idee.
»Das verstehe ich. Kein Problem. Ich fand es einfach normal, Sie in Bezug auf gewisse Informationen auf dem Laufenden zu halten, bevor sie in der Presse stehen. Vor allem, da sie auch Sie betreffen. Aber gut ... wie Sie wollen.«
Mikaël drehte sich um und tat, als wolle er gehen.
»Was für Informationen?«
Er ging weiter bis zum Gartentor, ohne zu antworten.
»Monsieur Achard! Kommen Sie, ich mache Ihnen einen Kaffee.«
Der Köder hatte seinen Zweck erfüllt. Mikaël kehrte um und folgte seinem Gastgeber in die Küche. Dieser bat ihn, auf der Bank Platz zu nehmen. Am anderen Ende des Tisches saß Jérôme, der völlig versunken auf seinen Bildschirm starrte und

nicht einmal aufblickte. Als der Ton einer eingehenden Nachricht erklang, klappte er energisch sein Laptop zu, nahm es unter den Arm und verließ den Raum.

»Tut mir leid, mein Sohn ist momentan nicht gut drauf. Das ist nicht bös gemeint. Aber heute Morgen war schon die Polizei hier und jetzt ein Journalist.«

»Die Polizei?«

»Ja. Wegen der Frau, die sie Sonntag am Straßenrand gefunden haben, nachdem sie von einem Auto angefahren worden war. Sie sind bei allen vorbeigekommen, um die Autos zu kontrollieren. Wahrscheinlich glauben sie, dass der Täter hier irgendwo wohnt.«

André Jaccard stellte den Wasserkocher an und holte zwei Tassen aus dem Schrank. Ein Glas Nescafé, Zucker und Sahne standen bereits auf dem Tisch.

»Tut mir leid. Wir haben nur löslichen Kaffee.« André Jaccard setzte sich Mikaël gegenüber. »Aber sie haben hier nichts gefunden«, fügte er grinsend hinzu.

»Nichts gefunden?«

»Äh, die Polizei. Sie haben unsere Fahrzeuge kontrolliert und sind dann wieder gefahren. In diesem Haus gibt es weder einen Verkehrsrowdy noch einen Entführer! Tut mir leid, ich bin in Gedanken immer noch bei der Geschichte. Aber das scheint Sie nicht zu interessieren ...«

»Was haben Sie gerade gesagt?«

»Dass ich Sie mit meinen Polizeigeschichten wahrscheinlich langweile. Deswegen sind Sie ja nicht gekommen, oder?«

»Haben sie gerade Entführer gesagt?«

»Das Mädchen, das Sie gefunden haben, trug eine Augenbinde, und die Hände waren auf dem Rücken gefesselt.«

»Woher wissen Sie das?«

»Einer meiner Nachbarn hat sie auf seinem Nachhauseweg gefunden und hat die Polizei verständigt.«

Mikaël hatte von der Frau gehört, die man bewusstlos am Straßenrand gefunden hatte, aber nicht gewusst, dass sie ent-

führt worden war. Merkwürdige Geschichte. Sie hatte zwar nichts mit ihren eigenen Ermittlungen zu tun, interessierte ihn jedoch als Journalist. Er musste später etwas mehr darüber herausfinden. Eine Entführung kam selten vor.
»Kehren wir zu unserem ursprünglichen Thema zurück, wenn es Ihnen recht ist.«
»Ja, natürlich. Sie wollten mir Informationen zukommen lassen?«
»Ganz genau. Doch zunächst noch eine Frage. Das Projekt Frience Luxury Estate scheint ja jetzt, nach fünf Jahren, wie der Phönix aus der Asche aufzuerstehen. Wundert Sie das nicht?«
»Nein. Die Lage ist nicht mehr die gleiche. Die Hauptgegner sind tot.«
»Um wen handelt es sich dabei denn? Serge Hugon. Und wer noch?«
»Meine Frau.«
»Ihre Frau? Sie hatte vor fünf Jahren nicht verkaufen wollen?«
»Diese Geschichte ist ein wenig kompliziert.«
»Ich habe Zeit, Monsieur Jaccard.«
»Wie Sie möchten … Damals hatte eine Immobiliengesellschaft, die SQIRE, den wichtigsten Teil des Baulandes für zig Millionen von der Gemeinde gekauft. Um ihr Projekt jedoch umsetzen zu können, mussten sie noch den Alphof von Hugon, das Restaurant und drei weitere Alpchalets kaufen. Sie haben uns sehr gute Angebote gemacht. Weit über dem Marktwert. Alle waren bereit zu verkaufen, nur meine Frau Michèle nicht. Sie hat sogar den Immobilienmakler beschimpft und rausgeschmissen. Hugon ist daraufhin zu mir gekommen. Er hat mich unter Druck gesetzt, damit ich meine Frau zum Verkauf überrede. Aber das Alpchalet gehörte ihr. Sie hatte es von ihren Eltern geerbt.«
»Und konnten Sie sie überzeugen?«
»Nicht wirklich. Hugon hat einen Abend für alle Eigentümer organisiert. Ich bin hingegangen. Allein. Und habe ihnen gesagt,

dass alles geklärt sei. Auf die Frage, warum meine Frau nicht zur Versammlung gekommen sei, habe ich ihnen geantwortet, dass sie krank sei.«

»Und dann?«

»Ich dachte, ich könnte sie umstimmen. Aber letztlich musste ich das gar nicht mehr ...«

»Warum?«

»Ich habe Ihnen doch gesagt, dass es eine lange Geschichte ist. Und noch dazu eine komplizierte. Zunächst hatten Lucien und Marlène einen Unfall. Marlène ist gestorben.«

»Darüber bin ich auf dem Laufenden«, unterbrach ihn Mikaël.

»Der Genfer Bankier, der eines der Chalets geerbt hat, lehnte das Angebot ab, das man seiner Mutter gemacht hatte. Selbst für die doppelte Summe wollte er sich nicht mehr davon trennen. Kurz vor der Unterschrift hat auch Hugon plötzlich seine Meinung geändert. Niemand wusste, warum. Was für ein blödes Rindvieh. Erst bearbeitet er mich, dass ich meine Frau dazu bringe, ihre Meinung zu ändern, und dann macht er plötzlich einen Rückzieher. Lucien war der Einzige, der noch verkaufen wollte. Er behauptete, aufgrund des Rollstuhls das Chalet auf der Alp nicht mehr nutzen zu können, und brauchte Geld, sein Haus behindertengerecht umzubauen.«

»Und die Wirtin des Restaurants?«

»Nathalie Vernet war wirklich enttäuscht. Die Refuge lief nicht mehr. Sie war kurz vor dem Konkurs und sah in dem Verkauf eine Möglichkeit, der Pleite zu entgehen.«

»Hat Immogryon sie wegen des Verkaufs erneut kontaktiert?«

»Nein, ich bin auf sie zugegangen und habe das Maklerbüro angerufen. Ich hatte die Visitenkarte wiedergefunden, die ich aufbewahrt hatte. Und ich fand, dass es jetzt an der Zeit war. Ich wollte etwas Neues anfangen.«

»Wann haben Sie sie kontaktiert?«

»Vor etwa zwei Monaten. Und vor vier Tagen habe ich den Kaufvertrag unterschrieben.«

»Aber Sie haben es nicht an diese berühmte SQIRE verkauft, nicht wahr?«
»Das ist richtig. Madame Pitou hat mir erklärt, dass der Verkauf über eine andere Gesellschaft mit Sitz in Zypern abgewickelt würde. Die Swiss Global Services Limited. Deswegen konnte ich auch erst kürzlich unterschreiben.«
»Und das hat Sie nicht erstaunt?«
»Nein, für mich spielte das beim Verkauf keine Rolle.«
»Aber Sie haben erwähnt, dass Serge Hugon Sie unter Druck gesetzt hat, Monsieur Jaccard. Hatte er denn dafür Argumente?«
André Jaccard senkte den Blick und atmete tief ein.
»Monsieur Jaccard, es ist wichtig, dass ich die genauen Begleitumstände und den Sachverhalt dieser Geschichte verstehe.«
»Warum? Warum interessiert Sie das so? Und außerdem haben Sie gesagt, dass Sie Informationen für mich hätten. Und jetzt bin ich dabei, alles vor Ihnen auszubreiten, ohne dass ich überhaupt weiß, warum.«
»Monsieur Jaccard, ich habe Ihnen nicht die ganze Wahrheit gesagt. Ich bereite momentan gar keinen Artikel vor. Ich versuche herauszufinden, was hier im Geheimen vor sich geht. Sachen, die nicht ganz sauber sind. Und ich interessiere mich dafür in erster Linie als Einwohner von Gryon. Ich will nicht zusehen, wie dieses kolossale Projekt auf einer der schönsten Hochweiden unserer Regionen entsteht. Ich verspreche Ihnen, nichts davon weiterzuerzählen, aber ich muss hier Klarheit haben.«
»Ich verstehe. Auch ich habe keine Lust auf dieses monströse Hotel. Aber gleichzeitig wollte ich dieses Alpchalet loswerden. Und sie haben mir einen guten Preis dafür angeboten.«
»Das erklärt aber immer noch nicht, welche Mittel Hugon hatte, Sie unter Druck zu setzen.«
Der für gewöhnlich sehr ruhige André Jaccard reagierte derart aufbrausend, dass Mikaël überrascht zurückwich.
»Hören Sie, mischen Sie sich nicht in meine Angelegenheiten

ein! Ich habe Ihnen schon genug gesagt. Das geht Sie nichts an. Und das hat auch nichts mit dem Verkauf meines Alpchalets zu tun. Punkt. Ich möchte Sie jetzt bitten zu gehen.«

Viele Fragen schwirrten Mikaël im Kopf herum, nachdem er sich von Jaccard verabschiedet hatte. Alte Streitigkeiten aus der Vergangenheit schienen bei den Protagonisten immer noch sehr präsent zu sein, aber war das Grund genug, um über Leichen zu gehen?

71

Karine und Christophe klingelten an der Tür des Chalets. Es war bereits der neunte Haushalt, dem sie an diesem Vormittag einen Besuch abstatteten. Sie suchten die Person, die Séverine Pellet angefahren hatte. Ihre einzige Information war, dass es sich um einen weißen oder grauen Kleinwagen gehandelt hatte, vielleicht einen Golf.

In jedem der Häuser hatte Karine die Fragen gestellt, und Christophe hatte sich Notizen gemacht. Sie wollten sämtliche Fahrzeuge der Bewohner kontrollieren und nach der Nutzung zur Unfallzeit fragen. Bislang hatte sich keiner der Besuche als fruchtbar erwiesen. Manche Personen hatten sichere Alibis und andere Autos, die nicht dem entsprachen, das die Zeugin in der Tatnacht gesehen hatte. Und genau das war auch der Knackpunkt. Die Nachbarin hatte diesen Wagen zur fraglichen Unfallzeit vorbeifahren sehen, aber es hätte auch genauso gut ein anderer, zweiter Wagen gewesen sein können, der den Unfall verursacht hatte. Selbst wenn die Fahrzeuge nicht der Beschreibung entsprachen, untersuchten sie sie auf mögliche Schäden, die durch einen Zusammenprall mit dem Opfer hätten entstanden sein können. Ohne Erfolg. Die Sache erwies sich als schwierig.

Während sie warteten, dass ihnen jemand die Tür öffnete, drehte sich Karine um und bewunderte das Chalet gegenüber, in dem sie früher am Vormittag André Jaccard kennengelernt hatten. Sie sah eine Person auf das Haus zugehen und hätte schwören können, dass es sich um Mikaël handelte …

Die Tür des Chalets, vor dem sie mit Christoph stand, ging auf und ließ ihr keine Zeit, darüber nachzudenken, warum sich der Lebensgefährte ihres Kollegen hier in der Nachbarschaft aufhielt.

Ein junger Mann stand vor ihnen. Karine erklärte ihm den Grund ihres Besuchs und bat darum, eintreten zu dürfen.

Die Bewohner des Chalets waren keine Sauberkeitsfanatiker. Die Möbel waren von einer gleichmäßigen Staubschicht bedeckt. Als sie sich setzten, meinte Karine sogar ein kleines Staubwölkchen aufwirbeln zu sehen. Bildete sie sich das ein? Auf jeden Fall hatte sie plötzlich das Gefühl, niesen zu müssen.

»Wie heißen Sie?«
»Cédric Brunet.«
»Ihr Alter?«
»Achtundzwanzig Jahre.«
»Wer außer Ihnen wohnt noch hier? Ich habe den Namen Lucien Brunet auf dem Klingelschild gelesen.«
»Das ist mein Vater.«
»Und ist Ihr Vater ebenfalls hier?«
»Ja, in seinem Zimmer. Papa, wir haben Besuch!«

Karine hatte beim Eintreten ein merkwürdiges Gefühl befallen, ohne dass sie wusste, wieso. Die hier herrschende Unordnung und der abgestandene Geruch, den das Chalet verströmte. Jetzt fand sie Worte für das, was sie gespürt hatte. Eine Abwesenheit. Die einer Frau?

»Und Ihre Mutter?«
»Sie ist tot.«

Sie waren nicht hier, um Familiengeschichten nachzuvollziehen. Sie suchten die Person, die Séverine Pellet überfahren hatte.

Und sie suchten natürlich auch ihren mutmaßlichen Entführer. Aufmerksam beobachtete sie Cédric Brunet, und es gefiel ihr, was sie sah: ein recht hübscher junger Mann mit regelmäßigen Gesichtszügen. Es war das zweite Mal, dass sie in Bezug auf einen Mann, den sie im Zuge dieser Ermittlung kennengelernt hatte, derartige Überlegungen anstellte. Offensichtlich lastete ihr Singledasein inzwischen ganz schön schwer auf ihr. Auch wenn es sich bei ihm um einen gut aussehenden Mann handelte, war dieser hier nicht ihr Typ.

»Besitzen Sie ein graues oder weißes Fahrzeug? Typ Golf.«

»Einen Golf? Grau oder weiß? Nein, ich fahre einen Jeep Toyota, einen RAV4. Und bei der Arbeit außerdem einen Lieferwagen.«

»Und Ihr Vater?«

»Ja, worum geht es denn?«

Sie drehten sich um und sahen, wie Lucien Brunet mit seinem Rollstuhl auf sie zukam.

»Guten Tag, wir sind von der Polizei und würden gern wissen, ob Sie ein Auto besitzen.«

»Früher ja, aber jetzt fahre ich nicht mehr.«

»Gut. Was machen Sie beruflich?«, fragte Karine an den Sohn gewandt.

»Ich bin bei der Gemeinde angestellt. Ich kümmere mich unter anderem um den Erhalt der Straßen und Gebäude. Und um die Wartung der Fahrzeuge. Eigentlich bin ich Automechaniker.«

»Wo waren Sie Samstagabend so gegen Mitternacht?

»Da war ich an der Barboleuse. Im Harambee. Das ist eine Bar. Ich habe mit Freunden etwas getrunken. Ich bin dort gegen zwei Uhr weggefahren, als der Laden geschlossen hat.«

»Kann das jemand bestätigen?«

»Ja klar, die Bar war ganz schön voll.«

»Geht das auch etwas präziser?«

»Meine Freunde Vincent, Jérôme – ach, nein, der hat an diesem Abend gearbeitet. Und … Romain.«

Er zögerte einen Moment, was Karine nicht entging.
»Romain?«
Cédric verstand plötzlich, worum es ging. Sein Freund Romain. Er war nicht wie die anderen bis zum Schluss geblieben …
»Ich habe das Gefühl, dass Sie mir noch etwas dazu sagen möchten. Oder täusche ich mich?«
»Äh … nein. Er ist …«
»Er ist was?«
»Er muss gegen Mitternacht gefahren sein.«
»Was für einen Fahrzeugtyp besitzt er?«
»Einen Golf. Grau.«

72

Wieder zu Hause, ging Mikaël zu Andreas in die Küche. Er näherte sich ihm, schlang die Arme um ihn und gab ihm einen Kuss auf den Nacken.

»Hmm, das riecht gut«, sagte er und hob den Deckel der Kasserolle an, die auf dem Herd stand.

»Nichts anfassen! Ich bereite ein Risotto und in Safran gebratene Jakobsmuscheln zu. Und ich habe einen guten Wein aufgemacht, einen Noir de Duin. Ich hoffe, das sagt dir zu.«

»Ich kann es kaum erwarten …«

»Falls du dich in der Zwischenzeit nützlich machen möchtest, könntest du uns schon mal einen Aperitif vorbereiten.«

Mikaël holte eine Flasche Gin und eine Flasche Tonic Water hervor, füllte damit zwei Gläser und stellte sie auf den niedrigen Wohnzimmertisch, zusammen mit zwei kleinen Schälchen mit Oliven und Rosmarinmandeln. Andreas setzte sich.

»Prost!«, sagte Mikaël.

»Ja, zum Wohl. Also, jetzt erzähl mal von dem, was du erfahren hast.«

»Ich brauche deine Hilfe, um das Ganze besser zu verstehen.«

Mikaël erhob sich, nahm einen Kugelschreiber und begann, etwas auf die Plakate an der Wand zu schreiben, die aus dem Wohnzimmer mittlerweile eine Art Stabsbüro gemacht hatten. Als erste Überschrift wählte er »Goldenes Kalb« und als zweite »Turm von Babel«. Er hatte die beiden den menschlichen Hochmut illustrierenden biblischen Geschichten als Codenamen für die zwei Fälle gewählt. Er hielt kurz inne und überlegte, ob er noch einen dritte hinzufügen sollte. Dann erklärte er Andreas, was er herausgefunden hatte.

»Eine Entführung? Ich dachte, es sei ein Unfall gewesen.«

»Die Polizei hat es noch nicht kommentiert und die Presse offensichtlich noch keinen Wind davon bekommen.«

»Merkwürdig, äußerst merkwürdig. Momentan passiert ja eine Menge in Gryon. Aber lassen wir das mal beiseite. Ich bemühe mich, von Karine etwas darüber zu erfahren. Auf den ersten Blick hat das mit dem, was uns beschäftigt, nichts zu tun.«

»Das stimmt.«

»Also, zurück zu unserem Thema.«

Was den Fall »Goldenes Kalb« betrifft, so sind deine Kollegen überzeugt, dass es sich um einen persönlichen Rachefeldzug handelt. Antoine Paget soll Serge Hugon getötet haben. Und du, du bist nach wie vor überzeugt, dass er unschuldig ist. Die Frage, die sich hier stellt, lautet also: Wer könnte ein Interesse daran haben, Hugon verschwinden zu lassen?«

Mikaël schrieb als Nächstes den Ablauf der Geschehnisse auf die Papierbögen:

- *Samstag, 9. März: regionale Rinderzuchtschau in Aigle. Serge Hugons Kuh stirbt, und Antoine Pagets Kuh gewinnt.*
- *Sonntag, 10. März: Serge Hugon fährt zu Antoine, um ihn zu bedrohen, weil er glaubt, dass Antoine seine Kuh vergiftet hat.*

– Sonntag, 17. März: Antoine findet eine getötete Kuh. Es handelt sich nicht um Yodeleuse, die Siegerin der Zuchtschau. Antoine fährt nach Huémoz zu Serge Hugon. Die beiden Männer prügeln sich.
– Montag, 18. März: Isabelle Hugon findet den Leichnam ihres Neffen und ruft die Polizei.
– Mittwoch, 20. März: Antoine wird festgenommen, weil er Serge Hugon ermordet haben soll.

Andreas rekapitulierte die Beweise, die Antoine belasteten und die bereits auf einem anderen Blatt standen:

– *Unter Antoine Pagets Fingernägeln wurden DNA-Spuren von Serge Hugon gefunden.*
– *Auf der Kleidung in Antoines Wäschekorb wurden Blutspuren von Serge Hugon sichergestellt.*
– *Im Stall wurde eine Schaufel entdeckt, bei der es sich um die Tatwaffe handelt. Die DNA-Spuren auf dem Griff lassen sich Antoine zuordnen.*
– *In Serge Hugons Scheune wurde das Messer gefunden, mit dem Antoines Kuh abgestochen worden ist, und bei Antoine eine Ampulle mit Strychnin, dem Gift, mit dem Hugons Kuh getötet wurde.*

»Was meinst du dazu?«, fragte Mikaël.
»Ich bin von Antoines Unschuld überzeugt. Wenn ich die verschiedenen Indizien betrachte, dann kann ich nur mit Sicherheit sagen, dass in der Tat eine Prügelei stattgefunden hat. Aber das ist auch alles. Die restlichen Beweise könnten orchestriert worden sein, um Antoine als Schuldigen darzustellen. Das ist doch alles viel zu offensichtlich, oder?«
»Du meinst also, dass das alles ein abgekartetes Spiel ist?«
»Zumindest möchte ich von diesem Szenario vorerst mal ausgehen. Und ein anderes sehe ich momentan nicht.«
»Aber von wem sollte das alles inszeniert worden sein?«

»Das führt uns zurück zur ersten Frage: Wer profitiert vom Hugons Tod?«

»Genau. Gute Schlussfolgerung.«

»Eine Vermutung. Doch davon ausgehend wage ich es mal, eine Hypothese aufzustellen. Hugon ist tot, und seine Tante ist dabei, seinen Besitz und die Alpweiden in Frience zu verkaufen. Das Immobilienprojekt wird aus der Asche neugeboren. Genau da müssen wir ansetzen und tiefer graben!«

»Und zum Anfang dieser Affäre vor fünf Jahren zurückkehren. Ich versuche, das Ergebnis meiner Recherchen und die Ereignisse, so wie sie mir von Brunet und Jaccard geschildert wurden, mal vereinfacht zusammenzufassen. Eine ganz schön verwirrende Angelegenheit.«

Mikaël schlug sein Notizbuch auf und erläuterte Andreas den Ablauf der Immobilienaffäre, die er »Turm von Babel« genannt hatte:

»Vor fünf Jahren, im März, kauft die Immobiliengesellschaft Swiss Quality In Real Estate SA (SQIRE) mit Sitz im Schweizer Kanton Zug das Gelände der Gemeinde Frience und initiiert das Projekt Frience Luxury Estate, um einen Hotelkomplex zu errichten. Anfang April des Jahres macht die SQIRE den Eigentümern Kaufangebote. Eine Versammlung aller Beteiligten wird einberufen. Alle außer Michèle, André Jaccards Frau, sind mit dem Verkauf einverstanden. Sie möchte nicht an dieser Versammlung teilnehmen. Sie schickt ihren Mann hin, damit dieser den anderen ihre Ablehnung des Angebots mitteilt. Weil André Jaccard von Serge Hugon erpresst wird, gibt er bei der Versammlung vor, seine Frau sei bereit zu verkaufen, obwohl er weiß, dass er erst noch eine Strategie entwickeln muss, um sie zum Verkauf zu überreden.«

»Er wurde erpresst?«, fragte Andreas.

»Ja, aber Jaccard hat sich geweigert, mir zu sagen, womit ihn Hugon damals erpresst hat. Am 30. April des Jahres wird das Auto von Marlène und Lucien Brunet ausgebrannt in einer Schlucht zwischen Posses und Fenalet gefunden. Marlène war im Innenraum eingeklemmt und ist bei lebendigem Leib verbrannt. Lucien wurde aus dem Wagen geschleudert, hat den Unfall überlebt, sitzt jedoch seitdem im Rollstuhl. Laut Polizeibericht lautet die Unfallursache »Bremsversagen aufgrund eines Lecks in der Bremsanlage«. Da keinerlei mechanisches Problem vorlag, ging man davon aus, dass es ein Problem mit dem Ausgleichsbehälter aus Kunststoff gegeben haben muss, der jedoch beim Unfall verbrannt ist. Am 19. Mai stirbt Germaine Grandjean eines natürlichen Todes, und ihr Sohn möchte nicht mehr verkaufen. Lucien Brunet befindet sich zwar noch in der Reha, veräußert jedoch im Juni nach dem Tod seiner Frau das Alpchalet. Das Projekt wird eingestellt, weil neben dem Bankier Alexis Grandjean nun auch Serge Hugon, einer der Ersten, der sein Land verkaufen wollte, plötzlich einen Rückzieher macht. Das Grundstück von Hugon ist das wichtigste, da es das einzige ist, das die Möglichkeit für den Bau einer Zugangsstraße zum Immobilienkomplex bietet. Kein Projekt ohne Hugons Besitz.«

»Diese Geschichte gleicht ja dem Fluch des Tutanchamun!«

»Und das ist noch nicht das Ende. Im Januar dieses Jahres – fünf Jahre nachdem das ursprüngliche Projekt ad acta gelegt wurde – kontaktiert André Jaccard Immogryon und teilt ihnen mit, dass er sich zum Verkauf entschlossen hat. Das Alphalet war seit Generationen im Besitz der Familie seiner Frau, doch da diese ein paar Monate zuvor gestorben ist, möchte er sich jetzt davon trennen. Vor gut zwei Wochen, am 10. März, wird das Alphalet des Genfer Bankiers Alexis Grandjean von einem neuen Protagonisten dieser Geschichte erworben, nämlich der Swiss Global Services Limited, einer Holding im Besitz des russischen Oligarchen Klitschko. Sieben Tage später wird Serge Hugon ermordet. Am 19. März kontaktiert Marie Pitou Isabelle Hugon, um ihr anzubieten, ihr das Land und den Alp-Bauernhof abzukaufen, den sie von ihrem Neffen erben wird. Am 22. März unterschreiben die SGS und André Jaccard einen Kaufvertrag, mit dem Letzterer sein Alpchalet veräußert. So!

Das war's. Was mir an den Ereignissen der letzten Zeit merkwürdig vorkommt, ist das Timing«, sagte Mikaël.
»Was findest du daran auffällig?«
»Zunächst einmal: Warum wird das Projekt nach fünf Jahren wieder aufgerollt? Handelt es sich um einen von langer Hand geplanten Akt, oder gibt es ein Ereignis, das als Auslöser dient, das Projekt wieder auf die Tagesordnung zu bringen? Die SQIRE hat dreißig Millionen investiert. Nachdem das Projekt aufgegeben wurde, war ihr Geld futsch. Ohne Bau bedeutet ihre Investition ein beträchtliches Verlustgeschäft. Ich kann mir gut vorstellen, dass diese Situation demjenigen, der Profit aus dem Projekt schlagen wollte, nicht geschmeckt hat.«
»Und wenn Jaccard der Ursprung von alldem hier ist? Vielleicht hat lediglich sein Anruf bei der Immobilienagentur alles wieder ins Rollen gebracht.«
»Und Hugon wurde ermordet, weil er sich erneut geweigert hat zu verkaufen. Alles scheint darauf hinzudeuten, dass jemand die Entscheidungen nicht dem Zufall überlassen wollte. Das Projekt darf nicht von dem Wohlwollen einiger Eigentümer abhängen. Entweder sie verkaufen, ohne Probleme zu machen, oder sie bekommen die Konsequenzen zu spüren.«
»Der berühmte Fluch. Rückblickend frage ich mich, ob der Unfall von Lucien Brunet und seiner Frau tatsächlich nur ein schreckliches Unglück war …«
»Willst du damit sagen, dass die Morde in Verbindung mit diesem Projekt bereits damals vor fünf Jahren begonnen haben?«
»Nein, das passt nicht zusammen. Warum sollten sie aufgehört und alles aufgegeben haben, wenn sie doch auf so gutem Wege waren? Dennoch kommt mir der Unfall in diesem Kontext merkwürdig vor, um nicht zu sagen suspekt. Alles an dieser Geschichte scheint sehr diskret abgewickelt worden zu sein, damit sich nichts bis zum Ursprung zurückverfolgen lässt. Die Schweizer Gesellschaft muss vertrauenswürdig erscheinen. Daher die Notwendigkeit, die Spuren zu verwischen.

Der Mord an Hugon war wohldurchdacht. Er ist tot, ein Bauer wird beschuldigt, und es gibt keine Verbindung zu dem Immobilienprojekt.«
»Gut durchdacht, allerdings haben sie nicht mit dem untrüglichen Gespür des großartigen Kommissars Auer gerechnet, der dem rechtschaffenen Antoine zu Hilfe eilt.«
»Hör auf mit deinem Sarkasmus. Außerdem hast du doch angefangen, in dieser Sache nachzubohren, oder? Der brillante Journalist mit der guten Kombinationsgabe, den nichts aufhält …«
Beide lachten laut los und beschlossen, diesen heiteren Moment zu nutzen, um sich eine Pause zu gönnen.

73

Nach dem Abendessen tranken Andreas und Mikaël noch einen Kaffee und einen Whisky, bevor sie wieder ins Grübeln verfielen.
»Also«, begann Mikaël. »Unseren Überlegungen zufolge hat jemand – lass ihn uns erst mal ›Feuerfresser‹ nennen, nach dem Marionettenmeister aus Pinocchio, der die Fäden im Dunkeln zieht –, hat also jemand, der für die Immobiliengesellschaft arbeitet, davon profitiert, dass Hugon Streit mit einem anderen Bauern hatte, und hat die Chance genutzt, ihn zu töten. Eine traumhafte Gelegenheit, um einen Gegner des Projekts zu eliminieren und es wie einen Racheakt aussehen zu lassen.«
»Ganz genau. Doch ich würde noch weiter gehen. Ist alles vielleicht von Anfang an genau so geplant gewesen? Wie ich bereits gesagt habe, glaube ich nicht, dass Antoine die Kuh seines Konkurrenten vergiftet hat. Das gehörte vielleicht schon zum Plan dieses Feuerfressers. Und sollte das der Fall sein, dann handelt es sich bei ihm um jemanden, der sich mit dem lokalen

Geschehen und den Verbindungen der einzelnen Protagonisten untereinander bestens auskennt.«

»Aber, rein objektiv gesehen ... könnte auch Antoine Hugon umgebracht haben. Das können wir nicht ausschließen. Der durchtriebene Marionettenmeister hat sie vielleicht so gut gegeneinander ausgespielt, dass er Hugon gar nicht selbst töten musste. Oder aber, um eine andere fiktive Gestalt zu wählen, ist er eine Art Tullius Destructivus, du weißt schon, dieser gemeine Kerl bei Asterix, der Zwietracht sät? Einer der gesandt wurde, um Unfrieden zu stiften ...«

»Antoine ist unschuldig!«

»Okay. Auf jeden Fall müssen wir tiefer bohren, um herauszufinden, was unter der Spitze des Eisbergs liegt. Kehren wir noch mal zur Liste der Protagonisten dieser Immobiliengeschichte zurück«, sagte Mikaël und deutete auf einen der Papierbögen an der Wand.

– *Marie Pitou: Direktorin von Immogryon*
– *Natalia Tchourilova: Direktorin und Inhaberin der Gesellschaft SQIRE (Swiss Quality In Real Estate SA)*
– *Andreas Schuller: Anwalt und Treuhänder der Holding SGS (Swiss Global Services Limited)*
– *Andreï Klitschko: wirtschaftlich Begünstigter der Holding SGS*

»Oberflächlich betrachtet arbeitet Marie Pitou für die Holding Swiss Global Services Limited, deren Firmensitz auf Zypern ist und die von Schuller verwaltet wird, der sich wiederum gerade in Villars aufhält. Irgendjemand agiert jedoch im Dunkeln, um die Sachen voranzutreiben: unser Feuerfresser. Umgekehrt scheint es momentan so, als bliebe Natalia Tchourilova dabei im Hintergrund«, kommentierte Andreas die Liste.

»Ja, denn sollte unsere Hypothese stimmen, wird die SQIRE im passenden Moment die von der SGS akquirierten Güter erwerben, um endlich das Bauprojekt starten zu können. Ich habe weiter über die SQIRE recherchiert. Die Gesellschaft ist nicht börsennotiert und gehört Natalia Tchourilova. Ich habe bislang keine weiteren Informationen darüber gefunden, die von Interesse sein könnten.«

»Und dieser verflixte Klitschko? Könnte er von Russland aus die Fäden ziehen?«

»Das ist eine der Möglichkeiten. Aber warum fünf Jahre warten, um das Projekt noch einmal zu starten?«

»Ein Punkt, der noch zu klären ist. Vor fünf Jahren war offensichtlich nur die Schweizer Gesellschaft – die SQIRE – involviert. Wir müssen also versuchen zu verstehen, warum jetzt auch Klitschkos Holding mit von der Partie ist.«

»Also, was sind die nächsten Schritte?«, fragte Mikaël.

»Ich schlage vor, dass wir die anderen Eigentümer besuchen. Ich habe morgen Vormittag einen Termin bei dem Bankier Alexis Grandjean. Und du könntest zu Isabelle Hugon fahren. Zum Abendessen könnten wir uns dann im Restaurant Refuge de Frience treffen und mit der Wirtin Nathalie Vernet sprechen.«

»Und wenn ich außerdem einen Ausflug nach Zug machen würde, um Natalia Tchourilova kennenzulernen?«

»Ja, unbedingt. Aber lass uns warten, bis wir mehr in der Hand haben. Ich mache dann jetzt mal den Abwasch.«

Andreas ging zurück in die Küche und Mikaël hinauf in sein Arbeitszimmer. Er hatte beschlossen, noch weiter über den russischen Oligarchen zu recherchieren. Im Internet wurde er schnell fündig. Es gab zahlreiche Seiten im Zusammenhang mit Andreï Klitschko, der eine einflussreiche Persönlichkeit in Russland zu sein schien. Zwischen 1996 und 2005 war er der Chef des SWR, des Dienstes für Außenaufklärung der Russischen Föderation, gewesen. Mit anderen Worten: des Auslandsgeheimdienstes. Seine Ernennung war durch den Ukas amtlich abgesegnet worden – durch das Dekret des Präsidenten Jelzin. Klitschko war als General der Armee Berufssoldat gewesen. 2005 war er im Alter von dreiundfünfzig Jahren als Leiter des SWR abgelöst worden. Der Präsident hatte ihn als

Dank für seine treuen Dienste für die Russische Föderation mit Aufsichtsratsposten bedacht, damit er sein Geldsäckel füllen konnte. Vor allem war er im Vorstand einer der größten Ölfördergesellschaften des Landes. Mikaël wollte privatere Auskünfte einholen, fand jedoch nichts, außer dass Klitschko mit einer gewissen Svetlana verheiratet gewesen war.

Mikaël war so vertieft in seine Recherchen, dass er nicht hörte, wie sein Lebensgefährte hinter ihn trat. Andreas fuhr ihm mit der Hand durchs Haar.

»Ich gehe schlafen. Kommst du?«

74

Mittwoch, 27. März

Andreas fuhr die Rolltreppe des Parkhauses Mont-Blanc, das unter dem Genfersee gebaut war, hinauf bis auf die Uferpromenade. Er ging in Richtung der Brücke Pont de la Machine, vorbei am Ausstellungszentrum Cité du Temps und schließlich über die schmale Fußgängerbrücke, die zum Haupteingang der Bank führte. Er meldete sich am Empfang an und wurde gebeten, sich kurz in einem Wartezimmer zu gedulden.

Nach ein paar Minuten stellte sich ihm ein gut vierzigjähriger Mann im dunklen Anzug vor. Das perfekte Klischee eines Vermögensverwalters. Michael Douglas in »Wall Street«. Die glatt nach hinten gegelten Haare glänzten mit den schwarzen Schuhen um die Wette.

Alexis Grandjean bat ihn, ihm zu folgen. Ihr Gespräch würde nicht in der Bank stattfinden. Wortlos überquerten sie die Brücke und betraten die gegenüberliegende Bar Arthur's. Er wies auf zwei Sessel in einer Ecke abseits der anderen Tische.

»Sie sind Polizeikommissar? Was wollen Sie von mir?«, be-

gann er abrupt das Gespräch.»Kann ich Ihren Dienstausweis sehen?«
»Den habe ich nicht bei mir. Ich bin nicht dienstlich hier.«
Als der Kellner kam, erhob sich der Bankier, machte Anstalten zu gehen, hielt dann jedoch inne.
»Aber Sie möchten schon wissen, was ich zu sagen habe, oder täusche ich mich?«, fragte Andreas.
Er setzte sich wieder, und sie bestellten zwei Latte macchiato.
»Ich weiß, dass Sie Polizist sind. Ich habe Sie wiedererkannt. Im Zusammenhang mit diesem Serienmörder war ein Foto von Ihnen in der Zeitung. Sie möchten mit mir über mein Alpchalet in Gryon sprechen? Beziehungsweise über mein ehemaliges Alpchalet. Was geht Sie das an?«
»Ich stelle hier die Fragen. Kommen wir direkt zur Sache. Vor fünf Jahren haben Sie sich geweigert zu verkaufen. Warum?«
»Das Alpchalet gehörte unserer Familie und hatte für mich einen emotionalen Wert.«
»Und warum haben Sie es dann jetzt verkauft? Wohl kaum aus finanziellen Beweggründen, oder?«
Grandjean zögerte, bevor er antwortete.»Das Angebot war mehr als großzügig.«
»Wurden Sie unter Druck gesetzt?«
Auf diese Frage war der Bankier ganz offensichtlich nicht vorbereitet und verlor ein wenig die Contenance.
»Unter Druck? Äh, nein, ganz und gar nicht.«
»Derzeit geschehen in Gryon merkwürdige Dinge. Jemand wurde ermordet, und wie durch Zufall ist dieses Immobilienprojekt wieder auf der Tagesordnung. Und ich bin überzeugt, dass die Sache damit noch nicht zu Ende ist.«
»Ich habe Ihnen nichts mehr zu sagen, Monsieur le Commissaire.«
»Sie *wollen* nicht mehr sagen, nicht wahr? Ich habe heute Morgen mit Ihrer Frau gesprochen, als ich mir erlaubt hatte, sie zu besuchen. Sie schien nicht sehr begeistert über den Verkauf

des Alpchalets. Sie hat mir sogar gestanden, dass sie die ganze Sache nicht versteht. Dass Sie es sogar eigenmächtig verkauft hätten, ohne sie vorher zu fragen.«

Alexis Grandjean war sprachlos. Andreas schwieg. Bei diesem Spiel gewann er immer.

»Ein Mann hat mich aufgesucht«, brach es schließlich aus Grandjean heraus, nachdem er eine Weile vergeblich versucht hatte, Andreas' fragendem Blick auszuweichen.

»Monsieur Grandjean, jetzt wäre ein guter Moment, alles zu erzählen, denken Sie nicht?«

75

»Wer sind Sie?«

Mikaël war nach Huémoz gefahren und hatte an Isabelle Hugons Tür geklingelt. Diese hatte überrascht und schlecht gelaunt geöffnet. Offensichtlich war er nicht willkommen.

»Mikaël Achard. Ich bin Journalist.«

»Was wollen Sie von mir?«

»Ich würde gern mit Ihnen über den Verkauf der Alpweiden Ihres Neffen sprechen.«

»Dazu habe ich Ihnen nichts zu sagen!«

Sie versuchte ihm die Tür vor der Nase zuzuschlagen, doch Mikaël konnte sie mühelos daran hindern.

»Schämen Sie sich nicht, eine trauernde alte Dame zu belästigen?«

»Es tut mir leid, und ich werde nicht weiter insistieren, jedoch könnten wir uns über André Jaccard unterhalten – und ich denke, dass Sie interessieren wird, was ich zu erzählen habe.«

Isabelle Hugons Gesichtsausdruck änderte sich schlagartig und ließ ihre größte Schwäche erkennen: ihre Neugier. Mikaël hatte ins Schwarze getroffen. Sie ließ ihn eintreten.

Sie setzten sich in die Küche. Isabelle Hugon schenkte zwei Tassen Kaffee ein, ohne ihren Besucher vorher zu fragen, ob er auch eine wolle.
»Wissen Sie, ich mag keine Schnüffler.«
»Ich meine verstanden zu haben, dass man Ihnen für den Besitz Ihres Neffen auf der Alp ein Angebot gemacht hat. Stimmt das?«
»Ja.«
»Werden Sie verkaufen?«
»Natürlich, was sollte ich denn Ihrer Meinung nach sonst in meinem Alter machen? Und was geht Sie das an?«
»Ich versuche, Antoine Pagets Unschuld zu beweisen.«
»Sie denken, dass er nicht schuldig ist?«
»Ja.«
»Dennoch hat ihn die Polizei verhaftet. Mein Neffe wurde von diesem Mistkerl getötet, und Sie wollen mir einreden, dass er es nicht gewesen ist? Ich fasse es nicht.«
»Ich bemühe mich, es zu beweisen.«
»Also gut. Und was wollen Sie wissen?«
»Hat Ihnen Serge erzählt, dass jemand in letzter Zeit zu ihm gekommen sei, um seinen Hof und das Land auf der Alp zu kaufen?«
»Ja, diese hochnäsige Marie Pitou ist vorbeigekommen.«
»Und? Wollte er nicht verkaufen?«
»Nein. Das Geld war ihm egal. Er hatte keine Lust mehr, sich von seiner Alp zu trennen!«
»Vor fünf Jahren wollte er jedoch erst verkaufen, bevor er dann einen Rückzieher gemacht hat, nicht wahr?«
»Sie wollen wirklich diese alten Geschichten wieder ausgraben?«
»Genau hier wird es interessant. Ich habe von André Jaccard erfahren, dass Ihr Neffe damals Druck auf ihn ausgeübt hat, damit dieser seine Frau zum Verkauf überredet. Wissen Sie, warum?«
»Fragen Sie doch Jaccard.«

»Demnach kennen Sie die Antwort?«
»Sie sind scharfsinnig und hartnäckig, junger Mann, aber von mir erfahren Sie nichts!«

76

Der Mann, der sich am Parfüm seiner Mutter betörte, hatte eine wichtige Verabredung in Lausanne. Er hatte sein Auto im Parkhaus am Place de la Riponne geparkt und ging nun die Rue du Tunnel entlang. Er begann, die Stufen in Richtung Riant-Mont emporzugehen, einem verrufenen, von Junkies frequentierten Ort. Auf halber Höhe musste er über ein menschliches Wrack steigen, das gerade mehr schlecht als recht versuchte, mit seiner Spritze eine noch halbwegs intakte Vene zu treffen. Das Gebäude, in dem er erwartet wurde, befand sich gegenüber dem oberen Treppenabsatz auf der anderen Straßenseite.

Er stieg die drei Etagen zu Fuß hoch und klingelte an einer Wohnungstür.

»Hallo! Komm rein«, begrüßte ihn der Mann, der ihm öffnete.

»Du hast gesagt, dass du etwas sehr Außergewöhnliches für mich hättest. Ich bin gespannt.«

»Dann komm mit.«

Der Mann, der Éric hieß, ging mit ihm die drei Etagen wieder hinab. Dann nahmen sie eine weitere Treppe, die in den Keller führte. Sie betraten einen düsteren Raum. Lediglich durch ein Kellerfenster drang etwas Licht. Éric betätigte den Lichtschalter. Um sie herum standen Terrarien an den Wänden.

An diesem Ort deckte er sich mit all den unterschiedlichen Viechern ein, die seine Mutter so gehasst hatte. Erregung machte sich in ihm breit.

»Bist du sicher, dass du eine verdammte Giftschlange haben

willst?« Éric zog ein Tuch von einem Terrarium herunter, das in der Mitte des Raums stand.

»Ja«, bekräftigte er, während er das Tier bewunderte. Er trat näher und sah, wie das Reptil den Kopf hob und die gespaltene Zunge zeigte. Seine Augen waren dunkelbraun, und die Färbung des Körpers war bräunlich mit einem olivgrünen Schimmer.

»Das ist eine der gefährlichsten Schlangen der Welt. Ein stecknadelgroßer Tropfen ihres Gifts reicht aus, damit tausend Mäuse abkratzen. Der Wüstentaipan«, sagte Éric mit unverhohlenem Stolz. »Der hier ist fast zwei Meter lang. Ein Prachtexemplar. Die Art lebt im Südwesten Australiens in der Gegend von Queensland ...«

»Das weiß ich alles«, erwiderte er, wie hypnotisiert vom Anblick des Reptils. »Eine Schlange, die man nur selten in Gefangenschaft findet. Unglaublich, sie in echt zu sehen.«

»Bist du sicher, dass du sie haben willst? Das ist kein Viech für Weicheier. Und pass auf, wenn du mit ihr hantierst. Sie ist schnell und sehr nervös. Im Gegensatz zu anderen Arten, die sich zurückziehen, zögert diese hier nicht, sich zu verteidigen, wenn sie sich bedroht fühlt. Nach dem ersten Biss richtet sie sich wieder auf und beißt erneut zu. Immer wieder, bis sie dich kaltgemacht hat. Sie kann mehrmals rasch hintereinander zubeißen ...«

»Und ihr Gift stoppt die Blutzirkulation in wenigen Sekunden. Die Neurotoxine führen zu Muskellähmungen. Ohne Gegenmittel bist du nach weniger als sechs Stunden tot. Das weiß ich alles.«

»Hast du die Kohle dabei?«

Er zog fünf Eintausend-Franken-Scheine aus der Innentasche seiner Jacke und reichte sie ihm.

»Und das ist ein Freundschaftspreis.«

Éric nahm einen langen Metallstab mit einem Haken am Ende, um die Schlange zu bändigen. Er öffnete das Terrarium und fixierte mit dem Schlangenhaken den Kopf des Reptils.

Dann ergriff er den Schwanz und hob das Tier heraus, wobei er es mit dem Stab auf Abstand hielt.
»Ein verdammt hübsches Tier, nicht wahr?«
Er setzte die Schlange in eine mit Luftlöchern ausgestattete Transportkiste aus Styropor und fixierte erneut den Kopf mit dem Haken. »Nimm den Deckel.«
Er zögerte kurz und gehorchte dann.
Éric zog den Stab heraus.
Der Mann, der sich am Parfüm seiner Mutter betörte, verschloss die Kiste sofort mit dem Deckel.

77

Im Restaurant Refuge de Frience wurden Andreas und Mikaël von der Wirtin Nathalie Vernet begrüßt. Sie lud sie ein, an einem Tisch am Fenster Platz zu nehmen, obwohl das nichts an der Sicht änderte. Die Dunkelheit war bereits hereingebrochen.
Sie brachte ihnen die Karte und eine Karaffe mit einem halben Liter Chardonnay. Andreas bot ihr an, sich zu ihnen zu setzen. Da das Restaurant fast voll war, lehnte sie ab und versprach ihnen, nach dem Essen einen Kaffee mit ihnen zu trinken.
Zwei überbackene Käsetoasts und ein Dessert später brachte die Wirtin die Espressos an den Tisch und setzte sich.
»Hat es geschmeckt?«
»Ja, ganz hervorragend. Danke.«
»Ihr wolltet mir einige Fragen stellen? Ich bin ganz Ohr und neugierig, worum es geht.«
»Frience Luxury Estate.«
»Muss ich dem Polizisten oder dem Journalisten antworten?«
»Es ist eine rein informelle Unterhaltung, sowohl für den

einen wie für den anderen. Wir machen uns Sorgen, was die Lage betrifft. Und auch um Antoine«, sagte Andreas.

»Ihr haltet ihn für unschuldig, nicht wahr?«

»Inoffiziell ... ja. Aber das bleibt unter uns.«

»Ich kenne Antoine gut und muss zugeben, dass ich mir eigentlich nicht vorstellen kann, dass er jemand getötet hat. Aber wer sonst sollte Hugon umgebracht haben? Und warum?«

»Wir glauben, dass es eine Verbindung zu dieser Immobiliensache gibt.«

Nathalie Vernet zuckte zusammen. Ein Gefühl von Unsicherheit gemischt mit Angst überkam sie. Noch ein Todesfall in Zusammenhang mit dieser verfluchten Geschichte.

»Sie wurden wegen des Verkaufs des Restaurants erneut kontaktiert?«

»Ja, erst kürzlich. Von Marie Pitou.«

»Und?«, fragte Mikaël ungeduldig, weil er den Fortgang der Geschichte hören wollte.

»Ich habe klar und deutlich abgelehnt.«

»Haben Sie Ihre Meinung geändert? Wir dachten, vor fünf Jahren wären Sie mit dem Verkauf einverstanden gewesen.«

»Ja, das stimmt. Aber meine Situation hat sich verbessert. Damals lief mein Restaurant schlecht. Ich wollte alles hinschmeißen, hätte mit dem Geld meine Schulden bezahlen können und sogar noch etwas gehabt, um neu anzufangen. Daher war ich enttäuscht, als das Projekt scheiterte, habe aber schlussendlich trotzdem weitergemacht. Und dann passierte die Sache mit dem Feuer drei Jahre später.«

»Glauben Sie, dass es da eine Verbindung zu dieser Angelegenheit gibt?«

»Diese Frage stelle ich mir gerade selbst. Damals wurde ich von der Polizei verhört. Sie verdächtigten mich, den Brand im Restaurant selbst gelegt zu haben, um die Versicherungsprämie einzukassieren. Das Feuer war nachweislich absichtlich gelegt worden. Aber am Ende wurde nie ein Schuldiger gefunden. Ich weiß nicht mehr, was ich glauben soll. Marie Pitou wirkte neulich sehr verärgert, als ich ihr Angebot abgelehnt habe. Sie hat immer wieder nachgebohrt. Hat immer wieder betont, dass es ein Angebot sei, das man nicht ablehnen könne.«

»Und trotzdem haben Sie sich dagegen entschieden?«

»Nach dem Brand hat mir die Versicherungsleistung geholfen, die Refuge wieder aufzubauen und ein neues Konzept zu entwickeln. Und seitdem läuft das Restaurant auf Hochtouren. Das Geld interessiert mich nicht. Ich liebe dieses Lokal hier auf der Alp. Und wenn ich so darüber nachdenke, bin ich auch ganz froh, wenn ich dazu beitragen kann, dass dieses monströse Projekt nicht zustande kommt.«

»An Ihrer Stelle würde ich eine Weile von hier verschwinden.«

»Glauben Sie, dass die mir etwas antun werden?«

»Das lässt sich nicht ausschließen.«

»Ich kann nicht einfach von hier weggehen und das Restaurant schließen. Das hier ist mein Zuhause. Und ich werde nicht davonlaufen. Außerdem können die mir keine Angst einjagen.«

Nachdem Andreas und Mikaël das Restaurant verlassen hatten, stapften sie durch den nassen Schnee. Es war nach dreiundzwanzig Uhr, als sie den Parkplatz erreichten. Aufgrund der frühlingshaften Temperaturen würde vom Schnee bald nichts mehr übrig sein.

Auf der Heimfahrt konnte Andreas nicht umhin, daran zu denken, dass Nathalie Vernet vielleicht in Gefahr war.

78

Jérôme, Cédric und Vincent führten eine angeregte Unterhaltung in einer Ecke ihres Stammlokals Harambee am Platz der Barboleuse. Einer der vier Freunde fehlte: Romain.

»Die Polizei hat ihn heute Morgen festgenommen. Ich habe

gerade einen Kaffee bei ihm getrunken, da haben sie geklingelt und ihn in Handschellen abgeführt. Danach haben sie mir gesagt, dass ich gehen müsse«, erklärte Jérôme.

»Was? Sie haben ihn eingelocht? Aber warum?«

»Er hat die Frau umgefahren. Die, die entführt worden ist.«

»Das ist nicht wahr! Das glaube ich nicht«, rief Vincent aus und blickte dabei Cédric an, den diese Neuigkeit offensichtlich nicht überraschte.

»Die Polizei war bei mir und hat mich befragt. Sie wollten wissen, ob ich jemanden kennen würde, der ein graues oder weißes Auto hat, einen Golf«, sagte Cédric.

Die Kellnerin kam und unterbrach sie, um die Bestellung aufzunehmen.

»Was darf ich euch bringen?«

Ein ungewöhnlicher Duft wehte ihr entgegen. Dezente florale Noten und ein Hauch von Vanille. Sie war zwar keine Geruchsexpertin, aber sie hatte mal an einem Weinseminar teilgenommen und besaß eine feine Nase. Bei dem Duft handelte es sich um ein Damenparfüm, dabei saßen hier nur drei junge Männer am Tisch. Überrascht schaute sie sie nacheinander an. Einer der drei hielt ihrem Blick stand, und sie spürte, wie sich Unbehagen in ihr breitmachte.

Nachdem sie alle ein Bier bestellt hatten, nahm Vincent das Gespräch wieder auf.

»Und du hast Romain angeschwärzt?«

»Was sollte ich denn deiner Meinung nach tun?«, konterte Cédric und erhob dabei die Stimme. »Als sie mir all diese Fragen gestellt haben, hab ich kapiert, dass er es war. Sein Auto. Und außerdem ist er Samstagabend besoffen hier weg. Und zwar genau zu der Uhrzeit, als die Frau angefahren wurde.«

»Verdammter Mist. Kaum zu glauben. Er steckt ganz schön tief in der Scheiße.«

»Ja, wir reden uns immer ein, dass uns nichts passieren wird. Dass man trinken und danach noch problemlos nach Hause fahren kann. Dass die Polizei quasi nie bis hier hochkommt.

Es wird Zeit, mit dem Blödsinn aufzuhören! Diesmal war es Romain, aber das hätte uns genauso gut passieren können«, sagte Vincent.

»Gut, das reicht. Kein Grund, uns hier eine Moralpredigt zu halten«, erwiderte Jérôme.

»Glaubst du, dass er irgendwas mit der Entführung zu tun hat?«, fragte Cédric.

»Romain? Ein Frauenkidnapper? Geht's noch? Das ist unser Kumpel. Wir kennen ihn. Das ist kein Verrückter. Ich kapiere noch nicht mal, wie du so etwas denken kannst«, entgegnete Jérôme.

Am Nachbartisch machte sich Fabien Berset Notizen. Nach der zweiten Entführung, von der er dank eines Kontaktes bei der Polizei Wind bekommen hatte, hatte er beschlossen, in Villars ein Zimmer zu mieten und hier ein bisschen herumzuschnüffeln. Schließlich war er Journalist bei der Tageszeitung Le Matin und auf Verbrechen spezialisiert – Herumschnüffeln war eine seiner Lieblingsbeschäftigungen.

Gryon kannte er gut. Im letzten Jahr war er, ohne es zu ahnen, auf die Fährte des berühmten Serienmörders geraten und hatte sich sogar dessen Zorn zugezogen. Der Killer hatte ihm ein Drohschreiben geschickt. Ihm hatte es nicht gefallen, dass er ihn in einem seiner Artikel als »Psychopathen« bezeichnet hatte. Fabien hatte ein Faible für Abenteuer und Risiken, aber damals war es ihm kalt den Rücken hinuntergelaufen. Dieses kleine Bergdorf in den waadtländischen Alpen hatte es auf die Titelseiten der Zeitungen geschafft. Und jetzt gingen da wieder Dinge vor sich, die nicht ganz sauber waren. Erst wurde ein Bauer ermordet und dann ein anderer verhaftet. Und jetzt war da auch noch ein Typ, der Frauen entführte …

Fabien hatte in den letzten Tagen das Kommen und Gehen von Karine und ihrer Truppe verfolgt. Er hatte natürlich versucht, mit ihr zu reden, jedoch ohne Erfolg. Außerdem hatte er Andreas nirgends gesehen. Wo steckte der? Joubert und Auer waren unzertrennlich. Wie sollte er dessen Abwesenheit interpretieren? Als er am heutigen Morgen Karine gefolgt war, hatte er gesehen, wie sie einen jungen Mann verhaftete. Romain Servan. Ein weiterer Mann hatte das Haus verlassen. Zweifelsohne ein Freund desjenigen, der festgenommen worden war. Und tatsächlich war er einer der drei Kumpel, die sich gerade am Nachbartisch so leidenschaftlich unterhielten. Er hatte sich gedacht, dass es sich lohnen könnte, die Ohren offen zu halten, und ihr Gespräch war in der Tat sehr informativ gewesen.

79

Am Abend hatte Litso Ice einen Drink an der Bar des luxuriösen Hotels Chalet RoyAlp in Villars zu sich genommen und dabei das Kommen und Gehen in der Lobby beobachtet. Der Anwalt war gegen neunzehn Uhr gegangen. Er war ihm diskret gefolgt und hatte beobachtet, wie dieser ein Restaurant mitten im Dorf betrat. Danach war Litso Ice ins Hotel zurückgekehrt. Er hatte vorgegeben, eine Nachricht für Adrian Schuller hinterlassen zu wollen, und dem Mann an der Rezeption einen leeren Umschlag hingeschoben mit der Bitte, diesen in das Fach des Zimmers 220 zu legen. Ein paar Tage zuvor hatte Litso Ice bereits die Örtlichkeiten inspiziert und sich den Namen des elektronischen Schließsystems der Zimmertüren notiert. Eine weltweit verbreitete Marke. Danach hatte er einen befreundeten Informatiker in Moskau kontaktiert. Ein absolutes Genie und ein leidenschaftlicher Hacker. Zwei Tage später hatte man ihm einen wattierten Umschlag überreicht, in dem sich ein Microcontroller befand, mit dessen Hilfe sich angeschlossene Systeme steuern ließen. Dieser Microcomputer war bereits auf die Schließanlage konfiguriert.

Litso Ice stand vor der Zimmertür und blickte sich um. Niemand. Er holte den Microcontroller aus seiner Tasche und stellte eine Funkverbindung zum Schloss her. Der Prozessor erledigte den Rest. Er vernahm das Surren des sich öffnenden Schlosses und begann, das Zimmer und die Sachen des Anwalts zu durchsuchen, um sicherzustellen, dass die Polizei keine unliebsamen Indizien finden würde. Danach nahm er so in einem Sessel Platz, dass er mit dem Rücken zum Fenster saß und die Tür im Auge hatte. Seine Makarow mit dem Schalldämpfer legte er auf eine der Armlehnen.

Litso Ice wartete beinah eine Stunde. Er liebte diese Zeitspannen, die einer Tat vorausgingen. Er saß im Dunkeln. Der Mond schien nur vage herein. Doch er hatte sich an seine Umgebung gewöhnt und schaffte es inzwischen auch, in der Dunkelheit zu sehen. Wie ein nachtaktives Tier, das sich an eine Beute heranschleicht. Hoch konzentriert, konnte er diese Zeit dennoch zum Nachdenken nutzen und malte sich gerade aus, wie er sein zukünftiges Haus einrichten würde, als er Schritte hörte, die vor der Zimmertür stoppten. Danach das elektronische Surren des Schlosses.

Die Tür ging auf. Eine Silhouette trat ein und schloss die Tür hinter sich, bevor sie die Schlüsselkarte in den Slot steckte, um das Licht im Zimmer anzuschalten.

Als er den Mann erblickte, der in seinem Sessel saß und eine Waffe auf ihn richtete, blieb Adrian Schuller wie angewurzelt stehen. Unter anderen Umständen hätte er den Eindruck gehabt, einer Wachsfigur gegenüberzustehen, doch diese Figur hier bewegte sich.

Litso Ice legte seinen Zeigefinger auf die Lippen, um ihm zu bedeuten, still zu sein, und erhob sich. Er zeigte mit seiner Makarow auf den Sessel, in dem er selbst zuvor gesessen hatte, und ließ den Anwalt Platz nehmen. Dann schaltete er den Fernseher ein und stellte ihn auf volle Lautstärke.

Adrian Schuller tropfte der Schweiß von der Stirn. Er wusste,

dass Klitschko weder Spaß verstand noch irgendetwas dem Zufall überließ. Er hatte gedacht, gut daran getan zu haben, ihn zu warnen. Ihm zu sagen, dass dieser Kommissar in der Immobilienaffäre herumschnüffelte. Er hatte gedacht, dass sie diesen etwas zu neugierigen Polizisten eliminieren würden. Was sie sicherlich auch tun würden. Doch in diesem Moment befand sich ein bewaffneter Auftragsmörder in seinem Zimmer. Das war das Ende. Er wusste es. Er hatte sich auf ein gefährliches Spiel eingelassen. Er war gut dafür bezahlt worden. Doch was nutzte ihm ein gut gefülltes Offshorekonto, wenn er sich von nun an die Radieschen von unten ansehen würde?
»Entspann dich, mein Freund. Soll ich den Sender mit den Pornofilmen einschalten?«
»Ich habe diesem Kommissar nichts gesagt. Ich schwöre, nicht das Geringste.«
»Gib mir dein Mobiltelefon.«
Schuller holte es aus der Tasche und reichte es ihm.
»Nein, nicht das. Das andere!«
»Das andere?«
»Tu nicht so gerissen.«
Adrian Schuller händigte ihm das zweite Telefon aus, das ihm zugeschickt worden war und nicht auf seinen Namen lief, sondern eine Prepaidkarte besaß. Er hatte ausschließlich dieses Gerät verwenden dürfen, um mit seinem Arbeitgeber zu kommunizieren.
Litso Ice stellte sich hinter ihn.
»Töten Sie mich nicht. Ich flehe Sie an. Ich werde nichts sagen. Ich werde schweigen wie ein Grab. Ich war ihm gegenüber immer loyal.«
Litso Ice antwortete nicht, stattdessen zog er eine 38er-Pistole aus seiner Tasche und steckte seine eigene Waffe weg. Er versetzte ihm mit der Hand einen schnellen und präzisen Schlag gegen die Halsschlagader. Schuller verlor das Bewusstsein. Dann ergriff er Schullers rechten Arm, legte ihm die Waffe in die Hand und hielt sie fest. Er hob den Arm und richtete

den Lauf der Pistole auf Schullers Schläfe. Dann drückte er ab. Die Patrone durchschlug den Schädel und bohrte sich in die weiße Wand hinter Schuller, die jetzt mit Blut und Hirnmasse bespritzt war.

Litso Ice verließ das Zimmer und das Hotel so ruhig und entschlossen, wie er gekommen war.

80

Der Mann, der sich am Parfüm seiner Mutter betörte, machte sich bereit, in den Keller hinunterzugehen. Der Himmel war bewölkt und sternenlos. Finsterste Nacht. Er konnte es kaum erwarten, seine neue Eroberung bei sich zu empfangen, doch dafür musste er erst einmal diese ekelige und ungehorsame Kreatur loswerden, die noch ihren Platz einnahm. Er öffnete die Tür und ging die Treppe runter.

Sie hatte sich an der Wand zusammengerollt. Sie konnte nicht mehr ausgestreckt auf der Matratze liegen.
 Die Nacht.
 Die Feuchtigkeit.
 Die Einsamkeit.
 Und die Angst ...
 Was würde mit ihr passieren? Was hatte dieses Individuum vor, das sie hier gefangen hielt? Sie hatte gehofft, einen Ausweg zu finden. Sie hatte sich an die Idee geklammert, dass er sie in einem Anflug von Menschlichkeit freilassen würde. Dass sie dieser Hölle entkommen konnte. Doch tief in ihrem Inneren war sie vom Gegenteil überzeugt. Er schien sein Ziel noch nicht erreicht zu haben, was auch immer das war. Wenn er sich hier in diesem Raum befand, spürte sie, wie frustriert er innerlich war. Gegen die Wand gekauert wartete sie.

Zu Beginn ihrer Gefangenschaft hatte der Mann regelmäßig nach ihr gesehen, doch jetzt war es lange her, seit er zum letzten Mal hier aufgetaucht war. So eingeschlossen zu sein war unerträglich geworden. Auch wenn sie Schwierigkeiten hatte, die Zeit richtig zu erfassen, verrieten ihr ihr knurrender Magen und ihre trockenen Lippen, dass sie seit vielen Stunden nichts gegessen und getrunken hatte. Je mehr Zeit verging, desto stärker verließ sie die Hoffnung. Am liebsten hätte sie ihrem Leben ein Ende gesetzt. Wäre einfach eingeschlafen. Um endgültig diesem schaurigen Ort zu entfliehen. Ihr Körper bliebe hier, doch ihre Seele würde die Mauern überwinden, um ans Licht zu kommen.

Sie hörte die Kellertür aufgehen und nahm Schritte auf der Treppe wahr. Genau in diesem Moment wurde ihr klar, dass dies das Ende sein würde. Sie hörte, wie sich der Schlüssel im Schloss drehte. Dann kam der Mann näher. Mit verzweifelter Anstrengung drehte sie sich auf den Rücken. Mit letzter Kraft versuchte sie sich zu wehren und ihn zu treten. Ohne Erfolg.

Plötzlich spürte sie etwas Kaltes auf ihrem Bauch. Etwas Lebendiges. Etwas, das sich bewegte und über ihre Haut glitt. Ihre Muskeln verkrampften sich vor Abscheu und Entsetzen. Sie meinte, ein leises Zischen zu hören. Von unkontrollierbarer Angst übermannt, bewegte sie sich verzweifelt hin und her.

Der Wüstentaipan richtete sich auf und biss mehrfach zu.

81

Donnerstag, 28. März

Mit vor Müdigkeit schweren Augenlidern konzentrierte sich Karine, so gut es ging, auf die dicht aufeinanderfolgenden Haarnadelkurven. Ihr Handy hatte geklingelt, als sie zum dritten

Mal in dieser Nacht mit ihrem Liebhaber in dessen Wohnung Sex gehabt hatte.

Seit ihrer Trennung ging sie nicht mehr aus, sondern opferte ihre ganze Zeit der Arbeit und dem Jiu-Jitsu, ihrem geliebten Kampfsport. Daher hatte sie sich entschieden, sich auf einer Datingplattform anzumelden. Schnell war ihr klar geworden, dass sie die Qual der Wahl hatte. Sie verzichtete lieber auf SwissInfidelity und Adultery. Da sie in der Vergangenheit häufig genug enttäuscht worden war, hatte sie sich für Parship.ch entschieden. Eine Seite mit freundlich lächelnden Menschen, die ihre verlockenden Versprechungen mit dem Slogan »Für ein Leben zu zweit« untermauerten. Ein Leben zu zweit? Sie hatte nichts überstürzen wollen, aber nach mehreren Monaten mit One-Night-Stands hatte sie wieder Lust auf Verführung und Romantik bekommen.

Sie hatte viele Nachrichten erhalten, doch die Bilanz war eher negativ ausgefallen. Ein erstes Rendezvous hatte sie abgeblasen, bevor es überhaupt stattgefunden hatte. Sie hatte den Typen durch die Fensterscheibe gesehen und dank dem verabredeten Erkennungszeichen – dem neuesten Krimi von Camilla Läckberg mit schwarz-rotem und bereits von Weitem sichtbaren Umschlag – direkt erkannt. Die Physiognomie des Mannes hatte sie sofort derart abgestoßen, dass sie auf dem Absatz kehrtgemacht hatte. Ein zweites Rendezvous mit einem hübschen Südländer war nur kurz gewesen, weil er sich als Macho aus einer längst vergangenen Zeit geoutet hatte. Diese Schlappe hatte ihren Onlineerfahrungen ein Ende gesetzt.

Schließlich hatte die gute alte Methode funktioniert. Ihr Liebhaber mit den dunklen Augen war der Doppelgänger des Dr. Derek Shepherd aus »Grey's Anatomy«, der ihr im Krankenhaus so gefallen hatte. Luca Ruggieri. Um ihn wiederzusehen, hatte sie mehr oder weniger vorgetäuscht, sich nach dem Gesundheitszustand von Séverine Pellet erkundigen zu wollen. Nach der Arbeit hatten sie sich wiedergetroffen und sich den ganzen Abend unterhalten, ohne miteinander zu schlafen. Erst war sie deswegen enttäuscht gewesen, doch immerhin hatten sie ja gemeinsam einen schönen Abend verbracht. Das nächste Treffen am darauffolgenden Abend war noch besser gewesen. Eine Einladung zu ihm. Ein köstliches Mahl. Wein. Und zum Abschluss waren sie zusammen ins Bett gegangen. Sie hatte schon spektakuläreren Sex erlebt, aber das Gefühl, in seinen Armen einzuschlafen, war wunderbar gewesen. Sie hatte keine Erfahrung mit jüngeren Männern, jedoch war er intelligent, charmant und extrem verführerisch. Wenn aus diesem Abenteuer etwas Festeres erwachsen sollte, würde sie ihm sicherlich ein paar Tipps geben, um seine mangelnde Erfahrung auszugleichen, die sie auf seinen sehr fordernden Job zurückführte. Für das Wohl seiner Patienten hoffte sie, dass er als Mediziner besser war als im Bett.

Als früh am Morgen ihr Telefon geklingelt hatte, war sie drangegangen und hatte Luca daraufhin vertrösten müssen.

In Gryon war eine Leiche gefunden worden.

Die Leiche einer Frau.

Karine erreichte den Fundort in einem Ortsteil von Gryon, der Cergnement genannt wurde, und parkte ihren Wagen auf einem kleinen Platz neben einer Scheune. Eilig ging sie zur Brücke, die über den Avançon führte. Sie schlüpfte unter dem Absperrband der Polizei durch und schlängelte sich zwischen den Bäumen entlang nach unten zum Flussufer. Christophe und Doc waren in weiße Overalls gekleidet bereits vor Ort.

Die Frauenleiche lag ausgestreckt auf einem Felsen am Flussufer. Sie trug genau wie das erste Entführungsopfer ein Vintagekleid. Das Oberteil des schwarzen Kleides mit dem roten Rosenaufdruck war zerrissen. Was sofort ins Auge fiel, waren die Wunden auf der Brust des Opfers. Winzige rote Löcher, umgeben von geschwollener, violett verfärbter Haut. Die Tote trug eine Augenbinde, und ihre Hände waren auf dem Rücken gefesselt. Blut war ihr aus dem Mund geronnen, ihr Gesicht war aufgedunsen. Es gab keinen Zweifel: Der

Entführer hatte wieder zugeschlagen und war zum Mörder geworden.

82

Umgeben von einer achteckigen Außenmauer, die durch eine Stacheldrahtumzäunung erhöht wurde, schien das Gefängnis Bois-Mermet in Lausanne ganz und gar einem amerikanischen Film entsprungen zu sein. Vor seinem Besuch hatte sich Vincent eine Luftaufnahme angeschaut und einige Informationen über die Einrichtung zusammengetragen. Das lang gezogene helle Backsteingebäude wurde in der Mitte, gegenüber dem Eingang, durch einen Queranbau geteilt. Die Pläne von 1904 hatten einen kreuzförmigen Bau vorgesehen, doch dieser war nie vollendet worden.

Vincent, der vom Staatsanwalt die Erlaubnis erhalten hatte, seinen Vater zu besuchen, stand unter einem Rundbogen vor dem Eingangstor, das wie der Zugang zu einer anderen Welt wirkte. Eine Stimme forderte ihn auf, sich anzumelden, und das metallene Tor öffnete sich gerade so weit, dass er hindurchpasste. Das Geräusch, als es sich hinter ihm wieder schloss, ließ ihn erschaudern. Dabei war er ja lediglich ein Besucher. Er dachte an seinen Vater und daran, was dieser wohl gefühlt haben musste, als sich das Tor hinter ihm geschlossen hatte.

Er befand sich im Innenhof, nur noch durch eine Mauer von den Zellentrakten getrennt. Das Stimmengewirr dahinter stammte von einer Gruppe von Insassen, die ihren täglichen Hofgang absolvierte. Vor ihm führte eine Treppe zur Gefängnisverwaltung und zum Empfang, dem einzigen Raum ohne vergitterte Fenster im ganzen Gebäude. Er stieg die Stufen hoch.

Auf der zweiten Etage sperrte ein Wärter die Tür der Zelle Nummer 112 auf, hinter der Antoine versauerte. An dem Tag, an dem er den Zellentrakt zum ersten Mal gesehen hatte, hatte er unwillkürlich an das Gefängnis von Alcatraz denken müssen. Ein Laufgang führte an den aneinandergereihten Zellen mit den alten Holztüren vorbei. Durch einen großen Lichtschacht in der Mitte des Traktes konnte er von seinem Standort aus die beiden anderen Etagen sehen. In dem Schacht waren Netze gespannt, die mit Sicherheit verhindern sollten, dass jemand über das Geländer kletterte und in die Tiefe sprang. Aus den Filmen über Alcatraz hatte er das Gefängnis als grau, feucht und düster in Erinnerung. Hier war alles hell, und die Metallgeländer waren bunt gestrichen. Ein paar Grünpflanzen verliehen dem Ganzen etwas Lebendiges. Dennoch war seine Seele betrübt.

»Folgen Sie mir, Sie haben Besuch.«

Antoine spürte, wie sein Herz schneller schlug. Endlich Besuch! Er dachte an seinen Freund, den Kommissar, und an seinen Sohn – es konnte nur einer von beiden sein. Er schritt den Korridor entlang, der an den anderen Zellen vorbeiführte. Seit einer Woche saß er in diesem Gefängnis ein, in dem er nach einer Entscheidung des Haftrichters die Zeit bis zur Urteilsverkündung in Untersuchungshaft verbringen würde. Er hatte Glück, eine Zelle für sich zu haben, während sich die meisten Gefangenen aufgrund der Überfüllung eine teilen mussten. Die Enge war bedrückend. Er, der die Weite liebte und die meiste Zeit des Tages draußen an der frischen Luft verbrachte, wollte sich nicht einmal vorstellen, auf diesen wenigen Quadratmetern Tag für Tag mit jemand anderem zusammenzuleben.

Als Neuzugang hatte er noch nicht an irgendwelchen Aktivitäten teilgenommen oder besondere Aufgaben übernommen, um den Tag irgendwie rumzukriegen, sondern verbrachte den größten Teil des Tages in seinem Verlies. »Verlies« war das Wort, das ihm in den Sinn kam, um den Ort seiner Gefangenschaft zu beschreiben. Selbst die Mahlzeiten wurden in den Zellen serviert. Er verließ seine nur zum täglichen Hofgang und zum Duschen. Dreimal pro Woche. Es gab die Möglichkeit, Sport zu treiben. Einmal hatte er auf den Rat des Gefängnisdirektors hin daran teilgenommen. Der Direktor hatte ihn aufgesucht, um nach ihm zu sehen, und bei dieser Gelegenheit hatten sie sich lange unterhalten. Er hatte diesen Austausch genossen. Der Direktor hatte ihm erzählt, wie das Leben zwischen diesen Mauern ablief, und ihm nahegelegt, am gesellschaftlichen Anstaltsleben teilzunehmen, das ihm durch verschiedene Aktivitäten die Möglichkeit bot, seinen Alltag etwas abwechslungsreicher zu gestalten. Quasi eine Art »Club Med« ohne Strand und Palmen. Außerdem hatten die freundlichen Animateure ihre Badesachen gegen graue Dienstkleidung eingetauscht.

Antoine hatte den anderen beim Fußballspielen auf dem neuen Kunstrasenplatz zugeschaut und Knieprobleme vorgetäuscht, um am Rand sitzen bleiben zu können. Der Ball landete im Stacheldraht und ging wie so oft kaputt. Der Vorfall setzte dem Spiel ein Ende. Das Gefängnis sei knapp mit Bällen, hatte man Antoine erklärt. In der Sporthalle hatte er sich unwohl gefühlt. Eine feuchte und drückende Atmosphäre. Stämmige Typen, alle viel jünger als er, die sich in Sprachen etwas zuriefen, die er nicht einmal identifizieren konnte. Er fühlte sich als Außenseiter in einer fremden Welt. Er hatte überhaupt keine Lust, Fußball oder Tischtennis zu spielen oder gar Kraftsport zu betreiben. Und vor allem bemühte er sich, den Kontakt zu seinen Mithäftlingen auf ein Minimum zu reduzieren. Der Gefängnisdirektor hatte mit ihm über seine neue Existenz gesprochen, aber er würde nicht hierbleiben. Bald käme er wieder raus. Zumindest wollte er sich das einreden, auch wenn er tief in seinem Inneren nicht mehr so ganz davon überzeugt war.

Sein Lebensraum war seine Zelle und bestand aus einem Bett, einem Schreibtisch, einem Stuhl, einem Waschtisch, einem Klo und einem Fernseher mit vier internen Programmen, die eine Filmauswahl, einen Französischkurs und Informationen über die Aktivitäten des Gefängnisses boten. Der Kantinenwirt hatte ihm am Vormittag seine erste Bestellung gebracht. Allwöchentlich durfte er auf einer Liste die von ihm gewünschten Produkte ankreuzen. Natürlich war die Auswahl nicht gerade umwerfend, aber sie beinhaltete immerhin ein bisschen von allem. So hatte er sich einen Nescafé zubereiten können und ein paar Plätzchen dazu gegessen. Er war kein sehr eifriger Leser, doch um die Zeit totzuschlagen, hatte er sich ein paar Bücher aus der Bibliothek ausgeliehen. Als ihn der Wärter abgeholt hatte, war er gerade in einen Krimi vertieft gewesen.

Der Wärter öffnete die Tür zu einem Raum, in dem ein Tisch und zwei Stühle standen. Auf einem von ihnen saß Vincent. Erfreut, ihn zu sehen, nahm Antoine ihm gegenüber Platz, während sich der Wärter in den hinteren Teil des Raumes verzog.

»Hallo, Papa, wie geht's?«
»Den Umständen entsprechend ganz gut. Aber ich wünsche mir nichts sehnlicher, als hier wieder rauszukommen. Ich hätte niemals zu Hugon gehen dürfen. Ich bin wirklich ein Esel.«
»Ich hätte das Gleiche getan. Er hatte es verdient.«
»Zu sterben?«
»Nein, aber eine ordentliche Abreibung schon. Es ist gemein, eine Kuh zu töten.«
»Da stimme ich dir zu, aber Gewalt ist, wie du siehst, niemals eine Lösung. Jetzt befinde ich mich hinter Gittern. Und wofür das alles? Das bringt uns unsere Heidi auch nicht zurück. Wie läuft es auf dem Hof?«
»Andreas hilft mir, hat aber auch nicht immer Zeit. Er und sein Freund versuchen, Licht in diese Geschichte zu bringen. Er hat mir gesagt, dass er dich hier rausholt. Mein Chef hatte Verständnis dafür, dass ich Urlaub nehmen wollte. Cédric hilft mir so viel, wie er kann. Mach dir keine Sorgen. Wir kümmern uns gut um die Tiere.«
»Da bin ich sicher. Meinst du, er schafft das?«
»Wer? Was?«

»Andreas. Meine Unschuld zu beweisen?«
»Das hoffe ich ...«

Zurück in seiner Zelle, streckte sich Antoine auf seinem Bett aus. Die Matratze war alles andere als komfortabel. Nachts hatte er Mühe, Schlaf zu finden. So viele Dinge spukten in seinem Kopf herum. Jetzt aber war er müde. Er würde einen Moment schlafen. Die nächste Mahlzeit gab es erst in zwei Stunden.

Als er die Augen schloss, schossen ihm verschiedene Bilder durch den Kopf. Mathilde. Seine Frau. Oder besser gesagt seine Ex-Frau. Sie hatten sich vor einunddreißig Jahren kennengelernt. Sie war jung, neunzehn Jahre. Er war damals schon zweiunddreißig Jahre alt gewesen. Er fand sie wunderschön. Für ihn war es Liebe auf den ersten Blick. Er hatte sich in ihr langes schwarzes Haar und ihre dunklen Augen verliebt. Und in ihr Lächeln. Zum ersten Mal hatte er sie nach einem Tag auf der Skipiste abends in der Bar bemerkt. Sie war Skilehrerin und stammte ursprünglich aus Megève. Sie hatte vorgehabt, die Wintersaison in Gryon zu arbeiten. Sie hatten sich mehrmals wiedergetroffen und waren an ihren freien Tagen zusammen Ski gefahren. Vom ersten Augenblick an war er in sie verliebt gewesen. Bei ihr hatte es etwas länger gedauert. Aufgrund des Altersunterschiedes? Sie heirateten in der Kirche von Gryon, und noch vor Ende der Saison war sie bereits schwanger. Seine Mutter war nicht gerade begeistert gewesen. Hatte sie bereits etwas geahnt?

Nach sechzehn Jahren Ehe war Mathilde fortgegangen und hatte ihn und Vincent verlassen. Sie hatte einen Mann kennengelernt, ebenfalls Skilehrer und noch dazu jünger als sie, und hatte entschieden, mit ihm zu gehen. Zurück nach Frankreich. In ihre Heimat.

Während ihrer Ehe hatte sie im Winter weiter als Skilehrerin gearbeitet und ihm im Sommer auf dem Hof geholfen. Als sie ihn verließ, hatte sie ihm gestanden, dass sie sich nie an das Leben auf einem Bauernhof in Gryon gewöhnt hatte. »Es ist nicht so, dass ich dich nicht mehr liebe …«, hatte sie ihm gesagt. »Aber in ihn habe ich mich verliebt«, hatte sie hinzugefügt. Mit ihrem neuen Lebensgefährten war sie sämtliche Skipisten der Welt hinabgefahren. In den USA. In Kanada. In Neuseeland. Nach sechzehn Ehejahren … Antoine hatte sich dem Offensichtlichen stellen müssen. Dieses Leben war eines, das er ihr nie hätte bieten können. Zudem war mit der Zeit ihre Flamme erloschen.

Der Weggang seiner Mutter war ein harter Schlag für Vincent gewesen. Mitten in der Pubertät …

Antoine rief sich die ersten Abende ihrer Beziehung in Erinnerung. Mathilde liebte es zu tanzen. Er hatte noch nie einen Fuß aufs Parkett gesetzt, aber für sie hätte er alles getan. Discos waren gerade ganz groß in Mode, aber ihr gefiel der Paartanz der fünfziger und sechziger Jahre besser. Rumba, Cha-Cha-Cha und vor allem Rock 'n' Roll. Sie schleppte ihn und ein anderes befreundetes Paar aus Gryon, das ihre Leidenschaft teilte, zu allen Tanzveranstaltungen in der Region. Für diese Tanzabende machte sie sich hübsch. Sie besaß eine Reihe von Kleidern, die denen der amerikanischen Stars jener Zeit ähnelten.

83

Die Situation war so komplex geworden, dass eine Lagebesprechung dringlich war. Wie schon bei der letzten Ermittlung hatte es Viviane für praktischer erachtet, sich in Gryon zu treffen, um näher am Geschehen dran zu sein.

Ein Landwirt war von einem anderen getötet worden, der inzwischen hinter Gittern saß. Der Fall war erledigt, doch wie ihr zu Ohren gekommen war, bemühte sich Andreas immer noch, die Unschuld seines Freundes Antoine zu beweisen. Auch

Karine konnte nicht umhin, gewisse Zweifel zu hegen. Was, wenn Andreas recht hatte?

Am heutigen Morgen war ein Anwalt von einem Zimmermädchen tot in seinem Hotelzimmer in Villars aufgefunden worden. Ein Selbstmord? Docs erste Untersuchungen wiesen zwar in diese Richtung, doch bevor er sich festlegte, wollte er zunächst die Autopsie abwarten.

Zwei Frauen waren aller Wahrscheinlichkeit nach vom selben Täter entführt worden. Die erste lag in einem Krankenhaus im Koma, die zweite in der Pathologie. Würde es eine weitere Entführung geben? Trieb ein neuer Mörder in Gryon sein Unwesen? Ein junger Mann war festgenommen worden, weil er die erste Frau überfahren hatte. War es ein Unfall gewesen? Zahlreiche Fragen, auf die schnell passende Antworten gefunden werden mussten.

Karine, Christophe, Nicolas, Viviane und der Staatsanwalt Charles Badoux saßen um einen Tisch. Letzter hatte gerade einen herben Rückschlag hinnehmen müssen, was seine Karriere betraf. Obwohl er sicher gewesen war, als Oberstaatsanwalt berufen zu werden, hatte man ihm einen seiner Kollegen vorgezogen, einen Outsider mit weniger Erfahrung. Dabei hatte er alles darangesetzt, den Posten zu kriegen. Vielleicht hatte er zu viel getan, um gut dazustehen. Und auf dem Weg dorthin hatte er sich natürlich auch Feinde gemacht.

»*Niemand will einen arroganten und skrupellosen Karrieristen*«, hatte ihm der Oberstaatsanwalt an den Kopf geworfen, bevor er in den Ruhestand gegangen war. Seine Karriere war keinen Pfifferling mehr wert. Die Gelegenheit, ihren Höhepunkt zu erreichen, war ihm vor der Nase weggeschnappt worden. Und jetzt fühlte er sich unwohl angesichts dieses Teams.

Er wusste, dass er in seinem Umfeld Antipathie ausgelöst und sich wenig um die Meinungen anderer geschert hatte, aber von nun an würde er in ihren Augen immer der Loser sein. Zum

Glück war Auer nicht hier, denn der hätte keine Skrupel, auch noch Salz in seine Wunde zu streuen.

Doc war auch eingeladen worden und wurde gebeten, als Erster das Wort zu ergreifen: »Monsieur Guyon. Ich lasse Sie beginnen.«

Doc zog seine Brille aus und ließ sie an einem Bügel um die Achse kreisen – einer seiner zahlreichen Ticks –, während er seine Zuhörerschaft betrachtete. Er wiegte den Kopf und kaute auf der Unterlippe.

»Also ...«

»Wir haben keine Zeit zu verlieren! Muss ich Ihnen etwa alles aus der Nase ziehen?«

Doc blickte zu Karine und lächelte verstohlen. Es amüsierte ihn sehr zu beobachten, wie sich der Staatsanwalt aufregte und seine Adern an Hals und Schläfen bei allem, was er sagte, an- und wieder abschwollen.

Doc nahm eine Wasserkaraffe, die auf dem Tisch stand, und schenkte sich in aller Seelenruhe ein Glas ein. Es war so still im Raum, dass lediglich das Gluckern des Wassers zu hören war.

»Wollen Sie mich verarschen, Guyon?«

Doc räusperte sich, trank einen Schluck, dann einen zweiten und stellte das Glas wieder auf den Tisch.

»Meine Kehle war trocken.«

Karine und ihr Team konnten sich trotz des zornigen Blickes des Staatsanwalts ein Lächeln nicht verkneifen.

»Das reicht!«, rief Viviane. »Lasst uns ernst bleiben.«

»Ich komme direkt von dem Ort, an dem wir die Frauenleiche gefunden haben«, sagte Doc. »Ich habe daher weder bereits einen Bericht angefertigt, noch kann ich in diesem Stadium viel dazu sagen. Wenn Sie mich nicht länger benötigen, könnte ich mich wieder meiner Arbeit widmen ... Zumal auch schon ein zweiter Kunde auf mich wartet.«

»Was ist die Todesursache?«, wollte der Staatsanwalt wissen.

»Ein Nervengift.«

»Ein Gift. Sind Sie sicher?«
»Nein, denn ich habe noch keine Analysen gemacht.«
»Aber Sie haben doch gerade gesagt ...«
»Sie haben mir eine Frage gestellt, und ich habe Ihnen geantwortet. Doch das ist nur meine Meinung und noch keine wissenschaftlich belegte Gewissheit.«
»Hören Sie auf mit Ihren Wortklaubereien.«
»Auf der Brust der Toten finden sich mehrere kleine Löcher, die von Schlangenbissen herrühren könnten. Obwohl es sich um zehn winzige Löcher handelt, lassen sich fünf symmetrische Paare feststellen.«
»Könnten das Bisse einer Viper sein?«
»Nein, Christophe, und zwar aus mehreren Gründen. Die Tiefe der Wunden lässt auf lange Giftzähne schließen. Deutlich länger als die von heimischen Vipern. Dafür spricht außerdem die Tatsache, dass es mehrere Bisswunden sind. Eine Viper beißt einmal zu und flieht anschließend. Hier haben wir es zweifellos mit einer sehr aggressiven Schlangenart zu tun, und ich kenne nur wenige, die in der Lage sind, mehrfach zuzubeißen. Und dann ist da noch der Fakt, dass das Gift sehr wirksam zu sein scheint. Tödlich. Die Haut um die Wunden ist nekrotisiert. Um den Mund des Opfers findet sich eine Mischung aus Blut und Erbrochenem. Das Gesicht ist geschwollen. Zweifelsohne die Reaktion auf das Gift einer exotischen Schlangenart.«
»Wie wirkt das Gift?«
»Nach dem Biss verspürt das Opfer starke Schmerzen. Der Blutdruck fällt ab. Blut und Schaum treten aus dem Mund aus. Das Gesicht schwillt zu. Lippen und Finger verfärben sich violett, eine Zyanose. Das Gewebe um die Wunden stirbt ab, und es bilden sich Blutgerinnsel, weil das Blut dicker wird. Dadurch werden wiederum diverse Organe geschädigt. Vor allem die Nieren. Die Vergiftungserscheinungen werden immer stärker. Todesursächlich ist vermutlich ein Lungenödem, gefolgt von einer Atemlähmung, aber das wird die Autopsie zeigen.«
»Und wie lange hat es gedauert, bis der Tod eingetreten ist?«

»Zwischen einer und sechs Stunden oder sogar noch kürzer, denke ich.«

»Eine exotische Schlange … Die begegnet einem ja nicht gerade an jeder Straßenecke«, sagte Karine.

»Die kann man ja sicherlich auch nicht einfach so im Zoofachhandel erstehen, oder?«, fragte Nicolas.

»Nein, in der Tat. Das ist absolut illegal«, bestätigte der Staatsanwalt.

»Aber es gibt sicherlich einen Schwarzmarkt«, sagte Christophe.

Charles Badoux hatte genug gehört und beschloss, das Thema zu wechseln. »Und unser junger Raser? Könnte er der Entführer sein?«

»Wir haben das Wohnhaus von Romain Servan von oben bis unten auf den Kopf gestellt und nichts gefunden. Auch auf seinem Computer war nichts Verdächtiges. Keine einzige Spur der entführten Frauen. Keine giftigen Tiere, keine Vintagekleider. Absolut nichts«, sagte Karine.

»Wir schließen aus, dass er der Entführer ist«, bestätigte Christophe.

»Im Moment wird er wegen Nichterfüllung seiner Pflichten bei einem Unfall und wegen schwerer Körperverletzung angeklagt. Die Freunde, mit denen er den Abend verbracht hat, haben ausgesagt, dass er alkoholisiert gewesen sei, aber da sich die genaue Promillezahl nicht mehr ermitteln lässt, kann er nur wegen unangepasster Fahrweise zur Rechenschaft gezogen werden.«

»Und nicht für unterlassene Hilfeleistung an einer gefährdeten Person?«, wollte Nicolas wissen.

»Nein. Er erfüllt nicht den Straftatbestand der unterlassenen Hilfeleistung, wie er im Artikel 128 des Schweizer Strafgesetzbuches festgehalten ist. Dafür müssten wir beweisen, dass er eine Person überfahren hat und, obwohl er sich dessen bewusst war, dass ein schwerer Unfall stattgefunden hat, weitergefahren ist, aber dafür gibt es weder Zeugen, noch gibt Romain Servan an, dies in vollem Bewusstsein getan zu haben. Vielmehr hat er im Verhör behauptet, dass er geglaubt habe, ein Tier angefahren zu haben«, erklärte Viviane.

»Und dann haben wir ja auch noch den Fall Antoine Paget«, sagte Karine. »Es scheint, dass sich seine Schuld doch nicht so eindeutig beweisen lässt, wie es zunächst den Anschein hatte. Meiner Meinung nach müssen wir die Sache noch mal ganz von vorne aufrollen.«

»Ja, und um zwei Ermittlungen parallel führen zu können, brauchen wir mehr Ressourcen«, ergänzte Christophe.

»Es gibt keine zwei Ermittlungen! Der Fall Paget ist abgeschlossen. Der Mann sitzt im Gefängnis und wird verurteilt werden.«

»Wir haben Wind von einer veränderten Faktenlage bekommen«, beharrte Karine.

Viviane blickte Karine an und verstand, dass hier etwas hinter ihrem Rücken gespielt wurde. »Aha, neue Fakten? Da bin ich aber neugierig.«

»Ich habe heute Morgen vor dem Meeting mit Andreas gesprochen.«

Charles Badoux sprang von seinem Stuhl auf und schlug mit der Faust auf den Tisch. Sein Gesicht lief rot an. »Madame Joubert, der zukünftige Ex-Kommissar ist beurlaubt! Er wurde suspendiert. Und wenn er sich dennoch weiter in diesen Fall einmischt, werde ich ihn verhaften lassen. Ich verbiete Ihnen, ihn zu kontaktieren. Falls Sie sich nicht daran halten, werden Sie ebenfalls in den Genuss eines verlängerten Urlaubs kommen. Habe ich mich klar ausgedrückt?«

Karine fragte sich, ob sie gut daran getan hatte, Andreas zu erwähnen. Sie hatte ihn in ein schlechtes Licht gerückt. Zumal sie gar nicht mit ihm, sondern mit Mikaël gesprochen hatte. Natürlich hatte sie versucht, ihn zu erreichen, aber er hatte weder auf ihre Anrufe noch auf ihre Nachrichten reagiert. Doch das konnte sie hier nicht sagen. Hätte sie nicht einfach ihre Informationsquelle geheim halten können? Dafür war es jetzt auf jeden Fall zu spät. Ihr Plan scheiterte gerade. Sie hatte gehofft, dass der Staatsanwalt und Viviane beschließen würden, Andreas wieder mit ins Boot zu holen. Sie hatte das Gefühl, dass ihr die Lage über den Kopf wuchs und sie das alles nicht allein meistern konnte. Sie brauchte ihren Kollegen. Und außerdem brauchte sie ihren Freund.

»Charles, beruhigen Sie sich. Vielleicht sollten wir uns einfach anhören, was Karine zu sagen hat.«

Zur allgemeinen Überraschung nahm der Staatsanwalt wieder Platz, und sein Gesicht verlor im Nullkommanichts seine Zornesröte.

»Von mir aus, ich höre.«

»Es geht um diesen Zürcher Anwalt, Adrian Schuller, der heute Morgen tot in seinem Hotelzimmer gefunden wurde. Der Hoteldirektor hat uns informiert, dass Schuller dort bereits seit über einem Monat logiert hat. Und seine Kanzlei behauptet, dass er im Urlaub sei. Allerdings war er nicht hier, um Ski zu fahren. Andreas hat herausgefunden, dass Schuller in Gryon eine wichtige Immobilientransaktion angezettelt hat, und hatte ihn deshalb letzte Woche getroffen. Schuller repräsentierte eine Holding, die dabei ist, Land zu kaufen, um einen riesigen Immobilienkomplex bauen zu können. Zufällig gehörte eines der Grundstücke, das sie käuflich erwerben wollten, Serge Hugon, dem ermordeten Landwirt.«

»Und auch aus gerichtsmedizinischer Sicht erscheint die Diagnose Selbstmord nicht wahrscheinlich«, fügte Doc hinzu.

84

Seit ein paar Tagen zurück in Gryon, verließ Litso Ice nur selten sein Chalet, um keine Aufmerksamkeit auf sich zu lenken. Komplett isoliert zu sein hatte sicherlich Vorteile, aber es war auch wichtig für ihn zu wissen, was um ihn herum passierte, und Bistros waren die besten Orte, um sich auf den neuesten Stand der aktuellen Gesprächsthemen zu bringen. An diesem Tag wurde er nicht enttäuscht.

Zu dieser Stunde war das Café Pomme beinah voll besetzt, daher setzte er sich an den einzigen freien Tisch, direkt neben der Bar, vor dem Eingang der Toiletten. Die Wirtin unterhielt sich mit zwei älteren Damen, die gerade die Geschichte des Geschäftsmannes, der in einem Hotel in Villars Selbstmord verübt hatte, weiterverbreiteten. Dann lauschte er dem Gespräch am Nachbartisch. Ein gut dreißigjähriger Typ mit Glatze und Ohrring diskutierte mit einer weiteren Person. Sie schauten sich Fotos an und kommentierten diese. Journalisten. Von seinem Platz aus konnte er die Bilder auf dem Bildschirm der Digitalkamera nicht erkennen, aber er hörte jedes Wort ihrer Unterhaltung.

»Genial. Das da ist richtig scharf. Zum Glück hatte ich mein großes Teleobjektiv mit.«

»Man könnte meinen, dass ihr Kleid vom gleichen Typ ist wie das der ersten entführten Frau.«

»Wie meinst du das? Vom gleichen Typ?«

»Ein Vintagekleid. Im Rockabillystil. Du weißt schon, enges Bustier und weiter Rock wie das Kleid mit Vichy-Muster, das Brigitte Bardot bei ihrer Hochzeit mit Jacques Charrier getragen hat. Zwei Frauen sind entführt worden, und beide trugen Kleider aus einer anderen Epoche. Ich habe mit dem Ehemann der ersten gesprochen. Er hat mir bestätigt, dass das Kleid, in dem seine Frau gefunden wurde, nicht das ihre gewesen ist.«

»Dann hat der Entführer sie so angezogen?«

»Der Mörder. Jetzt ist es ein Mörder! Ja, mit Sicherheit. Ich sehe den Artikel schon vor mir. Hilf mir, eine Überschrift zu finden. So was wie ›Retro-Killer‹. Oder ›Der Mörder, der die Frauen verkleidet‹?«

Litso Ice lachte innerlich. Diese Geschichte von dem Entführer-Mörder passte ihm gut in den Kram. Sie war sogar ein

Segen. Die Polizei würde mit diesem Mann beschäftigt sein, der Schlagzeilen machte, während er seinen Auftrag im Geheimen zu Ende bringen konnte.

Er zahlte seinen Kaffee und verließ das Café.

85

Als es klingelte, war Minus als Erster an der Tür. Er bellte, um dem Besuch seine Gegenwart zu vermelden. Andreas folgte ihm und öffnete die Tür.

»Soso.«

»Hallo, Andreas. Kann ich dich sprechen?«

Minus beschnüffelte die Hand der Frau, die auf der Schwelle stand. Der Bernhardiner war neugierig, zeigte Gästen seine Zuneigung und erwartete das Gleiche von ihnen. Die Frau streichelte seinen Kopf und spielte ebenfalls ihren ganzen Charme aus.

»Hallo, mein hübscher Freund.«

»Hör auf mit dem Zirkus, Viviane. Du magst keine Hunde.«

»Darf ich reinkommen?«

»Falls du nur mit mir über meinen Urlaub reden möchtest, dann können wir genauso gut hier an der Tür sprechen. Auf jeden Fall habe ich heute Nachmittag ein volles Programm.«

»Eine laufende Ermittlung?«

»Welche Antwort erwartest du von mir auf diese Frage?«

»Dass du dich meinen Anweisungen widersetzt hast und in dieser Angelegenheit weiter vorangekommen bist als wir.«

»Angenommen, das wäre der Fall ...«

»Wir brauchen dich, Andreas. Könntest du deinen Urlaub beenden?«

»Ich habe weder einen Dienstausweis noch eine Waffe. Für mich ist das kein Urlaub, sondern eine Suspendierung.«

»Hör auf mit den Spitzfindigkeiten. Was willst du? Dass ich mich entschuldige? Vor dir auf die Knie falle? Dass ich herumposaune: ›Andreas ist der Beste! Wir können nicht auf ihn verzichten!‹?«
»Schickt dich Badoux?«
»Nein, ich war es, die ihn überredet hat, dich ins Team zurückzuholen.«
»Ich habe noch zwei Wochen. Danach sehen wir weiter.«
»Sturkopf.«
»Danke für die Blumen.«
Viviane wandte sich ab, holte Andreas' Waffe und Dienstausweis aus ihrer Tasche und legte beides auf die kleine Kommode im Eingangsbereich.
»Auf diese Weise ist das, was du tust, wenigstens legal. Du weißt, wo du uns findest ...«

86

Freitag, 29. März

Der Mann, der sich am Parfüm seiner Mutter betörte, betrat die Bäckerei Charlet am Platz der Barboleuse. Das Ladenlokal war überfüllt, und die Leute standen Schlange, um bedient zu werden. Der angenehme Duft frischen Brotes vermischte sich mit dem von Schokolade. Hinter einer Glasscheibe stellte ein Konditor Pralinen her.
Der Mann ging in den frisch renovierten »Tea-Room«. Die Bäckerei war eine echte Institution in Gryon. In dem neuen, sehr gemütlichen Anbau konnte man durch ein Fenster in den Weinkeller schauen. Er trank Wein, interessierte sich aber nicht dafür und konnte auch nicht zwischen einem Grand Cru und billigem Fusel unterscheiden. Alles, was berauschte, war ihm

recht. Er setzte sich an einen hohen Tisch in der Ecke. Von dort hatte er einen guten Überblick über den gesamten Raum mit dem Kamin in der Mitte. Durchs Fenster konnte er auf den Platz der Barboleuse und zum gegenüberliegenden Harambee Café blicken, das er gut kannte.

Er bestellte einen Kaffee. Auf dem Nachbartisch lag die aktuelle Ausgabe der Tageszeitung Le Matin. Die Überschrift, in roten Großbuchstaben auf der Titelseite, stach ihm sofort ins Auge: *Ein Frauenmörder in den Waadtländer Alpen!*

Er stand auf, ergriff die Zeitung und schlug die Seite drei auf: *Psycho Billy treibt sein Unwesen im Chablais. Erneut wird die Region von einem Psychopathen heimgesucht.* Der Journalist Fabien Berset hatte ihm also einen Namen gegeben: Psycho Billy. Er wusste nicht, worauf der Name »Billy« anspielte, aber der Zusatz »Psycho« war deutlich. Damit konnte er sich nicht identifizieren. Er wollte nur lieben und geliebt werden, was doch dem asozialen Verhalten, das man gemeinhin mit einem Psychopathen verband, völlig widersprach, oder? Es war doch nicht sein Fehler, wenn diese Frauen ihn gezwungen hatten, sie zu bestrafen? Er erinnerte sich, einmal gelesen zu haben, dass sich Psychopathen »hinter einer Maske der Normalität« versteckten. Das hatte ihn stutzig gemacht. Er verspürte das unwiderstehliche Bedürfnis, sich zu verkleiden. Egal ob im Zimmer seiner Mutter oder in seinem eigenen Reich. Zunächst hatte er seine Mutter werden wollen, eine strahlende Frau, doch dann hatte er eine weitere, düstere Verwandlung vollzogen. Es war wichtig für ihn, ein anderer zu werden.

Dieser andere, der er nicht war.

Dieser andere, der er war.

Nachdem er getan hatte, was er tun musste, konnte er wieder er selbst werden, ein junger Mann unter seinesgleichen. Zur Normalität zurückkehren. Und wenn dieser Journalist doch ein wenig recht hatte? Aber »Billy«? Er verstand nicht, was das sollte.

Die Silhouette eines Mannes, ein schwarzer gesichtsloser Schatten, war in ein Foto von Gryon eingefügt worden. *Das war er.* Nie hätte er sich vorstellen können, auf der Titelseite einer Zeitung zu landen. Es fühlte sich merkwürdig für ihn an. Schlagzeilen zu machen. Als er die erste Frau entführt hatte, war es ihm überhaupt nicht in den Sinn gekommen, dass er berühmt werden könnte. Er hatte das Gefühl, nackt dazustehen. Entdeckt zu werden. Identifiziert ... Psycho Billy.

Er hatte Angst. Auf seiner Stirn bildeten sich Schweißtropfen. Er nahm eine Serviette und wischte sich den Schweiß ab. Er durfte nicht demaskiert und verhaftet werden. Im Gefängnis würde er keine Frauen mehr kennenlernen können. Momentan wusste allerdings niemand, dass er es war. Seine Freunde ganz sicher nicht und nicht einmal sein Vater. Momentan war er lediglich Psycho Billy, ein Schatten, ein Unbekannter. Aber die Polizei war vor Ort. Genau wie die Journalisten, die überall herumschnüffelten. Das beunruhigte ihn. Er war kein Profi und musste auf der Hut bleiben. Vor allem, da er bald das Wesen seiner Träume besitzen würde. Morgen. Er konnte nicht länger warten. Seine Ungeduld wuchs von Minute zu Minute.

Der Zeitungsartikel war zwei Seiten lang. Auf einem Foto konnte man das zweite Opfer, wie sie es nannten, in einem Leichensack am Flussufer liegen sehen. Er las den Artikel:

Eine Frau, Christine*, wurde am Ufer des Avançon in der Gemeinde Bex zwischen dem Ort Gryon und der Alp von Solalex tot aufgefunden. Vergangenen Montag war sie in ihrem Wohnort Monthey als vermisst gemeldet worden. Die Polizei vermutet, dass sie vor ihrem Tod drei Tage lang gefangen gehalten wurde. Über die Todesumstände wurde nichts bekannt. Einer ersten Frau, Stephanie*, die in der vergangenen Woche in Ollon entführt wurde, war die Flucht gelungen. Sie wurde von einem Einwohner Gryons, der unter Alkoholeinfluss stand, mit dem Auto angefahren. Derzeit liegt die Frau im Krankenhaus von

---

* Die Namen wurden geändert, sind der Redaktion aber bekannt.

Monthey im Koma. Ihr behandelnder Arzt wagt keine Prognose, vermutet aber, dass es noch einige Zeit dauert, bis sie vernommen werden kann.
(...)
Es hat den Anschein, dass diese Tat ebenfalls auf Psycho Billy zurückzuführen ist. Der Täter könnte sich noch in der Region aufhalten. Die Polizei sucht einen gefährlichen Psychopathen und warnt die weibliche Bevölkerung vor möglichen Gefahren.

Der Journalist behauptete, dass die erste Frau noch weit davon entfernt sei, reden zu können. Doch das stimmte nicht. Sie zeigte bereits Regungen. Noch schlimmer war, dass sie vermutlich alle ihre Fähigkeiten zurückerlangen würde. Also auch ihre Sprache ...
Er hatte diese Informationen aus sicherer Quelle erhalten. Er musste handeln.

87

Erica saß seit etwas mehr als zwei Wochen hinter Gittern im Gefängnis La Tuilière in Lonay, wo sie auf den Prozess wartete, der ihr in einigen Monaten gemacht würde. Ihr Anwalt hatte eine Aussetzung der Untersuchungshaft beantragen wollen, doch Erica hatte jegliche Schritte in diese Richtung abgelehnt, denn aus ihrer Sicht war die Haft Teil ihres Kreuzweges.

Ihr Ehemann Gérard hatte sie seit ihrer Inhaftierung regelmäßig besucht, doch er konnte Ericas Entscheidung nur mit Mühe akzeptieren. Er betrachtete sie als egoistisch, da sie das Gleichgewicht ihrer Familie in Gefahr brachte. Ihr Sohn arbeitete im Ausland und hatte noch keine Zeit gehabt, Erica zu besuchen, hatte jedoch schon mehrfach mit ihr telefoniert. Was ihre Tochter betraf, die in Genf wohnte, so war diese so geschockt über das, was vorgefallen war, dass sie sich momentan weigerte, mit ihrer Mutter zu sprechen.

Heute war Karfreitag. Ein kirchlicher Feiertag, den Erica immer besonders gern zelebriert hatte. Der Tod Jesu und das Wunder der Auferstehung nur wenige Tage später. Bei dieser Gelegenheit sprach sie meist über Maria Magdalena. Eine Frauenfigur, mit der sie sich gern identifizierte. Die als junge Frau Jesus kennenlernt, der sie von ihren sieben Dämonen befreit. Frei von anderen Verpflichtungen beschließt sie, ihm nachzufolgen. Während die Jünger bei der Kreuzigung durch Abwesenheit glänzen, ist sie anwesend. Und sie ist es auch, die sich in dunkler Nacht zum Grab begibt. Die sieht, dass der Stein vor dem Eingang des Grabes zur Seite gewälzt worden ist. Sie weiß noch nicht, dass die Dunkelheit erhellt werden wird. Ihr erscheint Jesus nach seiner Auferstehung als Erstes. Ihr trägt er auf, die Jünger darüber zu informieren.

Ericas feministischer Seite gefiel die Vorstellung, dass der erste Apostel eine Frau war, der Apostel der Apostel, und dass Jesus sie für diese Mission auserwählt hatte. Über Maria Magdalena war viel geschrieben worden. Man hatte sie für alles Übel verantwortlich gemacht und sie zur schillernden Person hochstilisiert. Man hatte sie gemäß einigen Quellen als kranke Frau dargestellt, die von ihren inneren Dämonen befreit werden wollte, als reuige Dirne, als Geliebte Jesu und Mutter eines königlichen Geschlechts … All das war ihr nicht wichtig. Maria Magdalena. Eine bescheidene, treue und aufopferungsvolle Frau. Das war sie in Ericas Augen. Und genau diesen Anspruch hatte sie auch an sich selbst als Pfarrerin.

In diesem Jahr konnte sie nicht umhin, daran zu denken, wer wohl an ihrer Stelle den Gottesdienst in Gryon feiern würde. Sie fühlte sich an diesem Tag noch schlechter, weil sie das Gegenteil von dem getan hatte, was Christus vorgelebt hatte. Statt wie er sein Leben für ein anderes zu geben, hatte sie das eines

Sünders genommen. Bis ans Ende ihrer Tage war sie unwürdig, die Rolle einer Pfarrerin einzunehmen. Doch vielleicht würde sie trotzdem fortfahren können, Seelen zu begleiten? In diesem Gefängnis suchten die verlorenen Seelen nicht nach Vergebung, sondern nach einem offenen Ohr, nach etwas Empathie, an der es ihr nicht mangelte.

Erica hatte Gaëlle kennengelernt, eine gerade erst volljährige junge Frau, die wegen Mordes an ihrem Baby verurteilt worden war. Sie hatte nicht gewusst, dass sie schwanger war. Eine Schwangerschaftsverleugnung. Sie hatte das Kind auf der Toilette eines Parkhauses zur Welt gebracht, ohne zu wissen, was ihr geschah. Voller Panik hatte sie das Neugeborene erstickt und dort liegen lassen. Sie bereute ihre Tat aufrichtig und suchte nach Vergebung, die Erica ihr nicht geben konnte. Daher hatte sie sie in den Arm genommen und wie ein Kind getröstet, wie sie es mit ihren eigenen im Alter von sieben oder acht gemacht hatte, wenn diese mit einem aufgeschürften Knie zu ihr gekommen waren. Oder als sie sich als Jugendliche in den Armen ihrer Mutter verkrochen hatten, um ihren Herzschmerz zu vergessen. Ihre Kinder, die heute weit von ihr entfernt lebten.

Chloé, eine andere Frau, war wegen Drogenhandels verurteilt worden. Im Alter von sechzehn Jahren war sie in eine teuflische Spirale der Abhängigkeit geraten und von ihren Eltern vor die Tür gesetzt worden. Um zu überleben und sich weiter mit Drogen zu versorgen, hatte sie sich prostituiert und gedealt. Letzteres hatte sie nach La Tuilière gebracht. Optisch war ihr die Zeit des Missbrauchs und des Lebens auf der Straße deutlich anzusehen: zerfurchtes Gesicht, Augenringe, ausgefallene Zähne. Sie war noch nicht einmal zwanzig, wurde aber gut zehn Jahre älter geschätzt. Außerdem hatte sie sich mit HIV infiziert. Im Gegensatz zu Gaëlle mochte Erica Chloé nicht, denn sie nahm sie als unaufrichtig und manipulierend wahr. Umgekehrt schien Chloé in ihr jemanden zu sehen, dem sie die Enttäuschungen ihrer traurigen Existenz erzählen konnte. Daher hörte Erica ihr zu, denn ihr Mitgefühl durfte nicht dort aufhören, wo ihre Sympathie endete, auch wenn sie dieser aufdringlichen Person einige Grenzen aufzeigte.

Die Besuche brachten ihr frischen Wind. Einige Gemeindemitglieder hatten ihr den Rücken gekehrt, andere wiederum verdammten sie nicht nur nicht, sondern sahen in ihr eine Art Racheengel, »das Schwert Gottes«. Ein Besucher hatte ihr sogar gesagt, dass sie gut daran getan habe, »diesen Mistkerl abzufackeln«. Die Tatsache, für ihr Handeln sogar bewundert zu werden, war für sie noch beschämender als die Tat selbst.

Andreas hatte sie einmal besucht und sich ihr andeutungsweise offenbart. Sie hatte verstanden, dass auch er verborgene Dämonen in sich trug, und hoffte, dass es ihm eines Tages gelänge herauszulassen, was ihn verfolgte. In letzter Zeit fühlte sie sich ihm sehr nahe, vielleicht sogar näher als ihrem eigenen Mann. Tatsächlich hielt sich dieser, seit sie im Gefängnis war, gewissenhaft an die Besuchertage, war jedoch spürbar auf Distanz zu ihr gegangen. Für ihn war sie eine andere Person geworden. Jemand, den er nicht kannte, und jemand, den er nicht mehr liebte, befürchtete sie. Würde ihre Ehe diese Prüfung überstehen? Sie bezweifelte es.

Erica arbeitete in der Bücherei. Nach einigen Tagen in der Waschküche hatte man sie mit dieser Aufgabe betraut. Sie waren zu viert und wechselten sich in Zweierteams ab. Erica freute sich, als Patricia ihr heute mit einem großen Karton entgegenkam. Die Achtundvierzigjährige war wegen Mordes an ihrem Ehemann verurteilt worden. Mord war zwar der offizielle Begriff, doch Ericas Meinung nach beschrieb er die Situation falsch. Patricia hatte ihren Mann mitten in der Nacht mit einem Küchenmesser getötet, nachdem er sie mehr als zwanzig Jahre lang täglich verprügelt hatte. Nach Jahren der Angst und der gebrochenen Rippen. Patricias Ansicht nach war die Strafe, die sie hinter Gittern verbüßte, wesentlich erträglicher als das, was sie all die Jahre an der Seite ihres Peinigers durchlebt hatte. Patricia war eine Optimistin. Beim gemeinsamen Hofgang freute sie sich über den kleinsten Sonnenstrahl. Über die Form der

Wolken am Himmel. Über das Vogelzwitschern. Über den Geruch des Regens. Schon nach wenigen Tagen waren Erica und sie Freundinnen geworden. In ihrer Gegenwart fühlte Erica sich nicht wie eine ihres Amtes unwürdige Pfarrerin. Ihr Verhältnis zueinander war ausgewogen. Allein durch ihre sanfte Gegenwart brachte Patricia den Tag zum Leuchten. Sie beide waren Gefangene. Doch Patricia war frei. Freier, als Erica es jemals gewesen war.
»Hallo, Patricia, wie geht's?«
»Wunderbar. Wir haben eine neue Bücherlieferung erhalten. Die Spende einer Buchhandlung.«
»Lass sie uns gemeinsam durchsehen.«
Erica kniete sich neben Patricia, um mit ihr zusammen den Inhalt des Paketes zu erkunden. Eine Gesamtausgabe von Balzacs »Die menschliche Komödie« und einige Theaterstücke von Molière. Werke von Ramuz, dem berühmten Poeten der französischen Schweiz. Erica verzog das Gesicht. Die Insassinnen mochten lieber leichtere Kost. Krimis oder Liebesromane. Um Groschenromane mit Covern, auf denen muskulöse Jünglinge mit nackten Oberkörpern abgebildet waren, wurde sich gerissen. Nicht nur im übertragenen Sinne. Viele dieser Bücher kamen nur unvollständig zurück.

Anschließend begannen sie, die Bücher einzuräumen. Der Platz zwischen den Regalen war eng. Jedes Mal wenn sie aneinander vorbeigingen, berührten sich ihre Körper leicht. Erica zog es vor, die Verwirrung, die sie dabei überkam, lieber nicht zu analysieren.

88

Nachdem Andreas am Vortag vom Tod Adrian Schullers erfahren hatte, war er die Informationen auf den Papierbögen im

Wohnzimmer noch einmal durchgegangen. Zwei Fälle. Einer der Protagonisten – Serge Hugon – war in beide Angelegenheiten verwickelt, die sie »Goldenes Kalb« und »Turm von Babel« genannt hatten.

Ein Zufall? Andreas glaubte nicht an Zufälle. Irgendeine Verbindung existierte da mit Sicherheit. Aber welche? Und dann hatte auch noch Psycho Billy zugeschlagen. Aus dem Nichts aufgetaucht, hatte er die erste Frau entführt und die zweite getötet.

Andreas betrat die Gemeindeverwaltung in Gryon. Karine, Christophe, Nicolas und Viviane saßen um den Tisch. Die gleiche Szene wie vor ein paar Monaten ...

»Wir haben auf dich gewartet«, sagte Viviane und zeigte auf den leeren Stuhl, der für ihn bereitstand.

Ohne Umschweife übernahm Andreas die Einsatzleitung. »Erzählt mir, was ihr über Psycho Billy wisst, wie ihn unser Freund Berset in der Presse tituliert hat. Wie ist er auf diesen theatralischen Namen gekommen? Ich kapiere nicht –«

»Aufgrund der Kleider«, erklärte Christophe.

»Ich verstehe es immer noch nicht.«

»Psychobilly ist eine Musikrichtung, die mit Punkrock und Rockabilly in Verbindung gebracht wird und die in den achtziger Jahren aus Amerika zu uns rüberschwappte.«

»Punkrock kenne ich. Ich habe schon die Ramones und The Clash gehört, aber Rockabilly ist noch älter, oder?«, fragte Nicolas.

»Stimmt. Die Rockabillywelle entwickelte sich zu Beginn der fünfziger Jahre aus einer Mischung aus Rhythm and Blues und Country Music. Musik von schwarzen und weißen Musikern in den USA. Alles begann, als Elvis Presleys Single »That's All Right« herauskam.«

Christophe begann, die erste Strophe zu singen, und schnipste dazu im Takt mit den Fingern:

Well, that's all right, mama
That's all right for you
That's all right, mama, just anyway you do
Well, that's all right …

»Das reicht, Christophe«, unterbrach ihn Karine. »Lass uns zu den Fakten zurückkehren.«
»Mit dem Rockabilly verbindet man einen bestimmten Modestil. James Dean, Tony Curtis, Marlon Brando und natürlich Elvis Presley waren die Vorreiter. Mit Jeans, weißem T-Shirt und Lederjacke verkörperten sie den Typ des jungen rebellischen Rockers.«
»Das erinnert mich an jemand …«, sagte Karine und warf Andreas einen amüsierten Blick zu.
»Und die Frauen trugen vor allem Swingkleider, ähnlich den Kleidern, die unsere beiden Opfer anhatten.«
»Ah, gut recherchiert«, kommentierte Viviane.
»Ja, in der Tat. Zieht man Psychopath und Rockabilly zusammen und verkürzt die Wörter, ergibt das ›Psycho Billy‹. In die zwei Wörter ›Psycho‹ und ›Billy‹ unterteilt, scheint es, als hätte Berset ihm den Namen ›Billy der Psychopath‹ gegeben und würde damit zusätzlich auf die Musikrichtung und die Aufmachung der Opfer anspielen. Zumal das ›Billy‹ in ›Rockabilly‹ von ›Hillbilly‹ kommt, was man als ›Hinterwäldler‹ übersetzen könnte. Und unser Mörder ist sicherlich kein Städter …«
»Damit hat sich Berset ja mal wortwörtlich selbst übertroffen«, sagte Andreas.
»Das ist es!«, rief Karine und schaute amüsiert zu ihm herüber.
»Was? Hast du den Fall gelöst?«, fragte Christophe sarkastisch.
»Nein, natürlich nicht, du Blödmann! Aber ich habe die ganze Zeit gedacht, dass mir der Name Psycho Billy etwas sagt … Buffalo Bill, wisst ihr noch? Der berühmte Mörder aus ›Das Schweigen der Lämmer‹.«

»Glaubst du, dass wir Gewänder, die aus der Haut von Frauen gemacht sind, finden werden? Hast du in letzter Zeit nicht ein wenig zugenommen, Karine? Pass auf dich auf! Du könntest sein nächstes Opfer sein«, meinte Christophe ironisch.

»Auf jeden Fall würde es mich wundern, wenn wir es mit solch einem durchgeknallten Typen in Gryon zu tun hätten. Stellt euch das nur mal vor!«, sagte Nicolas.

Alle brachen in Gelächter aus. Andreas, dem dieser Kommentar ein gewisses Unwohlsein bereitete, das er sich nicht erklären konnte, bemühte sich, wieder etwas mehr Ernst in die Diskussion zu bringen.

»Also gut, Clarice Starling, könntest du bitte wieder zu den Fakten zurückkehren.«

»Leider wissen wir nicht viel über Psycho Billy«, bemerkte Karine.

»Sonst säße er mit Sicherheit schon hinter Gittern«, ergänzte Christophe.

»Lasst uns erst mal über die Opfer sprechen«, sagte Andreas.

»Die beiden Frauen sind sich vom Profil und von der Physiognomie her ähnlich. Die Erste, Séverine Pellet, ist siebenundvierzig Jahre alt und die zweite, Annabelle Champion, fünfundvierzig. Beide haben mittellanges hellbraunes Haar und blaue Augen«, erklärte Karine.

»Die optische Ähnlichkeit könnte zufällig sein«, warf Nicolas ein.

»Nein, das ist kein Zufall«, widersprach Andreas sofort.

»Du steigst in die Ermittlungen ein und hast schon nach fünf Minuten Überzeugungen?«, konterte Karine, um ihre Erleichterung über die Aussicht, dass Andreas sie bei dieser ihr immer verzwickter scheinenden Ermittlung unterstützen würde, zu überspielen.

»Unser Mann ist mehr als nur ein Entführer oder Vergewaltiger …«

»Es gibt übrigens keinerlei Spuren sexueller Gewalt«, unterbrach ihn Christophe.

»Seine Motivation ist jedoch mit Sicherheit libidinös. Oder steht zumindest in Verbindung zu seiner sexuellen Identität. Er entführt Frauen und sperrt sie ein. Was macht er mit ihnen? Die erste ist offensichtlich geflohen. Die andere hat er drei Tage nachdem er sie als Geisel genommen hat, entsorgt. Warum?«

»Vielleicht hatte er alles von ihr bekommen, was er wollte?«, schlug Nicolas vor.

»Oder aber er war nicht zufrieden. Er entführt zwei Frauen, die sich ähneln, und zieht ihnen Fünfziger-Jahre-Kleider an. Er schminkt sie. Meiner Meinung nach versucht er, die ideale Frau nachzubilden.«

»Eine Frau, die er gekannt hat oder die er sich erträumt?«

»Exzellente Frage, Karine! Sicher scheint, dass er nicht in der Lage ist, normale Liebesbeziehungen einzugehen. Warum entführt er sie, wenn er die Möglichkeit gehabt hätte, sie zu verführen?«

»Müssen wir mit einem nächsten Opfer rechnen?«

»Er wird nicht aufhören damit …« Andreas betrachtete die Fotos der beiden Frauen und spürte einen Anflug von Verwirrung, den er sich nicht erklären konnte. Nur ein vages Déjà-vu.

»Wenn wir ihn aufspüren wollen, müssen wir versuchen zu verstehen, wie er an seine Opfer herankommt. Wenn wir davon ausgehen, dass er sie nicht zufällig gefunden, sondern ausgewählt hat, müssen wir klären, wie er das gemacht hat. Unter welchen Umständen er sie entführt hat. Karine, eine kleine Zusammenfassung?«

»Das zweite Opfer, Annabelle, wurde am vergangenen Montag im Laufe des Abends entführt. Eine Nachbarin hat sie gegen achtzehn Uhr mit dem Auto fortfahren sehen. Vermutlich ist sie zu dem Date gefahren, von dem sie ihrer besten Freundin erzählt hatte. Ihr Auto wurde im Industriegebiet von Monthey auf einem Parkplatz gefunden. Wir haben die Cafés in Monthey abgeklappert, und ein Kellner im Restaurant Théâtre hat bestätigt, Annabelle bedient zu haben. Sie wollte nichts bestellen, weil sie angeblich jemanden erwartete. Nach zehn Minuten hat sie schließlich ein Mineralwasser bestellt. Dem Kellner zufolge ist sie eine halbe Stunde später gegangen. Allein.«

»Wir können also annehmen, dass sie, nachdem sie versetzt worden war, nach Hause gefahren ist, wo sie von dem Kidnapper erwartet wurde. Er hat sie im Kofferraum ihres Autos eingesperrt. Wir haben dort Haare gefunden, die wir ihr zuordnen konnten, aber leider keine Spuren vom Entführer. Danach ist er ins Industriegebiet gefahren, wo er das Opfer in sein eigenes Fahrzeug umgeladen haben muss«, ergänzte Christophe.

»Dann war er es, der das Rendezvous eingefädelt hat?«

»Eine durchaus plausible Theorie.«

»Ihre Freundin hat ausgesagt, dass sich Annabelle auf einer Datingplattform im Internet angemeldet hatte«, fügte Karine hinzu.

»Christophe? Hast du ihren Computer dahin gehend überprüft? Der Mörder muss dann doch auch ein Profil bei der Plattform angelegt haben, oder?«, warf Andreas ein.

»Ich hatte noch keine Zeit ... Alles ist so schnell gegangen.«

»Dann beeil dich damit. Wo ist denn dieser Computer?«

»Wir haben ihn nach Lausanne gebracht.«

»Du weißt, was du zu tun hast – halte dich ran. Die Zeit läuft uns davon. Und die erste Frau?«

»Séverine Pellet wurde Mittwoch vor einer Woche entführt, und wir haben sie in der Nacht von Samstag auf Sonntag aufgefunden. Am Abend ihrer Entführung hatte ihr Mann Nachtschicht. Er arbeitet als Mechaniker in einer Fabrik in Monthey. Als er morgens gegen fünf Uhr heimkam, war er beunruhigt, dass seine Frau nicht da war.«

»Könnte sie in die gleiche Falle gelaufen sein wie die zweite?«

»Ja, vielleicht ... Allerdings ist sie verheiratet.«

»Was sie natürlich daran hindert, sich einen Liebhaber im Internet zu suchen. Habt ihr noch mal mit ihrem Mann gesprochen?«

»Nein, noch nicht.«
»Ich denke, dass wir das so schnell wie möglich machen müssen. Christophe, hast du in ihrem Computer nichts gefunden?«
»Ihr Mann hat mir gesagt, dass sie kein Laptop besitzt. Sie benutzte nur eine alte Kiste zu Hause, um ein bisschen zu shoppen, aber darauf habe ich nichts Kompromittierendes gefunden. Auf jeden Fall keine Verbindung zu einer Datingwebsite. Und da wir nicht speziell in dieser Richtung gesucht haben, habe ich auch nicht tiefer gegraben.«
»Wir werden sehen. Vielleicht hat uns der Ehemann nicht alles gesagt. Und die Ärzte? Gibt es da was Neues, Karine?«
»Wir haben gute Neuigkeiten erhalten. Ihr Hirnödem schwillt ab, und sie sind dabei, Séverine langsam aus dem Koma zu holen. Vermutlich dauert das noch ein paar Tage. Der Arzt schien jedoch optimistisch. Er hofft, dass sie bald mit uns reden kann.«
»Das wäre zu wünschen, aber bis dahin müssen wir ohne ihre Zeugenaussage weiterkommen. Psycho Billy wird nicht warten ... Wird ihr Zimmer immer noch bewacht?«
»Ja, rund um die Uhr.«
»Gut.«
»Glaubst du, dass sie in Gefahr ist? Wir haben nichts durchsickern lassen. Selbst die Presse behauptet, dass sie so schnell nicht wieder ansprechbar sein wird.«
»Wir dürfen nichts außer Acht lassen. Sie stellt eine Gefahr für den Mörder da. Sie könnte ihn identifizieren.«
»Und wenn wir ihm eine Falle stellen? Wir könnten die Information streuen, dass sie bald wieder in der Lage sein wird zu sprechen, und vielleicht versucht er dann, sie im Krankenhaus umzubringen.«
Andreas lächelte. »Gute Idee, Karine. Geradezu exzellent.« Er stand auf. »Lasst uns eine Pause machen. Ich muss nachdenken. Kaffee und Zigarre. Danach machen wir weiter.«
Andreas und Karine traten hinaus auf die Terrasse und lehn-

ten sich gegen das Geländer. Der Blick auf das Frenières-Tal und die umgebenden Berge war von einem leichten Nebel verhangen, der unbemerkt aufgezogen war. Das magische Panorama versetzte Andreas in einen kurzen Moment des Träumens. Er zündete sich eine Zigarre an und nahm einen langen Zug.

»Glaubst du, dass es eine Verbindung zwischen den drei Fällen gibt?«, fragte Karine.

»Ich glaube, dass wir es mit zwei und nicht mit drei Szenarien zu tun haben. Ich bin überzeugt, dass das »Goldene Kalb« – der Mord an Hugon – und der »Turm von Babel« – die Immobiliengeschichte – miteinander verbunden sind, auch wenn ich dafür noch keine Beweise habe. Und dann dieser Zürcher Anwalt, der wie zufällig direkt nach meinem Besuch Selbstmord begangen hat … Ich glaube nicht an Zufälle. Koinzidenzen? Nebenschauplätze? Ich weiß es nicht. Sicher bin ich nur, dass Antoine unschuldig ist. Was wiederum die Frage aufwirft: Wer hat Hugon ermordet und warum? Von Hugons Tod profitieren die Protagonisten der Immobilienaffäre. Das ist klar, der Rest ist noch reine Spekulation. Was den Psycho-Billy-Fall betrifft, glaube ich, dass er völlig unabhängig davon ist.«

89

Samstag, 30. März

Andreas war wieder im Dienst und offiziell mit der Aufklärung der Fälle in der Region betraut. Dieses kurze Zwischenspiel und das Gefühl, seine eigenen Ermittlungen zu leiten, hatten ihm durchaus gefallen. Regeln und Strukturen gefielen ihm hingegen nicht besonders. Er bevorzugte die Freiheit. Ohne jegliche Einschränkungen entscheiden zu können. Allerdings hatte er sich damit an der Grenze zur Illegalität bewegt, ein Zustand, der nicht lange haltbar gewesen wäre. Gegenwärtig fühlte er sich entspannter. Sein Platz war an der Spitze des Teams der Kriminalpolizei. Sie hatten ihn in die eigenen Reihen zurückgebeten, niemals hätte er selbst darum gebettelt. Seine Ehre war gerettet.

Der Polizist, der die Tür des Hotelzimmers im RoyAlp in Villars bewachte, hatte ihn eintreten lassen. Die Spurensicherung war mit ihrer Arbeit fertig. Die Leiche des Anwalts war zusammengesunken im Sessel gefunden worden, die Arme auf den Lehnen ausgestreckt. Andreas hatte die Fotos gesehen, die Christophe vor Ort gemacht hatte. Die weiße Wand war mit Blut und Hirnmasse besudelt. Dass einige Blutstropfen nicht einmal einen Millimeter groß waren, sprach für die hohe Geschwindigkeit des Projektils, das den Schädel komplett durchschlagen hatte. Ein kleines Einschussloch auf der rechten Seite, eine etwas größere Austrittswunde auf der anderen Seite. Die Waffe hatte auf dem Boden neben dem Sofa gelegen. Alles schien die Selbstmordthese zu bestätigen. Die Spurensicherung hatte auf den Haaren und der Kleidung des Opfers Schmauchspuren der Pistole gefunden. Die sternförmig aufgeplatzte Einschussöffnung und Pulver und Ruß in der Wunde sprachen für einen aufgesetzten Schuss. Gewebeteilchen waren sogar im Pistolenlauf gefunden worden. Die Hände des Opfers hatten Blut- und Pulverpartikel aufgewiesen. Alles schien darauf hinzudeuten, dass der Anwalt die Waffe gegen sich selbst gerichtet hatte.

Ein Selbstmord?

Hatte der Mann aus irgendeinem Grund, den Andreas noch nicht kannte, Angst bekommen? Oder hatten seine Auftraggeber befürchtet, dass er zu gesprächig werden könnte? Doc, den er unterwegs angerufen hatte, äußerte erhebliche Zweifel an der Selbstmordtheorie und favorisierte die zweite Hypothese. Während der Autopsie hatte er innere Blutergüsse im Halsbereich festgestellt, die äußerlich nicht zu sehen gewesen waren und die nicht von dem Schuss herrühren konnten, sondern wahrscheinlich von einem Schlag stammten, mit dem das Opfer neutralisiert worden war.

»Bist du sicher?«, hatte Andreas ihn gefragt.

»Das wagst du mich zu fragen?«, schnaubte Doc. »Selbst ein normaler Gerichtsmediziner hätte sich zumindest über diese noch sehr frischen Blutergüsse gewundert und –«

»Also hat es jemand wie Selbstmord aussehen lassen?«, unterbrach ihn Andreas, der einen längeren Vortrag befürchtete, auf den er gerade keine Lust hatte.

»Es sei denn, der Mann wäre mit dem Hals gegen den Türrahmen, die Waschtischkante oder die Kloschüssel gestoßen ... kurz bevor er sich eine Kugel in den Kopf gejagt hat.«

Momentan spielte das alles keine Rolle, denn es kam auf das Gleiche raus. Jetzt mussten sie erst einmal die Spuren zurückverfolgen, um an eine übergeordnete Stufe innerhalb der Organisation zu kommen.

Christophe hatte in dem Zimmer nichts Interessantes entdeckt. Keinen Computer. Keine Dokumente. Lediglich persönliche Dinge. Er würde den Inhalt des Mobiltelefons analysieren, das der Anwalt bei sich gehabt hatte. Er hoffte, darauf Informationen zu finden, die in Verbindung mit der Immobilienaffäre standen, doch wenn der Selbstmord von einem Profi arrangiert worden war, machte er sich keine Illusionen hinsichtlich eines verwertbaren Ergebnisses. Andreas dachte an den, den sie »Feuerfresser« – den Strippenzieher – genannt hatten. Dieser klug inszenierte Selbstmord war vermutlich sein Werk. Sollte sich seine Theorie als richtig herausstellen, dann war er es auch gewesen, der Alexis Grandjean aufgesucht und ihn erpresst hatte, sein Alpchalet zu verkaufen. Der Bankier müsste ihn also identifizieren können. Sie hatten einen Spezialisten der Spurensicherung zu ihm geschickt, um ein Phantombild zu erstellen, das sie überall im Dorf aufgehängt hatten, bislang jedoch ohne Erfolg.

Andreas wurde im Krankenhaus in Monthey erwartet. Das

Hotelzimmer und Doc hatten ihm alles gesagt, was er wissen musste.

90

Der Mann, der sich am Parfüm seiner Mutter betörte, lief auf der Intensivstation einen langen Gang entlang. Er trug einen weißen Kittel und hatte eine Spritze mit einer tödlichen Lösung bei sich. Er musste das Zimmer betreten, das Präparat in den Tropf injizieren und das Zimmer wieder verlassen. Doch vorher musste er noch etwas anderes erledigen, damit er an dem wachhabenden Polizisten vorbeikam, ohne dass dieser ihn später würde identifizieren können.

Er hatte sich eine Strategie ausgedacht: Er würde ein Feuer in der Krankenhauswäscherei legen, die sich unweit des Patientenzimmers befand. Der Feueralarm würde für eine gewisse Aufregung sorgen, und der Polizist würde vermutlich seinen Posten verlassen. Wie dem auch sei, er hatte keine Wahl. Er musste dieses Risiko eingehen. Sobald sie sprechen konnte, würde ihn die Polizei aufspüren. Er musste handeln.

Als er vor der Tür ankam, war der Stuhl, auf dem der Polizist normalerweise saß, leer. Wo war er? Auf Toilette? Er hielt sich nicht damit auf, darüber nachzudenken, sondern ging auf das Zimmer zu. Vielleicht war es ein glücklicher Zufall, den er sich zunutze machen konnte. Er musste schnell handeln, bevor der Polizist zurückkäme. An der Tür drehte er sich noch einmal um. Niemand war in der Nähe. Er trat ein.

Eine Überraschung erwartete ihn: Das Bett war – leer.

Wo steckte sie? Hatte man sie verlegt? Sie hatten die Überwachung doch nicht so plötzlich einstellen können?

Jetzt war der falsche Moment, sich Fragen zu stellen. Er ging zurück auf den Flur und schaute nach rechts. Am Ende des

Ganges, etwa dreißig Meter entfernt, erblickte er einen Mann. Er erkannte ihn. Falls dieser ihn beim Verlassen des Zimmers gesehen hatte, war er erledigt. Er rannte los.

Ohne zu zögern, sprintete Andreas los, um den Flüchtigen zu verfolgen. Er sah ihn nach rechts abbiegen und hörte ein metallenes Scheppern und klirrendes Glas. Am anderen Ende des Flurs angekommen, erblickte er eine auf dem Boden liegende Krankenschwester, einen umgestürzten Rollwagen und überall verstreute Medikamente, doch den Flüchtenden hatte er nicht mehr im Blickfeld. Er rannte weiter, sprang über die Krankenschwester, rutschte auf den Tabletten aus und hätte beinah das Gleichgewicht verloren. Er hörte ein Geräusch im Gang zu seiner Rechten und lief weiter. Eine zweite Krankenschwester wies ihm den Weg, den der Mann genommen hatte. Am Ende des Flurs befand sich ein Notausgang. Als er hörte, dass jemand die Feuertreppe außen am Gebäude hinablief, hechtete er hinterher. Nach drei Etagen unten angekommen, schaute er sich um. Niemand zu sehen. Wo war er hin? Er beobachtete seine Umgebung und lauschte auf jedes noch so geringe Geräusch.

Der Mann, der sich am Parfüm seiner Mutter betörte, flüchtete atemlos weiter. Draußen angekommen, rannte er einfach los, ohne darüber nachzudenken, wohin. Hinter dem Gebäude folgte er dem steil ansteigenden Feldweg, der in den nahe gelegenen Wald führte. Etwas weiter oben überquerte er die Eisenbahnschienen, ohne sich vorher umzuschauen, und warf sich flach auf den Bauch unter ein Gebüsch.

Andreas hörte plötzlich ein metallisches Geräusch. Er rannte das Gebäude entlang und bog um die Ecke. Eine Krankenhausmitarbeiterin schmiss gerade Müllsäcke in einen Container.

»Scheiße!«

Wütend trat Andreas gegen einen am Boden liegenden Müllsack. Die Reinigungskraft bekam Panik.
»Tut mir leid. Ich bin von der Polizei. Haben Sie einen Mann gesehen, der weggelaufen ist?«
Sie nickte und zeigte in Richtung der gegenüberliegenden Böschung.
Andreas lief weiter. Er kletterte den steilen Weg empor und überquerte die Bahntrasse. Am Waldrand hielt er erneut inne und lauschte.
Er hörte nichts.

Durch die Zweige des Gebüschs hindurch, hinter dem er sich verbarg, beobachtete er, wie der Kommissar in seine Richtung schaute.
Er hielt den Atem an.
Der Kommissar hatte offensichtlich nicht gesehen, wo er sich versteckt hatte, denn er setzte seinen Weg unbeirrt fort.
Er lief noch tiefer in den Wald hinein, um sich ein sichereres Versteck zu suchen.

Nachdem Andreas seine Suche abgebrochen hatte, war er ins Krankenhaus zurückgekehrt und hatte dort Karine vor dem Zimmer von Séverine Pellet getroffen. Er hatte am Vortag darum gebeten, sie heimlich auf eine andere Station zu verlegen. Er hatte es richtig vorhergesehen. Doch Psycho Billy war schneller gewesen und war aufgetaucht, bevor sie ihm hatten eine Falle stellen können.
Während der Verfolgungsjagd hatte er ihn nur von hinten gesehen. Unmöglich, ihn zu identifizieren. Es hatte eine Stunde gedauert, bis eine Hundestaffel vor Ort war und sich sofort daran machte, die Hunde auf die Spur des Flüchtigen anzusetzen, die ihn durch den Wald bis ins Industriegebiet verfolgten, wo sich seine Fährte verlor.
Aber Andreas hatte einen Vorteil gegenüber Psycho Billy: Der behandelnde Arzt hatte bestätigt, dass Séverine Pellet

langsam aus dem Koma erwachte. In einigen Tagen würde sie sprechen können.

91

Raphaël, der Ehemann von Séverine Pellet, hatte Ringe unter den Augen und wirkte erschöpft.
»Es ist sehr schwer, das alles zu ertragen. Ich schlafe nicht mehr. Inzwischen bin ich erleichtert, auch wenn ich es noch gar nicht zu glauben wage. Sie wird wieder aufwachen. Aber ich habe Angst. Ich habe das Gefühl, dass sie nicht mehr die Séverine sein wird, die sie vorher war. Ich versuche mir vorzustellen, was sie durchgemacht hat. Und ich bin traurig. Wütend. Ihnen sollte ich das gar nicht sagen, aber ich denke, dass ich in der Lage wäre, denjenigen, der das alles gemacht hat, umzubringen.«
»Ich verstehe Sie. Das ist ganz normal. Wenn ich Ihnen aber einen Rat geben darf, dann sollten Sie Ihre Energie lieber dafür verwenden, Ihre Frau zu unterstützen. Sie wird Sie brauchen«, antwortete Karine.
»Ja, sofern sie tatsächlich wieder aufwacht …«
Raphaël Pellet lief eine Träne über die Wange, und er schloss für einen Moment die Augen, bevor er fortfuhr.
»Aber ich habe Angst, sie zu verlieren. Selbst wenn sie aufwacht, weiß ich nicht, in welchem Zustand sie sich befinden wird. Immerhin lebt sie. Nicht wie diese arme Frau, die sie in Gryon gefunden haben. Haben Sie schon eine Spur?«
»Noch nichts Konkretes. Deswegen sind wir hier«, antwortete Christophe.
»Erzählen Sie mir von Ihrem Leben als Paar, Monsieur Pellet«, bat Karine.
»Unser Leben als Paar? Aber … was hat das denn mit Ihren Ermittlungen zu tun?«

»Wir haben Grund zu der Annahme, dass der Mörder seine Opfer über die sozialen Netzwerke kontaktiert.«
»Ich verstehe nicht.«
»Über Datingportale, wenn Sie so wollen.«
»Ich verstehe immer noch nicht. Datingportale? Meine Frau und ich führen eine harmonische und enge Beziehung.«
Pellet war auf der Hut.
»Hören Sie, Monsieur Pellet. Ich stelle keine Fragen über Ihr Eheleben, um die Klatschseiten einer Zeitung zu füllen. Ein Entführer läuft hier herum, und wir glauben, dass er Ihre Frau via Internet kontaktiert haben könnte.«
»Ich habe doch schon Ihren Kollegen unseren gemeinsamen Computer durchsuchen lassen.«
»Und es gibt wirklich keinen zweiten Rechner hier im Haus?«
Raphaël Pellet führte offensichtlich ein inneres Zwiegespräch, doch Karine hatte keine Zeit, die sanfte Tour anzuwenden. »Monsieur Pellet, es ist einfach so: Wenn Sie uns Informationen vorenthalten und wir das herausfinden und das für eine Frau vielleicht schlimme Folgen hat, riskieren Sie, ernsthaften Ärger mit der Justiz zu bekommen. Und hinter Gittern sind Sie Ihrer Ehefrau nicht gerade von großem Nutzen.«
Die Drohung schien zu funktionieren. Pellet zögerte nur ein paar Sekunden, bevor er kapitulierte.
»Meine Frau besitzt ein Laptop. Und es scheint tatsächlich so, als hätte sie sich auf Datingplattformen registriert.«
»Und wann wollten Sie uns das mitteilen? Nachdem es ein drittes Opfer gegeben hat?«
»Ich habe nicht geglaubt, dass es da einen Zusammenhang mit Ihren Ermittlungen geben würde. Ich wollte unsere Intimsphäre schützen, unsere Ehe. Vielleicht ist das alles, was mir noch bleibt. Können Sie das verstehen? Vielleicht sind Sie ja selbst verheiratet, Madame la Commissaire?«
Als Karine schwieg, seufzte Pellet. »Es steht auf dem Schreibtisch. Im Zimmer oben rechts. Es ist nicht passwortgeschützt.«

Während Karine das Gespräch mit dem Ehemann des Opfers fortsetzte, ging Christophe hinauf in den ersten Stock des Hauses. Zwei Schreibtische standen nebeneinander an der Wand. Auf dem einen lag ein Laptop. Er klappte es auf, schaltete es ein und ging den Verlauf durch. Die letzten Einträge stammten vom 18. März. Sie war am 20. entführt worden. Christophe betrachtete die Browserhistorie vom Vortag der Entführung. Séverine Pellet hatte sich nicht einmal die Mühe gemacht, sie zu löschen. Zweifelsohne hatte sie ihrem Ehemann blind vertraut.

Er ging die Liste der besuchten Websites durch. Sie hatte Kleidung in einer Onlineboutique bestellt und das E-Paper der Zeitung 24Heures gelesen. Danach fand er mehrere Aufrufe der Seite Meetic.ch. Er klickte auf die Adresse der Website, und die Startseite ging auf. Die Zugangskennung und das Passwort waren noch in den Cookies gespeichert. Er war beinah enttäuscht. Zu einfach. Er mochte es, auf Hindernisse zu stoßen, die er überwinden musste. Ab und zu freute er sich aber auch darüber, einfach Glück zu haben. Er öffnete ihr Profil.

Der letzte Chat hatte sie mit einem gewissen Dan Manson geführt. Er öffnete die zahlreichen Nachrichten, die ausgetauscht worden waren, und las die letzte, die Séverine Pellet geschrieben hatte: *Perfekt. Ich freue mich darauf, dich gleich kennenzulernen.* Er las die vorletzte Nachricht: *Ich schlage die Auberge Le Manoir in Vionnaz vor. Neunzehn Uhr?* Die Angaben passte zum Tag und der Uhrzeit ihres Verschwindens.

Gestern hatte Christophe sich Zugang zu Annabelle Champions Profil verschaffen können und dort ebenfalls Nachrichten gefunden, die mit demselben Pseudonym verschickt worden waren. Es gab keinen Zweifel mehr: Dan Manson war Psycho Billy. Auf diese Weise lockte er seine Opfer an. Er schlug ein Rendezvous vor und wartete, bis seine Beute, enttäuscht darüber, versetzt worden zu sein, nach Hause zurückkehrte. Es schien, als hätte er vorher alle Gewohnheiten des Opfers ausgespäht, um sicherzustellen, dass sie allein zu Hause sein würde, sodass er sie ungestört entführen konnte.

Christophe klickte das Profil von Dan Manson an. Laut der persönlichen Angaben war er achtunddreißig Jahre alt, hatte grüne Augen und braune Haare. Sein Beruf: Ingenieur. Er hatte mehrere Fotos eingestellt. Ein hübscher Mann. Doch all diese Angaben waren mit Sicherheit falsch. Ein gefälschtes Profil. Wie konnte man seine wahre Identität herausfinden? Christophe hatte eine Idee.

92

Seit der Schneeschmelze war Solalex wieder über die Straße erreichbar. Das letzte Mal waren Andreas und Mikaël hier mit Schneeschuhen hochgelaufen. In einigen Wochen würden sich auf dieser romantischen, von majestätischen Berggipfeln umgebenen Alp wieder Ziegen und Kühe tummeln.

Das Restaurant Le Miroir de l'Argentine befand sich, wie sein Name es bereits andeutete, unterhalb der berühmten glatten Bergflanke, die einst durch eine Geröllawine entstanden war. Als Andreas und Mikaël das Lokal betraten, das nach der Winterpause den ersten Tag wieder geöffnet hatte, wurden sie von Lucien begrüßt, dessen Familie das Restaurant gehörte und der von diesem Ort nicht wegzudenken war. Er begleitete sie zu ihrem Tisch und reichte ihnen die Speisekarte. Das Restaurant war für seine Wildgerichte bekannt, aber die Saison war vorbei. Andreas bestellte die legendäre Blätterteigpastete, gefüllt mit Käse von der Alp, und Mikaël eine Gemüsetarte als Vorspeise.

Obwohl er jetzt mitten in den Ermittlungen steckte, hatte sich Andreas entschlossen, etwas Zeit mit seinem Lebensgefährten zu verbringen und ihn einzuladen, denn er feierte an diesem Tag seinen sechsunddreißigsten Geburtstag. Der Kellner brachte ihnen ihren Lieblingswein, einen Milan Noir, einen hervorragenden Rotwein aus der Region.

Sie stießen miteinander an. Doch Andreas wirkte abwesend. Wie so häufig wanderten seine Gedanken zu den laufenden Ermittlungen. Er hatte Mühe abzuschalten. Wenn er Psycho Billy doch nur bei der Verfolgung im Krankenhaus geschnappt hätte. Karine und Christophe, die ohne ihn beim Ehemann von Séverine Pellet gewesen waren, hatten ihm am späten Vormittag sehr interessante Neuigkeiten präsentiert. Endlich ein Durchbruch. Sie hatten herausgefunden, wie der Entführer seine Opfer kontaktiert hatte, und kannten nun das Pseudonym, das er im Internet verwendete.

Am Ende des Mahls der lang ersehnte Moment: die Desserts. Nicht nur waren sie hier hausgemacht, sondern Lucien präsentierte sie auch auf eine sehr persönliche Art. Sie standen nicht auf der Karte. Er beschrieb die Auswahl und zeichnete sie dabei auf eine Papierserviette. Andreas wurde beim Waldmeistereis mit Aprikosencoulis schwach, während sich Mikaël für die beiden Mousses im Blätterteig mit Karamellsoße entschied.

Kaum hatten sie mit dem Nachtisch begonnen, vibrierte Andreas' Smartphone. Er zögerte einen Moment, zog es unter Mikaëls irritiertem Blick hervor und nahm den Anruf an.

»Wir müssen los. Sofort!«

93

Mélissas Freundin hatte heute ihren zwölften Geburtstag gefeiert, genau wie sie selbst vor ein paar Wochen. Mit ihrer Mädchenclique hatten sie den Tag im Labyrinthe aventure verbracht, einem Abenteuerpark mit vielen Attraktionen in Evionnaz im Wallis, nicht weit von Bex entfernt. Mélissa öffnete die Eingangstür ihres Zuhauses. Sie brannte darauf, ihrer Mutter von ihren Erlebnissen zu erzählen. Eilig zog sie die Schuhe aus und rannte, ohne sich die Zeit zu nehmen, sie wegzuräumen, in die Küche.

»Mama!«
Ihre Mutter war nicht in der Küche. Mélissa ging weiter ins Wohnzimmer.
»Mama!«
Keine Antwort. Vielleicht war sie oben? Sie stieg die Treppe hinauf und rief erneut nach ihr. Vergebens. Sie kehrte ins Erdgeschoss zurück.
»Mama?«, fragte sie besorgt. Sie schaute auf die Wanduhr. Sechzehn Uhr zehn. Sicherlich war sie noch mit Adam beim Fußballspiel. Mélissa erinnerte sich nicht mehr an den Spielort. Vom Festnetztelefon aus rief sie ihre Mutter auf dem Handy an. Nach kurzem Klingeln ging die Mailbox ran. Ihr Telefon war immer auf lautlos geschaltet und befand sich meistens in der Handtasche. Falls sie es neben sich gelegt hatte, würde sie den Anruf nicht mitbekommen, sagte sich Mélissa, um sich zu beruhigen. Sie beschloss fernzusehen, bis ihre Mutter wiederkam. Sie hatte alle Folgen von »Pretty Little Liars« aufgenommen. Eine Serie über vier Teenagerinnen, die ein Jahr nach dem mysteriösen Verschwinden ihrer Freundin Alison von einem anonymen Erpresser belästigt werden, der droht, angebliche Geheimnisse zu enthüllen. Ihre Freundinnen sprachen den ganzen Tag über diese Serie, und Mélissa wollte endlich mitreden können. Sie schenkte sich ein Glas Sirup ein und machte es sich auf dem Sofa im Wohnzimmer bequem.
Als sie gerade die zweite Folge abspielen wollte, hörte sie, wie sich ein Auto dem Haus näherte. Sie stand auf und sah durchs Fenster nach draußen. Es war nicht der Wagen ihrer Mutter, und trotzdem stieg Adam aus, lief zum Haus und öffnete schwungvoll die Haustür.
»Mama, wir haben gewonnen! Und ich habe ein Tor geschossen«, brüllte er.
»Sie ist nicht da. Ich dachte, sie wäre bei dir.«
»Sie hat mich hingebracht und ist dann weggefahren. Sie hat mir gesagt, dass sie dieses Mal nicht während des Fußballspiels dableiben könne.«

Nachdem Adam nach oben gegangen war, setzte sich Mélissa wieder vor den Fernseher. Sie versuchte, sich zu beruhigen, indem sie sich sagte, dass ihrer Mutter etwas dazwischengekommen sei und sie bald nach Hause käme. Doch ihre Sorge wurde immer größer. Und wenn sie einen Verkehrsunfall gehabt hatte? Aufgewühlt versuchte Mélissa erneut, ihre Mutter anzurufen. Immer noch keine Antwort.

»Mélissa!«, schrie Adam aus vollem Hals. »Komm!«

Mélissa stürmte ins Zimmer ihrer Mutter, in dem ihr Bruder reglos stand und das Mobiltelefon ihrer Mutter in Händen hielt.

»Ich hab gehört, wie es vibriert hat. Es lag auf dem Boden unterm Bett.«

Mélissa blickte sich in dem modern und schick eingerichteten Zimmer um, das normalerweise tipptopp aufgeräumt war. Doch jetzt erzählte sein Anblick eine andere, beunruhigendere Geschichte. Die Nachttischlampe war umgestoßen, genau wie die Schmuckschatulle. Die Tagesdecke lag auf dem Boden. Der Rahmen des Fotos, auf dem Adam, ihre Mutter und sie in die Kamera grinsten, war auf den Boden gefallen, und das Glas war zerbrochen.

Mélissa nahm ihrem Bruder das Mobiltelefon aus der Hand und rief ihren Onkel an, der das Gespräch nach zweimaligem Klingeln annahm.

»Onkel Andy, du musst sofort kommen. Mama ist verschwunden.«

94

Sonntag, 31. März

Seit gestern hatte Andreas kein Lebenszeichen mehr von Jessica erhalten. Nachdem Mélissa ihn aufgeregt angerufen hatte, war er sofort zu seiner Schwester gefahren und hatte sich gezwungen, die Beherrschung zu wahren und in seiner Funktion als Polizist die Schäden zu begutachten. Jessica war entführt worden und hatte vermutlich versucht, ihrem Angreifer Widerstand zu leisten. Andreas hatte die Spurensicherung verständigt, die nach Fingerabdrücken und DNA-Material suchen sollte, aber tief in seinem Inneren wusste er bereits, dass Jessica von Psycho Billy entführt worden war.

Die Fotos der ersten beiden Opfer des Psychopathen, die er am Tag zuvor gesehen hatte, hatten ihn verstört, und er hatte zu spät begriffen, warum. Die Frauen hatten ihn in gewisser Weise an seine Schwester erinnert. Kastanienbraunes Haar. Blaue Augen. Und etwa im gleichen Alter. Jessica passte ins Schema.

Was war er doch für ein Idiot! Andreas hatte alle Indizien vor Augen gehabt. Und anstatt sich mit seinem guten Gespür zu brüsten ... Er hätte etwas ahnen müssen. Krank vor Sorge, gelang es ihm nicht, sich zu konzentrieren. Er machte sich Vorwürfe. Und je mehr er sich ärgerte, desto weniger konnte er einen klaren Gedanken fassen. Als Christophe Jessicas Computer analysiert und darauf keine Anmeldung bei Meetic, das der Entführer zur Kontaktaufnahme nutzte, oder bei einem anderen Datingportal gefunden hatte, war in ihm ein Funken Hoffnung aufgekeimt. Doch mit jeder Stunde, die verstrich, wurde seine Angst immer größer. In der Nacht hatte er kein Auge zugetan. Er wusste, dass die Zeit knapp war. Er versuchte, sich nicht das Schlimmste auszumalen, doch Christophes Bilder von der Toten, die man am Flussufer des Avançon gefunden hatte, gingen ihm nicht aus dem Kopf.

Sein Smartphone vibrierte. Er hatte es vor sich auf den Couchtisch gelegt. Er schaute aufs Display. Karines Foto war aufgeleuchtet. Er war wie gelähmt. Er traute sich nicht, das Gespräch anzunehmen. Er wollte den Moment hinauszögern, an dem man ihm die Nachricht überbringen würde.

Mikaël kam die Treppe hinuntergeeilt. »Warum gehst du nicht dran?«

Andreas ergriff das Telefon.
»Jessicas Wagen wurde an der Straße entlang der Gryonne gefunden. Nicht weit vom Weiler Dévens entfernt.«
Andreas sprang auf. Seine Waffe trug er bereits am Körper. Er zog seine Jacke über und griff gerade nach den Autoschlüsseln, als sich Mikaël vor ihn stellte.
»Ich fahre. In deinem Zustand kannst du dich nicht hinters Steuer setzen.«

95

Eine Viertelstunde später fuhren Andreas und Mikaël auf der Route des Dévens in Richtung der Abtei de Salaz.
Und wenn Karine ihm nicht alles gesagt hatte? Wenn sie die Wahrheit nicht am Telefon hatte enthüllen wollen? Wenn sie bei ihrer Ankunft Jessicas Leiche vorfinden würden? Nein ... unmöglich! Wenn es Psycho Billy war, der sie in seiner Gewalt hatte, dann hätte er sich nicht nach einem Tag von ihr getrennt. Andere Bilder kamen ihm in den Sinn. Das Opfer vom Avançon war von einer Giftschlange gebissen worden. Er stellte sich vor, dass Jessica in einer Schlangengrube gefangen gehalten wurde. Sein Verstand musste aufhören, am Rad zu drehen. Warum quälte er sich so? Er hatte zu viel »Indiana Jones« gesehen. Aber was stellte dieser Irre gerade mit seiner Schwester an?
Auf Höhe der Holzbrücke, die die Gryonne überquerte, sahen sie Karines Auto stehen und längs des Kanals auch das von Jessica.
Andreas näherte sich dem Wagen, doch Karine hielt ihn davon ab.
»Die Jungs sind dabei, nach Spuren zu suchen.«
»Und, haben sie schon was entdeckt? Irgendwelche Hinweise?«

»Sie sind noch nicht fertig, Andreas. Versuch dich zu beruhigen.«
»Leichter gesagt als getan.«
Er drehte sich um und trat gegen einen Erdklumpen. Dann beugte er sich über das Brückengeländer und blickte hinunter in den Fluss, als würde er in dem wirbelnden Wasser eine Antwort auf seine Fragen finden. Was konnte er machen? Es gab keine heiße Spur. Keine Indizien. Nichts. Er holte sein Smartphone hervor. Just in diesem Moment rief Viviane an.
»Andreas. Ich habe gerade einen Anruf von der Polizei in Bex bekommen. Eine Frau wurde gefunden ... tot.«
Er sank zu Boden, verbarg den Kopf zwischen den Händen.

Mikaël saß am Steuer des BMW und fuhr Karine hinterher, die ein hohes Tempo vorlegte. Sie bogen in Richtung Bévieux ab. Direkt hinter dem Salzbergwerk von Bex nahmen sie die Route de la Barmaz, die den Avançon entlangführte, und rasten dann drei Kilometer bergauf bis zu dem alten Kraftwerk La Peuffeyre. Dort war die Leiche gefunden worden, nur etwa sechs Kilometer flussabwärts von der Stelle, an der Psycho Billy sein letztes Opfer entsorgt hatte.
Drei Polizeifahrzeuge waren bereits vor Ort. Andreas stieg aus und eilte zu der Brücke, die über den Fluss führte. Am anderen Ufer hatte er auf einer kleinen Anhöhe die Leiche einer Frau in einem Vintagekleid entdeckt. Sein Herz schlug bis zum Hals. Bevor ihn irgendwer aufhalten konnte, sprang er über die Absperrung, lief zu der Toten, die auf dem Bauch lag, und drehte sie um, damit er ihr Gesicht sehen konnte.
Mikaël war seinem Lebensgefährten gefolgt und kniete sich hinter ihn, außer Atem. Andreas hielt sich die Hände vors Gesicht und schluchzte. Mikaël nahm ihn in die Arme und traute sich nicht, in Richtung der Leiche zu blicken. Er kannte Andreas' Erzählungen, aber tatsächlich ein echtes Mordopfer zu sehen – vor allem, wenn es sich um seine Schwägerin Jessica handelte ... Eine Frau, deren Charakterstärke und Herzlichkeit

er bewunderte. Andreas wandte sich zu ihm um. Seine Augen waren voller Tränen.

»Mikaël, sie ist es nicht!«

Andreas umarmte seinen Freund. Sie waren beide gleichzeitig erleichtert und besorgt. Es war nicht Jessica, aber trotzdem war sie noch nicht außer Gefahr. Sie befand sich immer noch in den Händen eines unberechenbaren Psychopathen.

96

Montag, 1. April

Vor Mikaël erhob sich der Zytturm, das Wahrzeichen der charmanten Stadt Zug am Ufer des gleichnamigen Sees. Sie zählte etwa dreißigtausend Einwohner und damit weit weniger als ihre Nachbargemeinde Zürich, die bevölkerungsreichste Stadt der Schweiz. Zug selbst war innerhalb des Landes als Steueroase berühmt. Ein attraktives Steuerwesen und eine hohe Lebensqualität hatten die Stadt zu einem beliebten Wohnort gemacht, an dem sich auch Unternehmen angesiedelt hatten.

Mikaël hatte einen Termin bei Natalia Tchourilova bekommen. Er hatte Andreas darüber nicht mehr informieren können, da dieser nach dem Gefühlschaos des Vortags bereits im Morgengrauen nach Lausanne aufgebrochen war. Die Suche nach Jessica hatte bei der Polizei und bei Andreas Vorrang. Mikaël konnte nichts dazu beitragen, dafür aber auf andere Gedanken kommen, indem er tiefer in der Immobilienaffäre herumstocherte, für die er sich seit einigen Tagen interessierte. Just an diesem Morgen war er diesbezüglich auf interessantes Material im Internet gestoßen und hoffte, die Ermittlungen vorantreiben zu können.

Er ging am Glockenturm vorbei, bis er zwei Straßen weiter

vor einem sehr schönen, mit Säulen geschmückten Gebäude stand, an dem ein goldenes Metallschild mit dem eingravierten Namen SQIRE SA. Swiss Quality In Real Estate SA prangte, dem Namen jener Immobiliengesellschaft, deren Projekt in Gryon offenbar den Tod all jener verursachte, die sich ihm entgegenstellten.

Mikaël wurde von einer schlanken, blonden Empfangsdame begrüßt. Sie bat ihn, sich zu gedulden, und kündigte seinen Besuch auf Russisch per Telefon an. Nachdem sie aufgelegt hatte, führte sie ihn in einen Konferenzraum, ohne ihm etwas zu trinken anzubieten.

Ein eleganter Mann im dunklen Anzug trat ein und setzte sich. Er stellte sich als Leiter der Public Relations vor. Mikaël beschloss, ihn nicht zu mögen. Seine herablassende Art missfiel ihm.

»Ich hatte einen Termin mit Madame Tchourilova vereinbart.«

»Sie ist nicht im Haus. Ich werde Ihre Fragen beantworten.«

Der Mann breitete mehrere Hochglanzbroschüren über das Unternehmen und seine Aktivitäten vor ihm aus.

»Danke, aber ich bin nicht gekommen, um mir Ihre Prospekte anzuschauen. Ich habe einige Fragen an Madame Tchourilova bezüglich eines Immobilienprojekts in Gryon.«

Der Mann verzog sein bislang ausdrucksloses Gesicht und starrte Mikaël finster an. »Dazu kann ich Ihnen nichts sagen. Sie finden alle notwendigen Informationen auf unserer Internetseite.«

»Hören Sie, ich interessiere mich nicht für das Geschwafel, das Sie Ihren Kunden auftischen! Wenn mich die Direktorin nicht sehen will, werde ich meinen Artikel über das Projekt in Gryon redigieren, ohne ihn ihr vorher vorzulegen. Und angesichts dessen, was ich darüber weiß, bin ich nicht sicher, ob ihr das gefallen wird.«

Da sein Gesprächspartner keinerlei Regung erkennen ließ, erhob sich Mikaël und beschloss, schwerere Geschütze aufzufahren. »Sagen Sie ihr, dass ich über ihre Beziehung zu Andreï Klitschko schreiben werde.«

Mikaël drehte sich um und ging Richtung Ausgang.

»Warten Sie.« Der Mann hatte ihn eingeholt. »Ich werde sehen, was ich tun kann. Nehmen Sie so lange wieder Platz.«

Ein paar Minuten später kam er zurück.

»Sie wird Sie empfangen.«

»Ich dachte, sie sei nicht im Haus.«

Der Mann verzog keine Miene. »Folgen Sie mir.«

Er führte ihn in einen großzügigen, modern möblierten Raum. In der Mitte stand ein ovaler Schreibtisch aus Glas, hinter dem eine etwa vierzigjährige Frau mit langem platinblondem Haar und grünen Augen saß. Ihr ebenmäßiges und symmetrisches Gesicht hatte sicherlich ihren Chirurgen reich gemacht. Ihre Hände lagen auf der Schreibtischplatte, und ihre rubinroten Fingernägel zogen die Blicke magisch an. Sie erhob sich und begrüßte ihren Besucher. Sie trug einen edlen schwarzen Maßanzug, der aus einem taillierten Blazer und einer Hose bestand, die ihre schlanken langen Beine betonte. Auf ihren High Heels überragte sie Mikaël um fast einen Kopf.

»Natalia Tchourilova.«

»Mikaël Achard. Vielen Dank, dass Sie mich empfangen.«

Vermutlich bat sie ihn, auf der anderen Seite des ovalen Tisches Platz zu nehmen – und nicht auf der Couchgarnitur in der Ecke –, um Distanz zu wahren. Sie setzte sich wieder, stützte ihre Ellbogen auf der Glasplatte ab, faltete die Hände und beugte den Oberkörper vor, als wolle sie eine offensive Haltung einnehmen. Ihr mit einem großen Rubin besetzter Kettenanhänger aus Platin ließ keinen Zweifel an ihren finanziellen Mitteln aufkommen und auch nicht daran, dass sie diese gern zur Schau stellte. Ihr Gebaren offenbarte eine Mischung aus Arroganz und Härte. Eine Frau mit Durchsetzungsvermögen.

»Mein Assistent hat mir erklärt, dass Sie Fragen bezüglich eines Immobilienprojekts haben.«

Ihr Gesichtsausdruck blieb regungslos, was zum Teil dem Botox geschuldet sein mochte. Und vermutlich war Antipathie im Pflichtenheft der Mitarbeiter dieser Firma vermerkt.

»Was können Sie mir in Bezug auf das Frience Luxury Estate sagen?«

»Das war ein Immobilienprojekt, das jedoch ins Wasser gefallen ist.«

»Das scheint mir nicht so … Aktuell ersteht eine Holding die Liegenschaften, die Ihnen gefehlt haben, um mit dem Bauvorhaben beginnen zu können.«

Ihr Blick wirkte leicht überrascht, aber keinesfalls verunsichert. »Darüber bin ich nicht auf dem Laufenden.«

»Erzählen Sie mir von Andreï Klitschko.«

»Er ist ein bekannter russischer Geschäftsmann. Warum?«

»Sie kennen ihn, nicht wahr?«

»Nicht persönlich.«

Obwohl Ihr Vater Sergej Tchourilov und er im SWR, dem russischen Dienst für Außenaufklärung, zusammengearbeitet haben?«

»Das höre ich zum ersten Mal. Ich weiß nicht sehr viel über die Vergangenheit meines Vaters.«

»Im Übrigen möchte ich mir erlauben, Ihnen mein herzliches Beileid auszusprechen, verehrte Madame Tchourilova.«

»Das ist nicht nötig. Und ich werde Ihnen keine weiteren Fragen über mein Privatleben beantworten.«

»Madame Tchourilova, lassen Sie mich die Situation darlegen. Ihr Vater war der Eigentümer von SQIRE. Er kauft für fast dreißig Millionen ein Grundstück in Gryon, und das Projekt scheitert. Einen Monat später wird er während einer Opernvorstellung in Berlin exekutiert. Eine Woche später übernehmen Sie die Leitung des Unternehmens in der Schweiz. Klitschko, der alte Freund Ihres Vaters, kauft die Immobilien, die noch fehlen, um das berühmte Projekt zu lancieren. Und seitdem verschwinden nacheinander die Menschen von der Bildfläche, die eine Verbindung mit dieser Affäre haben. Der Landwirt Serge

Hugon weigert sich, sein Land zu veräußern, und stirbt. Der Nächste ist Adrian Schuller, der Anwalt der Holding. Und seit einigen Tagen verkaufen Sie Aktien, die von einem russischen Unternehmen aufgekauft werden. Und just diese russische Gesellschaft gehört zu der Holding Klitschkos. Möchten Sie, dass ich fortfahre?«

»Monsieur, wie war noch gleich Ihr Name? Acart?«

»Achard. Mit einem h. Und einem d am Ende, das jedoch nicht mitgesprochen wird.«

»All dies ist ja sehr interessant, aber Sie sind auf dem Holzweg. Mein Vater wurde aufgrund seiner politischen Haltung umgebracht. Die ich übrigens nicht teile. Es war mir eine Freude, mich mit Ihnen zu unterhalten, aber jetzt würde ich Sie bitten zu gehen.«

Sie stand auf und reichte ihm die Hand. Im selben Moment öffnete sich die Tür, und ein Gehilfe, der genauso wenig liebenswürdig wirkte wie seine Kollegen, stellte sich Mikaël vor.

»Folgen Sie mir.«

Mikaël gehorchte. Der Mann begleitete ihn in die Eingangshalle und flüsterte ihm ins Ohr: »An Ihrer Stelle würde ich aufhören herumzuschnüffeln. Man weiß ja nie, und ein Unfall passiert so schnell.«

Mikaël freute sich, dass er das alles richtig eingeschätzt hatte, aber nach der Drohung lief es ihm kalt den Rücken hinunter.

»Der Ausgang ist hier«, sagte der Gorilla und wies ihm bestimmt den Weg.

Als er zur Tür ging, kreuzte Mikaël den Weg eines Mannes, der ihn mit eiskalten blauen Augen anstarrte. Dieses Gebäude wurde ganz offensichtlich von einer ansehnlichen Schar von Leuten frequentiert, die so viel Wärme wie ein sibirischer Winter ausstrahlten.

97

Der gestrige Fund hatte einen vernichtenden Effekt auf die Moral der Truppe gehabt. Die Stimmung im Polizeipräsidium war gedrückt, die Gesichter sahen niedergeschlagen aus. Bisher gab es nicht eine einzige aussichtsreiche Spur, kein Licht am Ende des Tunnels.

Viviane ergriff das Wort. »Wir haben zwei tote Frauen, eine dritte liegt im Krankenhaus und eine vierte, Jessica, Andreas' Schwester, könnte das nächste Opfer sein, wenn wir sie nicht schnell finden.«

Auch wenn Andreas beim Anblick des Gesichts des letzten Opfers erleichtert gewesen war, dass es sich nicht um Jessica gehandelt hatte, war dies nur ein kurzer Moment des Trosts gewesen. Der mutmaßliche Täter hatte sie zwar nicht über ein Datingportal kontaktiert und somit seinen Modus Operandi geändert, doch Andreas war überzeugt, dass sie von Psycho Billy entführt worden war und damit in großer Gefahr schwebte. Viviane hatte ihn als befangen von dem Fall abziehen wollen, doch Andreas hatte sich strikt geweigert. Er hatte argumentiert, dass er im Fall der ermordeten Frauen ermitteln würde und dass es schließlich auch sein könne, dass seine Schwester lediglich eine Luftveränderung gebraucht habe. Mit diesem Argument konnte er niemanden täuschen, aber da auch niemand mit absoluter Sicherheit sagen konnte, dass Jessica von Psycho Billy entführt worden war, hielt Viviane es für angebracht, zum jetzigen Zeitpunkt, nicht auf seine Kompetenzen zu verzichten, und hoffte, dass sie es nicht bereuen würde.

Bei dem neuen Opfer handelte es sich um Nathalie Vernet, zweiundvierzig Jahre alt, Eigentümerin und Wirtin des Restaurants Refuge de Frience. Wie auch die beiden Frauen zuvor war sie in einem Vintagekleid aufgefunden worden. Mit durchtrennter Kehle.

Doc, der gebeten worden war, an der Besprechung teilzunehmen, ergriff auf Vivianes Aufforderung hin das Wort. Er räusperte sich, verzichtete aber angesichts der Situation auf seine üblichen Witze und Ticks.

»Der Tod wurde durch einen Schnitt mit einem Messer herbeigeführt. Die Halsschlagader wurde durchtrennt, und das Opfer ist sehr schnell verblutet. Der Schnitt wurde rasch und präzise ausgeführt. Mit Sicherheit waren ihre Arme gefesselt. Rund um ihre Handgelenke sind Druckmale erkennbar. Das Opfer wurde nicht am Fundort getötet, da es dort keinerlei Blutspuren gab und das Durchtrennen der Halsschlagader zu großem Blutverlust führt. Außerdem hat man ihr das Kleid post mortem angezogen, denn es ist ebenfalls nicht blutbefleckt.«

»Gibt es Spuren sexuellen Missbrauchs?«

»Nein, nichts in der Art.«

»Ich habe mit dem Restaurantpersonal gesprochen. Am Tag von Nathalie Vernets Verschwinden ist die letzte Angestellte kurz nach Mitternacht gegangen, und ihrer Aussage nach war Nathalie zu diesem Zeitpunkt noch anwesend. Sie musste noch die Kasse machen und die Tische für den nächsten Tag eindecken«, erklärte Karine.

»Wir haben sie Sonntagmorgen um zehn Uhr gefunden. Zu diesem Zeitpunkt war sie seit weniger als zehn Stunden tot. Die Totenflecken waren noch nicht vollständig ausgebildet und die Leichenstarre noch nicht sehr weit fortgeschritten. Bei einem Tod durch massiven Blutverlust tritt die Leichenstarre langsamer ein.«

»Das heißt?«

»Äh, das wisst ihr genauso gut wie ich. Sie ist zwischen Mitternacht, dem Zeitpunkt, an dem sie zum letzten Mal lebend gesehen wurde, und sechs Uhr morgens gestorben, denn die Starre hatte bereits den Hals und die Kaumuskulatur erfasst.«

»Psycho Billy hat sie sicherlich am Ausgang des Restaurants abgepasst«, warf Nicolas ein.

»Oder sie hatte vielleicht noch ein Date in ihrem Büro geplant? Ich erinnere euch daran, dass er normalerweise seine Opfer übers Internet kontaktiert.«

»Ein Treffen mitten in der Nacht?«, fragte Viviane.
»Vielleicht hatte sie nur eine Verabredung für einen One-Night-Stand nach Feierabend«, meinte Nicolas.
»Nein, das würde mich wundern«, erklärte Christophe. Ich habe ihr Mobiltelefon, den Computer bei ihr zu Hause und den im Restaurant durchgeschaut und darauf nirgends ein Konto für eine Datingplattform gefunden.«
»Das ist merkwürdig. Séverine hat er drei Tage eingesperrt, bevor sie fliehen konnte, und Annabelle zwei Tage, bis er sich ihrer entledigt hat. Und jetzt soll er Nathalie schon nach wenigen Stunden getötet haben?«, fragte Karine.
»Und warum sollte er sie entführt haben, wo doch vermutlich Jessica noch in seiner Gefangenschaft ist?«, fragte sich Christophe laut.
»Vielleicht wollte er zwei gleichzeitig haben«, bemerkte Nicolas.
Andreas, der bislang ruhig zugehört hatte, ergriff das Wort.
»Das ist nicht das Werk von Psycho Billy!«
Stille breitete sich im Raum aus. Sollte Andreas recht haben, konnte dies die Antwort auf all die Ungereimtheiten und Fragen sein.
»Doch der Mörder möchte uns das glauben machen.«
»Jetzt bin ich etwas verwirrt«, sagte Viviane.
»Nathalie Vernet passt nicht in das Beuteschema von Psycho Billy. Sie ist dunkelhaarig mit grünen Augen. Die anderen hatten hellbraunes Haar und blaue Augen. In der Presse wurden die Vintagekleider erwähnt, aber nicht das Aussehen der Frauen. Nathalies Mörder dachte, das perfekte Verbrechen begangen zu haben, aber er kannte nicht alle Fakten.«
»Aber wer hätte Nathalie Vernet umbringen wollen?«
»Vielleicht derselbe, der Hugon getötet hat«, schlug Karine vor.
»Wieder diese Immobilienaffäre?«, fragte Viviane.
»Ganz genau! Ich habe Nathalie Vernet letzte Woche getroffen. Sie hat mir bestätigt, dass die Makleragentur ihr ein

Angebot gemacht habe, das sie abgelehnt hat. Sie wollte nicht mehr verkaufen. Und ihres ist das letzte Grundstück, das die SQIRE braucht, um mit dem Bau beginnen zu können. Ich hatte ihr nahegelegt, Gryon für eine Weile zu verlassen, aber unglücklicherweise ist sie meinem Rat nicht gefolgt. Ich nehme es mir selbst übel, dass ich nicht weiter insistiert habe. Sie nicht unter Polizeischutz habe stellen lassen ...«

»Das alles konntest du nicht wissen, zumindest nicht mit Sicherheit. Wer erbt denn jetzt das Restaurant?«, fragte Viviane.

»Nathalie Vernet war alleinstehend, und ihre Eltern sind bereits verstorben. Das habe ich überprüft. Es gibt keinen gesetzlichen Erben. Die Refuge wird versteigert werden. Und auf diese Weise können sie dann zuschlagen.«

»Wir müssen sie um jeden Preis stoppen. Marie Pitou muss einbestellt werden, damit sie auspackt«, befahl Viviane.

»Das ist nicht so einfach. Marie Pitou ist nur ein Glied in der Kette. Es muss uns gelingen, eine Verbindung zwischen den Morden, der Immobiliengesellschaft SQIRE und dieser Holding, der SGS, herzustellen. Und wir müssen diesen Mörder identifizieren, der von Anfang an im Dunkeln agiert. Ich werde auf jeden Fall die Direktorin der SQIRE in Zug aufsuchen, aber erst einmal muss ich Jessica finden.«

98

Auf der feuchten Matratze liegend, hatte Jessica jegliches Zeitgefühl verloren. Der Mann war dreimal gekommen, um ihr etwas zu essen zu bringen. Das erste Mal mit Marmelade bestrichene Butterbrote und einen Becher Kaffee. Danach Nudeln und ein Glas Wasser. Schließlich wieder Butterbrote und Kaffee. Zwischen den Mahlzeiten hatte sie jedoch Hunger verspürt. Sie schätzte, dass er nicht den üblichen Rhythmus dreier Mahlzeiten pro Tag einhielt. Sie hatte gegen die Müdigkeit angekämpft, war aber trotz ihrer Angst ein paarmal eingeschlafen. Phasen der Bewusstlosigkeit hatten sich mit Zeiten abgewechselt, in denen sie klar denken konnte. Unmöglich zu sagen, wie viel Zeit vergangen war. Ihr Entführer hatte ihr einen Eimer hingestellt, in den sie sich bei Bedarf erleichtern sollte, und sie hatte ihn schon benutzen müssen.

Sie war Samstagnachmittag entführt worden, nachdem sie Adam zu seinem Fußballspiel gebracht hatte. In den ersten Stunden nachdem der Mann sie eingesperrt hatte, hatte er sich nicht mehr gezeigt. Sie war an Händen und Füßen gefesselt allein im Dunkeln gewesen. Unfähig, sich zu bewegen. Dafür hatte er ihr die Augenbinde und den breiten Klebestreifen überm Mund abgenommen.

Mélissa und Adam mussten sich große Sorgen machen. Hoffentlich hatten sie Andreas verständigt. Suchte er sie? Hatte er bereits kapiert, dass sie von dem Typen gekidnappt worden war, den sie Psycho Billy nannten? Sie hoffte es. Andreas wusste, dass sie niemals weggehen und ihre Kinder ohne Vorankündigung allein lassen würde.

Seit sie eingesperrt war, hatte sie sich in Schweigen gehüllt. Sie hatte nicht geschrien. Sie wusste, dass das nichts brachte. Sie musste ihre Energie sparen und einen klaren Kopf bewahren. Und im passenden Moment etwas wagen.

Alles war sehr schnell gegangen. Mélissa war bei der Geburtstagsfeier einer Freundin gewesen. Sie selbst hatte Adam am Fußballplatz abgesetzt und war anschließend nach Hause zurückgekehrt. Sie hatte ihren Nachmittag genießen wollen. Für eine alleinerziehende Mutter waren diese Momente des Alleinseins rar. Sie hatte vorgehabt, im Garten Ordnung für den Sommer zu machen. Zuvor hatte sie von einer Gesellschaft zum Erhalt alter Gemüsesorten, der sie angehörte, Saatgut bekommen und freute sich darauf, es auszusäen. Als sie zur Tür hereingekommen war, hatte sie ein merkwürdiges, undefinierbares Gefühl gehabt. Sie war daraufhin nach oben in ihr Zimmer gegangen, um sich umzuziehen. Kaum hatte sie den Raum betreten, hatte sie die Gegenwart eines Menschen in ihrem Rücken gespürt und sich umgedreht. Ein maskierter Mann hatte sich auf sie geworfen. Sie hatte versucht, sich zu wehren. Nach einem Schlag mitten ins Gesicht war sie zu Boden gegangen. Im Fallen hatte sie den Mann mitgezogen, der dabei auf den Nachttisch geprallt war. Er hatte sich auf ihre Beine gesetzt. Sie hatte sich bemüht, ihn zu treten, um freizukommen, aber er hatte sie zu sich hingezogen. Danach ein Geruch nach Chloroform und dann hatte sie sich in dieser Dunkelheit wiedergefunden.

Als ihr Entführer in den Keller zurückgekommen war, hatte er eine Lampe eingeschaltet. Sie hatte sich zunächst in dem Raum umgesehen und die Terrarien erblickt. Eine Schlange, die sich an der Glasscheibe entlangschlängelte. Dann hatte sie den Gesichtsausdruck ihres Peinigers gesehen und sofort verstanden, dass er sie niemals lebend wieder gehen lassen würde. Ein junger Mann. Ein Engelsgesicht ... und doch ... Und sie kannte ihn. Er war mit seinen Freunden bei der Rinderzuchtschau gewesen. Danach hatte sie ihn bei dem Umtrunk auf dem Bauernhof wiedergesehen. Sie erinnerte sich daran, weil sie einander angeschaut hatten. Nein, sie hatten sich sogar angestarrt. Mit Blicken abgetastet. Sie war geschmeichelt gewesen, dass sich Männer für sie interessierten, die mindestens fünfzehn Jahre jünger waren als sie. Wenn sie gewusst hätte, dass einer von ihnen ein Wahnsinniger ist ...

Merkwürdigerweise hatte sie jedoch keine Angst. Sie wollte daran glauben, dass Andreas sie aufspüren würde. In der Zwischenzeit musste sie versuchen, selbst eine Lösung zu finden. Nicht aufbegehren. Sein Spiel mitzuspielen. Sein Vertrauen gewinnen. Vielleicht würde er dann die Fesseln abnehmen, die sie daran hinderten, sich zu bewegen. Sie könnte ihn überwältigen und versuchen zu fliehen. Sie fühlte sich dazu in der Lage. Sie fühlte sich stark.

Der erste Besuch des Mannes war kurz gewesen. Er hatte mit sanfter Stimme zu ihr gesprochen und gefragt, ob es ihr gut ginge. Ob ihr das Auge nicht zu sehr wehtäte. Er hatte sich sogar entschuldigt. Er hatte ihr Frühstück gebracht, ihr aber nicht die Fesseln um die Hände entfernt. Er hatte sich auf eine Ecke der Matratze gesetzt und sie gefüttert. Sie hatte es geschehen lassen. Sie brauchte ihre Kräfte.

Als er mit dem Teller Nudeln zurückgekehrt war, hatte er sich gesprächiger gezeigt. Er hatte ihr gesagt, dass er sich gut um sie kümmern werde. Dass er sie schön fände. Versuchte er, sie zu verführen? Er hatte ihr ein Kleid mitgebracht.

»Gefällt es dir?«

»Es ist wunderschön.«

»Bald wirst du es anziehen können. Und ich werde dich auch schminken. Ich möchte, dass du die Schönste bist.«

»Wenn du willst, schminke ich mich selbst. Ich kann mich für dich schön machen.«

Zum ersten Mal hatte er seine Stimme erhoben.

»Hältst du mich für blöd? Du glaubst, dass ich dich losbinden werde, damit du dich wehren kannst. Du bist genau wie die anderen. Ich wollte, dass du mich liebst. Ich habe immer gehofft, dass du mich liebst. Mich und nicht diesen Bauerntölpel.«

Danach war er weggegangen und hatte die Tür zugeschmissen.

Dieser Bauerntölpel. Von wem sprach er? Damit konnte doch nicht Antoine gemeint sein? Er war der einzige Landwirt, den sie persönlich kannte, weil er mit ihrem Bruder befreundet war. Allerdings hatte sie ihm gegenüber nicht die leiseste Liebesbekundung geäußert. Hielt dieser Psychopath sie etwa für eine andere?

Auch heute Morgen hatte er ihr das Frühstück gebracht und sie gefüttert. Er hatte nichts gesagt und war wütend geworden, als sie ihn fragte, wie es ihm ginge, und vortäuschte, sich zu freuen, das Kleid anzuziehen. Er hatte gedroht, die Schlange aus dem Terrarium freizulassen, und von ihr verlangt, still zu sein. Sie hatte es übertrieben. Er hatte ihr Spiel durchschaut und misstraute ihr momentan.

Jessica war seit einigen Stunden allein. Er würde mit Sicherheit heute Abend wiederkommen. Sie spürte, wie die Angst in ihr wuchs, denn sie wusste jetzt, wie es enden würde. Der junge Mann würde sie umbringen. Das letzte Opfer war zwei Tage nach seiner Entführung ermordet und in der Nähe eines Wildbachs abgelegt worden. Je mehr Zeit verging, desto schneller schwand ihre Hoffnung. Andreas würde sie nicht mehr rechtzeitig finden, auch wenn sie sich zwang, daran zu glauben. Einen Tag vor ihrer Entführung hatte er ihr gesagt, dass sie keine einzige ernst zu nehmende Spur hatten.

Sterben stand außer Frage. Ein Szenario, gegen das sie sich auflehnte, das einfach nicht geschehen durfte. Sie wollte ihre Kinder aufwachsen sehen. Und außerdem machte sie die Vorstellung traurig und wütend zugleich, sterben zu müssen, ohne das Geheimnis enthüllt zu haben, das schwer auf ihr lastete. Mit einer Lüge aus dem Leben zu scheiden. Eine Lüge, die sie, wie man von ihr verlangte, nicht aufdecken durfte, um ihrem Bruder nicht zu schaden. Sie hatte akzeptiert, dass es besser für ihn war, nichts über seine Vergangenheit zu wissen. Ein Trauma, wie er es durchlebt haben musste, ließ sich nicht so leicht bewältigen. Sie hatte beschlossen, mit ihm zu reden. Ihm die Wahrheit zu erzählen. Doch sie hatte noch nicht die passende Gelegenheit dafür gefunden. Und jetzt war sie in diesem Keller eingesperrt, und die Aussichten waren düster.

99

Cédric stieß im Buffet de la Gare zu seinen Freunden, als ihnen die Kellnerinnen gerade das Tagesgericht auftischte.

»Sorry für die Verspätung, Jungs.«

»Musstest du deinem Vater wieder das Essen zubereiten? Er mag ja behindert sein, aber kann er sich nicht mal ein wenig

selbst behelfen? Wie lang willst du denn dein Leben noch vergeuden?«
»Kümmere dich lieber um deine Angelegenheiten, Jérôme. Ich mische mich ja auch nicht in deine ein. Sage ich dir, wie du dein Leben führen sollst? Und wenn du Probleme mit deinem Alten hast, dann kann ich auch nichts dafür.«
Der Ton zwischen den Freunden wurde lauter.
»Meiner ist ein Dummkopf und ein Feigling, das stimmt. Aber du hast dich zum Sklaven deines Vaters gemacht.«
»Das reicht, Freunde!«, rief Vincent. Er war es, der das Treffen initiiert hatte. Meistens sahen sie sich eher abends, aber diese Woche hatten sie alle so viel zu tun gehabt, dass sie es nicht geschafft hatten, sich zu ihrem üblichen Kneipenabend im Harambee zu treffen. »Ich wollte euch die neuesten Informationen über Romain geben.«
»Er ist immer noch im Gefängnis, oder?«
Cédric schien erleichtert, dass die Unterhaltung jetzt eine andere Wendung nahm.
»Ja, sie haben ihm erlaubt, einen Anruf zu tätigen, und da hat er mich angerufen. Er wollte nicht mit seinen Eltern sprechen. Er ist noch in Untersuchungshaft, im selben Gefängnis, in dem auch mein Vater ist. Sein Anwalt geht davon aus, dass er bis zu seinem Prozess auf freien Fuß kommt.«
»Sie glauben also nicht, dass er der Entführer ist?«, fragte Jérôme.
»Nein, sie haben ihm gesagt, dass er wegen schwerer Körperverletzung angezeigt wird und wegen was weiß ich noch allem ... und dass ihm dafür bis zu zehn Jahre Gefängnis drohen.«
»Das ist schon echt blöd, sein Leben auf diese Weise zu verpfuschen«, sagte Cédric.
»Und die Frau, die er angefahren hat, wie geht es der?«, wollte Vincent von Jérôme wissen.
»Ich glaube, die liegt immer noch im Koma.«
»Du glaubst? Du arbeitest doch da, oder nicht? Du solltest das doch wissen.«

»Ja, aber sie liegt nicht auf meiner Station. Ihr Zimmer wird von der Polizei bewacht. Und diejenigen, die sich um sie kümmern, dürfen über ihren Gesundheitszustand keine Auskunft geben.«

»Ich habe heute Morgen mit Kommissar Auer telefoniert. Ich wollte wissen, wie der Stand der Ermittlungen in Bezug auf meinen Vaters ist. Er hat mir gesagt, dass sie da dran sind, dass er aber momentan einer anderen Sache Vorrang geben müsse. Seine Schwester ist entführt worden. Er wollte nichts weiter verraten, nur dass die Ermittlung läuft. Aber man muss ja kein Sherlock Holmes sein, um darauf zu kommen, dass es bestimmt dieser verrückte Psycho Billy war. Da läuft es einem doch kalt den Rücken runter. Diesbezüglich muss es wohl auch irgendeinen Radau im Krankenhaus gegeben haben. Weißt du was darüber?«

»Ja, letzten Samstag. Eine Verfolgungsjagd im Krankenhaus. Alle sprechen darüber. Und seitdem darf niemand mehr auf die Intensivstation, ohne vorher von einem Polizisten kontrolliert zu werden. Und nur wenige haben überhaupt Zutritt. Die Polizei ist dabei, nach und nach das ganze Krankenhauspersonal zu befragen.«

»Glauben sie, dass Psycho Billy dort arbeitet?«, fragte Cédric.

»Keine Ahnung.«

»Musstest du Samstag nicht arbeiten? Hast du was davon mitbekommen?«

»Wollt ihr mal mit eurer Fragerei aufhören? Was willst du denn mit deinem ›Musstest du Samstag arbeiten‹ andeuten? Du glaubst ja wohl nicht, dass ich der Psychopath bin, oder?«

»Jetzt reg dich doch nicht so auf, ich wollte nur sagen, dass du vielleicht ein Zeuge warst. Momentan bist du echt empfindlich, Jérôme.«

»Mach mal halblang«, sagte Cédric. »Ich glaube nicht, dass Vincent damit irgendetwas andeuten wollte. Und du, Vincent, hör auf, ihn auszuhorchen. Nur weil Jérôme im Krankenhaus arbeitet, weiß er ja nicht mehr als wir. Außerdem könnten wir

doch auch einfach das Thema wechseln, oder? All diese Morde, das drückt doch auf die Stimmung ...«
Jérôme blickte auf die Uhr und sagte: »Gut, Jungs. Apropos ›das Thema wechseln‹ – heute habe ich Nachtschicht. Vorher muss ich mich noch etwas aufs Ohr hauen. Bis dann.«
Er legte einen Geldschein auf den Tisch, um seinen Anteil an der Rechnung zu zahlen, und verabschiedete sich von seinen mürrisch dreinblickenden Freunden.

100

Andreas verließ das Polizeipräsidium. Sein Smartphone hatte mehrfach geklingelt. Seine Eltern machten sich Sorgen und wollten über ihre Tochter informiert werden. Unglücklicherweise konnte Andreas ihnen nichts Neues mitteilen. Er zögerte, ob er erst nach Hause zurückkehren oder sie aus dem Auto anrufen sollte. Er war erschöpft. Er brauchte Mikaëls Trost und die Wärme seiner Umarmung. Doch er versetzte sich in die Situation seiner Eltern und stellte sich die Angst vor, die sie ergriffen haben musste. Ganz zu schweigen von Adam und Mélissa, die das Zimmer ihrer Mutter verwüstet vorgefunden und sofort verstanden hatten, dass ihr etwas Schlimmes widerfahren war.
Schließlich entschied er, auf dem Heimweg nach Gryon einen Umweg zu fahren und zu versuchen, sie zu beruhigen. Ihnen klarzumachen, dass er die Situation im Griff hatte. Wenn er doch nur selbst davon überzeugt wäre.
Es herrschte wenig Verkehr, und bald erreichte er Chesaux-sur-Lausanne, das kleine Dorf im Bezirk Gros-de-Vaud, in dem seine Eltern wohnten und das sich in den letzten zwanzig Jahren in Bezug auf Bevölkerungsdichte und Handel ganz schön gewandelt hatte. Sie wohnten in einem Reihenhaus, in dem sie

mit Andreas und seiner Schwester zu vielen freudigen Anlässen wie Familienfeiern zusammengekommen waren, das aber auch Jessica mit ihren Kindern Zuflucht geboten hatte, als diese vor ihrem gewalttätigen Ehemann und Vater hatten flüchten müssen. Als Andreas heute dort sein Auto parkte und durch den Garten zum Eingang ging, versetzte ihm der Anblick des Hauses einen Stich ins Herz.

Seine Mutter, die ihn hatte kommen hören, fiel ihm um den Hals.

»Oh, Andreas ...«

Er drückte sie fest und dachte darüber nach, dass sie ihm aufgrund ihres Alters immer kleiner und zerbrechlicher erschien. Früher hatte sie ihn getröstet. Wegen aufgeschlagener Knie oder anderer Kinderwehwehchen. Heute waren die Rollen umgekehrt.

Sein Vater stand im Türrahmen. Sein Gesicht wirkte von den jüngsten Ereignissen gezeichnet, er schien in wenigen Tagen um zehn Jahre gealtert zu sein.

Als Andreas das Haus betrat, standen die Kinder ein paar Meter hinter ihrem Großvater. Das war ungewöhnlich. Normalerweise rannten sie ihm entgegen und warfen sich in seine Arme. Mélissa hielt die Hand ihres Bruders, obwohl sie sich sonst die ganze Zeit foppten und zankten. Andreas konnte an ihrem erwachsenen Verhalten ermessen, was sie durchmachen mussten.

Seine Mutter hob den Kopf. »Jessica?«, fragte sie mit Angst in der Stimme.

»Es gibt noch immer nichts Neues. Aber das ganze Team ist mit den Ermittlungen betraut. Und wir suchen sie Tag und Nacht, dessen könnt ihr sicher sein.«

»Das bezweifele ich nicht, aber ... Und was, wenn ihr sie nicht findet? Oder zu spät?«

»Denk nicht an so was. Sie finden sie. Wir finden sie. Gesund und munter.«

Er hatte seine Stimme zuversichtlich klingen lassen wollen,

obwohl er sich selbst nicht so fühlte. Dennoch hatte es offensichtlich funktioniert, da seine Mutter ein wenig beruhigter wirkte. Sein Vater war hingegen leichenblass.

Andreas ging zu den Kindern, beugte sich zu ihnen hinunter und umarmte sie beide gleichzeitig. Adam fing an zu weinen. Mélissa versuchte ihre Tränen zurückzuhalten.

»Schaut mir in die Augen!«

Sie gehorchten.

»Ich verspreche euch, dass wir eure Mutter wiederfinden werden. Wenn nicht – seht ihr das?« Er holte seinen Dienstausweis aus der Jacke. »Wenn nicht, dann bin ich nicht mehr würdig, ein Polizist zu sein. Also schwöre ich euch, dass eure Mama ganz bald wieder bei euch sein wird und euch in die Arme schließt. Glaubt ihr, dass ich lüge? Oder könnt ihr an meinen Augen erkennen, wie ernst es mir ist?«

Die beiden Kinder nickten. Adam hatte aufgehört zu weinen. Mélissa lächelte angespannt. »Du bist der Beste, Onkel«, stieß sie hervor.

Hoffentlich hat sie damit recht, dachte Andreas. Hoffentlich war er dieses eine Mal wirklich der Beste. Auf jeden Fall hatte er in einer Sache nicht gelogen: Falls er Jessica nicht lebend finden würde, wäre er nicht mehr würdig, ein Polizist zu sein.

Seine Mutter tauchte in der Diele auf. »Kommt ihr? Der Tee ist fertig. Andreas, für dich habe ich einen Kaffee gemacht.«

Sie begaben sich ins Wohnzimmer, um sich gegenseitig mit den hundertfach wiederholten Alltagsgesten als Familie zu trösten.

101

Zurück von seinem Ausflug ans Ufer des Zuger Sees, wartete Mikaël ungeduldig auf Andreas' Ankunft, um ihm von seiner Begegnung mit Natalia Tchourilova zu erzählen. Sie waren auf der richtigen Spur. Die Direktorin der SQIRE und Andreï Klitschko steckten unter einer Decke. Davon war er mittlerweile überzeugt. Auch wenn er wusste, dass er dafür noch Beweise finden musste. Gemeinsam mit Andreas würde er sicherlich einen Weg finden, diese Ermittlung voranzutreiben.

Sein Mobiltelefon klingelte. Er nahm das Gespräch an und hörte eine Frauenstimme.

»Monsieur Achard?«

»Ja, der bin ich.«

»Ich weiß, dass Sie über Tchourilova und Klitschko recherchieren. Ich besitze Informationen, die Sie interessieren könnten.«

»Wer sind Sie?«

Das spielt keine Rolle. Ich bin eine russische Journalistin und dabei, Nachforschungen über Klitschko und seine undurchsichtigen Geschäfte anzustellen.«

»Russisch? Das hört man gar nicht.«

»Ich arbeite unabhängig und lebe seit beinah zwanzig Jahren im Ausland.«

»Was für Informationen besitzen Sie?«

»Belege für eine Verbindung zwischen der Investmentgesellschaft, die gerade dabei ist, die Aktien von SQIRE zu kaufen, und Klitschko. Wenn wir uns treffen, werde ich Ihnen mehr darüber erzählen.«

»Woher wissen Sie, dass ich mich für Klitschko interessiere?«

»Ich bin ein Maulwurf im Innern der SQIRE. Ich weiß, wo Sie heute Morgen waren.«

Mikaël war zwar von Natur aus misstrauisch, doch diese Person am anderen Ende der Leitung hatte seine Neugier geweckt, und ihre Geschichte schien Hand und Fuß zu haben.

»Und warum sollten Sie mir diese Informationen zukommen lassen? Was gewinnen Sie damit?«

»Klitschko ist für den Tod meines Bruders verantwortlich. Und ich möchte ihn rächen. Ich suche überall nach Mitteln,

Klitschko zu schaden. Sobald ich alle notwendigen Beweise beisammenhabe, werde ich ihn an die Polizei ausliefern. Wenn ich sein Projekt in der Schweiz verhindern kann, würde mich das sehr freuen.«

»Sie haben mir immer noch nicht Ihren Namen verraten.«

Mikaël hörte, wie sie zögerte.

»Anna Filatova.«

»Wann können wir uns kennenlernen?«

»Ich bin gerade auf dem Weg nach Gryon. Laut Navi bin ich in einer halben Stunde da.«

»Nach Gryon?«

»Ich habe vom Tod Schullers erfahren und die Presse verfolgt. Seit einiger Zeit geschehen merkwürdige Dinge in der Gegend. Ich habe einen Flieger nach Genf genommen, weil ich vor Ort ermitteln wollte.«

»Wir könnten uns im Restaurant Buffet de la Gare in Gryon treffen. Das ist leicht zu finden.«

»Nein, kein öffentlicher Ort. Lieber etwas Diskreteres. Sie sollen nicht wissen, dass ich hier bin.«

»Wer sie?«

»Klitschkos Männer. Sie überwachen alles und haben auch Sie im Blick. Ich möchte keinerlei Risiko eingehen.«

»Also, warten Sie. Ich denke nach.«

Ein geheimer Ort ... Er war unentschlossen. Allerdings schien ihm die Journalistin glaubwürdig zu sein. Die Gelegenheit war zu gut, um sie nicht wahrzunehmen. Er hatte eine Idee.

»Wenn Sie in Gryon am Platz der Barboleuse ankommen, folgen Sie der Straße nach Solalex bis zu einer Brücke über den Avançon. Hundert Meter hinter der Brücke biegen Sie nach rechts ab auf die Route de Matélon. Dort sehen Sie eine Kreuzung. Ich werde dort in meinem Auto auf Sie warten.«

»Perfekt, habe ich notiert. Bis gleich.«

Nachdem Mikaël das Gespräch beendet hatte, suchte er im Internet den Namen Anna Filatova und fand ein Profil auf LinkedIn, das zu der Frau zu passen schien, die ihn kontaktiert hatte. Anschließend beschloss er, Andreas anzurufen, konnte jedoch nur eine Nachricht auf dessen Mailbox hinterlassen.

Er holte ein Gadget aus der Außentasche seiner Jacke, das des Agenten 007 würdig war und direkt aus dem Hangar von Q zu kommen schien. Ein Kugelschreiber mit einer integrierten Kamera. Sie hatten ihn während einer Italienreise in einem Geschäft für Überwachungstechnik entdeckt. Andreas wollte ihn unbedingt kaufen, und Mikaël hatte sich über ihn lustig gemacht: Jetzt müsse Andreas nur noch darauf warten, dass Ihre Majestät, die Königin von England, ihn wegen einer besonderen Mission kontaktiere. Aber tatsächlich war er selbst es, der diesen Kugelschreiber schon mehrfach benutzt hatte. Bei Gesprächen mit Informanten. Und auch heute Morgen in Zug. Er kontrollierte, ob der Akku geladen war, bevor er das Haus verließ.

102

Christophe saß in seinem Büro und hatte den Computerbildschirm seit vierundzwanzig Stunden nicht aus den Augen gelassen. Immerhin hatte es sich gelohnt. Mit Hilfe eines Profils auf Meetic.ch hatte er es endlich geschafft, mit Dan Manson in Kontakt zu treten: Nicole, vierundvierzig Jahre alt, wohnhaft im Chablais. Viviane hatte Druck auf Staatsanwalt Charles Badoux ausgeübt, sodass Christoph vom Zwangsmaßnahmengericht eine Befugnis bekommen hatte.

Christophe hatte für sein Profil ein Foto einer Frau verwendet, das er im Internet gefunden hatte. Die Frau ähnelte den Entführungsopfern: halblange kastanienbraune Haare, blaue Augen, feine Gesichtszüge. Er hatte darüber nachgedacht, wie er mit Dan Manson in Kontakt treten sollte, ohne dessen Argwohn zu erregen. Ein neues Profil, das direkt Kontakt zu ihm aufnahm, hätte seinen Verdacht erwecken und ihn an eine Falle denken lassen können. Zu warten, bis sich der Mörder mit ihm in Verbindung setzte, war sicher die bessere Lösung, auch wenn ihnen nicht mehr viel Zeit blieb. Sie mussten Jessica so schnell wie möglich finden.

Er hatte festgestellt, dass Meetic die Möglichkeit bot, einen »Seelenverwandtschaftstest« zu machen. Wenn man über diesen Test zufällig auf Dan Manson stoßen würde, wäre das eine gute Möglichkeit, mit ihm in Kontakt zu treten. Es hatte mehrere Versuche gebraucht, bis das Profil des Mannes, den er suchte, in seiner »Auswahl an Singles« auftauchte. Für Christophe war es eine schwierige Aufgabe gewesen, denn es hatte sich hierbei nicht um ein Informatik- oder Logikproblem gehandelt. Er hatte sich ausmalen müssen, was dieser Psycho Billy beziehungsweise Dan Manson als Kriterien angegeben hatte, um sein Profil zu erstellen. Das Profil eines Verführers, der in der Lage war, hübsche Frauen um die vierzig anzulocken. Christophe musste sich von dem lösen, was sie nach den Morden über ihn wussten, und sich vorstellen, wie sich der Täter wohl selbst wahrnahm. Wie er durch die Augen seiner zukünftigen Opfer gesehen werden wollte. Am Ende war es Christophe gelungen. Sich als Frau zu präsentieren, die in der gleichen Gegend wie Dan Manson lebte, hatte den Auswahlprozess sicherlich erleichtert. Danach hatte er sich zu einer Nachricht durchgerungen und diese um elf Uhr fünfunddreißig abgeschickt.

Hallo Dan,
als ich den Seelenverwandtschaftstest ausgefüllt habe, wurde mir dein Profil angezeigt. Ich bin neu hier auf der Seite. Nach über zwanzig Jahren Ehe habe ich entschieden, dass es an der Zeit ist, andere Wege zu gehen. Mein Eheleben ist nicht mehr, was es einmal war. Ich habe Lust, wieder einmal die Erregung einer neuen Begegnung zu verspüren. Einen Unbekannten zu entdecken. Mich überraschen zu lassen. Zu spüren, wie mein Herz rast. Wir

wohnen in der gleichen Region, und ich habe in deinem Profil gelesen, dass du gern in den Bergen wanderst. Das tue ich auch. Ich würde mich sehr freuen, eine Nachricht von dir zu bekommen.
Nicole

Der Mann, der sich am Parfüm seiner Mutter betörte, war online. Als Erstes öffnete er die Seite der Datingplattform. Er hatte am Vormittag eine neue Nachricht erhalten. Eine Frau aus der Region. Er hatte ihr Profil angeschaut und lange ihr Foto bewundert. Normalerweise ging die Initiative von ihm aus, denn er interessierte sich nur für eine Kontaktaufnahme mit denjenigen, die absolut seinen Kriterien entsprachen. Nachrichten, die er von anderen bekam, ignorierte er. Doch diese Nicole ähnelte seiner Mutter. Sie gefiel ihm. Er begann, eine Antwort zu verfassen, besann sich dann aber. Die ideale Frau befand sich bereits in seinem Keller. Er musste sich ihr völlig hingeben. Sich jetzt einer anderen zu widmen würde bedeuten, sie zu hintergehen oder sie zu ersetzen. Und dazu war er noch nicht bereit, auch wenn er von ihren Reaktionen etwas enttäuscht war. Sie war durchtrieben und versuchte ihn zu manipulieren. So hatte er sie sich nicht vorgestellt. Vielleicht war sie durch die Zeit allein im Keller jetzt ruhiger und etwas weicher geworden. Vielleicht würde er doch noch Unterwürfigkeit in ihrem Blick erkennen.

Er wollte abwarten, wie sich die Situation entwickelte. Der anderen konnte er später immer noch antworten. Bevor er in den Keller ging, besuchte er noch sein Lieblingsforum für Liebhaber giftiger Tiere. Einer der letzten Posts erregte seine Aufmerksamkeit:

Ich bin in der Gegend von Lausanne und möchte eine exotische Schlange kaufen. Weiß jemand, an wen ich mich hier wenden kann?
David

Christophe saß immer noch vor seinem Bildschirm und wartete auf eine Antwort, die nicht zu kommen schien. In der Zwischenzeit hatte er eine Recherche über Giftschlangen gestartet. Er war beeindruckt von der Vielzahl an Internetseiten, die sich mit diesem Thema beschäftigten, und vor allem von der Zahl der Züchter. Meistens handelte es sich bei den angebotenen Tieren um Pythons. Was tödlich giftige exotische Reptilien betraf, so war die Sache komplizierter. Er hatte sich sogar in einem Forum angemeldet und bekam gerade über den Messenger der Seite eine private Nachricht.

Hallo David,
du kannst dich an Exotic Snake wenden. Der Typ heißt Éric. Er kann dir bestimmt helfen.
Grüße
Dan

Eine Nachricht von einem gewissen Dan ... Manson? Sicherlich gab es hier in der Region nicht gleich Dutzende Giftschlangenfans, die »Dan« als Pseudonym verwendeten. Wenn er es tatsächlich war, dann hatte er dasselbe Pseudonym wie auf Meetic verwendet. Nicht sehr schlau, aber für ihn natürlich hervorragend. Christophe hatte gehofft, ihn mit Hilfe einer Singlebörse aus der Reserve zu locken, aber nun würde ihn vielleicht seine Sammelleidenschaft verraten.

Danke, Dan,
besitzt du auch exotische Schlangen? Ich bin ein Fan und habe eine Königspython und eine Klapperschlange. Und du?

Ich besitze vor allem Pythons. Aber kürzlich habe ich einen Wüstentaipan gekauft – eine der giftigsten Schlangen Australiens. Ein großartiges Tier.

Super. Und wo hast du die gekauft?

Da musst du Éric kontaktieren.

Ein Wüstentaipan. Das konnte kein Zufall sein. Christophe kommunizierte vermutlich gerade mit Psycho Billy. Sein Herz begann schneller zu schlagen. Es stand so viel auf dem Spiel. Er musste jetzt versuchen, präzisere Informationen zu erhalten. Ihn zu lokalisieren. Sollte er ein Treffen vorschlagen?

Ich habe noch nie einen Taipan gesehen. Ein Traum ... Wohnst du auch in der Schweiz?

Ja.

Ich wohne in Monthey. Und du? Vielleicht könnte man sich mal treffen. Würdest du ihn mir zeigen?

Wir kennen uns nicht.

Ja, du hast recht. Entschuldige. Das war ein bisschen überstürzt.

Wer sagt mir, dass du kein Bulle bist. Diese Art von Tieren ist verboten. Außerdem kann ich mich nicht erinnern, dein Profil schon mal hier in diesem Forum gesehen zu haben.

Er wurde misstrauisch.

Ich ein Bulle? Nein. Ich bin neu hier im Forum. Ich habe es bei meiner Suche nach Kontakten gefunden.

Parallel hatte Christophe diesem berühmten Éric eine Nachricht geschickt, und die Antwort ging soeben ein.

Hallo, David,
leider bin ich nicht der Richtige für das, was du suchst.

Dan hatte ihm zwar den Vornamen Éric verraten, aber angesichts des Verlaufs ihrer Unterhaltung und seines wachsenden Misstrauens hatte er ihn vermutlich schnell verständigt und ihm geraten, nicht auf Christophes beziehungsweise Davids Fragen einzugehen. Er war in eine Sackgasse geraten. Er wollte Dan eine Nachricht schicken, aber dessen Profil war nicht mehr aktiv. Er hatte das Forum verlassen.
Jetzt konnte er nur noch auf eine Antwort auf Meetic hoffen. Während er wartete, kam ihm eine Idee, und er rief einen seiner Kollegen an.
»Schlangenzüchter oder Händler? Ja, da gibt es hier einige.«
»Kennst du welche, die Giftschlangen haben? Einen gewissen Éric? Der das Pseudonym Exotic Snake benutzt?«
»Ja, ja. Ich weiß, wer das ist. Aber soweit ich weiß, hat der keine Giftschlangen. Er wohnt in einem mehrstöckigen Haus in der Avenue Riant-Mont in Lausanne. Warte, ich schaue mal nach. Ja, in der Nummer 10.«

103

Mikaël wartete schon gut zwanzig Minuten. Er war leicht angespannt. Er wusste, dass es Andreas, der immer noch nicht zurückgerufen hatte, nicht schätzte, wenn er sich so einmischte. Zu recherchieren war das eine. Sich aktiv vor Ort an den Ermittlungen zu beteiligen etwas anderes.
Er hörte das Motorengeräusch eines Autos und sah im Rückspiegel, wie ein weißer Ford Focus mit einem Nummernschild, das auf einen Mietwagen hindeutete, direkt hinter ihm parkte.
Mikaël stieg aus und ging ein paar Schritte auf den Ford zu,

in dessen Innenraum er nicht eine Frau, sondern einen Mann sitzen sah. Das Blut gefror ihm in den Adern, und sein Herz raste, als er ihn erkannte.
Dieser Blick.
Eiskalte blaue Augen.
Noch am Morgen hatte Mikaël ihn in Zug in den Büroräumen der Immobiliengesellschaft gesehen.
Das war eine Falle.
Der Feuerfresser!
Der Mann war inzwischen ausgestiegen und hatte seine Waffe gezogen.
Mikaël verharrte regungslos, bis ein letzter Geistesblitz ihn durchzuckte. Er löste die Kamera in seinem Kugelschreiber aus. Dann hörte er den dumpfen Ton des Schusses. Ein scharfer Schmerz und er brach zusammen.

Litso Ice näherte sich ihm. Er hatte vorgehabt, nicht auf ihn zu schießen, um die Aufmerksamkeit nicht auf seine russische Pistole zu lenken. Eigentlich hatte er ihn mit dem Messer töten wollen, doch als er gesehen hatte, wie der Mann eine Hand in die Tasche gesteckt hatte, war er davon ausgegangen, dass dieser auch bewaffnet sei. Vergeblich suchte er die Innentaschen des Blazers ab. Dann bemerkte er in der Außentasche einen Kugelschreiber mit einem blau blinkenden Licht. Er kannte dieses Modell. Eine mit 4G-Technologie ausgestattete Mini-Spycam, die Bild und Ton simultan ins Internet übertrug.

Hatte jemand online diese Szene verfolgt? Oder waren die Daten jetzt auf dem Computer dieses herumschnüffelnden Journalisten gespeichert?

Er durchsuchte erneut die Taschen des auf dem Boden liegenden Mannes und zog ein Mobiltelefon heraus. Er entsperrte es mit Hilfe des Daumens seines Opfers und öffnete die App, die die Kameraaufnahmen speicherte. Er drückte auf »Play« und sah sich in dem Moment, als er seine Waffe abfeuerte. Kurz und aus ziemlicher Entfernung. Dann Bilder vom Himmel und schließlich sein Gesicht aus nächster Nähe, wie er sich über ihn beugt. Er war perfekt zu erkennen. Er hatte nicht einmal die Vorsichtsmaßnahme ergriffen, sich zu verkleiden, weil er nicht eine Sekunde daran gedacht hatte, dass er bei seiner Tat gefilmt werden könnte.

Am Vortag hatte er im Dorf auf einer Plakatwand ein Phantombild gesehen, das zweifelsohne ihn darstellte. In der Verkleidung, die er für seinen Besuch bei dem Genfer Bankier gewählt hatte. Dieser Idiot musste geredet haben.

Er ärgerte sich über sich selbst. Dieses Mal hatte er eilig und überstürzt gehandelt, während er normalerweise planvoll vorging. Doch der Schaden war angerichtet.

Unmöglich, die Dateien zu löschen, die sich garantiert schon auf einem gesicherten Datenspeicher im Internet befanden. Er öffnete die Einstellungs-App. Ein Link zu den Dateien war per SMS an das Telefon, das er in Händen hielt, und an das Smartphone eines gewissen Andreas verschickt worden.

Die einzige Lösung war, den Computer des Journalisten zu finden und zu hoffen, dass er sich mit dem Datenträger verbinden konnte, um das Video zu löschen, bevor dieser Andreas darauf Zugriff hatte. Doch vielleicht war es dafür schon zu spät ...

Ganz entfernt hörte Litso Ice die Motorengeräusche eines Autos. Er nahm den Kugelschreiber und das Mobiltelefon, stieg in seinen Wagen und entfernte sich.

104

Andreas hatte eine gute Stunde lang getan, was er konnte, um seine Eltern ein wenig zu beruhigen. Zurück in seinem Auto, stellte er fest, dass sein Telefon dort noch am Ladekabel hing, dabei hatte er gedacht, es bei sich zu haben. Wie blöd er doch war! Vielleicht hatte Karine in der Zwischenzeit versucht, ihn wegen neuer Informationen zu Jessica zu erreichen. In seiner Sorge um seine Eltern hatte er das Gerät vergessen und es nicht einmal bemerkt. Sein Anrufbeantworter zeigte eine neue Nachricht an. Sie stammte nicht von Karine, sondern von Mikaël, der ihn darüber informieren wollte, dass er eine russische Journalistin treffen würde.

Er rief ihn zurück, landete aber auf dessen Mailbox. Merkwürdig. Das allein hieß allerdings nichts. Mikaël ging nie ans Telefon, wenn er sich in einem Gespräch befand. Tief in seinem Inneren verspürte Andreas jedoch, wie sich sein Magen vor Angst verkrampfte – und dass dieses Gefühl nichts mit den Sorgen zu tun hatte, die bereits wegen Jessica in seinem Kopf herumschwirrten.

Der Mann, den er gerade erschossen hatte, lebte zusammen mit Kriminalkommissar Andreas Auer in einem Chalet ganz in der Nähe. Er musste mit äußerster Vorsicht handeln. Der Journalist war der Freund eines Polizisten – das Glück war nicht auf seiner Seite. Die Recherchen auf seinem Smartphone hatten ihm alle notwendigen Informationen geliefert: vor allem die Adresse des Opfers und ein Foto des berühmten Auer. Zu seiner Überraschung erkannte er den homosexuellen Kommissar wieder, dem er schon einmal bei der Rinderzuchtschau begegnet war.

Er wusste die Freiheiten zu schätzen, die die westlichen Gesellschaften boten, doch Homosexualität als Norm zu betrachten, das ging für ihn zu weit. Natürlich hatte es sie immer schon gegeben, sogar im kommunistischen Russland. Er war auch nicht dafür, sie festzunehmen oder zu verfolgen, aber deswegen gleich ihre Lebensweise zu unterstützen ... Homosexuelle Ehen, Gay-Pride, Gay hier und Gay da – allein schon dieses Wort irritierte ihn. Schließlich handelte es sich doch immer noch um eine Abweichung von der Norm!

Indem er das Türschloss aufgebrochen hatte, war Litso Ice mühelos in das Haus eingedrungen. Er war recht neugierig darauf zu erfahren, wie es bei einem homosexuellen Paar aussah, und musste zugeben, dass es auch das Zuhause jedes anderen x-beliebigen Paares hätte sein können. Ohne Zeit zu verlieren, hatte er zunächst das Erdgeschoss durchkämmt. Im Wohnzimmer hatte er plötzlich einem Hund gegenübergestanden. Zum Glück war es kein Rottweiler oder Dobermann gewesen, sondern ein großes freundliches Fellknäuel, das nicht einmal geknurrt hatte.

Er musste sich beeilen. Er ging die Treppe hinauf und betrat das Arbeitszimmer, in dem ein aufgeklapptes Laptop stand. Er setzte sich hin und betätigte die Tastatur, um den Bildschirmschoner zu deaktivieren, der in Endlosschleife Fotos australischer Landschaften zeigte.

Andreas öffnete die letzte E-Mail, die er erhalten hatte, und klickte auf den darin enthaltenen Link, der ein Video enthielt. Bei den ersten Bildern lief es ihm kalt den Rücken hinunter. Ein Mann mit kurz geschorenen Haaren und stechend blauen Augen zielte mit einer Waffe in Richtung der Kamera. Das Geräusch eines Schusses. Danach wackelte das Bild, und Andreas konnte einen azurblauen Himmel und einige Wolken erkennen.

Zum Glück musste Litso Ice kein Passwort überwinden, sondern konnte im Handumdrehen die App öffnen, in der vor knapp einer Stunde ein Video eingegangen war. Mühelos fand er den Link zum Datenspeicher im Internet, auf dem das Dokument abgelegt worden war. Die Nachricht »Synchronisation abgeschlossen« leuchtete auf. Er verschob das Dokument in den Papierkorb und ließ es dort verschwinden. Danach öffnete er die Einstellungen und fand einen Link zu einem Verzeichnis auf der lokalen Festplatte, in dem die Dokumente automatisch gespeichert wurden, sobald die App aktiviert wurde. Das Verzeichnis besaß zahlreiche Unterverzeichnisse. Er löschte die Dateien, doch dann fiel sein Blick auf ein weiteres Video mit dem Dateinamen »Zug, SQIRE, 1.4.2013«. Das Video war gut vierzig Minuten lang. Er erkannte die Büros der Immobiliengesellschaft und scrollte bis zu den letzten Minuten vor. Das war der Moment, an dem der Journalist das Gebäude verlassen hatte und ihm kurz begegnet war. Auch dort war er gut zu erkennen. Wütend löschte er die Datei und leerte den Papierkorb.

Anschließend nahm Litso Ice das Laptop und schmiss es mit voller Wucht auf den Boden, sodass es zerbrach und kleine Splitter durch die Gegend flogen. Die Festplatte nahm er an sich. Als er die Treppe hinunterging, hörte er metallenes Scheppern aus der Küche. Irgendetwas war vermutlich auf die Fliesen gefallen. Er hielt inne, zückte seine Waffe und bewegte sich behutsam durch das Halbdunkel. Dann hörte er ein Miauen. Ein Kätzchen strich um seine Beine. Er atmete aus und steckte seine Waffe weg. Als er sich umdrehte, stand der Hund wieder unmittelbar vor ihm, der sich ebenfalls angeschlichen hatte, um zu sehen, wer einen solchen Radau machte.

Das Video brach vor dem Ende ab. Andreas klickte erneut auf den Link, aber eine Fehlermeldung tauchte auf: »*Datei nicht vorhanden*«. Er versuchte es erneut. Nichts.

Mikaël ...

Wo steckte er gerade? Und vor allem: Lebte er noch? Andreas hatte das Gefühl, dass die Welt um ihn herum zusammenbrach. Er war dabei, jeglichen Halt zu verlieren. Jessica entführt. Und jetzt hatte man Mikaël niedergeschossen.

Natürlich hatte er keine Bilder des verwundeten oder gar getöteten Mikaël gesehen, doch diese Person, deren Identität er nicht kannte, musste auf ihn geschossen haben. Er hatte das Gesicht dieses Mannes auf der Videoaufnahme nur flüchtig wahrgenommen, aber seinen eiskalten Blick in seinem Gedächtnis gespeichert. Vielleicht war Mikaël gar nicht das Opfer gewesen. Einen Moment lang versuchte Andreas sich an diesem Gedanken festzuhalten. Doch wer sonst hätte den Kugelschreiber mit der Spycam bei sich getragen haben können?

Sein Telefon klingelte. Mikaël? Mit Sicherheit war er es, der anrief. Und dann würde er eine Erklärung für dieses Video bekommen.

Ohne auf das Display zu schauen, nahm er mechanisch das Gespräch entgegen, hörte jedoch eine Frauenstimme. Karines Stimme.

»Andreas, wo bist du? Du musst sofort kommen. Wir haben Mikaël gefunden ...«

105

Der Mann, der sich am Parfüm seiner Mutter betörte, stand vor seinem Chalet und betrachtete den Sternenhimmel. Er hatte gut daran getan, den Chat im Forum kurz zu halten. Vielleicht war alles ja ganz harmlos gewesen, aber er hatte plötzlich eine böse Vorahnung gehabt. Was, wenn er nicht vorsichtig genug gewesen war? Die Polizei war ihm auf den Fersen. Je weiter die Ermittlungen voranschritten, desto spürbarer wurde das Risiko. Die Kreatur durch den Taipan zu töten war keine gute Idee gewesen. Und einem Unbekannten im Internet spontan mitzuteilen, dass er ein solches Reptil bei sich zu Hause hatte, war eine grenzenlose Dummheit gewesen. Er biss sich auf die Lippen. Aber er war so stolz auf seine neueste Anschaffung, dass er nicht nachgedacht hatte, bevor er geantwortet hatte. Er hätte die Frau erwürgen oder mit dem Messer töten sollen. Ein Messer war schwerer zu finden als die Spur zu einer Giftschlange. Zum Glück hatte er Éric rechtzeitig gewarnt.

Außerdem stand in der Tageszeitung heute etwas von einem neuen Opfer des Psycho Billy. Eine Frau, die Wirtin der Refuge de Frience, war gestern in der Nähe von Gryon tot aufgefunden worden. Sie hatte ein Vintagekleid getragen und war auffällig geschminkt gewesen. Gab es also einen Trittbrettfahrer? Er wusste nicht, ob ihn das mit Stolz erfüllen oder beunruhigen sollte. Die Polizei würde jetzt noch wachsamer sein. Er musste vorsichtig vorgehen.

Die Frau, die er in seinem Keller gefangen hielt, war unvergleichlich schön. Sie erinnerte ihn wirklich an seine Mutter. Mehr als alle anderen. Diese halblangen kastanienbraunen Haare. Diese tiefblauen Augen. Dieses ovale Gesicht mit dem hübschen Kinn. Und selbst ihre Nase. Lang und sanft geschwungen. Würde sie die Auserwählte sein? Er wollte daran glauben.

Er hatte keine Lust mehr, seine verzweifelte Suche mit der Frau, die ihn kürzlich kontaktiert hatte, wiederaufzunehmen. Schließlich sprach nichts dafür, dass es mit ihr besser laufen würde. Aber diese hier hatte sich gewehrt, und er hatte sie geschlagen und so ihr Engelsgesicht gezeichnet. Zu schade … Anschließend hatte sie versucht, ihn zu verführen, aber er hatte gespürt, dass sie ihn manipulieren wollte. Es war unmöglich, ihr zu vertrauen. Er musste ein anderes Mittel finden, um sie gefügig zu machen. Sie zu unterwerfen. Sie zu der Seinen zu machen.

Doch er durfte keine Risiken eingehen. Er hatte eine Idee. Er erinnerte sich an die Artikel über den Serienmörder, der hier in Gryon sein Unwesen getrieben hatte. Dieser hatte Curare verwendet, um bei seinen Opfern eine Muskellähmung hervorzurufen. Wenn er sich das beschaffen würde, könnte sich seine Gefangene nicht mehr bewegen, und er könnte sie ankleiden, schminken und schließlich das mit ihr tun, wovon er, ohne sich es einzugestehen, immer geträumt hatte: Liebe mit seiner Mutter machen.

Genau wie dieser Kerl, den er durch das Loch in der Wand zum elterlichen Schlafzimmer beobachtet hatte. Diesen Anblick hatte er nie vergessen. Er war damals siebzehn Jahre alt gewesen. Der Mann, den er beim Sex mit der Frau, die ihm das Leben geschenkt hatte, beobachtet hatte, war nicht sein Vater gewesen. Doch damals hatte er ihn nicht erkannt. Von seinem Blickwinkel aus hatte er nicht sein Gesicht, sondern nur seinen Rücken sehen können. Eine schwarze Rose und ein Totenkopf

hatten sich auf seinen Schultermuskeln im Rhythmus seiner Hüften hin- und herbewegt. Dieses zuckende Bild hatte ihn fasziniert. Ein Tattoo, das er nie vergessen hatte.
Und genau dieses Tattoo hatte er wiedererkannt, als sie auf den Sieg von Yodeleuse angestoßen hatten. Beim Anblick der schwarzen Rose und des Totenkopfes waren all die Bilder wieder in ihm hochgekommen. Erneut hatte er gesehen, wie sie sich auf der muskulösen Schulter auf und ab bewegten. Es bestand nicht der geringste Zweifel. Er hasste diesen Mann. Seit jenem Tag.
Serge Hugon zu töten hatte ihm eine enorme Erleichterung verschafft. Allerdings hatte seine Tat ungewünschte Kollateralschäden nach sich gezogen. Und er konnte nichts dagegen tun. Er hatte nicht das erste Mal getötet, dieses Mal jedoch mit seinen eigenen Händen. Er war in den Stall eingedrungen und hatte sich Hugon genähert, der gerade dabei war, eine Kuh zu melken. Der Krach der Melkmaschine und die laute Musik hatten seine Schritte übertönt. Er hatte die auf dem Boden liegende Schaufel ergriffen und war hinter den Usurpator Hugon getreten. Dieser hatte offensichtlich seine Gegenwart gespürt, sich umgedreht und ihn erstaunt angesehen. Der Schlag mit der Schaufel hatte sein Schicksal besiegelt.

106

Nach Karines Anruf war Andreas sofort losgefahren und hatte auf der Autobahn so kräftig aufs Gaspedal gedrückt, dass er bereits zweimal geblitzt worden war. Er wollte so schnell wie möglich an Mikaëls Bett stehen. Und vor allem nicht zu sehr darüber nachdenken, was Karine ihm gesagt hatte.
Dass man auf Mikaël geschossen hatte.
Dass er im Krankenhaus war.
In der Notaufnahme.

Mehr wusste Andreas nicht. Auf der Fahrt verspürte er den Drang zurückzurufen, um weitere Einzelheiten zu erfahren. Um herauszufinden, was passiert war. Doch er traute sich nicht. Aus Angst vor schlimmen Neuigkeiten? Er kannte Karine in- und auswendig. Und der Ton ihrer Stimme hatte ihn nicht täuschen können. Es war ernst. Sehr ernst. Er raste weiter im Slalom um die anderen Fahrzeuge herum und riskierte mehr als nur eine Ordnungswidrigkeit. Die Fahrt erschien ihm endlos. Was würde ihn im Krankenhaus erwarten?

Andreas parkte seinen Wagen vor dem Haupteingang des Krankenhauses in Monthey. Er zog die Handbremse an und nahm sich beim Aussteigen nicht einmal die Zeit, den Motor auszuschalten oder die Tür zuzuschlagen. Ein Polizist, der ihn erwartet hatte, begleitete ihn bis zur Intensivstation, auf die man Mikaël verlegt hatte.

Er erblickte Karine, die sich im Gespräch mit einem Arzt befand, und ging auf sie zu. Im Zimmer hinter ihnen lag ein Mann auf einem Bett. Andreas konnte ihn nicht identifizieren. Von seinem Gesicht waren nur die geschlossenen und aufgrund von Hämatomen zugeschwollenen Augen zu erkennen. Der Rest wurde von einem Verband verdeckt. Er konnte kein Lebenszeichen erkennen.

Er schaute auf den Monitor, der die Herzfrequenz überwachte.

Ein regelmäßiger Verlauf.

Sein Herz schlug.

Er lebte.

Andreas wollte eintreten, aber Karine hielt ihn davon ab.

»Wie geht es ihm? Was ist passiert?«

Der Mediziner legte ihm eine Hand auf die Schulter. »Ihr Freund ist von einer Spaziergängerin in Gryon nahe des Avançon gefunden worden. Ihr Hund hatte ihn entdeckt. Er wurde mit dem Hubschrauber hierhergeflogen. Sein Zustand ist kritisch. Eine Kugel hat seinen Kopf getroffen. Wir haben ihn operiert, um sie zu entfernen und den Hirndruck zu mindern. Und wir haben ihn in ein künstliches Koma gelegt.«

»Wird er durchkommen?«

»Entscheidend dafür sind die nächsten Stunden.«

Andreas, der die Bedachtsamkeit und die Sprache der Ärzte kannte, verstand, dass er mit dem Schlimmsten zu rechnen hatte.

»Er schwebt zwischen Leben und Tod?«

»Ja.«

Andreas' Frage war rein rhetorisch gewesen, aber er hatte eine Bestätigung gebraucht. Um es zu realisieren. Um zu erfassen, was hier gerade geschah.

Ein Traum?

Ein schrecklicher Alptraum?

Andreas beobachtete erneut seinen Lebensgefährten durch die Glasscheibe. Sein Blick fixierte den Überwachungsmonitor. Mikaëls Herz schlug.

Er musste sich an dieser Kurve und dem regelmäßigen Piepen festhalten.

»Und in welchem Zustand wird er sein, wenn er aufwacht?«

»Das Projektil ist links frontotemporal eingetreten, hat den hinteren Bereich der beiden Stirnlappen durchschlagen, das Schädeldach über den Augenhöhlen quasi horizontal durchdrungen und ist auf der gegenüberliegenden Seite durch das kontralaterale Os frontale wieder ausgetreten ...«

»Ersparen Sie mir Ihren medizinischen Fachjargon!«

»Die Kugel ist links in den Schädel eingedrungen, was ihn vermutlich gerettet hat. Wäre der Schuss von vorne gekommen, wären die Folgen noch viel dramatischer gewesen. So konnten wir das Projektil entfernen, ohne das Hirn zu schädigen. Er hat sehr großes Glück gehabt.«

»Wird er Folgeschäden davontragen?«

»Wenn er überlebt ... im besten Falle ... könnte er das volle Bewusstsein und seine Autonomie zurückerlangen. Allerdings ist es für Prognosen noch zu früh.«

»Kann ich ihn sehen?«
»Nein. Zum jetzigen Zeitpunkt noch nicht.«
Andreas ging ins Wartezimmer, ließ sich auf dem Sofa nieder und sank, den Kopf in die Hände gestützt, in sich zusammen. Karine setzte sich neben ihn und nahm ihn in die Arme.

Erschöpft war Andreas eingeschlafen. Er hatte nicht weggehen können, sondern wollte an Mikaëls Seite bleiben. Um zwei Uhr morgens wachte er wieder auf und hatte sofort das Bild seines Lebensgefährten im Krankenbett vor Augen. War dies ein Alptraum?
Nein.
Er befand sich im Krankenhaus.
Allein.
Karine hatte wohl zur Arbeit zurückkehren müssen, um alles in Bewegung zu setzen, damit sie Jessica und denjenigen, der auf Mikaël geschossen hatte, fanden. Wieder sah er diese eiskalten blauen Augen, die sich in sein Gedächtnis eingebrannt hatten.

Er wünschte sich nur eins: ihn zu finden und ihn mit seinen eigenen Händen zu töten.

Erst Jessica und jetzt Mikaël. Das war kaum zu verkraften. Die zwei Menschen, die er am meisten liebte, schwebten in Todesgefahr. Dies war der schlimmste Tag seines Lebens.

Die Zeit war knapp ...

Andreas musste zuerst Jessica finden. Mikaëls Schicksal lag nun in den Händen der Ärzte. Er selbst konnte gerade nichts für ihn tun.

Am Ende des Flurs sah er Karine mit zwei Bechern Kaffee auf ihn zukommen. Dann wurden seine Augenlider wieder schwer.

107

Der Mann, der sich am Parfüm seiner Mutter betörte, hatte sich wieder den Pflegekittel übergezogen. Zu dieser späten Stunde war das Personal außer in der Notaufnahme auf ein Minimum reduziert. Er verließ den Umkleideraum und ging mit langen Schritten durch die verlassenen Krankenhausflure.

Vor der Intensivstation bemerkte er einen schlafenden Mann auf einem Sofa und daneben eine Frau, die einen Kaffee trank und eine Zeitschrift durchblätterte. Er erkannte die beiden sofort. Sein Herz schlug schneller.

Er wandte den Kopf ab, damit sich ihre Blicke nicht kreuzten, falls der Mann aufwachen sollte. Es war Kommissar Andreas Auer, mit dem er sich hier eine Verfolgungsjagd geleistet hatte. Aus der Entfernung hatte er ihn sicher nicht erkannt ... sonst säße er jetzt schon hinter Gittern. Mit der Polizistin hatte er es vor Kurzem auch zu tun gehabt.

Ganz offensichtlich spielte er mit dem Feuer und verlor mehr und mehr die Kontrolle über die Lage. Außerdem stellte sein erstes Opfer Séverine Pellet immer noch eine Gefahr dar. Seit dem Tag der Verfolgungsjagd lag sie in einem isolierten Trakt des Krankenhauses und wurde rund um die Uhr von mehreren Polizisten bewacht. Und das Pflegepersonal, das sich um sie kümmerte, war zur Geheimhaltung verpflichtet worden. Sie war noch nicht wieder bei Bewusstsein, aber seinen Quellen zufolge war sie auf einem guten Wege der Besserung, und so würde es nur noch eine Frage von Tagen sein, bevor sie aufwachte und reden konnte. Doch er hatte überhaupt keine Möglichkeit, sich ihr zu nähern. Er wusste, dass seine Zeit knapp war. Er musste es schnell tun. Bevor er der Polizei in die Hände fiel, wollte er um jeden Preis die Frau in seinem Keller zu der seinen machen. Zumindest hätte er dann für die Zukunft, die er sich zu seinem Leidwesen in einer Zelle verbringen sah, die Erinnerung an seinen Triumph. Eine letzte Trophäe, bevor man ihm die Freiheit entzog. Eine letzte Eroberung, die er natürlich anschließend beseitigen musste, damit sie ganz ihm gehörte. Bis in alle Ewigkeit. Er musste sich das Präparat beschaffen, das sie gefügig machen würde. Und er wusste, wo er es finden würde.

108

Dienstag, 2. April

Als Andreas aus dem Auto stieg, lief ihm Minus entgegen. Das war nicht normal. Er hätte im Chalet eingesperrt sein müssen, doch die Haustür stand sperrangelweit auf. Andreas trat näher und bemerkte, dass das Schloss aufgebrochen worden war.

Er zog seine Waffe.

Ein Einbrecher?

Lautlos trat er über die Schwelle und lauschte auf eventuelle Geräusche aus dem Inneren des Hauses. Nichts. Alles war still. Im Halbdunkel schlich er vorsichtig weiter und sah Lillans Augen auf dem Kratzbaum in der Dunkelheit glänzen. Nur durch die von draußen hereinscheinende Beleuchtung konnte er ein bisschen etwas erkennen. Er wollte das Licht nicht sofort einschalten. Vielleicht war noch jemand im Haus …

Im Erdgeschoss schien alles in Ordnung zu sein. Leise stieg er die Treppe hoch und hielt dabei seine Waffe im Anschlag. Er betrat das Schlafzimmer. Nichts Auffälliges. Dann ging er ins Arbeitszimmer. Überall auf dem Boden verstreut lagen die Trümmer von Mikaëls Computer. Jetzt wusste er, wer das Chalet heimgesucht hatte. Der Mann mit dem eisigen Blick. Der, der auf Mikaël geschossen hatte. Sicher hatte er die Kamera entdeckt – und kannte sich offensichtlich gut damit aus. Jemand anders hätte nicht verstanden, dass die mit dem Kugelschreiber aufgenommenen Bilder automatisch auf einen Computer übertragen wurden. Der Mann mit den eiskalten Augen musste ein

Profi sein. Ein Auftragskiller? Oder sogar der Feuerfresser, der von Anfang an im Dunkeln agierte?

Andreas ging zurück nach unten ins Wohnzimmer und knipste eine Lampe an. Die Uhr zeigte an, dass es drei Uhr morgens war, doch er war nicht mehr müde. Der kommende Tag würde vermutlich endlos lang werden. Er musste alles tun, um seine Schwester zu finden. Er stellte sich vor, wie sie allein im Dunkeln eingesperrt war. Vielleicht hier ganz in der Nähe? Und Mikaël im von den Monitoren erleuchteten Zimmer auf der Intensivstation des Krankenhauses. Keines der beiden Szenarien bot eine erfreuliche Aussicht, an der er sich festhalten konnte. Er schaltete den Wasserkocher ein, um sich einen Kaffee zu machen, und überlegte es sich dann anders. Stattdessen schenkte er sich einen doppelten Whisky ein.

109

Christophe und Karine trafen ihren Kollegen Stéphane vor dem Eingang des Gebäudes an der Avenue de Riant-Mont in Lausanne.

»Er wohnt im dritten Stock«, erklärte er. »Wir haben ihn schon seit einiger Zeit im Fokus unserer Ermittlungen. Inzwischen gibt es mehr und mehr Leute, die mit exotischen Tieren handeln oder sie züchten. Ein richtiger Dschungel mitten in der Stadt. Einige Arten sind verboten, und nach denen fahnden wir. Wir haben Informationen erhalten, dass Éric Beaufort sein Angebot erweitert hat.«

Karine war ungeduldig. Sie hoffte, dass sie diese Spur zu Psycho Billy führen würde. »Also, lasst uns raufgehen.«

Sie stiegen die Treppe hinauf und positionierten sich auf beiden Seiten der Tür. Karine klopfte energisch an. Aus dem Inneren der Wohnung waren Geräusche zu hören.

»Polizei. Öffnen Sie die Tür.«
Éric Beaufort gehorchte. Ohne sich die Zeit zu nehmen, sich auszuweisen und ihm den Durchsuchungsbeschluss der Staatsanwaltschaft zu zeigen, legte Karine ihm Handschellen an und zog ihn in die Küche.
»Setz dich hierhin.«
Sie nahm sich auch einen Stuhl und stellte ihn, verkehrt herum, seinem gegenüber hin, nahm darauf Platz und verschränkte die Arme über der Stuhllehne.
»Du kennst einen gewissen Dan Manson?«
Daniel hatte ihn vorgewarnt: Ein Typ hatte im Forum versucht, eine Giftschlange zu kaufen. Dan vermutete, dass es sich um eine Falle handelte, nur war ihm das erst in den Sinn gekommen, nachdem er bereits Érics Profil und Vornamen verraten hatte. Éric war außer sich gewesen. Er hatte zwar mit Problemen gerechnet, aber nicht, dass die Polizei bei ihm auf der Matte stehen würde.
»Wer soll das sein?«
»Tu nicht so schlau. Du weißt sehr gut, von wem ich spreche.«
»Er ist ein Schlangenliebhaber, genau wie ich.«
»Du hast ihm kürzlich eine Giftschlange verkauft?«
»Nein, ich besitze nur Pythons. Die sind meine Spezialität.«
»Hör zu, ich bin nicht wegen deiner Viecher hier. Die interessieren mich nicht. Sag mir, wie der, der sich Dan Manson nennt, in Wirklichkeit heißt.«
»Keine Ahnung. Ich kenne nur sein Pseudonym.«
Karine erhob sich. Sie stellte sich hinter Éric, zog seinen Kopf nach hinten und begann ihm mit ihrem Arm die Halsschlagader zuzudrücken, um die Sauerstoffzufuhr zum Gehirn zu behindern. Der Mann versuchte vergeblich, sich zu wehren.
Christophe mischte sich ein: »Hör auf, der weiß nichts.«
Karine lockerte den Griff.
»In Ordnung. Du kennst seinen Namen nicht, aber du weißt, wie er aussieht. Wir nehmen dich mit, um ein Phantombild

anfertigen zu lassen, und zwar ein so genaues, dass wir die
Mitesser in seiner dreckigen Visage zählen können. *Capice?*«

110

Andreas musste nicht einmal gegen seine Müdigkeit ankämpfen.
Das Adrenalin und die Wut hielten ihn hellwach. Jessica war
immer noch in den Händen von Psycho Billy. Für wie lange
noch? Mikaël lag zwischen Leben und Tod auf der Intensivstation. Er hatte auf dem Video das Gesicht des Mannes gesehen,
der auf Mikaël geschossen hatte. Wer war er? Er würde sich
darum kümmern.
 Ihn ausfindig machen.
 Und ...
 Doch Jessica hatte gerade Vorrang.
 Wer verbarg sich hinter Psycho Billy? Er dachte über das
Gespräch nach, das sie neulich geführt hatten. Karine hatte eine
Verbindung zwischen Psycho Billy und Buffalo Bill hergestellt.
Andreas hatte nicht gleich darauf reagiert, aber vielleicht war
da ja etwas dran? Etwas, das ihm half, das Profil des Mannes zu
erstellen, den sie suchten. Auch wenn Buffalo Bill eine fiktive
Figur war, ließ sich das Profil dieses Serienmörders von einigen
berühmten und sehr realen Mördern ableiten – Ed Gein, Ted
Bundy und sogar Ed Kemper –, und damit gab es auch Parallelen zu Psycho Billy.
 Buffalo Bills Persönlichkeit war von einer sexuellen Ambiguität gezeichnet. Genau wie die Schmetterlinge, die er züchtete, erhoffte er sich eine Metamorphose. Er fühlte sich unwohl
in der Haut eines Mannes und sehnte sich danach, eine Frau zu
werden, indem er sich mit einem Kleidungsstück schmückte,
das er aus der Haut seiner Opfer genäht hatte.
 Psycho Billy hingegen kleidete seine Beute in Vintagekleider

aus der Rockabilly-Ära und schminkte sie. Was bezweckte er damit? Er entführte Frauen, die Anfang vierzig waren. Die sich optisch ähnelten. Wollte er etwas reproduzieren? Die perfekte Frau erschaffen? Die Frau seiner Träume? Oder eine reale Frau, die nicht mehr existierte? Eine Frau, die gestorben oder verschwunden war ... Ja, das musste es sein. Konnte diese Frau seine Mutter sein? Ja, seine Mutter. Ganz sicher.

Plötzlich fiel ihm eine Szene aus »Das Schweigen der Lämmer« ein, in der sich Clarice mit ihrer Mitbewohnerin unterhält:

»*Was treibt einen Mörder zu seinen Taten an? Die Begehrlichkeit. Und was ist das Erste, das man begehrt?*«
»*Man begehrt, was man vor Augen hat ...*«
»*... jeden Tag.*«
»*Willst du damit sagen ...*«
»*Er kennt sie.*«

Im Gegensatz zu den ersten beiden entführten Frauen hatte Psycho Billy Jessica nicht über das Internet kontaktiert. Er hatte seinen Modus Operandi geändert. Er musste sie kennen ... Das war so offensichtlich. Doch aufgrund der Vielzahl der Ereignisse hatte Andreas Mühe, die richtigen Schlüsse zu ziehen. Psycho Billy wohnte sicherlich in der Gegend, vermutlich sogar in Gryon, in der Nähe des Ortes, wo das erste Opfer angefahren worden war.

Psycho Billy kannte Jessica.
Yodeleuse.
Die Zuchtschau.
Der Umtrunk, um den Sieg zu feiern!
Das Bild eines Mannes nahm in seinem Kopf Konturen an: Vincent.

111

Andreas hatte bemerkt, dass Vincent seiner Schwester besonders viel Aufmerksamkeit gewidmet hatte, als sie den Sieg von Yodeleuse gefeiert hatten. Vincent schien Jessica mit leuchtenden Augen gemustert zu haben. War es Verlangen? Begierde? Seine Schwester war eine schöne Frau, und er wusste, warum sie Männerblicke auf sich zog. Niemals hätte er sich jedoch vorstellen können, dass diese Blicke derartige Begehrlichkeiten und verabscheuungswürdige Absichten kaschieren konnten.

Während der ganzen Zeit, die er Psycho Billy bereits verfolgte, hatte er das Gefühl gehabt, ihm im Alltag schon begegnet zu sein. Vincent war ihm in vielerlei Hinsicht anfangs distanziert und sonderbar erschienen, doch seit sein Vater im Gefängnis saß, hatte Andreas ihn besser kennen- und schätzen gelernt und sah ihn inzwischen als aufopferungsvollen und sympathischen Menschen. Konnte es sein, dass sich hinter dieser Fassade eine schändliche Wahrheit versteckte?

Bis jetzt hatte er sich nicht vorstellen können, dass der Mörder jemand war, den er näher kannte. Vincent war ein verschwiegener junger Mann, dessen Verhalten ihn manchmal überraschte. Gelegentlich wirkte er in sich zurückgezogen, grüblerisch und abwesend. Andreas hatte sich schon gefragt, ob er vielleicht depressiv sei. Als sie einmal zusammen die Kühe gemolken hatten, hatte er ihn nach seiner Mutter gefragt. Vincent hatte ihm daraufhin sehr emotional von einem schmerzhaften Abschnitt in seinem Leben erzählt, von einer Wunde, die noch nicht verheilt war. Mit Tränen in den Augen hatte er berichtet, dass seine Mutter sie wegen eines anderen Mannes verlassen hatte, als er sechzehn Jahre alt gewesen war.«

Es schien, als sei er von einer Mischung aus Liebe und Hass erfüllt. Versuchte er sich aus Enttäuschung über seine echte Mutter eine idealisierte Version von ihr zu erschaffen? War der Sohn seines Freundes etwa Psycho Billy?

Auf dem Weg zum Haus der Pagets zögerte er einen Moment. Séverine Pellet war von Romain Servan auf der Route des Renards angefahren worden. Wie sollte sie dahingekommen sein? Falls Vincent es war, der sie festgehalten hat, wäre es ihr gelungen, von den Pagets aus mehr als zwei Kilometer weit zu fliehen. Vincents Auto stand vor der Tür, doch das Allradfahrzeug war nicht zu sehen. Vermutlich war er auf dem Bauernhof. Andreas holte den Haustürschlüssel unter einem Stein neben dem Eingang hervor und schloss die Tür auf. Er ging durch alle Zimmer im Erdgeschoss, fand jedoch nichts Auffälliges. Auf der ersten Etage ebenfalls nichts. Als er unverrichteter Dinge wieder unten stand, bemerkte er die Kellertür. Er selbst war niemals dort unten gewesen, hatte aber schon gesehen, wie Antoine eine Flasche Wein hochgeholt hatte. Und falls sich Jessica dort unten befand? Die Entführungen hatten begonnen, kurz nachdem Antoine festgenommen worden war. Das konnte kein Zufall sein. Seitdem sein Vater nicht mehr zu Hause, sondern im Gefängnis war, hatten Vincent alle Möglichkeiten offengestanden, seine Phantasien in die Tat umzusetzen. Eine verrückte Idee kam Andreas in den Sinn. Was, wenn der Mord an Serge Hugon gar nichts mit der Immobiliensache zu tun gehabt hätte? Wenn Vincent von der Situation profitiert und den Rivalen seines Vaters getötet hätte, um diesen loszuwerden? Andreas missfiel die Vorstellung zutiefst, dass es sich bei Psycho Billy um Vincent handeln könnte, dennoch erschien ihm dieses Szenario plötzlich in ganz neuem Licht.

Langsam stieg Andreas die Stufen in den Keller hinab. Er knipste das Licht an und sah sich in dem Raum um, in dem er sich befand. Auf dem Boden Splitt. An den Wänden Holzregale mit Lebensmittelreserven und Weinflaschen. Nirgends eine Tür. Er suchte nach einem versteckten Zugang zu einem weiteren Raum. Er inspizierte alles bis in die hintersten Ecken, fand jedoch nichts. Wenn sie nicht hier war, wo konnte er sie dann gefangen halten? Auf dem Hof? In einem Lagerraum oder einer Scheune in der Nähe der Route des Renards?

Als er die Kellertreppe wieder hochstieg, fragte er sich plötzlich, wie wohl Vincents Mutter aussah. Er kannte kein einziges Foto von ihr. Im Wohnzimmer hingen einige Bilder von Antoine und seinen Kühen an der Wand, und auf dem Schrank standen gerahmte Fotografien von Vincent als Kind und von Vater und Sohn zusammen, aber nicht ein Bild von einer Frau. Andreas begann, die Schubladen zu öffnen. Eine nach der anderen. Hatten sie alles entfernt, was sie an ihre Existenz erinnern konnte? Anschließend öffnete er eine Schranktür. Auf einem Regalbrett lag ein Hochzeitsfotoalbum. Er schlug es auf.

Antoine und seine Frau …

Andreas hörte jemanden in seinem Rücken atmen. Er drehte sich um. Hinter ihm stand Vincent mit einem Messer in der Hand.

112

Litso Ice packte seine Koffer. Seine Mission war beendet. Er hatte eine Nachricht von seinem Auftraggeber erhalten, der ihn sofort zurück nach Moskau beorderte. Auch wenn er seinen Aufenthalt in den Schweizer Alpen genossen hatte, war er nicht unglücklich, in seine Heimat zurückkehren zu können. Es war geplant, dass er den Flieger am Donnerstag um fünfzehn Uhr nehmen würde. Er wäre gern schneller abgereist, doch der Flug am Vortag war schon ausgebucht. Den Journalisten zu töten war nicht Bestandteil des ursprünglichen Plans gewesen, doch sein Geldgeber hatte darauf bestanden und ihm eine entsprechende Verlängerung vorgeschlagen, die nicht zu seinem Nachteil gewesen war.

Dennoch war er nicht zufrieden. Es war ihm gelungen, die Videodateien verschwinden zu lassen, die der Journalist erstellt hatte und auf denen er zu erkennen war, doch es war nicht ganz auszuschließen, dass der Kommissar sie trotzdem gesehen hatte. Und dass er seine eigene Makarow benutzt hatte, beunruhigte ihn ebenfalls. Derartige Fehler konnten ihn teuer zu stehen kommen. Er wurde nachlässig, und das passte nicht zu ihm. Er kam sich alt vor. Außerdem dachte er immer öfter daran, in den Ruhestand zu gehen.

Dennoch würde die Polizei die Spur bis zu ihm nicht so schnell zurückverfolgen können. Bis heute war er immer ungeschoren davongekommen, und das würde auch dieses Mal der Fall sein. Allerdings wollte er keine unnötigen Risiken eingehen und hatte daher beschlossen, für den Zoll eine seiner Verkleidungen zu wählen.

Er würde nach Genf zurückkehren und es sich bis zum Abflug in der majestätischen Suite des Hotel des Bergues bequem machen. Mit dem hübschen Sümmchen, dass ihm dieser letzte Auftrag eingebracht hatte, erschien ihm die Vorstellung, in Ruhestand zu gehen, immer verlockender.

Er verließ das Haus am Steuer seines Mietwagens und kam nach ein paar hundert Metern an den Weiden des Bauern vorbei, der inzwischen hinter Gittern saß. Sein Plan war besser aufgegangen, als er gedacht hatte. Er hatte es geschafft, die beiden Landwirte so geschickt gegeneinander aufzubringen, dass der eine schließlich den anderen getötet hatte. Zumindest war das der Schluss, den er daraus gezogen hatte. Er sah keine andere Möglichkeit. Alles schien perfekt. Zumindest bis dieser Kommissar und sein Journalistenfreund angefangen hatten herumzuschnüffeln. Er versuchte sich einzureden, dass dies nun nicht mehr sein Problem sei. Er hatte getan, was von ihm verlangt worden war, und sein Auftraggeber würde bald in Besitz der notwendigen Liegenschaften sein, um sein Immobilienprojekt zu realisieren. Der Rest ging ihn nichts mehr an.

Trotzdem musste er kurz an die beiden Kühe denken, die er getötet hatte. Im ersten Augenblick hatte er wie bei jedem Auftrag einfach gehandelt. Ohne irgendetwas zu hinterfragen. Ohne Emotionen. Es war schließlich ein Job wie jeder andere gewesen. Hinterher hatte er jedoch an das Haus auf dem Land gedacht und an die noblen, schönen rassigen Pferde, die er sich dank des kleinen Vermögens, das er während der langen Arbeitsjahre angehäuft hatte, kaufen wollte. Natürlich war eine Kuh nicht mit einem Pferd zu vergleichen, aber trotzdem. Sie besaß nicht die unzähligen Fehler der Menschen, sondern entbehrte jeglicher Bosheit und Pedanterie. Und außerdem hatte er erfahren, dass der Name der Kuh, die er auf der Alp abgestochen hatte, Heidi gelautet hatte.

Dadurch hatte das einfache Tier eine Identität bekommen. Einen Menschen zu töten hatte ihm nie Gewissensbisse bereitet, doch diese von Natur aus unschuldige Kuh umzubringen hatte bei ihm zum ersten Mal Schuldgefühle ausgelöst. Er hatte Heidi getötet. Natürlich nicht das kleine Mädchen auf der Alp, das er mal in einem Schweizer Schwarz-Weiß-Film gesehen hatte, dennoch hatte er ein bisschen das Gefühl, einen Mythos ermordet zu haben. Das Bild einer idyllischen Alp aus seiner Erinnerung wurde verdrängt durch den Anblick einer Kuh mit durchtrennter Kehle, die auf einer düsteren Weide in ihrem eigenen Blut lag. Ohne dass er genau hätte sagen können, warum, war ihm diese Vorstellung zuwider. Vielleicht wurde er mit zunehmendem Alter sentimental … Er musste sich wirklich zusammenreißen, zumindest bis er wieder in Moskau war.

Beim Verlassen von Gryon zögerte er einen Moment. All diese Zweifel angesichts schlecht verwischter Spuren nagten an ihm wie ein übler Juckreiz. Falls der Kommissar am Ende doch das Video gesehen hatte? Vielleicht hätte er ihn auch liquidieren sollen … Es war nicht der Moment, den Teufel herauszufordern. Er entschied sich dafür, sich einzureden, dass er ohne Probleme in seine Heimat zurückfliegen konnte.

113

»Andreas?«

Vincent nahm das Messer runter, bevor Andreas auch nur die kleinste Abwehr- oder Schutzbewegung machen konnte. Immer noch hielt er das Fotoalbum in den Händen.

»Ich habe dich für einen Einbrecher gehalten. Was machst du hier?«

Vincents Mutter hatte schwarze Haare, dunkelbraune Augen und ähnelte überhaupt nicht dem Profil der von Psycho Billy entführten Frauen.

Hatte er sich getäuscht?

Wie sollte er erklären und es rechtfertigen, dass er sich hier aufhielt? Er schaute Vincent an. War Andreas sicher, nicht Psycho Billy vor sich stehen zu haben? Vincents Mutter hatte keine Ähnlichkeit mit dessen Beuteschema. Aber hatte Andreas die Situation richtig eingeschätzt? Waren die Frauen, die Psycho Billy entführte, wirklich eine Projektion der Mutter? Auch wenn sein Psychogramm des Mörders in diese Richtung tendierte, konnte er nicht absolut sicher sein. Diese Frauen waren vielleicht einfach nur die Frucht von Psycho Billys Einbildung und seinen schmutzigen Phantasien.

»Ich habe nach einem Foto von deiner Mutter gesucht.«

»Meiner Mutter? Warum?«

Andreas bemerkte, dass Vincent das Messer immer noch fest umschloss. Seine Fingerknöchel waren ganz weiß geworden.

»Ich bin auf der Suche nach Jessica.«

»Und du dachtest, du würdest sie hier finden?«

»Ich konnte es nicht ausschließen. Meine Nachforschungen haben mich hierhergeführt.«

Vincent starrte ihn an. »Hast du geglaubt, dass ich Psycho Billy bin? Das ist nicht dein Ernst, Andreas!«

»Dein Profil ...«

»Du bist komplett neben der Spur! Mit diesem Irren habe ich nichts zu tun!«

Andreas musterte Vincent von oben bis unten. Er hatte Psycho Billy in den Krankenhausfluren verfolgt. Zwar hatte er dessen Gesicht nicht gesehen, aber immerhin seine Statur einschätzen können. Und Vincent war viel schmaler. Und hatte vor allem nicht die gleiche Haarfarbe.
»Entschuldige, Vincent. Ich habe mich vertan ...«

114

Vincent war nicht Psycho Billy, dessen war sich Andreas jetzt sicher. Er hätte mit der Überprüfung von Vincents Alibis beginnen sollen, denn an dem Samstag, an dem Jessica entführt worden war, hatte Vincent an einer Versammlung der Milchkooperative teilgenommen.
Wer verbarg sich hinter Psycho Billy?
Einerseits war Andreas erleichtert, dass Vincent unschuldig war. Andererseits befand sich Jessica immer noch in den Händen des gefährlichen Psychopaten, und das ließ ihm keine Ruhe. Auch wenn es sich nicht um den Sohn von Antoine handelte, hatte er das Gefühl, nicht weit von der Wahrheit entfernt zu sein. Bei Psycho Billy konnte es sich um einen jungen Mann gleichen Alters handeln. Ein nach außen hin völlig normaler Mann, dessen Phantasien sich so sehr um seine verschollene Mutter drehten, dass er sie neu erschaffen wollte. Die entführten Frauen waren alle etwa um die fünfundvierzig Jahre. War die Mutter so alt gewesen, als sie verschwunden war?
Andreas vermutete, dass Psycho Billy zwischen fünfundzwanzig und dreißig Jahre alt war. Er hatte eine Liste der Einwohner von Gryon, die diesem Profil entsprachen, bekommen. Mehr als fünfzig Namen standen darauf. Und wenn man die Suche auf das Gebiet von Bex, Villars und Ollon ausdehnte, würde sich diese Zahl verzehnfachen. All deren Häuser zu

durchsuchen würde mehr Zeit in Anspruch nehmen, als er besaß. Außerdem hatte er gar nicht genug Ressourcen dafür. Um die Zahl einzugrenzen, hatte er Nicholas gebeten zu checken, ob einer der jungen Männer auf der Liste seine Mutter verloren hatte.

Wo wurde Jessica gefangen gehalten?
In einem Haus?
In einer verlassenen Alphütte?
In einem alten Industriegebäude?
Es fehlte nicht an Möglichkeiten. Es war ein echtes Geduldsspiel.

Andreas hatte schon mehrere Tassen Kaffee getrunken, dennoch hatte er Mühe, die Augen offen zu halten. Je mehr Zeit verstrich, desto mehr schwand seine Hoffnung, Jessica zu finden. Doch er durfte jetzt nicht den Boden unter den Füßen verlieren. Er musste daran glauben. Es musste etwas Neues geschehen. Er brauchte eine Spur! Auch wenn sie noch so gering war. Irgendein Indiz, das ihn wieder voranbrachte ...

Sein Mobiltelefon vibrierte.

»Hallo, Christophe«, sagte er mit belegter Stimme.

»Nicht der Moment, sich hängen zu lassen. Hörst du?«

»Ich weiß nicht mehr, was ich machen soll.«

»Zunächst einmal solltest du mir zuhören.«

»Geht es um Jessica?«

»Ja, auch. Was Jessica betrifft, so haben wir den Kerl gefunden, der Psycho Billy die Giftschlangen verkauft hat. Wir sind dabei, ein Phantombild anzufertigen. Wir werden sie finden!«

»Hoffentlich ...«, entgegnete Andreas.

Trotz dieses unbestreitbaren Fortschritts bei den Ermittlungen blieb die Frage offen, ob es ihnen gelingen würde, sie rechtzeitig zu finden.

»Außerdem habe ich Informationen in Mikaëls Fall.«

»Ich höre.«

»Die Journalistin, mit der sich Mikaël seiner Nachricht zufolge treffen wollte und deren Namen du mir durchgegeben

hast, existiert zwar, aber sie hätte nicht nach Gryon kommen können, denn sie ist momentan für eine Reportage in den USA.«
»Er ist also in die Falle gelockt worden?«
»Ja, ich bin die Liste der Anrufe durchgegangen, die Mikaël erhalten hat, bevor er dir die Nachricht auf der Mailbox hinterlassen und sich zum verabredeten Ort begeben hat. Die Nummer stammte von einem französischen Mobiltelefon, allerdings mit Prepaidkarte.«
»Diese Leute überlassen nichts dem Zufall.«
»Außerdem habe ich eine ballistische Untersuchung durchgeführt. Das Projektil stammte aus einer Makarow, einer russischen Pistole.«
Jetzt hatte Christophe wieder Andreas' volle Aufmerksamkeit.
»Ich habe in der Datenbank geprüft, ob eine Makarow in letzter Zeit bei einer Straftat verwendet wurde. Das war der Fall. In Berlin im Rahmen eines Mordes an einem russischen Politiker und dessen Frau. Sie hießen Sergej Tchourilov und Elena Tchourilova.«
»Hast du Tchourilov gesagt?«
»Ja. Tchourilov.«
»Und es war dieselbe Waffe?«
»Das weiß ich noch nicht. Ich habe unsere Kollegen vom Bundeskriminalamt in Wiesbaden kontaktiert und ihnen unser Projektil geschickt, damit sie beide unter dem Mikroskop vergleichen können.«

115

Nachdem Andreas das Gespräch beendet hatte, meldete er sich auf dem Google-Account von Mikaël an. Er gab »Sergej Tch...« in die Suchmaschine ein und erhielt sofort den vollständigen

Namen. Mikaël hatte also auch schon nach Informationen zu diesem Namen gesucht. Er öffnete den Verlauf und fand dort alles, was er wissen musste. Mikaël hatte sie vermutlich mit seinem Wissen unter Druck gesetzt. Hätte er ihn telefonisch erreicht, dann hätte er Mikaël das Treffen ausgeredet, denn wer sich zu intensiv mit dieser Affäre beschäftigt hatte, war unschädlich gemacht worden. Falls es, wie er annahm, derselbe Mann gewesen war, der das Ehepaar Tchourilov in Berlin getötet, Serge Hugon aus dem Weg geräumt, Schullers Tod als Selbstmord getarnt, die Wirtin der Refuge de Frience erstochen und es Psycho Billy in die Schuhe geschoben hatte und der schließlich aus nächster Nähe auf Mikaël geschossen hatte, dann hatte er es hier mit einem echten Profi zu tun.

Gerade empfing er eine neue Mail. Christophe schickte ihm den Polizeibericht aus Berlin zum Mord in der Oper. Er las ihn aufmerksam durch. Ein mutmaßlicher Auftragsmörder hatte nicht nur das Ehepaar, sondern auch zwei Bodyguards getötet. Vermutlich handelte es sich um einen russischen Profikiller, der alle vier Personen sehr präzise mit je einer Kugel umgebracht hatte. Konnte es sich dabei um denselben Mann handeln, den Mikaël den Feuerfresser genannt hatte?

Andreas beschloss, eine Tabelle zu den Morden, dem vermeintlichen Selbstmord und den Entführungen, die sich ereignet hatten, anzulegen. Was versprach er sich davon? Einen klareren Überblick. Vielleicht hatte er etwas übersehen? Momentan hatte er eh nichts Besseres zu tun. Er stellte eine chronologische Liste zusammen:

Sergej Tchourilov †
Elena Tchourilova †
ermordet am 23. Februar in Berlin

Serge Hugon †
ermordet am 17. März

Séverine Pellet
entführt am 20. März
angefahren aufgefunden am 23. März

Annabelle Champion †
entführt am 25. März
Leiche gefunden am 28. März

Adrian Schuller †
tot aufgefunden am 28. März

Jessica Auer
entführt am 30. März

Nathalie Vernet †
tot aufgefunden am 31. März

Mikaël Achard
angeschossen am 1. April

Chronologisch betrachtet, war Serge Hugon nicht das erste Opfer auf der Liste, sondern Sergej Tchourilov und seine Frau Elena. Den letzten Informationen zufolge, die Andreas erhalten hatte, stand der Doppelmord zweifelsfrei mit der Immobilienaffäre »Turm von Babel« in Zusammenhang. Sergej war der Vater von Natalia Sergejewka Tchourilova, der Direktorin von SQIRE. Nach dem Tod ihres Vaters war sie vor gut einem Monat sogar Eigentümerin der Gesellschaft geworden. Der Tod des Vaters war sicherlich mit der Wiederaufnahme des Projekts Frience Luxury Estate verbunden.

Mikaëls Notizbuch war Andreas eine wertvolle Hilfe, denn dieser hatte sämtliche Ergebnisse seiner Recherchen festgehalten. Jetzt musste er nur noch herausfinden, warum der Doppelmord geschehen war.

Das dritte Opfer war Serge Hugon. Andreas tendierte dazu,

diesen Mord der Immobilienaffäre zuzuschreiben, da Hugon einer ihrer Protagonisten gewesen war. Sein Land und seine Alphütte waren für die SQIRE unentbehrlich, um das Projekt realisieren zu können. Und auch wenn Hugon vor fünf Jahren bereit gewesen war, seinen Besitz zu verkaufen, hatte er jetzt ein neues Angebot abgelehnt. Sein Tod war also für SQIRE von Vorteil. Doch wer hatte ihn umgebracht? Derselbe, der Tchourilov in Berlin ermordet hatte? Ein Profi? Hatte ein Auftragskiller die Kühe getötet, um es nach einem Rachefeldzug aussehen zu lassen?

Das vierte Opfer, Séverine Pellet, war von Psycho Billy entführt worden. Sie war nach aktuellem Stand der Ermittlungen dessen erstes Opfer gewesen. Sie lag im Koma.

Bei dem fünften Opfer handelte es sich um Annabelle Champion, der zweiten Entführten. Sie war durch den Biss einer Giftschlange gestorben.

Das sechste Opfer war Adrian Schuller: Selbstmord oder Mord? Aufgrund Docs Erläuterungen ging Andreas davon aus, dass es sich um einen Mord handelte, der auf das Konto desjenigen ging, den sie den Feuerfresser nannten. Der im Schatten agierte. Schuller hatte vermutlich die Dummheit begangen, seinem Arbeitgeber Andreï Klitschko zu enthüllen, dass Andreas von dessen Existenz wusste. Ein fataler Fehler.

Als siebtes Opfer wurde Jessica momentan von Psycho Billy festgehalten. Lebte sie noch? Er hoffte es mehr als alles andere.

Nathalie Vernet war das achte Opfer. Genau wie Séverine Pellet und Annabelle Champion war sie geschminkt und mit einem Vintagekleid bekleidet aufgefunden worden. Wer immer sie getötet hatte, wollte glauben machen, dass es sich bei ihr um ein Opfer Psycho Billys handelte. Allerdings entsprach sie optisch nicht dem Profil der anderen und war außerdem in die Immobilienaffäre verwickelt. Genau wie Serge Hugon hatte sie nicht mehr verkaufen wollen, und ihr Tod schien der SQIRE gut in den Kram zu passen. Höchstwahrscheinlich handelte es sich hier ebenfalls um ein Werk des Auftragsmörders.

Das neunte Opfer ... Mikaël. Der Feuerfresser war aus dem Schatten herausgetreten. Er hatte jetzt ein Gesicht, und Andreas hatte sich geschworen, ihn zu finden!

Zwei Fälle. Zwei Mörder. Und keine Verbindung – außer dass der Feuerfresser versucht hatte, Psycho Billy zu imitieren, um seine Tat zu vertuschen.

Die Affäre, die Mikaël das »Goldene Kalb« genannt hatte, reduzierte sich letztlich auf eine Prügelei. Daher war Antoine unschuldig, wie er es von Anfang an vermutet hatte.

Alles klärte sich auf. Er ordnete die Opfer in einer Tabelle und schrieb sie ihren mutmaßlichen Mördern zu:

Psycho Billy		*Feuerfresser*
	1	Sergej Tchourilov † Elena Tchourilov † ermordet am 23. Februar in Berlin
	2	Serge Hugon † ermordet am 17. März
Séverine Pellet entführt am 20. März angefahren am 23. März	3	
	4	Adrian Schuller † tot aufgefunden am 28. März
Annabelle Champion † entführt am 25. März	5	
	6	Nathalie Vernet † tot aufgefunden am 31. März
Jessica Auer entführt am 30. März	7	
	8	Mikaël Achard angeschossen am 1. April

Die Ermittlungen in puncto Immobilienaffäre hatten Fortschritte gemacht, doch die Suche nach Psycho Billy lief immer noch ins Leere. Wie sollte er ihn identifizieren, bevor es zu spät war? Er hoffte, dass ihnen das Phantombild weiterhelfen würde, denn das war die letzte Chance, weitere Hinweise zu erhalten, um Jessica lebend zu finden.

In diesem Moment klingelte sein Mobiltelefon. Er erkannte die Nummer des Krankenhauses in Monthey. Er nahm es in die Hand, um das Gespräch entgegenzunehmen, und zögerte dann. Mikaël? Sein Puls beschleunigte sich. Wenn das Krankenhaus ihn anrief, dann doch, weil es Neues zu seinem Gesundheitszustand gab. Nach dem vierten Klingeln drückte er endlich die grüne Taste.

»Séverine Pellet ist aufgewacht.«

116

Vor dem Zimmer von Séverine Pellet sprach Karine mit dem Arzt und einem wachhabenden Polizisten.

»Man kann noch nicht mit ihr reden, dafür ist sie noch zu schwach.«

Andreas, der gerade angekommen war, übernahm die Führung: »Ich muss sie unbedingt sehen. Sie ist die Einzige, die uns helfen kann, meine entführte Schwester zu finden, bevor es zu spät ist.«

»Das verstehe ich, aber zum jetzigen Zeitpunkt ist das noch zu riskant«, sagte der Arzt. »Das Aufwachen nach einem künstlichen Koma ist ein Prozess, der einige Zeit in Anspruch nehmen kann. Falls Sie versuchen, mit ihr zu sprechen, und dadurch ihre Erinnerung an die Entführung zurückkehrt, kann das einen ernsthaften Schock auslösen und die Aufwachphase gefährden.«

»Herr Doktor, lassen Sie mich zu ihr. Nur ein paar Minuten. Ich bitte Sie.«

»Luca, das ist wirklich wichtig.«

Andreas blickte seine Kollegin erstaunt an, die den Mediziner mit dessen Vornamen angeredet hatte. Unter anderen Umständen hätte er sie deswegen geneckt und den Grund dafür herausfinden wollen.

»Ich gebe Ihnen fünf Minuten, mehr nicht. Und vor allem: Überfordern Sie sie nicht.«

»Danke«, sagte Karine und zwinkerte dem Arzt zu.

Momentan interessierte es ihn wenig, warum Karine diesen geheimnisvollen schönen Mediziner zu kennen schien. Was zählte, war einzig und allein die Erlaubnis, Séverine Pellet sehen zu dürfen.

Andreas betrat das Zimmer allein. Séverine Pellet lag auf dem Bett und war immer noch durch zahlreiche Schläuche und Kabel mit diversen Apparaten verbunden. Genau wie Mikaël …

Als er sich ihr näherte, öffnete sie die Augen und blickte ihn an.

»Ich bin Kriminalkommissar Andreas Auer«, stellte er sich ihr mit sanfter Stimme vor.

Sie blinzelte kurz.

»Meine Schwester Jessica ist von demselben Kerl entführt worden wie Sie. Ich hoffe, dass Sie mir helfen können, sie zu finden. Erinnern Sie sich an irgendetwas?«

Sie schloss die Augen. Sicherlich, um sich die Bilder zu vergegenwärtigen. Nach einem kurzen Moment öffnete sie die Augen wieder. Sie nickte. Sie erinnerte sich. Sie öffnete die Lippen und versuchte zu sprechen, konnte jedoch nur ein paar unverständliche Laute von sich geben. Andreas sah die Verzweiflung in ihrem Gesicht. Sie hatte offensichtlich die große Frustration bemerkt, die er verspürte. Sie wollte ihm helfen. Sie konnte ihn zu Jessica führen.

»Ich werde Sie jetzt allein lassen und komme später noch einmal vorbei.«

Als Andreas sich zur Tür umwandte, hörte er ihre Stimme. Er drehte sich um und kehrte an ihr Bett zurück. Ihrem Gesicht war die Anstrengung anzusehen, die sie aufbrachte, um etwas hervorzubringen.
»Geseh...«
»Was versuchen Sie mir zu sagen?«
Er senkte den Kopf und näherte sich mit seinem Ohr ihrem Mund, um sie besser zu verstehen.
»Geprie... sei He...rr ...«
»Ja?«
»... Taa für Taa.«
»Gepriesen sei der Herr, Tag für Tag. Ist es das, was Sie mir sagen wollen?«
Sie nickte. Danach ließ ihre Kraft nach. Sie versuchte noch etwas hinzuzufügen, brachte aber keinen Ton mehr heraus. Was hatte sie ihm mitteilen wollen? War sie noch im Delir? Wollte sie Gott danken, dass sie lebte? Er wusste nicht, wie ihm das helfen sollte. Als er das Zimmer verließ, erhob sich Karine draußen ungeduldig von ihrem Stuhl.
»Und? Hat sie was gesagt?«
»Nur einen religiösen Spruch: ›Gepriesen sei der Herr, Tag für Tag.‹«
»Das war alles?«
»Ja.«
Andreas ließ seinen Frust an dem Stuhl aus, den er mit einem Tritt über den Flur stieß.
»Das kommt in Psalm 68 vor«, erklärte Karine, die den Satz gegoogelt hatte.
»Super! Das hilft uns ja ungemein ...«
Andreas hatte all seine Hoffnungen auf Séverine Pellet gesetzt, um seine Schwester zu finden, und jetzt psalmodierte diese einen biblischen Vers.
»Verdammte Scheiße!« Andreas hob den Stuhl auf, den er umgeschmissen hatte, setzte sich darauf und lehnte sich nach hinten. Dann legte er den Kopf in seine Hände und seufzte.

Der Arzt, der das Gespräch mitangehört hatte, ergriff das Wort. »Warten Sie … ›Gepriesen sei der Herr‹. Derlei Sätze kann man manchmal auf sehr alten Chalets lesen. Auf meinem Chalet in Champéry steht zum Beispiel ›Nicht wir haben dieses Chalet errichtet, sondern Gott der Allmächtige. Lasset uns ihm danken‹.«

»Die alten Chalets …« Andreas hatte eine Idee. Er stand auf, nahm sein Telefon und entfernte sich von den anderen. Nach ein paar Minuten kam er mit triumphierender Miene zurück.

»Hast du etwas herausgefunden?«, fragte Karine ungeduldig.

»Ja, ich habe das Fremdenverkehrsbüro angerufen. Der Hinweis mit den alten Chalets hat mich an den historischen Rundweg denken lassen, der an allen bedeutenden Häusern und Orten in Gryon vorbeiführt. Ich habe sie gefragt, ob ihnen der Satz ›Gepriesen sei der Herr Tag für Tag‹ etwas sagt.«

»Und?«

»Das Chalet der Jaccards …«

»Jaccard? Wie Jérôme Jaccard?«, mischte sich der Mediziner ein.

»Kennst du den?«, fragte ihn Karine.

»Er gehört zum Pflegepersonal. Wenn auch nicht mehr lange.«

Andreas sah die Szene wieder vor sich, wie er den Mann durch die Krankenhausflure verfolgt hatte. Dieser war sicherlich gekommen, um Séverine Pellet aus dem Weg zu räumen. Psycho Billy. Er hatte geglaubt, dass dieser ins Gebäude eingedrungen und sich einen Kittel geklaut hatte. Dass er vielleicht zum Krankenhauspersonal zählte, hatte er gar nicht in Erwägung gezogen.

»Wieso?«, wollte Karine wissen.

»Eine Krankenschwester ist deswegen heute Morgen zu mir gekommen. Sie hat gesehen, wie er sich an dem Schrank mit den Medikamenten bedient hat. Ihr zufolge wirkte er, als sei er auf frischer Tat ertappt worden. Und dann ist ihr aufgefallen, dass spezielle Medikamente fehlten.«

»Wie bitte? Was denn für welche?«
»Methadon. Wir stellen schon seit mehreren Wochen fest, dass es gestohlen wird. Aber jetzt sind auch noch Lysthenonampullen verschwunden.«
»Was ist das?«
»Ein depolarisierendes Curare. Ein Zusatzmittel der allgemeinen Anästhesie, das eine Erschlaffung der Muskulatur bewirkt.«
Die Puzzlesteine setzten sich langsam zu einem Bild zusammen.
Curare.
Erinnerungen wurden wach.
Die Opfer des Serienmörders, der Gryon im letzten Jahr heimgesucht hatte, waren in ihrem eigenen Körper gefangen gewesen und hatten fürchterliche Schmerzen erdulden müssen, ohne reagieren zu können.
Jessica!
Er durfte keine Sekunde mehr verlieren.

117

Natalia Tchourilova hatte gerade mit Andreï Klitschko telefoniert. Das Projekt entwickelte sich nicht wie vorgesehen. Dabei hatte alles so gut angefangen. Dank der gut eingefädelten Erpressung hatte der Schweizer Bankier ohne Murren sein Alpchalet verkauft. Serge Hugon war von einem einheimischen Bauern ermordet worden, den man für schuldig befunden und eingesperrt hatte. Und der Mord an Nathalie Vernet war so inszeniert worden, dass man glauben musste, es sei die Tat von Psycho Billy gewesen, der in der Gegend sein Unwesen trieb.
Allerdings hatten sie ihre Rechnung ohne den hartnäckigen Bullen und seinen Schnüfflerfreund gemacht. Schuller hatte die

Nerven verloren und die beiden auf ihre Spur gebracht. Das Risiko einzugehen, dass er noch weiter auspackte, war nicht mehr tolerierbar gewesen. Sie hatten ihn liquidieren müssen. Der Journalist stellte kein Problem mehr dar, nur: Was wusste der Polizist? Sie konnten schließlich nicht damit fortfahren, alle Leute aus dem Weg zu räumen, die in ihre Nähe kamen. Nach dem Mord an Schuller hatte sie Klitschko gebeten, damit aufzuhören, aber dieser wollte die Sache zu Ende bringen. Für ihn kam es nicht in Frage, das Projekt aufzugeben und seine Investitionen zu verlieren.

Nach dem Misserfolg des Projekts vor fünf Jahren war das Unternehmen in eine finanzielle Schieflage geraten. Natalias Vater, Sergej Tchourilov, hatte von seinem alten politischen Weggenossen Klitschko eine finanzielle Unterstützung bekommen, um das Bauvorhaben am Laufen zu halten. Als die Rückzahlungen auf sich warten ließen, hatte Klitschko angefangen, die Geduld zu verlieren. Doch dann hatte im Februar diesen Jahres die Immobilienmaklerin Marie Pitou angerufen und Sie darüber informiert, dass André Jaccard jetzt bereit sei, sein Alpchalet zu verkaufen. Dies war ihr wie ein Hoffnungsschimmer erschienen, aber als sie ihrem Vater den Vorschlag unterbreitet hatte, hatte dieser sich geweigert, illegale Mittel anzuwenden.

Es war der Tropfen gewesen, der das Fass zum Überlaufen gebracht hatte. Nach dem Tod ihrer Mutter hatte ihr Vater sein Geld verschleudert, um seiner neuen Lebensgefährtin absolut jeden Wunsch zu erfüllen. Natalia Tchourilova hatte befürchtet, dass sich ihr Erbe in Luft auflösen könnte. Sie hatte Klitschko auf direktem Wege kontaktiert, um seine Hilfe zu erbitten. Er hatte ihr vorgeschlagen, die Sache selbst in die Hand zu nehmen. Er wollte nicht nur sein Geld wiederhaben, sondern sich auch das Unternehmen unter den Nagel reißen. Sie hatte die Sache kurz durchgerechnet. Besser eine Kooperation mit Klitschko, als von ihrem Vater vollkommen enteignet zu werden. Das Problem, das ihr Vater darstellte, würde sie genauso wie die anderen lösen. Wie ein Hindernis, das man aus dem Weg räumen musste.

Da ihr Vater ein umstrittener Politiker gewesen war, konnte seine Ermordung leicht mit seinen politischen Aktivitäten in Verbindung gebracht werden. Der Tod ihrer Stiefmutter hatte sich ebenfalls als notwendig herausgestellt, da das Unternehmen im Falle des Ablebens ihres Mannes ansonsten ihr als Witwe zugefallen wäre. Ihr Vater hatte sein Testament dahin gehend geändert.

Indem sie beide losgeworden war, hatte Natalia Tchourilova die Führung der Firma übernehmen können. Allerdings hatte sie wie vereinbart Klitschko die Mehrheit der Anteile veräußern müssen, der dadurch zum neuen Eigentümer avanciert war. Sie selbst hatte jedoch ihren Posten als Direktorin bewahren können, und theoretisch schien alles perfekt ...

Jetzt allerdings stand ihr das Wasser bis zum Hals. Während Klitschko in Russland aus der Schusslinie war, musste sie hier für alles herhalten. Der Journalist hatte sie aufgesucht. Würde die Polizei die Sache bis zu ihr zurückverfolgen können? Theoretisch war es unmöglich, eine Verbindung zwischen ihr und den Morden herzustellen. Genauso wenig wie zwischen ihr und dem Auftragskiller. Dennoch fiel es ihr schwer, ruhig zu bleiben.

118

Der Mann, der sich am Parfüm seiner Mutter betörte, hatte im Krankenhaus die Curare-Ampullen mitgehen lassen. Das Medikament wurde in Kombination mit anderen Präparaten bei Narkosen verwendet. Die Hypnotika sorgten dafür, dass der Patient das Bewusstsein verlor, während die Morphine als Schmerzmittel eingesetzt wurden. Curare führte zu einer Bewegungsunfähigkeit, indem es den Informationsfluss zwischen Gehirn und Muskulatur unterbrach. Er wollte einfach, dass sich sein Opfer nicht mehr bewegen konnte. Wie viele Ampullen musste er ihr dafür injizieren? Verwendete er zu viel, bestand das Risiko einer Lähmung der Atemmuskulatur mit der Gefahr, dass sie verstarb. Das wäre zu schade. Er wollte nicht, dass sie dabei umkam. Sie war die ideale Frau. Durch sie könnte er seine Mutter wiederaufleben lassen und sie endlich auf seine Weise lieben. Ohne dass sie ihn zurückstieß. Ohne dass sie ihn erniedrigte. Sie würde die Seine werden.

Zu guter Letzt hatte er es geschafft, sich an dem Mann zu rächen, der ihm seine Mutter gestohlen hatte: Serge Hugon, der Usurpator. Seine Mutter hatte schon dafür bezahlt. Das war die schwerste Entscheidung seines Lebens gewesen, aber er hatte keine andere Wahl gehabt.

Seit er lebendige Frauen im Haus hatte, verspürte er nicht mehr das Bedürfnis, ins Zimmer seiner Mutter zu schleichen, wie er es nach ihrem Verschwinden getan hatte. Sich zu schminken und zu verkleiden, um ihr zu ähneln. Ihr Parfüm zu benutzen. All dies war nun nicht mehr nötig. Er hatte nicht mehr das Bedürfnis, dieses Lichtwesen zu werden. Er konnte seinen Neigungen freien Lauf lassen.

Er hatte die weiße Schminke auf das gesamte Gesicht und den Hals aufgetragen. Danach hatte er seine Augenlider geschwärzt und seine Lippen mit rotem Lippenstift so bemalt, dass die Farbe über die Konturen hinausging, damit sie größer und voller wirkten. Dann hatte er die Kontaktlinsen eingesetzt und sich zum Schluss sein Nietenhalsband umgelegt.

Er betrachtete sich im Spiegel. Sein morbides Antlitz gefiel ihm. Er war er selbst und gleichzeitig ein anderer. Er fühlte sich wohler in der Haut eines anderen. Er hatte versucht, seine Mutter zu sein. Jetzt war er zu einem leichenblassen satanischen Wesen geworden. Beim Verkleiden hatte er gespürt, dass seine Transformation funktionierte und sein Körper vor Energie nur so sprühte. Er war zum Bersten stolz. Nichts konnte ihm mehr etwas anhaben.

Er schloss die Kellertür auf und stieg die knarzenden Stufen hinunter. Er öffnete die zweite Tür, die zu seinem Reich führte.

Jessica lag in der Ecke auf der Matratze. Ihm gefiel ihr Vorname. Er schaltete seine Stereoanlage ein. Immer die gleiche ihn berauschende Musik. Er betrachte den Wüstentaipan durch die Glasscheibe des Terrariums. Die Schlange war wach und zeigte ihre gespaltene Zunge. Als er sie das letzte Mal rausgeholt hatte, war es unheimlich schwer gewesen, sie hinterher wieder einzufangen und in ihr gläsernes Gefängnis zurückzusetzen. Die ungeheure Aggressivität, mit der das Reptil Annabelle mehrfach gebissen hatte, hatte ihn beeindruckt. Er würde heute nicht das Risiko eingehen, sie herauszuholen. Die ungiftige Python würde den gleichen Zweck erfüllen.

Er nahm eine Spritze und zog den Inhalt einer Ampulle auf. Er meinte, einen Klingelton zu hören, der sich mit der Musik vermischte. Er hatte in seinem Keller einen Verstärker für die Haustürklingel installiert. Also legte er die Spritze auf den Tisch und regelte die Lautstärke leiser. Wer konnte das sein? Er erwartete niemanden. Er verharrte regungslos. Es klingelte ein zweites Mal.

119

Andreas und Karine standen jeweils auf einer Seite der Eingangstür des Chalets. Sie hatten ein zweites Mal geklingelt. Auf der Fahrt hatte Karine Viviane und Charles Badoux angerufen und ihnen die Situation erklärt. In Anbetracht der Dringlichkeit hatte der Staatsanwalt seine mündliche Erlaubnis gegeben, Jérôme Jaccard vorläufig festzunehmen. Die Interventionseinheit der Kantonspolizei Waadt, der DARD, war unterwegs. Viviane hatte ihnen befohlen, nicht vor dem Eintreffen der Verstärkung einzugreifen. Andreas konnte jedoch nicht einfach tatenlos abwarten. Das Leben seiner Schwester stand auf dem Spiel. Sie machten sich bereit, die Tür aufzubrechen, als sie im Inneren des Hauses Schritte und das Öffnen des Türschlosses hörten.

Vor ihnen stand André Jaccard. Karine trat zu ihm hin, hielt ihm den Mund zu und präsentierte ihm ihre Waffe.

»Wo ist Ihr Sohn Jérôme?« Sie nahm die Hand weg und machte ihm ein Zeichen, dass er leise sprechen sollte.

»Er ist im Keller. In seinem Zimmer«, flüsterte André Jaccard nervös.

Karine folgte Andreas ins Haus. Sie hörten gedämpfte Musik und brummende Bässe. Auch Andreas hatte seine Pistole im Anschlag. Er öffnete die Tür, und Karine ging als Erste die Kellertreppe hinunter. Unten drückte sie sanft auf die Klinke einer weiteren Tür, doch diese war abgeschlossen. Andreas nahm etwas Anlauf und schmiss sich mit seinem ganzen Gewicht dagegen. Das Schloss gab dem Druck nach.

Jérôme Jaccard schrak zusammen. Er saß mitten im Raum in einem Sessel.

»Keine falsche Bewegung!«

Karine und Andreas gingen mit gezückten Waffen auf ihn zu. Völlige Überraschung stand ihm ins Gesicht geschrieben. Er ließ den Joint fallen, den er gerade rauchte. Auf einem niedrigen Tisch neben ihm lagen mehrere Ampullen Methadon.

120

Der Mann, der sich am Parfüm seiner Mutter betörte, war nach dem zweiten Klingeln ängstlich die Treppe hinaufgekommen und spähte durch den Türspion.

Auf der Türschwelle stand der Briefträger mit einem Paket in den Händen. Er konnte in seinem Aufzug unmöglich die Tür öffnen. Er erinnerte sich, dass er Schminke im Internet bestellt hatte. Nach einer Weile, die ihm unendlich erschien, entschied

sich der Briefträger schließlich, das Päckchen abzustellen und wieder zu gehen.
Er zog den Vorhang beiseite und schaute hinaus. Vor dem Chalet gegenüber standen zwei Polizeifahrzeuge. Was machten die dort? Einer der beiden Kommissare, die Frau, hatte ihn wegen der ersten Frau befragt, die Romain angefahren hatte. Sie führte Jérôme am Arm ab und zwang ihn, sich in das Auto zu setzen. Verhafteten die etwa gerade seinen Freund? Er verstand nicht, was sie von ihm wollten. Anschließend gingen die beiden Kommissare zurück in das Haus der Jaccards.
Stellte diese Aktion ein Risiko für ihn dar?
Er beschloss, für einen Moment auf seinem Beobachtungsposten zu verweilen.

121

Andreas und Karine waren frustriert und hatten wie so oft bei dieser Ermittlung das Gefühl, in eine Sackgasse geraten zu sein.
Sie hatten sich geirrt.
Keine Spur von Jessica.
Jérôme Jaccard war nicht Psycho Billy.
Und doch hatten sie das Zitat von Séverine Pellet und ihre eigenen Schlussfolgerungen zu diesem Haus geführt. War es möglich, dass der Spruch noch auf einem anderen Chalet stand? Dass sich das Opfer getäuscht hatte? Dass sie nicht richtig gelesen hatte? Das alles erschien wenig wahrscheinlich.
Andreas war sicher gewesen, das Rätsel gelöst zu haben. Er hätte so gern recht gehabt. Er hatte Jessica finden wollen und war auf einem Holzweg gelandet. Dennoch hatte er immer noch das Gefühl, dass die Lösung in Reichweite war ... Aber wo? Wer war es?
Sein Blick fiel auf die gerahmten Fotos, die an der Wand hin-

gen. Auf einem war eine Gruppe von Personen zu sehen, darunter auch André Jaccard in jüngeren Jahren. Neben ihm stand eine Frau, deren Kleid Andreas' Aufmerksamkeit erweckte: ein blaues Polka-Twist-Kleid mit weißen Punkten. Genau so ein Kleid hatte Séverine Pellet, das erste Opfer, angehabt. Sein Puls schlug schneller. Das konnte kein Zufall sein. Psycho Billy.

»Wer ist diese Frau?«, fragte Andreas André Jaccard.
»Was werfen Sie meinem Sohn vor?«
»Ich stelle hier die Fragen. Wer ist diese Frau?«
»Das ist Marlène.«
»Und wer ist diese Marlène?«
»Das ist eine lange Geschichte …«
»Dafür haben wir keine Zeit. Geben Sie mir eine Kurzfassung!«
»Jeder war in Marlène verliebt. Eine sehr hübsche Frau. Und eine geborene Verführerin. Sie konnte jeden haben, den sie wollte. Sie war die Frau von Lucien. Lucien Brunet, mein Freund und Nachbar von gegenüber. Der arme Kerl …«
»Fahren Sie fort.«
»Marlène hat ständig ihren Mann betrogen. Und er wusste von nichts. Zumindest nehme ich das an. Mehrere Jahre lang war sie die Geliebte von Serge Hugon. Marlène hatte es sogar geschafft, ihren Mann zu überreden, das Alpchalet neben uns zu kaufen, nur um Hugon näher zu sein. Lucien hielt sich dort nicht gern auf, was sie für ihre Zwecke nutzte. Sie gab vor, auf der Alp schlafen zu wollen, und Hugon suchte sie dann dort auf, ohne ein Geheimnis daraus zu machen. Ich glaube, sie war in ihn verliebt. Ich habe mich übrigens oft gefragt, was sie wohl an dem gefunden haben mochte.«
»Erzählen Sie mir von dem Foto. Von Ihnen und von Marlène. Und von dem Kleid«, befahl Karine.
»Das Foto wurde an einem Tanzabend gemacht. Marlène hatte mich überredet, mit ihr dort hinzugehen. Das war, bevor sie mit Hugon rummachte. Meine Frau herrschte mich ständig an und hasste es auszugehen. Sie war manisch-depressiv. Eine

Situation, die sehr schwer zu ertragen war. Um dort hingehen zu können, habe ich meine Frau angelogen und Hugon gebeten, mir als Alibi zu dienen. Es war großartig, mit Marlène zu tanzen. Sie liebte diese Kleider aus den fünfziger Jahren. Sie wollte diesen schönen Schauspielerinnen ähneln. Ich bin ihrem Charme völlig erlegen. Wir haben sogar miteinander geschlafen. Und dann hat sie mich wegen Hugon fallen lassen. Diese Schlampe!« Er strich mit dem Finger über ihre Silhouette auf dem Foto. »Aber eine großartige Schlampe«, fügte er hinzu.

»Hugon wusste von ihrem Seitensprung, nehme ich an?«

»Ja.«

»Von wann ist das Foto?«

»Es ist vor dreizehn Jahren entstanden. Ich erinnere mich noch gut daran.« André blickte aus dem Fenster und sah seinen Sohn im Streifenwagen sitzen. »Ich kooperiere gern, aber beantworten Sie mir zumindest meine Frage. Was hat Jérôme angestellt?«

»Er hat im Krankenhaus Betäubungsmittel gestohlen.«

Übermannt von den Ereignissen, brach André Jaccard zusammen.

Sein Sohn Jérôme hatte trotz der manisch-depressiven Erkrankung sehr an seiner Mutter gehangen. In ihren manischen Phasen hatte sie ihn und Jérôme angegriffen, und für seinen Sohn war es schwer gewesen, mit den beiden Gesichtern seiner Mutter klarzukommen, zumal sich ihre Krankheit im Laufe der Zeit weiter verschlimmerte. Trotz allem hatten Mutter und Sohn eine sehr symbiotische Beziehung. Nach ihrem Tod hatte Jérôme angefangen, Drogen zu nehmen. Eine Art, die Leere, die ihr Verschwinden verursacht hatte, auszufüllen?

»Und Hugon hat Sie erpresst, oder?«

»Ja, damals hat er mich mit seinem Wissen erpresst und mich gezwungen, meine Frau zu überreden, das Alpchalet zu verkaufen. Das war vor fünf Jahren. Sie war die Einzige, die sich weigerte zu verkaufen, und sie gefährdete dadurch das Immobilienprojekt und die Chance der anderen, einen Haufen Geld zu kassieren.«

122

Andreas und Karine verließen hastig das Haus und betrachteten die Malereien und Inschriften auf der Fassade. Die Geschichte von Marlène. Das Vintagekleid. Alles passte zusammen.

»Gepriesen sei der Herr, Tag für Tag« war auf dem Chalet der Jaccards zu lesen. Bei ihrer Flucht hatte Séverine Pellet tatsächlich den Text gelesen, aber er hatte nicht auf dem Haus gestanden, aus dem sie geflohen war. Er stand auf dem Chalet gegenüber, das sie gesehen haben musste, als sie die Straße erreicht hatte. Sie war nachts weggelaufen, aber eine Lampe unter dem Hausdach hatte die Malereien auf der Fassade erleuchtet.

Und in dem Haus gegenüber – wohnte Cédric Brunet, der Sohn von Marlène. Der mit an Sicherheit grenzender Wahrscheinlichkeit Andreas' Schwester gefangen hielt, sie misshandelte und folterte. Vielleicht hatte er sie sogar schon getötet. In Andreas' Kopf tauchten die Fotos der toten Annabelle Champion auf. Die entsetzlichen Schlangenbisse. Der Schaum auf ihren Lippen. Er musste diese Bilder abschütteln und hoffen, dass es für Jessica noch nicht zu spät war.

Sein Mobiltelefon vibrierte. Eine MMS. Das Phantombild, das anhand der Angaben des Schlangenverkäufers angefertigt worden war. Andreas zeigte es Karine. Er war es. Daran bestand kein Zweifel. Sie durften keine Zeit mehr verlieren.

123

Der Mann, der sich am Parfüm seiner Mutter betörte, schaute immer noch aus dem Fenster. Er beobachtete die beiden Kommissare, die gerade das gegenüberliegende Chalet verließen. Das Elternhaus seines Freundes Jérôme, der kurz zuvor im Polizeiauto abtransportiert worden war. Sie schienen über etwas nachzudenken und die Fassaden der Chalets zu betrachten. Er fragte sich, was sie wohl vorhatten. Plötzlich drehten sie sich beide gleichzeitig um und starrten in seine Richtung. Instinktiv zuckte er zurück und verstand, dass ihm nicht mehr viel Zeit blieb, bevor sie an seine Tür klopfen würden.

Und dann wäre alles zu Ende ...

Während er zurück in sein Reich im Keller ging, dachte er an seine Mutter und den Tag, an dem seine ganze Welt zusammengebrochen war. Jahrelang hatte sie einen Liebhaber gehabt: Serge Hugon. Doch erst kürzlich hatte er dessen Identität herausgefunden und durch einen gezielten Schlag mit der Schaufel mit ihm abgerechnet.

Auf dem Küchentisch hatte er eine Nachricht hinterlassen – *Der Usurpator ist in der Hölle!* – und damit einen Schlussstrich unter das Leben des Mannes gezogen, der sein Leben ruiniert hatte.

Seit jenem Tag, an dem er verstanden hatte, dass seine Mutter nicht ihn, sondern einen anderen erwählt hatte, hatte er sie gehasst. Immerhin hatte er sie weiter durch das kleine Loch in der Wand beobachten können.

Und dann hatte sie vor fünf Jahren ihr Todesurteil unterschrieben. An dem Tag, als er ein Gespräch des Liebespärchens belauscht hatte. Seine Mutter hatte beschlossen, sie zu verlassen – seinen Vater und ihn. Ihn zu verlassen. Das war das Ende. Seiner Welt. Seines bisherigen Lebens.

Hören zu müssen, wie sie sagte, dass sie diesen Usurpator liebte und bereit war, mit ihm fortzugehen. Gryon zu verlassen. Sich eine neue Existenz mit dem Kerl aufzubauen. Das hatte er

nicht akzeptieren können. Ihr Liebhaber hatte beschlossen, sein Haus und sein Alpchalet zu verkaufen. Mit dem Geld wollten sie von vorn anfangen. Es war nur noch eine Frage von wenigen Wochen gewesen ...
An jenem Tag hatte seine Mutter einen Termin bei einem Arzt in der Rhôneebene gehabt. Und er hatte getan, was getan werden musste. Allerdings hatte er nicht vorhersehen können, dass sich sein Vater in letzter Minute dazu entschlossen hatte, sie zu begleiten ...

Marlène setzte sich hinters Steuer, und Lucien nahm auf dem Beifahrersitz Platz.
»Schnall dich an«, wies Marlène ihn an, während sie losfuhr.
»Du weißt sehr gut, dass ich das nie mache.«
»Wenn ich fahre, tust du, was ich dir sage.«
»Kümmere dich um deinen eigenen Kram, Marlène.«
Sie antwortete nicht, sondern gab Gas.
In letzter Zeit hatte Lucien ein merkwürdiges Gefühl verspürt. Als würde sich seine Frau immer weiter von ihm entfernen. Er hatte sich nie hinters Licht führen lassen. Er wusste, dass sie mehrere Liebschaften gehabt hatte. Dass er sie nie hatte zufriedenstellen können. Dass sie ihn nicht liebte. Er sie im Übrigen auch nicht. Gefühle hatten von Anfang an keine große Rolle gespielt. Leicht betrunken waren sie nach einem Dorffest miteinander ins Bett gegangen und hatten ungeschützten Sex gehabt. Sie war schwanger geworden. Er hatte sich verpflichtet gefühlt, sie zu heiraten. Eine Teeniemutter in diesem Bergkaff, das hatte selbst in den achtziger Jahren für viel Getratsche gesorgt. Eine banale Geschichte wie so viele andere. Warum hatte er also angefangen, eifersüchtig zu werden?
Sie war immer häufiger weggeblieben. Er war sich sicher, dass sie sich regelmäßig mit irgendwem traf. Er hatte sich daran gewöhnt, dass sie ab und zu mit anderen schlief. Aber er wollte es nicht hinnehmen, dass sie ihn verließ und er zum Dorfgespött würde. Er hatte vorgegeben, Besorgungen machen zu müssen,

um sie zu begleiten. In Wirklichkeit wollte er verhindern, dass sie diesen Ausflug dazu nutzte, ihren Liebhaber zu treffen. Das hatte ihr ganz offensichtlich missfallen. Ihre Pläne durchkreuzen zu können verschaffte ihm eine gewisse Befriedigung.

Sie nahmen die erste Kurve hinter Gryon. Seit ihrer Abfahrt hatte keiner von ihnen ein Wort gesprochen. Lucien beschloss, das Schweigen zu brechen.

»Es kommt nicht in Frage, dass du mich verlässt. Ich hoffe, das weißt du.«

»Aha, und was willst du dagegen tun? Ich habe übrigens gar keinen Termin beim Arzt.«

»Du wolltest dich mit deinem Liebhaber treffen, nicht wahr?«

Während sie diskutierten, hinterließ das Auto eine feine Spur. Die Bremsflüssigkeit lief Tröpfchen für Tröpfchen aus.

»Nein, ich habe einen Termin beim Anwalt. Ich werde die Scheidung einreichen.«

Lucien war sprachlos. Er hatte die Lage richtig eingeschätzt. Er musste sie davon abbringen. Aber wie?

»Das werde ich niemals zulassen. Hörst du? Niemals!«

Nach dem Dorf Posses trat Marlène auf die Bremse, um in eine Rechtskurve einzufahren. Das Auto wurde nicht langsamer. Sie bremste erneut. Nichts. Es gelang ihr, die Kurve mehr schlecht als recht zu nehmen.

»Sachte, sachte, Marlène!«

Das Fahrzeug beschleunigte weiter, ohne dass sie etwas dagegen tun konnte. Nach einer langen geraden Strecke bergab kam die nächste Kurve. Sie schaffte es gerade so, hindurchzusteuern, indem sie auf die Gegenfahrbahn auswich. Zum Glück kam ihnen niemand entgegen.

»Marlène! Hör auf mit dem Mist!«

»Ich kann nichts dafür. Das liegt an den Bremsen ...«

In der nächsten Kurve lenkte Marlène nach rechts gegen, doch die Geschwindigkeit machte dieses Manöver zunichte. Der Wagen schoss über die Straße hinaus, flog gut ein Dutzend

Meter durch die Luft. Um ein Haar wäre es frontal mit einem die Straße hinauffahrenden Fahrzeug zusammengestoßen. Der Wagen rutschte über eine Wiese, prallte gegen einen Hügel und überschlug sich einmal. Zweimal. Lucien wurde durch die Windschutzscheibe hinausgeschleudert. Dann überschlug sich das Auto ein drittes Mal und prallte gegen einen Baum.

Lucien hatte den Unfall überlebt, war jedoch seitdem querschnittsgelähmt. Diesen Kollateralschaden hatte Cédric nicht geplant. Auch wenn er nie eine besondere Zuneigung gegenüber seinem Vater verspürt hatte, war es nicht seine Absicht gewesen, ihn zu einem Leben im Rollstuhl zu verdammen. Er sühnte die Tat auf seine Weise, indem er sich Tag für Tag, ohne zu murren, um ihn kümmerte. Anflüge von Verbitterung versuchte er im Keim zu ersticken. Druck konnte er nur abbauen, indem er sich vor dem Spiegel in seine Mutter verwandelte, und neuerdings auch, indem er seine Geschöpfe nach seinen Vorstellungen modellierte. Seine Freunde hielten ihn für einen Heiligen. Dabei war er einfach nur schuldig. Natürlich nicht am Tod seiner Mutter. Sie hatte ihr Los verdient. Auch nicht an seinen Spielchen mit den Frauen in seinem Keller. Schließlich hatte er sie nur lieben wollen. Doch an dem Handicap seines Vaters. Ja, dafür war er verantwortlich.

Auch wenn er und sein Vater unter einem Dach lebten, hatten sie sich zwei Wohnungen eingerichtet, damit jeder seine Privatsphäre hatte. Der Zugang zum Keller befand sich glücklicherweise auf seiner Seite. Meistens wartete er, bis sein Vater im Bett lag, um ungestört seinen Beschäftigungen nachgehen zu können. Vor zwei Tagen hatte sein Vater jedoch die Schreie der eingesperrten Frau gehört. Er hatte vergessen, die Tür zu schließen. Was war er doch für ein Idiot! Er hatte keine andere Wahl gehabt, als seinen Vater ans Bett zu fesseln.

Kommissar Auer und seine Kollegin würden bei ihm auftauchen. Er war geliefert. Alle seine Pläne lösten sich in Luft auf. Jessica würde niemals sein neues Geschöpf, seine Mutter, sein

Idol werden. Wenn er jedoch den Gedanken aufgeben musste, sie zu besitzen, sollte sie auch niemand anderem gehören.

Cédric griff nach einem Hammer. Auf dem Tisch erblickte er den kostbaren Flakon mit dem Shalimar-Parfüm. Dieser Duft, der so viel für ihn bedeutete. Er musste dieses Symbol, das ihn sein ganzes bisheriges Leben begleitet hatte, vernichten. Er versetzte dem Flakon einen kräftigen Schlag mit dem Hammer, sodass Kristallglas zerbarst. Ein sanfter und frischer Bergamottegeruch breitete sich im Keller aus. Eine zugleich tröstliche und unerträgliche Erinnerung an den durch seine Mutter verursachten Hass und an die Liebe, die er sich in seinen Träumen ausgemalt hatte, die sich in der Realität jedoch als Chimäre entpuppt hatte. Dann die floralen Noten von Rosen, Iris und Jasmin. Er wollte die Augen schließen, um ein letztes Mal in Begleitung der schönsten und grausamsten Frau – seiner Mutter – diesen üppigen Garten mit den sprudelnden Springbrunnen und den berauschenden Blumen zu betreten, doch es gelang ihm nicht.

Von einer Wut übermannt, die sich genau wie das Parfüm ausbreitete, zerschlug er nacheinander sämtliche Glasscheiben der Terrarien. Dann kehrte er nach oben zurück, hörte, wie man versuchte, die Haustür aufzubrechen, und floh durch den Hinterausgang blindlings in den Wald, um der Polizei zu entkommen.

124

Andreas brach die Haustür auf und sah gerade noch, wie ein ganz in Schwarz gekleideter Mann durch den Hintereingang aus dem Haus rannte. Er wollte ihn verfolgen und besann sich dann. Er musste Jessica finden. War sie hier in diesem Haus? Oder musste er doch zunächst den Flüchtigen fangen und zum Reden bringen? Karine nahm ihm die Entscheidung ab.

»Ich kümmere mich um ihn. Finde deine Schwester!«, sagte Karine und rannte los.

Andreas warf einen kurzen Blick in alle Zimmer. Die Küche, das Wohnzimmer und die Vorratskammer. Nichts. Am Ende des Flurs eine verschlossene Tür. Sein Herz schlug ihm bis zum Hals. Er hatte schon von außen gesehen, dass es sich bei diesem Teil des Hauses vermutlich um einen später hinzugefügten Anbau handelte. Der Ort, an dem Psycho Billy sein Doppelleben führte? Er hatte keine Zeit, darüber nachzudenken. Er trat die Tür auf. Im Zimmer war es stockdunkel. Die geschlossenen Rollläden ließen praktisch kein Licht hindurch. Ein fürchterlicher Gestank schnürte ihm die Kehle zu. Es roch nach Kot, nach mangelnder Hygiene und nach etwas noch Abstoßenderem, vielleicht Verwesungsgeruch? Angsterfüllt schaltete er das Licht ein. Das Zimmer war behindertengerecht umgebaut. Griffe an der Wand und ein Pflegebett. Im Bett eine Gestalt unter den Laken. Als Andreas herantrat und die Decke zurückschlug, befürchtete er das Schlimmste. Doch es war nicht Jessica, die darunterlag, sondern Lucien, der Vater des Mörders.

Er war mit Gurten gefesselt. War er tot? Trotz des Gestanks beugte sich Andreas hinunter und legte ihm zwei Finger an die Kehle. Er fühlte einen schwachen Puls. Der alte Mann war sichtbar dehydriert. Seine Bettlaken mit Kot und Urin verschmutzt. Dieser Dreckskerl hatte seinen Vater in seinen Ausscheidungen liegend seinem Schicksal überlassen. Nur noch mit seiner morbiden Obsession beschäftigt. Eine morbide Obsession, die inzwischen das Gesicht Jessicas trug.

Andreas hatte Lucien schon im Rollstuhl gesehen, als er von seinem aufopferungsvollen Sohn durch die Gassen von Gryon geschoben worden war. Ein scheuer junger Mann, der den Leuten nicht in die Augen schaute. Andreas hatte es für Schüchternheit gehalten. Ein eher androgyner Typ mit feinen Gesichtszügen, eigentlich hübsch, wenn er sich zwischen Männlichkeit und Weiblichkeit entschieden hätte. Wenn er sich nicht stattdessen hinter seinen Komplexen und seiner ihn quälenden Sexualität versteckt hätte. Man konnte nie wissen, was sich hinter einer Fassade verbarg.

Andreas ging nach oben. Weitere leere Räume. Bei einem musste es sich um das Zimmer des Mörders handeln, eines Jugendlichen, der sich nicht wohl in seiner Haut fühlte. An den Wänden hingen Bilder von Marylin Manson und anderen satanischen Rockmusikern. Keinerlei Unordnung und auch keine Spur von irgendwem. Das letzte Zimmer am Ende des Flurs war verschlossen. Sein Herz schlug wie wild. Jessica …

Er nahm Schwung und schmiss sich gegen die Tür, die nachgab.

Keine Jessica.

Andreas stand im Zimmer einer Frau. Ein Himmelbett mit rosa Satinbettwäsche, ein riesiger Kleiderschrank und in der Ecke ein Frisiertisch mit einem zerbrochenen Spiegel. Mit Sicherheit das Zimmer der Mutter, Marlène, die diesen Wahn ausgelöst hatte. Die der Mörder in seinen Wunschträumen wiederaufleben lassen wollte.

Aber keine Spur von Jessica. Er konnte sich selbst stoßweise atmen hören, und seine Sorge wuchs in dem Maße, in dem die Möglichkeiten, seine Schwester zu finden, schwanden.

Warum war dieses Zimmer zugeschlossen gewesen? Im Schrank fand er eine Reihe von Vintagekleidern, aus denen der Mörder mit Sicherheit einige ausgewählt hatte, um seine Opfer einzukleiden.

Doch wo war Jessica?

Andreas ging wieder nach unten und entdeckte die Tür, die zum Keller führte. Er öffnete sie und lief die Stufen hinunter. Seine Angst wurde immer größer. Sie konnte nur hier sein.

Unten herrschte völlige Dunkelheit. Nur mit Mühe fand er einen Lichtschalter. Er stand in einer Kammer mit Regalen voller Wein und Lebensmittelvorräten. Keine Jessica. Am Ende des Raums eine zweite Tür. Er öffnete sie, und sofort nahm er den starken Geruch von Parfüm wahr.

Das hier war das Reich des Psycho Billy. Ein merkwürdiges Gefühl überkam ihn. Etwas bewegte sich …
»Jessica, bist du hier?«
Er hörte ein leises Wimmern. Er fand den Lichtschalter. In der Ecke des Zimmers sah er seine Schwester. Sie war gefesselt und geknebelt. Eine Python war dabei, sich langsam um ihren Körper zu wickeln. Auf dem Boden bewegte sich eine große pelzige Spinne, und als er den Blick senkte, sah er vor sich eine zweite Schlange, die sich drohend aufrichtete.
Ohne nachzudenken, ergriff Andreas seine Waffe und zielte auf das Reptil. Die Kugel verpasste ihr Ziel. Die Schlange griff ihn an, schaffte es jedoch nicht, ihn ins Bein zu beißen. Er schoss ein zweites Mal und erwischte sie. Durch die Wucht der Kugel wurde der Kopf vom Körper abgetrennt, und Blut quoll aus der Wunde. Er ließ die Pistole sinken und warf sich auf die Python. Jessicas Gesicht war schon dabei, sich blau zu verfärben. Er versuchte die Umklammerung zu lösen, doch das Tier besaß eine ungeheure Kraft. Nichts zu machen. Auf dem Tisch fand er ein Messer, stieß es in den Schädel der Schlange und zog es ihr längs durch den Körper. Langsam lockerte die Python ihren Würgegriff, und Andreas konnte sie wegziehen. Als er ihr den Todesstoß versetzte, bemerkte er die zerstörten Terrarien.
Der verdammte Mistkerl musste, als er kapiert hatte, dass er in der Falle saß, seine makabre Sammlung geopfert haben. Vermutlich krochen hier noch andere Viecher heimtückisch durch den Raum. Andreas hatte auf jeden Fall genug davon. Auch wenn er keine echte Phobie hatte, empfand er beim Anblick der Reptilien eine Mischung aus Ekel und Faszination. Und im Moment überwog eindeutig der Ekel. Die Angst vervielfachte seine Kräfte. Er hob Jessica hoch und legte sie sich über die Schultern. Auf dem Weg zum Ausgang spürte er etwas unter seinem Fuß. Ein Knacken oder eher ein Knirschen. Er schaute zu Boden. Ein Skorpion lag dort in seinen Eingeweiden. Er ging weiter bis zur Tür, passte dabei auf, wo er hintrat, und stieg die Treppenstufen empor.

Draußen angekommen, befreite er Jessica von den Fesseln und umarmte sie. Sanitäter, die inzwischen eingetroffen waren, kümmerten sich um sie. Immer noch keine Spur von der Interventionseinheit ...

125

Hinter dem Haus war Karine in den Wald gerannt. Das Gelände war sehr abschüssig. Sie bemühte sich, den Vorsprung des Flüchtigen aufzuholen, und wäre dabei mehrfach beinahe über Wurzeln oder Steine gestolpert.

Plötzlich hielt sie inne.

Gerade hatte sie noch gehört, wie er durch den Wald geeilt war, doch jetzt war alles totenstill.

Hatte er angehalten?

Oder sich versteckt?

Um sie herum standen überall Bäume. Sie konnte seine Gegenwart nirgends spüren. Vermutlich war er weiter talwärts gelaufen, doch sie konnte sich dessen nicht sicher sein. Sie lauschte angestrengt und bemühte sich, ihre Atmung zu beruhigen. Immer noch Totenstille. Sie zückte ihre Waffe und drang weiter in den Wald vor. Sie versuchte, das Zittern ihrer Hände, die ihre Glock hielten, unter Kontrolle zu bringen. Sie hörte ein Geräusch und drehte sich um. Ein Reh sprang davon.

Karine zwang sich, ruhig zu atmen.

Dann lief sie weiter. Sicherlich war es ihm gelungen zu entkommen. Sie beschloss, auf gleichem Wege zurückzugehen, und steckte ihre Waffe wieder weg.

Plötzlich, noch bevor sie reagieren konnte, warf sich jemand von hinten auf sie und umfasste ihren Hals. Sie fiel mit dem Gesicht voran auf die Erde. Jemand drückte ihr die Kehle zu. Sie versuchte, sich mit aller Kraft zu wehren, aber es gelang ihr nicht. Er drückte immer fester zu, und ihr blieb die Luft weg. Das Blut in ihrem Kopf konnte nicht mehr zurück zum Herzen fließen, und ihr Gesicht lief blau an. Sie spürte, dass sie drohte ohnmächtig zu werden.

Mit letzter Kraft gelang es ihr, ihrem Angreifer den Ellbogen ins Gesicht zu stoßen. Er lockerte seine Umklammerung so weit, dass sie sich befreien und ihn zu Boden reißen konnte, sodass er auf dem Rücken lag. Sie setzte sich auf ihn und schlug ihm die Faust so fest auf den Solarplexus, dass ihm die Luft wegblieb. Anschließend hielt sie seine Hände fest und fixierte ihn auf dem Boden. Sie hörte jemanden zu ihr heruntereilen. Sie drehte sich um.

Es war Andreas.

»Wie geht es deiner Schwester?«, fragte sie mit rauer, gebrochener Stimme. Um ihren Hals zeichnete sich langsam ein Bluterguss ab.

»Es geht ihr gut, sie ist nicht verletzt. Die Sanitäter kümmern sich um sie. Und du, alles klar?«

»Hilf mir lieber. Der Blödmann hat versucht, mich zu erwürgen, da hat nicht mehr viel gefehlt.«

Andreas löste sie ab, legte dem Mann, den er als Cédric Brunet erkannte, die Handschellen an und zog ihn mitleidlos auf die Beine. Der Schweiß hatte die weiße Schminke in Cédrics Gesicht völlig zerlaufen lassen, und mit seinen geschwärzten Augenrändern und den Kontaktlinsen, die ihm das Aussehen eines Zombies verliehen, sah er mitleiderregend aus.

Der Mann, der sich am Parfüm seiner Mutter betörte, hielt seinen Kopf gesenkt und hüllte sich in Schweigen.

Karines Gesichtsfarbe und ihre Stimme hatten sich wieder halbwegs normalisiert. »Du wirst für den Rest deines Lebens in einer Zelle schmoren, du Dreckskerl.«

126

Mittwoch, 3. April

Jessica war ins Krankenhaus in Monthey eingeliefert worden. Andreas hatte sie in letzter Sekunde aus den Fängen von Psycho Billy befreit. Sie war dehydriert, hatte aber keine ernsthaften Verletzungen davongetragen, außer natürlich einem enormen Schock. Sie würde schnell wieder auf die Beine kommen, aber die Ärzte wollte sie weiter im Auge behalten. Mikaël hingegen lag weiterhin auf der Intensivstation im künstlichen Koma. Sein Zustand war immer noch lebensbedrohlich. Den Medizinern zufolge konnte sich die Situation in die eine oder in die andere Richtung verändern. Sie waren auf jeden Fall nicht sehr optimistisch, aber das war vermutlich auch ihre Rolle. Doch Mikaël war ein Kämpfer, und Andreas konnte sich gar nichts anderes vorstellen, als dass er überlebte.

Er wusste natürlich auch, dass das Risiko von Folgeschäden immens war, allerdings versuchte er, diese Vorstellung erst gar nicht zuzulassen. Er wollte den Mikaël zurückhaben, der dieser vorher gewesen war, allerdings keimten unablässig viele düstere Prognosen in ihm auf. Er wurde das Bild von seinem Lebensgefährten mit einer schweren Behinderung nicht los, unfähig, sich zu bewegen, und darauf angewiesen, wie ein Baby von ihm gefüttert zu werden.

Ein weiteres Bild verfolgte ihn. Das Bild des Mörders in Mikaëls Video, als dieser gerade auf ihn geschossen hatte.

Der Feuerfresser.

Dieses Individuum, das von Anfang an im Schatten agiert hatte. Jetzt hatte er ein Gesicht! Und Andreas würde alles daransetzen, ihn zu finden.

Andreas betrat Jessicas Zimmer. Sie schlief. Bei ihrem Anblick lächelte er flüchtig. Er setzte sich auf einen Stuhl neben ihrem Bett und nahm ihre Hand in die seine, ohne sie aus den Augen zu lassen. Er hatte solche Angst gehabt, sie zu verlieren.

Und jetzt bangte er um Mikaël. Wie würde sein Leben ohne ihn sein? Er verbot sich, so etwas zu denken. Er musste sich an der einzig möglichen Vorstellung festhalten: ein lebendiger Mikaël an seiner Seite. Sie beide. Zusammen. Tief in seine Gedanken versunken, bemerkte er gar nicht, wie seine Schwester die Augen öffnete.

»Andreas.«

»Jessica.« Er schenkte ihr ein beruhigendes Lächeln. »Wie fühlst du dich?«

»Ich bin erschöpft. Ich liebe dich, kleiner Bruder!«

»Ich dich auch, große Schwester.«

»Ich war sicher, dass du mich finden würdest. Die ganze Zeit habe ich mich an diesen Gedanken geklammert.«

»Hat er dir wehgetan?«

»Er hat mich nicht vergewaltigt, wenn es das ist, was du wissen willst.«

Andreas war erleichtert.

»Ich habe unablässig diese schreckliche Musik im Kopf und sehe sein weiß und schwarz geschminktes Gesicht vor mir. Und diese Augen ... Ich musste stark bleiben, aber ... Das kann man nicht beschreiben. Er hat mich immerzu ›Mama‹ genannt. Ich hatte Angst. Keine Angst zu sterben, sondern meine Kinder nicht mehr zu sehen. Und auch dich nicht mehr zu sehen.«

Schweigend hörte Andreas seiner Schwester zu. Er hatte zunächst gezögert, es ihr jetzt unter diesen Umständen zu erzählen, aber er konnte nicht anders. Er konnte es nicht für sich behalten.

»Ich muss dir etwas sagen.«

Jessica brach in Tränen aus, als sie die Geschichte von Mikaël erfuhr. Auch Andreas weinte. Er legte seinen Kopf auf Jessicas Arm und sackte in sich zusammen.

»Andreas ...«

Jessica hatte sich geschworen, ihm, sollte sie überleben, das Geheimnis anzuvertrauen, das sie all die Jahre für sich behalten hatte. Doch jetzt, in diesem Rahmen, war es ausgeschlossen.

Mikaël lag im Koma, und sie konnte ihrem Bruder nicht noch mehr Sorgen aufbürden.
»Ja?«
»Danke. Du bist der beste Bruder.«

127

Donnerstag, 4. April

Auf dem Laptop von Cédric Brunet alias Psycho Billy fanden sie eine Reihe von Videos, die er in den letzten Jahren mit seinem Smartphone aufgenommen hatte, und dazu ein Heft mit älteren Texten, in denen er von dem Verhältnis zu seiner Mutter erzählte und berichtete, wie er sie durch das Loch in der Wand in ihrem Zimmer beobachtet hatte.

Andreas hatte sich sämtliche Aufnahmen nacheinander angeschaut und dabei die beunruhigende körperliche Veränderung von Psycho Billy bemerkt. Vom zunächst ungeschminkten Mann, der sich nach und nach immer mehr wie seine Mutter zurechtgemacht hatte. Zunächst die Augen, dann den Mund, indem er sich mit einem Lippenstift vollere Lippen gemalt hatte, dann die Perücke, zu der sich schnell das Kleid gesellt hatte. Als hätte er Stück für Stück seine Identität als Frau aufgebaut. Andreas musste dabei an das Theaterstück mit Catherine d'Oex denken, wobei sich die Verwandlung dort gefühlvoll und im Licht der Scheinwerfer abgespielt hatte, während diese hier im Dunkeln und vor den Blicken geschützt im Zimmer einer toten Frau vonstattengegangen war. Die Videos erzählten die Geschichte eines jungen Mannes, der seine Mutter liebte, der sie zu sehr liebte, und der sich im Laufe der Jahre eine Phantasiewelt ersonnen hatte. Er war überzeugt gewesen, dass seine Mutter ihn liebte, und zwar nicht wie eine Mutter ihr Kind liebt, sondern wie eine Frau einen Mann liebt. Seit seiner Jugend hatte er sie in ihrem Zimmer beobachtet und zugesehen, wie sie sich vor dem Spiegel geschminkt und in Vintagekleider gehüllt hatte. Er hatte auch dabei zugeschaut, wie sie sich streichelte, und sich dabei eingebildet, dass sie das für ihn mache.

Alles war zusammengebrochen, als er siebzehn war. Durch das Loch hatte er sie beim Sex mit einem Liebhaber ertappt und dies als tiefen Verrat empfunden. Seine Texte offenbarten, dass er ab jenem Moment Mühe gehabt hatte, seine Emotionen zu zügeln, und dass die ihm innewohnenden negativen Gefühle immer stärker und nachhaltiger geworden waren, bis hin zu den unkontrollierbaren Wahnvorstellungen eines Erotomanen.

Cédric war überzeugt, von seiner Mutter geliebt zu werden, und war sich sicher, dass sie diese amouröse Liebesbeziehung initiiert hatte. Sie mit einem Liebhaber zu überraschen und anschließend zu glauben, dass sie sich von ihm abgewandt habe, war noch schwerer hinzunehmen. Cédrics Texte deuteten auf eine schwere Persönlichkeitsstörung hin. Er wollte ein Mann werden, ein echter Mann, während seine Mutter ihn unablässig erniedrigte und als Schwuchtel beschimpfte. Zudem verspürte er homosexuelle Neigungen, die er aber nicht zulassen konnte. Die einzige Person, die er lieben durfte, war seiner Meinung nach seine Mutter.

Da er seine Homosexualität weder zugeben noch verdrängen konnte, hatte er sich eingeredet, dass seine Mutter ihn liebte. Das war das Einzige, was aus seiner Sicht denkbar und vorstellbar war.

Dem, was Cédric erzählte, entnahm Andreas, dass seine übermächtige Mutter Kastrationsängste bei ihm ausgelöst hatte. Sie machte sich über ihn lustig. Sie erniedrigte ihn. Sie stellte seine Männlichkeit in Frage. Unmöglich für den jungen Mann, eine geschlechtsbezogene und gesunde Sexualität zu entwickeln.

Später hatte sich Cédric danach gesehnt, seine Mutter zu werden. Nachdem all seine Versuche, zu einem Mann heranzureifen, kläglich gescheitert waren, hatte er eine Frau werden wollen. Und welche Frau, wenn nicht die, die er vergötterte? Seine Mutter. Die in seiner Phantasie heraufbeschworene Liebe seiner Mutter zu ihm war zugleich sein Rettungsanker und sein Untergang. Der Tropfen, der das Fass zum Überlaufen gebracht hatte, war der Tag gewesen, an dem sie beschlossen hatte, mit ihrem Liebhaber fortzugehen. An jenem Tag war er endgültig dem Wahnsinn verfallen. Er hatte seine Mutter getötet, indem er ihr Auto sabotiert hatte. Nachdem seine Mutter gestorben war, hatte er begonnen, die Szenen, die er durch das Loch beobachtet hatte – wie sie sich vor ihrem Spiegel geschminkt und gekleidet hatte –, nachzustellen. Marlène war mit vierundvierzig Jahren gestorben. Die verschwundene Mutter hatte er zugleich wieder zum Leben erwecken und imitieren wollen.

In einem seiner letzten Videos erklärte er, dass ihn dieses Bild im Spiegel nicht mehr befriedigt habe. Von da an hatte er sich nicht mehr in den Frauenkleidern gefilmt, sondern mit dem satanisch geschminkten Gesicht eines Marylin Manson. Als hätte er, während er von dem Plan zur Tat schritt, versucht, sich zu entmenschlichen. Als sei die Verwandlung in ein Monster sein Mittel gewesen, um seine eigene Menschlichkeit zu verneinen und sich in den Horror der Folter und des Mordens zu stürzen. Und das war der Zeitpunkt gewesen, an dem er entschieden hatte, eine echte Frau aus Haut und Knochen besitzen zu müssen. Eine Frau, die die göttliche Frau verkörperte: seine Mutter.

Andreas hatte sich gefragt, warum in all diesen Jahren niemand bemerkt hatte, dass etwas mit ihm nicht stimmte. Cédric Brunet musste die Fähigkeit besessen haben, seine sozialen Kontakte hinters Licht zu führen. Niemand aus seinem Umfeld hatte sagen können, ob er Beziehungen zu Frauen gehabt hatte. Er war diesbezüglich immer sehr zurückhaltend gewesen. Seinen Freunden hatte er erklärt, dass er sich um seinen behinderten Vater kümmern müsse und keine Zeit habe, den Mädchen hinterherzulaufen.

Nachdem sich die Nachricht von seiner Verhaftung wie ein

Lauffeuer verbreitet hatte, war gestern eine junge Frau auf der Polizeiwache in Bex erschienen. Sie hatte ausgesagt, ein paar Wochen lang eine Beziehung mit Cédric geführt zu haben. Sehr schnell sei sie sich seiner Verhaltensauffälligkeiten bewusst geworden. An dem Tag, an dem sie zum ersten Mal hatten miteinander schlafen wollen, hätte er keinen hochbekommen. In seinem Keller hatte die Polizei zahlreiche Schwulenmagazine gefunden. Cédric hatte also mit sich selbst gerungen. Er fühlte sich zugleich als Gefangener der Liebe zu seiner Mutter und seinem Verlangen nach Männern. Eine verworrene psychologische Situation.

In seinem letzten Video erklärte Cédric auch, warum er Serge Hugon ermordet hatte. Damals hatte er nicht herausfinden können, wer dieser berüchtigte Liebhaber seiner Mutter war, den er »Usurpator« getauft hatte. Er hatte lediglich gewusst, dass dieser auf dem Rücken ein Tattoo mit einer schwarzen Rose und einem Totenschädel hatte. Als Hugon auf Antoines Hof gekommen war, um Antoine zu beschuldigen, seine Kuh getötet zu haben, und Andreas dazwischengegangen war, um eine Prügelei zu verhindern, war Hugons Hemd zerrissen, und Cédric hatte das Tattoo wiedererkannt. Die Gelegenheit, Rache zu üben, war perfekt gewesen.

128

Die schwere Holztür öffnete sich, und der Gefängnisdirektor betrat die Zelle.

»Sie sind frei. Ein Aufseher wird sie begleiten und die Ausgangsformalitäten mit Ihnen erledigen. Ich freue mich, dass sich diese Angelegenheit aufklären lassen konnte, und hoffe, dass Sie ihren Aufenthalt hier bei uns nicht in allzu schlechter Erinnerung behalten werden«, sagte er ironisch.

»Danke. Ich werde eine Bewertung auf Tripadvisor abgeben …«

Der Tag seiner Ankunft im Gefängnis würde Antoine zeitlebens im Gedächtnis bleiben. Er war in einem Gefangenentransportwagen hergebracht und in Handschellen ins Gebäude geführt worden. Nachdem sie einen langen Flur entlanggegangen waren, hatte man ihm eine fensterlose Zelle zugewiesen, in der lediglich eine Bank, ein Tisch und eine Toilette gestanden hatten. Nach einer Weile war ein Wärter erschienen und hatte ihn in einen Raum gebracht, in dem die Aufnahmeformalitäten erledigt wurden. Danach hatte er sich duschen müssen. Man hatte ihm eine Decke, ein Kopfkissen, ein Handtuch und ein paar Hygieneartikel ausgehändigt. Dann war er in den Zellentrakt geführt worden. Seine schlimmste Erinnerung: zu hören, wie die Tür verriegelt wurde, und der Moment, als er sich zum ersten Mal allein in seiner Zelle befunden hatte.

Am heutigen Morgen ging er den umgekehrten Weg und trug keine Handschellen. Er war bis in den Hof begleitet worden und stand jetzt hier allein. Antoine war offiziell von allen Anschuldigungen freigesprochen worden. Andreas hatte ihm ausrichten lassen, dass er ihn unter anderen Umständen abgeholt und zurück in die Freiheit begleitet hätte, doch er hatte es vorgezogen, bei Mikaël zu bleiben.

Nur das metallene Tor unter dem Bogen trennte Antoine noch von der Freiheit und seinem Bauernhof, auf den er sich schon sehr freute. Er sah die kurvenreiche Straße bereits vor sich, die sie nach Gryon hinauffahren würden. Und er sah im Geiste den Grand Muveran, jenen Berg, der seit seiner Geburt zu seinem Alltag gehörte. Er konnte den Anblick des Gipfels kaum erwarten, wie er sich im Licht der untergehenden Sonne rosa verfärbte.

Das Eisentor ging auf, und Antoine schritt hindurch. Er lachte, als er draußen Vincent erblickte. Beinah zwei Wochen hatte er in seiner winzigen Zelle verbracht. Allein. Sich in dieser Gefängniswelt zu befinden war eine angsteinflößende und verstörende Erfahrung gewesen. Er, der die Freiheit so liebte, hatte manchmal das Gefühl gehabt zu ersticken. Er, der jeden Tag Herr über seine Zeit war, der sich in der Natur rund um Gryon und mit seinen Tieren am wohlsten fühlte. Antoine hatte den Alltag der Kriminellen teilen müssen. Die Schlagzeilen über ihn in den Zeitungen hatten manchen der Mithäftlinge dazu veranlasst, ihm auf den Rücken zu klopfen und »Gut gemacht« oder »Bravo« zu rufen. Einen Menschen zu töten, der eine Kuh umgebracht hatte, schien für sie ein Bürgerrecht zu sein. Doch er hatte nichts getan. Niemals würde er irgendjemand töten, noch nicht einmal ein Tier. Er, der nicht schlafen konnte, wenn er am nächsten Tag eine seiner Kühe zum Schlachthof schicken musste.

Gemeinsam fuhren sie los, um ihr normales Leben in Gryon wiederaufzunehmen.

Vincent dachte darüber nach, dass er seinem Vater bald das Geheimnis anvertrauen musste, das ihm seit Monaten auf der Seele lag. Er würde den Hof nicht übernehmen. Heimlich hatte er eine Fernausbildung als Grafiker gemacht und einen Praktikumsplatz gefunden. Sein Vater würde enttäuscht sein. Doch das schwierige Geständnis musste warten, bis dieser wieder in seiner gewohnten Umgebung angekommen war. Jetzt würden sie erst einmal seine Rückkehr ins traute Heim feiern.

129

Christophes Telefon klingelte. Es war der Anruf aus Deutschland, auf den er ungeduldig gewartet hatte. Am Vortag hatte er seine Recherchen zu der Waffe ausgeweitet, mit der auf Mikaël geschossen worden war: eine russische Pistole vom Fabrikat Makarow. Mit einer Waffe gleichen Typs waren vor Kurzem in

Berlin ein russischer Geschäftsmann und seine Frau während einer Opernaufführung erschossen worden. Christophe hatte das Bundeskriminalamt kontaktiert und ihnen seine ballistische Auswertung geschickt.

»Wir haben die beiden Projektile verglichen, aber es handelt sich nicht um dieselbe Waffe, so viel ist sicher.«

»Schade«, sagte Christophe enttäuscht.

»Das heißt nicht, dass es sich nicht um denselben Täter handelt. Wir wissen, dass es ein von einem Profi ausgeführter Auftragsmord war. Und generell entledigen diese sich ihrer Waffe, sobald der Auftrag ausgeführt wurde.«

»Haben Sie eine Idee, um wen es sich handeln könnte?«

»Nein, aber wir vermuten, dass es sich um einen Russen handelt. Sowohl die verwendete Waffe als auch die Opfer stammen aus Russland. Ein Moskauer Spitzel hat einem unserer Agenten gesteckt, dass es sich bei dem Mörder mit Sicherheit um einen ehemaligen KGB-Mitarbeiter handelt. Wir führen eine Namensliste mit den uns bekannten Auftragskillern. Ich kann Ihnen die Fotos per E-Mail schicken.«

»Und haben Sie einen Verdacht bezüglich des Auftraggebers?«

»Das ist eine sehr delikate Angelegenheit. Unsere russischen Kollegen scheinen die Ermittlungen nicht vorantreiben zu wollen. Das Opfer war ein Oppositioneller des derzeitigen Regimes. Wir glauben, dass der Befehl von ganz oben kam. Die Beweisaufnahme kommt nur schleppend voran, und es ist nicht unwahrscheinlich, dass wir die Wahrheit nie erfahren werden.«

Christophe bedankte sich bei seinem Gesprächspartner und öffnete seinen elektronischen Briefkasten. Ein paar Minuten später hatte er die Mail erhalten und leitete die Fotos der Auftragskiller sofort an Andreas' Handy weiter.

130

Andreas schaute sich die Fotos im Anhang der Mail an, die er gerade erhalten hatte. Fieberhaft ließ er die Gesichter der Mörder Revue passieren. Er erinnerte sich an die Augen. Den eisigen Blick. Die ersten fünf Männer sagten ihm nichts. Er schaute sich den sechsten an und scrollte dann zurück.
»Das ist er! Da bin ich mir sicher«, rief er so laut, dass die Krankenschwester, die sich gerade um Mikaël kümmerte, zusammenzuckte.

Andreas rief Christophe an, und dieser identifizierte den fraglichen Killer als Vladimir Bratcov, der unter zahlreichen Pseudonymen bekannt war. Artomonov, Andropov, Andreiev und Alekseiev. Sämtliche Nachnamen begannen mit einem A.

»Man hat ihm den Spitznamen Litso Ice gegeben, was so viel wie ›Eisgesicht‹ heißt.«

Sein »Künstlername« war extrem gut gewählt. Dieser kalte, unmenschliche Blick ... den Andreas flüchtig auf Mikaëls Video gesehen hatte, in dem Moment, als der Schuss fiel. Das war vor drei Tagen gewesen. Hatte Bratcov bereits das Land verlassen? Gut möglich. Wenn er schon wieder in Russland war, dann konnte Andreas nichts mehr ausrichten. Falls er sich jedoch zufällig noch in der Schweiz aufhielt, durfte er keine Zeit verlieren. Sie hatten das Foto an alle Polizeidienststellen und an den Zoll geschickt. Außerdem hatten sie die BAero, die Genfer Flughafenpolizei, kontaktiert und sie gebeten zu überprüfen, ob ein Passagier mit einem der aufgelisteten Pseudonyme einen Flug von Genf oder einem anderen Schweizer Flughafen aus gebucht hatte.

Andreas legte auf. Da es ihm unmöglich war, zur Ruhe zu kommen, lief er die Krankenhausflure auf und ab. Er wusste nicht, wann er das letzte Mal etwas gegessen hatte. Er hielt vor einem Snackautomaten an und steckte Münzen hinein, um sich eine Tüte Chips zu kaufen, doch nichts geschah. Er schlug mit der Faust gegen die Scheibe und hatte den Eindruck, sich in einer abgedroschenen Filmszene zu befinden: Der genervte Bulle rüttelt an dem wenig kooperativen Automaten. Eine vorbeieilende Krankenschwester tadelte ihn, machte ihm ein Zeichen beiseitezutreten und drückte auf einen Knopf. Die Chipstüte fiel in die Ausgabe, und die Frau schaute ihn kurz mit hochgezogenen Augenbrauen an. Er entschuldigte sich knapp, bevor er weiter den Flur auf und ab ging und dabei jedes Mal einen Blick in Mikaëls Zimmer warf, der einfach nicht aufwachte. Andreas war zu nervös, sich neben sein Bett zu setzen. Man sagte, dass Patienten im Koma die Stimmen ihrer Angehörigen wahrnahmen, aber vielleicht spürten sie ja auch deren Stress, und dieses Gefühl sollte der Mann seines Lebens nicht empfinden.

Andreas hoffte, dass Litso Ice einen Flug gebucht hatte. Falls er sich entschieden hatte, mit der Bahn zu fahren oder die Schweiz im Auto zu verlassen, wäre es schwierig, wenn nicht gar unmöglich, ihn aufzuhalten. Und sobald er über die Grenze war, würde man ihn mit Sicherheit nicht mehr finden.

Die Antwort erreichte ihn am frühen Nachmittag. Die Flughafenpolizei hatte sämtliche Passagierlisten aller Fluggesellschaften kontrolliert. Ein gewisser Alexey Artomonov war um fünfzehn Uhr auf einen Flug nach Moskau gebucht.

Andreas' Uhr zeigte dreizehn Uhr dreißig an.

Er kontaktierte die Genfer Polizei und den Flughafenzoll. Er durfte keine Minute mehr verlieren.

131

Bevor er sich zum Flughafen begab, hatte Litso Ice seiner Verkleidung noch den letzten Schliff gegeben: braune Kontaktlinsen, um seinen eisigen Blick zu kaschieren, eine Silikonmaske mit grauen Haaren, grauem Bart und einer Brille. Der

Schwachpunkt dieser sehr realistischen Masken zeigte sich je nach Blickwinkel. Sein Gegenüber mit Hilfe einer Brille etwas auf Abstand zu halten war in seiner jetzigen Situation nicht übertrieben. Er hatte sich von einer Firma, die hauptsächlich für die Filmindustrie arbeitete, mehrere Modelle anfertigen lassen und dafür ein kleines Vermögen bezahlt, was die Sache jedoch wert gewesen war. Er war noch nie maskiert gereist oder hatte mit Maske eine Grenze passiert. Er benutzte sie hauptsächlich, wenn er einen Auftrag in der Öffentlichkeit ausführen musste. Während einer Aktion nahm jeder nur den Schuss wahr. In der jetzigen Situation riskierte er, dass der diensthabende Zöllner etwas bemerkte. Doch er musste es dennoch versuchen, denn es war seine einzige Chance. Wenn der Bulle, wie er befürchtete, sein Gesicht gesehen hatte, hatte er eine Personenbeschreibung herausgegeben. Er betrachtete sich im Spiegel. Er war bereit. Anschließend überprüfte er noch einmal, ob er auch wirklich den Pass, der zu seiner Verkleidung passte, eingesteckt hatte. Reine Vorsichtsmaßnahme.

Er parkte seinen Leihwagen auf dem Flughafenparkplatz und gab die Schlüssel zurück. Dann begab er sich zur Gepäckaufgabe und überprüfte anschließend auf der Toilette, ob seine Maske noch perfekt saß, bevor er zur Passkontrolle ging. Seine perfektionistische Ader zeigte sich in den kleinsten Details.

Der Zollbeamte nahm seinen Pass und scannte ihn. Dann sah er ihn flüchtig an, legte den Pass zurück auf den Tresen und wünschte ihm eine angenehme Reise.

Ihm blieb nicht mehr viel Zeit, bevor er sich an seinem Gate einfinden musste. Litso Ice fuhr mit der Rolltreppe hinab zum Terminal, das sich in einem runden Gebäude in der Mitte des Rollfelds befand. Auch die letzte Sicherheitskontrolle passierte er ohne Zwischenfall.

In der Abflughalle setzte er sich an einen Bartresen und bestellte ein Glas Schweizer Apfelsaft, den er während seines Aufenthalts zu schätzen gelernt hatte.

Plötzlich spürte er eine gewisse Unruhe in seiner Umgebung. In Zivil gekleidete Männer postierten sich an der Tür zum Gate des Fluges nach Moskau und beobachteten aufmerksam die Passagiere. Er würde sie überall erkennen. Polizisten. Auf dem Rollfeld parkten Zivilfahrzeuge in der Nähe des Flugzeugs. Mehrere Männer stiegen aus. Männer in Zivil, die alle eine Armbinde trugen. Er konnte nicht erkennen, was darauf stand, vermutete aber, dass es sich um das Wort »Polizei« handelte. Im Ablagefach einer der geöffneten Autotüren bemerkte er ein Etui, das er gut kannte. Es enthielt eine HK-MP5, eine deutsche Maschinenpistole, wie sie zahlreiche Spezialeinheiten benutzten. Einer der Männer hielt ein Funkgerät in der Hand und gab einem Kollegen gestikulierend Anweisungen. Unter den Passagieren breitete sich eine gewisse Unruhe aus, da diese offensichtlich einen Terrorakt befürchteten.

Aus seiner Sicht gab es für all das nur eine einzige Erklärung: Sie wussten, dass er diesen Flug nehmen würde. Litso Ice hatte den Kommissar ganz offensichtlich unterschätzt. Wie hatte er es geschafft, auf ihn zu kommen? Er überlegte kurz und trank sein Glas aus. Selbst in seiner Verkleidung konnte er es sich nicht erlauben, dieses Risiko einzugehen. Sie hatten sicherlich seinen falschen Namen in Erfahrung gebracht, sonst wären sie nicht hier. Er ging die Treppen hinunter in Richtung des Hauptterminals. Als er einen langen Flur entlangschritt, sah er aus der anderen Richtung uniformierte Polizisten herangerannt kommen. Er blieb ruhig, tat so, als ob nichts sei, und wandte seinen Blick ab. Sie liefen an ihm vorbei, ohne anzuhalten. Er hatte Glück gehabt.

Im Hauptterminal angekommen musste er ein größeres Problem lösen. Wie sollte er hier wieder rauskommen? Unmöglich, vom Abflugbereich wieder durch die Sicherheitskontrolle nach draußen zu gelangen.

Er entdeckte eine Tür mit der Aufschrift *Zutritt nur für Flughafenpersonal*. Allerdings war sie verschlossen. Er sah, wie sich ihr ein Mann mit seinem Ausweis in der Hand näherte. Litso

Ice ging in seine Richtung, stellte sich hinter ihn, zog seinen Montblanc-Kugelschreiber aus der Tasche und drückte ihm die Spitze in den Rücken.

»Öffnen Sie diese Tür. Und keinen Ton, ansonsten werde ich nicht zögern, Sie zu erstechen.«

Zitternd gehorchte der Mann, und sie gingen zusammen durch die Tür. Ein paar Meter weiter wies ein Schild auf die Toiletten hin. Er zwang seine Geisel hineinzugehen und setzte sie mit einem Schlag gegen den Hals außer Gefecht. Dann umklammerte er den Hals des Mannes und brach ihm das Genick. Er versteckte die Leiche in einer der Kabinen und nahm den Ausweis an sich. Er schaute sich das Gesicht an und hatte plötzlich Gewissensbisse. Gerade hatte er eine Person getötet, die nur zur falschen Zeit am falschen Ort gewesen war. Doch er musste sich beeilen und den Flughafen so schnell wie möglich verlassen, bevor Alarm ausgelöst wurde, und konnte sich keine Komplikationen leisten. Ein notwendiger Kollateralschaden.

Er verließ die Toiletten und fand problemlos den Ausgang. Als er den Ausweis auf das Lesegerät hielt, öffnete sich die Tür. Er war zurück im Gewimmel der Ankunftshalle.

132

Litso Ice verließ den Flughafen durch den Hauptausgang und mischte sich unter die vielen Reisenden. Er musste seinen nächsten Schritt planen, bevor er einen Fluchtplan ersann: Wo sollte er sich verstecken? Vor allem aber musste er hier so schnell wie möglich weg. Vor ihm warteten Taxifahrer auf Kunden.

Ein Auto raste heran und hielt abrupt mitten auf der Straße. Ein alter grauer BMW. Ein Fahrzeug, das er schon einmal gesehen hatte. In Gryon …

Kriminalkommissar Andreas Auer stieg aus und schmiss

die Tür zu. Eine zweite Person begleitete ihn. Eine Frau. Seine Kollegin. Sie rannten in seine Richtung. Sein Pulsschlag beschleunigte sich.

Sie waren nur noch ein paar Meter entfernt.

»Polizei, aus dem Weg!«, schrie Andreas.

Litso Ice wich zurück und sah sie direkt neben sich vorbeihasten. Sie hatten ihn nicht erkannt. Sie suchten ihn im Innern des Gebäudes. Er hatte wertvolle Minuten gewonnen. Er musste hier auf der Stelle weg. Er nutzte die allgemeine Panik aus und sprang in ein Taxi.

»Zum Bahnhof bitte.«

133

Andreas und Karine schlängelten sich durch die vielen Reisenden in der Ankunftshalle. Ein Beamter der Genfer Kriminalpolizei winkte sie heran.

»Das Boarding ist beinah abgeschlossen. Aber wir konnten ihn noch nicht sichten. Die Fluggesellschaft hat uns bestätigt, dass ein Alexey Artomonov ein Gepäckstück aufgegeben und die Kontrollen für den Abflugbereich passiert hat. Dabei wurde sein Pass gescannt. Er muss sich also hier im Gebäude aufhalten. Wir haben unsere Männer vor allen Ausgängen verteilt. Er kann uns nicht entwischen.«

Falls Litso Ice noch im Flughafengebäude war, dann konnte er überall sein, oder er war in der Menschenmenge einfach untergetaucht. Oder hatte er sich irgendwo versteckt und hoffte, dass sich die Lage beruhigen würde?

»Folgen Sie mir.«

Der Beamte führte sie auf das Rollfeld, wo ein Fahrzeug bereitstand. Der Chauffeur fuhr sie bis ans Flugzeug heran. Das Boarding war inzwischen abgeschlossen. Gewarnt von der massiven Polizeipräsenz, war Litso Ice vermutlich gar nicht in die Maschine eingestiegen. Das Bodenpersonal bestätigte dies. Andreas wollte sich selbst versichern. Er eilte die fahrbare Treppe zur Boeing 737 der Fluggesellschaft Aeroflot hinauf, ging durch das Flugzeug und musterte dabei jeden der Passagiere genau. Ein Mann mit kurz rasierten Haaren und kantigem Gesicht schaute aus dem Fenster. Andreas legte ihm eine Hand auf die Schulter.

»Monsieur.«

Der Mann zuckte zusammen und drehte sich um. Dunkle ausdruckslose Augen anstelle eines eisigen Blicks.

»Entschuldigen Sie. Ich suche jemand anderen.«

Nachdem er den Gang auf und ab gegangen war und die Toiletten inspiziert hatte, ging Andreas die Stufen hinunter zurück auf das Rollfeld.

Der Genfer Kommissar bat ihn, ihm in einen Raum zu folgen. In der Mitte des Zimmers lag ein Koffer auf einem Tisch.

»Wir haben das Gepäck des Verdächtigen herausholen lassen.«

Andreas streifte sich Latexhandschuhe über. Der Alukoffer war mit einer Zahlenkombination verschlossen, doch wie alle Gepäckstücke, die der US-Norm entsprachen, ließ er sich mit einem Spezialschlüssel öffnen. Andreas holte den gesamten Inhalt heraus und nahm jedes einzelne Objekt unter die Lupe. Sorgfältig gefaltete Kleidung. Ein Kulturbeutel. Ganz unten zwei extrem realistische Silikonmasken. Die eine, mit der sich ein alter, glatzköpfiger Herr darstellen ließ, erinnerte ihn an das Phantombild, das nach der Beschreibung des Bankiers angefertigt worden war. Kein Wunder, dass die Veröffentlichung keine Ergebnisse gebracht hatte. Anschließend öffnete er den Kulturbeutel, der diverse Schminkutensilien und Etuis mit verschiedenfarbigen Kontaktlinsen enthielt. Danach inspizierte er den leeren Koffer. Er kannte das Modell einer bekannten deutschen Marke sehr gut, da er das gleiche besaß. Aus diesem Grund merkte er sofort, dass der Koffer manipuliert worden war. Er entfernte den Stoff, mit dem die Schalen ausgekleidet waren. Sie waren mit einem halbfesten Kunststoffrohr ausgelegt, von dem sich ein Ende abnehmen ließ. Ein perfektes Versteck. Das Rohr hatte genau die richtige Größe, um einen Pistolenlauf darin zu verbergen. Doch es war leer.

»Immerhin haben wir jetzt seine DNA und seine Fingerabdrücke«, sagte der Genfer Kommissar.

Andreas antwortete nicht. Er dachte wieder an Litso Ice. Ganz offensichtlich hatte er es geschafft, das Flughafengebäude zu verlassen. Wohin war er gegangen?

Er konnte noch in der Schweiz sein, aber genauso gut bereits die Grenze nach Frankreich passiert haben. Andreas war erschöpft.

Der Schlafmangel.
Die Sorge.
Die Frustration.

134

Im Zugabteil sitzend, betrachtete Litso Ice die vorbeiziehende Landschaft. Der Ausblick auf den See und die Berge war wunderschön. Die Schweiz entpuppte sich gerade als sein goldener Käfig. Wie sollte er ihm entfliehen? Mit dem Flugzeug war es unmöglich. Und mit dem Zug? Sie hatten sicherlich Grenzkontrollen veranlasst. Mit dem Auto würde es vermutlich am unauffälligsten gehen. Doch ein Auto zu leihen war auch keine gute Idee. Falls sie eines seiner Pseudonyme entdeckt hatten, kannten sie vermutlich auch die anderen. Es war das erste Mal, dass er sich in einer derartigen Situation befand.

An welchem Punkt hatte er einen Fehler begangen? Meist nahm er nur kurze Aufträge an. Dieses Mal war er jedoch länger vor Ort geblieben. Vielleicht zu lang? Die sechsstelligen

Summe, die ihm in Aussicht gestellt worden war, war ihm Ansporn genug gewesen. War er verraten worden? Wenn ja, von wem? Er kannte den Namen seines Auftraggebers gar nicht. Allerdings hatte er Natalia Tchourilova in Zug kennengelernt. War sie von der Polizei verhört worden und hatte geplaudert? Hatte sie ihnen eine Beschreibung von ihm gegeben? Allerdings kannte sie seine wahre Identität nicht. Wenn er genauer darüber nachdachte, hatte sein Fehler gewiss mit diesem Journalisten zu tun, der es geschafft hatte, den Moment seiner Erschießung zu filmen. War das Video an dessen Geliebten, den Kommissar, geschickt worden, bevor er es hatte löschen können? Hatte der Polizist sein Gesicht gesehen?

Sich all diese Fragen zu stellen führte zu nichts. Er wusste, dass er niemanden kontaktieren durfte, der auch nur im Entferntesten in diese Affäre verwickelt war. Er musste sich sehr unauffällig verhalten. Ein Auto zu mieten war keine Option. Eines zu stehlen? Auch das würde bei der Polizei Verdacht erregen. Er hatte eine Idee. Er wusste, wo er ein Fahrzeug finden konnte, dessen Abwesenheit lange nicht bemerkt werden würde.

135

Auf der Terrasse seines Chalets hatte sich Andreas ein Glas Whisky eingeschenkt und eine Zigarre angezündet. Er wollte in der Ruhe seiner Bergwelt nachdenken. Minus lag zu seinen Füßen, und Lillan hatte es sich neben ihm auf dem Sofa bequem gemacht.

Nur Mikaël fehlte, und seine Abwesenheit schmerzte ihn. Auf dem Rückweg von Genf hatte er beim Krankenhaus gehalten, um zu hören, wie es Jessica ging, aber vor allem, um seinen Lebensgefährten zu sehen. Die Ärzte hatten ihm erklärt, seine Situation sei stabil, aber immer noch kritisch. Er hatte dableiben wollen, aber man hatte ihm angesichts seiner sichtbaren geistigen und körperlichen Erschöpfung empfohlen, nach Hause zu fahren und ein paar Stunden zu schlafen. Nur widerstrebend hatte er sich gefügt. Gleich morgen früh würde er an Mikaëls Bett zurückkehren.

Die Polizisten hatten die Spur von Litso Ice verloren, der mit richtigem Namen Vladimir Bratcov hieß. Andreas war bitter enttäuscht. Auf dem Weg nach Genf war er sicher gewesen, diesen Dreckskerl, der Mikaël ins Krankenhaus gebracht hatte, zu erwischen.

Und jetzt?

Die Chancen, ihn aufzuspüren, standen schlecht. Er konnte überall sein. Doch Andreas würde nicht einfach untätig herumsitzen.

Er zog an seiner Zigarre und atmete den süßlichen Rauch aus.

Vladimir Bratcov war der Feuerfresser, der bei dieser Affäre von Anfang an die Fäden in der Hand gehabt hatte.

Der den Genfer Bankier erpresst hatte, damit dieser sein Chalet verkaufte.

Der während der Zuchtschau Serge Hugons Kuh getötet hatte und anschließend die von Antoine, um die beiden gegeneinander aufzuhetzen.

Der den Anwalt aus Zürich ermordet hatte.

Der mit Sicherheit auch die Eigentümerin des Restaurants Refuge de Frience umgebracht hatte und diesen Mord Cédric Brunet alias Psycho Billy hatte in die Schuhe schieben wollen.

Und natürlich der, der Mikaël sterbend zurückgelassen hatte, weil dieser der Wahrheit zu nahe gekommen war.

Die Polizei in Zug hatte die Büros der SQIRE durchsucht. Natalia Tchourilova hatte am Vortag fluchtartig die Schweiz verlassen, ohne ihre Mitarbeiter davon in Kenntnis zu setzen. Um sie wegen Beihilfe zum Mord dranzukriegen, musste Andreas eine Verbindung zwischen ihr und Vladimir Bratcov beweisen können. Er vermutete, dass dies nicht einfach, wenn nicht gar unmöglich sein würde. Hinter dieser ganzen Geschichte steckte der russische Magnat Andreï Klitschko. Dieser hatte zweifelsohne den Profikiller Vladimir Bratcov alias Litso Ice angeheuert. Allerdings hatte sich Klitschko sicherlich davor gehütet, ihn direkt zu kontaktieren. Meistens wurden derlei Missionen mittels eines Verbindungsmanns ins Rollen gebracht. Der Staatsanwalt konnte ein internationales Hilfsgesuch an Russland stellen, doch dafür brauchte er konkrete Beweise. Und die hatten sie nicht. Und selbst wenn, würde das sehr viel Zeit in Anspruch nehmen, ohne dass sie eine Garantie auf Ergebnisse hatten.

Klitschko war unerreichbar.

Er und Natalia Tchourilova hatten ihren Coup so gut wie gelandet, denn alle Grundstücke und Alpchalets gehörten nun ihnen beziehungsweise entweder der Swiss Quality In Real Estate SA oder der Swiss Global Services Limited. Mit dem Wissen, dass die SGS Mehrheitseigner der SQIRE war, stand dem Bauprojekt Frience scheinbar nichts mehr im Wege. Theoretisch war ihr Plan perfekt, praktisch war alles nicht so diskret gelaufen, wie sie es sich erhofft hatten. Und vor allem hatte die Abteilung für Wirtschaftskriminalität kompromittierendes Material entdeckt, dass ihre Anstrengungen zunichtemachen würde.

Die Holding auf Zypern, deren wirtschaftlicher Begünstigter Klitschko war, hatte die Liegenschaften auf Schweizer Boden mit der Bewilligung der entsprechenden Behörden erworben und war daher im Prinzip clean. Umgekehrt befanden sich die Immobilienmaklerin Marie Pitou sowie einer der Beamten, der maßgeblich den Erwerb bewilligt hatte, in einer sehr heiklen Lage, denn beiden war eine größere Geldsumme auf ein Offshorekonto gezahlt worden. Nachdem sie mehrere Stunden lang verhört worden waren, hatten sie zugegeben, Bestechungsgelder kassiert zu haben, um der Holding den Anschein zu geben, das Bauland ganz legal erworben zu haben. Den Ermittlern der Abteilung für Wirtschaftskriminalität war es gelungen, den Geldfluss zurückzuverfolgen. Dabei hatten sie entdeckt, dass die Schmiergelder über einen Mittelsmann von einem Konto, das auf den Namen Natalia Tchourilova lief, geflossen waren. Damit war die Bewilligung hinfällig. Und der Erwerb der Liegenschaften gegenstandslos. Die Grundstücke würden versteigert werden, was das Ende des Projekts Frience Luxury Estate bedeutete.

Plötzlich hatte Andreas eine Idee, die lohnte überprüft zu werden. Doch um diese Tageszeit war die Agentur bereits geschlossen. Egal, er hatte keine Zeit zu verlieren. Er drückte seine Zigarre aus.

136

Das Maklerbüro befand sich im Dorfkern von Gryon, direkt neben dem Café Pomme. Die Tür war natürlich verschlossen. Ob sie eine Alarmanlage besaßen? Nichts deutete darauf hin. Andreas ging das Risiko ein. Auf einen weiteren Verstoß gegen die Vorschriften kam es nicht an. Zur Vorsicht streifte er sich Handschuhe über, um zumindest keine Spuren zu hinterlassen.

Er holte seine Waffe hervor und schlug mit dem Griff ein Loch in die Glastür, öffnete das Schloss von innen und betrat die Geschäftsräume. Im Büro von Marie Pitou schaltete er den Computer ein. Als er aufgefordert wurde, ein Passwort einzugeben, saß er in der Klemme. Er konnte natürlich Marie Pitou kontaktieren – da er jedoch mit Gewalt und ohne Durchsuchungsbeschluss eingedrungen war, würde sich diese vermutlich nicht sehr kooperativ zeigen. Plötzlich fiel ihm etwas ein. Er rief Christophe an. Als sie im vergangenen Jahr nach dem Mord an Alain Gautier, dem Mitinhaber von Immogryon, die Computerdaten analysiert hatten, hatten sie sich die Zugangspasswörter geben lassen. Christophe fand sie schnell wieder und nannte sie ihm, ohne Nachfragen zu stellen. Die Zugangsdaten waren nicht verändert worden.

Andreas startete seine Nachforschungen in der Historie der Käufe und Verkäufe der Alpchalets. Dabei überprüfte er auch, ob die SQIRE oder die Holding Besitzer anderer Liegenschaften waren. Vielleicht hatte Litso Ice in einem dieser Häuser gewohnt. Christophe hatte sämtliche Hotels in der Gegend kontaktiert, aber keine Spur von ihm gefunden. Andreas fand nichts. Anschließend suchte er unter dem Namen Natalia Tchourilova und stieß ebenfalls auf keine Treffer. Schließlich gab er den Namen Andreï Klitschko ein. Nichts. Allerdings fand er gut zwanzig Chalets, deren Eigentümer russische Namen hatten. Es war zwar kein Klitschko darunter, dafür tauchte aber vier- oder fünfmal der Name Andreï auf. Er suchte nach Verbindungen, fand aber zunächst nichts. Vielleicht gab es sie ja auch nicht? Ein Name weckte seine Aufmerksamkeit: Andreï Mikhaïlovitch Krycek. Krycek? Warum sagte ihm der Name etwas? Er gab den Namen bei einer Suchmaschine ein und stieß auf Alex Krycek, den russischen Spion, der in der Serie »Akte X« für den Krebskandidaten arbeitet. Er hatte eine Eingebung: Und falls dieser Name ein Deckname war? Andreï Mikhaïlovitch, André, Sohn des Mikhaïl. Er gab Mikhaïl Klitschko in die Suchmaschine ein. Bingo! Mikhaïl Alexandrovitch Klitschko war der Vater von Andreï.

Er schaute sich die Adresse des Chalets an. Es war nur eine Hypothese, doch die Chancen standen gut, dass dieser Andreï Mikhaïlovitch Krycek in Wirklichkeit Andreï Mikhaïlovitch Klitschko war.

137

Das imposante aus Rundhölzern gebaute Chalet stand in einem Wohngebiet in Gryon, in dem die Bewohner in puncto Größe und Luxus miteinander konkurrierten. Aus Vorsicht hatte

Andreas seinen Wagen ein paar hundert Meter weit entfernt geparkt und war das letzte Stück zu Fuß gegangen.

Im Wohnzimmer brannte Licht. Sein Herz begann schneller zu schlagen. Was, wenn er tatsächlich richtiglag? Wenn Litso Ice nach Gryon zurückgekehrt war, um nachzudenken und einen Plan B zu schmieden? Wenn er dorthin zurückgekehrt war, wo er sich wahrscheinlich die letzten Wochen aufgehalten hatte? Andreas näherte sich der großen Fensterscheibe und blickte in den Salon. Keine Menschenseele. Er drückte die Klinke der Schiebetür herunter. Die Tür war offen ...

Andreas zückte seine Waffe und betrat den riesigen Wohnraum. Er war auf der Hut und lauschte angestrengt auf das geringste Geräusch. Aus den Lautsprechern der Stereoanlage drang klassische Musik. Er erkannte Wagners »Walküre«. Innen wie außen stellte das Chalet sehr deutlich den Reichtum seines Besitzers zur Schau. Auf einer Holzkommode standen mit Edelsteinen besetzte Fabergé-Eier. Er war zwar kein Kunstkenner, dafür aber ein James-Bond-Experte. In »Octopussy« war das berühmte und begehrte Ei von Q mit einer Wanze ausgestattet.

In der Küchenspüle standen die Reste einer hastig eingenommenen Mahlzeit. Jemand war kürzlich hier gewesen.

Litso Ice befand sich in der Tiefgarage, in der mehrere glänzende und gut gepflegte Luxuskarossen standen. Ein roter Porsche 911 Carrera Cabrio. Ein gelber Ferrari 488 Spider. Ein Jaguar MK II von 1961. Und ein schwarzer Range Rover Sport V8 Supercharged. Er hatte eine Schwäche für den Ferrari. Er hatte immer davon geträumt, einmal einen zu fahren. Doch der Wagen war alles andere als unauffällig. Der schwarze Range Rover war am dienlichsten, und auch für den Fall, dass er eine Straßensperre durchbrechen musste, eignete er sich sicherlich besser als die Sportwagenmodelle. Außerdem würde er mit seinen fünfhundertzehn PS sicherlich jedes Polizeifahrzeug abhängen.

Litso Ice stieg die Treppe wieder hinauf.

Als er im Erdgeschoss ankam, sah er einen Mann von hinten mitten im Wohnzimmer stehen und erkannte ihn sofort. Der Kriminalkommissar. Der Liebhaber des Journalisten. Er hatte keine Waffe bei sich. Er wollte wieder nach unten gehen, doch dafür war es zu spät.

Andreas hatte ihn nicht kommen hören, spürte aber seine Gegenwart. Er drehte sich um und richtete seine Waffe auf ihn. Die beiden Männer taxierten sich. Litso Ice erkannte die Wut im Blick seines Gegners. Er musste ruhig bleiben.

Atmen.

Eine Lösung finden ...

Der Kommissar stand zu weit weg. Unmöglich, irgendetwas zu versuchen.

»Ich habe keine Waffe«, sagte er und hob die Hände.

»Vladimir Bratcov, Litso Ice, du bist verhaftet. Auf den Boden, mit dem Gesicht nach unten, Beine auseinander.«

Litso Ice entschied sich, nicht zu kooperieren. Er musste Zeit gewinnen. Einen günstigen Moment abpassen. Der Kommissar war ein paar Schritte auf ihn zugekommen. Er stand keine drei Meter mehr entfernt, aber immer noch zu weit weg. Wenn er auf weniger als zwei Meter herankäme, konnte er ihm mit einem Fußtritt die Waffe aus der Hand schlagen.

»Leg dich hin«, befahl er erneut.

Litso Ice durfte sich nicht festnehmen lassen. Das wäre das Ende. Er musste, koste es, was es wolle, hier weg und zurück in sein Heimatland.

»Ich werde nicht zögern, von der Schusswaffe Gebrauch zu machen!«

Beide warteten ab, was der andere unternehmen würde, und versuchten im Gesichtsausdruck des Gegenübers die jeweilige Intention abzulesen. Die Spannung war spürbar.

»Wenn es nach mir ginge, würde ich dich töten. Mein Freund schwebt deinetwegen zwischen Leben und Tod.«

Eine Neuigkeit, die Litso Ice nicht erwartet hatte. Der Journalist hatte den Kopfschuss, den er ihm verpasst hatte, überlebt.

»Das war nicht persönlich gemeint. Das ist mein Job.« Perfekt, der Kommissar hatte angefangen zu diskutieren. Er spürte, dass bei seinem Gegner die Emotionen die Oberhand bekamen und dass er vor allem sichtlich nervös wurde.

Andreas kochte. Der Mann ihm gegenüber schien unbeeindruckt. Seit einigen Tagen hatte er nur noch eines im Sinn: Mikaël rächen.

»Du bist Abschaum.«

»Sie duzen mich, Monsieur le Commissaire? Soweit ich weiß, sind wir nicht befreundet.«

»Zum letzten Mal. Auf den Boden.«

In diesem Moment wusste Litso Ice, dass sich seine Träume in Luft auflösten. Dass er keine Möglichkeit mehr hatte zu fliehen. Für den Rest seines Lebens ins Gefängnis zu gehen war keine Option. Und wenn er sterben musste, dann aufrecht.

»Sonst was? Sonst erschießt du mich? Tötest mich?« Litso Ice sah, wie sich der Finger des Kommissars krümmte, bereit abzudrücken. »Du bist Polizist. Das darfst du nicht.«

Litso Ice wusste, dass er seinen Gegner provozierte. Ihn bis zum Äußersten trieb.

Einen Mann, dessen Liebhaber er versucht hatte zu töten.

Einen Polizisten, der ihn mehr als alles andere hasste.

Der Feuerfresser ... der Marionettenmeister in Pinocchio. So hatte ihn der Journalist genannt, bevor er zusammengebrochen war. Er konnte sich mit diesem Spitznamen identifizieren. Leute manipulieren, sie gegeneinander ausspielen, ihre Familien bedrohen und ihnen Angst einflößen, die ihnen den Schlaf raubte und sie beim leisesten Geräusch zusammenzucken ließ. Die Leute bis zum Äußersten treiben. Ihre Grenzen austesten. Sie dazu bringen, das auszuführen, was seine Aufgabe gewesen wäre. Wie mit den Kühen und den Bauern. Die Figuren auf seinem persönlichen Schachbrett verschieben.

Und jetzt die Fäden ein letztes Mal ziehen, beim ultimativen Versuch, als freier Mann zu sterben, anstatt ins Gefängnis zu wandern.

In diesem Moment fand er die passenden Worte, die bei dem homosexuellen Polizisten die Sicherungen durchbrennen ließen.

»Ich hoffe, dein Freund krepiert, damit es wenigstens einen weniger von eurer Sorte gibt.«

Noch während er die Worte aussprach und den hasserfüllten Blick des Kommissars sah, wusste Litso Ice, dass er gewonnen hatte. Ein letztes Bild ging ihm durch den Kopf: sein Hof mit den Pferden, die im Sonnenuntergang über die Weiden tollten. Sein Projekt für den Ruhestand, das niemals realisiert werden würde ...

Andreas hatte den Abzug betätigt.

Ohne nachzudenken.

Eine mechanische Bewegung.

Das Licht, dann die Dunkelheit.

Litso Ice brach zusammen.

Regungslos betrachtete Andreas den leblosen Körper. Die Blutlache breitete sich auf dem weißen Samtteppich immer weiter aus. Was sollte er machen? Wie sollte er diese Situation erklären? Seine Kollegen würden sofort erkennen, dass Andreas den Auftragskiller, der Mikaël beinah umgebracht hatte, erschossen hatte.

Er holte Handschuhe aus seinem Auto und begann, das Haus zu durchsuchen. Er öffnete sämtliche Schubladen. Nach einigen Minuten fand er schließlich, was er gesucht hatte: eine Pistole, die in einer der Schreibtischschubladen versteckt war. Eine russische Makarow. Das gleiche Modell, das Litso Ice verwendet hatte. Sie war geladen. Er ging zurück in den Salon, legte Litso Ice die Waffe in die rechte Hand und schoss sich eine Kugel in den linken Arm. Der Schmerz war heftig, und sofort floss Blut. Er ging in die Küche und wickelte ein Handtuch um die Wunde, um die Blutung zu stoppen. Anschließend setzte er sich in einen Sessel, holte mit seinem gesunden Arm sein Mobiltelefon hervor und rief Karine an.

138

Freitag, 5. April

Andreas hatte die Nacht im Krankenhaus verbracht, um seine Wunde am Arm versorgen zu lassen. Am Abend zuvor hatte ein Polizeibeamter seine Aussage aufgenommen und seinen vorläufigen Bericht mit den Worten »legitime Selbstverteidigung« abgeschlossen. Andreas' Dienstwaffe war eingezogen worden, wie es vorgeschrieben war. Viviane hatte ihn gebeten, nach Lausanne zu kommen, um einen Bericht über den Ablauf des gestrigen Abends anzufertigen. Doch darauf musste sie bis Montag warten. Im Anschluss würde Andreas vom Generalstaatsanwalt befragt werden, um festzustellen, ob der Gebrauch der Schusswaffe tatsächlich aus Notwehr erfolgt war. Parallel würde der Dienststellenleiter eine interne Ermittlung wegen des erheblichen Vorschriftenverstoßes gegen ihn eröffnen: Ohne seine Kollegen zu alarmieren und ohne die Erlaubnis des Staatsanwalts einzuholen, war er allein in das Chalet eingedrungen. Andreas hoffte, dass er für die Dauer der Ermittlungen einer Suspendierung oder einer Versetzung in die Verwaltung entgehen würde.
Zwei Mörder konnten keinen Schaden mehr anrichten.
Cédric Brunet war festgenommen worden und saß in einer Zelle der psychiatrischen Abteilung im Hochsicherheitstrakt der Strafanstalt von Bochuz ein. Vladimir Bratcov war in die Rechtsmedizin nach Lausanne gebracht worden.
Andreas hatte Rachegefühle gehegt, aber nie ernsthaft die Absicht gehabt, ihn zu töten. Und doch hatte er genau das am

Vortag getan. Litso Ice' Provokation hatte ihn bis ins Mark getroffen, und der Schuss hatte sich sofort gelöst. Eine Impulshandlung. Sein Finger hatte den Abzug gedrückt. Er befand sich heute in der gleichen Situation wie Erica. Die Pfarrerin hatte das Werk ihres Jugendfreundes, der zum Mörder geworden war, vollendet und sich schließlich selbst angezeigt, weil die Schuldgefühle zu schwer auf ihr gelastet hatten. Und er, bereute er seine Tat? Vladimir Bratcov war tot, und tief in seinem Innern glaubte Andreas, dass dieser bekommen hatte, was er verdiente. Aber wäre eine lebenslange Gefängnisstrafe nicht eine viel größere Qual gewesen? Er fühlte sich nicht als Mörder. Und trotzdem ...

Nach dem Schuss hatte Andreas realisiert, dass er sich hatte manipulieren lassen und so zum letzten Opfer des Feuerfressers geworden war. Die Provokation von Litso Ice war nicht ohne Grund geschehen. Er war Profi und hatte verstanden, dass er in der Falle saß. Dass er für den Rest seines Lebens ins Gefängnis wandern würde. Dass er daraufhin lieber hatte im Kampf sterben wollen. Vladimir Bratcov war nur ein ausführendes Organ gewesen. Die wahren Schuldigen – Tchourilova und Klitschko – befanden sich außer Reichweite in Russland. Es frustrierte Andreas ungemein, doch er konnte nichts dagegen tun.

Andreas hatte Karine und Christophe anlügen müssen, als diese zum Tatort gekommen waren. Hatten sie die Zusammenhänge verstanden? Keiner der beiden hatte etwas Derartiges angedeutet, aber Andreas hatte gemeint, bei der Untersuchung des Tatorts aus ihren Blicken eine Art Verdacht und glcichzcitige Komplizenschaft herauslesen zu können. Und er würde noch weiter lügen müssen. Gegenüber seiner Vorgesetzten und allen Mitgliedern des Teams, die in diese Ermittlung verstrickt waren. Und Mikaël? Würde er auch ihn anlügen? Würde er ihm gestehen, dass er in die Schattenwelt abgerutscht war? Und würde dieser, so integer und rechtschaffen, wie er war, ihm verzeihen? Würde er mit einem Mörder weiter zusammenleben können? Natürlich nur, wenn er überlebte, aber Andreas wollte seine Gedanken einfach nicht in diese Richtung abschweifen lassen.

Im Geiste sah er die Szene des vergangenen Abends wieder vor sich. Gern hätte er die Zeit zurückgedreht und eine andere Entscheidung getroffen. Doch was geschehen war, konnte nicht rückgängig gemacht werden.

139

Der Mann, der für den Ursprung der Immobilienaffäre verantwortlich war, hatte gerade die Nachricht erhalten. Andreï Klitschko stand auf der Terrasse seines Appartements im Herzen Moskaus und bewunderte den Roten Platz und den Kreml. Vladimir Bratcov war bei seiner Festnahme getötet worden. Damit hatte Klitschko ein Schlüsselelement seiner Organisation verloren. Auch wenn er immer nur über einen Mittelsmann mit ihm in Kontakt getreten war, wusste er ihn lieber tot als in einem ausländischen Gefängnis. Bald schon würde ihn niemand mehr direkt mit den Ereignissen in Gryon in Verbindung bringen können, auch wenn Bratcov in einem Chalet getötet worden war, das ihm gehörte.

Andreï Klitschko hatte Natalia Tchourilova befohlen, nach Russland zurückzukehren. Sie war seine einzige Schwachstelle, und er wollte das Risiko nicht eingehen, dass sie mit diesem Kriminalkommissar sprach, der es geschafft hatte, einen seiner angesehensten Auftragsmörder ausfindig zu machen und zu eliminieren.

Diese ganze Geschichte für nichts. Dafür, dass das Projekt kurz vor dem Ziel scheiterte. Es hinterließ bei ihm einen bitteren Nachgeschmack.

140

Cédric Brunet alias Psycho Billy hatte seit seiner Verhaftung den Mund nicht aufgemacht. Er hatte niemandem etwas zu sagen. Nicht einmal dem Staatsanwalt, der versucht hatte, ihn zu befragen. Er hatte das Gefühl gehabt, seinem Ziel so nahe zu sein. Und diesen Moment hatten sie ihm geraubt.
Für alle Zeit.
Er hatte den Gesprächen um ihn herum kaum zugehört. Er hatte verstanden, dass ein Anwalt seine Verteidigung übernehmen und darauf plädieren würde, dass er aufgrund einer schweren psychischen Störung schuldunfähig sei. Am Ende hatte der Richter bis zur Verhandlung seine Inhaftierung im Hochsicherheitstrakt der Strafanstalt von Bochuz festgelegt, in dem er sich jetzt befand.
Alles, was in seinen Augen wichtig war, hatte er verloren. Seine Schlangen, seine Spinnen, die ganze schöne Sammlung, die er im Laufe der Jahre zusammengetragen hatte. Die Garderobe seiner Mutter, ihren Frisiertisch, in dessen Spiegel er gehofft hatte, ihr Bildnis zu sehen. Seinen Ort der Freiheit, an dem er jemand anders als er selbst hatte sein können.
Hier hatte er nichts mehr.
Hier war er nichts.
Cédric lag auf einem Bett. Seine Arme und Beine waren an den Metallrahmen gefesselt. Er hatte immer noch nichts gesagt, sich aber trotz Handschellen auf den Arzt, der seinen psychologischen Zustand hatte feststellen sollen, gestürzt und ihm in die Hand gebissen, bis Blut geflossen war. Er hörte, wie sich die Tür öffnete.
Eine Frau. In Weiß gekleidet.
Eine Krankenschwester.
Sie hielt eine Spritze in der Hand. Er fand sie schön. Sie hatte braune Haare und hübsche blaue Augen, trotzdem ähnelte sie nicht seiner Mutter, denn ihre Nase war zu kurz und zu klein. Als sie sich ihm näherte, um ihm das Sedativum zu verabrei-

chen, roch er es wieder. Ihr Parfüm. *Das* Parfüm ... Er schloss die Augen und spürte, wie er in den Garten der berauschenden Düfte und der sprudelnden Brunnen entglitt.

EPILOG

Andreas ertrug es nicht, allein zu Hause zu sein. Nach den dramatischen Ereignissen der letzten Tage musste er erst frische Luft schnappen, bevor er wieder ins Krankenhaus zurückkehren konnte, in dem er den Großteil seiner Zeit verbrachte. Er war beruhigt, dass Cédric Brunet hinter Gittern saß. Vor allem war er erleichtert, dass er Jessica rechtzeitig gefunden hatte. Aber tief in seinem Innern fühlte er sich leer. Er hatte einen Mann – wenn auch einen Kriminellen, aber dennoch ein menschliches Wesen – getötet. Und vor allem hatte er Angst. Angst, in Zukunft allein zu sein. Angst, Mikaël zu verlieren.

Er fuhr mit dem Auto auf die Alp de la Poreyre. Im Radio wurde das Chanson »À quoi je sers« von Mylène Farmer gespielt. Die Worte hallten in ihm wider wie ein Echo seines Seelenzustandes:

Irrender Staub, ich wusste nicht, wohin mich wenden.
Jede Stunde fragt, wozu und für wen wieder aufzustehen.
Und ich irre umher,
habe Angst vor der Leere.
Ich blättere die Seiten um,
aber ... die Seiten sind leer.

Aber, mein Gott, warum scheine ich
zu nichts gut zu sein?
Und wer vermag in dieser Hölle zu sagen,
was von uns erwartet wird?

Ich gestehe, nicht mehr zu wissen, wozu ich tauge, zweifellos bin ich zu überhaupt nichts gut.

Andreas hatte sich auf eine Bank gesetzt, eine lange Zigarre angezündet und betrachtete das Panorama, das sich ihm bot. Weit unter ihm lag das Dorf Gryon.

Ja, er fühlte sich leer und so, als hätte sich ein Abgrund unter seinen Füßen aufgetan. In seinen Träumen der letzten Zeit kamen Bilder aus seiner Vergangenheit wieder zurück, aber jetzt war er in der Gegenwart und hatte das Gefühl, zu überhaupt nichts gut zu sein.

Mikaël lag zwischen Leben und Tod im Koma. Und er durchlebte eine echte Hölle. Er war wütend auf sich und gab sich die Schuld. Es war alles sein Fehler gewesen. Gern hätte er die Fähigkeit besessen, die Zeit zurückzudrehen, aber er konnte nur abwarten. Zum Zuschauen verdammt zu sein fraß ihn innerlich auf. Er war es Mikaël schuldig, dass er wieder aufstand und zuversichtlich blieb. Er hatte nicht das Recht, sich gehen zu lassen und zu resignieren.

Er blickte zum Himmel.

Kam die Hilfe von dort?

Er faltete die Hände und schloss die Augen.

Das Smartphone in seiner Jackentasche vibrierte.

Er schaute auf das Display und erkannte die Nummer: das Krankenhaus in Monthey.

Sein Magen verkrampfte sich.

Er zögerte, das Gespräch anzunehmen.

Nachdem es fünfmal geklingelt hatte, ging er ran.

Nachwort und Danksagung

Diese Geschichte ist frei erfunden. Jedwede Ähnlichkeit zwischen den Romanfiguren und real existierenden Personen ist daher rein zufällig. Die verschiedenen Orte in und um Gryon herum sind hingegen real, auch wenn ich mir für die Handlung kleine künstlerische Freiheiten erlaubt habe.
Ohne die Unterstützung meiner Familie, meiner Freunde und all jener, die auf ihre Weise zum Gelingen beigetragen haben, wäre das Abenteuer, dieses Buch zu schreiben, niemals möglich gewesen. Tausend Dank!
Danken möchte ich Marie Javet, der Autorin des Romans »La petite fille dans le miroir«, für ihre Unterstützung, ihre Ratschläge, ihre Ideen und unsere literarischen Gespräche bei einem oder mehreren Mojitos und vor allem für die Zusammenarbeit beim Schreiben unserer Manuskripte, die für mich unendlich wertvoll und motivierend war. Aus unserer literarischen Zusammenarbeit ist längst eine Freundschaft erwachsen.
Des Weiteren gilt mein Dank Valérie Dätwyler für den Austausch, für ihre Lektüre und ihre Ratschläge als Krimispezialistin und natürlich meinen Freunden Diane, Partricia, Jean-Luc, Jean-Louis und Olivier für ihre Lektüre und ihre Unterstützung.
Danken möchte ich auch all jenen, deren Expertise und Kompetenzen auf einem bestimmten Gebiet dazu beigetragen haben, die Dinge so realistisch wie möglich zu schildern, auch wenn ich mir manchmal gewisse Freiheiten genommen habe:
– Professor Patrice Mangin, Honorardirektor des Universitätszentrums für Rechtsmedizin in Lausanne
– Vincent Clivaz, Sicherheitsinspektor der waadtländischen Kantonspolizei
– Olivier Keller, Kriminalkommissar der Genfer Kantonspolizei

– Michael Fischer, Fachanwalt für Immobilienrecht
– Daniel Fishman, Leitender Arzt der Notaufnahme des Krankenhauses Riviera-Chablais
– Florian Dubail, Gefängnisdirektor der Strafanstalt Bois-Mermet
– und Nicolas Feuz, Mitglied des Cercle d'Auteurs de Polars Romands, für seine Freundschaft, die sich mit diesem Roman manifestiert hat und auch in seinem 2017 erschienenen Krimi »Eunoto«, in dem sich die beiden Kommissare Michaël Donner und Andreas Auer treffen.

Die Danksagung wäre unvollständig, wenn ich mich nicht bei meinen Eltern Birgitta und Dieter bedanken würde und bei Micheline und Roger für ihre Unterstützung, ihre Bereitschaft, das Manuskript zu lesen, und dafür, dass sie stets für mich da sind.

Zum Schluss möchte ich mich aus tiefstem Herzen bei meinem Lebensgefährten Benjamin bedanken, der mich bei diesem Abenteuer Tag für Tag begleitet hat.

Literaturangaben

Baudelaire »Spleen«, S. 109: zitiert aus Wolf Graf von Kalckreuth: Französische Dichtung 3, C. H. Beck Verlag, 1990.

Markus Kapitel 16, Vers 17–18, S. 169: zitiert aus der Zürcher Bibel, Theologischer Verlag Zürich, 2007.

Matthäus Kapitel 7, Vers 13–14, S. 161: zitiert aus der Zürcher Bibel, Theologischer Verlag Zürich, 2007.

»Wo der Fußweg anfängt ...«, S. 6: zitiert aus Johanna Spyri: Heidis Lehr- und Wanderjahre, Diogenes Verlag, 1978.

Marc Voltenauer
DAS LICHT IN DIR IST DUNKELHEIT
Klappenbroschur, 448 Seiten
ISBN 978-3-7408-1153-2

Ein abgeschiedenes Bergdorf in den Alpen. Die beschauliche Welt gerät aus den Fugen, als in der Kirche ein Toter gefunden wird, grausam zugerichtet und drapiert wie Jesus am Kreuz. Kommissar Andreas Auer von der Kriminalpolizei Lausanne ahnt, dass dies erst der Auftakt zu einer blutigen Serie ist. Und er soll recht behalten. In der Enge der Dorfgemeinschaft geschieht ein weiterer verstörender Mord. Es beginnt ein atemloser Wettlauf gegen die Zeit – und gegen einen kaltblütigen Täter, der sich als Instrument Gottes betrachtet.

www.emons-verlag.de

Benjamin Amiguet, Marc Voltenauer
**111 ORTE IN DEN WAADTLÄNDER ALPEN,
DIE MAN GESEHEN HABEN MUSS**
Broschur, 240 Seiten
ISBN 978-3-7408-1466-3

Entdecken Sie 111 faszinierende, oft überraschende, aber immer inspirierende Orte und erleben Sie unvergessliche Begegnungen in den Waadtländer Alpen. Hier spiegelt sich die ganze Schweiz wider. Zwischen den Ufern des Genfersees und dem Gipfel des Diablerets-Gletschers laden jahrhundertealte Weinberge, grüne Täler, bezaubernde Almen und dramatische Berge zum Entdecken ein. Die Vielfalt der Landschaft, der Reichtum der lebendigen Traditionen und die Liebe der Bewohner zu ihrer Region machen sie zu einem beliebten Reiseziel. Ob Sie in der Region leben oder zum ersten Mal zu Besuch sind, lassen Sie sich verführen von den außergewöhnlichen Orten und den oft überraschenden Geschichten ...

www.emons-verlag.de